KiWi

1709

Das Buch

Jahrelang hat Karl May der Welt vorgespielt, er selbst sei Old Shatterhand – unbesiegbarer Abenteurer, bärenstarker Fährtenleser und Winnetous Blutsbruder. Millionen Leser glauben den Fotos von ihm im Heldenkostüm und verschlingen seine Erlebnisse aus Amerika und dem Orient. Dabei hat er Sachsen praktisch nie verlassen. Er ist fast 60, als es ihn das erste Mal tatsächlich aus Europa hinaustreibt. Anderthalb Jahre lang reist May – der angeblich 800 Sprachen spricht, Wüsten durchquert hat und Gegner mit einem Fausthieb niederstreckt – mit dem Reiseführer in der Hand durch den Orient. Doch alles ist ihm eine Enttäuschung. Die Länder, die Sehenswürdigkeiten und am meisten der Mann, den auch er für Old Shatterhand gehalten hat: er selbst. Dann aber blasen die Zeitungen daheim zur Jagd auf ihn, und unterwegs muss Karl May plötzlich ein noch größerer Held werden als der, den er immer gegeben hat. Denn vielleicht kann er so noch seinen Ruf retten. Oder wenigstens seine Ehe.

»Das Flimmern der Wahrheit über der Wüste« ist ein Roman über Briefe aus dem Jenseits, Sexskandale und die Lügenpresse, über eine Goldader im Dschungel und Winnetous Haare. Die Geschichte von Karl Mays Orientreise 1899 beruht dabei auf Tatsachen. Und auf alternativen Tatsachen. Und auf Tatsachen, die auf jeden Fall wahrer sind als alles, was Karl May selbst je behauptet hat.

Der Autor

Philipp Schwenke, geboren 1978, arbeitet als Journalist und Autor in Berlin. Er schrieb im Monatsmagazin *Neon* die Kolumne »Schwenke probiert« und ist Textchef beim Wirtschaftsmagazin Capital.

PHILIPP
SCHWENKE

DAS FLIMMERN DER WAHRHEIT ÜBER DER WÜSTE

ROMAN

*Kiepenheuer
& Witsch*

MIX
Papier aus verantwortungsvollen Quellen
FSC® C083411

Verlag Kiepenheuer & Witsch, FSC® N001512

1. Auflage 2020

Covergestaltung Barbara Thoben, Köln
Covermotiv © Rüdiger Trebels unter Verwendung von
© Coconut Palm, 1833–39 (coloured engraving),
French School, (19th century) / Private Collection /
© Purix Verlag Volker Christen / Bridgeman Images
Karte Markus Weber / Guter Punkt, München
Gesetzt aus der Albertina
Satz Buch-Werkstatt GmbH, Bad Aibling
Druck & Bindung CPI books GmbH, Leck
ISBN 978-3-462-05420-0

Für Anna

Prolog

12. Februar 1862

Chemnitz, Königreich Sachsen, Deutscher Bund

Der Angeklagte musste sich erheben. Auch Wachtmeister Uhlig, der sich trotz seines überaus breiten Mundes bei der Zeugenvernehmung bislang als wenig redselig erwiesen hatte, stand für seine Antwort auf. Er ging durch das Verhandlungszimmer, und zwischen dem Tisch des Richters und jenem für den Zeugen knarzte laut eine Diele, als er darauftrat. Vor dem Angeklagten blieb Uhlig stehen und deutete mit zackig ausgestrecktem Arm auf dessen Hosenstall.

»Dort«, sagte er.

Dann setzte er sich wieder, um weitere Fragen abzuwarten.

Durch die eisumkränzten Fenster fiel frostige Sonne in das Gericht, und in einer Ecke des Zimmers hatte sich ein zu kleiner Ofen beim Kampf gegen die Kälte übernommen. Unter dem Richter seufzte das Polster seines Stuhles in die Stille, als er sich vorlehnte und mit klammen Fingern die letzte Antwort des Wachtmeisters in die Akte schrieb. Oben trug sie den Briefkopf des Gerichtsamtes Chemnitz, darunter gab sie Auskunft über den Angeklagten: Karl May, geboren am 25. Februar 1842 in Ernstthal, Lehrer an der Fabrikschule von Altchemnitz.

Der Richter musterte ihn. In zerschlissenem Mantel stand dort ein Jüngling mit haflingerblondem Haar; ein harmlos wirkender Bursche, dem Kind gerade entwachsen. Aber solche waren ja oft die Schlimmsten. Keinesfalls durfte man sich täuschen lassen.

»Ein Vorsatz ist aus der ganzen Aussage des Wachtmeisters eindeutig herzuleiten«, sagte der Staatsanwalt.

Ernst schaute der Richter zu ihm hinüber, dann notierte er auch das.

Karl war verloren vor seinem Stuhl stehen geblieben und hoffte weiter, dass sich das Missverständnis, um das es sich hier doch offensichtlich handelte, rasch aufklären würde.

Der Richter wies ihn an, sich zu setzen.

Karl nahm wieder die Haltung ein, in der er der ersten Viertelstunde der Verhandlung gefolgt war: Eingefallen auf seinem Stuhl, die gefalteten Hände zwischen die Oberschenkel geklemmt, wippte er nervös mit dem Bein. Egal wo er hinschaute – nach rechts in Richtung des Wachtmeisters, links in die des Richters oder geradeaus, wo der Staatsanwalt saß –, immer strafte ihn der strenge Blick eines der drei Herren. Also starrte Karl auf die Tischplatte vor ihm, während das Schlottern seines Beines auch den Rest des Körpers antrieb. Bis zur Nasenspitze wackelte Karl, und genauso oft wie sein Knie wechselten auch seine Gedanken die Richtung: ein Missverständnis, dachte er zum hundertsten Male, nichts als ein leicht aufzuklärendes Missverständnis. Es sprach doch, dachte er, trotz allem vieles für ihn. Dass er, zum Beispiel … – oder wussten sie von seiner Entlassung? Das konnten sie nicht wissen, dachte Karl, nein, es musste doch alles gut ausgehen, weil … – oder es ging eben nicht gut aus. Konnte der Diebstahl der Kerzen gegen ihn verwendet werden? Wussten sie davon? Es war kaum möglich. Oder? Aber selbst wenn: Es blieb doch alles ein Missverständnis. Ein Missverständnis ohne böse Absicht, und diese hohen Herren würden den Irrtum doch sicher einsehen können, ganz bestimmt, oder jedenfalls durfte man es hoffen.

»Eindeutig spricht es für Vorsatz«, sagte der Richter und sah Karl streng an.

Oder man würde ihn ins Gefängnis werfen, dachte Karl. Wenn man es wirklich darauf anlegte, wäre es ein Leichtes, ihn ins Gefängnis zu werfen.

Auf dem Tisch des Staatsanwaltes lag die Taschenuhr als Beweis.

Karl rang mit sich.

Noch könnte er versuchen, sich zu retten, indem er die Frau des Wachtmeisters opferte.

Es war an diesem Tag keine drei Monate her, dass Karl seine zweite Stelle im sächsischen Schuldienst angetreten hatte. Im November hatte die Fabrikschule von Altchemnitz ihn aufgenommen, dort sollte er die Kinder unterrichten, die in der Baumwollspinnerei Julius Friedrich Claus und der Kammgarnspinnerei C. F. Solbrig arbeiteten. Die Arbeit war leicht, und nach dem unschönen Ende seines ersten Lehramtes musste der Dienst durchaus glücklich genannt werden. Täglich stellte sich der magere Karl also vor die Schüler, denen die Arbeit in der Textilfabrik die Hände schwarz und die Augen mit Entzündungen rot gefärbt hatte, und brachte ihnen Schreiben und Rechnen bei. Die Ältesten unter ihnen waren kaum fünf Jahre jünger als er, und so bemühte sich Karl, größer und erwachsener zu erscheinen, indem er seinen Rücken noch aufrechter spannte als gewöhnlich. Das jährliche Salär betrug 200 Taler, 25 mehr als auf seinem ersten Posten, und vielleicht war seine Entlassung also doch für etwas gut gewesen.

Auch für Logis hatte er nichts zu bezahlen. Eine der Dienstwohnungen auf dem Gelände der Kammgarnspinnerei war noch nicht vollständig belegt, dort konnte er einziehen. In der Küche standen ein Tisch und ein Ofen, in der Stube zwei Betten, und im zweiten davon schlief der Mann, der Karl vor Gericht bringen würde.

Bis zu Karls Einzug hatte Julius Herrman Scheunpflug jene Räume allein bewohnt. Er war ein überaus pingeliger Zimmergenosse, der die Scheiben abwog, die Karl vom gemeinsamen Brot schnitt, um am Ende der Woche genau abzurechnen. Scheunpflug stammte, wie er Karl nicht müde wurde zu erläutern, aus gutem Hause. Aufgrund einer glücklichen Erbschaft hatte er die meisten Jahre seines Lebens als Privatier verbracht, und lange war er einem geregelten Tagesablauf gefolgt, der aus Zeitungslektüre und Einladungen zu

Gesellschaften bestand. Bloß trieb ihn die Langeweile – die alle langweiligen Menschen stets am schnellsten befällt – schließlich zum Trinken, und das Trinken trieb ihn zum Kartenspiel, und das Spiel wiederum trieb ihn in den Bankrott. Mit 40 Jahren hatte er doch noch eine Arbeit annehmen müssen und übersah nun den Warenversand in der Kammgarnspinnerei. Das Quartier auf dem Werksgelände war eine Zumutung, verglichen mit seiner vorherigen, äußerst komfortablen Wohnung in Chemnitz – die er aber hatte verlassen müssen, als er schon keine Möbel mehr besaß, die sich hätten zu Geld machen lassen. Trotzdem gelang es Scheunpflug meist, Karl zu überzeugen, dass er im Grunde ein wohlhabender Mann sei, der nur vorübergehend in Schwierigkeiten gekommen war.

Karl selbst erschien die Dienstwohnung als unerhörter Wohlstand. Er war eines von 13 Kindern eines armen Webers und unter den fünfen davon, die ihr erstes Jahr überlebten, der einzige Sohn. Die Familie bewohnte ein kleines Haus am Markt von Ernstthal. Sie teilte es mit einem Webstuhl, an dem der Vater zehn Stunden am Tag saß und nicht gestört werden durfte, mit einer alten Wäscherolle, die für zwei Pfennige pro Stunde an andere Leute vermietet wurde, und mit Karls geliebter Großmutter. Die Hoffnung der gesamten Familie ruhte auf ihm. Ein Medizinstudium, wie von allen gewünscht, hatten die Eltern nicht bezahlen können, doch war Karl immerhin Lehrer geworden. Lang hatte er zwar eine leise Enttäuschung darüber in sich getragen – aber dass er nun schon in Lebensumstände gelangt war, in denen auf jeden Bewohner eines Heims durchschnittlich ein Zimmer kam, ließ ihn froh in die Zukunft blicken.

Scheunpflug dagegen beschwerte sich recht bald bei der Fabrikleitung über den Eindringling: Sich die Wohnung mit einem Proleten teilen zu müssen, das sei eine Zumutung, gerade für jemanden wie ihn, der nun immerhin in der Verwaltung der Fabrik arbeite und ja – das müsse er bei dieser Gelegenheit betonen – aus gutem Hause stamme; aus sehr gutem Hause sogar!

Die Fabrikleitung hörte ihn an und beschied ihm dann, dass an diesem Arrangement leider gar nichts zu ändern sei. Er könne sich jedoch gern auf eigene Kosten wieder eine Wohnung in der Stadt nehmen. Scheunpflug also musste bleiben. Und Karl blieb auch.

Von der Beschwerde bei der Fabrikleitung ahnte dieser nichts. Wohl aber sah Karl das Benehmen seines Zimmergenossen, aus dem er nicht recht schlau werden mochte. An manchen Tagen genügte schon ein Husten Karls, um Scheunpflug zu einem Zornesausbruch zu reizen, ein Rascheln von Papier oder ein früheres Heimkehren vom Dienst. An anderen Tagen, meist jenen, an denen Scheunpflug weniger Schnaps getrunken hatte, schien er sich um übergroße Freundlichkeit zu bemühen. So besaß Karl beispielsweise keine Uhr. In einer jener guten Stunden bot Scheunpflug ihm also mit an Herablassung grenzender Großzügigkeit an, seine alte Taschenuhr zu benutzen, damit Karl seinen Unterricht pünktlich enden lassen konnte. Auch bei seinen alten Tabakspfeifen, sagte Scheunpflug, dürfe er sich bedienen. Karl ließ sich gern auf dieses Friedensangebot ein, und so ging der November herum. Bald wurde es Weihnachten.

Am Morgen des 23. Dezembers erwachte Karl früh. Die Stube lag stockfinster, und Karl kauerte sich noch einmal unter der Decke zusammen, um Wärme zu sammeln, die er mit hinausnehmen konnte. Scheunpflug schlief noch, wie jeden Morgen, und bald fürchtete Karl, zu spät zu sein, also zwang er sich in die Kälte.

Im Ofen in der Küche war die Glut längst erloschen, und Karl paffte Dampfwolken, als er einheizte. Sein Frühstück bestand aus dünnem Malzkaffee, in den er Stücke trockenen Brotes schnitt, so hatte man es zu Hause stets gehalten. Während er aß und auf die Wärme des Ofens wartete, schaute er immer wieder zur Tür. Dort hing Scheunpflugs alte Uhr an einem Nagel neben dem Rahmen. Eilig hatte er es noch nicht.

Karl stand auf, nahm die Uhr ab und setzte sich wieder. Mit aufgestützten Ellenbogen ließ er sie an ihrer Kette über den Tisch pendeln. Er rechnete.

Es war der letzte Schultag. Am Abend würde er nach Hohenstein fahren, um Weihnachten bei seinen Eltern zu verbringen. Karls Abmachung mit Scheunpflug besagte, dass er die Uhr für den Unterricht zwar nehmen durfte, sie anschließend aber wieder zurückzuhängen war. Der letzte Zug jedoch ging keine zwei Stunden nach dem Ende der Lektion. Karl hatte den Klassenraum noch aufzuräumen und zu putzen, dann würde es ihn sicher eine Dreiviertelstunde kosten, durch den Schnee zurück in die Wohnung zu gehen, und danach wieder eine Dreiviertelstunde, um zum Bahnhof zu gelangen. Wenn er die Uhr retournierte, war es eine enge Wette, den Zug noch zu erwischen. Vielleicht sogar aussichtslos. Er müsste also den Unterricht ohne sie bestreiten.

Oder er müsste – nur einfach mal so daherüberlegt – die Uhr, welche er in den vergangenen Wochen auch einige Male außerhalb der Unterrichtszeit in seiner Tasche getragen hatte, ohne dass der Eigentümer dagegen Einwände erhob, über die Feiertage mit zu seinen Eltern nehmen.

Karl schlich an die Tür zur Stube und horchte, ob Scheunpflug schon wach war. Der aber schnarchte.

In seinen Beutel hatte Karl bereits eine Tabakspfeife und eine Cigarrenspitze gesteckt, von denen er wusste, dass Scheunpflug sie niemals benutzte. Nun auch noch die Uhr über die Feiertage zu leihen, dachte er, würde zwar ihre Abmachung übertreten, aber es war doch Weihnachten. Und er beabsichtigte ja, sie nach den Feiertagen wieder an ihren Platz zu hängen. (Und, ja, vielleicht auch, vor seiner Familie damit zu renommieren, denn dass die Uhr nur geliehen wäre, sah man ihr nun nicht an.)

Als Karl jedoch die Tasse säuberte und das Brot wieder sorgfältig an seinem Platz verstaute, dachte er daran, wie merkwürdig und unberechenbar Scheunpflug doch oft war. Er hatte versucht, unsichtbar zu werden für seinen Vermieter – denn als nichts anderes dachte Karl von ihm. Aber je leiser die Sohlen wurden, auf denen Karl umherschlich, desto weniger genügte, um Scheunpflugs Zorn zu entzünden, und manchmal, so erschien es Karl, bereitete es Scheunpflug nachgerade Vergnügen, ihn herumzukommandieren und daran zu erinnern, wie glücklich er sich schätzen könne, dass er ihm generös Quartier und Zugriff auf seinen Besitz gewährte, und vielleicht also sollte man Scheunpflugs Großzügigkeit nicht zu sehr strapazieren.

Karl nahm die Uhr vom Tisch und hängte sie wieder an den Nagel neben der Tür.

Während er seinen Schal umlegte und einige Walnüsse einsteckte, die er für seine Schwestern und die Großmutter gekauft hatte, sagte er sich, dass es so das Beste sei. Kurz überlegte er noch, Scheunpflug zu wecken, um ihn um Erlaubnis zu bitten. Aber, dachte Karl, Scheunpflugs Laune war am Morgen am leichtesten zu erschüttern, weil das frühe Aufstehen, wie er einmal in einer langen Rede erklärt hatte, nur etwas für Bauern und Tagelöhner sei. Bei Scheunpflugs Monologen, die er meist betrunken hielt, verstand Karl nicht immer, was er meinte, aber er hatte gelernt, ihm nicht zu sehr im Weg zu sein. Er würde ihn also nicht wecken.

Beim Hinausgehen blieb Karl noch einmal an der Tür stehen.

Er wog die Uhr lange in der Hand.

Dann ließ er sie hängen. Hinter sich schloss er die Tür. Durch die leere Küche schwebten nur noch Scheunpflugs Schnarchen und das Poltern von Karls Stiefeln, die eilig die Treppe hinunterstapften.

Dann Stille.

Dann rannten Karls Stiefel die Treppe wieder hinauf.

Die Tür wurde aufgerissen, und als Karl Sekunden später unten auf den Hof trat, spürte er in seiner Westentasche das vornehme Gewicht der Taschenuhr.

Ohne Schwierigkeiten erreichte er am frühen Abend seinen Zug. Vom Bahnhof in Hohenstein marschierte er hinüber nach Ernstthal zum Haus der Eltern und erreichte es rechtzeitig zum Abendbrot. Mit großer Geste erzählte er beim Essen aus der Stadt, machte den Fabrikbesitzer nach, wie er schnaufend die Webstühle inspizierte, und die Chemnitzer Herren, wie sie stolz ihre Cigarren spazieren führten. Er berichtete vom Schuldirektor, der ihm schon nach wenigen Tagen ein äußerst günstiges Zeugnis ausgestellt hatte, von seinen Schülern, die ihn liebten und ihm folgten, und von seinem Mitbewohner Scheunpflug, der ihn schon nach wenigen Tagen ins Herz geschlossen hatte und ihm ein Freund war, wie es keinen zweiten geben konnte. Beiläufig schaute er immer wieder einmal auf die Uhr, und auch wenn der Vater nichts sagte, glaubte Karl zu wissen, dass er sie bewunderte.

Die Stube glühte vorweihnachtlich. Großmutter und die vier Schwestern freuten sich über die Nüsse. Laut lachte die Familie über Karls Schnurren. Die Mutter war glücklich, dass sich für die Familie doch noch alles so gut gefügt hatte, und der Vater nur mäßig betrunken. Zufrieden ging man zu Bett, und am nächsten Mittag wurde Karl auf dem Hohensteiner Christmarkt verhaftet.

Seine Mutter hatte ihn noch einmal geschickt. Dank Karls Lehrgehalt gab es in diesem Jahr zum ersten Mal wieder eine Bescherung, und auf dem Markt sollte Karl zu den Geschenken für die Schwestern noch etwas Honigkuchen kaufen. Die Liste, die seine Mutter ihm obendrein geschrieben hatte, war nicht lang, doch Karl beeilte sich. Aber schon am Stand des Kerzenziehers sprach ihn ein Gendarm an: ob er der Lehrer May sei?

Karl wurde zur Polizeiwache am Rathaus geführt, ohne dass man ihm erklärte, worum es ging. Wachtmeister Uhlig war nicht da. Der Gendarm zögerte, dann führte er Karl in den ersten Stock, in Uhligs Privatwohnung. Dessen Frau saß in der Stube, nähte und erschrak fürchterlich, als sie Karl sah. Der Gendarm gebot ihm, dort zu warten, und verließ sie dann, um den Wachtmeister zu suchen.

Kaum war er aus der Tür, sprang Uhligs Ehefrau auf.

»Karl, hast du eine Uhr bei dir, die dir nicht gehört?«

Sie war mit Karls Mutter zur Schule gegangen und kannte ihn, seitdem er laufen konnte. Besorgt stand sie vor ihm.

»Weshalb?«, fragte er.

»Du sollst arretiert werden, weil du deinem Mietkameraden eine Uhr gestohlen hast.«

Karl zog die Uhr aus seiner Jackentasche.

»Aber sie ist nicht gestohlen. Er hat mir erlaubt, sie zu leihen.«

»Und nun hat er dich angezeigt.«

Karl wurde schwach auf den Beinen. Er fühlte sich, als habe ihm einer eine Keule über den Schädel geschlagen.

»Aber ich durfte sie nehmen.«

»Das glaubt man dir nicht!«

Schon hörten sie draußen jemanden die Treppe wieder emporsteigen. Die Wachtmeistersfrau flüsterte: »Weg damit, schnell!«

Hektisch hielt Karl ihr die Uhr hin: als Frage, ob sie sie einstecken könnte. Aber sie legte verschreckt eine Hand vor die Brust und schüttelte den Kopf. Karl flehte sie mit betenden Händen an. »Verstecken!«, flüsterte sie.

Die Schritte hatten schon die halbe Treppe erklommen.

Panisch sah Karl sich im Zimmer um. Frau Uhlig flüsterte: »Nicht hier!«

Dann fiel Karl der einzige Platz ein, den man bei einer Durchsuchung hoffentlich auslassen würde. Er steckte die Uhr vorn in seine Unterwäsche.

Frau Uhlig huschte zurück auf ihren Platz.

Als der Wachtmeister mit dem Gendarm eintrat, nähte sie, als sei nie etwas gewesen.

Weihnachten verbrachte Karl im Gefängnis.

»Sie beharren also weiter darauf, dass die Uhr nur geliehen war?«, fragte der Richter.

Karl nickte.

»Warum aber haben Sie dann bei Ihrer Verhaftung geleugnet, in ihrem Besitz zu sein?«

»Es war … ein Missverständnis«, sagte Karl.

»Und warum ist die Uhr bei der Durchsuchung in Ihrer Unterwäsche gefunden worden?«

Karl schwieg. Seine Mutter hatte ihm mehrmals eingeschärft, dass der Wachtmeister und seine Frau in größte Schwierigkeiten geraten würden, wenn man erführe, dass sie Karl gewarnt hatte. Und Schwierigkeiten – mehr Schwierigkeiten dürfe Karl auf gar keinen Fall verursachen.

Eine Gefängnisstrafe war eine Sache. Schwerer wog, dass Karl bei einer Verurteilung wohl endgültig aus dem Schuldienst suspendiert würde, und damit wären all die Jahre umsonst gewesen, in denen die Familie ihn ins Seminar geschickt hatte anstatt in die Fabrik. Versuchte er aber, sich auf Kosten Frau Uhligs zu entlasten, konnte es genauso ausgehen. Man wusste nicht, wie die Spinnfäden der Bürokratie von einem Amt ins andere liefen, und es wäre ein Leichtes für den Wachtmeister, glaubte Karls Mutter, sich für den Skandal zu revanchieren, indem er Karl hinten herum aus dem Staatsdienst entfernen ließ – bei seiner Geschichte! Das beste Mittel war, auf einen Freispruch zu hoffen und zu beten. Im Angesicht der undurchschaubaren Kräfte Gottes und der Obrigkeit war Beten stets das beste Mittel.

»Möglicherweise ist sie durch ein Loch in meiner Hosentasche hineingerutscht«, sagte Karl.

Der Richter und der Staatsanwalt starrten für einen Augenblick in die Luft, als versuchten sie, sich die Beschaffenheit einer Hose vorzustellen, aus deren Taschen etwas in die Unterwäsche hineingleiten konnte. So recht schien es ihnen nicht zu gelingen.

»Stülpen Sie einmal Ihre Taschen nach außen«, wies der Richter ihn an.

Karl stand auf und krempelte die Hosentaschen um. Es war kein Loch zu sehen.

»Oder besitzen Sie noch eine zweite Hose?«, fragte der Richter.

Karl schüttelte den Kopf.

»Man könnte möglicherweise versuchen«, erklärte der Richter, »Ihre Version der Geschichte zu glauben. Aber einen Gegenstand, welcher nur geliehen ist, verbirgt kein Mensch in seiner Wäsche.«

»Wenn Sie mit einer Lüge davonkommen wollen«, sagte der Staatsanwalt, »müssen Sie sich schon eine bessere ausdenken.«

Der Richter wartete, ob noch eine Verteidigung aus Karl herauskam, doch der Angeklagte setzte sich wieder und sah jämmerlicher aus als zuvor.

Der Richter überflog weiter Karls Akte. »Sie sind vor zwei Jahren bereits wegen Diebstahls aus dem Lehrerseminar Waldenburg entlassen worden«, stellte er fest. »Warum?«

Karl erschrak so sehr, dass sein Bein aufhörte zu wippen.

»Nun?«, fragte der Richter.

»Ich habe sechs Wachskerzen eingesteckt«, sagte Karl schnell, »aber sie waren bereits benutzt, fast nur noch Stumpen, und meine Familie besaß zu dieser Zeit keinerlei Geld, um noch die einfachsten Dinge …«

»Armut rechtfertigt kein Verbrechen!«, rasselte der Richter dazwischen.

»Aber …«

»Schweigen Sie!«

Also schwieg Karl.

Der Richter las weiter. »Nach einem Gnadengesuch hat man Sie dennoch die Lehrerausbildung beenden lassen«, sagte er, mehr zu sich selbst. »Aber dann sind Sie im vergangenen Oktober nach nur 15 Tagen schon wieder aus dem Schuldienst entlassen worden. Aus welchem Grund?«

Karl sank vollends zusammen.

Henriette, dachte er.

»Aus was für einem Grund, Herr May?«

Seine erste Stelle im sächsischen Schuldienst hatte Karl kaum zwei Monate vor seiner zweiten angetreten. Dem Examen im Herbst war sein Dienst an der Armenschule in Glauchau gefolgt, und in der Stadt hatte Karl ein Zimmer zur Untermiete bezogen. Sein Vermieter war ein grober Kaufmann, bei dem selbst das Lachen wie ein Befehl klang. Die Frau des Kaufmanns war so alt wie Karl und erst im Jahr davor mit ihm verheiratet worden. Karl gab ihr Klavierunterricht. Henriettes Spiel war so schön wie ihre Hände und ihre Hände so schön wie ihr Gesicht und das Gesicht so schön wie die Augen, die sie Karl machte. Die Heirat war gegen ihren Willen geschehen. Es dauerte keine Woche, bis Karl und sie sich über den Tasten das erste Mal scheu küssten, und nur zwei weitere Tage, bis ihr Mann das Verhältnis entdeckte. Er warf Karl hinaus und zeigte ihn bei der Schulbehörde an. Karl wurde aus dem Dienst entlassen, verließ die Stadt und sah Henriette nicht wieder.

»Wegen sittlicher Unwürdigkeit«, sagte Karl leise.

»Bitte?«, fragte der Richter.

»Die Entlassung erfolgte wegen sittlicher Unwürdigkeit«, sagte Karl.

Sein Bein hämmerte wieder auf und ab, dem Kolben einer Dampfmaschine gleich. Er rang mit sich.

Er könnte immer noch eine Verteidigung versuchen, indem er den wirklichen Weg nannte, den die Uhr in seine Unterwäsche genommen hatte. Aber wäre es richtig, diejenige zu denunzieren, die es als Einzige gut mit ihm gemeint hatte?

Der Staatsanwalt las noch einmal Scheunpflugs Aussage vor. Man hatte es nicht für nötig befunden, ihn vorzuladen, der Fall war eindeutig: Die Uhr war fort, die Anzeige kam, man fand die Uhr beim Angeklagten. Was hätte es da noch nachzufragen gegeben?

Karl selbst war, nachdem man ihn Anfang Januar aus der Untersuchungshaft entlassen hatte, noch einmal bei Scheunpflug gewesen, um ihn zu bitten, die Anzeige fallen zu lassen. Scheunpflug saß in der Küche, aß Pralinen und hatte wohl auch ein schlechtes Gewissen, denn er bot Karl eine an. Er bedauerte die ganze Angelegenheit außerordentlich. Ein Missverständnis, sagte er, ja – aber leider, leider, könne er in dieser Sache nun so gar nichts mehr unternehmen. Wenn die Mühlräder des Gesetzes erst einmal das Mahlen begonnen hatten, dürfe man nicht mehr hineingreifen, sonst würde man sich bös verletzen. Wie stünde er denn da, wenn er nun seine Anzeige plötzlich zurückzöge? Er würde sich selbst ärgste Scherereien holen. Keinesfalls sollte man diese leichtfertig riskieren, und überhaupt würde es schon nicht so schlimm werden. Nach der überstandenen Affäre würde er ihm gerne die Uhr überlassen, als Wiedergutmachung, und mit diesem Versprechen schob er Karl aus der Tür.

»Es dürfte klar geworden sein«, schloss der Staatsanwalt sein Plädoyer, »dass wir es mit einem zutiefst sittenlosen Individuum zu tun haben. Ein Mann, der trotz seines jungen Alters aus Gewohnheit lügt und Gesetze bricht, ein verdorbenes Gemüt, für dessen Besserung einzig eine Gefängnisstrafe in Betracht kommt.«

»Hat der Angeklagte noch etwas zu seiner Verteidigung zu sagen?«, fragte der Richter.

»Es war ein Missverständnis«, wiederholte Karl leise.

»Das behaupteten Sie bereits mehrmals, ohne irgendeinen Beweis dafür vorlegen zu können. Oder hat sich das geändert?«

Karl sah zum Wachtmeister, der ihn mit zufriedener Härte betrachtete. Er sah das verschreckte Gesicht vor sich, mit dem dessen Frau die Uhr von sich gewiesen hatte.

Karl schwieg.

Er bekam sechs Wochen.

Die sächsische Schulbehörde strich ihn aus der Liste der Schulamtskandidaten, bevor er seine Strafe angetreten hatte. Die Erteilung von Privatunterricht wurde ihm ausdrücklich untersagt.

Noch ehe er 21 Jahre zählte, war Karl Mays Leben vorüber,

8. Juli 1897
Bayerische Zeitung,
München

BESUCH EINES WELTREISENDEN

Am Montagnachmittag versammelte sich von drei Uhr ab eine große, im Ganzen mehrere Hundert Personen zählende Menge von Verehrern des rasch zu Berühmtheit emporgestiegenen Weltreisenden und Schriftstellers Dr. Karl May im Speisesaal des Hotels Treffler, um ihm ihre Huldigungen darzubringen. Nicht etwa bloß die studierende Jugend, nein, sondern viele gereifte Männer und auch zahlreiche Damen waren im Auditorium zu bemerken, um den Mann, den man in Nordamerika nur als Old Shatterhand kennt, persönlich reden zu hören. Nochmals Hunderte, die nicht mehr hineingedurft hatten, versperrten derweil vor dem Hotel die Straße dergestalt, dass die Polizei sich schließlich nicht mehr anders zu helfen wusste, als die Menge mit Wasser auseinanderzuspritzen.

Dr. May schilderte nachmittags ausführlich einzelne Episoden aus seinen Reisen und stand Rede und Antwort auf alle Fragen, die man an ihn stellte. Bezüglich seiner Lebensgewohnheiten etwa teilte der Redner mit, er sei es gewöhnt, nachts um ein Uhr zu Abend zu speisen, da er auf seinen Reisen stets, bevor er einen Platz für das Nachtlager wähle, sich gewöhnt habe, dessen Umgebung in weitem Umkreise zu durchforschen und erst dann zu Abend zu essen.

Im Herbste dieses Jahres gedenkt Karl May wieder den Atlantik zu durchqueren, um Winnetous einsames Grab zu besuchen, sich in den Rocky Mountains einen Grizzly-Bären zu holen und bei den Apachen einzukehren, deren 35.000 Krieger er jederzeit zu befehligen vermag. Für das nächste Jahr ist eine Reise nach Bagdad geplant. Dort will »Kara ben Nemsi«, wie man ihn in Arabien ruft, seinen Freund und einstigen Beschützer, den nunmehrigen Oberscheich der Haddedihn-Schammar, den unvergleichlichen Hadschi Halef Omar besuchen, und später, nach seiner Rückkehr, seine wunderbare Henry-Repitierbüchse, mit der er nach seiner Versicherung 100 Schüsse per Minute abzugeben vermag, ohne dass der Lauf heiß wird, dem deutschen Kaiser für Militärzwecke zur Verfügung stellen. Das Kaliber der Geschosse soll so klein sein, dass er in seinem Patronengürtel 1.728 Patronen (!) mit sich zu führen vermag.

Wohl allen, die an diesem Tag mit Dr. Karl May zusammentrafen, war es eine große Freude und wird es eine bleibende Erinnerung sein, den Mann, der die ganze Welt bereist hat, der über 1.200 Sprachen und Dialekte versteht, den letzten Vertreter der Romantik des Wilden Westens von Angesicht zu Angesicht gesehen zu haben.

Erster Teil

3. April 1899

Genua, Königreich Italien

Es muss unsere Erzählung mit einem Abschied beginnen. Und wenn manch Leser später behauptet, dass die Chronik der vorliegenden Affäre überhaupt die Geschichte eines einzigen langen Abschiedes sei, so wollen wir dem nicht widersprechen. Die Ereignisse jedenfalls, welche Karl May in der jüngsten Zeit widerfahren sind, haben viele brave Bürger des Landes zu Recht erregt. Sie erscheinen uns jedoch nicht allein deshalb unbedingt berichtenswert. Vielmehr haben wir es uns zur Aufgabe gemacht, ein genaues Zeugnis dieser vergangenen Jahre anzufertigen, weil auch der voreingenommenste Betrachter einsehen muss, dass sich am Beispiel des Karl May einige fragwürdige Strömungen zeigen lassen, welche auch an anderer Stelle die Moral unserer schönen Nation unterspülen.

Endgültig über unseren Zeitgenossen zu urteilen, steht uns nicht zu. Jedoch begreifen wir es als unsere Bürgerpflicht, die in Teilen doch sehr privaten Angelegenheiten des Karl May für die Öffentlichkeit dergestalt aufzudecken, dass ein jeder aus ihnen eigene Lehren zu ziehen vermag. Wenn dabei auch von Einzelheiten die Rede sein wird, die manchem als heikel, ja sogar bedenklich erscheinen, so ist dies leider nicht zu vermeiden; wir möchten unsere Leser allerdings im Interesse Karl Mays ersuchen, diese später taktvoll wieder zu vergessen.

Mit dieser kurzen Ermahnung, alles Kommende verantwortungsvoll zu behandeln, wollen wir uns nun dem angekündigten Abschied zuwenden: Man begeht ihn in Italien, an einem Apriltag, an dem ein Aufbruch bevorsteht und die Toten dem Reisenden noch einige Warnungen auf den Weg geben sollen.

Jener Frühlingstag war ein warmer gewesen, und am Abend hatten sie draußen speisen können, die Eheleute May und die Eheleute Plöhn. Von der Terrasse ihres Hotels, das sich 50 Meter oberhalb des Hafens an den steilen Fels klammerte, konnten sie nun zusehen, wie im abnehmenden Licht des Tages die Laternen unter ihnen entfacht wurden. Längst hatte die Sonne sich hinter Genuas Berge zurückgezogen und mit ihrem Verschwinden dem Meer alle Farbe geraubt. Jetzt lag es da, als grauer Teppich unter einem Himmel, in dem sich tapfer ein Rest Helligkeit hielt. Ein erster Stern blinkte zwischen aufziehenden Wolken, und vom Strand kündigte das laute Brechen der Wellen einen Sturm an. Es frischte auf. Die Damen fröstelten. Also erhob man sich, um zur Geisterbeschwörung hineinzugehen.

Die beiden Paare traten in das warme Funkeln des großen Salons, in dem unter den elektrischen Kronleuchtern nur wenige Herrschaften mit dem Silberbesteck klapperten; auch die Kristallgläser schwiegen, es war noch nicht Saison. Sie gingen zur Bar, die Damen jeweils bei den Herren eingehakt, um für die Séance noch Getränke auf das Zimmer zu bestellen.

Ein Kellner im Frack eilte zu ihnen.

»Ich …«, begann Karl, doch er wurde von seiner Frau unterbrochen.

»Wir würden gern einen günstigen Wein bestellen«, sagte Emma.

Karl schickte ihr einen mahnenden Blick herüber und schenkte dann dem Kellner sein großzügigstes Lächeln.

»Wir hätten gern Ihren besten Wein«, sagte er.

Der Kellner, wohl unsicher, welches Getränk er bringen sollte, blickte zwischen Emma, deren Mund ein strenges Minuszeichen formte, und dem aufmunternd nickenden Karl hin und her. Er entschied sich für jene Bestellung, die auch für das Haus die beste war, und machte eine kleine Verbeugung in Richtung Karl, der ihm dafür ein generöses Trinkgeld in die Hand drückte.

Es ist doch immer dasselbe mit ihm, dachte Emma und löste sich auf dem Weg zur Treppe aus Karls Arm.

»Muss das sein?«, fragte sie auf den Stufen und begann, Karl seine überflüssigen Ausgaben des Tages vorzurechnen: »Heute schon wieder ein Goldstück Trinkgeld für den Kutscher, vier Silberstücke für Bettler und dann die Reiseapotheke. Vom Preis der Reiseapotheke allein könnte man …«

»Der kluge Reisende muss vorsorgen«, sagte Karl auf dem ersten Treppenabsatz.

»Aber doch nicht mit einer Reiseapotheke in einer Kiste aus Mahagoni für 100 Lira!«

Von den Wänden blickten streng tote Könige in Öl herab, und noch immer hoffte Emma, dass die Geister Karl dieses ganze irrsinnige Vorhaben gleich ausreden würden. Monate unterwegs, dachte sie, ausgerechnet er, und dann in seinem Alter. Sie hatte versucht, Karl von dieser Reise abzuhalten. Aber sie waren gemeinsam aus Radebeul aufgebrochen, über die Alpen gefahren und hatten Karls Schiffspassage gekauft, ohne dass er einmal auf ihre Einwände eingegangen wäre. Nun würden es also die Geister richten müssen. Und wenn nicht einmal diese ihn gleich zur Umkehr überreden könnten, dachte Emma, dann sollten sie ihn doch wenigstens zu Vorsicht mahnen, und wenn sie auch das nicht taten, dann mussten sie ihm wenigstens noch einmal einschärfen, nicht so mit dem Geld um sich zu werfen, denn auf Emmas Rat hörte er ja sowieso nie.

»Mietz, lass gut sein«, sagte Karl und tätschelte ihre Hand.

Emma drehte sich zu Klara, die hinter ihnen ging: »Sag doch auch einmal etwas dazu.«

Die Plöhns hatten die Auseinandersetzung der Mays in bewährter Weise zu übergehen versucht, indem sie eingehend die dicken Läufer und das Rot der fein gearbeiteten Tapeten des Treppenhauses betrachteten.

»Richard, hilf mir!« Auch Karl wandte sich um, in scherzhafter Hilflosigkeit.

Richard, der mit seinem runden Glatzkopf und dem ebenso runden Bauch stets einem vergnügten Schneemann glich, lachte sein hohes, etwas unsicheres Lachen und wartete zunächst, was seine Frau zu dieser Causa sagen würde.

»Den Wein hat Karl sich doch verdient«, erklärte Klara, die – obwohl selbst nicht groß und von einer Körperhaltung, als würde die Last eines zu schweren Kopfes sie beugen – ihren Mann doch überragte.

»Genau«, sagte Richard.

Emma presste die Lippen noch fester zusammen und wollte Klara gerade vorhalten, dass sie unter vier Augen, wenn es um Karls übermäßige Ausgaben ging, ganz anders sprach; aber da ergriff Klara schon zärtlich Emmas Hand: »Kinder, wir wollen doch heute nicht streiten.«

»Genau«, sagte Karl.

Emma drückte Klaras Finger. Und weil sie innen an ihrem Mieder die beruhigende Nähe des Briefes spürte, den sie seit Tagen an genau dieser Stelle vor Karl versteckte, ohne zu wissen, ob sie ihn vor seiner Abreise noch hervorholen würde oder nicht, fügte sie sich, und man ging weiter zum Zimmer der Plöhns.

Dort nahmen sie an dem kleinen Tisch unter dem Fenster Platz, Herren und Damen jeweils gegenüber. Bald brachte der Kellner den Wein, und als die Gläser gefüllt waren, erhob Karl das seinige und bedankte sich noch einmal, dass Richard und Klara sie über die Alpen begleitet hatten: »Auch für die besten Freunde ist eine solche Reise nicht selbstverständlich.«

»Auch für die besten Freunde ist eine solche Einladung nicht selbstverständlich. Wir haben doch zu danken!«, rief Richard.

»Auf das Verabschiedungskomitee!«, sagte Karl.

»Auf den Weltreisenden!«, sagten die anderen, und herzlich prosteten sie sich zu.

Unten im Hafen lag der Reichspostdampfer »Preussen« schon vor Anker, und wenn die vier aus dem Fenster schauten, sahen sie, wie er die Schornsteine über die Dächer reckte. Karls sieben Koffer standen gepackt im Zimmer nebenan, auch die Reiseapotheke war verstaut, und im Deckel des kleinsten Koffers, in der Innentasche, welche die Wertsachen hielt, steckte sicher verwahrt sein Fahrschein: erste Klasse, Einzelkabine, für eine Person nach Port Said, Ägypten, keine Rückreise.

Sie leerten die Gläser. Dann baute Klara zwei Kerzen auf dem Tisch auf. Karl zog aus der Anzugtasche einen Bleistift und einige unbeschriebene, gefaltete Blätter hervor, und Emma bat darum, an diesem Abend das Medium sein zu dürfen.

»Bist du sicher?«, fragte Klara.

»Es ist doch ein so besonderer Tag«, sagte Emma.

Es lag ihr tatsächlich sehr daran, heute persönlich die Geister um Rat zu bitten, obwohl sich bei den gemeinsamen Séancen nicht sie, sondern Klara als das begnadetste Medium erwiesen hatte. Nachdem ein alter Schulfreund Karls sie einige Jahre zuvor tiefer in die spiritistische Wissenschaft eingeweiht hatte, waren die Ehepaare davon abgerückt, von den Geistern nur Klopfzeichen oder ein Wackeln des Tisches zu erbitten. Denn wer sich aus dem Jenseits genauere Auskunft betreffs der Zukunft oder des eigenen Schicksals erhoffte, geriet mit dem Klopfen schnell in Not: Bis man mithilfe sehr genauer Fragen, die man den Geistern stellte, und ihrer geklopften Antworten – einmal für »ja«, zweimal für »nein«, dreimal für »vielleicht« – zum Ziel gelangt war, verging einige Zeit. Auch wenn – was ein anderes Verfahren war – die Teilnehmer am Tisch laut das Alphabet aufsagten und die Geister durch Klopfen einzelne Buchstaben auswählten, die hintereinandergereiht eine Antwort ergaben, benötigten erschöpfende Vorhersagen eine Weile. Schnell hatte man so einen ganzen Abend ohne Ergebnis verklopft, denn auch die Geister wollten einmal heim.

Wie sich aber herausgestellt hatte, besaß Klara eine ganz außergewöhnliche Begabung für das automatisierte Schreiben, bei dem die Toten Besitz vom Körper des Mediums ergriffen. Sie führten ihm die Hand, und wo andere Medien, wie Emma, nur einzelne Wörter und manchmal einen schwer zu entschlüsselnden Satz aus dem Totenreich empfingen, diktierten die Geister Klara seitenlange Briefe.

Den Botschaften fehlte zwar die Interpunktion, und nicht immer ließ sich ihr rätselhafter Inhalt zweifelsfrei entschlüsseln, doch dank Klaras sicherer Hand war die Schrift der Geister stets einwandfrei zu lesen. Und je mehr Übung sie besaß, desto mehr Zutrauen fassten die Toten. Bald beantworteten sie der Runde fast alle Fragen die Zukunft betreffend, und so hatten die Eheleute May und Plöhn (und hier besonders: die Frauen) in den vergangenen Jahren wichtige Entscheidungen selten gefällt, ohne vorher den Rat der Geister zu holen. Ausnahmen gab es. Den Entschluss etwa, die bevorstehende Reise zu unternehmen, hatte Karl getroffen, ohne die Toten zu konsultieren, was Emma durchaus nicht recht gewesen war.

»Aber hätte Karl zum Abschied nicht einige besonders ausführliche Antworten verdient?«, fragte Klara.

»Bei einem so wichtigen Anlass ist es doch besser, ein Medium zu wählen, das dem Betreffenden nahesteht«, sagte Emma und dachte, dass schließlich niemand einem Mann näher stehe als seine eigene Frau.

Es klopfte zweimal – doch nur an der Tür. Karl hatte noch eine weitere Flasche Wein bestellt und öffnete dem Kellner.

Klara gab nach und reichte Emma Stift und Papier.

Nachdem noch einmal eingeschenkt war, löschten sie das elektrische Licht, und nur die beiden Kerzen bewahrten den Raum vor völliger Dunkelheit. Draußen kratzte der Wind an den Fenstern. Die vier fassten sich an den Händen, bloß Emma hielt in ihrer Rechten den Stift.

Wie ein jeder Kenner der spiritistischen Künste weiß, bringen Beschwörungsformeln, Gesänge oder Zaubersprüche die Geister nicht schneller herbei. Die beste Einladung ist ihnen völlige Stille und große Andacht, und so saßen die vier um den Tisch, schwiegen versunken, konzentriert auf das Totenreich, und nur die Wellen schickten vom Strand ihr Klagen den Berg hinauf.

Es verging eine Viertelstunde. Unruhig aber brauchte man nicht zu werden, oft nahmen die Geister sich Zeit.

Die Kerzen flackerten, doch das mochte Zufall sein, als Emmas

Hand schließlich zu zittern begann. Rasch wuchs der leichte Tremor zu einem Schlottern, der den Stift in Emmas Hand tanzen ließ.

»Wer ist da?«, fragte Klara laut.

Emmas Hand beruhigte sich. Sie selbst hielt die Augen geschlossen, die anderen beobachteten gespannt, wie sie begann, in ungelenken Zügen einen Buchstaben auf das Papier zu malen. Es war ein V. Es folgten ein A, ein T, ein E und ein R, dann begann ihre Hand ein neues Wort. F und E und H und S und E und N schrieb sie, dann wussten alle, wer gekommen war: Fehsenfeld senior, der längst verstorbene Vater von Karls Verleger. Er war ihnen ein häufiger Gast.

»Seien Sie uns willkommen!«, sagte Karl.

(Nur ganz zu Anfang ihrer Séancen hatte einmal die Frage erörtert werden müssen, wie formell man eigentlich den Geistern begegnete. Schnell hatten sie sich darauf geeinigt, es so zu halten, wie man auch die Lebenden angesprochen hätte, also blieb man mit Fehsenfeld senior beim Sie.)

Klara, Karl und Richard tauschten Blicke, wer dem Toten die erste Frage stellen sollte. Die Wahl fiel auf Klara.

»Was erwartet Karl auf seiner Reise?«, fragte sie.

Wieder begann Emma, einen Buchstaben zu zeichnen. Es war ein T. Sie hielt die Augen geschlossen und gab ein tiefes Seufzen von sich, wie es in dieser Runde eigentlich nur Karl schon einmal gehört haben sollte, und ihre Hand beschrieb den Kreis eines O. Dann fuhr der Stift eine Gerade hinab. Die drei Zuschauer dachten, es würde ein I daraus, doch der Stift schlug einen Haken nach rechts. Kurz durfte man auf ein L hoffen, dann aber nahm der Stift einen Bogen zurück nach links oben, und als auf dem Papier klar und deutlich ein D zu lesen war, schrie Klara auf und riss Emma damit aus ihrer Trance.

»Um Himmels willen!«, flüsterte Klara.

»Bei Gott«, rief Emma, als sie sah, was ihre Hand geschrieben hatte.

Auch Karl war blass geworden.

Sofort fassten sie einander wieder bei den Händen. Emma schloss die Augen und versuchte, wieder Kontakt aufzunehmen. Schnell zitterten ihre Finger.

»Herr Fehsenfeld?«, fragte Klara.

Bang blickten die drei auf Emmas Hand, doch nichts geschah.

»Herr Fehsenfeld!«, bangte Klara.

Nur der Wind rüttelte an den Scheiben. Sie warteten.

»Ist jemand anders zugegen?«, fragte Karl schließlich.

Ein Luftzug schlich sich durch die Fenster herein und ließ die Kerzenflammen flattern. Doch kein Geist gab sich zu erkennen.

Immer wieder zwar zitterte Emmas Hand, doch es waren nicht die Toten, die den Stift zum Schwingen brachten, es war nur die Angst. Emma konnte sich kaum mehr länger als eine Minute sammeln, dann rasten ihre Gedanken wieder davon, und je weniger sie sich sammeln konnte, desto hektischer wurde sie, und kein Geist der Welt ließ sich mit Unruhe im Herzen locken.

Nach einer halben Stunde gaben sie auf.

Karl rang nach einer Erklärung.

»Wahrscheinlich«, sagte er, »haben wir Emma zu früh aus ihrer Trance geweckt, und tatsächlich kennen wir erst den Anfang des Wortes.«

Gemeinsam überlegten sie, welcher harmlose Begriff mit diesen Buchstaben beginnen konnte.

»Todesmut«, schlug Richard vor.

»Todesverachtung«, sagte Klara.

»Todmüde«, überlegte Karl.

»Du darfst auf keinen Fall abreisen!«, sagte Emma, der die Warnung der Geister ja nun eigentlich sehr entgegenkam.

»Aber es ist doch auch noch gar nicht klar, um wessen Tod es geht«, sagte Richard.

Karl stimmte ihm zu. Das hatten sie noch gar nicht bedacht.

Von allen in der Runde war es Richard, der den Urteilen aus dem Jenseits am wenigsten gern folgte. Über die kleinen Dinge, das hatte er einmal erklärt, gut, darüber könne man beraten. Aber über die Führung seiner Verbandstofffabrik lasse er keine Toten entscheiden – worin Karl ihm recht gab, schließlich waren die Toten in Dingen der Wundversorgung voreingenommen. Über dieses Bonmot hatte selbst Emma gelacht, aber seit jenem Abend hegte sie den Verdacht, dass Richard vielleicht der ganzen Sache des Spiritismus überhaupt keinen Glauben schenkte und nur mittat, um seine Freunde nicht zu enttäuschen.

Darum konnte sie auch seinen Einwand nicht gelten lassen. Sie hielt weiter Karls Hand und tupfte sich die Augen. »Bleib!«, sagte sie.

Karl hatte den Zettel immer wieder besorgt zur Hand genommen, ihn gedreht und wieder weggelegt. Nun hielt er ihn erneut.

»Aber es muss sein«, sagte er.

»Und einem Mann wie unserem Old Shatterhand kann doch überhaupt gar nichts zustoßen!«, beruhigte Richard.

Das jedoch konnte Emma keinesfalls trösten. Denn einem Mann wie Old Shatterhand mochten Abenteuer in der Fremde tatsächlich nichts anhaben können.

Einem wie Karl aber, fürchtete sie, schon.

4. April 1899

Genua, Königreich Italien

Emma schlief kaum. Bis zum Morgen warf sie sich im Bett herum und hoffte, Karl damit zur Strafe aufzuwecken, aber der lag da wie ohnmächtig.

Unverantwortlich, dachte sie, und starrte den schlafenden Karl an, unverantwortlich, tollkühn und rücksichtslos. Am Abend hatte sie es ihm endlich beweisen können, mit den Geistern als Kronzeugen, aber dann hatten diese ja doch noch ihren Segen für die Reise geben müssen.

Es war drei Uhr geworden, bis die vier endlich ins Bett fanden. Lange hatten sie debattiert, ob Karl den Aufbruch tatsächlich wagen sollte. Dann hatten sie das einzig Naheliegende beschlossen: Klara sollte statt Emma noch einmal Kontakt mit dem Jenseits aufnehmen, um herauszubekommen, was es mit dem angekündigten Tod auf sich hatte. Aber auch sie war von der Botschaft zu erschüttert, um eine stabile Verbindung zu den Geistern zu finden, und so bekam sie nur auf eine Frage eine deutliche Antwort: Ob Karl denn überhaupt aufbrechen sollte? Die Antwort diktierten sie Klaras zittriger Hand. Es war ein J und ein A.

Emma warf das Kissen aus dem Bett. Es war zu groß. Die Decke zu warm. Karl schlief zu laut. Es war alles ein Ärger. Gleich hätte man ihn stoppen müssen, dachte Emma, überhaupt nie hätten wir losfahren dürfen. 30.000 Mark, dachte sie, für dieses Unternehmen – ein Irrsinn. Und nun die Lebensgefahr. Aber Karl hatte so lange schon von einer Reise in den Orient gesprochen, ohne dass er je aufgebrochen wäre, dass sie auch seine letzte Ankündigung, diesen Plan endlich in die Tat umzusetzen, nicht ernst genommen hatte.

Als Karl dann im Winter tatsächlich begonnen hatte, Vorbereitungen zu treffen, freute sie sich zuerst, ihn für eine Weile aus dem Haus zu haben. Aber nur, bis er beim Mittagessen das erste Mal von »mehreren Monaten, vielleicht einem Jahr« sprach, die er unterwegs sein würde. Was das denn solle, stellte sie Karl zur Rede, und gleich so lange Zeit? Das würde sie nicht begreifen, antwortete er. Das würde sie durchaus begreifen, sagte sie darauf, sie sei nämlich nicht so dumm, wie er manchmal meine. Aber auch darauf bekam sie keine Antwort, sodass Karl ihr keine andere Wahl ließ, als ihn später so lange zeternd durchs Haus zu verfolgen, bis er ihr die Tür seines Arbeitszimmers vor der Nase zuschlug, von drinnen »Ich habe es satt, mich von dir bremsen zu lassen!« brüllte und drei Tage lang nicht herauskam.

Er hatte recht: Sie begriff es tatsächlich nicht. Karl gab sich auch keine Mühe, es ihr zu erklären. Darauf, dass sie die kommenden Wochen damit verbringen musste, für Karl ein Adressbuch mit den Anschriften sämtlicher Zeitungsredaktionen des Reichs zusammenzustellen, konnte sie sich immerhin einen Reim machen. Aber dennoch: 30.000 Mark!

Erst als über Genua der Morgen dämmerte, fand Emma schließlich doch noch einen fahrigen Schlaf, und es half ihr dabei der Gedanke an jenen Brief, der nun an der Innenseite ihres Kleides im Schrank hing. Als Ehefrau und Sekretärin ihres Mannes wäre es selbstverständlich ihre Pflicht gewesen, ihn Karl auszuhändigen. Bloß hatte diese Reise sie immer wieder davon abgehalten. Zumindest das Geld nämlich, das dieses ganze irrwitzige Unterfangen kosten würde, ließe sich mit dem brieflich angekündigten Geschäft wieder hereinholen.

Allerdings nur, wenn Karl zunächst nichts davon erfuhr.

Der Tag begann in Grau.

Früh hatten sie eine Kutsche bestellt, die Karl und seine sieben Koffer in den Hafen brachten. Emma, Klara und Richard stiegen nach dem Frühstück die Treppen zum Hafen hinab. Von der See blies ein steifer Wind durch die steilen Gassen, und manchmal traf sie dünner Regen. Es war ein Wetter zum Davonfahren.

Zwischen den Wagen voller Gepäck, unter den Kränen, die letzte Kisten verluden, durch die Rufe der Hafenarbeiter liefen sie dann den Kai entlang und bewunderten den weißen Dampfer. Jungens in Lumpen zerrten für Herren in Anzügen Koffer die Gangways hinauf; Damen hielten ihre Hüte fest, wenn sie zur »Preussen« emporstiegen; runzelige Frauen saßen auf den elefantenfußgroßen Pollern, welche die Schiffstaue hielten, und verkauften Früchte. Ganz hinten, auf Höhe des Hecks, stand Karl am Kai und rauchte mit dem Schornstein um die Wette.

Er war gerade die Gangway wieder heruntergekommen, um einen Streit mit einem der Stewards beizulegen: Man hatte Karl seine luxuriöse, aber eben auch nur gefängniszellenkleine Kabine erst zeigen müssen, um ihn zu überzeugen, dass nicht alle seine Koffer dort Platz finden würden. »Dann bringen Sie diese in den Gepäckraum«, wies er nun den Steward an und zeigte auf die drei größten Koffer, »und den Rest bitte in meine Kabine.«

Er wollte dem Steward ein ordentliches Trinkgeld geben, aber Emma kam gerade noch rechtzeitig, um das zu verhindern.

Missmutig ging der Steward ab.

Emma schob Karl das Geld zurück in die Tasche.

Schon bevor Karl die Tür seines Arbeitszimmers vor ihr zugeschlagen hatte, war dieses Gefühl in Emma geschlichen, dass die Geister ihr über diese Reise noch einiges zu sagen hatten. Zum ersten Mal über den Ozean, dachte Emma, und gleich so weit – es musste doch einen besseren Ausweg geben. Und dass ihm nicht klar war, dachte sie, dass er es nicht begriff, was sie selbst über Wochen als vage, formlose Ahnung in sich trug: dass nämlich dieses Vorhaben nicht gut würde ausgehen können … – es machte sie ganz rappelig.

Aber Emma hätte die Hilfe der Toten gebraucht, um ihre Einwände ausdrücken und Karl vortragen zu können.

In der Hektik der Reisevorbereitungen jedoch war mit Karl zusammen keine Zeit mehr für eine Séance zu finden, und als sie für sich bemerkt hatte, dass es möglicherweise eine noch bessere Idee wäre, die bevorstehenden Ereignisse zunächst ohne Karl, nur mit Klara und den Geistern zu besprechen, blieb selbst dafür keine Zeit mehr. So hatte sie ihre Befürchtungen, die groß waren, aber keine Richtung kannten, mit über die Alpen getragen, und an diesem Tag, in Genua am Kai, war das Einzige, was ihr weiterhin ein wenig Beruhigung verschaffen konnte, der Brief, von dem sie nun wieder glaubte, dass sie ihn Karl geben würde, wahrscheinlich jedenfalls, oder bestimmt, möglicherweise auch nicht.

Tatsächlich hatte sie sich nun schon mehr als zwei Wochen lang weisgemacht, dass sie den Brief vor Karl ja nicht versteckte, sondern einzig den passenden Moment abwartete, ihn auszuhändigen, weil sein Inhalt ja durchaus nicht trivial war. (Und weil sie ahnte, dass Karl alle erdenklichen Schritte gegen den darin in Aussicht gestellten Geldregen unternehmen würde.) Die letzten beiden Tage in Radebeul aber waren verstrichen, und alles, was sie getan hatte, war, den Brief geschickt aus Karls Reichweite zu halten. Sie waren mit Plöhns nach Frankfurt gefahren, hatten mit ihnen gemeinsam Fehsenfelds in Freiburg getroffen, waren mit Plöhns weiter nach Genua gereist und hatten viel Zeit in Zügen und Kutschen gesessen, ohne dass Emma einer der vielen Momente je passend für eine Übergabe erschienen wäre. Und selbst jetzt, da die »Preussen« mit einem gewaltigen Tuten zum Ablegen rief, redete sie sich ein, dass eine Entscheidung, den Brief betreffend, ja noch gar nicht gefallen war und sie ihn Karl gleich noch würde zustecken können.

Karl umarmte Richard. Karl umarmte Klara.

Dann traten die beiden zwei Schritte zurück, um Karl und Emma den letzten Abschied zu überlassen. Zehn Schritt vor der Gangway hielten die Mays sich bei den Händen, und Emma wollte die Gelegenheit nutzen, ihm noch einmal alle Vorwürfe zu machen, die er in der Nacht zuvor verschlafen hatte. Karl aber hatte Tränen in den Augen.

»Ich werde dir jeden Abend Grüße über den Himmelswagen senden«, sagte er.

Und wie sie da so standen, überfiel auch Emma plötzlich eine große Traurigkeit.

»Mietz«, sagte Karl.

»Hühnelchen«, sagte Emma.

Und dann weinte auch sie, es war alles so verwirrend.

Ein letztes Mal nahm Karl sie in den Arm, und als er sie drückte, spürte Emma, wie das Papier in ihrem Kleid sie in die Haut stach. Mit einem Kuss auf ihre Stirn verabschiedete er sich, dann wandte er sich zur Gangway.

»Warte!«, rief Emma, als er sie erreicht hatte.

Sie ging Karl nach.

Aber dann umarmte sie ihn doch nur ein letztes Mal und ließ ihn hinaufsteigen.

Klara nahm sie in den Arm, als sie zu den anderen trat. »Es wird ihm schon nichts geschehen«, sagte sie. »Und er wird unterwegs auf ganz neue Gedanken kommen.«

Emma schluchzte und dachte, dass sie sich zurück in Radebeul wirklich ausführlich mit den Geistern beraten müsste. Denn vielleicht würden diese ihr erklären können, warum Letzteres eigentlich ihre größte Angst war.

Karl stand am Heck der »Preussen«, das Land vor ihm wich zurück, und es dauerte nicht lang, bis er seine Frau aus den Augen verlor. Eben im Hafen, als der Dampfer mit leisem Schnaufen vom Kai geglitten war, da hatte Karl sogar noch Emmas Blick finden können, wie sie unten an Land ihren Hut im Wind festhielt. Als das Schiff an der Mole vorbeischlich, flatterte ihr Kleid noch kess aus der Gruppe der Winkenden hervor, doch dann schnauften die Maschinen lauter, jenseits der Hafenmauer empfingen die Wellen das Schiff, und schon konnte Karl Emmas erhobenen Arm nicht mehr recht sehen. Dann den Menschen, der seine Frau war, nicht mehr von anderen im Pulk unterscheiden. Bald verschwammen die Körper zu winzigen Schlieren; Fuhrwerke und Pferde verschmolzen mit den Häusern, und die Häuser schließlich mit den Hügeln der Stadt. Genua blieb hinter ihnen, und irgendwann ließ auch Karl den Arm sinken, mit dem er zurückgewinkt hatte, selbst, als er Emma längst nicht mehr erkannte.

Ich trat zwischen den Felsen hervor,

dachte Karl,

und der Eindruck, den ich machte, war groß. Die Halunken, die wir über Tage verfolgt hatten, sprangen von ihrem Lager auf. »Das ist der Doktor aus Germanistan!«, rief der Scheich. »Wie konnte er sich von seinen Fesseln befreien?«

Kaum aus dem Hafen, hatte die »Preussen« Fahrt aufgenommen. In den Zylindern der Maschine wuchtete der Dampf die Kolben umher und schob 140 Meter Stahl durch die See. Die »Preussen« war schnell, auch gegen die Wellen, mit 15 Knoten teilte sie die Kämme. Karls Phantasie aber eilte dem Schiff längst voraus.

Der Scheich,

dachte er,

legte seine Flinte auf mich an, und seine Bande tat es ihm gleich.

»Lasst eure Waffen sinken«, gebot ich ihnen, »ihr seid umstellt! Ein Schuss, und ihr werdet alle niedergestreckt.«

»Glaubt diesem Narr kein Wort!«, rief der Scheich.

»Halef!«, rief ich.

Auf das vereinbarte Signal gab der gute Hadschi Halef einen Schuss ab, der vor den Füßen des Scheichs einschlug.

»Seht ihr jetzt, dass ich nicht lüge?«, fragte ich.

Ja, dachte Karl, so würde es sein. Genauso, wie es immer gewesen war im Orient, so würde es nun wieder werden. Entrückt schaute er zurück auf die Küste, an der Genua nur noch eine Ahnung zwischen dem Bergen war. Doch was er eigentlich sah, waren ein Lager in der Wüste, die verschlagenen Gesichter einiger Gauner und die Waffe in seiner Hand.

Kohlenqualm aus den Schornsteinen streifte seine Nase.

Der leichte Frühjahrssturm trieb Wolken zum Land.

Die Männer ließen ihre Waffen fallen.

Längst hatte der Wind die Wellen um die »Preussen« so hochgeblasen, dass sie an den Bullaugen des Hauptdecks leckten. Sie trugen Schaumkronen, noch bevor sie gegen den Rumpf schlugen, sie trafen den Bug halb von steuerbord und halb von vorn. Abwechselnd ließ die raue See Karl hochleben und wieder fallen, und Karl dachte:

Nur der Scheich selbst hatte sich von Halefs Schuss nicht einschüchtern lassen. Drohend schritt er auf mich zu. Ich allein versperrte den Fluchtweg.

»Bleib stehen«, gebot ich ihm, »sonst trifft die nächste Kugel dich.«

In seinen Augen sah ich den Irrsinn, der den Mann erfasst hatte.

»Ich warne dich!«

Mit einem schnellen Satz wollte er sich auf mich stürzen. Geschickt wich ich seinem Sprung aus und setzte ihm einen Hieb an die Schläfe. Ohnmächtig sank der Scheich auf den schwankenden Boden. »Herrlich, nicht wahr?«

Karl erschrak fürchterlich, als plötzlich ein Mann neben ihm stand und ihn ansprach.

»Herrlich, nicht wahr?«, wiederholte der Mann. Und weil Karl nicht antwortete, erklärte er: »Die Aussicht!«

»Ein Schauspiel, ja!«, sagte Karl, als er sich gefasst hatte.

»Verzeihen Sie, dass ich Sie so direkt anspreche, aber: Sind Sie der Doktor May? Karl May?« Neben dem Herrn stand ein Mädchen, vielleicht zwölf, das Karl ehrfürchtig ansah.

Karl straffte sich: Sehr wohl, natürlich, selbstverständlich – Dr. Karl May, genau der sei er.

Hocherfreut schüttelte der Herr Karls Hand und stellte sich als Professor Lesser vor, Dermatologe aus Berlin, Direktor an der Charité, mit seiner Tochter auf dem Weg nach Ägypten, die Pyramiden besichtigen, das Land bereisen, die Wüste sehen. »Auf den Spuren von Kara Ben Nemsi natürlich!«, setzte er zwinkernd hinzu, während er Karls Hand immer noch nicht loslassen mochte.

Er habe, erklärte er, Karls Namen auf der Passagierliste gesehen und ihn dann erkannt, weil in seinem Salon schon seit Jahren eine von Karls signierten Photographien stehe; seine Tochter – begeisterte

Leserin wie der Rest der Familie – habe sie einst per Brief von ihm erbeten. Immer wieder hätten sie alle diese Photographie bewundert: Old Shatterhand in seinem Gewand, in dem er schon durch den Westen gestreift war, durch all die Abenteuer, all die Gefahren; was für ein Segen, dass er stets heil zurückgekehrt sei, von den Komantschen allein …! – Aber er wolle ja nicht abschweifen; jedenfalls: nun hier ihn, Old Shatterhand persönlich, auf diesem Schiff zu treffen, das sei eine so ganz außerordentliche Freude, nein, eine solche Ehre, also Donnerwetter, er wisse gar nicht, was er sagen solle.

Karl, so zugetan, wie man nur sein konnte: Er müsse sich um das zu Sagende keine Sorgen machen, das aufrichtigste, freundlichste und größte Kompliment habe er ihm hiermit schon gemacht; und es sei ganz seinerseits immer die größte Freude für ihn, eifrigen Lesern zu begegnen.

»Aber was für ein Zufall«, sagte Lesser, »just hier auf dem Schiff!«

»Ich bitte Sie! Ich bin häufig auf Schiffen anzutreffen. Ich kann wohl schlecht um alle Meere herumreiten, wenn ich zu meinen Reisen aufbreche, nicht wahr?«

Herzlich lachend schüttelten Karl und Lesser einander weiter die Hand, und es wären wohl viele Männer an Lessers Stelle froh gewesen, sich bei diesem Seegang an einem solch formidablen Mann festhalten zu können. Denn Karls gutes Gesicht, die freundlichen kleinen Falten um seine Augen und das Haar, das sich vor der forschen Stirn schon lang in streng zugeteilte Reservate zurückgezogen hatte; sein gemütlicher sächsischer Zungenschlag, seine Liebenswürdigkeit und seine überraschend weichen Hände – sie konnten nicht darüber täuschen, was doch ein jeder aus Karls Büchern wusste: dass diese Hände nämlich furchtbare Waffen waren, die einen jeden Gegner niederstreckten. Wie glücklich aber konnte man sich schätzen, wenn eine dieser Schmetterhände einen bei hohem Seegang hielten!

Schließlich wagte es auch Lessers Tochter, das Wort an Karl zu richten. »Vermissen Sie Winnetou sehr?«, fragte sie ihn.

Das sei aber nun vorlaut, mahnte ihr Vater.

Karl schaute sie an, Rührung im Blick, und beruhigte den Vater: Das sei schon in Ordnung und die Antwort doch so offensichtlich.

»Es vergeht keine Stunde, in der Winnetou mir nicht fehlt«, sagte er. Dann schaute er bewegt über das Meer.

Lesser und seine Tochter schwiegen mit ihm.

»Ich vermisse ihn auch«, sagte das Mädchen schließlich. »Als ich gelesen habe, dass er stirbt, habe ich eine ganze Nacht geweint.«

Karl beugte sich zu ihr hinunter.

»Ich habe Tage und Wochen um ihn geweint und tue es manchmal heute noch«, sagte er. Er spürte, wie Wasser seine Augen füllte.

Das Mädchen erwiderte seinen Blick, und Karl sah, dass auch sie Tränen sammelte.

»Aber unser Herrgott hat ihn zu sich genommen«, tröstete er sie beide. »Wir wissen ihn an einem guten Ort. Und von dort schaut er nicht nur auf mich hinab, sondern von nun an auch auf dich.«

Sie nickte tapfer.

Karl fiel etwas ein.

»Wenn Sie mich einen Moment entschuldigen wollen«, sagte er zu beiden, »dann würde ich Ihnen gern etwas vorführen.«

Und so machte Karl sich auf, über schwankendem Boden zurück in seine Kabine zu gelangen, während hinter ihm die Tochter ihrem Vater zuflüsterte, dass sie sich Old Shatterhand aber bedeutend größer vorgestellt habe.

Der kurze Aufruhr um seine sieben Koffer, in den Karl beim Einschiffen geraten war, hatte sich gelegt, nachdem Karl einen Blick in seine Kabine geworfen hatte: Es war einzusehen, dass man ihn und sein Gepäck dort unmöglich zusammen hineinstecken konnte. Auf der Rückseite streckte sich von Ecke zu Ecke ein Bett, rechts stieß eine gepolsterte Bank an dessen Fußende, und wenn ein Reisender auf der Bank saß, konnte er gegenüber leicht Waschtisch und Schrank erreichen. Zwar raunten Holzvertäfelung, kapitonierte Polster und elektrisches Licht diskret, dass man hier in der wirklich allerersten Klasse reiste, aber die Kajüte konnte Karl mit einem

Schritt durchmessen, und den Boden hätte einer der Überseekoffer alleine belegt. Diese drei waren im Laderaum offensichtlich besser aufgehoben.

Auf Zehenspitzen hockte sich Karl vor die besagte Bank und zog einen seiner drei verbliebenen Koffer hervor. Er ließ die Schnallen aufspringen, und kurz hielt er inne. Irgendetwas, meinte er, stimmte nicht. Aber auf Zehenspitzen in seiner schaukelnden Kabine hockend, verlor er einen Augenblick später das Gleichgewicht und sofort danach, hastig nach Halt suchend, auch den Gedanken aus dem Sinn.

Also erledigte er, wofür er gekommen war, und eilte zurück zu seinen Lesern.

Auf dem Promenadendeck hatten sich schon zwei Ehepaare zu Lesser und seiner Tochter gesellt, und längst waren sie unterrichtet, mit welcher Berühmtheit man das Schiff teilte. Die Dampfer des Norddeutschen Lloyd trugen meist Reisende aus dem Reich über die See, und dort kannte nun wirklich jeder den Namen May. Herzlich, ja, begeistert, wurde Karl auch von den Neuen begrüßt.

Der Wind pfiff um ihre Köpfe, und Lesser fragte, was Karl ihnen denn habe zeigen wollen.

Gewiss, sagte Karl und tastete nach etwas unter seiner Weste. Dann aber griff auch der Wind in seine Jacke, und Karl zögerte. Es sei, sagte er, hier schlicht zu stürmisch. »Wüssten Sie vielleicht einen geschützten Platz?«, fragte er in die Runde.

Einer schlug den Rauchsalon vor, also zog man um. Auf dem Weg schlossen sich noch zwei weitere Passagiere an, und beim Betreten des Salons nickten einige paffende Herren Karls nun stattlicher Karawane zu. Karl nahm in einer Ecke Platz, und teils stehend, teils sitzend versammelte man sich um ihn herum. Er bat Lessers Tochter auf die Bank ihm gegenüber. Dann griff er in seine Weste und zog ein Medaillon hervor, das an einer Kette hing.

Er nahm die Kette vom Hals und hielt das Medaillon vorsichtig in den Fingern. Oval war es, ein wenig kürzer als Karls Daumen und aus Silber geschmiedet. Karl drückte den winzigen Hebel an der

Seite, und der Mechanismus sprang auf. Behutsam öffnete er die Flügel des Anhängers.

Innen lag ein schmales Büschel schwarzer Haare.

Karl legte das Medaillon in die rechte Hand und hob es ein wenig empor, damit alle seinen Inhalt betrachten konnten. Er wartete, ob jemand fragen würde, was das nun sei, doch keiner wagte es.

»Das«, sagte Karl schließlich, »ist eine Locke vom Haar Winnetous.«

Acht Gesichter beugten sich tiefer zu dem Medaillon.

»Ich habe sie von seinem Schopfe geschnitten, nachdem er in meinen Armen starb. Ich trage sie stets an meinem Herzen.«

Acht Menschen hielten die Luft an, aus Angst, die Reliquie versehentlich zu Boden zu atmen.

»Vom Häuptling der Apachen«, flüsterte Lesser so ergriffen wie vorsichtig.

Karl zupfte behutsam ein einzelnes Haar aus der Locke, fasste es mit Daumen und Zeigefinger und reichte es Lessers Tochter.

»Ich habe mir aufgetragen«, sagte Karl, »manch gutem Menschenkinde, das ich auf meinen Reisen treffe, ein Haar von Winnetous Haar zu schenken, um seinen Geist in die Welt zu tragen. Und in dir, mein Kind, wohnt viel Gutes, mein Blick für edle Herzen hat das sogleich erkannt.«

Lessers Tochter schaute auf Winnetous Locke. Es war das Kostbarste, was sie in ihrem Leben je gesehen hatte.

Karl hielt das Haar und nickte ihr ermutigend zu. Schließlich öffnete sie die Hand, und Karl legte es feierlich hinein. Sie hob es vor die Augen und betrachtete das Haar einige lange Momente, dann schlossen sich ihre Finger darüber zu einer schützenden Faust.

Karl klappte sein Medaillon zusammen und verstaute es wieder unter seiner Weste, die Vorgebeugten richteten sich auf und wagten wieder zu atmen.

»Bewahr es gut auf«, mahnte Karl.

Lessers Tochter war zu bewegt, um sich zu bedanken, und ihr Vater war zu bewegt, sie deshalb zu ermahnen. Mit einem stolzen

Nicken erlaubte er ihr, den Schatz rasch an einem sicheren Ort zu verstauen, und sie schlüpfte hinaus.

»Er war ein großer Mann«, sagte Lesser in die Stille des Rauchsalons.

»Ich bin stolz, dass ich ihn einen Freund nennen durfte«, sagte Karl.

»Also ist es wirklich wahr«, fragte einer der Männer, »alles, was Sie geschrieben haben?«

»Alles«, sagte Karl, »hat sich genauso ereignet.«

Andächtig schwieg man.

Und auch, nachdem die Tür längst hinter Lessers Tochter zugeschlagen war, blieben die Anwesenden zu ergriffen, um sich zu fragen, warum Karl eigentlich erst zurück in seine Kabine hatte gehen müssen, um ihnen etwas zu zeigen, das er doch stets am Herzen trug.

Im Laufe des Nachmittags wuchs die Karawane, die Karl hinter sich herzog, auf reichlich 20 Menschen. Bis es Zeit zum Abendessen war, wusste jeder in der ersten Klasse, dass der größte Abenteurer des Deutschen Reichs an Bord war. Und nur einmal kurz musste Karl sich von seinen Lesern trennen, um in seiner Kabine den Abendanzug anzulegen.

Karl wollte sich beeilen, um keine Minute der köstlichen Aufmerksamkeit zu verschwenden, aber als er sich vor die Bank hockte, um den viertgrößten seiner Koffer unter ihr hervorzuziehen, stutzte er wieder, wie schon am Mittag, nur spülte diesmal keine Welle den Gedanken fort. Und nachdem er im Geiste seine Koffer durchgezählt hatte, ging ihm auf, was genau ihn zuvor gestört hatte: drei Koffer bei ihm, drei im Laderaum, aber eigentlich sollten es sieben sein.

Ein Koffer fehlte.

Karl riss die beiden anderen auf, um zu sehen, welchen er vermisste. Natürlich, dachte Karl, natürlich und wie könnte es anders sein: Ausgerechnet! Wie sollte er denn, dachte Karl, wie sollte denn Kara Ben Nemsi bald im Orient ohne …! Hatten die Burschen den Koffer morgens doch noch in den Laderaum getragen? Dort lagerten doch eigentlich nur die größten. Hatten sie ihn verloren?

Eilig stürzte Karl in die Jacke, blieb noch im rechten Ärmel hängen, dann ging es doch, und schon polterte er zur Tür hinaus. Auf dem Zwischendeck fand er einen Steward, um sich bei ihm zu entrüsten.

Man schickte nach dem Laderaum. Fast wäre Karl selbst mit hinabgestiegen, doch davon hielt man ihn ab. Die Boys fanden seine drei großen Koffer dort unten, aber keinen vierten. Karl war außer sich.

»Er wird an Land geblieben sein. Mit dem nächsten Schiff können wir ihn nachschicken lassen«, beruhigte der Steward.

»Wir müssen umkehren!«, forderte Karl.

Erst mit dem Versprechen, sofort im nächsten Hafen nach seinem Koffer telegraphieren zu lassen, konnte der Steward Karl einigermaßen beruhigen, und unter Dienern und Entschuldigungen schob er ihn schließlich zurück zu seiner Kabine.

Natürlich war Karl zu spät, als er endlich, im Abendanzug und besänftigt, in den Salon der ersten Klasse trat.

Beim Einschiffen hatte Karl nur kurz einen Blick in den leeren Saal geworfen, jetzt sah er ihn im vollen Ornat, fast voll besetzt mit hundert Menschen. In seiner Mitte streckten sich zwei lange Tafeln längsschiffs und drängten einige kleinere Tische an den Rand: unter die Bullaugen, zwischen denen vergoldeter Stuck Portraits preußischer Monarchen umkränzte. Ein Lichtschacht öffnete oben die halbe Raumdecke, durch den tagsüber die Sonne hereinfiel. Nun glänzte er im Licht der Glühbirnen, und an seinen Wänden erzählten barocke Landschaftsmalereien von daheim. Daneben grüßten Engelsfiguren zu Karl hinab.

Karl erblickte Professor Lesser, der ihm in der entferntesten Ecke des Raumes einen Platz frei gehalten hatte, und ging hinüber. Und wo Karl auch vorbeischritt, glühten die redlich prasselnden Unterhaltungen sofort hinunter. Einer stieß den anderen an, Schlechtplatzierte drehten sich herum, und bis Karl die Ecke erreichte, in die Lesser ihn gewinkt hatte, waren alle Gespräche im Raum zu einem verstohlenen Zischeln abgekühlt.

Die letzte laute Stimme gehörte einem Mann, der schräg gegenüber von Lesser saß und Karl den Rücken zudrehte. Gerade dozierte er in kerzengerader Haltung, dass »... wenn der Franzose vor Kamerun frech wird, unsere einzige Entgegnung sein darf, und zwar mit harter Hand ...« – aber dann bemerkte auch er, dass es still geworden war, und drehte sich um.

»Darf ich Ihnen vorstellen? ...«, hob Lesser an.

Aber das durfte er dann schon nicht mehr.

»Herr Doktor May!« Der Kerzengerade warf seine Serviette auf den Tisch und sprang auf. Er stellte sich dicht vor Karl hin, unmanierlich dicht, es war eng zwischen den Tafeln, und dann schüttelte er Karl die Hand, wie nur je eine Hand begeistert geschüttelt worden war. »Eine solche Freude«, rief er, »eine solche Ehre! Auf diesem Schiff, und mit Ihnen!«

Um ihn herum sprangen nun alle auf, Karl zu begrüßen. Einige besonders Vorwitzige eilten gleich durch den ganzen Raum, damit Karls Licht auch auf sie fiel; den besonders Vorwitzigen folgten bald die durchschnittlich Vorwitzigen, schon war der halbe Saal auf den Beinen, und vor Karl bildete sich eine Schlange.

Erst die eintreffenden Teller des nächsten Ganges lösten das Gedränge. Man hatte Karl den Ehrenplatz am Kopf der Tafel frei gehalten. Bei Suppe und Fisch ließ er sich dort bereitwillig ausfragen.

Wohin denn seine Reise gehe?, wollte der Erste erfahren.

Von Ägypten aus in den Sudan, sagte Karl, später nach Palästina und Persien, und natürlich würde er seinen lieben Hadschi Halef Omar treffen. Und gleich wurde es interessant.

Die Abenteuer! Genau wollte Karls Tisch noch einmal alles von ihm wissen. Wie er einst auf dem Weg durch die Wüste den diebischen Abu Hammed in die Hände gefallen war und nur entkommen konnte, weil er für sie einen Löwen erlegte, den 20 ihrer Männer nicht zu jagen wagten. Wie er ein anderes Mal dem Häuptling der Kiowa mit einem Schuss beide Knie zertrümmert hatte. Wie er den Schut, den größten Räuber des Balkans, in seinem unterirdischen Versteck gestellt – und vorher nur durch Klugheit eine Falltür entschärft hatte, die den sicheren Tod bedeutet hätte. Karl erzählte von erlegten Bären, von Hinterhalten in Talkesseln, belauschten Feinden, von Gefangennahme und Befreiung. Und wie konnte er all die Gefahren und Gefährten lebendig werden lassen! Das listige Lachen Sam Hawkens führte er ebenso mitreißend auf wie den finsteren Blick des Schut; er duckte sich unter Schüssen, und wenn es die Erzählung erforderte, drohte er seinen Tischgefährten wie einst seinen Gegnern – ja, es war doch ganz so, als würde Karl die Abenteuer für seine Zuhörer noch einmal durchleben. Weder vom Fisch noch von Zwischengang und Braten konnte Karl viel essen, nur hin und wieder schob er hastig einige Bissen hinunter, in den kurzen Momenten, wenn man ihm eine Frage stellte. Karl war selig. Der Salon beeindruckt.

Jedenfalls zum allergrößten Teil.

Dem kerzengeraden Franzosenschreck gegenüber nämlich saß ein Mann, der ein wenig älter sein musste als Karl. Im hageren Gesicht trug er noch die Bartmode Kaiser Wilhelms I.: gen Himmel gewichster Schnauzer wie dessen Enkel, aber umrankt von Backenbart. Nachdem Karl sich gesetzt hatte, hatten der Kerzengerade und Backenbart kurz weiter den Franzosen eingekreist, und streng rang Backenbart dazu seinen Fisch nieder, ohne ihm eine einzige Gräte durchgehen zu lassen. Dann aber wandte der Kerzengerade sich Karl zu; und weil auch sonst alles Karl lauschte, musste Backenbart das auch tun.

Wenn aber die anderen vor Spannung beim Essen stockten, klapperte er mit dem Geschirr. Wenn sie lachten, schnaubte er; wenn sie applaudierten, saß er reglos da und blitzte Karl an. Die anderen wetteiferten, wer den vollständigen Namen Hadschi Halef Omars aufsagen konnte; er trank still. Mehr als eine Stunde ging das so. Dann brachten die Pagen den Käse, und Backenbarts Selbstbeherrschung konnte ihre Stellung offensichtlich nicht mehr halten.

Karl kämpfte gerade noch einmal für sein Publikum das Duell mit Intschu-Tschuna und krümmte Winnetous Vater dabei erneut kein Haar. Längst hatten alle Gäste ihre Stühle zu ihm gedreht und folgten ihm gebannt auf der Verfolgungsjagd durch den Fluss. Nur der Kerzengerade, immer noch hungrig, begrüßte kurz und leise den nächsten Gang: »Ah, der Käse!«

»Seit einer Stunde höre ich nichts anderes«, murmelte Backenbart, kaum lauter.

»Wie meinen?«, flüsterte der Kerzengerade.

»Dieser Unfug ist ja nicht zum Aushalten«, flüsterte Backenbart.

Der Kerzengerade verstand ihn nicht.

»Nicht zum Aushalten«, sagte Backenbart etwas weniger leise, aber Intschu-Tschuna war gerade dabei, laut seinen Tomahawk nach Karl zu schleudern, und übertönte alles.

Der Kerzengerade legte fragend die Hand ans Ohr.

»Dieser Unfug ist ja nicht zum Aushalten«, sagte Backenbart, nun laut und deutlich.

Die Köpfe drehten sich zu ihm.

Er hatte exakt Karls dramatische Pause vor dem Einschlag des Tomahawks getroffen.

Das war nun etwas mehr Aufmerksamkeit, als eine Bemerkung, die geflüstert wird, gemeinhin erhofft. Aber wo Backenbart es nun schon ausgesprochen hatte, musste er auch zu seinem Wort stehen. »Ein Unfug«, wiederholte er.

»Was ist ein Unfug?«, fragte Lesser.

»Diese albernen Märchen: Gauner mit einem Schlag niederstrecken, Grizzlys mit dem Messer erlegen, Armeen von Wilden befehligen … das ist: Unfug.«

Alle schauten zu Karl. Der war noch ganz berauscht von seinem eigenen Abenteuer.

»Aber wenn Sie wüssten, was als Nächstes geschah!«, sagte er und fuhr fort: »Knapp verfehlte mich der Tomahawk, aber nun stürzte Intschu-Tschuna auf mich zu; ich bückte mich, und er flog über mich hinweg, ich wusste, ich musste ihn niederringen, sonst wäre ich verloren. Also«, sagte er bedeutungsschwer, »nahm ich seinen Tomahawk an mich.«

Wieder machte er eine dramatische Pause.

»Ihre Fähigkeiten sind wirklich unglaublich«, sagte Backenbart.

»Das ist richtig«, sagt Karl. Erst jetzt nahm er die Unterbrechung wirklich wahr.

»Mir zum Beispiel fällt es schwer, überhaupt etwas davon zu glauben.«

»Weil Sie die Welt nie so kennengelernt haben wie ich«, sagte Karl.

Der Salon war ungehalten über die Störung. Noch schwieg man, denn Karl, da war man sicher, würde den Herrn schon in die Schranken weisen können.

»Aus 20 Schritt wollen Sie einem springenden Löwen ins Auge geschossen haben?«, fragte Backenbart. »Im Dunkeln?«

»Es wäre auch aus 100 Schritt gegangen!«, sagte Karl.

»Und 10.000 Apachen betrachten Sie als einen Häuptling?«

»15.000 sind es, die mir durch jede Gefahr folgen würden.«

»Und wie viele Sprachen, hatten Sie vorhin noch gesagt, beherrschen Sie?«, fragte Backenbart. »Waren es 70?«

»700 sind es!«

»Das kann kein Mensch.«

»Mehr als 800, wenn man alle Dialekte einrechnet«, triumphierte Karl.

»Und Sie wollen Männer niedergeschlagen haben, doppelt so breit und einen Kopf höher als Sie?«

»Selbst wenn ich gefesselt wäre!«

»Ich glaube Ihnen kein Wort.«

»Das empfehle ich Ihnen aber!«

»Weil Sie mich sonst mit einem Fausthieb niederstrecken?«

Karl hatte der Kampf gegen Intschu-Tschuna so sehr mitgerissen, dass er jederzeit bereit gewesen wäre, gegen einen Bären zu kämpfen. »Auf der Stelle würde ich es tun«, sagte er.

Backenbart stand auf.

Er musste über 70 sein. Hager wie ein Windhauch war er, reichte Karl nicht bis zur Nase und stützte sich auf einen Stock. Er ging zwei Schritte auf ihn zu, um zu beweisen, wie klapprig seine Beine waren. Seine Knochen konnten mit seinem Schneid nicht mehr mithalten.

»Schön«, sagte er, »schlagen Sie mich nieder. Ich wüsste nicht, dass damit eines Ihrer Abenteuer bewiesen wäre.« Er zeigte auf Lessers Tochter: »Sie könnte mich genauso fällen und wäre trotzdem kein Shatterhand.«

Hier und da raunte man empört.

»Niemals würde ich mich an Schwächeren vergreifen«, sagte Karl großartig.

So ist es richtig, murmelte der Salon.

Daraufhin Backenbart, listig: »Aber vielleicht können Sie uns Ihre Kunst an einem angemesseneren Gegner vorführen.« Er sah sich in den Reihen um und entdeckte einen jungen Mann, der die anderen schon im Sitzen um einen halben Kopf überragte. Er hatte rote Wangen und Schultern wie ein Ochse. »Wie wäre es mit unserem Freund hier?«, fragte er und deutete einladend auf ihn.

»Ich werde doch nicht zu Ihrem Vergnügen einem Unschuldigen ein Leid antun«, sagte Karl.

Das Genauso-ist-es- und Wo-kämen-wir-denn-da-hin-Gemurmel schwoll an. Karl sah Backenbart fest in die Augen.

Die Kellner unterbrachen das Duell. Sie brachten neuen Wein zum Käse, und Backenbart ließ es gut sein. Am Stock kehrte er zu seinem Platz zurück.

»Ich könnte Ihnen gern eine Probe meiner Reitkunst geben«, sagte Karl ihm hinterher, »aber mein Pferd mochte keine Kabine mit mir teilen.«

Herzlich lachte man. Nein, dieser May!

Bis nach dem Nachtisch blieb es friedlich. Karl durfte weiter ungestört berichten, aber wer genau hinschaute, sah, dass ihm nicht mehr alle begeistert folgten. Manch einer hatte Karls Herausforderer ermunternd zugenickt oder suchte seinen Blick. Spöttisches Kopfschütteln deutete an, dass einige ebenso dachten wie er. Dann kam der Kaffee.

Karl, bald heiser vom Sprechen, war dankbar für Pause und heißes Getränk. Und vielleicht hätte Backenbart nun auch kein zweites Lasso mehr nach ihm geworfen, wenn Karl ihn nicht verspottet hätte. Doch nun ließ er Karl bloß zwei Schlucke nehmen, dann wandte er sich wieder an ihn.

»Herr May. Es mag mir gerade nicht einfallen: Was heißt noch gleich ›Seekrankheit‹ auf Portugiesisch?«

Karl, überrumpelt, ahnungslos und fern der Lexika an seinem Schreibtisch, die für ihn alle Sprachen kannten, schwieg.

»Das müssen Sie doch wissen«, sagte Backenbart. »Unter all den Sprachen, die Sie beherrschen, da muss doch auch das Portugiesische sein.«

Karl brauchte kurz, eine Antwort zu finden. »Die Portugiesen«, erklärte er dann, »sind seit Generationen ein seefahrendes Volk. Durch die Gewöhnung ist die Krankheit dort unbekannt, und darum kennt das Portugiesische auch kein Wort dafür.«

Backenbart tat, als lache er. »Es gibt eins, zufällig weiß ich es genau. Wie viele Sprachen, hatten Sie noch gleich gesagt, beherrschen Sie?«

»600. Vielleicht ein paar weniger.«

»Ich behaupte, Sie sprechen keine einzige davon.«

»Sie sind unverschämt.«

»Und Sie sind ein Scharlatan. Man sollte Sie in der Zeitung bloßstellen – oder gleich vor Gericht bringen.«

Fassungslos abgesetzte Tassen klirrten auf Untersetzer. Karl war empört. Der Salon war empört. Das nun war eine Beleidigung, die kein Mann hinnehmen konnte. Ganz war man auf Karls Seite, als er Backenbart aufforderte, diese Ehrabschneidung sofort zurückzunehmen.

»Beweisen Sie, dass ich im Unrecht bin, und ich werde Ihre Ehre auf alle denkbaren Weisen wiederherstellen«, sagte Backenbart.

»Sie nehmen das zurück!«, verlangte Karl.

»Wenn Sie eine Probe Ihrer Fremdsprachen geben. Es ist kein Schlag. Niemand wird verletzt.«

Karl lehnte entschieden ab.

Aber auch Backenbart weigerte sich weiter, seinen Anwurf zurückzuziehen, und in der Folge spaltete sich der Salon rasch: in eine kleine Gruppe, die nun ebenso eine Probe von Karls Fähigkeiten forderte, und eine große, die Karl vehement beisprang, denn solche Grobheiten durfte man sich nicht bieten lassen.

Noch ging es gesittet zu. Karl und Backenbart drohten sich mit einigen Ich-warne-Sies und Hüten-Sie-sichs, doch rief man nicht durcheinander, man war schließlich in der ersten Klasse und nicht im Orient, jedenfalls noch nicht. Dann aber nannte ein Regierungsrat aus Gera, der an einem der kleineren Tische saß, einen Schraubenfabrikanten aus Gotha, der ihm gegenüber platziert war, einen Naivling. Der beleidigte ihn daraufhin als bornierten Polterkopf, und bald rief man doch durcheinander. Es fielen Sätze, die ihrerseits wieder als Beleidigung gelten konnten. Auch über deren Auslegung wurde gestritten. Männer waren gekränkt, Ehren verletzt, Frauen der Ohnmacht nahe, und der Streit um Karls Fremdsprachenkunst hatte Kinder und Enkel bekommen. Ähnlich hätte wohl nur die Anwesenheit von Sozialdemokraten die erste Klasse erregen können. Karl saß dazwischen und überlegte, ob es wohl besser wäre zu gehen.

Der Kaffee aber war noch nicht kalt, als zwei Herren zu ihm an den Tisch kamen, um sich vorzustellen. Beide waren Notare. »Wir hätten einen Vorschlag«, sagte der Notar, der etwas dicker war als der andere.

Zum einen treibe sie die Neugier, sagte der Notar, der etwas dünner war als der andere. Zum anderen seien sie besorgt, dass dieser schöne Abend im allgemeinen Missklang enden könnte. Darum wolle man nun mit der Bitte an Karl herantreten, den Streit zu befrieden: Karl solle doch tatsächlich eine Probe seiner Sprachkunst geben. Seine bisherige Weigerung, dies zu tun, sei nach der ehrabschneidenden Beleidigung völlig berechtigt gewesen, denn ein Nachgeben hätte ihn in diesem Falle selbst beschädigt. Nun bitte man ihn aber, die allgemeine Unruhe zu stillen. An seinen Fähigkeiten bestünden ja keine Zweifel, und nach ihrem Dafürhalten würde Karls Ehre, wenn er nun eine Probe ablege, keinen Schaden davontragen, weil er damit ja eben nicht auf die Forderung eines Mannes einginge, der sich durch sein Verhalten selbst disqualifiziert habe, sondern nur dem Ersuchen würdiger Männer nachkäme, die höflich bäten, einen Streit zu schlichten, der die ganze Reise zu verderben drohe.

Karls Tischnachbarn hatten mitgehört.

»Das scheint doch die einzig vernünftige Lösung«, sagte Lesser.

»So können alle Seiten ihr Gesicht wahren«, pflichtete ein anderer bei.

»Vielleicht wäre es das Beste, ich ginge zurück an meine Arbeit«, schlug Karl vor, aber das ließ man nicht gelten.

Schnell sprach der Vorschlag sich herum, und überall im Salon hielt man ihn für gelungen.

Der Saal schaute auf Karl.

»Ich kann das nicht tun«, sagte er.

»Aber warum?«, fragte der Notar, der etwas dünner war als der andere.

»Es bleibt eine Unverschämtheit«, sagte Karl.

Der Notar, der etwas dicker war als der andere, gab zu, dass man ihn schon sehr bedränge. »Aber die Probe würde nicht nur den allgemeinen Streit schlichten, sondern jeden Zweifel an Ihrer Person – wie ich sagen möchte: offensichtlich unberechtigten Zweifel an Ihrer Person – aus dem Weg räumen; keiner der Anwesenden könnte Ihre Fähigkeiten noch einmal infrage stellen, ohne sich selbst äußerst zu schaden«, sagte er.

»Keine weiteren Proben danach?«, fragte Karl.

»Nein«, sagte der Notar, der etwas dünner war als der andere.

»Trotzdem«, sagte Karl.

»Herr Doktor May!«, rief der Notar, der etwas dicker war als der andere.

Karl versuchte noch, sich weiter zu verweigern. Aber nicht lang, und er konnte dem Druck der vielen Blicke nicht mehr standhalten. Eine Probe seiner Fremdsprachen, sagte er schließlich, gut, schön, auch wenn ihn das Misstrauen äußerst kränke, dann gebe er eben eine Probe, aber zu seinen Bedingungen.

Einverstanden, sagten die Notare.

Karl versuchte, Zeit zu gewinnen: vielleicht, wenn man morgen, oder nach einer Cigarre ...? Aber alles Essen war abgetragen, die Stunde spät, und die Probe sollte, darauf müsse man aber nun bestehen!, sofort abgelegt werden.

Karl musste einlenken. Die Emissäre zogen sich zurück.

Wieder überlegte Karl, einfach zu gehen. Hinaus und die Treppe hinauf in die Kabine, die Türe schließen und nicht wieder hervorkommen. Bis Ägypten, dachte er, sind es jetzt auch nur noch drei Tage.

Umständlich zog er ein Taschentuch aus der Jacke und putzte sich die Nase. Dann nahm er erneut den letzten Schluck seines Kaffees, der längst getrunken war. Er lehnte sich zurück und begann halblaut zu murmeln, als würde er besonders sorgfältig in den Schubladen seines Gedächtnisses kramen: »Was könnte ich Ihnen denn ...? Was würde die Herrschaften denn unterhalten ...?« Er betrachtete das Taschentuch. Es trug seine Initialen, Emma hatte es ihm zum Abschied geschenkt. Er wischte damit über seine Stirn und schaute den Lichtschacht hinauf. Dort saßen zwei Engel auf vergoldeten Ornamenten und trompeteten in seine Richtung. Aber sie halfen ihm auch nicht.

Karl stand auf.

Das Tuch in der Hand, ging er gemessen an die Stirnseite des Raumes. Die Gäste in ihren Stühlen drehten sich ihm hinterher. Hundert Gesichter wandten sich ihm zu, die meisten mit Begeisterung und Vorfreude, und nur die wenigen – unter ihnen ausschließlich Herren – schauten spöttisch; überzeugt, nun einen Hochstapler beim Auffliegen beobachten zu können.

Rechts und links in der Wand lockte Karl eine Tür. Er zögerte. Seine Kabine konnte man sogar von innen verschließen. Niemand würde ihn mehr sehen.

Dann jedoch blieb er stehen und stellte sich in die Mitte der Wand vor das Klavier.

»Ich möchte Ihnen«, begann er, »ein Gedicht in der chinesischen

Sprache vortragen. Gelernt habe ich es, als ich vor vielen Jahren in China durch das Land um Faogao-Schidang reiste. Es ist die Ballade vom Waisenmädchen Schao-Se. Sie besiegt den Drachen Fung-Tschu im Kampf, der ihr dafür die Zukunft weissagt.«

Karl räusperte sich. Er hatte den Weg durch den Salon vor allem zurückgelegt, um sich einige Sekunden zu schenken. Bislang waren ihm diese acht Silben eingefallen, aus denen sich drei Namen zaubern ließen – viel mehr jedoch nicht.

Er tupfte den Mund mit dem Taschentuch ab und gewann einen weiteren Augenblick.

»Wollen Sie nicht doch reiten?«, fragte Backenbart in die Stille. Einige lachten, dann wurden sie niedergeraunt.

Karl schloss die Augen. Er hob an.

»Sch nii!«

Laut hallte es durch den Salon. Karl nahm seine Stimme zurück.

»Chiao me bao tschiau,
Ba leng Schao-Se ke sching la peng.«

Karl öffnete die Augen.

Niemand im Salon rührte sich. Von fern schnauften die Dampfmaschinen, und die Gesichter vor Karl waren schwer zu deuten. Schauten sie in Erstaunen oder Entsetzen?

»Ka bong te tong,
Ba long ning nie Fu-Tschu sche fong.«

Karl würfelte alle Silben durcheinander, die ihm in den Sinn kamen.

»Bin za fa meng scha li,
Fi bal kai mins ta se.«

Die Chinesen, das immerhin hatten Karl einst die Lexika gelehrt, ordneten ihre Wörter auch nach verschiedenen Tonhöhen. Also ließ er die Satzmelodie springen und begann, sie mit kleinen Gesten zu dirigieren.

»Uo sching ka de, le in ka tsee,
schang boi li meen.«

Karl schaute kurz zu Backenbart hinüber. Der blickte triumphierend zurück. Offensichtlich bestand für ihn kein Zweifel, dass er gerade dabei war, einen Gauner zu überführen.

Vielleicht, dachte Karl, muss man die Vokale mehr dehnen.

»Schiiii, laseee sche daseee,
letsoo, de biang biang bong.«

Bedrohlich wisperte er:

»Na lao b schao tse schi,
Ni tiao, schi biao, le ke.«

Dann, jetzt, der dramatische Höhepunkt. Karl donnerte:

»La kom, lao schi tsching kan.
Tso pao!«

Und dann, sanft, fügte er hinzu:

»Schai bun le kai schin tsao,
Rai sun de bei tsin bao.«

Ende.

Die Spannung wich aus seinem Körper.

Man sah Karl mit großen Augen an.

Die Schiffsmaschinen stöhnten in die Stille des Saales.

Unsicher sprang Karls Blick über die Mienen des Publikums – bis an der Tafel links von ihm schließlich ein Herr den Bann brach. Er sprang auf, und im Hinaufschnellen begann er zu klatschen, und schon fiel der zweite ein, jedes Klatschen entfachte fünf weitere, und im Nu war der Saal auf den Füßen. »Bravo!«, riefen die Herren. »Bravo!« »Ergreifend!« »Hoch May! Hoch!«

Die Damen tupften sich Tränen aus den Augenwinkeln.

Karl verbeugte sich leicht nach allen Seiten, dann kehrte er im Triumph an seinen Platz zurück. Das Tuch in seiner Hand war nass von Schweiß.

Backenbart saß mit verschränkten Armen da, und als Karl an ihm vorbeiging, sagte er, vielleicht nur zu sich, aber laut genug, dass Karl es hören konnte: »Die Leute glauben wirklich jeden Unfug, wenn sie ihn glauben wollen.«

An seinem Platz beglückwünschte man Karl herzlich zu seinem Streich. Immer noch wurde applaudiert, er verbeugte sich noch einmal in kleiner Runde, und erst dabei bemerkte Karl den Zweiten an ihrem Tisch, der nicht aufgestanden war.

Am Fuß der Tafel saß ein hagerer Mann, noch einmal fünf Stühle weiter als Backenbart. Er hockte da, einen Arm leger auf der Lehne, als würde ihm der ganze Saal gehören. Mit der freien Hand machte er Notizen in ein kleines Buch, das auf dem Tisch lag.

Langsam verebbte der Applaus. Bald saß man wieder.

»Übersetzen Sie uns ein wenig«, bat Lesser. »Was weissagt der Drache über die Zukunft?«

Karl sah, dass der Stift kurz innehielt. Der Hagere sah ihn an.

»Die Zukunft wird golden sein«, sagte Karl.

Der Hagere schrieb es auf.

9. April 1899

Vor Port Said, Ägypten, Osmanisches Reich, unter britischer Besatzung

Seine Kabine schlief noch in völliger Dunkelheit, als Karl die Augen aufschlug. Draußen glitt der Ozean still an der »Preussen« vorbei, und in seinem Bett versuchte Karl, sich zurück in den Schlaf zu wälzen. Die Ahnungen jedoch, welche ihn aus unruhigen Träumen geschreckt hatten, umzingelten ihn weiter. Reglos lag er da, hellwach, und das einzige Geräusch, welches sich in den Puls des Schiffes mischte, war das seiner Wimpern, wenn sie beim Blinzeln über das Kopfkissen schabten.

Es wird nicht reichen, dachte Karl, während er in die Finsternis starrte: Alle Briefe der Welt werden die Katastrophe nicht verhindern. Wieder hörte er die Stimme Emmas durch die Tür seines Arbeitszimmers zetern, nachdem er diese vor ihr zugeschlagen hatte: »Wenn es nur darum geht, Postkarten zu schreiben, reichen doch ein paar Tage in Kairo! Warum denn gleich Monate? Karl? Karl!« Damals hatte er sich einfach an das Fenster gestellt und nicht mehr geantwortet. Doch nun, in der Dunkelheit, meinte er noch immer Emmas Knöchel zu hören, wie sie gegen das Holz klopften, dabei war es nur das Stampfen der Maschinen.

Alles ist verloren, dachte Karl.

Schließlich machte er Licht, kleidete sich an und setzte sich an den kleinen Tisch neben dem Bett. Er nahm das Adressbuch zur Hand, das Emma ihm zusammengestellt hatte, und dazu einige Postkarten aus Genua. Während im Bullauge seiner Kabinentür der anbrechende Tag dem Horizont einen hellen Rand malte, griff Karl zur Feder. Wenn das Drama seines Lebens ihn nicht schlafen ließ, dann half doch meist die Arbeit.

Die Erinnerung an Emmas Vorwürfe hatte er bald von sich geschrieben. Zwölf Postkarten an Redaktionen, die er von Port Said aus über seine Pläne unterrichten würde, drei Briefe an Bekannte, in denen er künftige Abenteuer schilderte, und ein Brief an Emma trösteten ihn über den Schrecken des Aufwachens hinweg. Doch als der erste Sonnenstrahl durch das Bullauge in sein Zimmer fiel, ging er hinaus, betrachtete am Horizont das Leuchten des aufziehenden Tages und war noch immer nicht beruhigt.

Nicht mehr weit bis Port Said, dachte Karl,

und die Ruhe und Kaltblütigkeit, welche ich mir einst bei den Apachen abgeschaut hatte, ließ mich auch jetzt nicht im Stich.

Er ging hinauf auf das Sonnendeck, um dort unstet im Kreis zu laufen. Während die »Preussen« durch eine nachgiebige See schnitt, stieg schnell die Sonne auf. Ihre Strahlen streichelten das Deck, sie umarmten Karl und ließen die Sturmtaucher leuchten, die ohne Flügelschlag neben dem Schiff segelten. Karl lief allein über die gescheuerten Holzplanken, im tiefgelben Licht; und als er sich schließlich backbords an die Reling stellte, warf er einen Schatten, so lang, dass er auf der anderen Seite über Bord fiel.

Es ist doch eigentlich, dachte Karl, ein himmlischer Frieden hier.

In seiner Kabine standen die Koffer bereits gepackt, bis auf jenen, der fehlte. Hotels in Port Said, Ismailija und Kairo waren gebucht, die Fahrten mit Bahn und Kutsche vorbestellt. Bis Kairo hatte er alles geplant, danach würde man sehen.

Trotzdem zwickte die Unruhe ihn.

Dann hörte er Schritte. Erst auf dem Deck unter ihm, danach auf der steilen Treppe. Mit jedem Schlag von Ledersohlen auf Stahlstufen wuchs ein Stück eines Mannes empor, bis er schließlich vollständig auf dem Sonnendeck stand. Karl erkannte ihn. Sie waren sich in den vergangenen Tagen mehrmals begegnet und hätten zweimal beinahe ein Gespräch begonnen, dann jedoch hatte der Strom von Karls Bewunderern ihn immer wieder abgetrieben. Er war wohl etwas jünger als Karl und von der Gestalt einer Birke, die sich gegen den Wind in zu lockeren Boden krallt. Überhaupt alles an ihm war dünn: die Arme, das Haar und die Haut, die sich über seine spitzen Wangenknochen spannte. Unter der Nase hielten zwei tiefe Kummerfalten einen schmalen Mund, der, wenn er sich öffnete, eine Lücke zwischen den Schneidezähnen entblößte. Er kleidete sich noch nachlässiger als Karl, der sich oft genug von Emma etwas über nicht zusammenpassende Anzugteile anhören musste.

Der Hagere war keine bemerkenswerte Erscheinung, und vielleicht wäre er Karl nie aufgefallen, hätte er Karl nicht aus jeder Menschenmenge mit einem eigentümlich starren Blick betrachtet, als würde er durch ein Fernglas in seine Seele schauen – und hätte er nicht außerdem bei jedem zufälligen Treffen das Notizbuch bei sich getragen, in das er schon Tage zuvor an Karls Tisch geschrieben hatte. Wenn Karl einem Publikum von seinen Abenteuern berichtete, stand der Hagere oft dabei, hörte aufmerksam zu, stellte keine Fragen und notierte.

Unter den Passagieren der »Preussen« hatte sich in den vergangenen Tagen die Spaltung vertieft, May-Freunde und May-Skeptiker bildeten längst zwei Lager. Karl wurde nach seinem Auftritt keine weitere Probe mehr abverlangt, und wohin er auch kam, klumpten sich Bewunderer um ihn. Sein Vortrag jedoch hatte die Gegner nicht bekehrt, im Gegenteil: Ihre Zahl war gewachsen, und sie fanden sich um Backenbart zusammen. Karl mied sie so gut es ging. Der einzige Raum des Schiffes, in dem beide Parteien sich nicht aus dem Wege gehen konnten, war der Speisesaal, und weil er keine feste Sitzordnung kannte, wurden bald Reservate abgesteckt. Die Skeptiker fanden ihr Zentrum hinten links, anfangs nur an einem der kleineren Tische. Karl bevorzugte bei den Mahlzeiten einen Sitzplatz vorne rechts, umringt von Freunden, deren Begeisterung ihn so sehr fesselte, dass er kaum bemerkte, wie seine Gegner mit bald jeder Mahlzeit einen weiteren Tisch gewannen. Es war wohl gut, dass die Passage bald endete, bevor das Misstrauen bis in seine Ecke wucherte. Den Hageren aber hatte Karl oft bei seinen Gegnern stehen sehen, wie er lauschend in sein Büchlein kritzelte.

Er wünschte Karl einen guten Morgen, stellte sich einige Meter neben ihn an die Reling und bemühte sich gar nicht darum, so auszusehen, als sei er zufällig hier.

Auch er zündete sich eine Cigarette an.

»Es muss für Sie ja ein Nachhausekommen sein«, sagte er.

»Wie meinen?«, fragte Karl.

»Unsere Landung in Ägypten. Für Sie doch sicher wie ein Nachhausekommen.«

Karl betrachtete ihn, wie er über die See schaute. »Ja«, sagte er schließlich, »aber wenn man überall zu Hause ist, ergreift einen auch überall das Heimweh.«

Der Hagere hob die Mundwinkel und nickte. Dann stellte er sich vor als Georg Scharffenstein, Redakteur beim Preussischen Courier in Berlin, »einem, wie ich wohl zusetzen darf, der bedeutendsten täglichen Presseorgane unseres schönen Reichs«.

»Aha«, sagte Karl und rückte sogleich ein weniges von ihm fort. Doch ob er nun misstrauisch oder neugierig sein sollte, konnte er nicht recht entscheiden. »Und was macht Ihre Zeitung so bedeutend?«, fragte er.

»Erinnern Sie sich etwa an die Affäre um den Hofzeremonienmeister Leberecht von Kotze?«, fragte Scharffenstein.

»Mit dergleichen beschäftige ich mich nicht«, sagte Karl, was nicht stimmte. Er hatte die Berichte über die Orgien im Hause Hohenzollern natürlich verfolgt. Sogar Emma, die sonst selten Zeitung las, hatten die saftigen Artikel über beste Gesellschaften, die im Grunewald nackt übereinander herfielen, über Monate zu den Gazetten greifen lassen. Am Schluss hatte der hochnotpeinliche Skandal den Hofzeremonienmeister das Amt gekostet und einen Duellanten das Leben, und selbst der Kaiser persönlich war von der Affäre beschmutzt.

»So behauptet es jeder, doch am Ende lesen sie es alle«, sagte Scharffenstein und bemühte sich um eine Beiläufigkeit, die seinen Stolz nur schlecht verbarg. »Ich jedenfalls habe die Affäre aufgedeckt.«

»Dann scheinen Sie sich ja sehr für Ferkeleien zu interessieren. Mich reizt so etwas nicht.« Karl wandte sich wieder dem Meer zu.

»Ach, worum es in einer Affäre geht, ist mir gleich. Aber«, sagte Scharffenstein und sog die Seeluft durch die Nase, »ich rieche den Skandal wie der Hund die Wurst.«

Sie schwiegen. Das Misstrauen kühlte Karls Neugier nun doch herunter.

Scharffenstein unterbrach ihr stummes Rauchen schließlich und erklärte, dass er von seiner Zeitung gleich für einige Monate in den Orient geschickt worden war: Kairo zunächst, dann würde man sehen. »Das Interesse an dieser Weltgegend ist nicht zuletzt dank Ihnen sehr groß. Sie sind eine Stimme, die zählt. Genau wie wir.«

»Wenn Sie das sagen.«

»Aber mit Sicherheit! Und es wäre ein schöner Einstand für meine Tätigkeit, wenn ich über unsere gemeinsame Überfahrt berichten könnte. Wäre es Ihnen recht, wenn ich Ihnen einige Fragen stelle?«

Karl zögerte. Recht war es ihm eigentlich nicht.

Wir müssen uns für einen kurzen Moment erlauben, Karl dort an der Reling allein zu lassen. Es ist nämlich an der Zeit, dass wir uns selbst einer Frage zuwenden, die sich auch der Leser bereits gestellt haben mag: Wenn es ihn doch so in Unruhe versetzt – warum eigentlich nimmt unser Karl mit seinen 57 Jahren noch die Strapazen einer solchen Reise auf sich?

Nun, tatsächlich war es so, dass nach den Jahren seines ganz außerordentlichen Ruhms auch einige von Karls Lesern begannen, nach der Wahrhaftigkeit seiner Abenteuer zu fragen. Nicht, dass es schon einen Skandal gegeben hätte. Auch eine Auseinandersetzung, wie wir sie im Speisesaal erlebt haben, war ihm bis dahin erspart geblieben. Höchstens äußerte ein Leser Zweifel einmal in der eigenen Stube, und selbst dort fand sich jederzeit einer, der den großen May verteidigte. Noch hatten die Skeptiker keine Stimme, die laut genug gewesen wäre, gehört zu werden. Und so war Karl tagsüber ein geachteter Mann, den öffentlich höchstens einmal der Vorwurf traf, dass seine Reiseberichte zu blutrünstig geraten waren. Des Nachts aber schreckte er aus dem Schlaf, und die Dunkelheit raunte ihm zu, dass es nicht mehr lange dauern könne, bis der Schwindel aufflog: Irgendwann würde man ihn öffentlich anklagen, irgendwann würde eine Zeitung alles aufdecken, und dann drohte die Nacht – wehe!

Befragte Karl sich selbst nach dem Grund der Reise, so nannte er sich stets die Suche nach Inspiration, nach neuen Sujets für seine Bücher – und tatsächlich leuchtete lang schon eine helle Neugierde auf den Orient in ihm. Auch besaß er nun erst die Mittel, eine solche Reise zu unternehmen, die er durchaus schon 30 Jahre früher getan hätte. Nur manchmal in der Nacht jedoch, vom Schlaf im Stich gelassen, gestand Karl sich ein, welches die größte Kraft war, die ihn nun über den Ozean trieb: die Angst vor Entdeckung. Er war auf diese Reise gegangen, um das Publikum wissen zu lassen, dass er auf Reisen war. Seine Briefe aus der Ferne, seine Postkarten aus dem Orient sollten alle Zweifel knebeln, noch bevor sie laut wurden, sie sollten boshafte Anwürfe entkräften, noch bevor sie ihn ruinieren konnten. Karl May, so muss man es sagen, reiste um sein Leben. Denn was passieren würde, wenn Hunderttausende Leser, von der Wahrheit über ihren Helden enttäuscht, sich plötzlich gegen diesen wandten – das wagte nicht einmal die dunkelste Nacht ihm auszumalen.

An der Reling des Sonnendecks überlegte Karl daher gründlich, was von diesem Redakteur wohl zu halten sei. Die Tiefen der Nacht hatten ihn stets vor den Gefahren gewarnt, die allzu schneidige Nachfragen der Presse bedeuteten. Die Eitelkeit jedoch, die Karl bei Tag meist befiel, spiegelte sich mit Wonne in den Abertausenden Lesern, die jeder Artikel bedeutete. Und der Bericht eines vertrauenswürdigen Zeugen, dachte Karl, würde doch seine Reise in den Orient umso vieles besser beglaubigen als jeder Brief, den er selbst erst von dort schreiben müsste.

Er ließ also die Vorsicht fahren, und Scharffenstein durfte ihm Fragen stellen: wie es Ben Nil gehe, ob Hadschi Halef Omar heut schon Enkel habe und ob es nicht gefährlich sei, nun bald nach dem

Sudan zu reiten, wo doch die dortigen Sklavenhändler Karl einst Rache geschworen hätten. Scharffenstein kannte sie alle, jedes von Karls Abenteuern, jeden seiner Gefährten. Und Karl, geschmeichelt, dachte bald, dass dies nun einmal ein Reporter war, der sein Handwerk verstand, und wurde umso zugewandter, je länger das Gespräch dauerte.

»Und wie nur haben Sie alle Ihre erstaunlichen Fähigkeiten erworben?«, fragte Scharffenstein bald.

»Fleiß und Begabung, ein gutes Gedächtnis. Demut vor Gott und Dankbarkeit, dass er sie mir geschenkt hat.«

Scharffenstein schrieb noch und sah Karl gar nicht an, als er fragte: »Aber Sie können verstehen, dass es Leute gibt, denen Ihr Können vielleicht etwas zu erstaunlich scheint?«

»Was meinen Sie?«

»Dass es Leute gibt, die Ihre Abenteuer nicht glauben mögen.«

Karls Misstrauen zog wieder auf. »Gehören Sie etwa doch zu denen?«, fragte er.

»Zu welchen?«

»Zu denen, die sich in der Ecke des Salons zusammenrotten und Lügen über mich verbreiten.«

»Ich rotte mich in keiner Ecke zusammen«, sagte Scharffenstein fest.

Karl, nun doch unsicher in seinem Urteil über die Vortrefflichkeit dieses Reporters, rang sich zu einer Antwort durch. »Also schön«, sagte er. »Ja, ich verstehe es, weil diese Menschen zu gewöhnlich sind, um Außergewöhnliches zu begreifen.«

Scharffenstein schrieb und schwieg.

»Wenn man diese Leute aber nun überzeugen wollte. Etwa, indem man ihnen Ihre Fertigkeiten erklärte: Würde das nicht helfen?«

»Mit Sicherheit!«

»Wenn ich also zum Beispiel fragen darf«, sagte Scharffenstein, »wie haben Sie Ihre Sprachkenntnisse erworben?«

»Intensives Studium ist nötig«, sagte er. »Aber eine Sprache lerne ich so in wenigen Tagen.«

»In wie vielen? Fünf?«

»Zehn werden es schon sein.«

Scharffenstein notierte das und sagte dann: »Also 700 Sprachen mal zehn Tage, das sind 7.000 Tage, das sind gut 19 Jahre, die Sie nur mit Sprachenlernen zugebracht haben.«

»So wird es sein.«

»Dazu das Studium der Medizin, der Astronomie, Meteorologie und all der anderen Dinge, die Sie beherrschen.«

»Vieles habe ich gleichzeitig studiert, und promoviert wurde ich mit 23.«

»Und dann die anderen Kenntnisse: das Reiten, das Schießen …«

»Das hat man schnell gelernt.«

»Die meisten Menschen brauchen dafür Jahre!«

»Die meisten Menschen lernen ihr Lebtag aber auch nichts anderes als Kartoffelnkauen«, sagte Karl.

»Und dann haben Sie ungefähr 30 Bücher geschrieben.«

»Mehr sind es!«

»Wie lange brauchen Sie für das Abfassen eines Bandes? Einige Monate?«

»Drei vielleicht.«

»Das wären dann noch einmal mehr als sieben Jahre.«

»Worauf wollen Sie denn nun hinaus?«

»Ich frage mich: Wie haben Sie das alles nur geschafft?«

»Wenn man sich ein wenig bemüht, hat der Tag erstaunlich viele Stunden.«

»Gut. Sie haben außerdem geheiratet, schreiben für Zeitschriften und beantworten Ihre Leserpost. Da sind 57 Jahre Lebenszeit schnell gefüllt.«

»Durchaus.«

»Aber wann haben Sie es nur geschafft, auch noch jahrelange Reisen zu unternehmen?«

Karl sah ihn scharf an.

Tagelang,

dachte er,

waren wir miteinander geritten, doch nun zeigte unser vermeintlicher Gefährte sein wahres Gesicht. Ich hatte unserem Führer von Anfang an nicht getraut und war nicht überrascht, nun in seinen Pistolenlauf zu blicken.

»Also sind Sie doch einer von denen«, sagte Karl.

»Ich bin keiner von irgendwelchen. Bloß ein ehrbarer Schreiberling, der der Wahrheit verpflichtet ist.«

»Ein kleingeistiger Buchhalter sind Sie. Natürlich habe ich all diese Dinge auch auf meinen Reisen erledigt. Heute Morgen erst habe ich 50 Seiten geschrieben!«

»Ich bin doch ganz auf Ihrer Seite.« Demonstrativ schrieb Scharffenstein ›auf Reisen erledigt‹ in sein Notizbuch und zeigte es Karl. »Ich möchte Ihnen doch beistehen gegen Ihre Kritiker.«

»Die Wahrheit braucht keinen Beistand.«

»Aber Sie vielleicht.«

Ängstlich sah Halef mich an.

»Sidi«, flüsterte er, »wir müssen ihm entkommen.«

»Ich habe gegen Komantschen gekämpft«, sagte Karl, »die Pest überlebt und mehrmals fast das Leben gelassen. Da können mich einige Herren nicht schrecken, die die Wahrheit nicht glauben, weil sie ihre Vorstellungskraft übersteigt.«

»Ja, aber bedenken Sie: Die öffentliche Meinung ist ein Vogelschwarm. Schnell wechselt sie die Richtung, wenn nur wenige voranfliegen.«

»Aber nicht, wenn bloß einige Geier durcheinanderflattern.«

Scharffenstein blätterte wieder in seinem Notizbuch und murmelte: »So wenige sind es gar nicht … Ah!« Er hatte gefunden, wonach er gesucht hatte. »Ein Herr aus Bayreuth etwa sagte gestern am Mittagstisch: ›Dieser May lügt doch schon, wenn der Steward ihn fragt, was er gern als Nachspeise hätte.‹«

Scharffenstein hielt seinen Stift auf das Papier und wartete, dass Karl darauf etwas sagte.

»Wollen Sie das etwa aufschreiben?«, fragte Karl.

»Wenn Ihre Antwort gut ist.«

»Na schön, warten Sie. Meine Antwort lautet: ›Als Nachspeise hätte ich gern Erdbeeren mit dem Quark, den diese Herren reden.‹«

Scharffenstein notierte, aber er lachte nicht. Ein Erbsenzähler, dachte Karl, und vollkommen humorlos. Auf jeden Fall musste verhindert werden, dass irgendetwas davon den Weg in eine Zeitung fand.

Scharffenstein blätterte weiter in seinem Buch. »Ich sage Ihnen noch, was man sonst über Sie spricht.«

»Eigentlich will ich es nicht hören. Aber nur zu.«

Um unseren Führer abzulenken, tat ich, als würde ich meine Taschen durchsuchen. Tatsächlich aber nutzte ich die Zeit, um mir seine Waffe einmal genauer anzusehen. Sein Gaul war klapprig, sein Gewand geflickt, und so hätte es mich überrascht, in seiner Hand mehr zu sehen als eine rostige Pistole mit verbogenem Lauf.

Scharffenstein las vor: »Andere Herren zum Beispiel nannten Sie einen ›Verderber der guten deutschen Sitten‹, ›einen lächerlichen Don Quijote‹, außerdem einen ›Hanswurst im Lederrock‹, ›Old Shatterhead‹ – wobei man sich demonstrativ an die Stirn tippte –, und man hat sich verschiedentlich über Ihre zarten Hände lustig gemacht, die offensichtlich nicht dazu geschaffen sind, Feinde niederzu…«

»Jetzt ist es aber genug.« Karl steckte sich eine neue Cigarette an und ließ sie erbost leuchten.

»Ich möchte Ihnen ja nur helfen«, sagte Scharffenstein. »Stellen Sie sich doch vor, was für ein formidabler Bericht das wäre: ›Karl May – souverän begegnet er auf dem Weg in den Orient seinen Kritikern‹.«

Erwartungsvoll sah Scharffenstein ihn an.

Karl rauchte stumm.

Die »Preussen« teilte ohne Hektik das Meer.

Alles, was Karl in diesem Augenblick wusste, war, dass ihm Scharffensteins Angebot aufs Äußerste missfiel. Es gab ja, was den Kenntnisstand seines Publikums anging, gar keine Kritiker an Karl May. Und tief unten in seinem Herzen, dort, wohin Worte nicht mehr reichten, dort ahnte Karl, was aus einer Idee werden konnte, die einmal ausgesprochen war. Er hatte sein Leben damit bestritten, Gedanken in die Welt zu setzen, denen die Wirklichkeit anschließend folgte. Und wenn nun einer in der Zeitung darüber schriebe, dass Karl einen Sieg errungen habe über Gegner, um deren Existenz die meisten Menschen gar nicht wussten – dann brachte doch erst der Bericht über diesen vermeintlichen Sieg den Gegner auf die Welt, gegen den Karl anschließend würde kämpfen müssen. Wenn dieser Kerl nicht sowieso noch ganz andere Sachen schrieb.

»Für meinen Artikel wäre es natürlich äußerst hilfreich«, setzte Scharffenstein nach, »wenn es einige Beweise gäbe, mit denen sich die Unzweifelhaftigkeit Ihrer Abenteuer noch hervorheben ließe …«

»Bedaure, ich habe leider kein Interesse an einem Bericht, so wie Sie ihn sich vorstellen«, sagte Karl.

Ich gab Halef einen Wink, und wir ließen den Gauner einfach stehen.

Es war ein Risiko, aber eines, das ich einzugehen bereit war.

Karl warf seine Cigarette ins Meer, wünschte Scharffenstein noch einen schönen Tag und ging an ihm vorbei in Richtung Treppe.

»Ich hätte Sie aber gern noch zu den Gerüchten befragt«, sagte Scharffenstein ihm hinterher.

Karl blieb stehen.

»Was für Gerüchte?«, fragte er.

»Aus Ihrer Heimat.«

Karl drehte sich noch einmal um. »Und diese Gerüchte«, fragte er, »besagen was genau?«

»Dass es Ihnen einige Jahre lang überhaupt nicht möglich gewesen wäre zu reisen«, sagte Scharffenstein. »Weil Sie Sachsen ja gar nicht verlassen konnten.«

Aus seiner Satteltasche hatte der Gauner eine Flinte gezogen, die mir vorher verborgen geblieben war, und richtete sie auf mich.

Karl presste die Lippen aufeinander.

Dann drehte er sich um und polterte an Backbord die steile Treppe hinab. Vom Oberdeck hörte man seine Schritte und dann, wie er wütend seine Kabinentür zuschlug.

Nach einigen Augenblicken der Stille öffnete sich die Tür erneut, die zornigen Schritte führten auf dem Oberdeck einmal um das Heck herum, dann kletterte Karl die steile Treppe an Steuerbord wieder hinauf.

»Also schön«, sagte er und ging stramm auf Scharffenstein zu, »ich zeige Ihnen einen Beweis, und Sie können gern etwas über diese Überfahrt schreiben – wenn Sie dafür nichts von irgendwelchen Gegnern oder Gerüchten erwähnen.«

»Warum nicht?«

»Diese armen Menschen blamieren sich doch selbst. Sie haben das Recht, Unfug zu reden, aber wir wollen sie davor bewahren, es öffentlich zu tun.«

»Aber es waren gestandene Herren, die sich für ihre Rede verantworten können.«

»Und Sie stellen sich auf dieselbe niedere Stufe wie diese Herrschaften, wenn Sie ihnen eine Öffentlichkeit geben.«

»Und die Gerüchte?«

»Ich habe keine Scheu, jeden zu verklagen, der die Unwahrheit über mich verbreitet. Auch Sie.«

»Aber wenn es doch behauptet wird?«

»Dann ist es gelogen«, sagte Karl. »Was auch immer es ist.«

»Aber …«

»Ich gebe Ihnen diese eine Gelegenheit, jetzt.«

Scharffenstein schien kurz seine Möglichkeiten abzuwägen und erklärte sich dann einverstanden.

»Kein Wort?«, fragte Karl.

»Kein Wort.«

Karl sah dem Mann in die Augen, die ausdruckslos durch ihn hindurchzuschauen schienen. Karl senkte als Erster den Blick und gab nicht viel auf sein Versprechen. Doch er hatte keine Wahl, als das Beste zu hoffen.

»Dann kommen Sie.« Karl machte zwei Schritte hinüber zu einem gläsernen Windschutz, der einige Tische vor der milden Morgenbrise schützte. Er stellte sich dicht an das Glas, den Rücken zur offenen Seite des Verschlags, griff unter seine Weste und schirmte die Hände mit seinem Körper ab. Scharffenstein bat er, sich dicht neben ihn zu stellen. Dann öffnete er vorsichtig sein Medaillon.

»Das ist die Locke, die ich Winnetou nach seinem Tod abgeschnitten habe.«

Scharffenstein beugte sich darüber. Nicht atemlos vor Ehrfurcht, aber neugierig.

»Ist das Beweis genug?«, fragte Karl.

»Was ist sie wohl wert?«, fragte Scharffenstein zurück.

»Mit Geld gar nicht zu bezahlen«, sagte Karl.

Leicht zupfte der Wind an ihren Ohren, aber er kam nicht in ihre Mitte.

»Darf ich sie einmal anfassen?«

Scharffenstein griff nach dem Medaillon, doch Karl zog es fort, bevor Scharffenstein es berühren konnte.

»Nein!«

Empört drehte Karl sich von ihm weg. Schon wollte er Scharffenstein anfahren, aber im Umdrehen hatte sich sein rascher Ruck mit einem Windhauch verbündet, der hinter ihnen um das Glas geschlichen war. Karls Schwung trieb die Locke aus ihrer halbwegs sicheren Lage, ganz an den Rand des Medaillons.

Dann stupste der Wind sie hinaus.

Sie segelte zu Boden.

Karl, entsetzt, wollte sie noch im Fallen fangen, doch er griff ins Leere. Sofort fiel er auf die Knie, um die Locke wieder von den Planken aufzuklauben. Aber noch bevor er sie erreichen konnte, stahl sich ein neuer Wind um die Ecke, griff sanft das Haar und trug es einen Schritt weiter, fort vom Windschutz. Karl rutschte hinterher. Fast konnte er sie erreichen, doch wieder war der Wind schneller; jetzt ungeschützt an Deck, trieb er die Locke immer schneller über den Boden. Karl, verzweifelt, versuchte hinterherzukommen, aber immer wieder entwischte sie ihm, der Wind schob sie nach rechts, nach links, begann sie zu zerzupfen und wirbelte einzelne Haare hinaus.

Scharffenstein hatte bisher zugeschaut, nun wollte er Karl beispringen. Er lief einige Schritte, um die Haare von der anderen Seite zu stellen. Sie kreisten sie ein. Kurz gab der Wind nach. Noch einigermaßen vollständig lagen sie nun da, nicht weit von der Reling; zitternd in einem Hauch, der nicht die Kraft hatte, Unfug mit ihnen anzustellen.

Karl und Scharffenstein stürzten sich gleichzeitig darauf.

Wieder war der Wind schneller. Eine Böe griff die Locke, hob sie eine Handbreit empor – und trug sie über Bord.

Dort blies der Wind die Haare auseinander. Es dauerte kaum länger als den Schrei einer Möwe, bis jedes einzelne in eine eigene Richtung gestoben war.

Karl kniete entsetzt auf den Planken.

Scharffenstein war gestolpert und neben ihm auf den Boden geschlagen.

»Sie …«, sagte Karl, »Sie …«, und dann fiel ihm nichts mehr ein.

Scharffenstein fand ein einzelnes Haar. Er klaubte es von den Planken und hielt es Karl hin.

»Das Andenken des größten Kriegers der Apachen!«, sagte Karl kraftlos. »Millionen Leser werden entsetzt sein.«

»Es ist nicht alles verloren«, sagte Scharffenstein. Er bot Karl weiter das Haar an.

»Sie sind ein Esel«, sagte Karl.

Scharffenstein schwieg.

»Ein elender Esel«, rief Karl. Er sprang auf und polterte stehend auf Scharffenstein ein, nannte ihn eine ungeschickte Brausebirne, einen Hohlkopf vor dem Herrn, und hielt ihm vor, was für Erinnerungen an dieser Locke hingen. Was für Abenteuer! Was für ein edler Krieger sie einst getragen hatte! Was für ein unschätzbares Artefakt hier gerade verloren gegangen war!

Sollte Scharffenstein Zweifel an der Echtheit der Locke gehabt haben, musste die Echtheit von Karls Wutanfall sie ihm austreiben. Scharffenstein ließ die Wogen über sich brechen, dann bat er zweimal um Entschuldigung, stand langsam auf und fragte schließlich, als Karl sich ausgeschimpft hatte, ob es denn nicht irgendwo noch ein anderes Stück gebe, das Karl aufbewahre …?

»Die Locke war einzigartig. Alles, was ich hatte, habe ich in diesem Medaillon getragen.«

»Bringen Sie wenigstens das in Sicherheit«, sagte er und hielt Karl noch einmal das einzelne Haar hin.

Sie stellten sich erneut in den Windschutz. Karl öffnete das Medaillon, Scharffenstein legte das Haar hinein, und schnell klappte Karl es wieder zu.

»Meine Leser werden Sie zerreißen, wenn sie von diesem Vorfall erfahren«, drohte Karl.

»Müssen sie es denn?«

Karl tat, als überlege er. »Nicht, wenn wir eine Grabplatte über sämtliche Ereignisse auf dieser Überfahrt legen.«

Scharffenstein hielt sein Notizbuch wieder in der einen Hand, den Stift in der anderen. Ratlos trommelte er auf das Buch. Dann steckte er beides in die Tasche und gab sich einverstanden.

Hinter mir schoss Halef triumphierend in die Luft.

Und als die »Preussen« schließlich gegen halb elf in Port Said am Kai ruhte; und als sich dann die Passagiere balgten, wer mit Karl gemeinsam die Gangway hinunterschreiten durfte, und sie, ohne es zu ahnen, Zeuge des historischen Momentes wurden, da Karl May das erste Mal nichteuropäischen Boden betrat; als Karl dann im Hafen in der Vormittagssonne stand, wo es nach Holzfeuer roch, nach Maschinenöl und Menschen, die mit der Hitze kämpften; als er sorgfältig zusah, wie seine verbliebenen Koffer in eine Kutsche verladen wurden, und er großzügig Bakschisch verteilte an jede der vielen Hände, die an dieser Operation teilhatten; als er schließlich so dastand und angekommen war, da hatte Karls Unruhe sich in dem Trubel gänzlich gelegt.

Ich habe doch, dachte er, eine Seefahrt überstanden, Feinde überlistet, einen vorlauten Schreiber in die Schranken gewiesen und allein meinen Weg nach Ägypten gefunden. Er betrachtete die Netze mit Waren, die vom Schiff gehoben wurden, und fühlte nichts als ein freudiges Kribbeln in der Brust; sah die fremden Gesichter an Land und die vertrauten der Passagiere oben an Bord; er blickte den Suezkanal hinunter, der schon jetzt ein Versprechen auf weitere Abenteuer war, und dachte: Die Fremde, endlich. Nun geht es los.

Und, beim Teufel, was soll schon geschehen?

Schließlich, dachte Karl,

bin ich Kara Ben Nemsi.

15. April 1899

Kairo, Ägypten, Osmanisches Reich, unter britischer Besatzung

»… und so ist der Gott, den ihr Allah nennt, doch kein anderer als der unsere«, schloss ich meine Erzählung.

»Allah Akbar, Gott ist groß. Aber deine Weisheit ist es auch«, sagte der Scheich.

Wir saßen auf dem Boden seines Zeltes, und der Dampf des Mokkas mischte sich mit dem Rauch der Wasserpfeifen.

»Erlaube, dass wir dich einen Bruder nennen.«

»Ich erlaube es gern«, sagte ich.

»Und so erlaube auch, mein Bruder, dass ich morgen die tapfersten meiner Söhne mit dir schicken werde, um dir die Geheimnisse der Pyramiden zu zeigen.«

»Aber die jungen Burschen sollen ihre Kräfte für Nötigeres bewahren, als einem Fremden voranzureiten.«

»Was könnte nötiger sein, als einem Bruder unser Land zu zeigen!«

Der Scheich ließ sich nicht umstimmen. Und so ritten wir bei Tagesanbruch der Sonne entgegen.

So hatte Karl es sich ausgemalt. Wieder und wieder war er im Herzen seiner Begegnung mit dem Orient vorausgeeilt, hatte schon auf seiner Reise über die Alpen die fernen Länder längst durchschritten. Wer die Männer sein würden, die ihn wie einen Bruder empfingen, war einerlei; mal führten sie ihn zu geheimen Gängen in den Pyramiden, mal zeigten sie ihm die verborgene Schönheit der Wüste. Aber stets nahmen sie ihn in ihre Mitte, als Bruder, als liebsten Freund, und ließen ihn teilhaben an ihrem exotischen Leben, als sei er einer der Ihren.

Nun stand Karl am Fenster seines Hotelzimmers und spielte mit den Troddeln der Brokatvorhänge. In seiner Tasse aus fränkischem Porzellan war der Tee kalt geworden, ein letzter Krümel Gugelhupf klammerte sich an seinen Bart. Es war sein erster Tag in Kairo, und draußen garte die Stadt in der Sonne des frühen Nachmittags. Vor Karls Hotel dampfte der Park, und Karl überlegte, wann es Zeit sei, die Reise nun wirklich zu beginnen.

Nach der Landung hatte er zwei Nächte in Port Said verbracht. Aber weil ihm schon bei der Ankunft zu heiß geworden war und es schwerer fiel als gedacht, unter den Einheimischen, von denen kaum einer einen Brocken Deutsch sprach, jemanden zu finden, der ihm auch nur den Weg zu seinem Hotel weisen konnte, hatte er in der Hafenstadt viel gearbeitet, in seinem komfortablen Zimmer gesessen und sich gewissenhaft akklimatisiert. Bei der Weiterreise nach Kairo legte er einen Zwischenstopp in Ismailija ein, aber dort fühlte er sich nach der Zugfahrt erschöpft. Also besichtigte er nur wenig und schrieb viele Postkarten in die Heimat. Gestern dann hatte ihn der Zug weiter nach Kairo gefahren, und hier stand er nun in seinem Zimmer und schaute hinaus auf den Platz. Sobald die Mittagshitze nachgelassen hat, dachte Karl, werde ich aufbrechen.

Draußen klapperten zweispännige Droschken die Prachtstraße hinunter. In den Droschken schützten sich europäisch gekleidete Damen mit Schirmen vor der Sonne, und auf dem breiten Gehsteig gegenüber spazierten zwei Herren in Leinenanzügen, die den langen Schatten der Neubauten nutzten, um von der Hitze weniger behelligt voranzukommen.

Vielleicht war es nun so weit.

Gab es noch etwas zu erledigen, bevor er auf die Straße trat? Karl hatte den Reiseführer studiert und ein wenig Geld eingesteckt, denn es galt, später weitere Postkarten zu kaufen. Seine Schuhe waren geschnürt, die Jacke geknöpft, eigentlich war er bereit zum Aufbruch.

Oder war die Hitze noch zu groß? Der Platz unter seinem Fenster jedenfalls hatte sich in den anderthalb Stunden, die er hier nun stand, merklich belebt. Die Mittagszeit schien vorüber.

Es ist Zeit aufzubrechen, mahnte ich meine Gefährten.

Karl gab sich einen Ruck. Aber er spürte den Knauf der Tür schon in der Hand, als ihm doch etwas einfiel. Noch einmal ging er zurück, holte den zweitkleinsten seiner Koffer aus der Kammer und setzte sich damit auf die Chaiselongue unter dem Fenster. Aus seinem Hemd zog er das Medaillon, das er um den Hals trug, und aus dem Koffer einen Strang schwarzen Rosshaars, das er einem Dresdner Perückenmacher schon vor Jahren abgekauft hatte. Ein Stück davon schnitt er ab, kurz wie die beiden letzten Glieder seines Ringfingers, verstaute den Rest wieder im Koffer und legte die Locke behutsam in das Medaillon.

Ich wachte die ganze Nacht hindurch, wortlos, mit heißen, trockenen Augen. Er lag in meinem Schoße, grad so, wie er gestorben war.

Lange betrachtete Karl das Haar, das er Winnetou vom Kopf geschnitten hatte.

Dann wischte er sich über die Augen und verstaute den Koffer an seinem Platz. Und als er schließlich mit seinem Reiseführer in der Tasche das Hotel verließ, um sich wie ein Bruder unter die Einheimischen zu mischen, war Karl bester Dinge und frei von Zweifeln, dass der Orient vor der Tür ihn sehnlichst erwartete.

Kairo empfing ihn mit heißem Atem.

Im Schatten der Bäume ging Karl die Sharia Karmel hinunter zum Opernplatz. Um ihn wuchsen modernste Bauten, eine Reiterstatue salutierte vor ihm, und Karl dachte: Wirklich eine Prachtstraße – da hat der Engländer ein gutes Werk getan.

Die meisten Herren, die ihm entgegenkamen, trugen Anzug und europäische Gesichtszüge, und die, die es nicht taten, huschten vorbei, ohne den Blick zu heben. Am Opernhaus bog Karl ab und flanierte durch den Ezbekiyeh-Park. Rosenduft lud ihn ein, sich im Schatten auf einer Bank auszuruhen, und dort überlegte Karl, ob es nun nicht schon genug des Spazierengehens sei. Sollte er lieber gleich die Postkarten kaufen und im Hotel weitere Schreibarbeiten erledigen? Verlockend war es. Aber Kara Ben Nemsi drängte ihn zum Weitergehen.

Er beriet sich kurz mit dem Stadtplan seines Reiseführers und verließ den Park dann nach Südosten, hin zum arabischen Viertel. Nur wenige Schritte, und er erreichte eine andere Stadt.

Die Prachtstraßen verengten sich zu schmalen Gassen, das Grün verdorrte, und unter Karls Schnürstiefeln staubte ein festgetrampelter Pfad, den mitunter flüssiger Unrat tränkte. Die Häuser, welche die Gassen säumten, sanken altersmüde ihren Nachbarn an die Schulter. Löcher in den Lehmfassaden entblößten Ziegelmauern, Holzerker klammerten sich schief daran, und manche Gasse war so schmal, dass die gegenüberliegenden Erker sich über Karls Kopf zu küssen schienen. Und je enger die Gassen, desto voller wurden sie.

Es herrschte ein munterer Lärm, der Karl zuerst amüsierte. Dann aber erreichte er die ersten Ausläufer des Suqs, und man begann, auch ihn anzuschreien. Vor den Läden standen Männer und priesen Töpfe, Safran, Teppiche, Zwiebeln oder Messer an. Karl geriet aus einer Gasse, in der ausschließlich Glas verkauft wurde, in eine, in der man nur Bürsten und Besen feilbot. Dann wieder saßen Dutzende Fellachen auf dem Boden, und ihre einzige Ware waren grüne Schoten, die Karl noch nie gesehen hatte. Und jeder, der etwas zu verkaufen hatte, wollte am liebsten Karl dafür gewinnen; und jeder, der etwas an Karl verkaufen wollte, hoffte, die Konkurrenten durch Lautstärke auszustechen.

Esel drückten sich an ihm vorbei und leerten vor ihm ihren Darm. Ein Handkarren fuhr ihm über den Fuß. Ein Mann, der nur noch ein Bein hatte, hielt Karl bittend seine Hand hin, und Karl nestelte hektisch einige Münzen aus seiner Tasche. Endlich, der Orient, versuchte Karl zu denken, doch der Lärm übertönte die Stimmen in seinem Kopf.

Karls Reiseführer hatte schon gewarnt, dass die Fülle des Neuen und Überraschenden im arabischen Viertel so groß sein würde, dass es schwer sei, Einzelheiten zu unterscheiden; und tatsächlich erschienen Karl die Menschen wie Statisten einer Inszenierung, die an ihrer eigenen Pracht erstickte. Die wenigen Frauen in den Gassen wallten in ihren weiten Gewändern an ihm vorbei, manche verbargen ihr Gesicht hinter der Burko, manche hatten nur ihr Haar bedeckt. Die Männer trugen Kaftan oder Dschallabija, Turban oder Fez. Nur selten begegnete Karl ein reicher Kaufmann, der es mit der Mode der Kolonialherren hielt, und noch seltener traf er einen, der wohl selbst einer war. Karl versuchte, Gesichter zu unterscheiden, aber im ständigen Verkehr entglitten ihm die Eindrücke zu schnell.

Nach kurzer Zeit bewegte ich mich in den Gassen wie ein Einheimischer. Die Händler grüßten mich respektvoll, wenn sie mich kommen sahen, und freuten sich stets, einen Schwatz mit dem berühmten Doktor aus Germanistan zu halten,

dachte Karl bald, und dass vielleicht eine Pause guttäte. Das Gedränge strengte ihn an, und obendrein meldete sich ein leiser Hunger. Der Kuchen im Hotel war sein einziges Mittagessen gewesen. Karl sehnte sich durchaus nach einer Rindsroulade im Bayrischen Hof, doch

an kleinen Ständen, die allenthalben in den Gassen aufgeschlagen waren, boten Köche arabische Köstlichkeiten feil, und von meinen Reisen wusste ich, dass die beste Küche einer Stadt oft aus den unscheinbarsten Töpfen stammte.

Am Straßenrand stand ein großer Kessel, hinter dem ein kleiner Mann Karl immer wieder dasselbe Wort entgegenrief. Vermutlich, dachte Karl, bezeichnet es das, was in dem Kessel ist. Und weil der Koch ein gutes Gesicht hatte, und weil auf den Schemeln neben ihm zwei Eseltreiber saßen und es sich schmecken ließen, dachte Karl: Es wird schon in Ordnung sein.

Er ging hinüber, deutete auf den Kessel und sagte »Einmal bitte«, formte dazu mit dem Zeigefinger eine Eins, und so verstand ihn der Koch. Er wies Karl einen der Schemel zu, die nicht höher waren als Karls Wade, dann schaufelte er braunen Brei in einen Blechnapf.

Karl roch daran.

»Bohnen?«, fragte er.

»فول«, sagte der Koch.

Karl überlegte und fragte: »Beans?« Der Koch verstand ihn nicht und sagte wieder: »فول.«

Karl wiederholte mehrmals »Beans?«, jedes Mal deutlicher, langsamer und lauter.

»فول«, sagte der Koch.

Schließlich setzte sich Karl auf den Schemel, doch dann vermisste er Besteck. Fragend schaute er den Koch an und zerschnitt dazu mit rechts die Luft über seinem Napf. Der Koch schaute verständnislos zurück, also schob Karl sich mehrmals eine unsichtbare Gabel in den Mund, bis der Koch begriff. Er deutete auf das Brot, das er auf Karls Napf gelegt hatte. Dann wies er auf die Eseltreiber, die mit den Fingern aßen.

Karl riss also etwas Brot ab, tunkte es in die Soße, kleckerte einen Batzen davon auf die Straße und schob sich den Bissen in den Mund. Nichts, was Karl je zuvor geschmeckt hatte, hatte ihn auf diesen Brei vorbereiten können. Er ahnte tatsächlich Bohnen, aber in einer gänzlich ungewohnten, säuerlichen Schärfe, die dazu an vergorene Spekulatius gemahnte. Drei weitere Happen probierte er, dann wurde es ihm unmöglich, noch mehr davon zu essen.

Schamvoll nahm er noch ein wenig Brot, weil er merkte, wie der Koch ihn beobachtete, und rührte damit höflich in dem Püree herum, sehr darauf bedacht, dass nicht zu viel davon am Brot kleben blieb, bevor er es aß.

Dann stand er auf und stellte den Teller auf seinen Schemel.

»لا طعم؟«, fragte der Koch und schaute auf den Teller, auf dem der Breibatzen kaum kleiner geworden war.

Karl nickte freundlich und rieb sich schmatzend den Bauch.

»لم يعجبه!«, sagte der Koch, und seine Augenbrauen zogen sich sorgenvoll zusammen.

Aus seiner Hosentasche holte Karl einige Münzen, auf denen er weder die Schrift noch die Zahlen entziffern konnte, und hielt sie in Richtung des Kochs.

Der aber wollte kein Geld.

»كيف لا طعم له.«

Er klappte Karls Finger über die Münzen und schob seine Hand zurück.

»Es war sehr schmackhaft«, sagte Karl und wiederholte noch einmal laut: »Very … good.« Wieder hielt er ihm das Geld hin, wieder wies der Koch es zurück. Ein paarmal ging das hin und her, dann gab Karl auf. Er bedankte sich elfmal, deutete siebenmal eine Verbeugung zum Abschied an und ging schneller, als er gekommen war.

Zurück in der Gasse hielt ein Mann, der auf verdrehten Beinen an einem Stock durch das Gewühl humpelte, Karl bittend die Hand hin. Karl gab ihm die Münzen. Dann sah er einen Wasserverkäufer, der einen gut gefüllten Schlauch auf dem Rücken trug, und mit ein wenig Zeigen auf den Schlauch und angedeuteten Trinkgesten gelang es Karl, ein Glas zu erstehen. Es schmeckte brackig, doch Karl hatte Durst. Auch hungrig war er noch immer.

Einige Schritte weiter stritt sich ein Händler mit einem Briten in Uniform. Karl blieb stehen und sah, wie die beiden einander laut anblafften, dann wandte sich der Uniformierte ab, und der Händler rief ihm etwas hinterher. Der Brite drehte um, stürmte zurück und packte den Händler am Kinn; er betrachtete ihn wie einen faulen Kürbis und zischte ihm drohend etwas zu, bevor er ging. Der Händler schüttelte ihm eine Faust hinterher, doch schwieg er diesmal. Karl hätte gern erfahren, was vorgefallen war, aber weil er nicht wusste, wie er es hätte erfragen können, schob er sich weiter zwischen Menschen und Läden hindurch. An einem Obststand kaufte er zwei Äpfel. Gierig verschlang er sie im Weitergehen.

Wohl anderthalb Stunden schlenderte er so herum. Die Hitze kroch ihm in den Anzug, und mit jeder neuen Gasse, mit jedem Blick in die Karte wurden Karls Schritte langsamer. Aber noch widerstand er der Verlockung, umzukehren.

In der Straße der Gewürzhändler blieb Karl vor dem größten Geschäft stehen und betrachtete die Waren, die in Säcken halb im Laden, halb auf der Straße standen.

»Welcome, sir, welcome!«, rief der Händler, dessen Tränensäcke fast so groß waren wie jene, die seine Waren fassten.

Ein Sack auf der Straße barg eine Art nussgroßer gelber Kristalle, die stumpf glänzten. Karl beugte sich darüber, leicht roch es nach Harz.

»Was ist das?«, fragte Karl.

»Sir?« Der Verkäufer kam zu ihm.

»What is?«, fragte Karl und deutete auf den Sack.

»It's samgh earabi«, sagte der Verkäufer und drückte ihm einen der Klumpen in die Hand.

»How?«

»Arabic gum.«

»Gum?«

»Gum«, bestätigte der Verkäufer, aber Karl kannte das Wort trotzdem nicht.

»From mastic tree«, sagte der Verkäufer und ritzte einen imaginären Baum an, »you cut bark, resin come out, you let dry, you have samgh earabi.«

»Resin?«, fragte Karl und ahmte die Geste des Verkäufers nach, die er für einen angedeuteten Pinselstrich auf einer Leinwand hielt.

»Resin«, sagte der Verkäufer.

»Ah«, sagte Karl.

Freundlich sah der Händler ihn an.

Die Wolke der Gerüche von fremden Gewürzen, in der Karl stand, belästigte ihn immer mehr. Karl schien es, als verklebte sie von innen seine Nase und Kehle. Gern wäre er gegangen. Aber da er nun schon einmal einen Einheimischen gefunden hatte, mit dem er zumindest wenige Wörter teilte, musste er ihm auch noch etwas über die Geheimnisse des Orients entlocken. Also hielt er aus.

»And you are … Kairo?«, fragte Karl.

»You mean, if I am from Kairo? From? Kairo?«

»Yes!«

»Yes«, sagte der Händler.

»And Leben beautiful in Kairo?«, fragte Karl.

»Leben?«

»Yes …«, und Karl überlegte, wie man das Leben an sich pantomimisch darstellen konnte. »All …«, er formte eine Weltkugel in der Luft. Der Händler verstand ihn nicht.

Mit weiten Gesten, dem Brustschwimmen nicht unähnlich, versuchte Karl ihm klarzumachen, dass er etwas über die Gesamtheit aller Dinge von ihm erfahren wollte. Er zeigte auf sich und hoch zum Himmel, auf die Säcke und ihn, aber der Händler legte nur fragend den Kopf schief.

Einige Augenblicke noch hielt Karl ratlos den Klumpen in der Hand, dann verabschiedete er sich und folgte den ständig abknickenden Gassen weiter ins Irgendwo.

Eine Großmutter, die auf dem Boden saß und jämmerlich klagte, hielt Karl bittend ihre Hand hin, und Karl gab ihr einige Münzen. Zwei Kamele wurden an ihm vorbeigetrieben, hinter ihnen knallte die Peitsche, der Treiber brüllte ebenso laut wie die Tiere. Ein alter Mann, dem Spucke aus dem Mund lief, schlief in der Sonne. Kinder liefen vor Karl her und riefen ihm etwas zu. Überall der Gestank, dachte Karl. Er spürte, dass eine leichte Übelkeit sich seinen Hals emportastete. Dann machten die Leute Platz für einen Europäer, der einen Einheimischen mit Fußtritten durch die Gassen jagte, ohne dass jemand etwas daran zu finden schien.

Der Lärm und der tückisch heiße Wüstenwind Kairos konnten einem ungeübten Reisenden leicht zusetzen, ich jedoch war die Strapaze gewohnt und bewegte mich ebenso leicht durch den Nachmittag wie der kräftigste Einheimische.

Diese Hitze, dachte Karl, diese elende Hitze. Er versuchte, das aufsteigende Unwohlsein zu verdrängen. Aber eine Pause, dachte er, eine Pause würde wohl guttun.

Die Lehmfassaden zu seiner Rechten durchbrach plötzlich ein spitzer Bogen, unter dem ein Holztor mit mächtigem Klopfer auf einen Hof führte. Es stand offen, und Karl lugte hinein. Links über den Platz zeigte ein Minarett gen Himmel, Bäume warfen Schatten, und Karl zögerte, ob er hineingehen solle. Aber im Hof war niemand zu sehen, und Kara Ben Nemsi, dachte Karl, zaudert doch nicht, also betrat er vorsichtig die Moschee.

Er setzte sich in den Schatten eines Baumes und seufzte laut, als seine Füße sein Gewicht nicht mehr tragen mussten. Kurz ging es ihm besser, und er wartete, ob irgendjemand käme, den er fragen konnte, ob er dort wohl durch den Eingang auf der anderen Hofseite weiter ins Innere der Moschee gehen dürfe. Doch niemand kam. Und obwohl Karls Erschöpfung bald nachließ, mochte das Gefühl, es würde ein schimmliges Tau durch seine Kehle gezogen, einfach nicht verschwinden. In ihm rumpelte es. Irgendwo in seinem Darm schienen Pflastersteine aneinanderzuschlagen.

Um sich abzulenken, beschloss Karl, die Moschee eigenmächtig weiterzuerkunden. Er trat durch den Eingang, und die Luft, die ihm der schattige Korridor dahinter entgegenhauchte, traf ihn angenehm kühl. Karl nahm zwei tiefe Züge. Sie linderten seine Übelkeit, und erleichtert lehnte er eine Weile an der Wand, bevor er weiter hineinlief.

Der Gang teilte sich nach drei Schritten. Ein Wegweiser wies nach rechts zu »طعم« und links zu »كيف«. Karl entschied sich für die linke Seite. Pilastergeschmückte Mauern führten ihn in einen Vorraum, in dem Schuhe standen. Hinter einer ausladenden Flügeltür öffnete sich ein Saal mit Dutzenden Säulen, die eine gewölbte Decke trugen und ganz vorn, halb von Säulen verdeckt, sah Karl einige Gestalten, die vornübergebeugt auf dem Teppich knieten. Das muss wohl, dachte er, der eigentliche Gebetsraum sein – ob ich dort wohl hineingehen könnte?

Ein leises Rülpsen entfuhr ihm, sein Magen schickte den Geschmack des Breis als abstoßenden Gruß hinauf. Kurz überlegte Karl, hinauszugehen und sich wieder in den erholsamen Schatten des Hofes zu setzen. Aber die Neugierde, die erste Moschee seines Lebens nun auch von innen zu sehen, zog ihn schließlich hinein. Und so löste Kara Ben Nemsi die Knoten an Karls Schnürschuhen, und auf Socken machte er einen vorsichtigen Schritt in den Gebetsraum.

Der Teppich war ein fein geknüpfter Perser, der Karls Fußsohlen schmeichelte. Von vorn drang leises Gemurmel zu ihm, und eine sakrale Feierlichkeit ergriff Karl. Die fassdicken Säulen, die wuchtige Decke, die Nähe Gottes: Sie strahlten eine erhabene Ruhe aus, wie er sie bislang nur aus Kirchen kannte. Er spürte seiner eigenen Ergriffenheit hinterher und wollte gerade wieder die herrlich kühle Luft einseufzen – als sich plötzlich tief in seinem Bauch ein Erdrutsch ereignete.

Karl blieb stehen. Die Betenden schwiegen. In der Stille spürte Karl, wie der donnernde Felssturz unterhalb seines Magens die Luft durch die langen Stollen seines Verdauungstrakts presste. Panisch versuchte er, die Stelle zu blockieren, an der das Echo des Unglücks zwangsläufig entweichen musste, was nicht nur seine eigene feierliche Stimmung entweiht hätte. Zweimal seufzte es leise in Karls Bauch, dann schlug der Wind von innen gegen den vernagelten Ausgang, vergeblich, und verlor darüber seine Kraft.

Karl entspannte sich.

Dann rumorte es wieder.

In seinem Leib hatte sich offensichtlich eine Moräne in Bewegung gesetzt. Karl beschloss, bald zu gehen.

Kurz nur machte er noch einige Schritte hinüber zu dem mannshohen Raumteiler, der den Saal zu seiner Rechten begrenzte, was ja, wie er dachte, Sinn ergab, weil auch diese Moschee sicher zwei verschiedene Bereiche für Männer und Frauen bot, was ihn, wenn er darüber nachdachte, daran erinnerte, dass die Wegweiser auf dem Weg hinein möglicherweise bedeutet hatten, welches Geschlecht denn wo entlangmüsse; und während er um eine Säule herumspähte und so die Betenden besser in den Blick bekam, deren Kaftane ihm jetzt, da sie ihm jeweils ihr Hinterteil entgegenstreckten, merkwürdig reich bestickt vorkamen, fiel ihm außerdem ein, dass die Schuhe, vorn, vor der Tür, erstaunlich klein gewesen waren, von der Größe eher wie … – doch da rief eine aufgebrachte Stimme schon hinter ihm: »No, no, no! It's the women's section!«

Die Stimme gehörte einem Mann mit dichtem Bart und einer

Zornesfalte, tief wie der Suezkanal. Mit einem Schritt war er bei Karl, packte ihn bei den Schultern und schob ihn zur Tür hinaus.

Karl bat Dutzende Male um Entschuldigung, es war ihm unerhört peinlich. Förmlich konnte er spüren, wie die Scham sich durch ihn hindurchwand.

Doch als er sich im Vorraum hinunterbeugen wollte, um seine Schuhe anzuziehen, erkannte er, dass das, was sich durch ihn hindurchwand, nicht nur die Peinlichkeit war. Unter der strengen Aufsicht der Zornesfalte versuchte Karl, sich beim Anziehen der Schuhe nicht zu sehr nach vorn zu lehnen, um den Druck auf seinen Bauch nicht zu erhöhen. Dreimal entglitten ihm so seine Schnürsenkel.

»You don't respect anything«, bellte der Mann.

»I … sorry …«, sagte Karl erneut und fischte vergeblich nach den Schnüren. Mit nur halb geschlossenen Schuhen ließ er sich schließlich von dem Mann nach draußen und über den Hof bugsieren.

»You have to learn respect. All of you«, gab er ihm mit, dann schloss er die Tür hinter Karl.

Karl machte drei Schritte, dann entfuhr ihm ein so gewaltiger Furz, dass zwei Männer, die ihm entgegenkamen, ihr Gespräch unterbrachen.

Karl begann zu schwitzen. Rasch wärmte die Hitze der Gasse auch seine Übelkeit wieder auf. Ein Schwindel ergriff ihn. Durch seinen Leib wälzte sich eine Lawine spitzen Schotters.

Karl holte seinen Reiseführer hervor, um nach einem Hinweis auf eine öffentliche Toilette im Suq zu suchen. Schwitzend und bleich lehnte er sich gegen eine Mauer und blätterte, doch sein Reiseführer wusste von nichts. Die Hektik der Gasse wälzte sich weiter an ihm vorbei. Kaum einer beachtete ihn.

Karl versuchte zu überschlagen, wie lang der Weg in sein Hotel sein würde, und die Antwort, auf die er kam, lautete: zu lang. Doch weil ihm nichts Besseres einfiel, als auf eine Gelegenheit auf dem Weg dorthin zu hoffen, machte er sich auf.

Schnell schaffte er es bis zur nächsten Ecke, dann gurgelte die Gerölllawine in ihm weiter zu Tal und erreichte den letzten Schutzwall. Karl spürte, dass er langsamer gehen musste, sollte nicht auf der Stelle ein Unglück geschehen.

Er schaffte eine weitere Ecke. Der Druck stieg unerbittlich. Verzweifelt sah Karl sich um. Da waren Läden, Mauern, Menschen. Er schwitzte. Ihm war übel. Niemals würde er es ins Hotel schaffen.

An einem Geschäft mit Stoffen blieb er stehen und fragte den kahlköpfigen Besitzer: »Toilet ... where? Toilet?« Aber der verstand ihn nicht.

Karl ging weiter und sprach wahllos Menschen an, aber auch ein Eseltreiber mit Narbe auf der Stirn, ein stolzer Herr mit Krummsäbel und ein zahnloser Alter verstanden ihn nicht. Ein Mann mit einem Schnurrbart, so groß, dass man damit die Straße hätte fegen können, blieb endlich stehen.

»Toilet?«, fragte er.

»Yes!«, sagte Karl und vergaß darüber fast seinen Schwindel. »Yes!« Der spitze Schotter stach heftiger in seinen Darm.

»No toilet here«, sagte der Mann.

»No?«

»No.«

»Where?«, fragte Karl noch einmal.

Der Mann zuckte bedauernd mit den Schultern und deutete ratlos in alle Richtungen.

Karl verließ alle Hoffnung.

»You need toilet?« Aus einem anderen Stoffgeschäft war ein winziger Großvater auf seinem Stock hervorgestakst.

Karl konnte nur noch nicken.

Mit einem breiten Lächeln hob der Alte die Hand, um Karl zu bedeuten, dass seine Sorgen bald ein Ende haben würden.

»Go!«, sagte der Alte und deutete die Gasse hinunter.

Karl schaute dem Arm hinterher.

»Second left«, sagte der Mann und deutete nach links. Mahnend hob er den Finger, dann zählte er: »One, two, three – right.« Er deutete nach rechts, und mit einer Geste, als habe er auf dieser Gasse gerade einen Tisch mit den herrlichsten Speisen angerichtet, sagte er: »Toilet.«

Karl faltete seine Hände zum Gebet, sagte dreimal »Thank you«, dann eilte er davon, so schnell es eben ging.

Er erreichte die zweite Gasse mit Mühe und bog nach links ab. Jeder Schritt erschütterte das letzte Bollwerk in seinen Fundamenten. Zweimal blieb Karl stehen, um sich zu sammeln, zweimal trieb ihn ein neues, tödliches Tosen weiter. Er ging mit langen, vorsichtigen Schritten, und wer ihn sah, konnte meinen, er würde auf wackeligen Steinen in einem reißenden Fluss balancieren. Zwischendurch ließen die Stiche nach, nur um dem Gefühl zu weichen, ein Riese habe Karls Bauch zu einem Luftballon aufgeblasen. Dann stachen sie wieder zu. Die Verlockung, einfach nachzugeben, war überwältigend.

Hinter der Ecke öffnete sich ein kleiner Platz, auf dem zwei Kamele angebunden auf dem Boden kauerten. Wieder musste Karl stehen bleiben. Er betrachtete die Tiere, um sich abzulenken. Doch dann würgte das Kamel direkt vor ihm zum Gotterbarmen und holte seine letzte Mahlzeit hinauf, um sie wiederzukäuen. Karl wandte rasch den Blick ab. Doch sein Magen erinnerte sich daran, dass auch ihm längst speiübel war, und sofort spürte Karl das Würgen des Kamels auch in seinem Hals. Ein säuerlicher Aufstand kroch seine Speiseröhre hinauf, den Karl erst kurz vor der Kehle niederschlagen konnte.

Karl schluckte, stöhnte und wischte sich über die Stirn. Es ist ein Zweifrontenkrieg, dachte er. Er wird nicht zu gewinnen sein.

Er wollte weitereilen, aber er spürte, wie sehr die kurze Verteidigung seiner Kehle die Truppen auf dem unteren Schlachtfeld davon abgelenkt hatte, die Reihen dicht zu halten.

Er ging zwei weitere Schritte, dann wusste er, dass es zu spät war.

In einer Ecke des Platzes hatten die Kameltreiber eine kleine Pyramide aus Dung errichtet. Karl schaffte noch die fünf Schritte dorthin, und schon auf dem Weg riss er sich die Hose auf, kaum fanden seine hektischen Daumen noch den Bund der Unterwäsche. Karl wollte sich hinkauern, und noch bevor er überhaupt vollständig in die Hocke fand, schoss es aus ihm heraus wie aus einem Pistolenlauf.

Die drei Kameltreiber standen an einer Hauswand und hatten ihn erst gleichgültig, dann argwöhnisch, dann verdutzt beobachtet. Nun lachten sie. Einer ging einen Schritt in den Eingang des Hauses und rief etwas hinein.

Karl hockte da, zu erleichtert, als dass die Scham ihm schon etwas anhaben konnte. Dann begann er, seine Taschen abzuklopfen, und fand nichts, um sich abzuwischen, als seinen Reiseführer und das Taschentuch mit Monogramm, das Emma ihm geschenkt hatte.

Der Hauseingang spuckte nacheinander zwei Frauen und drei Kinder aus, die bei den Kameltreibern stehen blieben und hinübersahen zu dem Weißen, der mit heruntergelassenen Hosen, einem Buch in der einen Hand und einem Taschentuch in der anderen bei ihren Kamelen hockte. Sie kicherten.

Übelkeit und Scham überwältigten Karl schließlich gemeinsam. Nun ist es auch egal, dachte er und opferte das Taschentuch, bevor ihn seine Nahrung auch nach oben verließ.

16. April 1899

Kairo,
Ägypten, Osmanisches Reich,
unter britischer Besatzung

Die kommenden Stunden lag Karl in seinem Hotelzimmer und spuckte sich die Zuversicht aus dem Leib. Nachdem er sich neben den Kamelen ein erstes Mal übergeben hatte und danach fast zusammengebrochen war, hatten die Treiber ihn mit Wasser versorgt, einen Esel geholt, Karl dort hinaufgesetzt und ihn zu seinem Hotel gebracht. Obwohl Karl darauf bestand, wollten sie für ihre Dienste keinesfalls ein Trinkgeld annehmen, und Karl dankte ihnen matt. Dann schleppte er sich in sein Bett, und dort folterte ihn die unbekannte Speise weiter, und er gab nach, wieder und wieder, bis nichts mehr in ihm war, was er noch hätte geben können. Darüber wurde es Nacht.

Manchmal durfte Karl wegdämmern, zwischen Würgen und Stöhnen und kurzer Erleichterung döste er dankbar, bis das Elend ihn wieder weckte. Und dann lag er da, im Dunkeln, ohne Chance zu entkommen, jammernd und verzweifelt. Denn nicht nur das Essen wollte ihm an den Kragen, auch die Nacht war ein Feind.

Schon daheim, wenn man sich im ehelichen Bett wälzte, wach und nur in Gesellschaft seiner Gedanken, kroch sie zum gescheiterten Schläfer unter die Decke, schmiegte sich an ihn mit kalter Hand und flüsterte ihm seine Sünden zu. Allabendlich packte sie jene, die nicht rechtzeitig in den Schlaf flohen, und hier, in diesem Bett, aufgestöbert von der Übelkeit, entkam Karl ihr nicht.

Für gewöhnlich, wenn die Nacht ihn wachhielt, stand er auf und schrieb. Dann verlagerte er seine inneren Kämpfe auf Schlachtfelder, auf denen das Gute stets gewann: in die Prärie, die Wüste, in die Weiten und Talkessel seiner Phantasie; zu den Gefährten, die mit ihm jeden Feind besiegten. Hawkens, Halef, Winnetou; Old Firehand oder Ben Nil. Sie folgten ihm, treu und in Freundschaft, wo Karl doch selbst der Fabelhafteste unter ihnen war.

Aber hier in seinem Hotelzimmer, in seiner Lage, war an Schreiben ja nicht zu denken. Er hatte kurz die Lampe angeschaltet und es im Liegen versucht. Ein paar Zeilen hatte er zustande gebracht, aber vor ihm das Blatt drehte sich, die Buchstaben taumelten über die Linien, und bald wurde ihm wieder schlecht. Er löschte das Licht, und wieder kroch die Nacht zu ihm unter die Decke, diesmal wie zum Trost. Sie kannte ihn und sagte: Lass alles fahren, und dann übergab er sich noch mal.

Und wenn nicht alle seine Gedanken abwechselnd bei zwei Wünschen geendet wären – nämlich bitte noch nicht oder bitte sofort auf der Stelle sterben zu wollen –, vielleicht hätte er sogar die Ironie darin bemerkt: wie sehr sich das Schreiben und Brechen doch glichen.

Die kurze Erleichterung danach. Das lange Elend davor. Der schwankende Boden der Wirklichkeit, auf dem er das Gleichgewicht verlor. Alles, was er herunterschluckte: die Sorge vor Entdeckung, die alte Armut, alles Unglück, jeder Tadel und alle Schläge. Der Schwindel, wenn eine gesichtslose Angst ihn hinabzuziehen drohte. All das rumorte, all das krampfte sich gewöhnlich über Wochen in ihm zusammen, so lange, bis es ihn überwältigte und er in stunden- und tagelangen Anfällen alles von sich gab. Hunderte Seiten schrieb er dann am Stück, nächtelang schloss er sich ein. Nur Emma durfte dann manchmal leise Kaffee und Essen an die Durchreiche seiner Arbeitszimmertür stellen, Karl duldete keine Unterbrechung, wenn er mit den Gestalten in seiner Seele rang. Und wenn er dann nach Tagen seinen Schreibtisch verließ, blass, aber genesen, war er entkräftet genug, um eine Weile wieder schlafen zu können.

Das Ergebnis heute allerdings war nichts, womit er Leser hätte begeistern können. Säuerlich schwappten die Säfte in der Waschschüssel, die er neben sein Bett gestellt hatte. Alles von Substanz hatte ihn noch in den Gassen verlassen. Stöhnend wälzte Karl sich in seinem Bett herum. Der Morgen war noch fern.

Wir wollen uns an dieser Stelle gnädig zurückziehen. Karl würde sich zu Tode schämen, wüsste er, dass man ihn beobachtet, und die Zeit bis zu seiner Genesung ließe sich doch besser vertreiben als mit der weiteren Betrachtung seines Elends. Mit einem Ausflug vielleicht? Warum nicht mit einem Ausflug.

Machen wir uns also auf, reisen wir einige Tausend Kilometer nach Nordwesten und beinahe 88 Jahre zurück.

Es ist der 30. Oktober 1811. Der Herbstnebel kriecht zäh von der Themse her durch London, als an diesem Mittwoch zwei Ingenieure über das Kopfsteinpflaster zu einem ehrwürdigen Regierungsbau gehen. Sie schreiten durch das einschüchternde Portal in die Vorhalle und werden von einem Beamten schließlich in ein Zimmer geführt, wo man sie auf zwei harten Stühlen platziert. Die beiden befinden sich im Königlichen Patentamt von England und hoffen auf eine Urkunde.

Friedrich Koenig und Andreas Friedrich Bauer haben ihre jeweilige Heimat Jahre zuvor verlassen. Denn dort, zwischen Kleinbauern, Handwerkszünften und Zollschranken, ist der technische Fortschritt noch nicht weit. England dagegen! Die Fertigkeiten der englischen Ingenieure sind weltweit unerreicht und locken auch diese beiden Männer an. Koenig und Bauer kennen sich nicht einmal, als sie nach England übersiedeln, erst dort treffen sie sich, entdecken die gemeinsamen Ideen, bleiben Jahre, entwickeln und verwerfen – und an diesem Mittwoch im Königlichen Patentamt tritt, nachdem sie lange warten mussten, endlich ein hustender Beamter mit schief sitzender Perücke ein, um ihre Patentschrift zu überreichen. Noch eine Unterschrift, dann bestätigt ein Siegel eine große Erfindung: die der Zylinderdruckpresse.

Wie ein jeder weiß, hatten die bis dato im Buchdruck verwendeten Tiegeldruckpressen einen großen Nachteil: Press- und Gegendruckkörper bilden bei ihnen zwei ebene Flächen, die mühsam gegeneinander gezwungen werden müssen, um zwischen ihnen ein Blatt Papier zu bedrucken. Die Erfindung von Koenig und Bauer aber rollt mit einer Walze das Papier flink über den Presskörper. Ihre Zylinderdruckpresse läuft obendrein mit Dampf, schafft 800 Druckbögen pro Stunde und übertrifft damit die Geschwindigkeit, in der Bücher und Zeitungen bislang hergestellt werden können, um das Doppelte. Binnen zweier Jahre verbessern unsere Ingenieure ihre Erfindung weiter, indem sie einen zweiten Druckzylinder dazumontieren und so 1.100 Bögen pro Stunde erreichen. Weitere zwei Jahre, und ihre Maschine kann Papier auch von zwei Seiten bedrucken. 1818 gelingen ihr schon 2.400 Bögen. Überall in Europa wird ihre Erfindung nachgebaut, abgewandelt und verbessert, und als in Deutschland die zweite erstaunliche Umwälzung Schwung aufnimmt, die Karl May schlussendlich einen Beruf schenken soll, drucken die Maschinen bereits 12.000 Seiten pro Stunde.

Wir wollen einen kleinen Sprung unternehmen – die Zeit vorwärts und den Raum südostwärts durchmessen: Es ist 1835, als das Königreich Sachsen, so wie andere Länder des Deutschen Bundes, endgültig die achtjährige Schulpflicht einführt. Die Landbevölkerung sträubt sich zwar, sie braucht ihre Kinder dringender auf den Feldern als in der Klasse, trotzdem lernen Jahr auf Jahr mehr Bauernkinder lesen. Auch die Kinder der armen Weber des Erzgebirges gehen nun zur Schule, die Zahl der Analphabeten sinkt im ganzen Land.

Bald schon zieht der Schießpulverdampf der Märzrevolution durch die Landen. Als er sich gelegt hat, lockern die Länder des Deutschen Bundes die Zensur; zögerlich zwar und mit manchen Rückzügen, aber sie tun es. Und weil die Herstellung von Büchern und Zeitungen so billig ist wie nie und obendrein mehr Menschen lesen können denn je, wird der Vertrieb von Worten auf Papier in der zweiten Hälfte des Jahrhunderts ein munteres Geschäft. Täglich gründen

Unternehmer neue Illustrierte, Zeitungen oder Wochenblätter; in den Städten füllen sich die Buchhandlungen, und durch die Dörfer ziehen Kolporteure, die aus ihren Bauchläden billige Lieferungshefte verkaufen. Selbst die Ärmsten können sie sich leisten. Jedes der wöchentlichen Hefte kostet nur ein paar Pfennige, und hat man das letzte erhalten, trägt man sie alle zum Buchbinder. Sogar bei Karls Eltern stehen so einige Bände im Regal.

Wir bleiben in Sachsen, doch springen weiter vorwärts durch die Jahre. Die Nationalversammlung in der Paulskirche ist längst vorbei, doch die Schlacht bei Königgrätz noch nicht verloren, als in Dresden der frühere Zimmergeselle Heinrich Gotthold Münchmeyer beglückt von den Möglichkeiten der neuen Zeit eine gebrauchte Druckerpresse kauft. Er hat zuvor auf dem Dorf bei der Tanzmusik das Klappenhorn geblasen und auch einige Zeit beim Militär gestanden; er ist ein emsiger Arbeiter, der gern isst und noch lieber trinkt, und es kostet ihn nur wenige Jahre, eine Verlagsbuchhandlung aufzubauen, die ihre Werke über Sachsen hinaus vertreibt. Bis das Deutsche Reich gegründet wird, hat er ein schnurrendes Geschäft geschaffen, das er nur mit immer neuen Autoren füttern muss.

Münchmeyer, der mit seiner Frau Pauline einige Jahre im Erzgebirge gelebt hat, gleich bei Hohenstein, weiß von dort um diesen talentierten May, der sich in Ernstthal als Schriftsteller versucht. Münchmeyer lockt ihn mit einer Anstellung als Redakteur nach Dresden. Für 1.800 Mark Jahresgehalt redigiert und füllt Karl die Zeitschriften in Münchmeyers Verlag: »Der Beobachter an der Elbe«, »Schacht und Hütte«, »Feierstunden am häuslichen Herde« und dergleichen mehr.

Karl schreibt Humoresken, mal über eine Bande von Fastnachtsnarren, mal über den Fürsten Leopold von Dessau; und dazwischen ergibt es sich, dass er für das »Deutsche Familienblatt – Wochenschrift für Geist und Gemüth zur Unterhaltung für Jedermann« eine kleine Geschichte verfasst: über Inn-nu-woh, einen Indianerhäuptling, den der Erzähler in New Orleans getroffen haben will. Der

Untertitel behauptet, das Erlebnis stamme »Aus der Mappe eines Vielgereisten«, was eine völlig lässliche Übertreibung ist, andere Autoren lügen noch viel unverschämter. Aber zum ersten Mal ist Karl seine Phantasie auf dem Papier zu etwas Festem geronnen, das sich von der Wirklichkeit kaum mehr unterscheiden lässt.

Karl schreibt alles, womit man ihn beauftragt. Er ist ein fleißiger Knecht, der sich auch nicht widersetzt, anonym und unter großzügiger Zuhilfenahme fremder Texte ein erstes Buch zu verfassen: »Das Buch der Liebe – Wissenschaftliche Darstellung der Liebe nach ihrem Wesen, ihrer Bestimmung, ihrer Geschichte und ihren geschlechtlichen Folgen, nebst eingehender Besprechung aller Geschlechts-, Frauen- und Kinderkrankheiten mit besonderer Berücksichtigung des Wochenbettes nebst Anleitung zur Heilung sämtlicher Krankheiten. Geschrieben und herausgegeben nur für erwachsene und wissenschaftlich gebildete Leute« wird ein Skandal und ein großer Erfolg.

Es hätte eine lange, gedeihliche Partnerschaft zwischen Karl und Münchmeyer werden können, wenn Münchmeyer nicht eines Tages wegen des schon vorher von ihm verlegten Werkes »Venustempel« – welches das »Buch der Liebe« an Schlüpfrigkeit noch deutlich überbietet – die Polizei im Haus gehabt hätte. Auch hätte er mit Karl nicht wegen anderer Fragen, was die Redaktion der Zeitschriften anging, gar so über Kreuz liegen dürfen. Vor allem aber hätte Münchmeyer, bei allen guten Absichten, nicht so aufdringlich versuchen sollen, Karl endgültig an den Verlag zu binden, indem er ihm die Schwester seiner Frau zur Heirat aufdrängt, die Karl nun leider überhaupt nicht zusagt. Karl sucht schließlich das Weite, heiratet Emma und verdingt sich wieder als Schriftsteller ohne Anstellung.

Derweil geschehen auch andernorts interessante Dinge. In Passau etwa übernimmt Kommerzienrat Friedrich Pustet jr. die Geschäfte des väterlichen Verlages. Pustet, ein so langweiliger Mann, dass es wenig anderes über ihn zu sagen gibt, als dass er katholisch ist und immer pünktlich zahlt, tritt bald nach Karls Trennung von Münchmeyer an ihn heran und verpflichtet ihn als Autor: Der »Deutsche

Hausschatz in Wort und Bild« ist eine der am weitesten verbreiteten Zeitschriften des Reichs, und Karl schreibt weiter abenteuerliche Fortsetzungsgeschichten. Manchmal lässt sich der Icherzähler darin schon Old Shatterhand nennen, wenn er durch den Wilden Westen reitet, oder Kara Ben Nemsi, wenn es durch den Orient geht. Doch abgesehen davon bleibt Karls Held bescheiden.

Karl schreibt zügig, aber dennoch bleibt eine Fortsetzung manchmal aus. Vielleicht hat Karl die folgende Ausrede einmal selbst benutzt, vielleicht ist auch ein eifriger Redakteur darauf gekommen – aber bald verweist der Hausschatz, wenn seine Leser einmal auf eine neue Episode ihres Mays warten müssen, gern auf die ausgedehnten Reisetätigkeiten des Autors, der seine Geschichten mittlerweile ja auch schon mit »Reise *erinnerungen*« betitelt (und derweil in Dresden an seinem Schreibtisch heimlich doch wieder für Münchmeyer schreibt – und das in solchen Mengen, dass durchaus einmal etwas anderes liegen bleibt: die 109 Lieferungshefte der Räuberpistole »Waldröschen oder die Rächerjagd rund um die Erde« etwa wollen auch fertiggestellt sein, Karl hat sich da in etwas hineinzwingen lassen, aus dem er nun nicht mehr hinauskommt; und auch wenn er sich, um Pustet nicht zu kränken, hinter dem Pseudonym Capitain Ramon Diaz de la Escosura verbirgt, geraten Abgabefristen und Liefervereinbarungen trotzdem manchmal durcheinander; und so muss Hausschatz seine Leser wieder und wieder trösten: Wir bedauern, aber unser Dr. May weilt gerade in Arabien, wir haben selbst lange nichts mehr von ihm gehört).

Die Zahl der begeisterten May-Leser unter den Abonnenten aber wächst. Auch Geschick und Edelmut von Old Shatterhand und Kara Ben Nemsi gedeihen erstaunlich. Und bis Friedrich Ernst Fehsenfeld aus Freiburg, ein großer Sportsmann, einer der ersten Schneeschuhwanderer des Schwarzwalds und Besitzer eines Hochrades, mit dem er einmal gar den Gotthard-Pass nach Italien überquert – bis dieser Fehsenfeld also in seiner Eigenschaft als hauptberuflicher Verleger 1891 auf Karl zutritt und bittet, seine Reiseerzählungen als Buchreihe herausbringen zu dürfen, hat die Hausschatz-Redaktion auf Nachfragen der Leser längst wieder und wieder beteuert, dass die Abenteuer des Dr. Karl May sich allesamt genauso ereignet haben, und sind Old Shatterhand, Kara Ben Nemsi und Karl selbst zu einer einzigen, übermenschlichen Fiktion verwachsen.

Fehsenfeld kommt zwar schon früh der Verdacht, dass bei diesem Teufelskerl May nicht alles mit rechten Dingen zugehen kann, als sie bei einem gemeinsamen Bootsausflug auf dem Titisee in ein Unwetter geraten, und Karl, der doch Kanus durch die wildesten Stromschnellen des Westens gesteuert haben will, mit dem Rudern so heillos überfordert ist, dass Fehsenfeld selbst sie zurück ans Ufer bringen muss – aber es wird eine gedeihliche Freundschaft, die beide reich macht. Keine fünf Jahre, und Karl kauft in Radebeul bei Dresden eine Villa, an deren Fassade er in großen Lettern ihren Namen anbringen lässt: Villa Shatterhand.

Die Wirklichkeit aber, sie hat zu flimmern begonnen.

Eine weniger labile Seele als Karls hätte der Begeisterung vielleicht etwas entgegenzusetzen gehabt: der wachsenden Zahl enthusiastischer Leserbriefe, den immer dreisteren Behauptungen, die ihm das Publikum glaubt. Kaltblütigere Herzen hätten ein Spiel daraus gemacht und die Scharade besonnen gelenkt. Aber in dem Irrsinn, mit dem man ihn liebt, entgleitet Karl sich selbst.

Das Karl-May-Fieber steckt ihn an, so wie es alle ansteckt. Beim Jonglieren mit Phantasie und Wirklichkeit geraten seinem überspannten Herzen beide immer häufiger durcheinander. Wahres und Unwahres hausen nicht nur nebeneinander in ihm, oft sind sie eins. Es ist tatsächlich wie im Fieber: Wenn einer krank auf seinem Lager liegt, die Temperatur bald 40 nimmt und er Wahn und Wahrheit nicht mehr voneinander scheiden kann – dann sieht er plötzlich auch den Teufel und den Papst an seinem Bett sitzen. Da können beide ihm noch dreimal versichern, dass sie doch die Ehefrau und der Arzt seien, er wird mit heißem Kopf zugleich wissen und nicht wissen, verstehen und nicht verstehen.

Karl hat in seine Ausgabe der »Zwölf Sprachen aus dem Südwesten Nordamerikas (Pueblos- und Apache-Mundarten; Tonto,

Tonkawa, Digger, Utah)« neben das Apachen-Wort »Iltschi – Wind« notiert: »Winnetous Rappen«. Neben »Hatatitla – Blitz« steht: »mein Rappen«. So ist es geschrieben, und also muss es wahr sein, und selbst wenn Karl später wieder einmal etwas nachschlägt, erinnert er sich, wie Winnetou ihn diese Wörter einst selbst lehrte.

Ein Büchsenmacher in Radebeul fertigt Karl die berühmten Gewehre: den Bärentöter und die Silberbüchse. Es kostet Karl Wochen und ein kleines Vermögen, sie genau nach seinen Vorstellungen schmieden zu lassen. Aber als er sie in seinem Arbeitszimmer an die Wand hängt, lädt er sie mit Erinnerungen an nie erlebte Abenteuer und hält damit das Wissen um ihre wahre Herkunft mühelos in Schach.

Ein andermal stellt ein Photograph Aufnahmen von Karl als Old Shatterhand und Kara Ben Nemsi her, die Pustet jr. dann für eine Mark und 20 Pfennig an die Leser vertreibt. Die Kostüme lässt Karl eigens nähen. Aber schon als Karl vor der Kamera posiert, fühlt er in ihrem Stoff wieder die Spuren der Wüste, den Schweiß der Pferde, den Lagerfeuerrauch und das Scheuern von Fesseln, die ein helfender Kamerad gerade löst.

Nicht immer ist der Wahn gleich hell. Tagen größten Erfindungsrausches, an denen die Gestalten seiner Phantasie sogar leibhaftig zu ihm treten, folgen Wochen größter Scham. Doch Karls Abwehrkräfte sind stark. Bald schon kehrt das Fieber zurück, bald schon schwitzt die Hitze seiner Phantasie die beschämende Wahrheit über seine kränkelnde Seele wieder aus.

Und vielleicht hat Karl nun nicht bloß die Angst vor Entdeckung in den Orient getrieben, nicht die Angst vor zornigen Lesern und Kritikern, die Böses wollen. Vielleicht hofft er noch mehr, dort festzustellen, dass die Welt sehr wohl so ist, wie er sie sich geschaffen hat – und er selbst der Mann, für den ein jeder ihn hält.

Und wenn wir nun nach Kairo schauen, wo es unserem Karl zwischenzeitlich schon ein klein wenig besser geht, so zwingt uns seine Lage doch zu folgender Überlegung: Vielleicht ist es ja gar nicht die Mahlzeit in der Gasse gewesen, die Karl nun in Kairo niedergeworfen hat, nicht das brackige Wasser oder der ungewaschene Apfel. Wenn nämlich Wahn und Wahrheit so miteinander ringen, wie sie es nun in ihm tun – wer hätte da schon die Kraft, sich auf den Beinen zu halten?

Und wer von uns würde nicht gern wissen, wer gewinnt?

18. April 1899

Kairo, Ägypten, Osmanisches Reich, unter britischer Besatzung

Karl verbrachte einen ganzen Tag im Bett. Seine Reiseapotheke verschaffte ihm schließlich Linderung, und als er am übernächsten Tag die Augen aufschlug, schien die Sonne in sein Zimmer, er fühlte sich genesen und trat vor den Spiegel, um zu sehen, ob Kara Ben Nemsi ihm entgegenblickte. Dann setzte er sich beinahe beschwingt an den Schreibtisch, die Feder in der Hand, zwei Stapel von Postkarten vor ihm. Der Stapel mit den beschriebenen Karten wuchs schnell, der mit den unbeschriebenen schrumpfte, und noch ehe Karl sich den dritten Kaffee bringen ließ, hatten beide Stapel dieselbe Höhe erreicht.

Auch Emma schrieb er und fragte, ob sie denn schon zurück in Radebeul seien, er habe ja seit seiner Abreise nichts mehr von ihr gehört. Richard dichtete er einen launigen Gruß. Für die letzte Schreibarbeit des Morgens aber hatte Karl eigens einen Bildband gekauft, »Souvenir of Egypt«. Der Empfängerin schrieb er eine Widmung hinein:

»Ein Mausel, das man herzlich liebt
Und ihm nichts aus Kairo giebt,
das kann sich leicht von einem wenden,
Drum will ich ihm dies Album senden
Und einen treuen Gruß noch mit
Das giebt der Liebe neuen Kitt«

Er strich einmal zärtlich über den Buchdeckel und verpackte den Bildband sorgfältig.

Dann brach Karl auf, Kairo weiter zu erkunden.

Auf dem Weg hinaus gab er seine Post an der Reception ab und fragte, ob der Norddeutsche Lloyd mittlerweile seinen fehlenden Koffer geliefert habe. Man verneinte, und so spazierte er mit leichtem Gram in den Park. Der Vormittag neigte sich schon dem Mittag zu, und Karl setzte sich auf eine Bank, vor der ein Springbrunnen murmelte.

Es war heißer als in den Tagen zuvor. In der Wüste hatte der Chansim-Wind seine Lungen gefüllt und blies die Hitze unerbittlich in die Stadt. Noch war es auszuhalten, doch es drohte ein unerträglicher Nachmittag zu werden.

Karl überlegte, ob in diesem Klima ein Spaziergang überhaupt angebracht wäre, insbesondere nach schwerer Krankheit, aber er hatte kaum drei Minuten für den Gedanken, bis ein Herr mit zwei Knaben ihn ansprach und fragte, ob Karl er selbst sei.

Karl bejahte, und die Begeisterung war groß. Und da Karl der Mann und seine beiden aufgeweckten Söhne, die allerlei über die Reitkunst der Apachen wissen wollten, überaus sympathisch waren, feuchtete er nach einer Weile einen Zeigefinger an, hielt ihn in die Luft, um zu prüfen, ob hier zwischen den Büschen der Wind ging, und holte, weil keine Gefahr drohte, sein Medaillon hervor. Er präsentierte den drei Lesern Winnetous Locke, und wie immer erstarrte man ehrfürchtig.

Karl schenkte den beiden Knaben ein Haar. Doch als er das Medaillon wieder wegstecken wollte, las er aus dem Gesicht des Jüngeren, dass ein einziges Haar für beide Brüder nur zu Zank führen würde, also zupfte er noch ein zweites hervor.

Gerade wollte er es herüberreichen, als eine hagere Gestalt neben ihn trat, aus deren Rocktasche ein Notizbuch ragte.

»Guten Tag, Herr May!«, sagte Scharffenstein überlegen.

Karl klappte das Medaillon zu.

Sie standen sich gegenüber, schweigend.

Karl wusste nicht, wie lange Scharffenstein schon in seiner Nähe gewesen war und ob er etwas hatte sehen können, was er besser nicht gesehen hätte. Karl und er blickten einander in die Augen. Wieder sah Karl als Erster weg.

»Soso«, sagte Scharffenstein.

Karl musste plötzlich dringend den Sitz seiner Manschettenknöpfe überprüfen.

Scharffenstein beugte sich zu den Knaben hinab und fragte: »Ist das ein Haar der berühmten Locke Winnetous?«

Die Burschen waren noch immer zu gefesselt vom Anblick des Geschenks, als dass sie dem Gespräch neben ihnen irgendeine Beachtung geschenkt hätten. Karl aber nutzte den kurzen Moment, nickte dem Vater freundlich zu und formte mit den Lippen einen lautlosen Abschied. Er schlich zwei Schritte rückwärts und ging.

»Aber Herr May«, sagte der Vater verdattert.

»Aber Herr May!«, sagte Scharffenstein entrüstet, als er sich wieder aufrichtete.

»Der Kalligraph des Vizekönigs erwartet mich zum Tee«, rief Karl, bereits halb umgedreht und 20 Schritte entfernt.

»Warten Sie«, rief Scharffenstein.

Karl ging rasch weiter, folgte dem Weg zum Südosttor, und Scharffenstein wiederum folgte ihm. Karl eilte durch das Tor hinaus, hin zum arabischen Viertel. »Nur zwei Fragen, Herr May!«, rief Scharffenstein hinter ihm.

In den Gassen, dachte Karl, *ist es stets ein Leichtes, Verfolger abzuhängen.*

Er betrat das Viertel auf dem gleichen Weg wie zwei Tage zuvor, überquerte eine Kreuzung und begann bei der zweiten, Haken zu schlagen. Er ging rechts, links, rechts, dann zweimal links und wieder geradeaus. Bald wusste er selbst nicht mehr, in welche Richtung die Gassen ihn führten, aber immer wenn er sich umsah, kam Scharffenstein gerade wieder um die letzte Ecke und war ihm auf den Fersen.

Karl schritt noch schneller aus, überquerte einen kleinen Platz, auf dem sechs Gassen endeten, und entschied sich für die dritte. Zwei weitere Kreuzungen, dann blickte er sich um, und es war kein Verfolger mehr zu sehen.

Karl blieb stehen, schnaufte und war überzeugt, Scharffenstein abgehängt zu haben.

Bloß hatte er auch jede Ahnung hinter sich gelassen, wo er sich befand. Er nahm den Reiseführer zur Hand. Aber noch bevor er die Karte entfalten konnte, sah er an der letzten Biegung, durch die er gekommen war, schon wieder das schmale Gesicht über den Köpfen schweben.

Es muss schneller gehen, dachte Karl und rannte nun fast. An keiner Kreuzung lief er geradeaus, er sprang um Esel, Wasserträger und Hausierer herum. In einer Linkskurve prallte er mit einem Bettler zusammen und ließ das Buch fallen. Es landete in einer stinkenden Pfütze zwischen Hufspuren. Karl wollte sich bücken, aber schon wieder sah er Scharffenstein hinter sich, also lief er weiter, tiefer in den Suq hinein.

Geschickt nutzte ich jede Deckung, die sich mir bot,

dachte Karl, und lief dreimal rechts und dann wieder links, und obwohl er schon nach zwei Abzweigungen zu japsen begonnen hatte, lief Karl weiter, so weit es eben ging, immer langsamer zwar, doch weiter, bis ihm, schwitzend wie ein Rennpferd, die Luft wegblieb und er sich im Viertel der Blechschmiede hinter eine mannshohe Pyramide aus Kochtöpfen drücken musste.

Keuchend lehnte er an der Wand.

Nichts geschah.

Karl linste an den Töpfen vorbei.

Bis zu der Kreuzung, die ihn in diese Gasse geführt hatte, konnte er blicken. Lange sah er nur Eselsjungen, Händler, Fellachen und Frauen beim Einkauf. Dann trat Scharffenstein auf die Kreuzung. Er schaute geradeaus, er schaute nach links. Dann schaute er in Karls Richtung. Karl presste sich an die Wand und spähte durch einen schmalen Spalt zwischen Fassade und Suppentopf.

Scharffenstein ging geradeaus weiter.

Karl wartete.

Er blieb dort für reichlich fünf Minuten, dann wagte er sich aus seinem Versteck. Schlich einen ersten Schritt – da betrat Scharffenstein die Kreuzung erneut. Karl sprang zurück hinter die Töpfe.

Scharffenstein aber schaute nur noch einmal nachlässig die Gasse hinauf und hinab, dann ging er zurück dorthin, woher sie beide gekommen waren.

Er gibt auf, dachte Karl.

Trotzdem harrte er diesmal bald eine halbe Stunde hinter den Töpfen aus. Der Ladenbesitzer vertrieb ihn schließlich, indem er ein Tuch vor seine Waren hängte, um die Mittagspause anzuzeigen. Die Sonne stand senkrecht, als Karl seinen Posten verließ.

An der Kreuzung schaute er vorsichtig nach links, Scharffenstein hinterher, doch von ihm war längst nichts mehr zu sehen. Karl nahm den Abzweig nach rechts und schritt munter aus. In einem weiten Bogen, plante er, würde er zurück in die Neustadt gehen und Scharffenstein entkommen.

Doch nachdem er eine halbe Stunde gelaufen war, in der Mittagshitze, die alle Einheimischen nach drinnen trieb; nachdem der stete Strom der Menschen auf der Straße zu einem Rinnsal verkümmert war und auch Karl bemerkt hatte, dass der Chansim zu dieser Stunde die Stadt zu sehr heizte, um einen Fußmarsch zu wagen, ging er bald allein durch die Gassen und hatte sich hoffnungslos verirrt.

Längst hatte Karl seine Jacke ausgezogen.

Die Sonne ist der sicherste Wegweiser, den es gibt,

dachte Karl, und er versuchte, sich an ihrem Stand zu orientieren. Aber wie er sich auch wendete, sie schaute senkrecht auf ihn herab, erlaubte keinen Schatten und verbot jeden Hinweis, wo Süden sein könnte.

Er versuchte, seinen Weg zurückzugehen. Nach einer halben Stunde glaubte er, wieder dort zu sein, wo er sich vor Scharffenstein versteckt hatte. Die Läden des Suq aber waren nun mit Tüchern verhangen und zeigten sich anders als zuvor. Karl hob einen der Stoffe und sah an den Waren, dass er sich in der Straße der Keramikhändler befinden musste. Aber auch das half ihm nicht, denn er wusste nicht, wo das lag.

Er versuchte, sich an die Richtung zu halten, in der er Westen vermutete. Dort lag der Nil, und der würde ihn schon wieder in die Neustadt führen. Aber je weiter er kam, desto seltener wurden die Geschäfte. Die Häuser schrumpften um ein Stockwerk, dann standen sie einzeln, und Karl bemerkte, dass er dabei war, aus der Stadt hinauszulaufen. Also kehrte er um. Sicher zwei Stunden irrte er so herum.

Dreimal traf Karl auf Menschen, jedes Mal mit größerer Erleichterung. Auf seine verzweifelten Fragen nach »Nil? Nile? Neilus?« schickten sie ihn mit vielen Worten, die er nicht verstand, in Richtungen, die er nach drei Ecken wieder verloren hatte. Karl war nass von der Wäsche zu den Stiefeln, und statt seiner Zunge klebte ein trockener Lehmziegel an seinem Gaumen.

Er brauchte eine Pause.

Irgendwann gab er es auf, einen schattigen Platz zu suchen. Er setzte sich unter einen Mauervorsprung, der wenigstens seinen halben Scheitel aus der Sonne nahm, und ruhte aus.

Ich werde hier sterben, dachte Karl.

Ein Hund hechelte vorbei und verschwand hinter der nächsten Ecke.

Dann wieder nur Hitze.

Wasser, dachte Karl.

Dann dachte er nichts mehr.

Fliegensummen.

Hitze.

Die Minuten verglühten.

Plötzlich hörte er Schritte.

Um die Ecke, hinter welcher der Hund verschwunden war, trat ein Mann. Europäer, blond, von kräftigem Wuchs. Er mochte Anfang 30 sein, trug einen tadellosen Anzug und Stiefel, die der Schmutz der Gasse sich nicht zu behelligen traute. Zielstrebig ging er und mit

Autorität; und hätte er gerade den Hof eines Landgutes überquert, wäre man überzeugt gewesen, den Hausherrn vor sich zu haben. Kurz stutzte er, als er Karl dort so sitzen sah, dann nickte er freundlich und ging vorbei.

Karl rappelte sich auf. »Excuse me!«, rief er. »Sir?«

Der Mann blieb stehen.

»I am …«, begann Karl, dann wusste er nicht mehr weiter. »The Nil? Opernhouse? Where?«, fragte er.

»Sind Sie Deutscher?«, fragte der Mann zurück.

»Gott sei Dank, ein Landsmann«, sagte Karl. Ob er vielleicht den Weg zurück in die Neustadt wisse?

Dorthin sei er gerade auf dem Weg, sagte der andere. Dann musterte er Karl vom Schnurrbart bis zur Sohle, dachte nach, zögerte und fragte endlich: »Sind Sie nicht Karl May?«

»Nein«, sagte Karl.

»Aber ich kenne doch Ihre Photographie. Sie müssen Karl May sein!«

»Keinesfalls.«

»Ich bitte Sie! Einer Ihrer größten Bewunderer! Was für ein famoser Zufall, Sie hier zu treffen! Sie sind es doch!«

Karl wischte sich den Schweiß ab. »Na schön, ja, aber verraten Sie es niemandem. Ein Fellache hat mir meine Karte gestohlen, bei der Verfolgung bin ich hierhergeraten – und Kairo hat sich in den letzten Jahren so sehr verändert, dass ich kurz die Orientierung verloren haben muss …«

»Diese Fellachen!«, empörte sich der Mann. Seine Gesten beim Sprechen waren von ausgesprochener Zackigkeit, seine Unterarme die Pleuelstangen einer Dampflok, mit denen er seine Sätze antrieb. Nun schoss die rechte Hand nach vorne, damit er sich vorstellen konnte: »Wilhelm von Hoven, Geologe, auf Reisen.«

»May, Schriftsteller, auch auf Reisen.«

»Das weiß ich doch, das weiß ich doch! Wohin wird es Sie denn diesmal führen? Gibt es Abenteuer zu bestehen?«

Karl, von der Hitze völlig ermattet: »Das wird sich finden.«

Von Hoven bemerkte Karls hochrotes Gesicht und seine Erschöpfung. »Wo haben Sie denn Ihren Hut?«, fragte er besorgt.

»Wie?«

»Ihren Hut. Bei den Temperaturen braucht der Mensch doch eine Kopfbedeckung.«

»Ist mir mit der Karte gestohlen worden.«

»Diese Fellachen!«, empörte von Hoven sich wieder.

Dann bot er Karl an, dass man ja nicht nur gemeinsam zurück in die Neustadt gehen – sondern unterwegs auch im Suq haltmachen könne, wo sich sicher ein neuer Hut für Karl finden würde. Karl war es zwar nicht recht, so entkräftet neben einem begeisterten Leser herzulaufen, aber die Alternative wäre noch fürchterlicher gewesen, also willigte er ein.

Von Hoven war ein aufmerksamer Mann und selbstsicherer Führer, aber auch er hatte, wie Karl erfuhr, erst wenige Tage in Kairo zugebracht. Geschäfte, erklärte er wortreich, während sie nebeneinandergingen, hätten ihn hergebracht. Er redete ohne Unterlass, durchmaß die Themen so hurtig wie die Gassen, aber Karl bemerkte, dass auch er den Weg kaum kannte. Sie bogen mal hier ab und mal dort, liefen und plauderten, erreichten die Ausläufer des Suqs und kamen doch nicht recht voran.

Als es Karl schien, dass sie gerade zum dritten Mal einen Hund passierten, der auf einer Türschwelle in einem schmalen Schatten schlief, fragte er von Hoven, ob er sich sicher sei, den Weg zu kennen. »Selbstverständlich!«, sagte er. Es musste nun auf fünf zugehen, und langsam füllten sich die Straßen wieder. Karl schlug vor, dass man doch jemanden nach dem Weg fragen solle, aber von Hoven sagte nur, nicht nötig, gleich sei man da.

Dann begegneten sie einem Wasserverkäufer, und Karl trank fünf Becher. Er bot auch von Hoven etwas an, aber der lehnte ab.

Weiter suchten sie ihren Weg, liefen hier hinein und dort hinein, aber gerade, als Karl daran zu zweifeln begann, dass dieser von Hoven ihm je eine Hilfe würde sein können, folgten sie einem Knick der Gasse – und standen in der Straße der Hutmacher.

Erleichtert, vom Wasser gestärkt und im Schatten, hob Karls Stimmung sich merklich. Er probierte einen Fez auf, was von Hoven und ihn sehr amüsierte. Dann fand er einige leichte europäische Hüte, die ihm durchaus gefielen, aber von Hoven deutete auf eine Auswahl Tropenhelme im Nachbargeschäft: »So tragen es die Briten gern. Und sie halten den Kopf angenehm kühl.«

Karl probierte einen von ihnen, der Helm saß bequem. Von Hoven sagte: »Wie geschaffen für einen Mann Ihres Ranges!« Die Qualität schien vorzüglich, Karl gefiel sich im Spiegel, und so blieb er dabei. Von Hoven schlenderte weiter, während Karl mit dem Verkäufer zu feilschen begann.

»Wie viel?«, fragte er, und rieb Daumen und Zeigefinger aneinander.

Der Verkäufer zeigte mit Daumen und Zeigerfinger eine Acht.

Ich hatte doch im Orient oft genug um die unmöglichsten Dinge feilschen müssen,

dachte Karl, und außerdem hatte er genug im Reiseführer gelesen, um zu wissen, dass es nun galt, hart zu sein. 80 Piaster schienen ihm tatsächlich zu viel. Er tat entrüstet und deutete eine Vier an.

Nach einigen Verhandlungen einigte man sich auf 70, und gekrönt von seinem neuen Tropenhelm folgte Karl von Hoven durch die Gassen.

Von Hoven, zufrieden, dass er Karl May zu einem Hut verholfen hatte, fragte ihn, ob seine Reisepläne noch offen seien.

»Natürlich gibt es Pläne«, sagte Karl, »Beirut, Damaskus, Bagdad ... aber die Reise ist lang und Umwege sind nicht ausgeschlossen.«

»Und gäbe es Umstände, die Sie auf einen bestimmten Umweg locken könnten?«, fragte er.

»Das hinge«, sagte Karl vorsichtig, »von den Umständen ab – genau wie von dem Umweg.«

»Aha, aha«, sagte von Hoven. »Sie müssen mir nachsehen, dass ich im Folgenden etwas vage bleibe, ich bin nicht befugt, Genaueres davon zu sprechen. Aber man hat mich, wie erwähnt, auf dieser Reise mit geschäftlichen Zwecken betraut. Ich bin von Berlin gesandt, ein Auftrag höchster staatlicher Stellen.«

»Von einem Minister?«

»Möglicherweise.«

»Vom Kaiser?«

»Bitte, Herr May, es ist besser, darüber zu schweigen. Jedenfalls hat … eine staatliche Stelle mich beauftragt, die mögliche Erschließung einiger Bodenschätze zu prüfen.«

»Welcher Art?«, fragte Karl, der nun auch wieder in einem Zustand war, in dem er Sujets wittern konnte, aus denen sich vielleicht einmal Geschichten spinnen ließen.

»Nun, und ich muss Sie da um höchste Diskretion bitten, aber ich schätze Sie als einen Mann von äußerst günstigem Leumund; wenn Sie mir also Ihr Wort geben, Stillschweigen zu wahren …«

»Sie haben mein Wort.«

»… kann ich Ihnen verraten, dass es um die mögliche Erschließung einer Goldader geht; mein Auftrag ist es, zu prüfen, ob sich eine Ausbeutung lohnen würde.«

»Und da reisen Sie ganz allein?«

»Ich werde vor Ort mit zwei Begleitern zusammentreffen. Aber wegen der heiklen politischen Implikationen, die das Unternehmen mit sich bringt, hielt man es für angemessener, wenn jeder für sich allein reiste.«

»Und wohin wird Ihre Reise Sie führen?«

»Das darf ich keinesfalls verraten, ich habe schon längst zu viel gesagt. Aber …«, begann er, »… da Sie einem Abenteuer nie abgeneigt waren, möchte ich Sie freiheraus fragen, ob Sie bereit wären, mich zu begleiten.«

»Ich, Sie? Begleiten?«

»Sie mich, ja.«

»Aber wozu denn?«

»Es wird eine Expedition, die uns ein wenig abseits der Civilisation führt; vieles ist gut geplant, vermutlich wird es nichts als eine forsche Landpartie, man wird unauffällig reisen – aber es lässt sich nicht jede Gefahr ausschließen. Und die Erfahrung eines Reisenden, Westmanns und Fährtenlesers wie Sie, der sich obendrein noch auf das Landvermessen und die Geologie versteht, würde den Erfolg des Unternehmens noch sicherer machen.«

»Aber für eine Landpartie brauchen Sie keinen Westmann – Geologe sind Sie selber, und Gold hinterlässt keine Fußspuren.«

»Es gibt, wie erwähnt, Unwägbarkeiten, und eine hat uns bereits ereilt: Ursprünglich hatte ich drei Begleiter. Einer jedoch ist vor einigen Tagen in Beirut in, nun … in Schwierigkeiten geraten, und jetzt in Deutschland wieder jemanden mit den entsprechenden Fähigkeiten zu finden und herzuschaffen …«

»Sie brauchen eine schnelle Vertretung.«

»Sie wären weit mehr als eine Vertretung! Ein Mann wie Sie ersetzt drei meiner Männer spielend! Und bedenken Sie doch, welche Vorteile sich auch für Sie ergeben: Was für hervorragendes Material Sie für Ihren nächsten Band erhalten würden! Wenn Sie – natürlich erst nach dem erfolgreichen Abschluss des Unternehmens – berichten können, was Sie dem Deutschen Reich für einen großen Dienst erwiesen haben, das würde Ihre Leser doch enorm begeistern! Das ganze Land sogar! Von der selbstverständlichen Bezahlung einmal ganz abgesehen.«

»Geld lockt mich nicht, junger Mann«, sagte Karl.

»Aber doch das Abenteuer!«

Während sie langsam durch die Gassen gingen, die Sonne in ihre Gesichter schien und ihnen anzeigte, dass sie nun tatsächlich nach Westen liefen, erschien Kara Ben Nemsi der Vorschlag mehr als bedenkenswert. Doch als sie schließlich nach einigen weiteren Schleifen auf müden Beinen das Opernhaus erreichten und von Hoven fragte, ob er einen Reisegefährten gewonnen habe, spürte Karl die Hitze des Tages im Kopf und die Spuren von 57 Jahren in den Knochen, und mit Bedauern sagte er: Seine eigenen Reisepläne, ein baldiges Treffen mit Hadschi Halef und eine erforderliche Anwesenheit seinerseits im Sudan machten ihm eine Zusage leider unmöglich.

Dennoch verabschiedeten sie sich herzlich, und von Hoven gab Karl seine Visitenkarte und den Namen seines Hotels, für den Fall, dass Karl seine Meinung noch einmal änderte.

Es war bereits sechs, als Karl zurück in sein Hotel kam. Er speiste schnell, um sich danach ermattet ein kühles Bier auf sein Zimmer bringen zu lassen.

Kurz wollte er sich ausruhen, bevor er weitere Korrespondenz in Angriff nahm. Aber gerade, als der Page gegangen war und Karl sich mit dem Glas auf die Chaiselongue sinken ließ, klopfte es erneut.

Karl zwang sich auf und schleppte sich zur Tür.

Draußen stand Scharffenstein.

»Warum«, fragte er, »laufen Sie denn vor mir davon, Herr May?«

8. Mai 1899

*Kairo,
Ägypten, Osmanisches Reich,
unter britischer Besatzung*

Über Kairo stieß die Sonne bald an den Horizont, fast waagerecht schickte sie ihre Strahlen in die Stadt. Sie sprangen über Kuppeln, kreuzten die Bleistifttürme der Moscheen, zerschellten an Mauern und fanden doch oben, auf dem Felsplateau im Südosten der Stadt, einen Mann mit Tropenhelm im weißen Anzug, der über der Klippe des Mukkatam an einen Felsen gelehnt saß und schrieb.

Karl hatte nach langem Suchen seinen Platz in Kairo gefunden: über dem Getümmel, nicht darin. Die Müllsammler in ihrem Viertel, die Mamelukkengräber der Stadt der Toten, der Suq, die Gassen und, weit dahinter, der Nil – alles lag ihm zu Füßen. Die Hitze hatte nachgelassen.

Karls Bleistift flog über das Papier auf seinen Knien:

»Hinauf zu dir will ich nur immer denken,
Hinauf zu dir, der ewig mein gedenkt.
Zu dir, will meinen Flügelschlag ich lenken …«

Er setzte ab. Die nächste Zeile musste auf »lenkt« enden. Gerade eben wusste er es doch noch.

Nach seinen ersten beiden Ausflügen hatte Karl sich in der deutschen Buchhandlung, die ihn bereits mit Postkarten versorgt hatte, einen neuen Baedeker gekauft und war weiter durch Kairo gelaufen. Hatte Kirchen besichtigt, Paläste und Moscheen, er hatte Gebäude betrachtet und Menschen, viel gesehen, aber wenig verstanden.

Die Zeremonien in den Moscheen blieben rätselhaft, die Geschäfte des Suqs undurchsichtig, weder begriff er, worüber Menschen sich stritten, noch, warum sie sich herzten. Einmal wurde vor ihm ein Straßenhund von einem Zweispänner überfahren, er blieb zum Verrecken auf dem Pflaster liegen. Ein anderes Mal wurde ein Fellache von der Kolonialpolizei totgeschlagen. Der Hund lag drei Tage später immer noch dort. In Karls Brust war ein Ziehen gewachsen, eine Sehnsucht, eine stolze Traurigkeit, der er anfangs keine Richtung zuordnen konnte.

Zu einem einzigen größeren Ausflug hatte er sich durchringen können. Mit der elektrischen Straßenbahn war Karl hinaus nach Gizeh gefahren, die Pyramiden zu bestaunen. Sein Baedeker hatte ihn noch gewarnt, dass die Beduinen von Gizeh äußerst habgierig und zudringlich seien, und angeraten, das Gesindel ganz unbeachtet sein zu lassen, bis man sich zur Besteigung der Pyramiden anschicke. Aber Karl war es nicht gelungen, der entscheidenden Empfehlung – »Sich ärgern ist am wenigsten angebracht« – zu folgen, und war von dem ständigen Geschrei genau wie in den Gassen Kairos bald recht angegriffen. So wanderte er interessiert, aber mit Abstand ein wenig an den Pyramiden entlang und beobachtete andere Touristen, wie sie die Pyramiden erklommen, indem sie sich von jeweils zwei oder drei der Beduinen hinaufschieben und -zerren ließen. Karl aber entschied, dass diese Prozedur eines Kara Ben Nemsi nicht würdig sei, und blieb unten.

Zurück in Kairo fühlte er sich wieder einige Tage lang krank, eine Entzündung, irgendwo tief in seinem Innersten. Karl brauchte eine Weile, bis er glaubte, den Entzündungsherd gefunden zu haben: Es war diese Stadt, diese Leute, das ganze Land. Die Eselsjungen und die Feilscher, die Bakschischverlanger und Schreihälse, die Europäer mit Sonnenbrand, die stockschwingenden Kolonialherren, die Kamele in den Straßen, die brüllenden Esel, die Müllsammler mit ihren Schweinen, alle, die die Unverfrorenheit besaßen, ihn einfach für irgendeinen weiteren dieser blassen Narren aus Europa zu halten, und das Essen. Besonders das Essen.

Er hatte versucht, sich an die deutsche Küche im Hotel Bavaria zu halten, aber auch da stellte er einen unguten Hang zum Experiment fest. An die Petersilie in der Suppe hatte er sich gewöhnt, an anderes nicht, und manchmal zwangen ihnen die strengen Küchenzeiten und seine eigenen, erratischen Tagesabläufe dazu, auswärts zu speisen. Seine Gesichtsfarbe hatte sich der der Einheimischen angeglichen. Er war schmaler geworden. Das Klima und die Speisen hatten ihm Gewicht abgefordert. Auf Bier verzichtete er inzwischen, auch aß er nur noch ganz wenig Fleisch. »Ich will es mir abgewöhnen«, schrieb er an Emma. »Und denke Dir, wir haben hier nicht nur schon Kirschen, sondern Pfirsiche. Aber an die deutschen Früchte kommen sie noch lange, lange nicht! Der Spargel wird hier geschnitten, wenn er noch ganz dünn ist, wie der dünnste Suppenspargel. Diese Leute haben zwar die Delikatessen, wissen sie aber nicht zu behandeln, sondern verderben sie und lachen doch über unsere bessere Art und Weise!«

Später schrieb er: »Grad weil das Leben des Orients so inhaltslos, so oberflächlich, schmutzig und lärmvoll ist, wirkt es auf den besser veranlagten Menschen vertiefend, bereichernd, reinigend, beruhigend und befestigend. Man wendet sich unbefriedigt und bedauernd ab und geht nach innen. Das ist die Wirkung auf mich, und ich bin Gott dankbar dafür.« Karl zog sich zurück und verbrachte noch mehr Zeit im Hotel.

Das Ziehen in der Brust aber blieb.

Und Emma schrieb ihm auch nicht.

Karl sandte ihr weiter jeden Abend Grüße über den Himmelswagen, aber manchmal zweifelte er, ob er jemals Antwort bekommen würde. Und wenn es doch Post aus der Heimat gab, dann war sie wenig erquicklich.

Ein Adalbert Fischer hatte ihm einen Brief gesendet, einen zweiten, wie er bemerkte, denn der erste habe ihn wohl in Dresden nicht mehr erreicht. (Vielleicht jedoch, aber das konnte Herr Fischer nicht ahnen, war er auch bloß von einer besorgten Ehefrau versteckt worden.) In seinem Brief ließ er Karl wissen, dass er nun, fast sieben

Jahre nach dem Tod von Heinrich Gotthold Münchmeyer, von dessen Witwe den Verlag gekauft habe. Er freue sich sehr darauf, auch Karls Arbeiten, die damals für den Münchmeyerverlag verfasst worden waren, neu aufzulegen. Natürlich besaß er die Rechte für Karls Reiseerzählungen nicht, aber »Waldröschen oder die Rächerjagd rund um die Erde« sei ja ein prächtiges Werk, das zusammen mit seinen vier anderen Kolportageromanen Karls für ihn den Hauptwert des ganzen Unternehmens bilde. Nur auf das alberne Pseudonym Capitain Ramon Diaz de la Escosura auf dem Buchdeckel würde er verzichten und lieber Karl May daraufschreiben. So würde es sich besser verkaufen, und gemeinsam würden sie ein schönes Geschäft damit machen.

Karl war entsetzt.

Dann trieb ihm die Wut einen Brief aus der Feder, wie er selten einen geschrieben hatte: »Das Geschäft scheint verkauft worden zu sein, ohne dass einer der beiden Teile Kenntnis der Paragraphen des Gesetzes über das Urheberrecht besitzt … Diese Sachen sind aus höchst wichtigen Gründen pseudonym erschienen … Dieses Geheimnis ist mein ausschließliches Eigentum, und der Verlag hat kein Recht, es ohne meine Genehmigung auch nur einem einzigen Menschen gegenüber zu lüften. … Der Verrat von dieser Art von Geschäftsgeheimnissen kann teuer, sehr teuer zu stehen kommen … Ich reclamiere alle von mir im Verlage von H. G. Münchmeyer, Dresden, erschienenen Werke als mein ausschließliches Eigentum und verbiete den ferneren Druck derselben und ebenso auch den Verkauf der noch vorhandenen Exemplare … Für die Lüftung meines Pseudonym werde ich eine Buße von 500.000 Mark einfordern und nachweisen, dass dies nicht zu viel ist. Sie wollen meine Berühmtheit für Ihren Beutel ausschlachten, und ich soll mein Blut wehrlos und ohne Entschädigung fließen sehen. Ich mache Sie darauf aufmerksam, dass es grad diese Berühmtheit ist, die mich zur erfolgreichen Verteidigung befähigt.«

Er schloss den Umschlag mit einer Heftigkeit, mit der er sonst Türen zuwarf, und bedauerte, dass er diesen Windbeutel mit dem

Brief nicht sofort ohrfeigen konnte. Die Schärfe seiner Antwort allerdings, dachte er, würde diese Angelegenheit rasch erledigt haben.

In ähnlicher Weise verfuhr er mit Scharffenstein.

Als dieser abends in, wie Karl dachte, unverschämtester Manier noch an seine Tür geklopft hatte, ließ er ihn ungehalten ein. Scharffenstein gab vor, einige Fragen bezüglich Winnetous Haarschopf zu haben, war aber offensichtlich gekommen, Karl zu drohen.

Gern erklärte Karl ihm das Missverständnis des Vormittags damit, dass er doch noch ein wenig von Winnetous Haar besessen habe, was ihm aber auf der »Preussen«, in der Erregung über den Verlust, nicht sogleich eingefallen war; das Erinnerungsstück sei ihm so kostbar, so heilig, dass das Abhandenkommen eines Teiles davon so schwer gewogen habe wie der Verlust des Ganzen, daher die Verwirrung, und am Mittag habe er den Kalligraphen des Vizekönigs tatsächlich nicht warten lassen dürfen.

Scharffenstein notierte auch das. Misstrauisch blieb er. In drei Monaten, erklärte er, werde er nach Berlin zurückkehren und so lange seinen Bericht über Karl May noch aufschieben können. Aber bis zu seiner Abreise wäre es ihm lieb, einige solidere Beweise dafür gesehen zu haben, dass es sich bei Karls Abenteuern nicht um einen Mummenschanz handele, sonst ... – nun, zu einem Sonst kam er gar nicht, denn Karl unterbrach ihn sofort.

Wie das denn gehen solle, fragte Karl, er könne ihn auf seine Abenteuer ja schlecht mitnehmen, die Gefahren, unverantwortlich! Und ausführlich malte er ihm aus, in welche Bedrohungen er früher schon geraten sei, in Kurdistan, auf dem Balkan, in der Wüste, und tatsächlich glaubte Scharffenstein ihm nach einer Weile oder hörte zumindest auf, zu widersprechen.

Danach schrieb Karl weiter Postkarten und Renommierbriefe. Manchmal versuchte er, als Kara Ben Nemsi durch die Straßen zu gehen, doch meist blieb er Karl. Immerhin fand er, wann immer er wollte, ein Publikum in jener kleinen Gemeinde von Deutschen, die in Kairo lebten. Bei seinem ersten Besuch der deutschen Buchhandlung hatte Karl sich den Buchhändlern Marschner und Zschunke sogleich vorgestellt, und deren Begeisterung über ihren berühmten Kunden hatte kein Ende finden wollen. Dutzende Bände musste Karl signieren, und man schloss herzliche Bekanntschaft, aus der sich bald weitere Verbindungen ergaben. Gern hatte man Karl zu Gast und die Zugewandtheit seiner Landsleute rührte ihn sehr.

Bloß blieb das Ziehen in der Brust auch unter ihnen.

Schließlich jedoch brachte ihn der Baedeker auf einem seiner Rundgänge zu den Sehenswürdigkeiten das erste Mal hinauf zur Giyuschi-Moschee. Er hatte sie auf ihrem Plateau schon einige Male über der Stadt thronen sehen, aber erst jetzt kletterte Karl den Weg schnaufend empor. Der Pfad schnitt sich in den Fels hinein, steile Wände rechts und links leiteten den Wanderer und entließen ihn auf der Rückseite der Moschee aus einem Hohlweg. Karl betrachtete sie interessiert, aber wenig beeindruckt. Dann jedoch ging er um ihre Mauern herum, die ihm zunächst die Aussicht versperrt hatten, und als sich dahinter der Blick plötzlich weitete, über die Dächer Kairos, zu den Pyramiden und bis in die Wüste hinein – da weitete sich auch sein Herz. Er hatte sich auf den Felsen gesetzt, auf dem er auch jetzt saß, und hier oben, mit Blick über die fremde Stadt und fern der Heimat, war es ihm aufgegangen. Tagelang war er im Geiste durch Dresdens Gassen gestreift, hatte in Gedanken die Rosen seines Gartens gestreichelt, hatte keinesfalls Heimweh gehabt, ganz sicher nicht … und dann, beim Ruf des Muezzins, begriff er endlich: Dieses Gefühl in seiner Brust – es war Gottes gesamtes Werk, das nach ihm rief. Die Liebe seines Schöpfers war es, die an seinem Herz zog, hier oben über der Stadt spürte er seine Nähe wie nie. Die Rührung über diese Erkenntnis (oder die Rührung über sich selbst, die Männer seines Alters oft befällt) hatte ihn still eine Träne weinen lassen.

Es überwältigte ihn jedes Mal aufs Gleiche, egal, wie oft er hier oben saß; er musste dieser Liebe folgen, sie war ihm ein Trost, wenn weder Emma noch der Orient ihm die Liebe schenkten, die er doch verdient hatte.

Die Arbeit an einer neuen Reiseerzählung ließ er liegen. Karl mochte Kara Ben Nemsi gerade nicht reiten lassen. Wenn er zum Stift griff, dann hier oben, und darum lag auf seinem Knie nun auch das aufgeschlagene Oktavheft, in das er in diesem Moment die letzte von acht Zeilen notierte. Karl setzte ab und las.

»Hinauf zu dir will ich nur immer denken,
Hinauf zu dir, der ewig mein gedenkt.
Zu dir, will meinen Flügelschlag ich lenken,
Zu dir, der all mein Sehnen zu sich lenkt.
Es sind nicht stolze Höhen zu ersteigen,
Es ist kein Flug, wie ihn der Phantast liebt,
Und doch gilt es, das Höchste zu erreichen,
Was es auf Erden für den Himmel gibt.«

Karl war zufrieden, aber noch nicht ganz. Etwas stimmte nicht mit dem Flug des Phantasten. Karl sagte sich die Zeile mehrmals auf. Dann leierte er einmal mit überzogener Betonung das ta-Tah ta-Tah ta-Tah des fünfhebigen Jambus hinunter und fand den Fehler. Er strich die Zeile durch und schrieb:

»Es ist kein Flug, wie der Phantast ihn liebt«

So stimmte es. Karl sah ergriffen auf das Papier, las sein Gedicht erneut, und dass ihm beim Lesen fast wieder die Rührung in die Augen stieg, zeigte ihm, dass es gut war. Vielleicht brauchte es noch eine zweite und dritte Strophe, dachte Karl. Aber gerade schenkte ihm der Sonnenuntergang keine weiteren Zeilen.

Er blätterte in seinem Heft zurück und trug sich selbst ein anderes Gedicht vor, das er vor einigen Tagen verfasst hatte: Gott, das Höchste – Karl ließ leise seine Stimme über Kairo klingen, und als er am Ende angelangt war, war tatsächlich eine Träne zu seinem Schnurrbart gerollt.

An der Moschee schrie der Esel.

Der Eselsjunge hatte das Tier an der Rückseite der Moschee angebunden, nachdem Karl hier heraufgeritten war, und sich daneben an einen Baum gesetzt. Karl sah auf die Uhr. Bald sollte er aufbrechen. Man erwartete ihn.

Er wischte sich die Wange, steckte sein Schreibzeug ein und ging zum Esel zurück.

Auf kurzen Beinen ging es für Karl wieder hinab.

An dieser Stelle müssen wir aber kurz etwas ganz anderes berichten. 25 Jahre nämlich, bevor ein flinker Esel Karl durch das abendliche Kairo zu seiner Verabredung trug, hatte in Köln eine andere, hochinteressante Laufbahn begonnen.

Am Heiligabend des Jahres 1874 nämlich fand dort der junge Max Freiherr von Oppenheim unter dem Weihnachtsbaum eine in Leder gebundene Ausgabe der Märchen aus »1001 Nacht«. Er war damals 14 Jahre alt, war ein artiger Knabe, der selten Widerworte gab, und bis zum nächsten Morgen las er den Band einmal von vorn nach hinten durch. Sein Urgroßvater hatte drei Generationen zuvor das Bankhaus Oppenheim gegründet, die Familie war mehr als wohlhabend, und Max' Eltern erwarteten so selbstverständlich von ihm, dass er einige Jahre später in die Bank eintreten würde, dass diese Frage gar nicht erörtert wurde. In der Nacht zum zweiten Weihnachtstag aber las er den Band ein zweites Mal.

Die Lebkuchen waren noch nicht verspeist und der Weihnachtsbaum noch längst nicht abgeräumt, als Max, immer noch aufgewühlt von der Lektüre, den Kampf mit seinen Eltern aufnahm: Er wolle, verkündete er, sein Leben nicht in einer Bank verbringen.

Er wolle in den Orient.

Die Eltern waren entsetzt, Zunächst hofften sie, dass das Apostelgymnasium, welches Max besuchte, ihm diese Idee austreiben würde. Dann hofften sie auf die Zeit. Dann hofften sie, dass das Studium der Jurisprudenz ihren Sohn zur Besinnung bringen würde, auch wenn er nebenbei weiter Arabisch lernte. Sie hofften, dass die Flausen sich vielleicht nach seiner Referendarzeit verwachsen hätten, und dann, dass sein Militärdienst sie besiegen würde. Als Letztes hofften sie, dass sein schönes Examen zum Regierungsassessor ihn endlich, endlich umstimmen könnte – doch sie hofften vergeblich. Max von Oppenheim zählte schon mehr als 30 Jahre, als sein Vater endlich nachgab und ihm erlaubte, Deutschland zu verlassen.

Er zog nach Kairo und lernte das Arabische wie ein Einheimischer. Sein Sprachlehrer fand ihm eine Köchin, einen arabischen Diener und eine Zeitfrau, die 15 war und so schön, dass sie ihn fast um den Verstand brachte. Das arabische Viertel verließ er selten, und wenn, dann höchstens, um in der Deutschen Mission dem Generalkonsul seine Aufwartungen zu machen.

Er bewarb sich für den diplomatischen Dienst, mehrmals. Das Auswärtige Amt allerdings wollte keine Juden einstellen, denn man wisse ja, ließ Staatssekretär Herbert von Bismarck bei Gelegenheit verlauten, dass der Jude, wenn er in bevorzugte Stellung käme, taktlos und aufdringlich sei, und so mochte man auch bei Oppenheim keine Ausnahme machen. Zwar hatte sich schon Oppenheims Großvater katholisch taufen lassen, aber es blieb doch der Name, und wo käme man denn da hin.

Nur weil der Generalkonsul in Kairo sich außerordentlich für ihn einsetzte, durfte er schließlich doch eine Arbeit am Konsulat antreten, wenn auch nur zweiter Klasse. Er bekam einen schmalen Lohn und keine spezielle Aufgabe, es war eine Zurücksetzung, die ihn durchaus kränkte. Dann aber bemerkte er, dass er sich seine Arbeiten ja auch selber auftragen konnte, und ebendies tat er bald ausführlich: In den kommenden Jahren bestand sie vor allem aus ausgedehnten Forschungsreisen durch den Orient (für die jedoch größtenteils seine Familie aufkommen musste).

Nach zehn Jahren in Kairo und Arabien war aus Max von Oppenheim ein anerkannter Mann geworden. Er hatte eine volle Stimme, beste Manieren und große Bildung, sprach fließend Arabisch, lebte weiter im arabischen Viertel und schlief mit arabischen Frauen; der Kaiser las mittlerweile regelmäßig seine Berichte und empfing ihn in Berlin; bei der Palästinareise Wilhelms II. gehörte er zur Entourage;

und generell führte Max von Oppenheim ein Leben, um das er von Karl schmerzlich beneidet worden wäre, hätte dieser es in allen seinen Details gekannt.

Als ein Bote aber Karl eines Tages eine Einladung Max von Oppenheims ins Hotel brachte, musste jener sich erst einmal beim Concierge erkundigen, um wen es sich dabei handele. Er hörte nur die allerwärmsten Empfehlungen, und Kara Ben Nemsi dachte: *Es scheint ein Mann wie wir zu sein.* Karl aber zögerte, die Einladung anzunehmen. Schließlich ermutigte er sich damit, dass, egal wie diese Begegnung ausgehen würde, dabei zumindest Sujets für künftige Bände abfallen könnten. Er sagte zu, und so also wurde Karl drei Tage später – und eine Stunde, nachdem der Esel ihn wieder vom Mukkatam hinabgetragen hatte – von Max von Oppenheim herzlich an der Pforte seines Hauses begrüßt.

»Eine Freude, Sie kennenzulernen!«

»Nein, eine Freude, Sie kennenzulernen!«

Unter gegenseitigen Versicherungen, dass die eigene Freude jeweils größer sei als die des anderen, führte von Oppenheim ihn über den prächtigen Innenhof seines Hauses, vorbei an einem Springbrunnen und in einen orientalischen Salon hinein. Dort bat er Karl Platz zu nehmen. Sie setzten sich, wie es Sitte war, auf dem Teppich nieder, an einem flachen Tisch und in übermäßig weichen Kissen, die Karl in eine halb liegende Haltung sinken ließen.

Ein Diener trat ein.

»يجب أن أحمل لهم؟«, fragte er.

»ومنشط والجن .وبعض أشجار الزيتو«, sagte der Hausherr.

»وما يحصل الرب؟«

»أسأله .وقال انه يتحدث العربية.«

Der Diener wandte sich an Karl: »يجب أن أحمل لهم؟«

Diener und Hausherr sahen Karl an.

Karl tat, als habe man ihn gerade aus seinen Gedanken gerissen, und legte einen Finger ans Ohr, als habe er nicht richtig verstanden.

Der Diener wiederholte: »يجب أن أحمل لهم؟«

Was kann er wollen?, dachte Karl. Meinen Hut aufhängen? Etwas zu trinken bringen? Den Eselsjungen wegschicken? Hat er gerade Oppenheims Wünsche entgegengenommen und fragt, ob ich das Gleiche möchte? Karl hetzte im Kopf durch Möglichkeiten und entschied sich für die, auf die er eine Antwort wusste: Tee.

»Shay«, sagte er.

Der Diener schien nicht überrascht, Oppenheim zeigte keine Reaktion, und der Diener ging ab. Es kann nicht sehr falsch gewesen sein, dachte Karl und schob sich noch ein Kissen unter den Ellenbogen.

Karls Tropenhelm stand neben ihm. Er trug einen dazu passenden Anzug, den er sich hatte schneidern lassen, in dem gleichen elfenbeinhaften Weiß wie der Helm. Den Stoff hatte er im Suq entdeckt, leicht, gut in der Hitze; er gefiel ihm so sehr, dass er ihn auch Emma schickte, damit sie daraus zwei Kleider schneidern lassen konnte: »Für Dich eins und für Mausel eins«, schrieb er. »Es gibt diesen Stoff in ganz Europa nicht. Ihr sollt als Schwestern gleich gehen!«

Von Oppenheim interessierte sich mehr für seine Kopfbedeckung. »Einen schönen Helm haben Sie da«, sagte er.

»Habe ich im Suq gekauft.«

»Was haben Sie bezahlt?«

»70.«

Oppenheim lachte laut. »Ja, sie sind sehr geschäftstüchtig dort.«

Karl war, nachdem er sich besser an den Wert von Ägyptischem Pfund, Piaster und Millièmes gewöhnt hatte, bereits der Verdacht gekommen, dass der ihm abverlangte Preis zu hoch gewesen sein könnte. Aber darüber, dass er offensichtlich lachhaft zu hoch ausgefallen war, ärgerte er sich nun so, dass er Oppenheim ungehaltener antwortete, als fein gewesen wäre: »Ich war sehr in Eile!«

»Grämen Sie sich nicht. Ich habe in Syrien auf dem Weg nach Palmyra einmal einen halben Tag damit verschwendet, den Preis der Kamelreiter für meine Expedition zu verhandeln. Meine Führer hatten ihnen einen Lohn zugesichert, der dem Kaufpreis der Tiere beinahe gleichkam. Natürlich habe ich abgelehnt. Acht Stunden, bis wir eine Einigung erzielten!«

Von Oppenheim war sechs Jahre zuvor von Beirut aus mit einer Expedition nach Mesopotamien aufgebrochen. Er hatte das Hauran-Gebirge nach Palmyra überquert, um von der Oase weiter durch die syrische Wüste zum Euphrat zu ziehen. Den Tigris traf er bei Mossul. Über Bagdad und Basra reiste er den Fluss hinab bis zum Persischen Golf. Seine Expedition zählte zeitweise Dutzende Kamele, Führer und Helfer, und er machte einige eindrucksvolle Entdeckungen, was die Kultur der Drusen betraf, die Geographie der Vulkanwüste Harra oder die Geschichte Palmyras … – während der Diener Tee, Tonic, Gin und Oliven servierte, erzählte von Oppenheim Karl diese Dinge gern und ausführlich. »Ich war erst der fünfte Europäer, der überhaupt durch die Harra zur Rhube gelangt ist«, sagte er.

Harra = Wüste in Syrien mit größtenteils vulkanischem Gestein, daran erinnerte sich Karl. Rhube = in der Regenzeit sumpfige Hochebene ebendort. Kara Ben Nemsi hatte Karls geographische Lexika sorgfältig durchmessen, und über die Landschaften, in denen seine Abenteuer spielten, wusste Karl alles, was man wissen konnte. Was er jedoch nach einer halben Stunde von Oppenheims Vortrag auch wusste: dass er nicht hätte herkommen sollen.

Karl war in Gegenwart von Autoritäten – und dazu zählten Polizisten, Militärs, Diplomaten, Minister, Adelige, reiche Industrielle, weniger reiche Industrielle, Direktoren aller Art, Professoren, Doktoren und sehr schöne Frauen – stets schüchtern gewesen. Erst mit der Achtung, die man Old Shatterhand entgegenbrachte, war Karls Achtung vor sich selbst dergestalt gewachsen, dass er sich in Gegenwart solch großer Menschen nicht mehr seiner Herkunft, seiner Bildung, der alten Armut und generellen Kümmerlichkeit schämte. Die Statur und Würde, die Old Shatterhand besaß, ging auch auf Karl über. Jedenfalls meist.

Von Oppenheim aber, der mit Rang, Herkunft und Vermögen gleich mehrere der Eigenschaften besaß, die Karl verzagen ließen, übertraf offensichtlich auch Karls wankende Außerordentlichkeit als Reisender. Seine wachsende Abneigung gegen ihn schob Karl also in den einzigen Riss, den er finden konnte, um ihn genüsslich zu weiten: Was für ein fürchterlich selbstgefälliger Mann dieser von Oppenheim doch war! Was für ein Aufschneider, dachte Karl, es ist nicht auszuhalten.

»Und ich«, entgegnete Karl, »war der erst zweite Europäer, den die Jesiden Kurdistans je als Gast empfangen haben!«

Interessiert fragte Oppenheim nach einigen Gebräuchen der Jesiden, aber dann wandte sich das Gespräch doch wieder nach Süden. Von Oppenheim erzählte, wie er in der Wüste, in einer Karawane, die vom tagelangen Marsch durch die Harra schon entkräftet war, von Beduinen aus einem Hinterhalt beschossen wurde; ein ganzer Raubzug, der seiner Expedition an der nächsten Wasserstelle auflauerte. Er schickte einen Boten voraus, der die Gefahr erkannte, und es blieb ihnen nichts, als durch einen gewaltigen Nachtmarsch zur nächsten Quelle zu stapfen, stets in der Angst, dass die Tiere verenden oder sich seine eigenen Gefährten gegen ihn wenden könnten.

So etwas passiert doch niemandem, dachte Karl, während er immer tiefer in die unerhört weichen Kissen sank. Das denkt er sich doch aus, dachte er, oder jedenfalls hoffte er das. Aber je länger Oppenheim berichtete, desto schweigsamer wurde Karl. Nur selten kommentierte er seine Erzählungen mit einem »Was Sie nicht sagen« oder »Sie Teufelskerl!«, das dünnhäutigere Naturen als von Oppenheim möglicherweise für Sarkasmus gehalten hätten. Und obwohl Karl alles tat, um sich von seinem Gegenüber so wenig beeindrucken zu lassen wie möglich, schrumpfte seine Hoffnung, es mit einem Aufschneider zu tun zu haben, im Laufe seiner Schilderungen beträchtlich.

Auch von Oppenheim schien zu bemerken, dass Karl immer stiller geworden war. »Ich habe nun leider nicht alle Ihre Schriften gelesen«, sagte er schließlich und verließ seine eigenen Abenteuer, »aber waren Sie nicht selbst auch einmal in Syrien?«

»Durchaus.«

»Wo denn?«

Karl hatte das Gefühl, dass von Oppenheim ihn auf den deutlich weicheren Kissen platziert hatte. Er war im Laufe der Unterhaltung immer tiefer eingesunken, während von Oppenheim auf derselben Höhe sitzen zu bleiben schien.

»Hier und da«, sagte er.

Oppenheim wartete, ob Karl vielleicht ein wenig mehr berichten mochte, aber es kam nichts mehr. »Haben Sie denn Beduinenstämme besucht?«, fragte er.

»Auch das.« Karl wusste, dass man gegen Treibsand am besten kämpfte, indem man so still hielt wie möglich.

»Um welche Stämme handelte es sich?«

»Ich war etwa bei den …«, Karl suchte einen Stamm, von dem er hoffen konnte, dass von Oppenheim ihm nicht begegnet war, aber das war schwer zu erraten und ein Name also so gut wie der andere, »… Haddedihn.«

»Lang?«, fragte von Oppenheim.

»Durchaus.«

»Kannten Sie jemanden dort?«

»Der Scheich ist ein Gefährte von mir.«

»Ein enger?«

»Eng, ja.«

»Schon lang?«

»Ja, lang.«

»Sehr lang?«

»Mehr als 20 Jahre.«

»Ach, das gibt es ja nicht«, sagte von Oppenheim. »Dann muss ich ihn kennen! Damals, '93, auf meinem Weg vom Euphrat nach Mossul, hat uns das Oberhaupt der Nordschammar in seinem Lager empfangen. Ganz höfliche, wohlanständige Leute. Famose Reiter auch. Scheich Faris hat mich, meine Karawane und die zwanzigköpfige Soldatentruppe, die zu unserem Schutze mitritt, tagelang auf seine Kosten verpflegt; jede Mahlzeit nahm ich bei ihm im Zelt ein. Scheich Faris ist ja eine imposante Figur … kennen Sie ihn?«

»Wir sind uns … kurz begegnet«, sagte Karl, in den Kissen erstarrt. »Vor vielen Jahren. Sehr vielen Jahren.«

»Mittlerweile ist er recht füllig geworden, gleicht mehr einem

Stadtaraber oder Türken. Jedenfalls: In den Tagen, die wir im Lager verbrachten, machten dem Scheich immer wieder die Scheichs der anderen Stämme ihre Aufwartungen, die zu den Schammar gehören. Die jährlichen Abgaben mussten verhandelt werden. Und unter diesen Scheichs war auch der Scheich der … Sie ahnen es …«, und er sah Karl erwartungsvoll an.

Karl ahnte nichts Gutes.

»… der Haddedihn, richtig! Es muss Ihr Freund gewesen sein. Wie sieht er aus?«

»Ach, das ist doch nicht wichtig. Es gibt so viele Scheichs!«

»Kommen Sie! Herr May, was für ein Zufall! Wie sieht er aus?«

»Er ist … klein.«

Von Oppenheim legte den Kopf nach hinten und kniff die Augen zusammen, um sich besser zu erinnern. »Und weiter?«

»Er trägt … einen Bart.«

»Ja?«

»Und … Turban.«

»Hm. Wie war sein Name noch gleich?«

»Wollen Sie mir nicht lieber erzählen, wie Sie …«

»Nein, nein. Das ist doch nun von allergrößtem Interesse. Wie ist sein Name?«

Karl zögerte. Dann sagte er leise: »Hadschi Halef Omar.«

Von Oppenheim murmelte mehrmals mit zusammengekniffenen Augen den Namen und trommelte mit dem rechten Mittelfinger auf ein Kissen. Dann sah er Karl an.

»Klein, sagten Sie?«

»Ja.«

»Hm. Ich erinnere mich nicht, tut mir leid. Vielleicht war er es, vielleicht nicht. Leider habe ich mir nicht zu jeder Begegnung ausreichend Notizen gemacht, ein schwerer Fehler. Ich werde das auf den nächsten Reisen anders halten müssen.«

Karl war mittlerweile in eine Ritze zwischen den Kissen gesunken, die ihn langsam unter sich begruben. »Planen Sie etwa weitere Expeditionen?«, fragte er.

»Die Osmanen haben vor, ihre Anatolische Eisenbahn bis nach Bagdad zu verlängern. Die Deutsche Bank hat die Konzession für den Bau der Strecke erhalten und mich um ein Gutachten gebeten – also werde ich bald die mögliche Strecke inspizieren. Wäre das nicht auch etwas für Sie? Eine kleine Expedition: ins Al-Dschazira mit den Landvermessern?«

Karl versuchte, sich aus den Kissen kämpfen, um so bald als möglich zu gehen, rutschte mit den Händen aber beim Aufstützen immer wieder in die Ritzen und sank zurück.

»Danke, nein«, sagte er. »Ich bin unabkömmlich. Habe ja selbst just einen höchst geheimen Regierungsauftrag angenommen!«

3. Juni
Frankfurter Zeitung
Frankfurt

KARL MAY

Wie der »Bayerische Courier« mitteilt, wurde der Schriftsteller Karl May aus den bayerischen Mittelschulen verbannt, das heißt, es sind seine Werke aus den Bibliotheken mehrerer Mittelschulen ausgeschlossen worden, und zwar, weil »seine Phantasie für die Jugend zu gefährlich sei«.

Diese Meldung gibt uns Veranlassung, unsere Ansicht über einen Schriftsteller kurz zu formulieren, von dem man sagen kann, dass er fast die gesamte reifere männliche Schuljugend Deutschlands und nicht nur diese, sondern auch große anspruchslosere Volksschichten zu seinen Lesern zählt. Karl May ist ein Mann von Begabung, das ist gar keine Frage; aber diese Eigenschaft allein, so wichtig sie für einen Schriftsteller sein sollte, vermag den stürmischen Erfolg seiner zahlreichen Bücher nicht zu erklären. Wir glauben, die Sache hängt etwa so zusammen: Alle Geschichten Karl Mays sind »Ich«-Erzählungen, aber während bei Erzählungen solcher Art der Verfasser sonst mit größerer oder geringerer Bescheidenheit im Hintergrunde verblieb, finden wir hier zum ersten Mal die Erscheinung, dass der Verfasser selbst sich in der allerpersönlichsten Form zum Helden macht.

Das will also besagen: Karl May hat seine Geschichten nicht nur geschrieben, sondern er hat sie auch erlebt, und dies will ferner heißen, dass der Held der May'schen Bücher, also Herr May selber, der beste, tapferste, geschickteste, klügste Mensch ist, dass er nirgends seines Gleichen hat, dass er aus den unerhörtesten Abenteuern stets siegreich hervorgeht. Und je entsetzensvoller eine Lage ist, in die Herr May gerät, umso behaglicher gruselt's sich, da der Leser ja weiß, dass dem tapferen Helden nichts passieren kann, weil er sonst diese Geschichte nicht geschrieben hätte.

Dieser persönliche Zug in all den Geschichten ist wohl das eigentlich Wirkende, das die Leser beeinflusst. Wir, die wir sehr nüchtern an die Lektüre von Karl Mays Schriften gegangen sind, fanden, dass sie alle nach einer bestimmten Schablone zurechtgemacht sind, und dass sie von einer gesunden Rohheit strotzen, die durch ihre Verquickung mit einer tendenziösen Verherrlichung des bigotten Christentums nicht gerade angenehmer wirkt. Wir halten also die ganze Karl-May-Literatur für keine erfreuliche Kulturerscheinung. Auf die Gefahr hin, die zahlreichen Anhänger des Autors aufs Schmerzlichste zu verletzen, geben wir schließlich noch der Meinung Ausdruck, dass Karl May die fremden Länder, die er so anschaulich schildert, mit keinem Fuß betreten hat.

6. Juni 1899

Östlich von Assuan, Ägypten, Osmanisches Reich, unter britischer Besatzung

Bei jedem Schritt rutschten Karls Stiefel kleine Krater hinab. Der Sand, auf dem er lief, gab nach ohne Widerstand, und Karls Füße verschwendeten die Hälfte ihrer Kraft damit, beim Gehen tellergroße Löcher zu graben. Er hatte abgesessen und einem Jungen sein Tier zum Anbinden gegeben, nun ging er auf die mehr als hundert Zelte zu, die sich hier, an einem alten Friedhof, zu einer Stadt vor der Stadt zusammengeschart hatten. Karl sah Beduinen reglos unter den Vordächern sitzen. Eine Frau trug auf dem Kopf ein Bündel Reisig in das Lager. Auf einen Arganbaum, der höher ragte als ein Mann auf einem Kamel, waren sechs Ziegen geklettert und fraßen die Blätter der Krone. Ein Reiter überholte Karl und galoppierte mit wehender Kufiya in die Dünen.

Das Lager in der Wüste zeigte ein mir wohlbekanntes Gesicht. Wie oft war ich mit Halef schon durch solch karge Landschaften geritten, um dann die große Gastfreundschaft ihrer Bewohner zu genießen, dachte Karl und war beglückt. Die Romantik, die Wildnis – ein Nachhausekommen für Kara Ben Nemsi würde es werden, und all das bloß eine Viertelstunde vom Hotel entfernt. Karl roch Feuer, hörte Gesang aus Dutzenden Kehlen und war dem Baedeker dankbar, dass er diesen herrlichen Besuch im Lager der Bescharin-Nomaden empfohlen hatte. Kauend sahen die Ziegen dem Reiter hinterher.

Neben Karl ging ein Mann von Mitte 20 in einer dunkelblauen

Dschallabija. Auf dem kurz geschorenen Haar saß ein einfacher weißer Turban, er krönte ein rundes Gesicht, in dem sich zwischen hohen Wangenknochen ein schwarzer Schnurrbart spannte. In der Sonne kniff er die Augen leicht zusammen, was ihm den Anschein gab, in einem fort zu lächeln, und auf geheimnisvolle Art schien er beim Laufen nicht in den Sand einzusinken, sondern mühelos über den Wüstenboden zu schweben.

Karl hatte Sejd Hassan in Kairo unter den Eseltreibern entdeckt, die seinem Hotel gegenüber täglich auf Kundschaft warteten. Er schien zurückhaltender als seine Genossen, hatte Karl einmal bei einem Ritt zu seinem Hochsitz an der Moschee nicht übers Ohr gehauen und außerdem sprach er etwa 90 Wörter Deutsch. Streng genommen – wenn man also die Zeichensprache fortließ – war er der einzige Einheimische, mit dem Karl nach seinem ersten Tag in Kairo überhaupt gesprochen hatte, und als Karl sich nach den Wochen des Herumirrens endlich eingestand, dass es nützlich sein könnte, in den kommenden Monaten die Hilfe eines Dieners und Übersetzers zu haben, fiel die Wahl fast von allein auf ihn. Für fünf Mark Gage am Tag verpflichtete Karl Sejd Hassan als Diener auf unbegrenzte Zeit. Seine Rechte und Pflichten wurden in einem Vertrag festgehalten, der ihm vor der Unterschrift einmal vorgelesen worden war, wobei die Beteiligten – Karl sowie die als Zeugen anwesenden Buchhändler Marschner und Zschunke – mit Überzeugung davon ausgingen, dass sich Wörter wie »Zahlungsmodus«, »Beförderungskosten« und »Zurückerstattung des Vorschusses« schon durch die präzise Schönheit der deutschen Sprache von allein erschließen würden.

Sejd hatte die Zeremonie über sich ergehen lassen und nur manchmal bei sich den Kopf geschüttelt. Der hohe Ernst jedoch, mit dem zum Schluss die Unterschriften unter das zweifach ausgefertigte Dokument gesetzt wurden, schien auch ihn schließlich in eine feierliche Stimmung versetzt zu haben; und vor allem, 25 Piaster am Tag, um einem Deutschen mit Tropenhelm hinterherzulaufen, das war doch so viel besser, das war um so viele Längen verlockender, als ewig den klapprigen Esel durch die Straßen zu treiben, dass er anschließend das Eselsgeschäft in einer fast ebenso feierlichen Zeremonie an seinen jüngeren Bruder übergeben hatte.

Auch dank Sejds Hilfe war aus Karl in den vergangenen Wochen ein passabler Reisender geworden. Sie hatten Kairo mit der Bahn nach Süden verlassen und waren über Siut den Nil entlang nach Luxor gereist. Karl beherrschte das Herumkommen nun leidlich, er tastete sich von Hotel zu Hotel, ließ sich jeweils vom Concierge die nächste Etappe buchen, und wenn er dann doch verloren mit seiner Fahrkarte oder einer fremden Hoteladresse am Bahnhof stand, rettete ihn sein Diener.

Karl folgte weiter seinem Baedeker, und natürlich hatte er keinen höchst geheimen Regierungsauftrag angenommen. Von Hoven hatte noch einmal bei ihm vorgesprochen, zweimal waren sie sich zufällig in der Stadt begegnet, und obwohl von Hoven sich bedeckt hielt, war offensichtlich, dass sein Unternehmen nicht zum Besten stand, denn sonst wäre er wohl schon weitergereist. Karl bereute seinen Entschluss nicht.

Eine Woche verbrachte Karl in Luxor, er nahm sich die Zeit für die Tempel und Ruinen, die der Baedeker ihm empfahl. An Richard schrieb er: »Das alles gesehen, aber gar nicht erstaunt darüber gewesen.« Dann nahmen sie ein Schiff den Nil hinauf nach Assuan, was Karl durchaus gefiel – sah man einmal von der leichten Eintrübung des Auftaktes ab: Beim Ablegen in Luxor hatte neben Karl an Deck ein feister Brite mit Schweißrändern im Anzug an der Reling gelehnt. Karl bewunderte einen Moment zu lang seinen Gehstock aus Mahagoni, den er an das Geländer gehängt hatte; als Griff fletschte ein englischer Foxhound aus Elfenbein die Zähne. Der Feiste bemerkte Karls Blick und setzte ihn daraufhin in einem Gespräch fest, dem Karl nicht mehr entkam. Er war Gewürzhändler und hatte 20 Jahre zuvor eine Weile in Hamburg studiert; er lobte Goethe und Herder, und erklärte Karl dann, dass er das Reich künftig nicht mehr betreten werde, weil den Deutschen nicht zu trauen sei. Wären sie daheim, sagte er, würde er Karl nun ordentlich zu seiner Meinung über die deutsche Seeflotte verhören, es sei ja absolut ersichtlich, dass das Empire sich eine solche Provokation nicht lange gefallen lassen könne, und der Kaiser solle sich bloß vorsehen – hier allerdings, auf dem Nil, unter den verdammten Wickelmützen und Eselsfreiern müsse man zusammenhalten, und also zog er Karl zu einem der Tische und bestellte zwei Gin für sie. Sein Gesicht glühte im ständigen Rot von Sonnenbrand und Hitze, und er roch ausdauernd nach gebratenem Speck.

Der Feiste schaute den Boy nicht an, als er ihm die Bestellung hinranzte; als serviert wurde, klagte er gerade über die Qualität der Bordelle in Kairo; als der Boy die Gläser abtragen wollte, obwohl noch ein Schluck Gin darin war, schlug er ihm die Hand weg. Eine Stunde lang versuchte Karl, sich aus dieser Unterhaltung zu schleichen, vergeblich, bis der Feiste schließlich in der Sonne einschlief. Weder Karl noch einer der Stewards weckten ihn, und als er nach anderthalb Stunden erwachte, leuchtete das Rot in seinem Gesicht noch einmal dunkler als zuvor. Er fand dann unter den mitreisenden Briten drei Zechbrüder, die seine Leidenschaft für Gin und Verachtung teilten; Karl bekam ihn nicht mehr zu Gesicht, bis sie gemeinsam in Assuan von Bord gingen, und es blieb die einzige Störung dieser ansonsten herrlichen Reise über Ägyptens grüne Arterie.

Auch sonst befand Karl sich guter Dinge: Endlich, nach Wochen des Wartens und der Nachforschungen, hatte ihn sein verlorener Koffer eingeholt. Obwohl er dessen Inhalt gerade nicht recht brauchen konnte, war Karl überaus erleichtert darüber, denn dieser wäre so leicht nicht zu ersetzen gewesen. Über das Heimweh, das ihn ja weiterhin nicht plagte, trösteten ihn seine Gedichte, und selbst Scharffenstein schien er abgeschüttelt zu haben. Einige Male waren sie sich zwar noch in der Stadt begegnet, aber Scharffenstein hielt höflichen Abstand, und einen Artikel über Karl hatte er wohl nicht geschrieben, jedenfalls ging Karl davon aus. Zeitungen aus der Heimat erreichten ihn zwar immer erst mit Wochen Verspätung, aber etwas wirklich Wichtiges, dachte Karl, stand darin ja sowieso nie.

Das Einzige, woran er sich auch nach seinem zweiten, alles in allem annehmbaren Monat im Land nicht gewöhnen konnte, war: das Feilschen. Das ewige Ringen um den Preis von Eselsritten, Postkarten und Souvenirs. Das Geld war Karl einerlei, er gab es gern. Aber täglich in einem Dutzend kleinen Kämpfen zu unterliegen, die Kara Ben Nemsi doch mit Bravour gewinnen müsste … – es juckte ihn schwer.

Sie betraten das Lager über eine Art Hauptstraße, die zu dem Brunnen führte, welcher dessen Mittelpunkt bildete. An ihren Seiten waren drei Dutzend Zelte aufgeschlagen. Noch fünfmal so viele erhoben sich zu beiden Seiten dahinter, aber ihre Anordnung folgte keinem Muster, das Karl erkannt hätte. Sie gingen den Weg in die Richtung, aus der sie den Gesang hörten.

Vor einem Zelt saß eine Frau, ein Baby an der Brust, auf dem Tuch vor ihr lagen elf farbige Postkarten zum Verkauf. Karl und Sejd schlenderten vorbei, weiter in Richtung des Brunnens, und interessiert betrachtete Karl die Physiognomie der Menschen. Wie sich zu den Trachten doch auch die Gesichter ändern, dachte er. Die kantigen Züge der Araber waren weicher und dunkler geworden, seit der Nil sie nach Süden getragen hatte. Einige der Männer hier trugen ihr krauses Haar offen wie eine Wolke um den Kopf, bei anderen war es oberhalb der Stirn geschoren. Die Frauen hatten sich Hunderte kleiner Zöpfe geflochten, und wieder passierten sie eine von ihnen, die auf einem Tuch vor ihrem Zelt saß. Sie bot Armbänder feil und rief Karl etwas zu, das er nicht verstand.

Karl und Sejd hatten den Brunnen fast erreicht, als sie erkannten, woher der Gesang kam: Auf der anderen Seite des Brunnens tanzten und sangen zwei Dutzend Bescharin. Vor ihnen standen sechs Europäer, drei Männer und drei Frauen, welche die Sänger bestaunten. Als diese ihr Lied beendet hatten, klatschten die Weißen kurz, aber beflissen, und einer der Männer gab einem Ägypter, der augenscheinlich nicht zu den Bescharin gehörte, einige Münzen, die dieser wiederum an einen der Tänzer weitergab, jedenfalls zu einem großen Teil.

Zwei Kinder liefen auf Karl zu und bettelten.

Karl sah sich hingerissen um.

Ein Beduinenlager, dachte er, gerade, wie es für Kara Ben Nemsi gemacht war. Die Zelte, dachte er, sind ärmlich, ja, aber ansonsten … ansonsten ist es doch genau wie erträumt: die Wüste, die Gesichter, die Gewänder, das stolze Leben der Nomaden. Außer, ja, dachte Karl, die Bescharin hier sind nun sesshaft geworden an diesem Brunnen, aber Beduinen bleiben sie doch auch hier, und ein wildes, ein ursprüngliches Leben führen sie doch trotzdem, hier an ihrem Wasserloch, wo sie – gut, ja, Postkarten verkaufen und tanzen, dachte Karl, die Postkarten und das Tanzen, das stört schon ein wenig die Ursprünglichkeit; und die Souvenirs, die sie feilbieten, solche gibt es auch in Kairo, und wahrscheinlich stammen sie ohnehin aus Europa, aber dennoch: stolz, das sind sie doch, die Bescharin. Abgesehen davon, dachte Karl, dass gebettelt wird, das schränkt es schon ein wenig ein, das Stolze, die Bettelei ist nun nicht so schön, für beide Seiten, und dass so viele Weiße hier sind, dachte Karl, dass die Bescharin nun wohl einen Gutteil ihres Lebens mit dem Tourismus bestreiten, das rüttelt nun auch an der Einmaligkeit dieser Begegnung; und abgesehen davon hatte auch keiner der Bescharin in den vergangenen Minuten mit ihm gesprochen, geschweige denn, mit ihm eine Freundschaft fürs Leben geschlossen, und alles in allem war Karl doch sehr enttäuscht.

Dahinten kann man sich photographieren lassen, dachte Karl, das fehlt gerade noch.

Tatsächlich hatte am Ausgang des Lagers ein Photograph eine romantische Wüstenszene arrangiert. Vor einem ausladenden Arganbaum war ein Zelt aufgebaut, neben dem eine angepflockte Ziege fraß. Ein Bescharin saß regungslos auf einem Teppich davor, neben ihm stand eine Wasserpfeife; die einzige, die im ganzen Lager zu finden war.

Der Photograph lehnte an einem dreibeinigen Stativ, auf dem eine verkratzte Laufbodenkamera ihren Einsatz erwartete. Er trug einen zerschlissenen europäischen Anzug, dessen Hose ein Lederriemen hielt, und die Jacke hing an ihm wie ein Getreidesack.

»Photo, sir, photo?« Karl war in Rufweite gekommen.

Kara Ben Nemsi fand das unter seiner Würde.

Karl allerdings betrachtete das Arrangement eine Weile und rang sich schließlich zu einer Photographie durch. Man könnte, dachte er, sie gut in die Heimat versenden. In einer Photographie gerann die Wirklichkeit ja noch fester als in Worten.

Sejd Hassan besorgte die Preisverhandlungen, man einigte sich auf zehn Piaster für das Bild, und Karl setzte sich auf den Teppich. Er fühlte noch einmal, ob sein Tropenhelm auch gerade saß, dann rührte er sich nicht mehr. Der Photograph verschwand unter seinem Tuch. Neben Karl saß der Bescharin weiter so reglos da, man hätte meinen können, er sei ausgestopft.

In jener Zeit nun, die es braucht, um dieses Bild zu belichten, wollen wir kurz einige Worte über jenen Photographen verlieren. Sein Name kann uns gleich sein, er ist nur einer von Tausenden, denen Karl zufällig auf seiner Reise begegnet. Einen dieser Tausenden jedoch muss man einmal herausheben, warum also nicht diesen? Der Photograph also stammte aus Kairo und war zwei Jahre zuvor den Nil so weit hinaufgekommen, bis er zwar noch Touristen, aber keine Konkurrenz mehr fand. Seitdem ließ er jeden Morgen einen Esel seine Ausrüstung von Assuan hierherschleppen, zu diesen, wie er nicht müde wurde seiner Frau vorzuklagen, diesen Wilden und den fürchterlichen Kolonialpinseln, die herkamen, um die Wilden zu bestaunen. Etwa dreißigmal am Tag sah er einen dieser Herumkommandierer mit Sonnenbrand das Zeltlager betreten, naserümpfend eine Viertelstunde im Kreis gehen und dann wieder den gemieteten Gaul besteigen. Wenn er einen von ihnen vor die Kamera bekam, war es ein guter Tag.

Schon nach wenigen Wochen hatte der Photograph festgestellt, dass bei den Touristen eines jedoch noch größer war als ihre Hochnäsigkeit, und das war ihr Geiz. Sie kamen auf Nilbooten, die prächtig waren wie Hotels, und wohnten in Hotels, die prächtig waren wie

Paläste. Sie ließen sich in der Hitze eisgekühlte Getränke von ihren Dienern servieren, aber – und er wurde nicht müde, jeden Abend seiner Frau davon zu klagen – wenn sie ein paar lächerliche Piaster für eine Photographie bezahlen sollten, stellten sie sich an, als müssten sie die Kronjuwelen verschenken.

Er war daher auf einen Weg verfallen, doch ein wenig Geld zu verdienen, der ihm zwar auch nicht gefiel, aber anders, beteuerte er seiner Frau und wohl auch sich selbst in einem fort, war hier am Rande der Welt überhaupt nichts zu verdienen, und es kam ja nun auch bald schon das dritte Kind, also was sollte man machen.

Nachdem Karl lange genug reglos dagesessen hatte, sah er, wie der Photograph zerzaust wieder unter seinem Tuch hervorkam. »Very beautiful«, sagte er, und Karl stand auf, um ihn zu bezahlen.

»Twenty Piaster«, sagte der Photograph.

Karl glaubte, die Zahlen durcheinanderzubringen, und gab ihm zehn.

»Twenty, sir«, wiederholte der Photograph und hielt weiter die Hand auf.

Karl versuchte zu begreifen, wo nun das Missverständnis lag. Der Photograph zeigte mit den Fingern eine Zwei, Karl verstand also doch die Zahl, aber nicht, wo sie herkam. Schon ungeduldig rief er Sejd herbei, der die Angelegenheit klären sollte. Sejd diskutierte kurz mit dem Photographen auf Arabisch, dann erklärte er: »Zehn Piaster Photo, fünf Piaster bringen Hotel morgen, fünf Piaster für Mann«, er deutete auf den weiter regungslosen Bescharin und fasste zusammen: »20 Piaster.«

Dass diese Leute, dachte Karl und holte sehr tief Atem, dass diese Leute nicht einsehen mochten, dass man einen Kara Ben Nemsi so einfach nicht behandeln konnte. Er faltete die Hände zum Gebet, um nicht mit ihnen auf den Boden zu trommeln, schaute zum Himmel und atmete langsam.

»No twenty, no photo«, sagte der Photograph.

Karl mochte nicht mehr. Das Geld war ihm einerlei. Aber bei jedem Bezahlen eine Niederlage einzustecken – es war eine solche

Beleidigung für Kara Ben Nemsi, dass Karl sich nun wortlos abwandte. Soll er sein Photo behalten, dachte Karl. Er machte sich auf den Weg zurück zu seinem Esel.

Der Photograph lief ihm hinterher. Karl stapfte trotzig weiter, Sejd folgte ihnen mit fünf Schritten Abstand.

Der Photograph legte Karl eine Hand auf die Schulter, um ihn zum Stehenbleiben zu bewegen, Karl wischte sie unwirsch weg.

Der Photograph versuchte noch einmal, Karl am Arm zu fassen.

Dann schwirrte ein hölzerner Schlag durch die Luft.

»Hands off!«

Die Hand des Photographen traf der Kopf eines Foxhounds aus Elfenbein und brach mit einem stumpfen Knacken das erste Glied des Mittelfingers.

Der Photograph schrie auf. Er zog die Hand zurück, vor seinen Bauch, hielt sie mit der anderen fest und krümmte sich um den Schmerz.

Plötzlich war der feiste Brite mit den Schweißrändern im Anzug zwischen den Zelten aufgetaucht. Er grinste Karl grimmig an.

Vorsichtig besah der Photograph seine linke Hand. Der zweite Finger stand sinnlos nach unten ab. Auf Arabisch brüllte er den Feisten an.

Der wandte sich wieder zu ihm und drohte mit dem Stock.

Hinter ihm näherten sich die drei Zechkumpane, die er auf dem Nildampfer gefunden hatte.

Der Photograph war einen halben Kopf kleiner als der Brite, wog die Hälfte und hatte keine Waffe. Kräftig war er nicht. Aber schnell.

Er sprang einen Schritt vor und trat nach dem Feisten. Der stand halb schräg zu ihm, das linke Bein vorne, damit er mit dem Stock kräftiger ausholen konnte. Der Photograph trat ihm mit einem langen Schwung in die Kniekehle, der Dicke versuchte zurückzuweichen, erwischte dabei den Angreifer noch halb mit dem Stock, aber sein eigener Schwung und der Tritt raubten ihm das Gleichgewicht, und er fiel hintenüber.

Dumpf schlug er auf den Lehmboden.

Karl hatte keiner Schlägerei mehr beigewohnt, seitdem einmal in Hohenstein der Streit über einen Streich mit Kanonenschlägen, der drei Hühner das Leben gekostet hatte, so außer Kontrolle geraten war, dass im Wirtshaus die Krüge flogen. Aber selbst da waren die Gläser an ihm vorbeigesegelt. Nun war er zwei Schritte zurückgewichen.

Der Feiste wälzte sich auf die Seite und rappelte sich wieder auf.

»You bloody …«, drohte einer der Saufbrüder, zog seine Jacke aus und baute sich in einer internatsgeschulten Boxhaltung vor dem Photographen auf.

Die anderen beiden gingen mit einigen Schritten Abstand um ihn herum und kreisten ihn ein.

Der Photograph merkte, dass er keine Chance hatte. Hilfe suchend sah er sich um. Vor den Zelten waren alle aufgesprungen, aber niemand wagte, sich zu nähern.

Er schaute Karl an und sagte, »Ten, ten, alright, ten«, dann traf ihn der Stock an der Schläfe. Er ging zu Boden.

Der Dicke trat einen Schritt auf ihn zu. Er holte aus und schickte einen Hieb hinterher, der dem Ohnmächtigen das Jochbein einschlug, abrutschte und ihm die Nase brach.

Keuchend ließ er den Stock sinken.

Dann überlegte er es sich anders und drosch noch einmal auf den Mann ein. Diesmal traf er ihn an der Schulter, und das dumpfe Klatschen, unter dem das Schlüsselbein brach, riss Karl aus seiner entsetzten Apathie.

Ich hatte mir den widerwärtigen Kampf lange genug angesehen und würde ihm nun ein Ende setzen. Meine Faust wog schwerer als die Fäuste des Feiglings und seiner Gefährten. Ich würde ihn niederstrecken. Ich würde sie alle niederstrecken.

Karl ballte die Rechte.

Noch einmal fuhr der Stock zum Schlag hinab.

Jetzt sofort würde ich sie alle niederstrecken.

Karl hob die Hand und rief: »Heh!«

Ein weiterer Hieb.

Niemand hörte Karl. »Es ist doch wohl jetzt genug«, sagte er und näherte sich einen Schritt, aber der Stock schwirrte noch einmal hinab, so schnell, dass der Hundekopf leise im Luftzug fauchte.

Dann hatte der Feiste genug. Er ließ den Stock sinken, sah Karl an und erwartete Dank.

Karls geballte Faust hing nutzlos an seinem Arm.

»Bischari-Lager.

Sechs Reitstunden von Schellal in Nubien entfernt.

– Vorhin wurden mir die vom Nil hergeholten Briefe überbracht. Unter diesen Postsachen befindet sich auch Nr. 133 Ihrer ›Pfälzer Zeitung‹«, schrieb Karl dem Chefredakteur ebenjenes Blattes, dessen wochenalter, höchst freundlicher Brief ihn am Tag zuvor erreicht hatte.

»Ich will Ihnen sogleich schreiben und danken, obgleich es hier im Beduinenlager weder Briefbogen noch Couverts gibt. In meiner Satteltasche steckt etwas gewöhnliches Papier, und ein wenig Samgh (Gummi arabicum) zum Zukleben holt mir die Frau des Scheichs aus ihrem Toilettentopf. Dann wird ein Bote mit dem Briefe nach Schellal geschickt. Bitte also, mich nicht nach diesem Opus zu beurteilen. Ich schreibe sonst besser. Ein Fettfleck ist auch schon im Papier, doch versichere ich Ihnen, dass ich mich daheim am Schreibtische dann einer umso größeren Magerkeit befleißige.

Ich gehe jetzt nach dem Sudan. Die Engländer dulden das nicht, darum reite ich als Kara Ben Nemsi meine alten Karawanenwege. Dann will ich über Mekka nach Arabien zu meinem Hadschi Halef und mit ihm durch Persien nach Indien.

Wenn Sie sehen und hören könnten, wie es hier um mich her im Lager zugeht, so würden Sie es für unmöglich halten, dass man dabei überhaupt schreiben kann. Ich bin nämlich beim Kamelkaufe, und die halbkopf geschorenen Nomaden lassen mir keine Ruhe. Ich habe in den wenigen Monaten meiner Reise schon Stoff für fünf bis sechs Bände gesammelt. Täglich kommen neue Anschauungen und neue Gedanken; täglich öffnen sich neue Gesichtspunkte. Lieber Herr, man ahnt gar nicht, was man, wenn man guten Willens ist, von diesen ›sogenannten‹ Wilden oder Halbwilden lernen kann! Gibt es vielleicht auch ›sogenannte‹ Civilisierte, nur ›sogenannte‹ Christen? Gestatten Sie mir, dass ich die Beantwortung dieser Frage nicht auf mich nehme, sondern sie Ihnen überlasse! Ich könnte mir sonst zu den alten Feinden noch neue machen und bitte Sie zuzugeben, dass dies nicht ganz klug gehandelt sein würde von

Ihrem Ihnen dankbar ergebenen

Kara Ben Nemsi Effendi«

Karl legte die Feder beiseite, ließ den Kopf sinken und massierte mit dem Handballen die Stirn. Auf dem Tisch seines Hotelzimmers brannte die Öllampe, draußen war es Nacht. Seine Feder hatte ihm ein wenig Heiterkeit abringen können, aber nur, solange er schrieb.

Meine Faust traf den feigen Engländer an der Schläfe,

dachte Karl,

dass er wie eine gefällte Tanne niederstürzte. Regungslos blieb er liegen. Seine Gefährten stürzten sich auf mich, doch geschickt wich ich dem ersten aus und schlug ihn, während er an mir vorbeistolperte, mit einem weiteren Schlag zu Boden. Verängstigt blieben seine Kameraden zurück.

»So ist es also wahr«, flüsterte der eine. »Es ist – Kara Ben Nemsi!«

Noch einen Schlag, dachte Karl, hätte er noch einen Schlag gewagt, hätte ich ihm die Faust an den Schädel getrieben, dass er nie wieder aufgestanden wäre …

Die Feiglinge nahmen Reißaus.

Wieder sah Karl das geschwollene Gesicht des Photographen vor sich.

Zuerst hatte Karl ihm nach dem Zwischenfall nur zehn ägyptische Pfund zustecken wollen, um sich dann davonzumachen. Er hatte versucht, ihm den Schein mit langem Arm und abgewandtem Kopf tastend in die Jacke zu schieben, aber schließlich musste er doch hinschauen, um die Brusttasche zu finden, und blickte darum aus einer solchen Nähe in das zertrümmerte Gesicht, dass er sich fast übergeben musste.

Die Beduinen brachten Wasser und saubere Tücher. Sie hatten sich herangewagt, nachdem die Briten gegangen waren. Der Feiste hatte den Griff seines Stocks vom Blut gereinigt, Karl noch in eine leichte Plauderei hineinzuziehen versucht und war dann, da Karl nicht darauf einsteigen mochte, gegangen. Auch Karl hatte aufbrechen wollen, aber Sejd schaute ihn an, zeigte auf den Mann, fragte: »Arzt?«, und natürlich hatte er recht. Also legten sie den Verletzten auf einen Teppich, den Karl den Bescharin abkaufte, banden den Teppich mit Riemen, für die er ebenfalls bezahlte, an ihre Maultiere und zogen ihn zurück nach Assuan, um einen Arzt zu suchen.

Der beste Arzt der Stadt, erfuhren sie, war morgens aus Assuan herausgaloppiert, und niemand wusste, wann er wiederkommen würde. Also suchten sie den zweitbesten Arzt der Stadt auf, der keine Qualifikation besaß außer einem Verbandskasten mit italienischer Aufschrift, der irgendwie aus der Kolonie Erithrea seinen Weg hierhergefunden haben musste. Karl zahlte auch ihn, dann gab er Sejd weitere 20 Pfund und den Befehl, dafür zu sorgen, dass der Verletzte so bald wie möglich nach Kairo zu einem richtigen Arzt geschafft würde.

Mehr konnte er nicht tun.

Karl hatte gehofft, dass der Brief an die Pfälzer Zeitung ihn aufrichten würde, aber seine Stimmung hatte sich nicht gebessert.

Seinen Stock hätte ich genommen, dachte Karl, und dann hätte ich ihn … – wenn er sich nicht so davongeschlichen hätte, der Feigling; *seiner gerechten Strafe,* dachte Karl, wäre er nicht entkommen, *mit einem Faustschlag* hätte ich ihn betäubt, und dann … – malte Karl sich die gerechte Strafe noch einmal in allen Einzelheiten aus.

Der Aschenbecher war voll, Karl hatte sich mittlerweile seinen vierten Tee kommen lassen und lief nun in seinem Hotelzimmer umher wie in einer Gefängniszelle.

Er unterbrach seine Runden. Wieder setzte er sich an den Schreibtisch, wieder begann er einen Brief: »Sehr geehrter Herr von Hoven, bezüglich Ihres Angebots …« – dann zerknüllte er das Papier.

Karl stand auf und holte den Koffer hervor, auf den er sechs Wochen hatte warten müssen. Er stellte ihn aufs Bett, öffnete ihn und betrachtete den Inhalt.

Wieder ging er im Kreis.

Dann klappte er den Koffer wieder zu. Den Anblick ertrug er nicht.

7. Juni 1899
Frankfurter Zeitung, Frankfurt

KARL MAYS REISEN

Mit Bezug auf unsere Notiz über den Schriftsteller Karl May (vergl. »Frankf. Ztg.« d. 3. Juni) schrieb uns ein Frankfurter Leser:

»Die Kritik übergehend, erlaube ich mir zu bemerken, dass Ihre Annahme, Dr. Karl May habe die fremden Länder nicht bereist, von denen er erzählt, auf Irrtum beruht. Jeder, der in Dresden bekannt ist, weiß, dass des Autors ›Villa Shatterhand‹ in Radebeul (früher Oberlößnitz) eine Sehenswürdigkeit ist, die eine wertvolle Sammlung fremdländischer Waffen und sonstiger Gegenstände sowie zoologischer Kuriositäten aus allen Weltteilen birgt, deren Besichtigung jedem Besucher in liebenswürdiger Weise gestattet wird. Wie Sie ferner aus beifolgenden Karten ersehen wollen, reist Dr. Karl May, der nun 57 Jahre zählt, noch immer und befindet sich augenblicklich auf einer großen Reise in den Sudan, worüber er sich auch während seiner Anwesenheit in Frankfurt (26.–28. März d. J.) mit mir unterhielt.«

(Dieses Beweismaterial ist nach unserem Dafürhalten nicht sehr erdrückend. Man kann Waffen und sonstige Dinge sammeln, ohne einen Fuß vor die Tür zu setzen. Von den beiden Ansichtskarten, die der Herr Einsender uns vorlegt, stellt die eine Herrn May in einem höchst verführerischen orientalischen Kostüm mit der selbst gewählten drolligen Unterschrift »Hadschi Kara Ben Nemsi Effendi« dar – es ist dies das Inkognito, unter dem der Autor den östlichen Völkerschaften sämtliche Taten des Herkules zu überbieten pflegt –, auf dem Papier nämlich. Aus dem Inhalt dieser Karte geht bloß hervor, dass der Autor von Radebeul nach Frankfurt gereist ist, was in der Regel nicht mit großen Abenteuern und Gefahren verbunden ist. Die zweite Karte dagegen ist wirklich in Cairo aufgegeben. – Alles, was wahr ist, aber von Cairo bis in den Sudan ist es noch ziemlich weit, und wir können uns nicht helfen, wir hegen den Verdacht, Herr May wolle sich die Länder, die er bisher bloß immer so schön beschrieben, nun auch einmal selber ansehen. Nur einen Irrtum können wir unserer früheren Notiz zugestehen: Karl May hat sich seine ungeheuren Schieß-, Reit- und Faustschlag-Wundertaten nicht bloß in Oberlößnitz bei Dresden, sondern auch in dem lieblichen Radebeul aus den Fingern gesogen.)

9. Juni 1899
Frankfurter Zeitung,
Frankfurt

KARL MAYS REISEN

Aus Koblenz schreibt uns ein Leser: »Zur Frage, ob Karl May jene Länder bereist hat, in welchen er seine mehr als phantasiereichen Erzählungen spielen lässt, wobei ihm selbst zumeist die ›Hauptrolle‹ zufällt, gestatten Sie mir Folgendes zu bemerken: Vergangenen Winter hatte ich Gelegenheit, eines seiner Bücher, betitelt ›Winnetou, der rote Gentleman‹, zu lesen. Als mehrjähriger Bewohner des südlichen Texas und nordöstlichen Mexiko kann ich aus eigener Erfahrung nur konstatieren, dass in jenem Buche vor allem die verschiedenen Entfernungen von einem Orte zum anderen ganz verkehrt angegeben sind. Karl May hat z. B. angeblich Distanzen zu Pferd in einem Zeitraum zurückgelegt, wozu heute der ›Southern Pacific Express‹ beinahe ebenso lange braucht. Ferner hat er im südlichen Texas Flüsse per Dampfer befahren (wenn ich nicht irre, war es der Colorado), auf welchen überhaupt noch nie ein Dampfboot verkehrt hat. Ein Mann, der jene Gegenden wirklich bereist hat, kann unmöglich in die Lage kommen, derartige Irrtümer zu begehen.«

29. Juli 1899

Jerusalem, Osmanisches Reich

Zu allen Zeiten hat der Mensch die absonderlichsten Dinge geglaubt. Dass etwa die Sonne um die Erde kreiste oder Letztere gleich eine Scheibe wäre, dass einer der Titanen den Himmel auf seinen Schultern trüge oder dass nur Hexen schwimmen könnten. In unserer sachlichen Gegenwart hat Gott sei Dank die Wissenschaft solch einen Unsinn längst begraben. Dafür jedoch drängt sie uns, anderes zu glauben, was den gesunden Verstand des Menschen empören muss. Die Professoren etwa behaupten heute, dass die Strahlen des Lichts mit einer eigenen Geschwindigkeit reisten – und dass die Sterne so weit entfernt von uns glänzten, dass es Jahre und Jahrhunderte braucht, bis ihr Funkeln uns erreicht. Vielleicht, sagen sie, seien manche längst erloschen, obwohl sie doch für uns noch immer strahlen. Das aber kann doch selbst nichts anderes als Unsinn sein, oder? Wie sollen wir etwas sehen können, das doch eigentlich schon verschwunden ist? Wäre ein Stern auf diese Art nicht zugleich tot und noch lebendig? Oder könnte uns sogar die Nachricht seines Untergangs theoretisch schon erreichen, noch bevor für uns sein Licht erlischt? Ein Rätsel! Und man sollte wohl nicht zu lang über derlei Dinge nachdenken, denn das gibt nur Kopfschmerzen.

Karl jedenfalls reiste weiter durch den Orient und war vollkommen ahnungslos, welche Nachrichten die Zeitungen in Deutschland für ihn bereithielten. Aber er blickte jeden Abend hinauf zum

Himmelswagen und schickte Emma in Gedanken einen Gruß. Post von ihr hatte er allerdings immer noch nicht erhalten.

Den Sudan hatte Karl aus seinen Reiseplänen gestrichen. Die Briten versuchten dort nun schon seit etlichen Jahren, den Aufstand des Mahdi und seiner Armee niederzukämpfen, doch noch immer war es zu keiner letzten Entscheidung gekommen. Vielleicht, dachte Karl, wäre man in plötzlich ausbrechende Kämpfe geraten, zuverlässige Nachrichten ließen sich schwer auftreiben, und alles in allem schreckten ihn die Unwägbarkeiten eines solchen Abenteuers ab. Stattdessen fuhr er mit Sejd noch einige Wochen durch Ägypten. In sich gekehrt und Gedichte schreibend, beschloss er unterwegs, dass es für ihn anschließend sowieso ein besseres Ziel gebe als das tiefe Afrika: die Wiege des Glaubens nämlich. Das Heilige Land.

Ende Juni brach er daher mit seinem Diener nach Beirut auf, um von dort nach Süden durch Palästina zu reisen. In Port Said schifften sie auf dem Dampfer »Scherkije« ein, und kaum hatte Karl nach der Abfahrt seine komfortable Kabine verlassen (Sejd reiste wie stets dritter Klasse), um sich im Sonnenuntergang an die Reling zu stellen und den Hafen hinter dem Meer verschwinden zu sehen, rief einer neben ihm: »Herr May! Was für ein Zufall!«

Es war von Hoven.

Karl wäre lieber allein geblieben, um seine entrückte Vorfreude auf Jerusalem und all die anderen Bibelstätten auszukosten, aber von Hoven umschmeichelte ihn auf so liebenswürdige Weise, dass er mit ihm zu Abend speiste und sie sich den nächsten Tag beim gemeinsamen Schachspiel vertrieben.

Von Hoven allerdings betonte so häufig und auffällig, was für ein ganz außergewöhnlicher Zufall es war, dass sie gemeinsam auf diesem Dampfer gelandet waren, dass Karl schon abends beim Dessert an der Zufälligkeit dieses Zufalls zu zweifeln begann. Und von Hoven, der Karl am Abend in aufgekratzter Weise von den blendenden Aussichten seines geplanten Unternehmens berichtet hatte, musste auf Karls Nachfragen am nächsten Tag bei jeder Partie ein weiteres Problem einräumen: Der Aufbruch ihrer Expedition verzögerte sich.

Sein inhaftierter Gefährte in Beirut war nicht freizubekommen. Ein zweiter Begleiter war als Spion verhaftet worden. In Berlin wuchs die Ungeduld. Er war darum nun, ganz entgegen den ursprünglichen Plänen, auf dem Weg nach Syrien, um zu sehen, was er selbst für seinen Gefährten ausrichten konnte. Andernfalls würde er sich allein auf den Weg machen müssen. Die Gefährlichkeit des Unterfangens wuchs ständig, und abermals bat er Karl um seine Hilfe.

Karl lehnte ab und war froh, als die Überfahrt vorüber war. Allerdings nicht lang. Denn im Hafen von Beirut angekommen, durften sie nicht an Land gehen. Es wurde eine Quarantäne über die Passagiere verhängt, da man fürchtete, die »Scherkije« hätten die Pest aus Ägypten mitgebracht. Man pferchte sie also in die Quarantänestation, einige einfache Häuser für Hunderte Menschen, die lieblos auf die Klippen gemauert worden waren. Dort saßen sie fest wie im Gefängnis. Die Tage zogen sich endlos. Die Schachpartien wurden zäher, das Essen war knapp und schlecht. Am sechsten Tag hätte Karl aus Langeweile beinahe von Hovens Überredungskunst nachgegeben, doch rechtzeitig besann er sich.

Da der einzige private Raum das Stockbett war, das man Karl in einem Schlafsaal zugeteilt hatte, zog er sich oft auf die Felsen am Meer zurück, um zu schreiben. Oder um sich dort den Besuch der Erlöserkirche, des Ölbergs und des Garten Getsemani in den frommsten Farben auszumalen. Ein zweites und drittes Mal las er auch von Oppenheims Buch »Vom Mittelmeer zum Persischen Golf, durch Hauran, die syrische Wüste und Mesopotamien«. Zwar hatte er schon beim ersten Lesen die Hälfte des Inhalts für schauderhafte Flunkerei gehalten, doch musste er dem Autor dankbar sein. Denn je länger die Quarantäne dauerte, desto flehender bat von Hoven darum, dass Karl ihn auf seiner Reise begleiten möge – und Karl konnte sich jedes Mal damit herausreden, dass er in den kommenden Monaten bereits dem großen Orientalisten Max von Oppenheim auf einer Expedition ins Al-Dschazira Gesellschaft leisten würde.

Als sie nach zwölf Tagen die Quarantäne endlich verlassen durften, schüttelte Karl von Hoven im Tumult der aufbrechenden Reisenden ab. Er ließ sich in den »Deutschen Hof« bringen und bestellte dort einmal sämtliche Gerichte, die sich auf der Speisekarte fanden. Allein mit sich feierte er, dass er in den vergangenen Tagen sicherlich den schlimmsten Teil seiner Reise überstanden hatte und es von nun an besser werden musste.

Karl blieb einige Tage in Beirut und reiste dann in entrückter Vorfreude über Haifa, Nazareth, Ramle und Jaffa nach Jerusalem.

Dort kam er am Mittag im Hotel Lloyd an, das er schon Tage zuvor telegraphisch gebucht hatte. Ganz entgegen seiner Gewohnheit nutzte er den ersten Nachmittag nicht, um sich von den Strapazen des Reisens auszuruhen. Stattdessen brach er gleich nach einem raschen Mittagessen auf, um die heiligen Stätten ein erstes Mal zu besuchen.

Zwischen Tempelberg und Klagemauer aber entpuppte sich die Stadt, diese Wiege der Weltreligionen, als ein gewöhnliches Wirrwarr stinkender Gassen, in denen Bettler, Kesselflicker, Krämer und Wechsel-Habichte sich nicht die geringste Mühe gaben, Karls frommen Erwartungen zu entsprechen.

Und an der Erlöserkirche, die der Kaiser nicht einmal ein Jahr zuvor auf seiner Palästinareise eingeweiht hatte, ereilte ihn gleich der nächste unangenehme Zufall. Gerade hatte Karl den Bau ein erstes Mal umrundet, als aus dem Westportal ein Mann trat, den nie wiederzusehen Karl gehofft hatte:

Scharffenstein.

Er begrüßte Karl so verdächtig wenig überrascht und plauderte so ungezwungen über die Reise von Ägypten hierher, dass Karl sich auf dem Weg zurück zum Hotel zu fragen begann, ob er ihm gefolgt sein konnte.

Und im Hotel erreichten Karl obendrein die Zeitungen aus der Heimat.

17. Juni 1899
Frankfurter Zeitung,
Frankfurt

KARL MAY IM URTHEIL DER ZEITGENOSSEN

Die Leser der »Frankf. Ztg.« sind der kleinen Polemik gefolgt, die sich an dem von uns unternommenen Versuch einer Charakterisierung des Schriftstellers Karl May (einer der erfolgreichsten unter allen deutschen Autoren der Gegenwart) entzündet hat.

Um den Sachverhalt kurz zusammenzufassen, sei Folgendes erwähnt: Ein bayrisches Blatt hatte die Nachricht gebracht, die Bücher Karl Mays sollten aus den Bibliotheken mehrerer Mittelschulen ausgeschlossen werden, weil die Phantasie des Verfassers »für die Jugend zu gefährlich sei«. Im Anschluss an diese Meldung formulierten wir unser Urtheil über Karl May, anerkannten seine Begabung, konnten aber nicht umhin, den außerordentlichen, nach unserer Meinung nachteiligen Einfluss, den er auf die deutsche Schuljugend und große anspruchslosere Volkskreise ausübt, auf ein ganz bestimmtes schlaues und widerwärtiges System der Darstellung zurückzuführen (»Frankf. Ztg.« d. 9. Juni). Und wie wenn wir mit dieser freimütigen Kritik nur dem Ausdruck gegeben hätten, was Viele längst gefühlt haben, ohne sich darüber zu äußern, zeigten uns die Zuschriften, die an uns gelangten, wie groß das Missvergnügen ist, das von der Karl-May-Literatur bereits hervorgerufen worden. Es fehlte begreiflicherweise auch nicht an Plaidoyers zu Gunsten des Autors.

Der Streit spitzte sich schließlich in die Frage zu: »Hat Karl May die fremden Länder, die er schildert, wirklich selbst betreten?« Die andere Frage: »Hat

Karl May die unerhörten, schreckensvollen Abenteuer, von denen er behauptet, es seien persönliche Erlebnisse, wirklich selbst erlebt?« konnte als dreiste Zumutung an die Leichtgläubigkeit von Kindern und Idioten von vornherein ausgeschieden werden.

Wir veröffentlichten die eine oder andere Zuschrift aus unserem Leserkreis. Zuletzt kam noch eine Mitteilung vom Verleger der Karl-May'schen Reiseerzählungen, Herrn Ernst Fehsenfeld in Freiburg i. B. Hiernach befand sich Karl May gegenwärtig im Sudan, »von wo er nach Arabien zu dem ihm befreundeten Stamm der Haddedihn-Araber zu reiten beabsichtige«; er könne also auf unsere Bemerkungen nicht sogleich antworten usw.

Nunmehr glaubten wir, die öffentliche Diskussion über Karl May bis auf Weiteres schließen zu sollen, nicht bloß deshalb, weil ein deutscher Autor, der seinen Verleger glauben macht, er reite aus dem Sudan nach Arabien zu dem ihm befreundeten Stamm der Haddedihn, uns einen geradezu schwärmerischen Respekt einflößt, sondern auch weil wir Übles, sei es nach unserer Überzeugung auch noch so wahr, einem Abwesenden nicht gern nachsagen.

Bei dieser Vornahme rechneten wir jedoch nicht mit der Bewegung selbst, zu der unsere Auslassungen den Anstoß gegeben. Denn es scheint, dass die Karl-May-Debatte immer lebhafter wird und ohne Schaden für den ernsten Zweck, den wir im Auge haben, gar nicht zurückgestaut werden kann und darf. Und während Herr May zu dem ihm befreundeten Stamm der Haddedihn reitet, sind wir somit gezwungen, der Kritik über seine Art und seine Heldentaten ihren Lauf zu lassen.

Aus Lausanne schreibt uns ein dort weilender Berliner Schriftsteller:

»Zur Genugtuung Vieler ist die ›Frankf. Ztg.‹ das erste Blatt, welches sich mit einigen offenen Wörtlein mit Herrn Karl May beschäftigt. Ich bin durchaus Ihrer Ansicht, dass der Betreffende niemals die Länder gesehen hat, die er so ›echt‹ schildert, aber trotzdem sind seine Bücher in allen katholischen Schülerbibliotheken zu finden. – Der Mann ist wohl nur vom Standpunkte des Psychiaters zu betrachten.«

Ein im Rheinland lebender Sachse schreibt uns:

»Es war den Eingeweihten längst bekannt, dass Karl May nie oder nur höchst selten die grün-weißen Grenzpfähle hinter sich gelassen und seine von der männlichen Jugend ›verschlungenen‹ wilden Geschichten auf Studien in den Werken kühner Forschungsreisender hin geschrieben hat. Die fernen Weltgegenden, in denen May seine unerhörten Abenteuer erlebte, hat der gute Mann nie gesehen. Geschäft ist aber zuletzt beim Schriftsteller Geschäft, und aus diesem Grunde dürften die wenigen Eingeweihten bisher geschwiegen haben. Nachdem aber der Verleger Mays in der ›Frankf. Ztg.‹ den Rummel weiterzuspinnen versucht, indem er erzählt, dass der kühne Forschungsreisende Karl May ›vom Sudan nach Arabien zu reiten‹ beabsichtige – das ist ein Katzensprung! –, ist es an der Zeit, der Wahrheit die Ehre zu geben, damit unserer enthusiasmierten Jugend nicht noch mehr die Köpfe verwirrt werden.

Karl May wurde im Jahre 1842 in Hohenstein-Ernstthal im sächsischen Erzgebirge als Sohn eines Leinewebers geboren; er besuchte bis zu seinem 14. Lebensjahr die Volksschule in Ernstthal und dann zwei Jahre das Lehrer-Seminar zu Waldenburg. Aus mir unbekannten Gründen verließ er dieses Institut und kam in seine Vaterstadt zurück. Der abenteuernde Sinn des jungen Mannes offenbarte sich schon damals; er machte einige Jugendstreiche und entwich in die sagenreichen Wälder seiner Heimat, wo die verfallenen Raubnester Rubenstein und Kauffungen eine besondere Anziehungskraft auf ihn ausübten. Ich erinnere mich noch recht deutlich, dass wir als kleine Knaben hochklopfenden Herzens den Feldhütern nachzogen, tief in die schwarzen Fichtenwälder hinein, um ›May-Karl‹ einzufangen.

Die nun folgende Lebensperiode übergehen wir. May heiratete eine Handwerkerstochter aus Hohenstein und etablierte sich dann als ›Schriftsteller‹.

Später siedelte May nach Dresden über und schrieb Romane für 10-Pfennig-Hefte.
So vergingen ungefähr zwei Jahrzehnte, ohne dass ich von May etwas hörte. Da kam ich vor drei Jahren eines schönen Tages nach Düren in eine katholische Gesellschaft. In dieser hatte sich ein besonderer Cirkel gebildet, der sich mit dem sonderbaren Namen ›May-Club‹ bezeichnete. Ich brachte zuerst den Namen mit dem schönen Monat Mai in Verbindung, hörte aber später zu meiner größten Verwunderung, dass die Mitglieder dieses Clubs – sonst ganz vernünftige und gebildete Leute – durchweg Verehrer des großen Romanschriftstellers Karl May seien. Man brachte mir ein Buch von diesem Autor. Auf dem Titelblatt schaute ich eine phantastisch gekleidete männliche Person, ein großes Mordgewehr über dem Rücken, ein halbes Dutzend Pistolen im Gürtel, Patronentaschen, dazu noch ein mächtiges Beil – oho, das war ja Karl May, die phantasieumkleidete Heldengestalt aus meinen Jugendjahren!
Wie nun May in den zwei Jahrzehnten, in welchen ich ihn nicht gesehen, ein solch gewaltiger Nimrod, kühner Forscher, vor keiner Gefahr zurückschreckender Abenteurer und excellenter Reiter werden konnte, ist mir nicht recht klar. Bis zu seinem dreißigsten Lebensjahre wenigstens hat er nie ein Schießgewehr getragen, keine Rosinante bestiegen und keinen Tomahawk geschwungen – diese schönen Sachen muss er erst später so gründlich erlernt haben, wie er auch seine wunderherrlichen Heldentaten erst später vollbracht hat.«

Das Finale bilde folgende höchst ergötzliche Darstellung von Karl Mays literarischer Manier. Aus Karlsruhe schreibt uns ein Leser:
»Ihre treffenden Bemerkungen über die schablonenhafte Schreibweise und die problematischen Reisen Herrn K. Mays haben viel Beifall gefunden und es dürfte Ihren Lesern nicht unerwünscht sein, etwas Genaueres über die Fähigkeiten und Leistungen des ›Freunds der Haddedihn‹ zu erfahren. Unter Benützung seiner Werke und einer im ›Deutschen

Hausschatz‹ erschienenen naiven Selbstbiographie habe ich nachstehendes Verzeichnis der trefflichen Kenntnisse und Eigenschaften dieses modernen Universalgenies gefertigt:

1. Karl May ist Kenner der altklassischen Sprachen.
2. Spricht geläufig französisch, englisch, spanisch, italienisch, arabisch, persisch, türkisch (sogar elegant!), malayisch, chinesisch, einige Afrikanersprachen, ein halbes Dutzend Indianersprachen, und zwar alle so, dass er von einem Eingeborenen nicht zu unterscheiden ist. Die genaue Kenntnis einiger arabischer Dialekte kommt ihm oft zustatten.
3. Ist Geologe (siehe ›Im Land der Skipetaren‹),
4. tüchtiger Geometer, der in Amerika mehr leistete als acht Andere zusammen (siehe ›Winnetou‹),
5. unbesiegter bester Reiter, Schütze, Lanzenwerfer, Messerkämpfer, Ringer, Schwimmer, Taucher, Boxer und Shatterhander,
6. Dichter, will aber seine Gedichte erst nach seinem Tod erscheinen lassen, was im Interesse älterer Leute sehr zu bedauern ist,
7. Komponist, schreibt eine Oper, deren Tenor-Held Winnetou sein wird,
8. Theologe für christliche und mohammedanische Religion. Den Koran kann er vor- und rückwärts auswendig.

Dies Register macht keinen Anspruch auf Vollständigkeit, und Kenner und Bewunderer seiner sämtlichen Werke oder künftige May-Philologen mögen es ergänzen.

Das Recept zu einer May-Geschichte ist sehr einfach: Es passiert irgendwo auf der Erde ein Menschenraub, ein Mord oder ein ungeheurer Diebstahl. Herr May ist in diesem Fall immer gerad in der Nähe und bietet seine unentgeltlichen Dienste an. Will man diese nicht annehmen, so befreit er die Gefangenen erst recht, verhaftet die Mörder, bringt die gestohlenen Gelder zurück usw. usw. … Bei der Ausführung dieser ungeheuren Taten muss ihm ein alter Waldläufer, Scout, ein großmäuliger Diener oder ein halbverrückter reicher Lord Lindsay helfen wollen. Diese richten aber immer so große Dummheiten an, dass Herr May alle Hände voll zu tun hat, um sich und die Genossen mit einem ungeheuren Aufwand von Klugheit, Voraussicht und Tapferkeit aus den dadurch heraufbeschworenen Gefahren zu befreien.

Da die Romane in der Ich-Form erzählt werden, der Verfasser also von der den Schriftstellern sonst zugestandenen Allwissenheit und Allgegenwart keinen Gebrauch machen kann, so muss das Belauschungs-Motiv ausgiebig, 30–40 Mal in jedem Roman, verwendet werden. Die Indianer, Afrikaner, Perser, Skipetaren etc. tun ihm dabei immer den Gefallen, sich so zu lagern, dass er unter einem Baum oder Busch, nur 1/2 Fuß von ihnen entfernt, vollkommen Deckung findet. Hierbei ist natürlich die genaue Kenntnis oben genannter Sprachen unbedingt erforderlich und daher auch sehr erklärlich. Zwischenhinein tötet er einige Grizzly-Bären, Löwen, Tiger etc., je nach dem Land, wo er gerade ist, und zwar der Sicherheit halber nicht mit der Flinte, sondern mit dem Messer. Selbstverständlich wird dabei immer ein schon zu 3/4 verlorenes Menschenleben noch geschwind gerettet. Gefährliche Gegner streckt er mit einem Faustschlag nieder, den keiner außer ihm auf gleiche Weise praktizieren kann. Sehr ergötzlich ist auch die in jedem Buch ein paarmal vorkommende Schilderung des Schreckens, den die Häuptlinge der Feinde empfinden, sobald sie Herrn May erkennen. Sie sprechen dann jedes Mal ganz entsetzt: ›W-a-as? O-o-old Sha-sha-shatterhand!‹

May schreibt nach eigener Aussage seine Romane ohne Konzept oder nochmalige Durchsicht direkt für den Druck nieder, was wir ihm ausnahmsweise aufs Wort glauben. Wenn er aber in seiner Selbstbiographie dem Schreiben eines seiner Bewunderer Glauben schenkt, der ihm mitteilt, seine Schriften würden an öffentlichen Schulen als ›Stilmuster‹ geschätzt, so gibt er sich jedenfalls einer großen Selbsttäuschung hin.«

Nun ein kurzes Schlusswort! Vielleicht könnte ein Leser, der von der in der deutschen Knabenwelt herrschenden Karl-May-Epidemie nichts weiß, meinen, wir veranstalteten hier ein Spatzenschießen mittels 160-Zentimeter-Geschützen. Dies hieße Herrn May unterschätzen, denn dieser Schriftsteller ist auf Wegen, die abseits von der politischen Tagespresse liegen, ein Faktor in den geistigen Strebungen der Gegenwart geworden, mit dem man zu rechnen hat.

Nochmals: wir anerkennen sein Talent; er ist ein Fabulist von Begabung und beherrscht die Technik der spannenden Erzählweise. Der ethnographische Untergrund speziell seiner afrikanischen und asiatischen Geschichten ist nicht ohne Reiz und nicht ohne Verdienst. Sogar die Ungeheuerlichkeit der aufgetischten Abenteuer, mit denen er die jungen Köpfe und manchen alten konfus macht, würden wir hinnehmen. Die Jugend liebt Abenteuer, und wie wir Älteren uns einstmals am seligen Lederstrumpf ergötzten, so wollen wir dem heranwachsenden Geschlecht von heute die Lust an ungewöhnlichen Begebenheiten nicht verkümmern.

Die süßlich-frömmelnde Propaganda für den wahren Glauben ist uns widerwärtig; wir halten ihren Einfluss auf die Jugend für ebenso bedenklich wie den der Roheiten, von denen die Abenteuer Karl Mays unzertrennlich scheinen – aber auch das soll uns heute nicht weiter genieren, wenngleich wir den Entschluss bayrischer Mittelschulen, die sich durch die katholischen Allüren des Autors nicht bestechen zu lassen, verstehen und billigen.

Das aber, was wir unter gar keinen Umständen schweigend ertragen können, das, was alle sonstigen Eigenschaften des Erzählers Karl May in unseren Augen total entwertet, – das ist der Kultus der Unwahrheit, der in diesen für die deutsche Jugend bestimmten Geschichten betrieben wird. Man verstehe wohl: Würde Karl May die Abenteuer, die er schildert, von Anderen erzählen, oder würde er selbst die Ich-Form, die er wählt, derart begründen, dass sich supponieren ließe, er erzählte bloß wieder, was andere ihm erzählten, so könnte man sagen, er ist ein Autor von überreizter Phantasie, aber immerhin ein Autor von Phantasie. Indem er jedoch auch im bürgerlichen Leben die Fiktion

festhält und bestärkt, er selber habe das, was er darstellt, erlebt und vollbracht, werden seine Phantasmen zu Unwahrheiten, werden seine Erzählungen unmoralisch im strengsten Sinne dieses vielmissbrauchten Wortes.
Diese kleine Auseinandersetzung hatten wir mit Herrn Karl May zu pflegen. Wenn er heimkommt, wird er sie lesen. Inzwischen mag er ruhig nach Arabien zu dem ihm befreundeten Stamm der Haddedihn reiten!

Fedor Mamroth,
Leiter des Feuilletons

30. Juli 1899

Jerusalem, Osmanisches Reich

Karl schreckte aus dem Schlaf, als habe man auf ihn geschossen. Entsetzt starrte er in die Dunkelheit seines Hotelzimmers und hoffte auf einen Albtraum.

Er hatte die Zeitungsausrisse, die ihm in einem Brief von Richard überreicht worden waren, am Abend gelesen, sie danach wieder ordentlich gefaltet, in ihren Umschlag zurückgesteckt und den Inhalt sorgfältig vergessen. Er war zum Abendessen gegangen, hatte mit dem Kellner gescherzt und weitere Postkarten erledigt, sich ins Bett gelegt und dort noch einmal daran erinnert, wie tapfer Kara Ben Nemsi den Kampf gegen den schurkischen Engländer bei den Bescharin bestanden hatte. Darüber war er zufrieden eingeschlafen.

Kaum aber schnarchte Karl, spähte die Nacht ihm in die Seele und entdeckte, was er vor ihr und sich selbst verbarg. Eine Stunde Schlaf gab sie ihm. Dann weckte sie ihn mit einem Knall.

Karl saß im Bett, und seine Angst hallte durch die Dunkelheit. Zitternd entzündete er eine Kerze und wand sich aus dem Bett. Er grub die Papierstapel auf seinem Tisch um und hoffte, dort den Beweis zu finden, dass er den Erhalt der Zeitungen nur geträumt hatte. Doch zuunterst fand er den Umschlag des Vorabends, und dessen Inhalt war derselbe geblieben. Noch zweimal las er die Artikel. Dann legte er sich ins Bett und verbarg sich unter der Decke.

Es ist vorbei, dachte Karl.

Nie wieder, dachte Karl, kann ich einen Fuß in die Heimat setzen. Sie wollen mich auf diesem Weg vernichten, sie wollen mich zertreten, weil sie mir anders nicht beikommen können. Ich kann unmöglich zurückkehren. Emma wird mich nie wiedersehen, dachte Karl, und die Angst trug ihn davon, sie wird einsam sterben, denn ich werde mich öffentlich von einem Turm stürzen oder still verschwinden, und an meiner Abwesenheit wird Emma zugrunde gehen und Richard und Klara gleich mit, und meine Leser werden es erfahren, die Trauer um mich wird groß sein, und dann tut es den Kritikern leid, aber dann ist es zu spät, und meine Leser werden sie lynchen, und dann habe ich den Triumph, und man wird mir ein Denkmal bauen, als Märtyrer, dachte Karl – und er labte sich still an der süßen Trauer über sein Schicksal.

Schnell aber wurde es stickig unter der Decke.

Ich fühlte keine Bangigkeit. Getrost sein, das ist das erste Erfordernis in jeder Gefahr, dachte Karl, aber tatsächlich spürte er, wie Angst und Verzweiflung sich in ihm rieben. Bald begannen sie, wütende Funken zu schlagen.

Eine Kleingeistigkeit sind ihre Unterstellungen, dachte Karl und grub seine Finger in die Matratze. Ihn vom Standpunkt des Psychiaters aus zu betrachten … – eine tolldreiste Behauptung. Keinen Beweis konnten diese Pinsel dafür vorbringen, genauso wie für alles andere. Und warum? Weil es keine gab! Er schlug die Decke zurück. Sie beschweren sich, dachte er, über die schablonenhafte Schreibweise der Geschichten? Natürlich wiederholen sich die Sujets, Raub und Entführung, Gefangennahme und Befreiung – ja weil das Leben abseits der Civilisation doch so ist! Und wenn sie das beklagen, dachte Karl, dann haben sie überhaupt nur ein Bruchstück des Werkes gelesen, und noch weniger haben sie verstanden, worum es eigentlich geht, und er sprang aus dem Bett, um in seinem Zimmer im Kreis zu marschieren und mit halblauten Selbstgesprächen seine Kritiker zu widerlegen.

Ich lege die Sonde an die großen Wunden der Gegenwart, dachte Karl laut, das schmerzt, natürlich, das provoziert die kleinen Geister.

Es ist doch eine phänomenale Dreistigkeit von Leuten, dachte Karl, die sich für gescheiter, weiser und besser halten – dass sie mir Fehler unterstellen! Dass sie Lügen und Lügen über mich verbreiteten! Dass sie mich bloßstellen wollten mit lachhaften Haarspaltereien über die Schiffbarkeit von Flüssen in Texas … mir, dem kenntnisreichen Geographen, wollen sie mit Schuljungenirrtümern beikommen, die sich doch durch jedes Lexikon widerlegen ließen … – ein aussichtsloses Unternehmen, das sie da wagen! Ich kenne die Schauplätze meiner Abenteuer doch,

denn selbstverständlich bin ich dort gewesen,

und sogar, wenn ich es nicht gewesen wäre, bliebe ich diesen kleinen Geistern doch haushoch überlegen, und die Wut loderte nun hell in ihm. Schließlich warf er sich entschlossen an den Tisch, um eine scharfe Replik an die Lügenjournaille der Frankfurter Zeitung zu beginnen.

Die Feder wetzte über das Papier bis in die Dämmerung. Vor seinem Fenster erwachte die Stadt, und Karls Zorn ergoss sich Seite auf Seite. Er schrieb weiter, als die Sonne stieg; längst stand sie hoch über dem Tempelberg, als er die Feder nach Stunden endlich beiseitelegte.

Die Hand schmerzte.

Er war erschöpft.

Nicht erschöpft genug jedoch, um zur Ruhe zu kommen.

Eine Weile starrte er auf den Stapel der beschriebenen Briefbögen, dann trieben ihn die Zweifel aus dem Stuhl. Was, wenn es nicht genug ist?, dachte er. Was, wenn die Angriffe längst von allen Seiten erfolgen? Mögen andere Zeitungen auf den rollenden Zug gesprungen sein? Wieder lief Karl im Kreis.

Schließlich verließ er sein Zimmer und floh hinaus in die Stadt, als ob er dort den Angriffen entkommen konnte. Er hetzte aus dem Hotel, immer schneller durch die Gassen, irgendwohin, ohne dass er je dort ankam. Im Suq rempelte ihn ein Hirte an, der eine Ziege mit gebundenen Füßen auf den Schultern trug, und trat Karl auf die Zehen. Dankbar für ein gerechtes Ziel, an dem sein Zorn sich brechen konnte, schrie Karl ihn an, bis Dutzende Köpfe sich aus den Türen und Fenstern der Gasse reckten. Der Hirte ging, Karls Laune blieb.

Er schlug den Weg zur Klagemauer ein, es schien ihm ein passendes Ziel. Die Kuppel des Felsendoms wies ihm den richtigen Weg, und gerade wollte Karl an dessen großen Platz nach rechts zur Mauer hin abbiegen, als ihn ein Geschrei aus der anderen Richtung anhalten ließ.

Karl wandte sich um und sah auf einer Kiste einen Mann stehen, der eine wallende Tunika trug und eindringlich den Vorübergehenden predigte. Sein Kinn verbarg ein wüster Vollbart, sein Haar gehorchte schon lange keinem Kamm mehr, und mit einem Holzkreuz in seiner Hand segnete er die Menschen, die ihn passierten. Karl verstand nicht, was er sprach, und keiner hielt bei ihm – außer einem Mann, der ihm interessiert zuzuhören schien und sich dabei Notizen machte.

Es war Scharffenstein.

Er entdeckte Karl und winkte ihn zu sich herüber.

Karl spürte nicht den geringsten Drang, sich über einen weiteren Schmierfinken zu ärgern, aber schon seit dem Aufwachen hatte ihn ständig ein Gedanke belauert: Wenn die Zeitungen in der Heimat haltlose Lügen über ihn verbreiteten und ihm gleichzeitig ein Reporter auf der Reise zu folgen schien – konnte das eine mit dem anderen zusammenhängen? Wusste Scharffenstein von den Artikeln? Folgte er ihm deswegen? Hatte er am Ende daran mitgewirkt?

Widerwillig trat Karl hinüber. Der Mann auf der Kiste hatte mit geschlossenen Augen gepredigt, nun sah er Karl an. Auch er wurde gesegnet.

»Ein hochinteressantes Phänomen«, sagte Scharffenstein und deutete zu ihm hinauf: »Jerusalem-Syndrom. Die Reisenden kommen in die Heilige Stadt und verlieren den Verstand.«

Karl hatte in Kairo davon schon einmal gehört, einer seiner Landsleute, der gerade von einem Besuch Jerusalems zurückgekehrt war, hatte Ähnliches berichtet.

»Die überwältigenden Eindrücke in der Fremde«, sagte Scharffenstein, »die Nähe zu den Heiligtümern … unser Freund hier hält sich wohl für Jesus Christus.«

»Ein Irrsinn«, sagte Karl entrüstet, »eine gefährliche Hochstapelei.«

»და აჰა«, predigte der Heiland, »დადგება დღე, როდესაც საშუალო რამ მეტი არაფერი და რწმენა ხომ მარტო!«

Karl überlegte, was für eine Sprache das sein mochte. Russisch? Türkisch? Er erriet es nicht.

»Aber interessant«, sagte Scharffenstein: »Ein Mann, der sich für den Heiland hält, ist ein Verrückter. Erst, wenn auch andere an ihn glauben, wird er zum Erlöser. Vielleicht war Jesus Christus auch einfach nur ein Verrückter, der das Glück hatte, dass man ihm glaubte?«

»Ich verbitte mir, dass Sie so über den Sohn Gottes sprechen.«

»Ich frage ja nur.«

Der Heiland predigte weiter, aber er schaute nun überrascht zwischen Karl und Scharffenstein hin und her.

»Sie sind mir gefolgt«, stellte Karl fest.

»Ich bin nur den Sehenswürdigkeiten des Orients gefolgt, so wie Sie.«

»Aber erst belästigen Sie mich auf Kairos Straßen, dann jagen Sie mich bis ins Hotel, und nun stehen Sie plötzlich hier.«

Scharffenstein ging darauf nicht ein, sondern betrachtete wieder den Heiland auf seiner Kiste. »Was glauben Sie«, fragte er: »Wenn die Welt im eigenen Kopf und die Welt außerhalb nicht zueinander passen: Heißt das, dass man deswegen verrückt wird oder dass man es schon längst ist?«

»Mir ist nicht nach philosophischen Rätseln, bedaure.«

Scharffenstein betrachtete Karl, wie er fahrig auf dem Platze stand und trotz all der Wochen in der Sonne Ägyptens blass aussah.

»Ist Ihnen nicht wohl?«

»Mir fehlt nichts.«

»Keine falschen Speisen, kein Fieber?«

»Es geht mir blendend.«

»Dann wirken Sie, als hätten Sie eine schlechte Nachricht erhalten.«

»Auf gar keinen Fall«, antwortete Karl so heftig, dass es auch dem untauglichsten Spürhund gezeigt hätte, dass er auf der richtigen Fährte war.

»Haben Sie vielleicht endlich einige Zeitungsartikel aus Deutschland erreicht, die auf dem Postweg eine Weile benötigen?«, fragte Scharffenstein.

»Ich habe keine Zeitungen gelesen«, sagte Karl.

»Keine, die sich mit Ihnen und Ihren Reisen beschäftigt?«

»Wenn die Zeitungen über mich berichten, dann sind es ausschließlich Gerüchte, Verdrehungen und blanke Lügen. Das erspare ich mir schon seit Jahren.«

»Ach, interessant. Ich wurde nämlich vor einigen Wochen eilig aus Deutschland davon unterrichtet, dass eine Zeitung Sie öffentlich angegriffen hat. Und zwar, wohlgemerkt, als die allererste – sonst hätte es wohl kaum der Eile des Telegramms bedurft.«

»Übertreibungen und Unterstellungen. Zu behaupten, ich hätte die Länder, von denen ich berichte, nie betreten, ist infam, wie Sie schon an der Tatsache sehen, dass wir nun hier in Jerusalem …«

»Sie haben sie also doch gelesen.«

»Und Sie sind mir also doch gefolgt.«

Scharffenstein lächelte schuldig, und der Heiland stieg von seiner Kiste hinab.

»Meinen Sie nicht, dass es nun an der Zeit wäre, unsere kleine Unterhaltung fortzusetzen, die wir auf der ›Preussen‹ begonnen haben?«, fragte Scharffenstein.

»Fahren Sie nach Berlin und decken Sie weiter Schmuddeleien auf.«

Karl wollte schon davonstapfen, aber da wandte sich der Heiland an ihn. Er hielt Karl das Kreuz an die Stirn. Karl sah den Schmutz unter den Nägeln und den Staub im Gesicht, als hätte der Heiland auf der Straße geschlafen. »ნუ გესმით ძალიან, ძმა, ხმები ღმერთები.«

»Was will er denn?«, fragte Scharffenstein.

»ხმები ასევე საუბრობენ, თქვენ, მე ვხედავ მას. და თქვენ შეგიძლიათ ელაპარაკოს!«

Karl tat, als höre er zu, und fragte sich weiter, welche Sprache der Mann sprechen mochte. War es ein kurdischer Dialekt?

»Er preist den Herrn und die Schöpfung«, erklärte Karl.

»Aber wirkt er dafür nicht ein wenig zu erregt?«

Tatsächlich hatte der Heiland begonnen, Karl zu bedrängen, und stieß ihm das Kreuz nun gegen die Brust.

»ხალხი ფიქრობს, ჩვენ გიჟები!«, rief er. »მათი აზრით, ჩვენ გაიგო, რომ საკუთარ თავს. მათ მიაჩნიათ, რომ არაფერი არ არის.«

Er schlug sein Holzkreuz vor Scharffensteins Gesicht durch die Luft. »მაგრამ არაფერი არ აქვს ხმა გვესმის!«

Scharffenstein wich den Schlägen aus. »Sagen Sie ihm, er soll sein Kreuz wegnehmen.«

»Nehmen Sie Ihr Kreuz weg!«, blaffte Karl. Der Heiland wandte sich wieder zu ihm.

»Ich glaube nicht, dass er Deutsch kann«, bemerkte Scharffenstein. »Was ist das überhaupt für eine Sprache?«

»Ein Berberdialekt aus Jordanien«, sagte Karl.

»მითხარით რა ღმერთი საუბრობს თქვენ!!« Der Heiland fasste Karl an die Brust und sah ihn mit aufgerissenen Augen an, als sei er der brennende Dornbusch höchstselbst.

»Nun reicht es aber.«

»მითხარით!«

»Verscheuchen Sie ihn doch.«

»Geh!«, rief Karl.

Der Heiland unterbrach seine Rede. Fragend schaute er Karl an und ging nicht.

»Sie werden schon seinen Berberdialekt verwenden müssen. Das können Sie doch, oder?«, fragte Scharffenstein. »Oder?«

Er hob seinen Block und ließ drohend den Bleistift darüber schweben.

»რას გეტყვით, ძმა?« Der Heiland krallte sich wieder in Karls Hemd und stach seine Fingernägel in dessen Rippen. Karl wich zurück. Der Heiland ließ ihn nicht los.

»Vielleicht ist er gefährlich«, sagte Scharffenstein. Es klang eher nach einer Hoffnung als nach einer Warnung.

»ჩვენ ვართ ძმები! მე ვხედავ, რომ ჯერ!«

Karl schaute nervös zwischen dem Heiland und Scharffenstein hin und her.

»Sie können ihn auch niederschlagen. Dann kann ich sogleich die Fähigkeiten Ihrer Schmetterhand bezeugen.«

»საუბარი!«

Karl brüllte den Heiland an. Er schrie einfach das zurück, was er vorher zu hören geglaubt hatte: »Twentsch mebiwart! Medwachi!« Wichtig schien ihm vor allem zu sein, sehr schnell zu sprechen

»რას ვსაუბრობთ? საუბარი აშკარად!« Der Heiland hatte Karls Hemd losgelassen, dafür aber dessen Kopf in den Schraubstock seiner Hände genommen. Halb drückte er ihm die Ohren zu, und Karl hörte das verschreckte Pochen seines Herzens. Er wich Schritt um Schritt zurück, doch der Heiland folgte ihm. Gemeinsam drehten sie eine lächerliche Polka über den Platz.

»Raas laparakopp! Sarslo latto laparke!«, rief Karl, doch der Heiland verstand nichts. Sein Kopf kam immer näher, mit seinem Blick schien er Karl aussaugen zu wollen. In seinem Gesicht brodelten Entrückung und Angst im Irrsinn durcheinander. Karl wand sich panisch.

»გაუზიარეთ თქვენი საგანმანათლებლო ჩემთან და მსოფლიოში!« Der Heiland spuckte beim Reden, und die Tropfen flogen Karl bis in den Mund. Karl packte ihn an den Handgelenken und versuchte, den Griff zu lösen, vergeblich. Der Druck auf seinem Schädel wurde unerträglich.

»Hilfe! Hilfe!«, rief Karl über den Platz.

Einige Männer waren stehen geblieben, um das Schauspiel zu betrachten. Karl und der Heiland drehten noch drei Kreise, dann erbarmte sich einer der Männer und zog die beiden auseinander. Er gab dem Heiland einen Fußtritt, der hob sein Kreuz auf und schlich sich wieder auf seine Kiste. Von dort drohte er noch einmal mit dem Kreuz.

Scharffenstein trat wieder zu Karl.

»Beeindruckend.«

Karl schwieg und richtete verstört seinen Anzug.

»Dieser Auftritt dürfte die Gerüchte in der Heimat nicht unbedingt entkräften, wenn er bekannt wird.«

»Es sind Gerüchte ohne jeden Kern«, sagte Karl matt.

»Bisher sind es nur einige Gerüchte, in der Tat. Aber«, sagte Scharffenstein und richtete seinen Stift auf Karls Herz, »ich habe Sie nun erneut beim Schwindeln ertappt. Sie beherrschen keine einzige fremde Sprache. Gott weiß, was Sie dort in Ihrem Amulett als Indianerlocke herumtragen. Während die ›Pfälzer Zeitung‹ Ihren naiven Brief aus dem Bescharin-Lager abgedruckt hat, habe ich erfahren, was dort wirklich geschehen ist. Ich weiß, dass es mit Ihren angeblichen Bärenkräften nicht weit her ist, seitdem ich Sie auf dem Schiff mit Ihren Koffern habe hantieren sehen – und nun können Sie sich hier nicht einmal eines schwächlichen Verrückten erwehren. Wenn all das in die Öffentlichkeit gelangt, Herr May … dann werden Sie sich zurückwünschen in die Zeit, als Sie es nur mit Gerüchten und Leserbriefschreibern zu tun hatten.«

»Sie werden mich nicht zu Fall bringen!«, rief Karl, und der Zorn kehrte zurück. »Die Schweinereien der Presse haben auch den Kaiser nicht gekratzt!«

Scharffenstein steckte Stift und Block ein. »Sollten Sie doch einmal ein ehrliches Gespräch über Ihre Reisen führen wollen, finden Sie mich im Hotel Jaffa«, sagte er, und dann ließ er Karl stehen. Nach zwei Schritten aber drehte er sich noch einmal um: »… wo ich vielleicht auch schon einmal unsere kleine Begegnung hier niederschreiben werde.«

Dann verschwand er.

Karl starrte Scharffenstein lang hinterher. Wieder hing eine geballte Faust nutzlos an seiner Seite.

»რას ვეძებთ იმდენად შოკში ბათილად?«, rief der Heiland in Karls Richtung.

Karl wandte sich in Richtung der Klagemauer, doch er hatte vergessen, dass er überhaupt dorthin wollte. Bevor er sie erreichte, holte ihn seine kurz verdrängte Angst ein, größer als zuvor, und er bog in eine andere Gasse ab, um aufgebracht über ihr Pflaster zu hasten.

Ruhig schritt ich durch Jerusalem,

dachte Karl, während er weiter durch die Straßen hetzte,

und die Händler, mit denen ich schon nach wenigen Tagen gut bekannt war, grüßten ihren Effendi aus Germanistan. Ich wusste, dass mir vor den Toren der Stadt Feindseligkeiten drohten, doch die Aussicht konnte mich nicht schrecken. Längst hatte ich einen Plan gefasst, um die Angriffe zu vereiteln. Die Schurken würden ihrer gerechten Strafe zugeführt …

… ich würde …

…

… ich …

…

Ratlos und immer schneller stürmte Karl durch die Gassen.

Es ist aus, dachte er wieder, alles ist vorbei, man wird mich ans Kreuz schlagen und der Lächerlichkeit preisgeben, meine Leser werden mir mit Steinen die Scheiben einwerfen; man wird mir die Villa rauben und mit dem Finger auf mich zeigen, und Emma wird vor Kummer sterben. Fehsenfeld habe ich enttäuscht, Richard und Klara werden mich verachten, und mein Vater … – und Karl wusste nicht, warum er ausgerechnet jetzt an seinen toten Vater dachte.

Er lief an einem Schlachter vorbei, aus dessen Hof jämmerliches Meckern erklang. Man würde ihn aus dem Weg schaffen müssen, dachte Karl. Man würde diesen Scharffenstein öffentlich diskreditieren, ihn unmöglich machen müssen, seine Briefe an die Redaktion abfangen oder ihn gleich selbst … – ein Überfall mit tödlichem Ausgang könnte sich hier jederzeit ereignen, dachte Karl: Man lockt ihn hinaus in die Wüste, wo man vorher einen Talkessel ausgekundschaftet hat; dort legt man sich auf die Lauer und täuscht einen Raub vor, und lässt ihn zwischen den Dünen verschwinden; Sejd würde schon jemanden finden können, der dies für ein paar Goldstücke unternimmt; und dann würde man das Gleiche bei den Lügenschreibern in Frankfurt vollziehen und sie in den Main werfen, und ...

Mordphantasien verfolgten Karl sechs Gassen lang, dann hatte er sich wieder im Zaum.

Sein Weg folgte keiner Absicht. Nach einigen weiteren Ecken stand er plötzlich vor der Erlöserkirche. Er umrundete sie einmal, doch auch hier konnte er der Furcht nicht entfliehen. Schließlich stürzte er hinein, fiel in der ersten Kirchenbank auf die Knie und begann überwältigt zu weinen.

Er war allein. Die erhabene Stille des Gotteshauses wollte ihn trösten, doch in der Ruhe hörte Karl nur umso lauter das Durcheinander in sich selbst. Er betete zu seinem Herrn, dass er ihn erlöse von allem Bösen, und sein Schluchzen hallte wider von den kalten Wänden. Doch keine Erlösung kam.

Lang blieb Karl dort hocken.

Es gibt keine Rettung, dachte er, auch die beste Verteidigungsschrift wird mir nicht helfen. Er betete für ein Wunder, einen Plan, eine Eingebung, einen Lichtblick, irgendetwas – aber die Stunden zogen an ihm vorbei, ohne dass er Hoffnung fand.

Manchmal hörte er Schritte um sich, doch er schaute nicht auf. Er saß dort, als der Küster die Kerzenstumpen auskratzte; er betete, als sechs deutsche Touristen durch die Kirche geführt wurden, die ihn nicht erkannten; er blieb auf der Bank, als sich eine alte Frau mit einem Korb voller Blumen schnaufend in die Reihe vor ihm fallen ließ. Er blieb, doch den gesuchten Ausweg fand er nicht.

Immer wieder kehrten die Tränen zurück.

Schließlich aber, am späten Nachmittag, unter dem gütigen Blick des Messias, der aus der Kuppel als Mosaik auf Karl herabsah, und dessen Schicksal, dachte Karl, doch kaum schlimmer war als sein eigenes – schließlich schenkte der Herrgott Karl doch noch eine Eingebung.

Der Gedanke stieg langsam in ihn hinein, und lang lauschte Karl, ob er ihn richtig verstand.

Aber wäre das nicht …?, dachte er.

Jesus schaute aufmunternd zu ihm hinab.

Doch die Kritiker?, dachte Karl. Wird es sie zum Schweigen bringen?

Der Mutige kann die ganze Welt befrieden, sprach Jesus zu ihm, und Karl konnte seine Stimme so klar hören, als säße er mit ihm in der Kirchenbank.

Aber die Gefahren?

Du wirst sie bestehen, sprach Jesus.

Karl zögerte. Doch er spürte, wie der Herrgott ein Samenkorn in ihn gesetzt hatte, das rasch zu keimen begann. Bald schon wuchs ein Plan in ihm, und schnell stand er höher als aller Zorn und jede Angst, er blühte und warf Schatten auf alle Widersacher, und Karl wurde von einer Euphorie davongetragen, wie sie ihn sonst nur beim Schreiben packte.

»Also soll es sein«, sagte er laut in die Kirche.

Und weil kein Widerspruch kam, nicht vom Küster und von den Reisenden, die längst gegangen waren, auch nicht von der alten Frau mit ihrem Korb, die stumm vor ihm saß, trocknete Karl seine Tränen und betete zwölf Ave-Maria zum Dank, dann eilte er aus der Kirche, zurück in sein Hotel.

Sejd saß vor der Tür, und Karl rief ihm zu, er solle sich bereit machen, vielleicht würden sie morgen schon wieder aufbrechen. Er sprang die Treppe hinauf in sein Zimmer und nahm sich dort die Replik, an der er den ganzen Morgen gesessen hatte. Er ergänzte sie noch um einige einleitende Worte und setzte die Unterschrift »Richard Plöhn, Radebeul« darunter. Dann gab er sie in einen Umschlag an Richard und bat ihn in einer Notiz, sie in seinem eigenen Namen an die »Tremonia« in Dortmund zu schicken, wo er einen May-freundlichen Zeitungsredakteur wusste.

Er zog ein neues Blatt Papier hervor und verfasste eine kurze Depesche an Scharffenstein: Es tue ihm leid, aber er habe in den letzten Wochen Teil einer notwendigen Scharade werden müssen – den wahren Karl werde er nun kennenlernen. Er möge sich bereithalten.

Der dritte Brief ging an von Hoven: Die Überzeugungskraft seiner Bemühungen, schrieb Karl, habe bei ihm erst mit einigen Tagen Verspätung ihre volle Wirkung entfaltet, und darum habe er es sich anders überlegt: Gern würde er von Hoven auf seiner Reise begleiten, man könne jederzeit aufbrechen. Er hinterließ die Adresse seines Hotels, steckte auch diesen Brief in einen Umschlag und gab alle drei an der Reception auf.

Dann ging er zurück in sein Zimmer. Aus dem Schrank hob er den viertgrößten seiner Koffer, jenen, der in Genua abhandengekommen war. Er legte ihn auf das Bett, öffnete ihn und wieder schaute er lange hinein. Sorgfältig gefaltet lag darin eine grobe Weste mit reichen Stickereien, eine Bauchbinde, in der sich Pistolen verbergen ließen, eine Kette aus Löwenklauen und Bärenzähnen und eine Pumphose. Es war seine Kara-Ben-Nemsi-Kluft, die er einst für die Werbe-Photographien hatte anfertigen lassen. Karl strich sanft über den Stoff, der so viele Erinnerungen in sich trug.

Dann zog er sie an.

Zweiter Teil

17. Februar 1901

Radebeul,
Königreich Sachsen,
Deutsches Reich

Die Glocken riefen zum Grab.

Zwischen den Kreuzen, an denen die Verwitterung noch keine Spuren hinterlassen hatte, vorbei an den jungen Bäumen, deren nackte Triebe in der Sonne froren, über den Weg, den der Tote nie mehr würde beschreiten können, tasteten sich die Trauernden voran zur Kapelle. Sie taten es unter größter Vorsicht, denn der Schnee auf dem neuen Friedhof, der vor Wochen als frisch gefallener Zucker die Schwächen versteckt hatte, die einem jeden Ort innewohnen, war mehrmals geschmolzen und wieder gefroren, allen Zaubers beraubt und nun eine Gefahr. Leicht konnte man ausrutschen.

Die Mays waren zu Fuß von der Villa Shatterhand gekommen, schweigend hatten sie einander auf dem Weg gestützt. War Karl ins Schlittern geraten, hatte Emma ihn gehalten, drohte Emma zu stürzen, rettete sie Karl. Sie hatten es über die Gleise geschafft, welche die Bahn von Leipzig nach Dresden führte, die Baustelle der neuen Volksschule passiert, ohne auszugleiten, und schließlich die Friedhofsmauern erreicht. Von dort staksten sie nun zur Kapelle, und Emma spähte schon aus der Ferne die Trauernden aus, die sich an deren Eingang versammelten.

Den ganzen Tag bereits war sie hin und her geworfen gewesen in ihrer Trübnis. Denn zu dem ernsten Kummer, den der Anlass dieses Gottesdienstes ihr bereitete, kam ein zweiter. Dass man nämlich den

Toten nun in der Kälte des Februars beisetzen musste, kam ihr recht ungelegen, schließlich konnte sie so nur den dunklen Pelzmantel vorführen, den alle Welt doch schon kannte. Sie hatte sich mit einem aufwendigen Hut mit langer schwarzer Feder beholfen, der eigens gekauft worden war – und soweit es ihr eine erste Schau verriet, übertrumpfte keine der anwesenden Damen sie. Auch für Karls Anblick brauchte Emma sich nicht zu schämen, sie hatte ihn in seinen schwarzen Anzug gesteckt und ihm den schwarzen Mantel übergezogen, da gab es wenig falsch zu machen, selbst für ihn.

Sie erreichten die kleine Versammlung, die bereits langsam in die Kapelle trat, und der erste Mensch, den Emma in ihre Reichweite bekam, war die Frau des Chemiefabrikanten Kolbe. In überschwänglichem Schmerz presste Emma sich an sie und hielt dann ihre Hand. »Eine solche Tragödie!«, flüsterte sie.

Die Frau des Chemiefabrikanten Kolbe, von der Nähe überrumpelt, synthetisierte ein Lächeln.

»Herr Fabrikant«, sagte Emma und bot Kolbe die andere, dramatisch abgewinkelte Hand zum Kuss. Mit einem gerade noch zu erkennenden Hinabbeugen folgte der Chemiefabrikant der Aufforderung. Dann nickte er Karl zu, schob seine Frau davon und zog dabei ein Gesicht, als habe er versehentlich von der Salicylsäure genascht. Kaum entfernt, begannen die Eheleute zu tuscheln.

»Auch die müssen wir einmal einladen«, sagte Emma zu Karl, der blass und abwesend nickte. Emma wandte sich der nächsten Bekannten zu und ließ ihn stehen.

Neben dem Eingang der Kapelle bildeten der Ortsvorsteher Haugwitz, Schuldirektor Trotha und Amtsrichter Salza mit ihren Ehefrauen einen Kreis. Die Männer hielten die Arme hinter dem Rücken verschränkt und unterhielten sich ernst, während zwischen ihnen stumm die Gattinnen lauschten.

Karl trat an den Kreis heran, und mit einem Nicken grüßten der Ortsvorsteher und der Schuldirektor den bekanntesten Mann Radebeuls. Auch der Richter wandte sich um, um zu sehen, wer da gekommen war, und wünschte leise einen guten Tag. Karl wartete, dass die Runde sich auftat und ihn einließ. Doch der Richter schenkte seine Aufmerksamkeit gleich wieder dem Ortsvorsteher und zeigte Karl den Rücken. Karl blieb noch eine Weile stehen und harrte der Öffnung des Kreises durch einen der anderen Herren, doch längst murmelte das Gespräch ohne ihn weiter. Emma fasste ihn schließlich am Arm und zog ihn in die Kapelle.

Gleich hinter den Familien fanden die Mays Platz in der zweiten Bank. Beide hatten die Witwe und ihre Mutter unter Tränen kurz an sich gedrückt, es waren der Worte nicht viele nötig gewesen. Nachdem Emma die Augen getrocknet hatte, wandte sie sich um, um zu schauen, wer gekommen war und ob wirklich niemand einen größeren Hut trug als sie. Die Trauergesellschaft füllte alle Bänke der Kapelle, denn einen vom Glück gesegneten Fabrikanten trug man nicht allein zu Grabe. Wenn man den Verstorbenen zu seinen engsten Freunden zählte, schien die traurige Würde des Ereignisses sogar auf einen selbst, und Emma stellte sicher, dass jeder die Mays angemessen bemerkte und grüßte.

Dann erspähte sie auf der anderen Seite des Ganges den Leiter des Radebeuler Gesangsvereins. Gisbert Vogelhain – ein zurückhaltender junger Mann von der Statur eines Taktstocks – war einige Male im Hause May zu Gast gewesen (gerade während Karls Orientreise) und Emma fand seinen Blick. Mit einem winzigen Beugen der Finger schickte sie ihm ein Winken, woraufhin der Chorleiter errötete, die Augen senkte und angestrengt im Gesangbuch blätterte.

Schließlich trat der Pfarrer ein, und seine Miene erinnerte Emma an den Anlass dieses Gottesdienstes. So, wie die Trauer über den Tod des Freundes sie in den vergangenen Tagen immer wieder in den unpassendsten Momenten überrascht hatte, schlug sie auch nun wieder über ihr zusammen, und in ehrlicher Regung schluchzte sie auf.

Karl hatte die ganze Zeit stumm auf den Altar gestarrt.

Das Grab war an der Mauer ausgehoben, dort, wo diejenigen lagen, die es zu etwas gebracht hatten. Nach dem Gottesdienst folgte ein langer Zug dem Sarg hinaus, Emma und Karl gingen gleich hinter der Familie. Gegen den Kummer und den zu Glatteis gestampften Schnee stützte sich Emma bei einem Schwager des Toten ab.

»Sie waren enge Freunde, nicht wahr?«, fragte er leise.

»Die besten. Niemand hat mehr an diesem Tod zu tragen als ich.«

»Außer vielleicht der Witwe«, sagte der Schwager.

»Außer Klara natürlich, ja.«

Der Trauerzug erreichte die Grube an der Mauer. Es waren sicherlich hundert Personen gekommen, auf dem Weg staute es sich, und die Nachrückenden schoben die vor ihnen Gehenden immer weiter, sodass die Spitze des Zuges schließlich von allen Seiten um das Grab floss. Karl und Emma fanden sich an seiner Längsseite, gleich neben Klara und der Familie. Die Totengräber ließen den Sarg hinab, dann zogen sie sich zurück, und die Trauernden traten noch einen Schritt näher. Kein Wind ging. Kein Vogel pfiff. Jeder Lärm schien in der klaren Luft gefroren zu sein.

Man wartete auf die Worte des Pfarrers.

Stattdessen war es Karl, der laut in die Stille sprach: »Richard Plöhn – er war ein Freund, wie es keinen zweiten geben konnte.«

Der Pfarrer schaute überrascht zu Karl und dann zur Witwe. Emma schaute nicht minder überrascht zu Karl, dann zum Pfarrer und dann zu Klara. Von einer Rede hatte sie nichts gewusst. Klara aber blickte gerührt und unverwandt Karl an. Emma nahm ihre Hand.

Karls Stimme schleppte sich weiter. Die Worte: eine Karawane der Verirrten in einer Wüste der Traurigkeit. »Richard Plöhn«, sagte er, »war ein Freund der Menschen. Ein jeder hilft der Menschheit, so, wie er es kann. Richard mit seiner Verbandstofffabrik, deren Erzeugnisse Leben gerettet haben, andere tun es auf geistige Weise, so wie ich.«

Karls Blick hatte sich über den Köpfen der Gesellschaft verloren, mit roten Augen starrte er ins Nichts, während er sprach.

»Nicht jeder vermag solche vornehmen Bestrebungen sogleich zu begreifen. Niedere Seelen bekämpfen das Gute und Schöne gar, wenn es ihnen gegenübertritt, weil es sie in ihrem Sumpfe stört. Richard aber hat eine edle Seele zu erkennen vermocht.«

Klara nickte gerührt.

»Während ich mich auf meiner letzten großen Orientreise befand«, sagte Karl, »auf der Richard mich zum Schluss begleitet hat, zusammen mit seiner Frau, der lieben, guten, hingebungsvollen Klara …«

Klara blickte einmal in die Runde, während sie sich mit der freien Hand die Augen tupfte, und Emma wartete, dass Karl erwähnte, dass auch sie ihn auf den letzten Etappen seines Abenteuers begleitet hatte, sie waren ja zu viert gewesen.

»– während ich mich also im Orient befand, fiel die Presse heimtückisch über mich her. Richard aber, der treue, gute Richard, setzte eine Verteidigung auf … setzte noch in Deutschland und ganz ohne mein Wissen eine Verteidigung auf und ließ sie in der ›Tremonia‹ in Dortmund veröffentlichen, um meine Feinde abzuwehren. Es ist ihm glänzend gelungen, weil er meine hohen Ziele erkannt und geteilt hat.«

Einige in der Trauergemeinde begannen, sich verstohlen umzusehen, manche lauschten ergriffen. Am ergriffensten von allen war Klara, die über Karls Rede die Tränen fast vergessen hatte. Karl riss nun den Blick aus der Unendlichkeit und sprach mit frischer Kraft.

»Er hat erkannt, dass ich zu Unrecht als ein Jugendschriftsteller abgekanzelt wurde; denn selbstverständlich schreibe ich für die geistige Jugend, aber mein Werk verfolgt tiefere Zwecke. Ich schreibe für die lieben Armen und Bedürftigen, und alle, die sich nach innerem Frieden sehnen. Ihnen zeige ich die Heilung auf dem Wege des Glaubens, der Liebe und des Friedens. Es ist eine direkte Sprache von Gemüt zu Gemüt. Es gibt aber unzählige Feinde, welche diesen Glauben, diese Liebe und diesen Frieden nicht wollen. Sie sind in meiner Abwesenheit feige über mich hergefallen und haben mich an den Marterpfahl gebunden.« Mit dramatischer Geste zog Karl imaginierte Fesseln über dem Grab zu.

Emma legte Karl sanft die Hand auf den Unterarm, um ihm zu zeigen, dass es nun genug war. Karl aber fuhr fort.

»Ich hasse die Kritik keineswegs. Ich will sie haben, auch an meinem Werke, auch streng – aber gerecht. Aber was haben wir hören müssen in den vergangenen Monaten? Eine Kritik, die dem Autor Unwahrheit vorwirft und selbst lügt, dass man vor Scham errötet. Eine Kritik, die behauptet, der Autor habe die Länder, von denen er schreibt, nie betreten – eine Behauptung, über die ich schon gelacht habe, als mich die Artikel erreichten, und zwar in Jerusalem.« Karl deutete entrüstet nach Südosten und hielt eine dramatische Pause.

Immer mehr Trauergäste begannen, die Glätte des Weges intensiv mit ihren Schuhspitzen zu prüfen.

»Eine Kritik, die in den Privatverhältnissen des Autors nach Wunden sucht, um ihn herabzuziehen, indem man öffentlich macht, er habe eine Handwerkstochter geheiratet. Ich würde noch die zerlumpteste Bettlerin heiraten und fortan stolz auf das Glück meiner Ehe sein.«

Emma, die wusste, wie schwer Karl einzufangen war, wenn er mit den Worten durchging, bemühte sich weiter um eine unauffällige Geste. Wieder legte sie ihm die Hand auf den Arm, mit dem er längst angefangen hatte, Löcher in die Luft zu bohren. Karl ließ ihn sinken. Stattdessen erhob er den anderen – und dann wieder seine Stimme.

»Die strengen Sittenwächter mussten in meinen persönlichen Verhältnissen nach Schmutz suchen, weil sie ihn in meinen Werken nicht finden konnten. Ich habe etwa das Motiv der Geschlechtsliebe stets vollständig ausgelassen, nicht aus nur ethischen und ästhetischen Gründen, sondern weil ich gerade den Beweis führen wollte, dass man ein gern gelesener Verfasser werden kann, auch ohne die Untreue und den Ehebruch. Dieser Beweis ist mir gelungen.«

Diese Predigten, dachte Emma und presste die Lippen aufeinander, immer, immer diese Predigten. Längst verstand sie nicht mehr, worum es eigentlich ging. Auch Klara hatte den Kopf nun ein wenig schief gelegt. Ein Flüstern begann zwischen den Trauernden umherzuzischen.

»Denn wenn mir eine Gewissheit heilig ist«, rief Karl, »in meinem Werk wie in meinem Leben, dann die, dass die Ehe das höchste, das heiligste Band auf Erden ist, und dass es allein an Gott ist, dieses Band zu zerschneiden, und keinesfalls am Menschen.«

Wieder versuchte Emma, ihn zu bremsen, indem sie seinen erregt erhobenen Arm sacht herablenkte. Karl ließ ihn sinken und schwieg nun. Wer von den Umstehenden beschämt zu Boden geschaut hatte, wagte, wieder den Blick zu heben. Der Pfarrer setzte zum Gebet an. Doch Karl hob den Arm erneut und fuhr mit großer Geste fort.

»Ich werde mit Freuden diesen Gegnern standhalten, denn ihre Kinder und Enkel werden umso eifriger über meinen Büchern sitzen und dann an ihnen finden, was ihre Väter nicht finden wollten. Ich hole nun zu einem Schlag aus, von dem sich meine Gegner nicht mehr erholen werden: ein Werk, dessen geistige Größe und innere Barmherzigkeit meine Feinde beschämen wird. Die Erlebnisse meiner Orientreise werden, wenn sie einmal bekannt sind …«

Energisch knuffte Emma Karl in die Seite. Karl unterbrach sich und sah sie entgeistert an. Emma hob mahnend die Augenbrauen.

Karl schien zu einer ungehaltenen Erwiderung anzusetzen, dann blickte er in die Runde und besann sich.

»Jedenfalls … ein Schlag gegen meine Gegner, der jene schwer treffen wird. Sie werden mich um Verzeihung bitten müssen, und ich werde großherzig sein. Doch um Verzeihung bitten, das müssen sie!«

Er legte seine Hände vor dem Körper ineinander, und ein leises Murmeln erhob sich. Teils zustimmend, teils erleichtert.

»Und ich werde ganz im Sinne Richard Plöhns handeln, der, wie erwähnt, ein Freund war, wie es keinen zweiten gibt«, setzte Karl nach. Damit endete seine Rede, und Karl sank wieder in Trauer zusammen.

Der Pfarrer sprach das Gebet und warf die erste Schaufel Erde auf den Sarg. Nacheinander traten die Angehörigen zu Klara, umarmten sie fest und sagten ihr tröstende Worte. Dann war Emma an der Reihe. In den Armen der besten Freundin hielt nichts mehr die Tränen, sie weinten lange. Karl stand respektvoll neben ihnen und legte beiden tröstend eine Hand auf die Schulter. Klara löste sich von Emma und nahm Karl in den Arm. Etwas länger vielleicht, als es unter gewöhnlichen Umständen auch zwischen den vertrautesten

Freunden schicklich gewesen wäre, doch wer würde zwei Menschen am Grab des Ehemannes – beziehungsweise: besten Freundes – verurteilen wollen. Klara schluchzte wieder auf. Auch Karls Schnurrbart war feucht geworden.

Sie lösten sich voneinander. »Ach, Mausel«, sagte Karl, und lange sahen sie sich in die rot geweinten Augen.

Dann wandte Karl sich ab, um dem nächsten Trauernden Platz zu machen.

Doch auf der glatten Eisfläche des Weges glitt er aus.

Sein rechter Fuß machte sich mit einem Ausfallschritt nach vorn davon und stahl ihm das Gleichgewicht, und so schnell, wie Karl fiel, so schnell ließen die Umstehenden ein »Oh!« ansteigen. Emma griff helfend nach seinem Arm, um ihn zu retten, doch sie verfehlte ihn, und Karl erwischte einen anderen. Er hielt sich an Klara fest. Seinen Sturz konnte auch sie nicht verhindern, doch immerhin bremste sie den Aufprall.

18.2.1901

Radebeul, Königreich Sachsen, Deutsches Reich

Das trübe Licht des Februars mühte sich, die Küche der Villa Shatterhand zu beleuchten, doch wollte es zwischen Sonnenauf- und -untergang nicht recht hell werden. Da es der dritte Montag des Monats war, hatten die Mädchen heute frei, und so stand Emma selbst vor dem Ofen und übergoss den dampfenden Braten, den sie halb aus dem Rohr gezogen hatte, mit seinem eigenen Saft. Hinter ihr schritt Karl auf und ab. Sorgfältig legte er sich seine nächste Frage zurecht. Die Bedeutung dieser Angelegenheit zwang zu größter Gründlichkeit.

»Und du kannst dich also weiterhin nicht erinnern«, setzte er nach, »wo du die Papiere hingetan hast?« Er hatte die Arme hinter dem Rücken verschränkt und ging zum achtzehnten Mal am Fenster vorbei.

Emma schwieg und schöpfte weiter Bratensaft. Mit etwas gutem Willen konnte man ihr Schweigen so auslegen, dass sie versuchte, sich zu erinnern.

Es war ja nun auch schon fast zwei Jahre her, dass Karl allein in Kairo gesessen und Post von Adalbert Fischer bekommen hatte – eine so lange Zeit, dass auch wir hier kurz unser Gedächtnis bemühen müssen: Es handelte sich um jenen Brief, in dem Fischer sich als neuer Eigentümer des Münchmeyer-Verlags vorstellte und erdreistete, Karl die ungebetene Veröffentlichung einiger alter Werke anzukündigen. Bald 20 Jahre zuvor hatte Karl ja unter dem

Pseudonym »Capitain Ramon Diaz de la Escosura« fünf Kolportage-Romane für Münchmeyer geschrieben, deren Inhalt – wir müssen aufrichtig sein – nicht als tadellos bezeichnet werden kann. Eine erneute Veröffentlichung unter seinem wirklichen Namen wollte Karl mit aller Kraft vermeiden. Also hatte er schneidig aus Kairo geantwortet, dass Fischer diese Idee getrost vergessen möge. Für ihn stand außer Zweifel, dass die Angelegenheit damit erledigt wäre.

Die reine Vorsicht jedoch brachte ihn dazu, Emma in seinem nächsten Brief darum zu bitten, sämtliche Korrespondenz mit dem Münchmeyer-Verlag herauszusuchen, welche die damaligen Bedingungen der Veröffentlichung festhielten. Für Karl stand fest, dass Münchmeyer die Bücher nur einmal hatte herausbringen dürfen und er selbst seitdem wieder alle Rechte besaß. Genauso verließ er sich darauf, dass man ebendies 20 Jahre zuvor in einigen Briefen festgehalten hatte. Es wäre also ein Leichtes, dachte er, eine Veröffentlichung zu unterbinden und auf die angedrohte halbe Million zu klagen, sollte dies nötig sein. Aber kaum waren sie im vergangenen Sommer aus dem Orient zurückgekehrt, brachte Fischer den ersten dieser fünf Romane auf den Markt und ließ auf dessen Titel groß »Karl May« drucken. Rasch bemerkten die ersten Zeitungen, welcher Unrat da erschienen war. Ein neuer Skandal drohte. Karl wollte diesen mit einer Klage gegen Fischer umgehend ersticken.

Bloß die Verträge – sie waren fort.

»Beginnen wir also noch einmal von vorn: Wo steckten die Verträge denn, als du sie auf meine Bitte aus Kairo herausgesucht hast?«

»Was weiß ich, wo du deine Briefe aufbewahrst.« Emma stand gebeugt über dem Braten, und von ihrer Schöpfkelle fielen einige Tropfen auf die geöffnete Klappe des Ofens. Sie tanzten zischend auf dem Eisen.

»Aber du hast sie ja herausgesucht, richtig?«

»Halt selber Ordnung, dann weißt du auch, wo deine Sachen liegen.«

»Aber als du sie herausgesucht hast, wo lagen sie da?«

»Du hast eben überhaupt keinen Sinn für das Praktische.«

Karl hatte Emma in dieser Frage bereits mehr als ein Dutzend Mal verhört, ohne dass es die Verlagsbriefe zutage gefördert hätte. Nur das Ergebnis des Verhörs, musste Karl feststellen, änderte sich im Laufe der Zeit. Zunächst – noch als er gemeinsam mit Emma, Richard und Klara durch den Orient gereist war – hatte Emma beteuert, die Briefe verwahrt zu haben, und nannte ihm ein Versteck, in dem sie sich nach der Rückkehr jedoch nicht fanden. Daraufhin mochte sie sich nicht mehr erinnern können, wo sie sie hingebracht, und dann, ob sie sie überhaupt angefasst hatte. Schließlich stritt sie ganz ab, dass von einer solchen Weisung überhaupt die Rede gewesen sei, und dann, dass solche Briefe überhaupt je existiert hätten. Mittlerweile hoffte Karl kaum noch darauf, dass die Unterlagen sich überhaupt noch einmal finden ließen. Aber ein Geständnis, dachte er, ein Geständnis Emmas, dass sie die Schuld dafür trug, dass die Briefe verloren waren und die Presse Karl nun mit den haarsträubendsten Vorwürfen angriff – darauf besaß er ja wohl ein Recht. Zwar hatte Karl sich eine gottgleiche Nachsicht mit seiner Frau verordnet, doch dachte er nicht daran, Emma an diesem Punkt davonkommen zu lassen. Insbesondere jetzt, da Fischer vor einigen Tagen begonnen hatte, den zweiten von fünf Romanen auszuliefern.

Karl betrachtete ihren Rücken, den sie ihm zukehrte, seitdem er vorhin das Wort »Verlagsbriefe« hatte fallen lassen. Ein solcher Fehler, dachte er. Das Einzige, was für sie sprach, war, dass er einen solchen Fehler begangen hatte. Schon in den Monaten ihrer gemeinsamen Reise hatte ihn der Verdacht verfolgt, dass er besser Richard mit der Verwahrung der Briefe betraut hätte als nun ausgerechnet Emma.

Ach, Richard, dachte Karl, es ist ein solcher Jammer.

»Ich habe dich«, hob er an, bevor ihn die Trauer um den Freund wieder überwältigen konnte, »als wir in Kairo waren, gefragt, ob die Briefe sicher verwahrt seien, und da hast du Ja gesagt. Ich habe dich in Port Said gefragt, und du hast Ja gesagt. Ich habe dich in Jerusalem gefragt, in Jaffa und in Jericho. Immer hast du gesagt: Ja, die Briefe sind sicher aufbewahrt. Desgleichen in Beirut, Damaskus und Konstantinopel. Und in Athen …«

»Das hast du überhaupt nicht gemacht.«

»Sehr wohl habe ich das getan«, sagte Karl in der Gewissheit, dass es wichtig war, Emma auch zu beweisen, wenn sie sich im Unrecht befand. »In Beirut hast du sogar versucht, mir den Mund zu verbieten, weil dir meine Sorge um diese Angelegenheit offenbar derart zugesetzt hat, dass …«

»Einmal hast du mich gefragt.«

»Mindestens ein Dutzend Mal!«

»Als ob die Antwort anders wird, bloß weil man öfter fragt.« Emma schöpfte weiter den Sud über den Braten, und wieder zischten Tropfen auf Metall.

»Habe ich dich nun mehrmals gefragt?«

»Meinetwegen zweimal.«

»Aha!« Anstand und Aufrichtigkeit, dachte Karl, waren zwei der Tugenden, an denen es Emma manchmal doch sehr gebrach.

»Zweimal vielleicht, aber doch nicht zwölfmal«, sagte Emma.

»Du glaubst also, dass ich lüge.«

Endlich ließ Emma von dem Braten ab. Sie schenkte Karl einen langen Blick, dann knallte sie das Rohr zu.

Schweigend wie Duellanten standen sie sich in der Küche gegenüber.

Dann läutete es an der Tür.

»Ist es denn schon so spät?« Karl zog seine Taschenuhr hervor.

»Sie wollte zum Mittagessen hier sein«, sagte Emma und verließ die Küche. Karl eilte ihr hinterher, durch die über Eck gebaute Zimmerflucht des Erdgeschosses: aus der Küche hinaus ins Speisezimmer, wo sie scharf rechts in das Wohnzimmer abbogen; dort bogen sie wiederum scharf rechts in den Flur ab – die Villa war groß! – und liefen diesen nun entlang, der ursprünglichen Richtung entgegengesetzt; Karl holte Emma in Höhe des Empfangssalons schließlich ein, doch diese beschleunigte ihren Schritt auf den letzten Metern noch einmal und erreichte so als Erste die Haustür.

Draußen stand Klara blass und gebeugt in der Kälte.

Schon an gewöhnlichen Tagen zeigte die engste Freundin der

Mays meist eine sorgenbeschwerte Miene, weshalb sie, dank ihres zarten, jugendlichen Gesichts, oft an ein Mädchen erinnerte, das mit einer schlechten Zensur von der Schule nach Hause schlich. Das Begräbnis am Tag zuvor hatte sie noch in großer Gefasstheit hinter sich gebracht, doch war diese nun aufgebraucht. Vor Emma und Karl fror eine gebrochene Witwe. Langsam trat Klara herein, und es sah so aus, als könne sie sich nicht entscheiden, wen der beiden Mays, die hinter der Tür warteten, sie zuerst begrüßen sollte. Schließlich umarmte sie beide zugleich. »Danke, dass ihr mich aufnehmt«, sagte sie matt, »es ist so einsam zu Hause.«

Zur Antwort drückten Karl und Emma sie fester. Eine tröstende Stille hielt alle drei.

Schließlich löste Klara die Umarmung und wischte sich über die Augen. Emma legte ihr mitfühlend eine Hand an die Wange, Karl wollte das Gleiche tun, aber dann platzierte er seine Hand doch nur auf ihrer Schulter. »Bleib, solange du willst«, sagte er.

Sie gingen ganz hinein, und kurz kabbelten sich Karl und Emma darum, wer Klara den Koffer abnehmen, und dann, wer von beiden ihr aus dem Mantel helfen durfte. Emma entschied den Streit um den Mantel für sich, indem sie Karl den Koffer überließ. Dann führte sie Klara ins Esszimmer, wo der Mittagstisch schon gedeckt war. Karl und Emma verlegten ihren Wettstreit auf die Sitzordnung: Emma bot Klara einen Platz an, indem sie den Stuhl, der mit dem Rücken zum Fenster stand, einladend vom Tisch wegrückte. Karl aber war nach den beiden ins Esszimmer getreten und stellte sich hinter den Stuhl am Kopf der Tafel. »Setz dich doch hierher, da kann man hinausschauen, es ist der schönste Blick.« Er zeigte auf das Fenster zum Garten und die Tür zur Veranda, hinter der sich kahle Äste frierend krümmten.

Emma lächelte zuckersüß erst Klara und dann Karl an. »Von dort können wir aber so schlecht reden, wenn ich in der Küche bin.«

Klara ging einen Schritt in Emmas Richtung.

»Aber auf dem Platz dort zieht es immer«, sagte Karl, und Klara blieb stehen.

»Aber hier ist der bequemste Stuhl«, sagte Emma.

Klara mochte sich nicht entscheiden. »Kinder«, sagte sie, »wir wollen doch heute nicht streiten.«

»Es streitet doch keiner«, rief Emma.

»Wir wollen doch nur, dass du es am schönsten hast. Nach allem, was war.«

Dankbar blickte Klara von einem zum anderen und setzte sich auf den Stuhl, den Karl ihr anbot. Emma schob ihren wieder an den Tisch, und die Füße knurrten laut über die Dielen. Sie setzte sich zu Klara und nahm ihre Hand. »Es ist alles so furchtbar.«

Klara war auf ihrem Platz zusammengesunken und nickte. »Ich weiß doch gar nicht, was jetzt werden soll.«

Emma schickte Karl, einen Aperitif aus dem Salon zu holen. Er kam mit zwei Gläsern Portwein zurück und servierte sie den beiden Frauen, die zwischenzeitlich miteinander zu flüstern begonnen hatten. Ohne ein eigenes Glas setzte er sich an den Tisch.

»Nimmst du keinen?«, fragte Klara.

»Karl«, sagte Emma dramatisch, »trinkt doch nicht mehr.«

»Wie ich ja auf unserer Reise durch den Orient gelernt habe«, erklärte Karl, »braucht der Geistesmensch …«

»Ich kann es ja nicht verstehen«, sagte Emma.

Karl ermahnte sich still zu Geduld und Nachsicht.

Es war nun nicht so, dass Karls und Emmas gemeinsame Jahre ausschließlich unter Zuckerguss gelegen hätten. Wie in jeder guten Ehe hatte es auch hier einmal Streit gegeben. Das rührend schöne, stille und kluge Mädchen, dessentwegen Karl nach ihrer ersten Begegnung vor bald 25 Jahren pfeifend durch die Gassen geschlendert war, im Kopf nur den Gedanken: »Was für eine Eignung zur Schriftstellerfrau!« – dieses Mädchen hatte sich im Laufe der Zeit doch als deutlich weniger still und vielleicht auch etwas weniger klug entpuppt, als Karl es sich anfangs eingeredet hatte. Durchaus hätte Karl sich etwa gewünscht, dass Emma einmal, ein einziges Mal nur, eines seiner Bücher lesen würde. Oder überhaupt mehr Interesse an den geistigen Dingen zeigte. Auch strapazierte das ständige Gezänk ums

Geld seine Nerven, genau wie die Parade von fragwürdigen Freundinnen und Bekannten, die sie ihm ins Haus brachte, darunter einige Herrenbekanntschaften, die man mit äußerstem Misstrauen beäugen musste. Ihre Angewohnheit, ihn in der Öffentlichkeit zu unterbrechen, war beklagenswert. Ihr Drang, sich in den Vordergrund zu spielen, ebenso. Auch die Lautstärke und Plumpheit, mit der sie sich manchmal durch die Gesellschaft bewegte, ließ Karl in wachen Nächten denken, dass Emmas Geist für den gemeinsamen Aufstieg in höhere Kreise einfach nicht geschmeidig genug gewesen sein mochte. Aber sie waren nun eben verheiratet, und was der Herr geschlossen hatte, durfte der Mensch nicht lösen, und alles in allem waren die gemeinsamen Jahre ja doch auch glücklich gewesen.

Bloß – seit der Orientreise hatten sich die Ärgernisse noch einmal gehäuft. Da waren die Verlagsverträge. Da war die Sache, dass Emma ihm schon unterwegs kaum geschrieben hatte und er von den Angriffen aus der Presse ohne Richard – den lieben, guten Richard, Gott habe ihn selig! – wohl nie erfahren hätte. Da war der gemeinsame Teil der Reise selbst, auf der Karl seine Frau und die Plöhns zu den größten Wundern dieser fremden Welt geführt hatte. Karl ergriffen sie noch mehr als beim ersten Mal, Emma allerdings, so schien es ihm, besaß für all das keinen Sinn. Sie sah nur Steine und Sand, nur Palmen und Pferde, Esel und Menschen und begriff ansonsten: nichts. Was ihn berührte, ließ sie kalt. Zänkisch war sie, stets erschöpft, und jede Ausgabe rechnete sie ihm vor, ohne zu sehen, dass diese Reise ihn zu Dutzenden Büchern inspirieren – und jede ausgegebene Mark hundertfach zu ihnen zurückkehren würde. Von dem geistigen Gewinn ganz zu schweigen!

Während Klara nun still ihr Glas betrachtete und Emma ihres bereits in der Hand hielt, begann Karl, Emma langmütig eine Erklärung zu geben, wie er sie bereits einige Mal vorgetragen hatte: darüber, dass ein hoher Geist nicht durch Alkohol getrübt werden sollte. Karl war, so fühlte er klar, im Orient verwandelt worden, zu einem größeren, einem edleren Menschen. Mit der Herzensgüte, die er unterwegs gefunden hatte, hatte er sich bereits in den Höhen des Libanon eine unendliche Nachsicht und Geduld mit Emma verordnet. Die Ärgernisse, das wusste er, sie würden ja verschwinden, sobald die Wandlung, die er in sich spürte, auch Emma erfasste. Es brauchte, dachte er, doch nur ein wenig liebevolle Anleitung für sie. Er war bereit, sie zu geben. Und hier, im winterlichen Speisezimmer, wurmte ihn daher auch nur, dass er auf die Nachforschungen in Sachen Verlagsbriefe vorhin bereits so viel Nachsicht und Geduld verwendet hatte, dass man nicht wissen konnte, wie weit die Vorräte heute noch reichten.

Aber schließlich war es Klara, die ihn unterbrach. »Ach, ich möchte vielleicht auch gar nicht«, sagte sie und schob ihr Glas ein wenig von sich.

Also prostete Emma beiden zu, trank allein und ging in die Küche, bevor Karl weitersprechen konnte. Dann tat sie den Braten auf, den Wirsing und die Kartoffeln; und aus Klaras Bemerkung, dass Richard Wirsing so gern gegessen hatte, entspann sich ein Gespräch über den Toten, das Karls Vortrag unterband, und so konnte man in Frieden essen.

Nachdem die Teller geleert und die Servietten wieder gefaltet waren, wurde Klara feierlich. »Emma«, sagte sie und nahm über den Tisch hinweg ihre Hand; »Karl«, sagte sie und nahm auch seine, »ich möchte über etwas sehr Wichtiges mit euch sprechen. Erinnert ihr euch an unsere Nacht auf der Akropolis? An den Vollmond über Athen …«

»So bewegend«, sagte Karl, »so tief. Ein Moment für die Ewigkeit!«

»Wie hübsch das aussah!«, sagte Emma.

»Gilt denn unser Versprechen noch, das wir uns dort gegeben haben?« Erwartungsvoll sah sie die beiden an. Karl und Emma zögerten nicht.

Der gemeinsame Teil ihrer Reise nämlich hatte die Mays und die Plöhns auf dem Rückweg über Athen geführt. Dank der losen Bekanntschaft zu einem Radebeuler Architekten, der schon Jahre zuvor nach Griechenland übergesiedelt war, durften sie Dinge sehen, die normalen Reisenden verwehrt geblieben wären – und so konnten sich die vier später rasch einigen, wo denn der Höhepunkt ihrer

Reise gelegen habe: Es war der nächtliche Besuch auf der Akropolis gewesen. Bei Vollmond waren sie gemeinsam auf den Hügel hinaufgestiegen. Zu ihren Füßen atmete die Stadt die Hitze des Tages aus, und der Anblick der Lichter unter ihnen und der Ruinen um sie herum ließ Richard alle Leiden vergessen. Auch Karl dachte nicht mehr an die Schrammen und Beulen, die er in Konstantinopel davongetragen hatte, und sogar Emma war beim Anblick der jahrtausendealten Tempel, auf die silbernes Licht fiel, ganz andächtig geworden. Wie doch das eigene Leben im Angesicht dieser Zeit schrumpfte! Alle miteinander spürten, dass die hinter ihnen liegenden Abenteuer ihre Freundschaft noch fester geknüpft hatte. Und wie sie dort so standen und sich bei den Händen hielten, kam ihnen schließlich eine Idee, wie sie ihren Freundschaftsschwur in alle Ewigkeit verlängern konnten.

»Wollen wir«, fragte Klara also neben den Bratenresten, »tatsächlich ein gemeinsames Grab für uns bauen?«

»Natürlich wollen wir das«, sagte Karl, »und es wird so schön wie die Akropolis.« Auch Emma drückte Klaras Hand.

Karl hatte in den vergangenen Tagen schon einige Male daran gedacht; und Klara, so stellte sich heraus, wusste dank der Vorbereitung von Richards Beerdigung schon, wo auf dem neuen Friedhof größere Gräber angelegt werden könnten. Man würde Richard später umbetten müssen, jedoch nicht weit: »In den guten Lagen an der Mauer sind noch einige Plätze frei«, erklärte sie.

Auch Emma hatte sich bei der Beerdigung am Vortag schon genauer umgeschaut. »Was sich der Apotheker Adler da hat bauen lassen! Habt ihr das gesehen?«

»Aber unser Grab wird noch schöner«, sagte Klara.

»Ein kleiner Tempel soll es werden«, meinte Karl.

»Mit Säulen, ganz wie in Athen«, stimmte Klara ihm zu.

Sie schwiegen und malten sich in Gedanken ihre Grabstätte aus.

Klara wurde schließlich praktisch: »Natürlich müssen wir noch überlegen, wie wir die Baukosten aufteilen.«

»Das übernehme ich, das ist doch keine Frage«, sagte Karl.

»Das musst du doch nicht.«

»Ich will es aber gern«, sagte Karl, und Klaras Widerstand in diesem Punkt war nicht groß. Emma fragte schließlich, ob das nicht alles sehr teuer werde.

»Die Säulen allein erfordern sicher einigen Aufwand. Man wird einen Architekten brauchen. Dazu ein schöner Marmor, erbauliche Reliefs, vielleicht mit Bibelszenen, das muss ein Bildhauer fertigen …«

»Aber was das kostet!« Emma hatte ihre Hand aus Klaras gezogen.

Karl schnaufte. Man hätte doch, dachte er, gleich damit rechnen können: Alles, woran Emma dabei denken konnte, war das Geld.

Klara nahm Emmas Hand wieder in ihre. »Aber möchtest du denn nicht auf immer mit deinen Liebsten zusammen sein?«

»Ja, aber wenn man es vielleicht kleiner baut?«

»Aber es muss doch einem großen Mann wie Karl angemessen sein«, sagte Klara.

Karl betrachtete sie gerührt. Es war ja nicht nur so, dass Klara sich in bewegender Aufopferung um ihren sterbenden Mann gekümmert hatte. Auch mit wie viel Wachheit und Neugierde sie durch den Orient gegangen war, hatte Karl unterwegs noch einmal mehr für sie eingenommen, genau wie das Verständnis für seine Arbeit, das sie immer wieder zeigte. Von allen Freundinnen Emmas war sie ihm mit weitem Abstand die liebste geworden. Er musste sich glücklich schätzen, dachte er, dass Emma wenigstens von dieser Seite unter einem guten Einfluss stand.

»Der Größe unserer Freundschaft muss es ja auch angemessen sein«, ergänzte Karl.

»Aber am Schluss liegen wir da doch nur tot drin.«

»Ja, aber für immer!«, widersprach Karl. »Für alle Ewigkeit werden wir dort beisammen sein. Was ist denn da etwas Irdisches wie Geld! Und kommende Menschenkinder sollen doch, wenn sie ihrem Karl May einen Besuch abstatten …«

»… und uns dann ja auch …«, ergänzte Klara,

»… da sollen sie doch vor einer würdigen Stätte stehen«, sagte Karl.

Emma sah aus, als rechne sie konzentriert. »Ich weiß ja nicht«, sagte sie.

Auf dem Tisch stand immer noch der Portwein, den Klara nicht hatte nehmen wollen. Karl betrachtete ihn und überlegte, ob es nicht doch recht sein könnte, ihn zu trinken.

»Ja, aber habt ihr Geldsorgen?«, fragte Klara.

»Karl nicht.«

»Weil wir keine haben.«

»Diese Reise allein, Mausel! 50.000 Mark am Ende! Mehr, als die Villa gekostet hat!«

»Mietz, ich bitte dich …« Karl hatte Emma schon oft ermahnt, die Kosten nicht vor den Plöhns zu beklagen. Er hatte die beiden schließlich eingeladen und wollte nicht, dass sie sich grämten. »Meine Arbeit und die Früchte dieser Reise werden die Ausgaben tausendfach zurückzahlen.«

»Geschrieben hat er auch nichts«, sagte Emma.

»Sie würde es ja sowieso nicht lesen«, sagte Karl. Er hatte begonnen, die Serviette vor ihm ärgerlich zu einer Wurst zu rollen.

»Aber wo soll das Geld herkommen?«, fragte Emma.

»Als ob wir zu wenig hätten. Und mit meinem nächsten Band – ein großer Schlag! Hunderttausend Leser sind da schon sicher!«

»Heut' hat er dem Briefträger schon wieder ein Trinkgeld gegeben. Fünf Mark!«

Karl ließ es gut sein mit der Serviette, legte die Hände aneinander und senkte den Kopf. »Wenn du in meiner Abwesenheit die Verlagsbriefe nicht fortgeworfen hättest …«

»Hab ich nicht.«

»Welche Verlagsbriefe?«, fragte Klara.

Karl hob spöttisch die Hände, als hielte ihm ein lächerlicher Postkutschenräuber eine Flinte vor. »Das erörtern wir lieber ein andermal.«

Emma schnaufte laut. Sie sah Karl lauernd an, der aber schaute konzentriert auf die Serviette, die er nun doch wieder ein- und ausrollte.

»Wir wollen doch heute nicht streiten«, sagte Emma. Dann nahm sie wieder die Hand der Freundin. »Ich möchte doch auch, dass wir alle beisammenliegen.«

Und damit war es beschlossen.

Dann trug Emma die Teller ab, Karls nahm sie zuletzt. Wirsing und Kartoffeln hatte er gegessen, die beiden Scheiben Braten aber schwammen noch in ihrem Saft.

»Hat dir der Braten nicht geschmeckt?« Es hätte eine Frage sein können, aber Emmas Stimme klang nicht danach.

»Wie ich schon sehr, sehr häufig gesagt habe: Ich esse kein Fleisch mehr.«

»Dass einer, der's bezahlen kann, kein Fleisch isst«, sagte sie zu Klara und schüttelte den Kopf.

»Die Erlebnisse meiner Reise haben mich, wie ich auch schon sehr häufig gesagt habe, zu einem Menschen geformt, der …«

»Mit dem, was wir am Fleisch sparen, kriegen wir das Geld auch nicht zurück.« Emma verschwand mit den Tellern in der Küche.

Geduld und Nachsicht, ermahnte sich Karl, Geduld und Nachsicht – und obendrein Milde und Gnade mit dem Feind. Der Portwein stand noch immer unberührt da. Karl aber riss sich zusammen und kehrte wieder zum vorherigen Thema zurück. »Richard würde es gefallen, wenn wir das Grab schnell errichteten. Uns beide hat ja in jener Nacht der Nike-Tempel so berauscht und gebannt«, fuhr Karl fort, während Emma wieder ins Esszimmer kam, »– und ich habe es ja gestern schon in meiner Rede gesagt …«

»Ich fand die Rede ja zu lang«, sagte Emma beiläufig und nahm die letzten beiden Schüsseln vom Tisch.

»Weil du sie nicht verstanden hast!«, brüllte Karl.

Emma war schon halb zurück in der Küche. Sie blieb in der Tür stehen und wog die Schüsseln in den Händen. Aber dann ging sie doch ganz hinein, und ins Esszimmer drang das Klirren des Porzellans, das neben dem Herd auf die Anrichte knallte. Dann das Klatschen und Klappern von Besteck, das in ein Becken mit Spülwasser gefeuert wurde. Das Quietschen der Ofentür, die aufging und wieder zuflog.

Karl zwang die Serviette wieder zu einer Wurst zusammen und wollte sie zurück in den Serviettenring stopfen. Er scheiterte zweimal, dann hatte er sich im Griff. Geduld und Nachsicht, Nachsicht und Geduld, Milde und Gnade mit dem Feind. Wieder betrachtete er den Portwein.

Es war doch allein kaum zu schaffen.

Anstatt aber den Wein anzurühren, erhob Karl sich schließlich und bat Klara, ihm nach nebenan ins Wohnzimmer zu folgen. Dort setzte sie sich fragenden Blicks, und Karl schloss hinter ihnen die Tür.

»Mausel …«, begann Karl, doch dann schaute er einige Momente mit auf dem Rücken verschränkten Händen aus dem Fenster, um sich zu sammeln. »Eine jede Reise«, begann er dann groß, »verändert den Menschen: es kehrt ein anderer heim, als jener, der fortgegangen ist. Mich hat der Orient bei jedem meiner Besuche ergriffen, bei diesem jedoch noch einmal tiefer; und ich weiß, dass es dir und Richard ebenso ergangen ist.«

Klara lauschte gerührt.

»Bloß Emma … – sie ist doch ganz dieselbe wie zuvor.«

Klara nickte, und Karl begann, im Zimmer auf und ab zu laufen.

»Es gibt«, sagte Karl, »nach dieser Reise unendlich viel für mich zu tun. Jeden Funken meiner Kraft muss ich auf meine Arbeit verwenden. Ich spüre, dass mein eigentliches Werk erst jetzt beginnt! Der Löwe erhebt erst jetzt wirklich sein Haupt!« Karl blieb wieder neben dem Fenster stehen. »Aber wie kann dieses Werk gelingen, wenn meine Gegner mich beständig hetzen? Und wie kann ich gegen sie bestehen, wenn ich mich dazu ständig Emmas zu erwehren habe?«

Klara nickte weiter und sah Karl aus großen Augen an.

»Mit meinen Feinden dort draußen nehme ich es auf. Jedoch hier, im Heim … – Mausel, ich muss dich um Hilfe bitten. Es geht um die seelische, die moralische Gesundung und Erhebung Emmas: Du musst mir helfen, sie zu einem besseren Menschen zu machen. Meine Arbeit braucht ein friedliches Heim, um gedeihen zu können.«

»Aber …«

»Es ist auch keine Hilfe, um die ich dich um meinetwillen bitte. Es geht einzig um mein Werk – es ist doch so viel wichtiger, als ich kleiner Mensch es bin.«

Karl schaute aus dem Fenster, davongetragen von seinen eigenen Worten und der Größe dessen, was er noch vollbringen würde. Klara hatte die Hand an die Brust gelegt, ergriffen, dass Karl mit einer so gewaltigen Bitte an sie herantrat.

»Aber natürlich helfe ich dir!«

»Denn andernfalls …«, sagte Karl.

Klara wartete gespannt auf ein Wort, was denn andernfalls geschehen würde. Aber Karl, der weiter beim Fenster stand, schaute hinaus, schwieg und wusste es auch nicht.

23.2.1901

Radebeul,
Königreich Sachsen,
Deutsches Reich

Karl erschuf Wirklichkeit, indem er sie niederschrieb. Gedanken wurden wahr, wenn er sie in Worte fasste. Darüber aber, was er dort eigentlich tat, hatte Karl selten auf eine theoretische Weise nachgedacht – und das ist schade zu nennen; gerät man doch beim Nachdenken über die Wirklichkeit schnell zu erstaunlichen Überlegungen.

Zwar hat etwa die Frage, ob etwas wahr sein muss, nur weil schöne Worte davon berichten, auch ein Volksschüler schnell beantwortet. Jedoch: Wie verhält es sich in umgekehrter Richtung? Kann etwas Wirklichkeit sein, wenn die Worte fehlen, davon zu erzählen? Eine Antwort darauf fällt nicht ganz so leicht! Gottlob aber finden wir woanders in unserem schönen Deutschen Reich einige Herren, die bei einer Antwort helfen können, da sie auf dem Gebiet der praktischen Philosophie große Begabung zeigen: Sie sitzen in unserem Reichstag und Bundesrat.

Dass jene Herren, von denen wir sprechen, sehr befähigt sind in diesen Dingen, versteht sich fast von selbst. Denn dass sie nicht nur von bester Herkunft, sondern auch von bester Bildung sind, lässt sich allein schon daran erkennen, dass sie in den Parlamenten sitzen. (Das Reich ist ja, wie ein jeder weiß, der modernste und beste aller denkbaren Staaten, und in ihm findet jeder den Platz, der ihm zusteht. Ja – ein moderner Staat kann nur funktionieren, wenn in ihm die Aufgaben entsprechend den Begabungen seiner Bewohner verteilt sind. Oben herrscht der Kaiser, und unten dient der Untertan; hier wirkt der Mann, und dort waltet die Frau, so will es die vernünftige Ordnung der Dinge. Der Mann etwa opfert sich, um in der Sphäre der Öffentlichkeit zu wirken, während die Frau ihre Erfüllung in der Sphäre des Privaten findet, im Heim, bei der Familie. So prägt ein jeder den Bereich, der seiner Natur am besten entspricht, und daher sitzen in unseren Parlamenten vernünftigerweise auch ausschließlich Herren. Warum auch hätte eine Frau dorthin streben sollen? Wo es doch für die Frau, ganz ihrem natürlich Wesen entsprechend, kaum etwas Schöneres geben kann, als wenn sie ihren eigenen Ehrgeiz durch den Erfolg ihres Mannes befriedigt sieht?)

Für die praktische Philosophie, über die wir eingangs sprachen, wollen wir nun die Arbeit dieser Herren betrachten. Ein moderner Staat, das kann ein jeder einsehen, benötigt auch ein modernes Strafgesetz, das der Moral wie dem gesunden Volksempfinden gleichermaßen Rechnung trägt. So haben es die verständigen Abgeordneten beim Verfassen unseres Reichsstrafgesetzbuches auf sich genommen, auch einige durchaus heikle Angelegenheiten zu ordnen. Wir müssen im Folgenden darauf vertrauen, dass es sich bei unseren Lesern ausschließlich um erwachsene und wissenschaftlich gebildete Leute handelt, die das zu Erwähnende richtig zu bewerten wissen, denn wir wollen an dieser Stelle beispielhaft die Unzucht zwischen Personen männlichen Geschlechts nennen. Zwar gedeiht dieses widernatürliche Laster meist im Verborgenen – doch auch, was verborgen liegt, kann schaden! Die Unzucht zwischen Personen männlichen Geschlechts ist darum laut dem Paragraphen 175 mit Gefängnis zu strafen. Auch kann auf Verlust der bürgerlichen Ehrenrechte erkannt werden.

Nun mögen weniger Gebildete als die geschätzten Parlamentarier fragen, warum sich die Worte des Gesetzes ausschließlich mit der Unzucht unter Personen befassen, die dem männlichen Geschlecht angehören. Für sachverständige Herren mit Lebenserfahrung jedoch ist dies leicht einsehbar: Da, wie man weiß, sexuales Verlangen bei Frauen nur in äußerst kuriosen Fällen auftritt, muss Unzucht unter ihnen vor dem Gesetz auch nicht geregelt werden. Wo kein Verlangen, da keine Tat. Denn wer sollte sie beginnen – wenn kein Mann anwesend?

Zwar ist es durchaus möglich, dass einige der verständigen Parlamentarier etwa »Das Buch der Liebe – Wissenschaftliche Darstellung der Liebe nach ihrem Wesen, ihrer Bestimmung, ihrer Geschichte und ihren geschlechtlichen Folgen, nebst eingehender Besprechung aller Geschlechts-, Frauen- und Kinderkrankheiten mit besonderer Berücksichtigung des Wochenbettes nebst Anleitung zur Heilung sämtlicher Krankheiten. Geschrieben und herausgegeben nur für erwachsene und wissenschaftlich gebildete Leute« oder ähnliche Werke gelesen haben. Dort hätten sie bemerken können, dass Karl die Unzucht unter Personen weiblichen Geschlechts schamhaft erwähnt. Bloß, selbst wenn sie es getan hätten – man wäre ja doch so diskret gewesen, über die Lektüre zu schweigen. Wozu daran rühren? Dergleichen mochte es in der Antike gegeben haben, aber doch nicht in unserem modernen Staate; den tüchtigen wie fortschrittlichen deutschen Frauen war so etwas nicht zuzutrauen; in Frankreich, ja, da mögen solche Dinge durchaus noch vollzogen werden, aber doch nicht hierzulande, da bedarf es wirklich keines Gesetzes, keinesfalls. Denn obendrein – und hier kommen wir an die praktische Philosophie: Wären einige Frauen nicht vielleicht erst durch den Gesetzestext zu einer Tat verführt worden, von deren Möglichkeit sie bis dahin gar nichts ahnten?

Hätte man also den Tatbestand nicht erst geschaffen, indem man ihn in Worte kleidete?

Das Haus jedenfalls lag stumm an diesem Nachmittag.

Draußen glänzte der Schriftzug »Villa Shatterhand« kraftlos im verschwindenden Licht des Tages; drinnen dösten die Räume in der Stille. Karl hatte sich in seinem Arbeitszimmer im ersten Stock eingeschlossen, zwischen dem arabischen Diwan und dem ausgestopften Löwen saß er schon seit Stunden, das Bärenfell zu Füßen, Silberbüchse und Bärentöter an der Wand, und seine Feder kratzte zu leise über das Papier, als dass ihr Geräusch durch die Tür hätte dringen können. Nur selten hörte man Schritte, wenn er hinüber in die Bibliothek ging, um ein Buch aus dem Regal zu holen, oder es drang ein Murmeln hinaus auf den Flur, wenn Karl mit sich selber sprach.

Auch das Erdgeschoss ruhte still. Die Küche schwieg. Wohn-, Ess- und Empfangszimmer schlummerten im verblassenden Licht des Nachmittags, nicht einmal die Öfen knackten im steten Glühen der Kohlen. Die einzigen Laute im Haus, die äußerst spitze Ohren neben denen aus Karls Feder gelegentlich hätten vernehmen können, waren ein leises Kichern und Flüstern im ersten Stock, aus der Tür schräg gegenüber von Karls Arbeitszimmer, jener, die zum Cabinet führte. Dann aber deckte Stille wieder die Räume zu.

Plötzlich ein leiser Bums aus dem Arbeitszimmer.

Im Cabinet hob Klara furchtsam den Kopf.

»Ist das Karl?«

Emma rührte sich nicht weiter. »Er wird irgendetwas fallen gelassen haben.«

Aufgeschreckt schaute Klara zur Tür und dann zu ihren Kleidern, die drei Armlängen entfernt über einer Stuhllehne hingen. Es war doch zu riskant, dachte Klara. Aber wie stets tat Emma ihre Sorgen ab: »Er kommt dort bis morgen nicht hinaus. Er kommt doch nie hinaus, wenn er einmal dadrin ist.«

Klara lauschte noch eine Weile. Aber dem Geräusch folgten keine weiteren, also ließ sie ihren Kopf wieder auf Emmas Brust sinken. Sie war blass, selbst dafür, dass Winter über Sachsen lag. Der Kummer hatte ihr die Wangen gebleicht und dunkle Sicheln unter ihre Augen gemalt.

»Wie soll es denn bloß weitergehen?«, fragte sie matt.

»Ach Mausel, es wird schon«, sagte Emma. Sie zog die Decke enger über sie beide und deckte Klaras nackte Schulter zu.

»Aber ohne Richard?«

»Auch ohne Richard. Du hast doch oft genug auf ihn geschimpft.«

»Nur jetzt, wo er fort ist, fehlt er mir so.« Schon am Morgen war sie auf den Friedhof gegangen; ein zweites Mal sogar noch, bevor sie hergekommen war. So hatte sie es alle Tage gehalten.

»Was soll ich denn jetzt bloß tun?«, fragte sie.

Emma strich ihr über den Kopf. »Wollen wir heute Abend eine Séance machen? Vielleicht können wir ihn schon finden.«

»Ich glaube, ich mag nicht«, sagte Klara.

Aus dem Flur meinte sie ein Knarren der Dielen zu hören. Sie versuchte, sich aus Emmas Arm zu befreien, doch die hielt sie sanft fest.

Klara lauschte nach draußen.

»Aber warum denn nicht? Wenn du ihn doch vermisst«, sagte Emma.

Auf dem Flur war nichts weiter zu hören.

Also ließ Klara ihren Kopf erneut auf Emmas blanke Brust sinken, und diese gab ihr einen Kuss auf die Stirn.

Es war durchaus so, dass der Kummer über Richards Tod Klara sehr zusetzte. Bloß fürchtete sie ein Wiedersehen bei einer Séance ebenso stark, wie sie es herbeisehnte. Denn die Toten, darum befragte man sie ja, sahen alles und wussten alles. Was also würde Richard bloß denken – nun, da er gesehen haben musste, wovon niemals einer hätte sprechen können? Jenes Namenlose, was Hände und Lippen und Körper da miteinander taten, immer, wenn die Tür zum Cabinet sich hinter Emma und Klara geschlossen hatte?

Im Kachelofen neben der Tür war die Glut lange verloschen. Von den taubeschlagenen Fenstern wehte die Kälte herein, sie zog um den Frisiertisch und die Kleiderschränke hinüber zu der Chaiselongue, auf der Emma und Klara unter der Decke lagen. Ihre Kleider hingen sorgsam drapiert über zwei Stühlen, seit einer Stunde bereits, auch die Mieder lagen dort … – und der gebildete Leser mag an dieser Stelle empört stutzen: Sind hier etwa Dinge geschehen, von denen es nur wenige Zeilen zuvor geheißen hat, dass es sie in unserem schönen Deutschen Reich gar nicht gibt?

Nun – ja. Tatsächlich. Wir wollen es mit diesem Widerspruch jedoch so halten, wie man es in guten Bürgerhäusern generell mit dem Geschlechtstrieb hält: davon schweigen.

Und hoffen, dass er auf diese Weise einfach verschwindet.

»Ich würde Karl nicht vermissen«, sagte Emma.

»Wenn er mal fort ist, wirst du sehen, was dir fehlt.«

»Der fade Prediger? Nie! Seitdem wir zurück sind, ist er wirklich nicht mehr zu ertragen.«

Klara seufzte. »Aber Karl hat so viel Kluges zu sagen.«

»Weißt du noch, wie wir ihn in Konstantinopel in der Gasse gefunden haben und dachten: Der macht's nicht mehr lang? Liegen lassen hätten wir ihn sollen.«

Halb empört richtete Klara sich auf. »Mietz, so etwas kannst du doch nicht sagen.«

»Doch. Andersherum wäre es jetzt besser: ich die Witwe und Richard noch am Leben.«

»Ach Mietz. Was soll denn das?«

»Diese Ansprachen immer!« Emma streckte die Hand aus und ahmte Karls überwältigten Blick nach, wenn er, entrückt von sich selbst, beim Reden den Faden verlor. »Wie die Leute ihn angeguckt haben bei der Beerdigung.«

»Weil er sie so berührt hat mit seinen Worten.«

»Na, wenigstens hat er mal irgendjemanden berührt.«

Emma kicherte, und Klara lächelte müde. Dann hörten sie, wie die Tür zu Karls Arbeitszimmer sich öffnete.

Klara gefror augenblicklich in ihrer Haltung. Karls Schritte, von Hausschuhen und einer Tür gedämpft, pufften durch den Flur; das Geräusch glich dem von Händen, die in Kissen schlugen. Klaras Kleider hingen immer noch drei Armlängen entfernt über dem Stuhl.

Karl ging zur Treppe, wo die Schritte leiser wurden, und erleichtert wagte Klara wieder zu atmen. Wieder wollte sie sich Emmas Griff entwinden, doch die küsste sie ohne ein Anzeichen von Beunruhigung.

»Es ist abgeschlossen«, sagte Emma. »Und außerdem kommt er hier sowieso nie herein.«

Es war nun beileibe nicht der erste Winter, in dem Emma und Klara gelegentlich ein Bett miteinander teilten. Doch erst in den vergangenen Monaten hatte Karl begonnen, nervöse Spaziergänge durch das Haus zu unternehmen. Klara verschreckte das Umherschleichen immer sehr – Emma jedoch focht es nicht an.

In den Jahren, in denen die Freundschaft zwischen Emma und Klara immer enger gewachsen war, hatte Klara sich anfangs oft gefragt, woraus eigentlich jener Charme gewebt war, der Emma umgab. Beinahe elf Jahre lag nun jener Winterabend zurück, an dem das Ehepaar Plöhn ein Konzert im Hotel Vier Jahreszeiten besucht hatte – und just, da Plöhns den Saal betraten, an einem Tisch an der Wand ein hohes Gelächter klirrte, in das sofort drei Herren einstimmten. Dort saß Emma. Es war ein Abend der leichten Unterhaltung, ein Streichquartett mit Operettenmelodien zum Wein; und Plöhns fanden zwei freie Stühle an einem Tisch, der direkt neben jenem stand, an dem Emma mit Karl und zwei weiteren Ehepaaren Platz genommen hatte. Die Tischgenossen der Plöhns waren fad, doch am Nebentisch ging es lustig zu. Klara, selbst von zurückhaltendem und bedachtem Naturell, hatte interessiert diese Frau beobachtet, die mit lauten Gesprächen und noch lauterer Heiterkeit den Mittelpunkt des Raumes bildete, obwohl sie an dessen Rand saß. Mehrmals trafen sich ihre Augen. Beim vierten Mal prostete Emma Klara über die Tische hinweg zu, und allein diese Geste, die doch die Erwartung an die Zurückhaltung einer Dame vollends kreuzte, beeindruckte Klara sehr.

Emma verteilte großzügig Komplimente. Noch bevor das eigentliche Konzert begann, hatte auch Klara über die Tische hinweg ein Lob für die hübsche fliederfarbene Schleife ihres Kleides erhalten. In der Pause stand Klara auf, um das Kompliment zu erwidern. Es wuchs eine Unterhaltung daraus, und noch ehe die Musik zum zweiten Teil aufspielte, hatten Plöhns den Tisch gewechselt.

Fasziniert betrachtete Klara, wie vollständig hingerissen die Männer an jenem Abend von Emma waren. Jederzeit war man bereit, ein Lied anzustimmen, mit einer Erzählung zu glänzen, eine noch gewagtere Pointe zu versuchen; alles, um Emma zu gefallen. Klara bemerkte, dass Emma – in Klaras Augen hübsch, jedoch auch nicht außergewöhnlich schön – es fertigbrachte, um sich eine Stimmung zu schaffen, die versprach, dass jederzeit Außergewöhnliches passieren konnte. (Und genauso war es denn ja auch geschehen, mit einigen Jahren Verspätung, in denen aus Bekannten erst Freundinnen wurden, dann beste Freundinnen und dann schließlich ganz etwas anderes.) Mit Emmas schmächtigem Ehemann, einem Schreiber, der für einige Zeitschriften zu arbeiten schien, hatte Klara an jenem Abend kaum gesprochen.

Nach dieser ersten Begegnung hatte es viele gemeinsame Abende gebraucht, bis Klara erkannte, aus welchem Garn Emma ihren Charme hauptsächlich webte: Es war ihre Sorglosigkeit. Sie scheute keinen Menschen und erst recht scheute sie keinen Mann. Sie wagte es, einen Polizisten zu bezirzen, der sie ermahnen wollte. Sie pfiff den Schaffner an oder den Postboten, und selbst von ihrem eigenen Ehemann ließ sie sich selten etwas sagen. Nie sah sie Emma ihre Worte wägen, nie sah sie Emma fürchten, dass ein Herr ihr anders gegenübertreten könnte als mit Wohlwollen. Ihr Charme machte sie sorglos. Ihre Sorglosigkeit schenkte ihr Charme. Ihr Charme ließ die Menschen um sie etwas wagen – in der Hoffnung, ebenso damit durchzukommen wie Emma selbst. Auch Klara, der Sorgen und Zaudern oft den Kopf beschwerten, hatte Emmas Leichtigkeit schließlich davongetragen, durch Jahre der Heimlichkeit und des schlechten Gewissens hinweg zu diesem Nachmittag, an dem im Erdgeschoss der Villa Shatterhand Karls Schritte nun verhallt waren.

Klara lauschte nervös in die Stille hinein. Noch einmal versuchte sie aufzustehen. Schelmisch hielt Emma sie fest. Klara gab auf, ohne Protest.

»Die Frau vom Assessor Bertram«, sagte Emma, »die hat's richtig gemacht. Die hat sich scheiden lassen.«

»Ja, weil der sie immer so verdroschen hat.«

»Ja, weil die nämlich mit dem Gerichtsarzt Seidel …!«

»Ach Mietz, das ist doch Unsinn.« Klara stützte sich auf und sah Emma streng ins Gesicht.

»Doch, ich hab's von der Nachbarin.«

»Aber dann wär ja sie schuld an der Scheidung, und der Bertram müsste ihr nicht eine Rente zahlen.«

Emma zuckte mit den Schultern. »Jedenfalls kann sie jetzt machen, was sie will.«

»Gar nichts kann sie machen!« Entrüstet grub sich eine Falte zwischen Klaras Augenbrauen. »Seit einem Jahr kann die sich nirgends mehr sehen lassen. Keiner hat sie mehr eingeladen. Nicht mal in der Kirche redet einer mit ihr. Letzte Woche habe ich noch die Straßenseite wechseln müssen, damit mich keiner mit ihr sieht. Wie man sich jetzt über die das Maul zerreißt.«

Unten hörte man Karl durch die Diele knarren.

»Was macht der Bertram denn nun?«, fragte Emma.

»Im Herbst haben wir ihn allein im Theater gesehen.« Klara horchte nach unten. »Wie schlimm muss der sie bloß verdroschen haben, dass sie das auf sich nimmt.«

Von der Treppe hörte man Karls Schritte nun wieder hinaufstapfen, und Klara erstarrte erneut.

»Den Bertram würde ich mir schon zähmen«, sagte Emma.

Karls Schritte waren wieder im ersten Stock angelangt und kamen nun den Flur entlang.

Vor der Tür blieb er stehen.

Emma räkelte sich behaglich, Klara wagte kaum zu atmen.

»Mietz?« Karls Stimme drang durch die Tür. Die Klinke bewegte sich.

In den Jahren, in der die Freundschaft zwischen Emma und Klara immer enger gewachsen war, hatte es sich – das nur am Rande! – gar nicht so verhalten, dass Klara in einer kreuzunglücklichen Ehe gefangen gewesen wäre. Im Gegenteil. Zwar hatte an ihrem Anfang ein Todesfall gestanden, doch führte dieser zum eigentlich bestmöglichen Ausgang: Klara, eine geborene Beibler, war in Dessau aufgewachsen. Später berichtete sie oft mit Stolz, dass ihr Vater dort

Verwaltungsbeamter des Fürsten Lenar war und obendrein Kastellan des Schlosses; dank dieser Herkunft konnte man Klara sogar auf eine höhere Mädchenschule schicken. Nur zählte der Vater bei ihrer Geburt schon 75 Jahre. Er erreichte noch die 90, bevor der Herrgott ihn heimholte, doch mit seinem Tod blieben Klara und ihre Mutter fast mittellos zurück. Also tat man das Naheliegende und verheiratete die schöne, stille und kluge Klara so rasch als möglich. Mit 17 ehelichte sie Richard Plöhn, elf Jahre älter als sie, Mitinhaber von »Plöhn & Hopf, Ätherische Öle en gros«, und ihre Mutter zog mit in den gemeinsamen Haushalt ein.

Richard war eine gute Partie, das musste ein jeder einsehen, der etwa einmal die garantiert reinen Marmeladen aus der Produktion von »Plöhn & Hopf« gekostet hatte. Klara jedoch beseelte ein gesunder Ehrgeiz – und trotz ihrer jungen Jahre erkannte sie bald, dass Richard, diesem freundlichen, gutherzigen, jedoch manchmal gemütlichen Menschen, bisweilen ein Knuff gegen zu große Zufriedenheit gar nicht schaden konnte. Es kostete sie bloß wenige Jahre liebevollen Nachbohrens, ob Öle und Marmeladen denn tatsächlich ein so glänzendes Geschäft seien, bis Richard seine Anteile verkaufte und die »Sächsische Verbandstofffabrik R. Plöhn« gründete. Man stellte sogar chirurgische Instrumente her, und nicht lang dauerte es, bis die beiden in ihre Villa in Radebeul ziehen konnten.

Zum Kummer beider blieb die Ehe kinderlos. Dennoch war die vorausschauende, nüchterne und manchmal kühle Klara dem gutherzigen Richard eine Ehefrau, wie man sie sich passender nicht hätte wünschen können. Auch dank ihres Einfallsreichtums gingen Richards Geschäfte gut. Die Eheleute achteten einander, und in den guten Kreisen Radebeuls wäre man gar nicht auf die Idee gekommen, diese Ehe anders zu nennen als vorbildlich. Tatsächlich fühlte Klara sich Richard verbunden.

Bloß die Liebe war ungehorsam.

»Emma?« Karls Stimme drang durch die Tür, als er daran rüttelte. Klara war aufgesprungen, zu ihren Kleidern, und hatte die Decke mit sich gerissen, was Emma entblößt auf der Chaiselongue zurückließ. Doch es war tatsächlich abgesperrt.

»Es ist zu«, sagte Emma.

»Aber warum?«

»Weil wir Kleider probieren. Du würdest uns doch nicht in einer peinlichen Lage erwischen wollen.«

(Auch Emma übrigens besaß ein Talent zur praktischen Philosophie. Was nicht in Worte gefasst werden konnte, das konnte auch keiner ahnen; und was keiner ahnte, das brauchte man auch nicht sehr sorgfältig zu verbergen. Erst recht nicht vor einem Ehemann, der ohnehin mehr in den Worten lebte als in der tatsächlichen Welt.)

»Du musst ein Telegramm für mich aufgeben«, sagte Karl durch die Tür.

»Ich hab dir schon mal gesagt, dass du eine Sekretärin brauchst.«

»Wenn du dich in meiner Abwesenheit ein wenig mehr um die Leserpost gekümmert hättest …«

»Ja, jaja, ich mache es ja.«

Karl blieb vor der Tür stehen, während Klara versuchte, sich lautlos anzukleiden. Emma hatte die Decke wieder zu sich gezogen und streckte sich darunter auf der Chaiselongue aus.

»Wann denn?«, fragte Karl durch die Tür.

»Wenn Zeit ist.«

Karl schien nach einer Antwort zu überlegen. Schließlich sagte er bloß »Gut, aber bald!«, dann wandten sich seine Schritte wieder nach seinem Arbeitszimmer.

Emma schnaufte. »Der Kerl.«

»Jetzt lass ihn doch.« Klara, von Karls Abzug erleichtert, legte ihre Unterröcke an. Emma starrte an die Tür.

»Ich glaub, ich brenn ihm durch«, sagte sie schließlich.

»Was? Dem Karl?«

»Ich kann es bald nicht mehr ertragen.«

»Jetzt übertreibst du.«

»Nein. Ich brenn ihm durch, und du kommst mit. Wir gehen irgendwohin, ganz weit weg, Berlin oder München.«

»Aber er wird dich doch suchen lassen!«

»Der findet mich nicht.«

»Und wovon willst du leben?«

»Na, du musst mir halt das Geld geben, das ihr von uns habt.«

Tatsächlich hatte es in all den Jahren nur eines gegeben, worüber Klara die Freundin je in Sorge sah: das Geld. Karls außerordentlicher Aufstieg hatte die Mays reich damit gesegnet, aber aus Gründen, über die Emma nie lang zu Klara sprach, trieb sie eine Furcht, dass es mit diesem Ruhm auch rasch wieder vorbei sein könne. So hatte sie schon vor langer Zeit begonnen, von ihrem Haushaltsgeld, von Geschenken und von dem, was sie in Karls Taschen und Schubladen fand, regelmäßig etwas beiseitezulegen. Eigentlich, wie sie sagte, um es aus der Reichweite seiner verschwenderischen Hände zu halten – damit noch etwas blieb, wenn die Zeiten einmal schlechter wurden oder Karl nicht mehr war. Heimlich hatte sie Richard immer wieder größere Beträge gebracht, damit der sie auf die Bank trug; und weil Richard es als einen Dienst an seinem Freund begriff, hatte er Karl nichts verraten. Bald 30.000 Mark waren so zusammengekommen.

Klara richtete ihr Mieder. »Mietz, das reicht doch niemals.«

»Das ist so viel Geld. So viel wie die Villa gekostet hat!«

»Aber doch nicht genug für immer. Du bist 44. Stell dir vor, du lebst noch 30 Jahre – von tausend Mark im Jahr?«

Emma räkelte sich noch länger. »Dann lach ich mir einen reichen Herrn an und der zahlt den Rest.« Sie zog Klara zu sich. »Und du bist ja auch noch dabei. Er hat dir doch zwei Zinshäuser gelassen, der Kerl.«

»Richard.« Klara entzog sich ihr und setzte sich wieder auf. »Er heißt Richard.«

»Und euer Haus auch und noch Geld.«

»Ein paar Zehntausend Mark. Auch das reicht doch nicht. Ich kann doch nicht auf ewig damit durchkommen.«

»Dann verkauf das Haus.«

»Na, und wo sollen wir dann wohnen?«

»Zusammen in Berlin oder München.«

»Mietz, das müssen wir doch auch bezahlen. Und meine Mutter ist doch noch hier. Sollen wir sie etwa mitnehmen?«

»Wir müssen einfach ganz bescheiden leben.«

»Mietz …« Klara wies auf zwei Seidenblusen, die an einem Haken an der Wand hingen. Emma hatte sie erst am Tag zuvor gekauft, jede für 80 Mark. Ein bescheidenes Leben, dachte Klara, wäre nicht das Leben, das Emma würde führen wollen. Und wenn sie ehrlich war: Auch ihr selbst wäre derselbe Komfort wie bislang schon recht.

»Aber du hast doch gesagt, du weißt nicht, wie es nun weitergehen soll«, wandte Emma ein. »Warum also nicht woanders?«

»Weil … immer hast du so fixe Ideen, und dann lässt du sie wieder fallen. Weißt du noch, wie du in den Herrn Pelzhändler so verliebt warst, dass du am liebsten mit ihm durchgebrannt wärst? Und was war dann?«

»Der war ein so dummes Ekel.«

»Genau. Und was soll denn zum Beispiel aus unserem schönen Grabmal werden?«

»Da können die Kerle miteinander liegen.«

»Ach, Mietz, immer redest du so.«

Emma hatte die Arme über der Decke verschränkt und schaute trotzig. Klara rückte näher zu ihr und begann, ihr über die Wange zu streicheln. »Schau, ich muss mir etwas einfallen lassen, wie das Leben ohne Richard weitergeht. Und für dich müssen wir uns etwas einfallen lassen, wie du wieder mit dem Karl auskommst. Aber das schaffen wir schon.«

Emma schwieg.

»Und ich brauch euch doch beide«, sagte Klara.

Schließlich gab Emma nach und umarmte sie. Doch der Trotz war nicht vollends aus ihr gewichen: »Wart's ab, bis ich erst mal mehr zusammenhabe.«

»Sicher, Mietz.«

»60.000 Mark, und mich hält nichts mehr!«

»Natürlich, Mietz.«

»Und wenn du bis dahin nichts Besseres weißt, dann kommst du mit.«

24. August 1899

Bei Jaffa, Osmanisches Reich

Zwischen den Orangenhainen schlugen die Hufe der Tiere auf den Weg, der so breit war, dass er zwei Reitern nebeneinander Platz bot.

»… ist Emma obendrein ganz und gar wankelmütig«, sagte Karl, während Sejd neben ihm sehr aufmerksam jeden Orangenbaum betrachtete. »Was sie an einem Tag meint, kann am nächsten schon wieder ganz anders sein. Und das gepaart mit ihrem Temperament und ihrer Streitlust kann es auch dem wohlmeinendsten Menschen schwer machen, mit ihr …«, sagte Karl, der über seine Erklärungen die Zügel längst vergessen hatte. Sein Pferd suchte sich den Weg allein.

Vor einer Stunde waren sie aus Jaffa herausgeritten, und Sejd hatte Karl kurz nach dem Verlassen der Stadt gefragt, wie es eigentlich in seiner Heimat zugehe, oder jedenfalls war es Karl so, als habe er es getan. Karl war dann von der Schönheit des Erzgebirges und den Vorzügen der Villa Shatterhand schnell auf die Schönheit und Vorzüge seiner Frau gekommen, die ja nicht nur schön, sondern auch eine begabte Köchin war, oft zu Schabernack aufgelegt und außerdem sehr talentiert in den Dingen, von denen Karl nichts berichten konnte, weil es sich nicht ziemte. Von ihren Vorzügen aber hatte er, leider, auch rasch zu ihren Makeln kommen müssen, und zu seinen Beschwerden hatte Sejd lange geschwiegen, was Karl stets als Aufforderung deutete, weiterzusprechen.

»… nicht nur als Ehemann, auch als Freundin oft nicht leicht, dieser Frau …«

»Frau«, unterbrach Sejd ihn schließlich, »arabisch: ›امرأة‹.«

»Bitte?«

»›Frau‹ ist ›امرأة‹.«

»Emrä'a«, wiederholte Karl, der Sejd vor einigen Tagen gebeten hatte, ihm auf ihrer Reise Arabischunterricht zu geben.

»امرأة«, sagte Sejd, was in Karls Ohren genauso klang wie das, was er selbst gerade gesagt hatte.

»Emrä'a«, wiederholte Karl.

Es war Karl wohl auch daher so sehr nach Klagen zumute gewesen, weil das Heimweh – dessen Vorhandensein er sich weiter tapfer ausredete – Emma durchaus mit einschloss. Ganze siebeneinhalb Wochen aber, 52 Tage, hatte sie ihm nun nicht mehr geschrieben, und vorgestern erst hatte er sich in einigen Zeilen an sie beschwert, dass er darin wirklich so arm, so bitter arm sei wie fast kein anderer Mensch.

»›Schön‹«, sagte Sejd, »arabisch: ›جميل‹.«

»Dschämil«, wiederholte Karl.

»›Schön Frau‹: ›المرأة الجميلة‹.«

Karl versuchte, auch das zu wiederholen, verhedderte sich aber in den Kehllauten. Er brauchte elf Versuche, aber wenigstens lenkte der Unterricht ihn von seinen Klagen ab, während sie auf ihren Pferden weiter den Weg entlangklapperten.

Sie waren nur langsam vorangekommen bisher, Karl war kein großer Reiter. Zwar trug er nun die Kluft des Kara Ben Nemsi – die Pumphose, die herrlich bestickte Weste, das gestreifte Tuch, welches er ungefähr nach Art eines Turbans um den Kopf gewickelt hatte; dazu die Kette aus Löwenklauen und Bärenzähnen, die um seinen Hals verwegen rasselten, und die Bauchbinde aus einem geknoteten Tuch, in der auf seinen Werbephotographien noch Dolch und Pistole gesteckt hatten – bloß ließ sich nicht alles, was einen Kara Ben Nemsi auszeichnete, so leicht überstreifen wie ein Kostüm. Karl hatte in seinem Leben einige Male auf dem Rücken von Esel und Maultieren gesessen, die ihn von hier nach dort trugen. Doch höher als auf einen Haflinger war er nie gestiegen, und die Kunst, mit einem Tier zu einem Blitz zu verschmelzen, der unaufhaltbar durch die Landschaft zuckte, beherrschte er längst nicht.

In Jaffa hatten sie dennoch die besten Pferde gemietet, die sich finden ließen. Karl war beim Aufsatteln angesichts der Höhe, auf die er dort hinaufmusste, mulmig geworden, über den Rücken des Arabers konnte er stehend gerade so hinwegblicken. Doch nachdem er im dritten Versuch aufgesessen war, trotteten sie zum Stadttor hinaus, Sejd neben ihm, der ihm versicherte, dass es sich hier um besonders brave und zuverlässige Tiere handelte – und nun im Orangenhain beschloss Karl, etwas mehr zu wagen. Auch, um sich eine Pause vom Sprachunterricht zu gönnen. Er trieb sein Pferd zu einem lockeren Trab, der ihn zwar unangenehm im Sattel herumwarf und auch keinesfalls länger durchzuhalten war als drei Minuten, doch versuchte er es immer wieder, und so ließen sie langsam das Meer hinter sich. Weit vor ihnen hob sich die fruchtbare Ebene der Küste zu schüchternen Bergen, und hinter diesen kargen Hängen, irgendwo, zwei Tagesritte entfernt, lag der Jordan.

Es war keine Reise zu einer Sehenswürdigkeit, die sie hier unternahmen, nichts, was der Baedeker für Syrien und Palästina, dem Karl seit Beirut vertraute, empfohlen hätte. Nachdem er von Hoven von Jerusalem aus unterrichtet hatte, dass er ihn nun doch bei seiner Expedition begleiten würde, war prompt die Antwort erfolgt: »Treffen Sie mich in Jaffa!« Karls Euphorie hatte sich auf dem Weg dorthin jedoch schnell verflüchtigt, denn die mahnenden Stimmen der Nacht piesackten ihn nun schon am Tage: Ob er denn wirklich glaube, für ein solches Abenteuer gewappnet zu sein – er, der doch den Schreibtisch kaum je verlassen hatte?

Es war ihm gelungen, in Jaffa noch einen Tag wie gewohnt als Tourist zu verbringen, doch die Stimmen hatten nicht ruhen wollen. Also einigte er sich schließlich mit sich selbst auf einen vertretbaren Gedanken:

Eingerostet von den vielen Sommern in Europa,

dachte Karl,

musste ich meine Fertigkeiten wieder ölen, bevor wir aufbrachen.

Also beschloss er, das Leben als Kara Ben Nemsi ein wenig zu üben. Von Hoven würde noch fast eine Woche brauchen, ehe er Jaffa erreichte, die Zeit konnte man nutzen. Karl hatte Sejd beauftragt, Pferde, ein Gewehr, Vorräte und einige Dinge zu besorgen, die für ein Leben abseits der Civilisation unentbehrlich wären, und Sejd brauchte keinen Tag, um alles zu finden. Am Vormittag hatten sie gepackt, und Karl hatte sich angesichts des Bevorstehenden in höchst elegischer Stimmung befunden, dann waren sie am Nachmittag aufgebrochen, um die größte Tageshitze zu vermeiden.

Es gab kein festes Ziel. Den Jordan zu erreichen wäre schön, aber ehrgeizig, und wenn es nicht gelänge, wäre es auch keine Schande. Wichtiger war doch, was sie unterwegs taten.

Karl hielt an.

Sie hatten die fruchtbare Sumpfebene verlassen, der die Bauern ihre Plantagen abgetrotzt hatten, und geduldig hob sich das Land nun an. Zwar ragten die Hügel hier noch kaum höher als die Weinberge Radebeuls, doch ritten sie längst durch Trockenheit und Felsheiden, und als Karl nun abstieg und zurück zum Meer schaute, das noch immer als samtblauer Streifen vor dem Horizont lag, stand er zwischen zähen, kniehohen Büschen, die allein der Sonne trotzten, sah einigen Ziegen zu, die auf der Flanke des gegenüberliegenden Hügels fraßen, und fühlte sich äußerst abenteuerlustig.

Sejd sattelte die Pferde ab und gab ihnen zu trinken. Auch Karl nahm einen Schluck aus den Wasserschläuchen, die sie mitgebracht hatten, dann begann er, ihr Gepäck zu durchsuchen. Karl hatte Sejd in Kairo schon eine robuste Ledertasche zum Umhängen geschenkt, damit dieser seine eigenen Habseligkeiten darin transportieren konnte. In Jaffa waren nun eine ebensolche für Karl selbst dazugekommen und vier große Satteltaschen für ihre Ausrüstung. Zunächst erwischte er die falschen, jene beiden nämlich, die ihre Vorräte trugen – neben einigen Kartoffeln, die Sejd auf dem Markt gefunden hatte, waren Datteln eingepackt, jeweils ein kleiner Sack Pistazien, Nüsse, Linsen und Bohnen, Mohrrüben, ein Dutzend Konserven, vier Dosen Würzfleisch, arabisches Brot, zwei Gläser Marmelade, Kaffee und eine Schachtel Baklava – dann wühlte er sich durch die Taschen mit der Ausrüstung, die unter anderem ein Fernrohr enthielten, eine Brille, zwei verschiedene Messer mit besonders schönen Griffen, einen zweiten Satz Bekleidung, lange Unterhosen (denn in den Bergen konnte es immer kalt werden), Schreibzeug, Briefpapier, zwei geologische Fachbücher, einen Kompass, einen Sextanten, eine Öllampe, Petroleum für ebenjene Lampe, Streichhölzer, ein Seil, einen Dosenöffner, zwei Blechteller, Tassen, Besteck und einen Blechtopf; große Teile seiner Reiseapotheke (statt in dem feinen Kistchen aus Mahagoni jedoch nur in einem Beutel), dazu Jod, Pflaster und Verbandstoffe (bedauerlicherweise nicht aus der Verbandstofffabrik Richard Plöhn, Radebeul), Rasierzeug, Waschschwamm, Seife und einen Taschenspiegel – ja, dachte Karl, während er all das auf den Decken ausbreitete, die sie für die Nacht mitgebracht hatten: Alles in allem hatten sie doch leicht gepackt.

Ganz zuunterst, neben einem Paket mit Postkarten, fand er, was er suchte: die Schachtel mit Munition.

Sejd und er verzehrten zunächst jeweils eine Büchse Würzfleisch. Dann ging Karl 30 Schritt von ihrem Lager zu einem tischhohen Felsen und baute darauf die Dosen als Ziel auf.

Die Schießübungen konnten beginnen.

Zurück bei Sejd, deutete der warnend auf den Hügel gegenüber: »Sidi, Ziege.« Die Herde war dort fressend ein wenig nach oben gewandert.

»Ach, die sind sicher 500 Meter entfernt.«

»200!«

Karl kniff die Augen zusammen und spähte hinüber. »Jedenfalls weit genug.«

Karl nahm sein Gewehr, so wie man einem Fremden die Hand reicht, und wog es schüchtern in der Hand. Es war nicht einfach gewesen für Sejd, an nur einem Tage eine Waffe für Karl aufzutreiben, doch dank seines hartnäckigen Charmes hatte er schließlich einem Eisenwarenhändler auf dem Basar das abschwatzen können, was dieser in der kleinen Kammer hinter seinem Laden verbarg: ein französisches Ordonnanzgewehr, Hinterlader, mehr als 20 Jahre alt, der Händler mochte der Himmel weiß wie daran gekommen sein. Karl zeigte sich zufrieden, wählerisch war er nicht, was auch daran lag, dass er keine Vorstellung davon besaß, was für ein Gewehr er denn gewollt hätte. Die einzigen Waffen, die er in seinem Leben bislang in die Hand genommen hatte, waren der Bärentöter und die Silberbüchse, die an der Wand seines Arbeitszimmers hingen. Aus ihnen war noch nie geschossen worden.

Karl hatte sich schon in den Tagen zuvor alles ins Gedächtnis zu rufen versucht, was er je über Waffen gelesen hatte, und fühlte sich gerüstet, jederzeit eine kurze Abhandlung über ihre Geschichte zu schreiben. Außerdem, dachte Karl,

hatte ich doch dem Häuptling der Kiowa mit einem Schuss beide Knie zertrümmert,

was wäre da also schon das Treffen einer Büchse Würzfleisch auf einem Felsen.

Karl betrachtete das Gewehr. Er wusste, dass er zunächst den Zylinderverschluss öffnen musste, indem er den Hebel an seiner Seite nach oben drückte und zurückzog. Das Patronenlager lag nun offen, und Karl wollte nach der Schachtel mit der Munition greifen. Dabei aber kippte die Flinte, weil er sie nur noch mit einer Hand hielt, aus der Balance und fiel Karl fast aus der Hand; gerade noch konnte er sie mit der anderen wieder auffangen. Er musste erst einmal herausfinden, wo er sie am besten fasste, bevor er dann tatsächlich eine Patrone in das Lager brachte. Er schloss den Zylinder wieder. Seine Hände, die nun zum ersten Mal eine scharfe Waffe hielten, begannen zu schwitzen.

Karl legte schon an, als er bemerkte, dass er etwas vergessen hatte: Das Visier lag noch nutzlos auf dem Lauf. Vorsichtig, sehr vorsichtig, setzte er das Gewehr ab und klappte mit links das Visier hinauf. Es stand nun aufrecht: ein schmaler Rahmen, der in seinen Maßen

Karls kleinem Finger glich. In seiner Mitte klemmte ein Schieber mit der Kimme, der sich nach oben oder unten bugsieren ließ. An seiner Seite konnte der Schütze Zahlen lesen, von denen Karl nicht recht wusste, was sie bezeichneten. Vielleicht ging es um die Patronengröße oder die Qualität des Schützen; aber jedenfalls konnte es nicht schaden, die größte Zahl einzustellen und den Schieber ganz nach oben zu bringen, also tat Karl genau das.

Er hob das Gewehr und setzte es an der Schulter an. Behutsam versuchte er, Kimme, Korn und eine der Würzfleischdosen auf eine Linie zu bringen, doch der Lauf war schwer und sein linker Arm schlingerte. Er setzte ab, atmete durch und versuchte es erneut. Von der Küste wehte ein sanfter Wind, und Karl war es, als schaukelte der Lauf darin wie ein Ast. Er fasste ihn fester und spannte alle Muskeln an. Das Schwanken jedoch verschwand nicht.

Dann aber, plötzlich – für einen Moment lagen Kimme, Korn und Dose perfekt hintereinander, und Karl riss am Abzug, es gab einen gewaltigen Knall, und Karl kniff die Augen zusammen, als der Kolben an seine Schultern schlug, der Schmerz war erstaunlich, und als er das Gewehr absetzte, pfiff es in seinen Ohren, und Sejd schaute erschreckt, und die Ziegen hatten aufgehört zu fressen – die Dose aber stand dort auf ihrem Felsen wie zuvor.

Karl rieb sich die Schulter.

»Der erste Schuss mit einer neuen Waffe ist immer der schwerste«, erklärte er Sejd. »Die größten Schützen der Welt haben davor schon versagt.«

Er lud zweimal neu und schoss zweimal. Das Ergebnis blieb das gleiche.

»Möglicherweise stimmt auch etwas mit dem Lauf nicht.«

Noch einmal lud er nach, noch einmal setzte er an. Wieder taumelte das Korn betrunken durch die schmale Gasse der Kimme. Karl versuchte, die Bewegung vorauszuahnen. Als er meinte, dass der Lauf im nächsten Moment richtig liegen müsste, drückte er blind ab.

Die Dose blieb stehen.

Auf dem Hang gegenüber kippte eine Ziege um.

Der Rest der Herde floh über die Kuppe des Hügels und verschwand aus dem Blickfeld.

Karl und Sejd sahen einander bestürzt an.

Sejd hob ratlos die Schultern. »Zu nah.«

Doch bevor sie überlegen konnten, was nun zu tun sei, rappelte sich das Tier auf und schleppte sich den anderen hinterher. Nicht lang, und es war nicht mehr zu sehen.

»Sie wird sich erholen«, sagte Karl fest, mehr zu seiner Beruhigung als zu der Sejds.

Er gönnte sich eine Pause. Zum einen, um den Schmerz aus seiner Schulter zu walken, zum anderen, um einige kräftigende Leibesübungen auszuführen, die er sich, genau wie den Sprachunterricht, einige Tage zuvor verschrieben hatte. Regelmäßiges Exerzieren sollte Kara Ben Nemsi seine alte Stärke zurückbringen, und tatsächlich schien es Karl, dass die fünf Kniebeugen, vier Rumpfbeugen und zwei Liegestütz ihn heute schon weniger aus der Puste brachten als in den Tagen zuvor. Sejd beobachtete ihn interessiert.

Karl ruhte danach ein Weilchen, um seinen rasenden Atem zu verlangsamen, »Was hieß noch gleich ›Gewehr‹?«, fragte er.

Gottergeben sagte Sejd es ihm zum fünften Mal vor: »بندقية?«

»Boudokhia, Boudokhia«, murmelte Karl. Sejds Schatz an deutschen Wörtern musste sich in ihrer gemeinsamen Zeit mehr als verzehnfacht haben, Karl aber hatte einige Mühe, sich mehr als zwei Vokabeln pro Tag zu merken.

Er stand auf und griff erneut zu seinem Gewehr. Wieder legte er an, und diesmal kam es ihm so vor, als ob sein Arm ruhiger läge als bei den letzten Versuchen.

Er zielte niedriger und schoss beschwingt. Die Kugel schlug Splitter aus dem Fels, auf dem die Dose stand.

Immerhin, dachte Karl.

Bevor er jedoch erneut ansetzen konnte, erschien hinter seinem Ziel, an der Kuppe des Hanges, ein Mann. Karl ließ das Gewehr sinken. Rasch überschritt der Mann den Scheitelpunkt, dann stapfte er schnellen Schritts die Böschung hinab. Er trug eine helle Dschallabija, einen schmalen Turban und eine tote Ziege auf der Schulter. Hurtig durchquerte er die kleine Senke, die zwischen ihnen gelegen hatte, und stapfte ebenso rasch auf Karls und Sejds Seite wieder hinauf. Schon konnte man sein Gesicht erkennen. Es war wütend. Der Kopf der Ziege schlackerte kraftlos hin und her.

Als er Karl und Sejd erreichte, warf er ihnen das Tier vor die Füße und schimpfte los. Karl verstand kein Wort, aber daraus, wie er immer wieder auf das Gewehr zeigte, auf sein Tier und auf die Wunde an der rechten Flanke, unter der das Blut schon zu trocknen begann, erschloss sich der Inhalt auch so. Sejd versuchte, ihn zu beruhigen. Es dauerte Minuten, bis Sejd sich an Karl wenden konnte, um zu übersetzen.

»Er wissen: Warum schießen Ziege?«

Karl war es alles furchtbar unangenehm.

»Sag ihm, wir ersetzen alles. Es tut mir sehr leid. Was heißt Verzeihung?«, fragte er Sejd.

»ةرفغم.«

»Asef, asef, asef!« Er hatte die Hand aufs Herz gelegt und deutete mit jedem »Verzeihung« eine kleine Verbeugung an.

Sejd übersetzte den Rest, und wieder zeterte der Hirte, doch diesmal schon gelassener.

»Ziege 300 Piaster«, übersetzte Sejd.

»Ist das viel?«

»Zu viel!«

»Wir geben ihm, was angemessen ist.«

Sejd und der Hirte feilschten, doch nicht lange. Sie einigten sich auf einen Preis, den Sejd gut nannte, Karl zahlte ihn, der Mann steckte das Geld ein und verneigte sich versöhnt einmal in Karls Richtung.

Dann musterte er Karl, Sejd, das Gewehr und ihre Pferde, die 30 Schritt hinter ihnen immer noch an einen Busch gebunden waren und an dessen Blättern knabberten. Der Hirte mochte so alt sein wie Sejd, und er stellte ihm nun einige Fragen, die Sejd ausführlich beantwortete. Es schien um Sejd, Karl und das Gewehr zu gehen.

»Möglicherweise ist der Lauf verzogen«, sagte Karl, der ein wenig überzählig neben der munterer werdenden Unterhaltung stand.

Sejd übersetzte das, und fragend deutete der Hirte schließlich erst auf das Gewehr und dann auf sich.

Karl zögerte. Aber weil der Zorn nun verraucht war, der Hirte ein gutes Gesicht hatte und auch Sejd keinen Argwohn zeigte, gab er ihm die Waffe. Der Hirte musterte sie nickend, prüfte sie mit geschickten Handgriffen und legte an. Er blickte fragend zu Karl und tat, als würde er einen Schuss abgeben.

»Er schießen?«, fragte Sejd.

Noch einmal zögerte Karl, aber dann gab er ihm eine Kugel aus der Munitionsschachtel und deutete auf sein Ziel.

Der Hirte klappte das Visier hinunter, lud und schoss. Eine der Dosen flog vom Felsen.

Mit Worten, die lobend klangen, gab er Karl das Gewehr zurück. Dann stellte er Sejd eine Frage, und bei dessen Antwort schien ihm ein Licht aufzugehen. Mit breitem, verständigem Lächeln nickte er Karl zu und sagte etwas zu Sejd.

»Du schießen.«

»Ich?«

»Ja.«

»Warum?«

»Er will sehen.«

Beeindruckter von dem Treffer, als er gern gewesen wäre, gab Karl nach. Er lud die Waffe, klappte das Visier wieder hoch und legte auf die verbliebene Dose an, während der Hirte schräg vor ihm stand und ihn beobachtete. Karl schoss und verfehlte.

Als er das Gewehr absetzte, trat der Hirte zu ihm und klappte das Visier erneut herunter. Dann deutete er darauf und auf das Ziel und erklärte Sejd etwas.

»Zu nah«, übersetzte er.

Karl betrachtete seine Waffe und begriff, dass die Zahlen auf dem Visier die Entfernung zum Ziel bezeichnen mussten. Man hatte wohl weiter als einhundert Meter zu schießen, um es zu benutzen.

Dann riss der Hirte die Augen auf und deutete mit Zeige- und Ringfinger hinein. Er tat, als lege er auf Karl an, schoss mit weit aufgerissenen Augen und erklärte Sejd etwas.

»Augen offen«, sagte Sejd, »zwei.«

Dann zeigte er auf Karl und schoss noch mal mit zusammengekniffenen Augen.

»Du Augen zu«, erklärte Sejd.

Karl war entrüstet. »Ich schieße doch nicht mit geschlossenen Augen!«

Der Hirte führte noch einen Schuss auf, diesmal machte er ein Geräusch dazu und kniff genau für dessen Dauer kurz die Lider zusammen.

»Ach, niemals!«

Der Hirte ging zu einem Felsen und winkte Karl zu sich. Er kniete sich hin und stützte den linken Ellenbogen auf den Stein, als würde er anlegen, und bedeutete Karl, es ihm gleichzutun. Karl war nun schon ein wenig beleidigt, sich so bevormunden lassen zu müssen. Aber da dieser Mann mit einem Schuss traf, was Karl vorher beständig verfehlt hatte, kniete er sich hin wie gezeigt, stützte den Arm auf und nahm die Dose ins Visier.

Bevor er aber schießen konnte, drückte der Hirte ihm die Waffe nach hinten, sodass der Kolben ganz an der Schulter lag. Karl zielte. Auf dem Lauf saß eine zweite, flache Kimme, und tatsächlich tanzte das Korn nicht mehr ganz so wild darin herum wie noch zuvor. Und einfach nur, um diesem Dahergelaufenen zu zeigen, dass er sich über den Grund der bisher nicht getroffenen Büchse gründlich irrte, sammelte Karl sich nun und lenkte seine Gedanken darauf, die Augen offen zu halten. Mit rechts visierte er die Dose an. Er drückte ab.

Die Büchse sprang von ihrem Platz.

Und nachdem Karl noch einige Male getroffen hatte und der Hirte sie später hinüber in das Lager lud, das er mit einigen anderen hinter dem nächsten Hügel aufgeschlagen hatte; nachdem Karl gerührt gewesen war von der großen Gastfreundschaft dieser einfachen Männer und als Gastgeschenk kurzerhand selbst die tote Ziege stiftete;

nachdem sie diese gemeinsam am Lagerfeuer gebraten und verspeist hatten, und der Abend doch genauso war, wie er sich sein Leben im Orient immer vorgestellt hatte; nachdem er nur in der Nacht ausgesprochen schlecht auf zwei Decken auf dem harten Boden geschlafen hatte, während neben ihm Tiere raschelten, von denen Karl sehr hoffte, dass sie eher klein waren – nach dieser Nacht also wurde er am nächsten Morgen von der Sonne geweckt und beschloss beschwingt, dass die Reisevorbereitungen damit doch schon erfolgreich abgeschlossen seien.

Man ritt zurück ins Hotel und war noch rechtzeitig zum Frühstück dort.

13. September 1899

Auf dem Roten Meer

Aus den Wüsten blies die Hitze über eine glatte See.

Arabien zur Linken und Sudan zur Rechten, schlich die »Gera« des Norddeutschen Lloyd schwitzend nach Süden. Sämtliches Metall des Schiffes war schon am Vormittag so heiß, dass man achtsam scin musste, wo man sich anlehnte, und nachts war in den Kabinen der Temperaturen wegen an Schlaf kaum zu denken. Die Stewards trugen den Gästen die Matratzen auf Wunsch an Deck, sodass die Passagiere der ersten Klasse unter den Sternen nächtigen konnten. Karl hatte es in der vergangenen Nacht so gehalten und köstlich geschlafen, wenn man einmal davon absah, dass am Abend der Himmelswagen, über den er doch Emma täglich Grüße schicken wollte, nicht mehr über dem Horizont aufgetaucht war – er hatte sich zu weit nach Süden bewegt. Eine Weile hatte er sich gewälzt, im süßen Entsetzen über dieses Gleichnis: Nun war auch die letzte Verbindung zu Emma gerissen. Doch dann dachte er sich, dass, wer nie schrieb, auch keine Himmelsgrüße verdient habe, und trotzig hatte er seine Augen geschlossen.

Nun, am frühen Morgen, da die Sonne noch kaum mehr tat, als rötlich durch den Dunst über dem Meer zu drohen, ließen sich die Temperaturen noch ertragen. Während die anderen Passagiere schon im Speisesaal saßen, wo vor dem eigentlichen Frühstück etwas Obst und Kaffee serviert wurde, war Karl auf dem Promenadendeck ans Heck gegangen. Dort stellte er sich an die Reling und betrachtete die flüchtige Spur, welche die »Gera« in das

Wasser schrieb, ehe das Meer das Vorüberziehen des Schiffes vollständig wieder vergaß. Bei sich trug er das Bündel Rosshaar, das mit ihm auf Reisen gegangen war. Karl schaute sich um, ob auch niemand ihn beobachtete, dann hielt er es über die Reling. Den alten Karl, dachte er, der die Welt doch nur am Schreibtisch durchmessen hatte, würde er nun mit großer Zeremonie im Roten Meer versenken. Feierlich murmelte er einige Worte. Längst fühlte er doch, wie die vergangenen Wochen einen gänzlich neuen Menschen aus ihm geformt hatten. Karl ließ das Haar fallen. Augenblicklich verschwand es im Schaum der Schiffsschraube.

Dann fasste er in seine Hosentasche und holte das Medaillon hervor, das noch immer Winnetous Locke barg. Lang wog er es in der Hand. Schließlich holte er weit aus, um es dem Haar hinterherzuwerfen, und einen Moment stand Karl dort wie erstarrt, die Hand weit hinter dem Kopf, und noch ein Moment verging, ohne dass er sich weiter regte, und schließlich ließ er die Hand wieder sinken. Er betrachtete das Medaillon, wie es an seiner Kette baumelte, und steckte es wieder ein.

Dann begann er das tägliche Turnen.

Gerade war er aus seiner vierten Liegestütz hinaufgekommen (es blieb doch überraschend, welche Fortschritte sich durch regelmäßige Übung erzielen ließen), als Wilhelm von Hoven um die Ecke geschlendert kam.

»Herr May, so früh schon so tüchtig!«

Von Hoven sah auch in diesen widrigen Temperaturen und um diese Zeit tadellos aus. In scharf gebügelter Hose und im gestärkten Hemd, das von keinem Schweißfleck entstellt war, hätte er jederzeit vor einen Minister treten können.

Eine Woche zuvor waren sie in Jaffa zusammengetroffen. Von Hoven hatte Karl mit großem Bahnhof und Abertausenden Versicherungen begrüßt, wie dankbar er für Karls Begleitung sei – und dann endlich das Ziel ihrer Reise verraten, das so geheim war, dass er sich gescheut hatte, es in Briefen zu erwähnen. Die Frage, wohin es sie denn verschlagen würde, hatte Karl zuvor sehr umgetrieben, Deutsch-Ostafrika wäre ein naheliegendes Ziel gewesen für einen Deutschen, der sich in Kairo aufhielt. Allerdings hatte von Hoven schon bei ihren ersten Begegnungen angedeutet, dass er möglicherweise gar nicht auf deutsches Gebiet reisen wolle. Karl hatte daher in Richtung Arabien spekuliert, oder jedenfalls auf eine Reise durch das Osmanische Reich. Liebend gern wäre er auch etwa in Dschidda an Land gegangen, um zumindest in die Nähe Mekkas zu gelangen, aber derzeit waren alle Häfen des Roten Meeres auf der arabischen Seite der Pest wegen gesperrt – und ihr Ziel, das von Hoven in aller Beiläufigkeit verkündet hatte, war sowieso ein anderes:

Ceylon.

Den Arabischunterricht hätte Karl sich dafür natürlich schenken können.

Jedoch hatte von Hoven ihn noch am ersten Abend in Jaffa weiter in die Geheimnisse ihrer Mission eingeweiht. Es verhielt sich nämlich nun so, begann er die Geschichte seines Auftrags: Ein braver deutscher Ingenieur, der für Berlin zwei Hafenanlagen in Kaiser-Wilhelms-Land und am Bismarck-Archipel hatte planen sollen, war ein Jahr zuvor auf dem Rückweg von seiner Erkundungsreise noch einige Tage auf Ceylon geblieben – ohne weitere Gedanken, nur aus Interesse an dieser sicherlich sehr schönen Insel. Von Colombo aus war er mit der Bahn nach Norden gefahren, um sich einmal eine britische Teeplantage anzuschauen und einen dreitägigen Jagdausflug in den Dschungel zu unternehmen. Dort allerdings, aus dem Nichts, so wie man manchmal glücklich einen Groschen auf dem Pflaster findet, erblickte er am zweiten Tag der Reise, die ihn ein gutes Stück von der Civilisation fortgebracht hatte, beim Trinken aus einem Bachbett etwas Glänzendes, das ihn fast ins Wasser hätte stürzen lassen. Ein Goldnugget. Groß wie ein Daumennagel. Mitten im Dschungel. Unter größtem Bemühen, seine Erregung vor den beiden einheimischen Begleitern zu verbergen, war er allein dem Bachlauf gefolgt, hatte noch einige kleinere Nuggets entdeckt und dann, schließlich, in einer Felsspalte den Beginn einer Goldader, die bis in die Unendlichkeit zu führen schien. Er beendete den Jagdausflug so unverdächtig, wie es ging, und nahm das erste Schiff in die Heimat, um Bericht zu erstatten (und sich einen möglichst großen Anteil zusichern zu lassen).

Ihrer beider Aufgabe nun, erklärte von Hoven, sei es, dieses Goldvorkommen zu erkunden. Man würde sich der Geheimhaltung wegen ebenfalls als Jagdausflug tarnen. Wäre das Vorkommen groß genug, würde Berlin sich bemühen, mit den Briten – es war ja bereits alles britische Kolonie dort! – einen Pachtvertrag über diese gottverlassene Gegend abzuschließen. Vorgeblich, um Landwirtschaft zu betreiben, Tee, Kaffee, was auch immer, das würde man sehen … tatsächlich aber, um dann – völlig überraschend, ein wahnwitzig glücklicher Zufall sozusagen! – auf Gold zu stoßen. Anschließend die Ader ausbeuten und England ein Näschen drehen, hurra! Bereits jetzt würden in Berlin die klügsten Köpfe darüber brüten, wie ein solcher Pachtvertrag auszusehen hätte, der dem Kaiserreich die Ausbeutung aller Bodenschätze erlaube, ohne gleichzeitig in London schlafende Bulldoggen zu wecken – doch das würde schon alles gut gehen, hatte von Hoven erklärt und Karl mit seinem glänzenden Optimismus sogleich angesteckt.

Am Heck der »Gera« rappelte Karl sich nun aus seiner Liegestütz. »Auch ein Kara Ben Nemsi wird älter«, sagte er, »da muss er seine Kräfte schon in Schuss halten.« Damit begann er seine Kniebeugen.

»Man rostet tatsächlich sehr auf diesen Schiffen«, sagte von Hoven. »Darf ich Ihnen etwas Gesellschaft leisten und mittun?«

»Aber sehr gern!«

Von Hoven stellte sich dazu, und mit den Passagierkabinen im Rücken, einer Schiffsglocke neben ihnen und dem Blick zurück über den weißen Schweif aufgewühlten Ozeans, den das Schiff hinter sich herzog, streckte er seine Arme beflissen nach vorne, ganz so, wie Karl sie hielt, und im Gleichtakt absolvierten sie ihre Kniebeugen.

Nach der zwölften hörte Karl auf.

»Und nun?«, fragte von Hoven verdutzt.

»Das war es bereits.«

»Aber wir kommen doch gerade erst in Schwung.«

»Den müssen Sie dann für etwas anderes nutzen.«

Karl reckte sich ein wenig. Von Hoven hängte sich an ein Rohr des Stahlgestells, das hinter ihnen eines der Rettungsboote trug, und absolvierte zehn Klimmzüge. Karl bemühte sich, nur wenig zu staunen. Anschließend baute von Hoven sich wieder am Heck auf und hob die Fäuste in Karls Richtung.

»Ich habe in England an der Universität das Boxen erlernt«, erklärte er. »Kann ich Sie für ein wenig Schattenboxen begeistern?«

»Vom Boxen habe ich nie viel gehalten.«

»Aber es ist die eleganteste Art zu kämpfen, die ein Mann beherrschen kann.«

»Die eleganteste Art zu kämpfen«, erklärte Karl, »ist die, durch List den Gegner schon vorher zu überwältigen, sodass es gar nicht zu einer Auseinandersetzung kommt.«

Von Hoven lachte. »Oder die, für seine Schmetterhand so gefürchtet zu werden, dass jeder von vornherein Reißaus nimmt.«

Nun lachte Karl. Es war doch, dachte er, eine absolut richtige Entscheidung gewesen, sich auf dieses Abenteuer einzulassen. Von Hoven: ein angenehmer Begleiter. Die Aussichten: verlockend. Ceylon: ein sicher hervorragendes Ziel. Und bis dahin blieben auch noch einige Tage der Vorbereitung.

»Ich weiß«, fragte von Hoven nun, »es ist eine Unhöflichkeit, Sie gleich am frühen Morgen mit einer solchen Bitte zu bedrängen: Aber würden Sie mir wohl einige Kniffe ihrer Kampfeskunst zeigen?«

»Sollten wir nicht zum Frühstück gehen?«

»Serviert wird erst in einer halben Stunde, wir haben durchaus Zeit.«

»Zeigen Sie doch erst einmal, was Sie beim Boxen gelernt haben«, sagte Karl gutmütig und so, dass kaum jemand darauf gekommen wäre, dass ihn das Folgende tatsächlich sehr interessierte. Aber da ihm ja die Erfahrung bei körperlichen Auseinandersetzungen ähnlich fehlte wie beim Schießen, wäre ein wenig Unterricht für die kommenden Wochen wohl von Nutzen.

Von Hoven baute sich kerzengerade vor ihm auf, die linke Faust, den linken Fuß und die linke Schulter zu Karl gewandt, und erklärte ihm, dass es das Wichtigste sei, mit den Beinen zu arbeiten und den Gegner stets vom Kopf bis zu den Schuhsohlen im Blick zu halten. Er zeigte ihm die vier Grundstellungen der Füße, erläuterte den Unterschied zwischen Schlag und Stoß, und wie man durch Streckung von Rumpf und hinterem Bein bei gleichzeitiger Beugung des nach vorne gestellten Beines den Hieben mehr Kraft verlieh.

Karl tänzelte all dieses gelehrig nach, vergaß aber nicht, dabei hin und wieder zu bemerken, dass es sich dabei doch um einen schon sehr alten Hut für ihn handele. Tatsächlich hatte er Ähnliches bereits einmal in einem Bericht über englische Boxkämpfe gelesen – aber es nun von einem kundigen Lehrer vorgeführt zu bekommen, machte die Lektion doch nur besser. Von Hoven zeigte, wie man die erhobenen Arme zur Deckung nutzte, und sie jagten Schläge in die Luft. Nach einer Viertelstunde begann Karl zu japsen.

Von Hoven war nicht nur ein Vierteljahrhundert jünger als Karl. Er übertraf ihn auch in der Länge, in der Spannweite seiner Arme, in der Breite seiner Schultern – und natürlich in der Ausdauer. Sein Haar hatte die Farbe von poliertem Messing und stand auf seinem Kopf dichter als das auf Karls, Kinn und Nase waren mit geraden Strichen geschnitzt, und wenn man einen Passagier gefragt hätte, welcher dieser beiden Herren da am Heck der »Gera« wohl Old Shatterhand sei, hätte ein jeder sofort auf von Hoven gedeutet. (Es wäre allerdings kein Passagier auf die Idee gekommen, überhaupt einen von beiden dafür zu halten. Karl selbst hatte sich, damit sie so unauffällig reisten wie es nur ging, als »Dr. Karl Friedrich« in die Passagierliste eingetragen, und niemand ahnte etwas von der Anwesenheit des größten deutschen Abenteurers bei dieser Überfahrt.)

Karl wollte die Übungen schon zugunsten des Frühstückes beenden, als von Hoven zwischen zwei schnellen Stößen fragte: »Ist nicht Ihre Schmetterhand auch aus dem Boxen entliehen?«

»Die Schlagtechnik habe ich selbst entwickelt«, erklärte Karl.

Von Hoven ließ die Fäuste sinken.

»Ob Sie mir die wohl beibringen könnten?«

Karl zögerte, aber er wollte seinem Mitreisenden, von dem er durchaus beeindruckt war – auch die Manieren, die Bildung, die Herkunft! –, den Gefallen ungern abschlagen.

Ich hatte den Schlag doch schon Dutzende Mal ausgeführt,

dachte Karl, und genauso häufig hatte er ihn neugierigen Lesern erklären müssen. Es nun erneut zu tun, bereitete ihm keinerlei Schwierigkeit.

»Es kommt nicht so sehr auf die Größe der Hände an«, erklärte er, »als auf die Stellung der Knöchel. Fühlen Sie an der Schläfe die leichte Vertiefung?« Zur Erläuterung fasste Karl sich an die Seite des Schädels, etwas oberhalb des Augenwinkels. Von Hoven tat es ihm nach. Dann ballte Karl eine Faust. Mit der anderen Hand strich er von den Handknöcheln hinab zu den ersten Fingergelenken, die nebeneinander eine spitze Kante bildeten. »Diese Gelenke müssen genau jene Vertiefung treffen.« Er setzte sich die Faust an die Schläfe. »Sie müssen den Schlag allerdings so landen, dass die gesamte Seite der Faust«, und er nahm sie wieder herab und zeigte die Mauer, welche die Knöchel, ersten Fingerglieder und Gelenke formten, »auf einmal den Kopf des Gegners trifft.«

Von Hoven hielt einige Mal versuchsweise die Faust an den Schädel, zuerst den eigenen, dann den Karls. Sie jagten einige Schläge in die Luft, und einige, bei denen sie zwar nach dem Kopf des anderen langten, die Bewegung aber rechtzeitig unterbrachen. Von Hoven glühte vor Begeisterung über die echte Schmetterhand.

Als er es begriffen hatte, stellte von Hoven sich stramm und ernst vor Karl.

»Herr May, bitte strecken Sie mich nieder.«

»Aber Herr von Hoven, ich bitte Sie. Keinesfalls!«

»Aber um diese Wunderwaffe wirklich zu begreifen, muss ich ihre Wirkung auch einmal am eigenen Leib erfahren.«

»Ich kann Sie doch hier nicht einfach zu Boden schicken.«

»Was soll schon geschehen? Der Schlag ist, wie Sie es ja immer beschrieben haben, nicht tödlich, und nach einer Benommenheit kommen Ihre Gegner immer wieder auf. Selbst wenn Sie mich arg träfen, bliebe mir immer noch mehr als eine Woche zur Erholung.«

»Aber ich bin sicherlich aus der Übung.«

»Umso geringer doch die Gefahr.«

»Ganz und gar nicht! Falsch angewendet, können die Folgen deutlich ernster sein als nur ein Brummschädel.«

»Glauben Sie mir, ich habe eine Konstitution wie ein Ochse, so schnell streckt mich nichts nieder.«

Karl fürchtete nun genau das. Er schwieg.

»Herr May, wem könnte ich mehr vertrauen als Ihnen? Was auch immer die Folgen sein werden, ich übernehme die Verantwortung. Wenn Sie verlangen, gebe ich Ihnen das sogar mit Brief und Siegel.«

Karl zögerte, aber nicht mehr lange.

Nach all den Wintern in der Heimat musste ich doch einmal sehen, wie es um meine Fertigkeiten wirklich stand. Ich fühlte, dass ich wieder zu Kräften gekommen war. Doch waren sie schon vollständig wiederhergestellt? Ich würde es herausfinden müssen.

»Gut«, sagte Karl, »wagen wir den Versuch.«

»Hervorragend.« Ohne Angst zu zeigen, stellte von Hoven sich wieder in Position.

Karl rieb eifrig die Hände zusammen, dann ballte er eine Faust und holte aus.

»Bereit?«, fragte er.

»Wenn Sie es sind.«

Karl holte noch einmal Luft.

»Wirklich bereit?«

»Weiterhin, Herr May!«

Der Hieb hing drohend in der Morgensonne.

»Ganz sicher?«

»Selbstverständlich!«

Es half alles nichts.

Karls Faust traf von Hovens Schläfe sauber, wenn auch leicht von unten, und produzierte einen dumpfen, aber gar nicht einmal lauten Klaps. Durch Karls Hand schnitt ein Schmerz, als habe er geradewegs den Schiffsstahl geschlagen, und von Hoven taumelte. Von Hoven setzte sich auf seinen Hosenboden. Mit der Hand hielt er sich die getroffene Schläfe, kniff einen Moment lang die Augen zu und keuchte – blieb jedoch bei Bewusstsein. Karl konnte nur die wenigen Sekunden nutzen, in denen von Hoven nicht hinsah, um kurz und panisch seine Hand in die andere zu pressen. Es war ihm, als stäche ein glühender Nagel vom Mittelfinger bis in den Unterarm.

Kaum blickte von Hoven wieder auf, ließ Karl die Hände sinken und bemühte sich, den Eindruck vollkommener Unversehrtheit zu machen, was ihm, bis auf einen verzweifelten Zug um Mund und Augenbrauen, auch gelang.

»Donnerwetter«, sagte von Hoven.

Karl bewegte vorsichtig die Finger. Solange er es nicht zu schnell tat, ging es. Er reichte von Hoven die Linke, um ihm aufzuhelfen. Von Hoven stützte sich an die Wand der Kabinen hinter ihnen und blinzelte einige Male forschend umher, doch dann schien er sich gefangen zu haben. Karl schüttelte unauffällig seine Hand aus.

»Sie haben es nicht verlernt.«

»Ich habe den Schlag ein wenig dosiert, um Sie nicht völlig zu betäuben.«

»Das war … sehr rücksichtsvoll von Ihnen.« Von Hoven betastete die getroffene Schläfe und fuhr sich einmal über das sorgfältig pomadisierte Haar. Es lag weiter in bester Ordnung. Nicht einmal die kecken Spitzen seines schmalen Schnauzbartes waren beschädigt worden.

Karl hatte nie viel auf Äußerlichkeiten gegeben, doch die nie nachlassende Vortrefflichkeit in von Hovens Auftritt imponierte ihm schon sehr. Weniger war es seine Gabe, der Welt stets in tadelloser Kleidung entgegenzutreten, als die, niemals auch nur in die geringste Verlegenheit zu geraten. Die Unordnung des Suqs in Kairo hatte von Hoven so wenig beeindruckt wie nun die champagnergetränkte Prahlerei des Speisesaals der ersten Klasse; die finsteren Blicke aus den dunklen Ecken eines Hafens bei Nacht konnten seiner Überlegenheit so wenig anhaben wie ein Schlag, der ihn zu Boden schickte.

Es sprach überhaupt ein ganz außerordentliches Selbstbewusstsein aus allem, was er tat. Immer glitt er aufrecht durch die Welt, mit einem Gang, der so viel besser war als das geduckte Schleichen, in welches das Leben die einfachen Leute zwang. Von Hoven, so schien es, war es gleich, was die Leute von ihm dachten, weil er wusste, dass jedes Urteil über ihn nur eine Anmaßung sein konnte, die selbst einem Kapitän oder den Passagieren der teuersten Kabinen nicht zustand. Es musste eine Würde und Festigkeit sein, die er, so vermutete Karl, sich nicht mühsam durch Taten hatte erwerben müssen. Stattdessen schien ein über Generationen vererbtes Wissen um die eigene Vortrefflichkeit in ihm zu ruhen, der die Menschen unwillkürlich Respekt zollten. Egal, ob er bei Passabfertigung verfrüht hinter die Sperrbänder trat, beim Beladen des Schiffes den Trägern im Weg stand oder beim Besuch der Kapitänsbrücke, zu dem man sie eingeladen hatte, dem ersten Offizier die Sicht versperrte – nie hätte es jemand gewagt, von Hoven zurechtzuweisen. Ja, es war kaum zu viel gesagt, dass Karl einen gar nicht zahmen Stolz verspürte, in so ausgezeichneter Gesellschaft zu reisen.

»Ich freue mich jedenfalls darauf, diese Fertigkeit einmal selbst anwenden zu können«, sagte von Hoven.

»Vielleicht kommt die Gelegenheit schneller, als Sie glauben.«

Mit nachlassendem Schmerz war eine ganz neue Courage in Karl gewachsen. Wenn es ihm tatsächlich gelang, dachte er, diesen größeren und jüngeren Mann niederzuschlagen – wie stand es dann eigentlich um seine eigene Natur? Müsste er, nach all der Ertüchtigung, nicht selbst auch längst die Unerschütterlichkeit einer alten Eiche besitzen?

»Herr von Hoven, ich würde Ihnen erlauben, den Schlag einmal an mir selbst zu versuchen.«

(Und wäre es nicht auch fein, diesen beeindruckenden Herrn selbst noch ein wenig zu beeindrucken?)

»Aber ich kann doch einen Kara Ben Nemsi nicht schlagen.«

»Nur wenigen ist es vergönnt, das zu tun – und später noch davon berichten zu können«, scherzte Karl. »Aber scheuen Sie sich nicht. Es ist die Gesellenprüfung in der Zunft der Schmetterhänder. Und wie Sie schon sagten: Es kann wenig geschehen.«

Ein wenig zögernd trat von Hoven in Schlagweite.

»Sind Sie sicher?« Von Hoven hob die Faust.

Karl stand neben der Schiffsglocke stramm. »So sicher, wie man mich Kara Ben Nemsi nennt.«

»Wie Sie meinen.«

Es tat einen Wumms, der links zu Karls Schläfe hinein und am rechten Ohr wieder hinauszutreten schien. Karl taumelte und griff nach der Reling – doch er blieb stehen. In seinem Kopf gongte es, als habe er den Schädel geradewegs als Klöppel der Schiffsglocke verwendet – doch nicht lang, und der Ton verklang. Kurz blinzelte Karl und drehte vorsichtig den Kopf, doch alles war an seinem Platz. Von Hoven schüttelte seine Hand aus.

»Potzblitz, Herr May, Sie haben ja einen Schädel aus Fels.«

Überrascht und stolz,

jedoch in keiner Weise überrascht oder stolz, da ich die eiserne Natur kannte, die Gott mir geschenkt hatte,

nickte Karl. »Daran sind schon ganz andere Gestalten gescheitert.«

»Sidi, was machen?«

Ohne dass sie ihn bemerkt hätten, war Sejd zu ihnen getreten. Den Passagieren der dritten Klasse war es selbstverständlich untersagt, sich im Bereich der ersten Klasse aufzuhalten, doch Bedienstete durften sie, wenn ihre Herren nach ihnen verlangten, für Botengänge kurz betreten. In der Hand hielt Sejd Kleidung und Schuhe, die er für Karl hatte reinigen sollen.

»›Was machen Sie?‹«, korrigierte Karl. Er selbst hatte das Arabischlernen in den vergangenen Tagen sehr vernachlässigt und seinen Kopf lieber mit geologischem Wissen gefüllt – aber Sejd hatte schon immer eine schöne Begabung für die fremde Sprache gezeigt. Karl wollte ihn dabei gern unterstützen.

»Wir üben unsere Kräfte«, fuhr Karl fort und hob scherzhaft die Fäuste. »Herr von Hoven und ich haben uns über das Boxen ausgetauscht.«

Sejd schaute ratlos in von Hovens Richtung. »Boxen?«

Karl schlug zur Erklärung einige Male durch die Luft und forderte Sejd auf, es ihm gleichzutun. Es kostete ihn nicht viel Überredung, damit Sejd Karls Kleider auf einem Stuhl ablegte und einfiel. Karl erklärte ihm die richtige Deckung, gerade so, wie von Hoven es vorhin getan hatte, und bald tänzelten sie umeinander herum, während von Hoven Ratschläge dazwischenrief.

Es zeigte sich, dass ich mir keinen besseren Schüler wünschen konnte,

dachte Karl, während Sejds junge, geschmeidige Muskeln mühelose Hiebe durch die Luft feuerten.

Die Freude an der Ertüchtigung mit diesen vortrefflichen Kameraden jedoch, das Glück dieses herrlichen Morgens und die Aussicht auf das bevorstehende Abenteuer ließen Karl bald übermütig werden. Er unterbrach schließlich das Schattenboxen und erklärte Sejd auch die Schmetterhand. Als Sejd es begriffen hatte, baute Karl sich vor ihm auf und verkündete feierlich: »Und jetzt: Schlag mich nieder.«

»Schlagen Sidi?«

»Schlag mich, ja.«

Ihr Faustkampf war bislang ohne Berührung verlaufen, und für Sejd wäre er es besser auch geblieben. »Ich gehen Gefängnis«, sagte er.

»›Ich gehe ins Gefängnis‹«, verbesserte Karl. »Und ich kann dir versichern, das wirst du nicht. Es kann gar nichts geschehen. Denn«, und er zwinkerte von Hoven zu, »du wirst mich gar nicht niederschlagen können. Komm!«

Noch zögerlicher als von Hoven vor ihm trat Sejd zu Karl hin.

»Kann nicht machen.«

»Musst du machen.«

»Ist Befehl?«

»Meinetwegen, dann ist es ein Befehl.« Karl baute sich stramm auf. »Ich befehle dir, mich niederzuschlagen!«

Karl sah, wie Sejd noch näher trat und einmal schluckte.

Die Faust ahnte er noch kommen.

Dann wurde es dunkel.

24. September 1899

Massaua, italienische Kolonie Erithrea

Am Morgen waren sie vor Sonnenaufgang aus der Stadt geritten, denn von Hoven hatte Karl überzeugt, dass man, solange dieser Zwischenhalt währte, doch ein kleines Wettschießen unternehmen müsse. Karl hatte diese Herausforderung mehrmals abgelehnt, denn in den vergangenen Wochen hatte er genug über von Hoven erfahren, um am günstigen Ausgang eines Kräftemessens zu zweifeln. So wusste er nun, dass von Hoven aus dem Württembergischen stammte, jüngster von drei Söhnen war und gern zum Militär gegangen wäre – wenn nicht der Vater für seine Söhne anderes vorgesehen hätte: Der »Älteste erbte das Gut, der Zweitälteste wurde Offizier, der Jüngste hatte den Leidenschaften des Vaters zu folgen und in England ein Studium der Geologie zu absolvieren. Von Hoven klagte nicht darüber, aber sein Interesse für alles, was dampfte, knallte und marschierte, war groß, und seine Treffsicherheit, befürchtete Karl, würde es auch sein. Von Hoven hatte schließlich seinen größten Trumpf gezogen und verkündet, dass es ihn in seiner Ehre kränken würde, wenn Karl diese Herausforderung nicht annahm, also blieb ihm keine andere Wahl.

Die Hitze in der Wüste um Massaua betrug schon zu Sonnenaufgang 32 Grad Réaumur. Sie aßen zwei Büchsen Pfirsich, die Karl noch aus Jaffa besaß, dann schossen sie ein Stündchen darauf, bis die Sonne sie vertrieb, und von Hoven zielte auch nicht besser als Karl, der jeden Fehlversuch damit erklären konnte, dass er sich über die Jahre zu sehr an seinen Henrystutzen gewöhnt habe und nun eine Weile zur Umstellung brauche. Man konnte sich am Schluss gnädig auf ein Unentschieden einigen. Von Hoven veranlasste das direkt zu der nächsten Herausforderung: »Beim nächsten Mal – mit Pfeil und Bogen!« Karl willigte ein, in der Gewissheit, dass die Gelegenheit niemals kommen werde.

Es hatte sich auf ihrer Reise zwischen den beiden ein Wettbewerb entwickelt, von dem von Hoven wohl nur die Hälfte begriff. Ihm selbst war einiges daran gelegen, Karl manchmal zu übertrumpfen, und wenn er Karl schon nicht übertrumpfen konnte, dann wollte er mit dem großen Kara Ben Nemsi wenigstens mithalten. Karl wiederum versuchte, sich vor allzu direkten Herausforderungen davonzustehlen, und wenn ihm das schon nicht gelang, dann wollte er wenigstens an die Fähigkeiten des so viel Jüngeren heranreichen. Natürlich ging es nicht nur um das Schießen. Unterhielten sie sich über die Welt, nahmen ihre Gespräche kein Ende, weil jeder das letzte Wort haben wollte; ihre Schachpartien führten sie erbittert; und beim gemeinsamen Turnen verausgabte Karl sich stets, bis es schmerzte, während von Hoven die Übungen fast ohne Anstrengungen vollzog. Heimlich hatte Karl sogar versucht, von Hovens Klimmzüge nachzuahmen, doch brachte er sich kaum zwei Zentimeter hinauf, bevor seine Gelenke knirschten, und alles in allem, hatte er feststellen müssen, überwogen doch seine Niederlagen.

Vielleicht auch all der Schmerzen im Leibe wegen, die immer hartnäckiger blieben, war Karl von seinem Reisebegleiter nach bald drei gemeinsamen Wochen obendrein nicht mehr ganz so eingenommen wie zu Beginn. Von Hoven blieb ein formidabler Mann, gar keine Frage, aber zwei Begebenheiten hatten Karl zumindest verwundert. Zum einen entwickelte sich, nachdem Karl von Sejd niedergeschlagen worden war, tatsächlich der Skandal, den Sejd befürchtet hatte. Zwei Passagiere hatten den Vorfall beobachtet und Sejd sofort von Schiffsoffizieren festsetzen lassen. Es gab einen

Auflauf, man war aufs Äußerste empört, denn dass ein Diener seinen Herrn schlug, war ein Verbrechen, das man keinesfalls durchgehen lassen durfte. Einige ganz Eifrige forderten, Sejd sogleich über Bord zu werfen, doch die Moderaten bremsten sie mit einem Beharren auf einen ordentlichen Prozess, bis Karl nach einer Viertelstunde wieder genug beieinander war, um das Missverständnis aufzuklären. Von Hoven allerdings hatte sich beim Glätten der Wogen sehr unfein zurückgehalten.

Zum anderen saßen sie nun in Massaua, ohne dass Karl so recht wusste, warum. Sie waren erst nach Aden gereist, was die natürliche Route auf dem Weg nach Ceylon wäre, dann aber hatte von Hoven noch einmal ein Schiff zurück nach Westen besteigen wollen, um in Massaua an Land zu gehen. Karl war das schon recht, er hatte die Hafenstadt, die schmuck auf einer kleinen Insel lag, sowieso gern ansehen wollen, und obendrein ließen sich von hier einige glaubwürdige Postkarten verschicken, auf denen er berichten konnte, dass er gerade durch den Sudan geritten sei. Sinn allerdings ergab dieser Umweg nicht. Von Hoven begründete ihn mit »Erkundigungen«, die er einholen müsse, und blieb ansonsten verschlossen. Karl ließ das Fragen irgendwann bleiben.

Nach ihren Schießübungen waren sie ins Hotel zurückgekehrt. Ihr Schiff nach Aden und Ceylon ging erst am nächsten Morgen, von Hoven hatte sich entschuldigt, und also gab Karl Sejd frei und saß die Tageshitze am Schreibtisch aus. Erst um kurz vor sechs, als die Dämmerung sich ankündigte, verließ er das Hotel, um noch einmal diese moderne Stadt auf sich wirken zu lassen, welche Italien hier in den vergangenen Jahren errichtet hatte. Er spazierte hinaus und kam an dem Damm vorüber, der die Insel mit dem Festland verband; schlenderte über die Plätze, die sich zum Meer hin öffneten und mit ihrer Weite der Siedlung eine ganz eigene Ruhe gaben; er verweilte am Minarett, bewunderte die Fassaden, die Rund- und Lanzettbögen der Häuser, und schritt schlussendlich auf das prächtigste der Gebäude zu, in dem die Kolonialverwaltung saß. Davor hatte sich eine Menge von vielleicht einhundert Einheimischen versammelt. Sie riefen laut durcheinander, standen aber offenbar vor einer verschlossenen Tür.

Karl betrachtete die Szene eine Weile. Die Wut der Menschen war offensichtlich, doch begriff Karl ihren Grund nicht. Schließlich entdeckte er unter den Leuten, die von allen Seiten des Platzes die Menge begafften, einen Deutschen, der in demselben Hotel wohnte wie sie und ebenfalls mit dem nächsten Schiff gen Colombo aufbrechen wollte. Er war überaus dick, und Karl hatte ihn im Hotel stets mit Cigarillo gesehen. Sein runder Kopf, der in der Hitze glänzte, sein winziges Gesicht, in dem die fetten Wangen Augen und Nase zusammenschoben, und sein schmaler Mund, der stets rauchte, gaben seinem Antlitz den Anschein, man würde einen sehr verwachsenen Apfel betrachten, aus dem das Cigarillo als Stiel ragte. Gerade wollte er gehen, doch Karl hielt ihn auf.

»Was geht denn hier vor sich?«, fragte er.

»Man hat mir erklärt, es seien Erntearbeiter. Sie protestieren, weil sie ihren Lohn nicht bekommen haben.«

Karl betrachtete die Menge. Es waren größtenteils Männer, schlanke Gestalten, die als Tracht ein Tuch um die Hüften und eines um die Schultern gebunden trugen; zwischen ihnen gab es auch einige Frauen und Kinder.

»Ja, so geht es ja auch nicht«, sagte Karl.

»Ganz genau«, der Apfelgesichtige war nicht wenig empört. »Da bringt man den Wilden die Civilisation, und dann beschweren sie sich noch?«

Rechts und links des Verwaltungsgebäudes waren längst Polizisten aufmarschiert, und Karl brauchte einen Augenblick, um zu bemerken, dass er und sein Landsmann sich über gänzlich entgegengesetzte Dinge erregten.

»Aber wer arbeitet, muss doch bezahlt werden«, sagte Karl.

Der andere schaute zurück, als sei Karl nicht recht bei Trost. »Auch Kinder in der Schule arbeiten, aber es käme niemandem in den Sinn, einen Lohn dafür einzufordern.«

»Weil sie Kinder sind, die etwas lernen müssen«, sagte Karl.

»Und um nichts anderes handelt es sich hier.«

Die Polizisten begannen, die Menge mit Stockschlägen auseinanderzutreiben, und der Apfelgesichtige nickte gefällig dazu.

Karl stand stumm neben ihm und fühlte, dass es nicht recht war, was er da sah. Nur widerwillig ließen sich die Plantagenarbeiter verjagen, also griffen die Polizisten auf das Geratewohl vier Männer, die nicht gehen wollten, warfen sie zu Boden und hieben auf sie ein. Dann nahmen sie die Männer mit. Keine drei Minuten dauerte es danach, bis die Polizei den Platz geräumt hatte.

»Was bilden die sich auch ein, hier einfach einen Aufstand zu beginnen«, sagte das Apfelgesicht. Damit verabschiedete er sich.

Auch Karl setzte seinen Spaziergang fort. Er ging zu den Kais hin, an denen am Nachmittag ein Dampfer aus Suez festgemacht hatte, schlenderte durch die Arkaden, die sich zum Wasser wandten und in denen die Geschäfte gerade wieder öffneten, betrachtete die Menschen, die hier auf so interessante Art schon wieder anders aussahen als die Ägypter, saugte all die Exotik in sich auf – und wurde doch nicht froh. Die Tagelöhner, die Polizei, es war doch alles verachtenswürdig; und dann sein dicker Landsmann, fast schlimmer, dachte Karl, dass er die Ungerechtigkeit noch guthieß; es war doch alles …

»Na, wenn das nicht unser Herr Doktor Karl Friedrich ist«, unterbrach eine Stimme seine Gedanken. Sie gab sich Mühe, seinen falschen Nachnamen zu betonen. »Welch schöner Zufall!«

Hinter einer Säule war Georg Scharffenstein hervorgetreten und maß ihn nun mit dem triumphierenden Blick eines Mannes, dem etwas gelungen war.

»Was tun Sie denn hier?« Karl hatte in seiner Überraschung einen Moment gebraucht, bis er den Zeitungsschreiber erkannte.

»Das müssten Sie doch aus Ihren eigenen Büchern wissen: Man begegnet auf langen Reisen immer wieder denselben Menschen – besonders, wenn sie einem folgen.« Er lachte, offensichtlich stolz darauf, Karl gefunden zu haben.

»Woher wussten Sie, dass ich hier bin?«

»Ihnen von Jaffa nach Suez auf der Fährte zu bleiben, war dank der Passagierlisten kein Problem. Dann habe ich, zugegeben, ein wenig gebraucht, bis ich auf Dr. Karl Friedrich gekommen bin – aber man erreicht doch einiges, wenn man ein Foto von Ihnen bei sich trägt.« Er zog eine schweißfleckige Postkarte mit einer Photographie Karls aus der Hosentasche, die in der Mitte vom häufigen Knicken schon gebrochen war. »Die Verkleidung macht es natürlich nicht leichter.« Auf dem Bild trug Karl seine Kara-Ben-Nemsi-Kluft, die er nun aber einstweilen wieder im Koffer verstaut hatte. »Eigentlich hatte ich Sie in Aden erwartet, weil Sie bis dahin gebucht hatten – aber so ist es natürlich noch besser.« Er steckte die Postkarte weg und grinste, wie Karl fand, unverschämt.

»Was wollen Sie denn schon wieder von mir?«

»Mal schauen, was Sie so treiben. Ob Sie ein Abenteuer am Schreibtisch erleben oder in der wirklichen Welt.« Karl hatte Scharffenstein in Jerusalem noch einmal kurz getroffen und ihm unter höchster Geheimhaltung angekündigt, dass er nun auf eine höchst gefährliche Reise gehe. Nach seiner Rückkehr in einigen Wochen, hatte Karl versprochen, würde er ausschließlich Scharffenstein von seinen Erlebnissen berichten, auf dass dieser seinen schönen Artikel bekäme. Karl war überzeugt, Scharffenstein damit ruhigzustellen. Dass dieser ihm kurzerhand hinterherreisen könnte, hatte jenseits seiner Vorstellung gelegen.

»Wie Sie sehen, befinden wir uns nicht an meinem Schreibtisch«, sagte er ungehalten.

»Offensichtlich.« Scharffenstein schaute sich um. »Aber was tun Sie denn hier?«

In Scharffensteins Rücken war der Mann mit dem Apfelgesicht die Arkarden entlanggeschnauft und blieb nun zwei Schritte hinter diesem an einem Laden stehen. Er begutachtete eine Öllampe, wollte den Preis wissen, und Karl sah, wie der Händler mit den Fingern drei Tallero verlangte. Der Dicke schnaufte unwillig und zeigte ihm eine halbe Lira als Gegenangebot.

»Wie ich Ihnen schon in Jerusalem erklärt habe«, sagte Karl, »darf ich Ihnen nichts über meine Pläne verraten, solange sie nicht erfolgreich abgeschlossen sind.«

»Das ist natürlich sehr schade.« Scharffenstein dehnte das »sehr«, bis es fast albern wirkte. »Die Zeitung hat nämlich bereits zwei Artikel über unsere Begegnungen in Kairo und Jerusalem gebracht, und unsere Leser gieren geradezu nach mehr.«

»Dann tut es mir leid, es bleibt nämlich alles äußerst geheim.«

Am anderen Ende des Platzes, im letzten Licht des Tages noch gerade zu erkennen, bog just in diesem Augenblick von Hoven um die Ecke. Blond überragte er die Entgegenkommenden, denen er schlendernd auswich, hier an einem Stand mit Früchten stehen blieb, dort einen Stoff betrachtete. Er rauchte eine kurze Pfeife von der Art, die in englischen Traveller-Kreisen nun so beliebt war, und er hatte es nicht eilig. Doch kam er unerbittlich näher.

»Ich muss nun auch leider weiter«, sagte Karl. Keinesfalls wollte er, dass ihn von Hoven mit Scharffenstein sah. Denn was dieser in seiner Heimlichtuerei von einem Reporter halten würde, der ihnen auf den Fersen war, konnte Karl sich leicht ausmalen. Er wandte sich zum Gehen.

»Haben Sie denn mit Ihrer Post aus der Heimat auch meine Berichte erreicht?«, fragte Scharffenstein.

»Ähm, nein …«, kurz hielt Karl noch einmal inne. »Welchen, nun … welchen Tenor hatten die Berichte denn?«

»Bislang nur den, dass wir das Glück hatten, Sie bei der Vorbereitung eines großen Abenteuers zu begleiten.«

Karl hätte sich einfach davonstehlen wollen, aber von Hoven hatte ihn nun erblickt und herübergewinkt. Karl tat, als habe er ihn nicht gesehen, um zumindest Scharffenstein keinen Hinweis zu geben, wer sein Reisebegleiter war. Das Apfelgesicht hatte inzwischen unwirsch zwei Lira geboten.

»Dann richten Sie Ihren Lesern doch aus, dass sie sich noch ein wenig gedulden müssen«, erklärte Karl. »Ich muss mich nun nämlich verabschieden.«

»Herr May, unsere Leser sind wirklich äußerst ungeduldig.«

»Ich werde das langsam auch.« Karl tat zwei Schritte, um ein wenig Abstand zu von Hoven zu gewinnen, und Scharffenstein folgte ihm.

»Tatsächlich sind unsere Leser so ungeduldig, dass sie lieber schlechte Dinge über ihren Herrn May lesen als gar keine.«

Von Hoven hatte nun wieder an einem Stand angehalten.

Der Dicke schien derweil noch weniger Sinn für das Feilschen zu haben als Karl: Er bot nun einen Lira, doch die Verhandlungen schienen langsam in einen Streit zu führen.

Scharffenstein belauerte Karl weiter. Er würde ihn wohl, seufzte Karl innerlich, bis aufs Schiff verfolgen, wenn er ihn nicht davon abhielt. Karl beschloss, dass er ihm ein Bröckchen hinwerfen und sich abwenden würde, so hatte er doch bislang auch manchen Streit mit Emma gelöst. Außerdem nagte etwas anderes sehr an ihm.

»Wenn ich Ihnen etwas zu meiner weiteren Reiseroute sage, lassen Sie mich dann in Frieden?«

»Das kommt darauf an, was genau Sie mir sagen«, erwiderte Scharffenstein.

»Fahren Sie nach Ceylon, dort können Sie mich wiedertreffen. Und jetzt gehen Sie.«

Ohne weiteren Gruß ließ Karl ihn stehen und ging zu dem Stand, vor dem das Apfelgesicht nun tatsächlich stritt.

Karl unterbrach die beiden. »Lä'äk mukalniak«, beruhigte er den Händler – dass sich einer keine Sorgen machen solle, war eine der wenigen Phrasen, die er von Sejd tatsächlich gelernt zu haben glaubte. Dann wandte er sich an den Deutschen. »Der Preis mag etwas hoch erscheinen«, erklärte Karl und wies auf die Lampe, für die der Händler eine grotesk überhöhte Forderung genannt hatte, »aber er ist völlig angemessen.«

»Aber man muss doch feilschen.«

»Keinesfalls. In Erithrea ist das Feilschen nicht mehr üblich. Die Italiener haben es untersagt.«

Karl bemerkte, dass von Hoven sie beobachtete.

»Aber es scheint mir sehr viel zu sein«, sagte der Mann.

»Ich bin bereits ein Dutzend Mal durch diese Gegend gereist und kann versichern, dass Sie damit ein exzellentes Geschäft machen.«

Der Dicke schaute skeptisch auf Karl, die Lampe und den Händler, resignierte und zog seine Geldbörse hervor. Er zahlte drei Tallero. Der Händler nahm das Geld erstaunt entgegen und sah dann dem Dicken halb verächtlich hinterher. Er bedankte sich bei Karl in einer Sprache, die irgendetwas war, aber nicht Arabisch.

»Menfog likker«, bedeutete Karl ihm, dass es gern geschehen sei, und nickte komplizenhaft. Der Händler schaute ihn verständnislos an.

»Flunkereien beherrschen Sie also noch«, sagte Scharffenstein, der natürlich nicht gegangen war.

»Ich habe Sie dringend gebeten, mich in Frieden zu lassen.«

Von Hoven schlenderte nun auf sie zu.

»Aber woher soll ich wissen, dass Sie mir ausnahmsweise einmal die Wahrheit gesagt haben?«, sagte Scharffenstein. »Sie könnten auch Ceylon sagen und nach Bismarckburg reisen.«

Karl begann, sich wie zufällig von von Hoven wegzubewegen, und hoffte, dass Scharffenstein durch Nichtbeachtung verschwand.

»Sie könnten auch Tsingtao sagen und dann reisen Sie nach Kwangtschouwa.«

Karl ging ein wenig schneller. Von Hoven winkte bereits, dass er stehen bleiben solle.

»Oder Sie sagen Wilhelmstal und reisen nach Lüderitzland.«

Karl wurde nervös.

»Würden Sie jetzt bitte gehen.«

»Nicht, bevor Sie mir nicht schlüssig darlegen, was Sie vorhaben, und warum ich Ihnen glauben sollte, dass es sich dabei nicht um eine Phantasterei handelt.«

»Es ist …«, begann Karl. Dann wusste er nicht weiter und begann hektisch, nach einem Ausweg zu schauen. Links war ein Ladeneingang; hinter ihm eine Gasse, in der er verschwinden konnte; rechts das Hafenbecken und in seinem Kopf keine überzeugende Notlüge.

Von Hoven ging weiter in ihre Richtung, gänzlich unbeeindruckt von der Hitze, dem Lärm der Schiffe, den Menschen und der generellen Fremdheit des Ortes. Einen aufdringlichen Händler, der jeden in seinen Laden nötigen wollte, verscheuchte er mit einem Kopfschütteln, das nicht einmal unfreundlich war. Für einen Augenblick war Karl auf ein Neues eingenommen von der Würde und Festigkeit dieses Auftretens, dem doch ein jeder sofort Respekt zollte; und für einen weiteren Augenblick, nicht länger, als von Hoven brauchte, um einen Schritt zu gehen, ging Karl ein Licht auf.

Karl straffte sich mit der Selbstsicherheit Old Shatterhands, wandte sich ernst an Scharffenstein und sagte: »Sie gehen jetzt. Ceylon. Mehr brauchen Sie nicht zu wissen.«

Während von Hoven sich in Scharffensteins Rücken näherte, blieb Karl dort stehen, unerschütterlich, mit der Selbstachtung eines Mannes, der nun seit Monaten durch die Fremde fand, der das Schießen erprobt, seine Kräfte gestärkt und soeben sogar für ein wenig Gerechtigkeit gesorgt hatte; ein Mann, dem schon einige Taten gelungen waren und noch mehr gelingen würden, und der doch überhaupt schon fast der war, der Karl immer hatte sein wollen.

Fest schaute ich dem Gauner in die Augen,

und es war Scharffenstein, der seine zuerst niederschlug.

»Ceylon, gut«, sagte Scharffenstein. Er nickte und ging, eine Sekunde, bevor von Hoven sie erreichen konnte.

15. April 1901

Radebeul, Königreich Sachsen, Deutsches Reich

Karl hatte sich gerade an den Schreibtisch gesetzt, um einen saftigen Brief an Fehsenfeld zu verfassen, als Emma von unten rief: Die Droschke sei vorgefahren, man könne nun zum Herrn Bildhauer aufbrechen. Ungehalten blickte Karl zur Standuhr, die eins zeigte, beklagte die Pünktlichkeit der Kutscher und warf die Feder hin. Dann polterte er die Treppe hinunter, wo Emma bereits im Vestibül auf ihn wartete.

Bei ihr war Klara, die nach den Wochen bei den Mays wieder zurück in ihre eigene Villa gezogen war, jedoch weiterhin täglich kam. Die Frauen trugen gleich geschnittene Kleider aus jenem Stoff, den Karl ihnen aus Kairo geschickt hatte, und der Anblick der beiden, die so viele wegen ihrer großen Ähnlichkeit für Schwestern hielten – weil sie doch die gleichen Augen hatten, und ihre hohen Wangen den runden Gesichtern auf ähnliche Weise Eleganz verlieh und beider Nasen einen vergleichbaren Schwung besaßen und beide das dunkle Haar auf dieselbe Art hinaufzustecken pflegten –, dieser Anblick jedenfalls konnte Karl für einen Augenblick heiter stimmen. Der Groll aber hatte ihn schon wieder, als er die Jacke anzog. Vielleicht, dachte Karl, war es nicht der beste Tag, um sein eigenes Grab zu gestalten.

Den Grund seines Ärgers hatte er mit der Morgenpost erhalten: ein Brief Fehsenfelds, der ihn unterrichtete, dass der Verkauf der

»Himmelsgedanken« noch schleppender lief, als er, Fehsenfeld, es prophezeit habe. Karl hatte seinen Verleger von seiner Reise aus angewiesen, aus jenen tiefen, ernsten Gedichten, die ihm schon unterwegs als das wertvollste Mitbringsel aus dem Orient erschienen waren, einen Gedichtband zu fertigen. Diese »Himmelsgedanken« lagen nun wie geplant seit Weihnachten in den Geschäften, aber, schrieb Fehsenfeld, es sei gar nicht abzusehen, ob man die 5.000 Bände der ersten Auflage je unter die Leser würde bringen können. Von einer zweiten Auflage, um die Karl ihn gebeten habe, würde er also, mit Karls gütigem Einverständnis, absehen.

Es ist wohl angezeigt, dass wir, bevor wir fortfahren, uns noch einmal die Namen von Karls Verlegern ins Gedächtnis rufen – es sind derer ja doch einige, und wie schnell gerät man darüber in Verwirrung! Nun: Da war zunächst der längst verstorbene Heinrich Gotthold Münchmeyer – für den Karl unter Pseudonym jene Kolportageromane verfasst hatte, die ihm nun so peinlich waren. Dann gab es Adalbert Fischer – der Münchmeyers Verlag gekauft hatte und diese Romane nun gegen Karls Willen wieder herausbrachte. Wir haben dazu Friedrich Pustet, in dessen Zeitschrift »Der Deutsche Hausschatz in Wort und Bild« Karls Reiseerzählungen erstmals erschienen waren. Und dann gab es den wichtigsten unter ihnen: Friedrich Ernst Fehsenfeld – der Karl zum Geld gebracht hatte, indem er ebendiese Reiseerzählungen in Buchform veröffentlichte.

Die lukrative Freundschaft dieser beiden, die ja nicht nur Karl, sondern auch Fehsenfeld eine hübsche Villa beschert hatte, war jedoch während Karls langer Reise unschön gestört worden: Nachdem nämlich die ersten Zeitungen Karl in seiner Abwesenheit angegriffen hatten, musste Fehsenfeld mitansehen, wie diese Vorwürfe sogleich seine May-Auflagen schwächten. Im Jahr von Karls Aufbruch hatte er noch über 120.000 Bände gedruckt; im darauffolgenden, dem Jahr von Karls Rückkehr, war nicht einmal die Hälfte nötig gewesen. Nun hatte man schon ein Viertel des nächsten Jahres durchmessen – und auch dieses versprach kaum besser zu werden.

In den vielen Briefen, die beide einander schrieben, schwiegen sie elegant von dieser Tatsache, doch konnte Karl ja seine Zahlungseingänge lesen (und Emma, die Karl bei der Post half, konnte es zu seinem Verdruss auch). Dort jedenfalls waren die regelmäßigen Anweisungen über 2.000 Mark, die Karl für jeweils 5.000 verkaufte Bände erhielt, zuletzt spärlicher eingetroffen. Was jedoch, wic Karl auf dem Weg hinaus zur Droschke dachte, keineswegs der tiefere Grund seiner Verstimmung sein konnte, niemals, denn er machte sich ja, wie ein jeder wusste, sehr wenig aus Geld, es ging ihm doch einzig um den hochernsten, heiligen Zweck seiner Arbeit.

Seinen durchaus nicht gütigen Protest betreffs der »Himmelsgedanken« hätte er gern noch zu Papier gebracht, stattdessen echauffierte er sich nun im Wagen, während die Droschke über das Kopfsteinpflaster Richtung Dresden klapperte. Man hatte die Fenster geöffnet, und Emma ließ sich lächelnd die milde Luft des ersten warmen Frühlingstages um die Wangen streichen, derweil Karl sich laut über seinen Verleger beklagte: Wenn die »Himmelsgedanken« nicht der erwartete Erfolg werden würden, schimpfte er, dann liege das ausschließlich an Fehsenfeld, der in seiner Gier ganze 4 Mark 50 für den Band verlange – und einzig diese 50 Pfennige, die so quer und arg lägen, verhinderten den reißenden Absatz dieses großen Werks, und überhaupt sei noch nie in der Geschichte ein Buch so nachlässig unter das Volk gebracht worden wie dieses, und Fehsenfelds Verhalten sei eine beklagenswerte Lieblosigkeit, sodass er, Karl, nun wirklich darüber nachdenken müsse, ob es mit diesem Verleger so weitergehen könne.

So erregte er sich fast eine Stunde lang, in der Klara ihm oft beipflichtete und Emma viel aus dem Fenster schaute.

Als sie über die Albertbrücke fuhren und die Elbe unter ihnen glitzerte, versuchte Emma sich an einem Scherz über das Verlegen von Büchern und andere Verlegenheiten, der aber nicht recht gelang, und Karl war eingeschnappt.

»Früher hatte er auch mehr Humor«, erklärte Emma Klara.

Statt Beistand und Aufheiterung, dachte Karl, ist alles, was ich je bekomme, nur Spott und Niedertracht. Aber bevor er nun seinen

Zorn vollständig von Fehsenfeld auf Emma umdisponieren konnte, erreichten sie auch schon Johannstadt, die Droschke hielt vor einem Haus gleich hinter der Trinitaskirche – und Karl ermahnte sich, den tieferen Zweck ihres Besuchs nicht jetzt schon durch Zank zu stören. Vielleicht nämlich, so hoffte er, konnte ja der kommende Nachmittag ihn bei seinem Vorhaben unterstützen, Emma zu bessern und zu heben. Neben der Religion brachte doch kein Weg den Menschen so zuverlässig hinauf zum Hohen, Wahren und Guten wie jener Pfad, der über die Kunst führte. Und wo sonst, dachte Karl, sollte es möglich sein, in Emma ein Interesse dafür zu wecken, wenn nicht bei einem der besten Künstler Sachsens?

Man läutete.

Es war nun so, dass die Pläne für das gemeinsame Grab der Mays und Plöhns bereits gut voranschritten. Klara hatte sich sehr bemüht, alles schnell auf den Weg zu bringen, und es war beschlossen, eine Art Miniatur des Nike-Tempels in Athen errichten zu lassen. Einen Architekten, der den eigentlichen Bau entwerfen und errichten konnte, gab es; für das schmückende Beiwerk aber, für Statuen, Reliefs oder gar eine Figurengruppe, brauchte es einen Bildhauer. Um diese Aufgabe auszuführen, war ihnen Selmar Werner wärmstens empfohlen worden, und kaum hatten die drei nun an dessen Tür geläutet, öffnete er und bat sie herzlichst herein.

Werner war ein viriler Mann von bald 40 Jahren, dessen Augenbrauen so buschig wucherten, als habe sein gewaltiger Schnauzbart noch zwei Neffen an der Stirn. Man hatte sich schon einmal bei den Mays getroffen und war sich sympathisch, nun also zeigte Werner den Mays und Klara sein Atelier, für das er im Erdgeschoss des Hauses einige Räume gemietet hatte. Die drei folgten ihm an Photographien seiner vergangenen Arbeiten vorbei, er führte eine fast fertige Steinbüste vor, welche über die ordentlich aufgereihten Werkzeuge wachte, dann zeigte er einen gewaltigen Block Muschelkalk, der neben einem Fenster auf den ersten Hieb wartete. Daraus, erklärte Werner, werde er für ein Burschenschaftsdenkmal in Eisenach ein Standbild Wilhelm I. schlagen, und anhand von Skizzen erläuterte er die Pläne. Emma und Karl betrachteten sie angetan, während Klara sich noch mehr für einen Photoapparat interessierte, der in einer Ecke aufgebaut war.

»Ich habe, wenn Sie erlauben«, leitete Werner schließlich zum eigentlichen Zweck dieses Besuchs über, »bereits einiges zur Inspiration herausgesucht.« Er führte die drei zu seinem Ateliertisch, der in der Mitte des Raumes leicht eine Gesellschaft von 20 Personen hätte aufnehmen können. Darauf lagen ausgebreitet ein Dutzend Bildbände, die Lithographien antiker Statuen zeigten, Gemälde der alten Meister, die Steinmetzarbeiten üppiger Kirchenbauten und dergleichen mehr. »Auf der Suche nach Motiven werden wir hier mit Sicherheit fündig.«

Denn es war zwar beschlossen, dass das Grab mit Bildhauerei geschmückt werden würde – nur wie diese aussehen sollte, das musste man nun überlegen. So begannen sie also, Bildbände zu wälzen.

Karl zeigte Emma immer wieder Darstellungen von Bibelszenen, die ihn sehr berührten, und hoffte, dass es Emma ebenso erging. Sie quittierte die Bilder stets mit einem wenig interessierten »Hmhm«. Die Sagen der Antike hatten es ihr mehr angetan.

»Wer ist dieser Schöne mit den beiden Schlangen?«, fragte sie Werner und zeigte auf eine Darstellung Laokoons.

»Kennen Sie die Geschichte der Belagerung Trojas?«, fragte Werner. Emma verneinte, also erzählte Werner ihr von Troja und jenem Holzpferd, welches die Griechen bei ihrem vorgeblichen Abzug vor der Stadt zurückgelassen hatten. »Laokoon«, erklärte er, »erkannte als Einziger den Betrug. Athene schickte darauf zwei Schlangen, die ihn erwürgten – und diese Szene sehen Sie hier.«

Emma war verzückt, und Karl freute sich, dass die Kunst Emma möglicherweise doch packen konnte, auch wenn, wie er dachte, die Sage von Laokoon nun eine gar nicht sehr erbauliche Angelegenheit war und man sie, abgesehen davon, wirklich kennen sollte.

Als sich Karl selbst allerdings kurz darauf für eine Darstellung des Apollon begeisterte, musste Werner auch ihm jede einzelne der Musen bestimmen, die den Gott der Künste umtanzten. Aber er hatte, dachte Karl, in seinem Leben natürlich auch Wichtigeres zu tun, als alle Musen im Kopf zu behalten, und Werner, Absolvent der Kunstakademie, wusste zu jeder Abbildung so viele Geschichten, hob Details heraus und war überhaupt ein so zuvorkommender Kenner, dass Karl sich bald zur gelungenen Wahl dieses Bildhauers beglückwünschte.

»Ich möchte Sie gern mit einem kleinen Einfall behelligen, wenn Sie erlauben«, sagte Werner schließlich.

»Aber stets doch gern!«, entgegnete Karl.

»So hören Sie: Wenn wir ein oder auch mehrere Motive gefunden haben, benötige ich für die Arbeit selbstverständlich jemanden, der mir zur Vorlage Modell steht. Und da dachte ich, wenn Sie nun schon solchen Anteil an der Gestaltung der Anlage nehmen, dass es doch charmant wäre, wenn Sie selbst Modell stünden.«

»Aber ich habe doch nicht die Zeit, Stunde um Stunde hier zu stehen«, sagte Karl.

»Ich würde Photographien aus den verschiedensten Winkeln anfertigen und sie als Vorlage nutzen«, erklärte Werner und wies auf die Kamera. »Es würde kaum länger als ein Viertelstündchen dauern. So könnten wir auch am besten an den Posen arbeiten. Natürlich müssten wir Sie in die passenden Gewänder stecken, der richtige Faltenwurf ist ganz entscheidend.«

»Herr Künstler, Sie gefallen mir«, flötete Emma, deren Freude an Kostümierungen den Mays schon viele muntere Feste beschert hatte.

»Ist das nicht ein wenig ... kindisch?«, fragte Karl.

»Nun sei nicht so ein Miesepeter.«

»Sie könnten ja selbst als Apollon posieren«, schlug Werner vor.

»Und wir sind deine Musen«, scherzte Emma und erstarrte neben Karl neckisch in einer Pose, die einer springenden Tänzerin glich.

In seinem Vorhaben, Emma zu mehr Ernst zu erziehen, war Karl von Werners Vorschlag nun gar nicht überzeugt. Zwar, dachte er, sollte man Emmas gute Laune erhalten, denn vielleicht konnte man deren Schwung später auf dem Pfad hinauf zum Hohen, Wahren und Guten nutzen – doch schien ihm eine Herumalberei in Kostümen just in die falsche Richtung zu führen. Man tat das hier alles doch nicht zum Vergnügen, dachte er, und zu den wenigen Dingen, auf die Karl sich im Laufe der Jahre bei Emma überhaupt hatte verlassen können, gehörte ihre Neigung, sich ausschließlich für ihr Amüsement zu begeistern.

Es hatte Karl, andererseits, viele Jahre auch nicht gestört.

Lange Tage saß der Schriftsteller einsam an seinem Schreibtisch, wie schnell wurde einem da der Kopf überschwer – und wie gut war da eine Ehefrau, die einen zu Geselligkeit und Tanz verführte! Karl hatte gern mitgetan. Schon damals auf dem Dorf hatte er sich von Emma oft ins Wirtshaus ziehen lassen, wo er sich manchmal ans Klavier setzte und Lieder auf Emma oder Spottverse auf die Trinker dichtete. Und wenn Letztere sich das nicht gefallen ließen, dann flohen Karl und Emma mit flatternden Mänteln und lachten noch fünf Gassen weiter. Bis der Ruhm kam, hatten Karl und Emma es durchaus lustig miteinander gehabt, und selbst, als sie in die Villa zogen, spielten sie Fangen in den leeren Räumen und sangen laut, dass das Haus nun ihres sei und niemand es ihnen mehr nehmen könne – bis die Handwerker schließlich verstört durch die Flure schlichen, um zu schauen, ob dort jemand verrückt geworden sei.

Doch es war auch, wie man feststellen muss, eine andere Zeit gewesen.

»Verlangt ein Grabmal nicht ein wenig mehr Würde als eine Herumalberei vor einem photographischen Apparat?«, fragte Karl.

»Keinesfalls muss es albern sein«, beschwichtigte Werner. »Und bedenken Sie, wie viel näher man sich einem Kunstwerk fühlt, wenn man einmal Teil davon ist – es wird wahrlich ein Stück von Ihnen sein, das auf Ihrem Grabe steht.«

Karl suchte nach Gründen dagegen, doch die Zugewandtheit des Künstlers, die von Schaffenskraft durchwirkte Luft des Ateliers und die Tatsache, dass Emma sich überhaupt einmal für etwas interessierte, hatten ihn weich gemacht.

»Na, komm«, sagte Emma. Sie flatterte ein wenig um ihn herum und summte einige Töne von »Spiel ich die Unschuld vom Lande«.

Karl warf nun doch ulkig den Kopf zurück und tat, als spiele er auf einer Harfe.

»Ein echter Apollon!«, rief Werner und bugsierte sie beide vor eine Leinwand, die er bereits in einem Winkel des Ateliers aufgebaut hatte.

Es mochte Karl ganz zu Anfang ihrer Liaison noch andersherum erschienen sein – aber tatsächlich hatte es Emma selten Schwierigkeiten bereitet, Karl zu irgendetwas zu verführen. Ein Vierteljahrhundert war es fast her, dass die junge Emma Pollmer und der nicht mehr gar so junge Karl May einander zum ersten Mal erblickten, im Barbiersalon von Emmas Großvater, einem jähzornigen Mann, der in Hohenstein Zähne zog, Haare schnitt und allerlei Quacksalbereien anbot. Emmas Mutter war tot, der Vater fort, also hatte der Großvater das Mädchen aufgezogen. Sie zählte bald 20 Jahre, als Karl sie traf, und ihre wichtigste Aufgabe zu jener Zeit war es, heiratswillige Bewerber in das Geschäft des Großvaters zu locken, die hofften, sich bei einer Rasur dem schönsten Mädchen Hohensteins nähern zu können.

Karl hatte in seinen damals 35 Jahren schon das ein oder andere Mädchen geküsst, an eine Verheiratung jedoch war nie zu denken gewesen. Seine langen Abwesenheiten hatten es verhindert. Nun aber war er bereit, und die Kunde von der sagenhaften Barbiersenkelin hatte auch ihn erreicht. Das dunkle Haar, die dunklen Augen, die übervolle Büste, die sie nicht zu verstecken suchte – halb Hohenstein hatte sie schon rappelig gemacht, und ihr Anblick verhexte Karl wie jeden anderen.

Seine Schwester, bei der Karl nun ein Zimmer bewohnte, veranlasste seine Einladung zu einem alten Ehepaar, bei dem Emma oft verkehrte. Es fanden sich also eines Nachmittags beide dort ein, und Karl glänzte bis zum Abend mit seinem Wissen, seinen Taten und den Büchern, die er zu schreiben gedachte; hell genug, dass Emma bald jeden Abend zu ihm geschlichen kam. Nachdem ihr Großvater zu Bett gegangen war, stahl sie sich aus dem Haus und die Straße entlang, um dann durch die Hintertür zu ihm zu schlüpfen. Karl war verrückt vor Liebe. Dass er – ohne große körperliche Vorzüge zu besitzen, wie er selber zugab – ein Dutzend jüngerer Verehrer ausgestochen hatte, machte ihn so gockelstolz, wie nur je ein Mann gewesen war.

Für die Zeitung hatte Karl schon den ein oder anderen Aufsatz verfasst, doch als Partie für seine Enkelin hatte der alte Pollmer etwas Besseres vorgesehen als einen Schreiber, dessen Zukunft ungewiss und dessen Ruf nicht tadellos war. Als Karl bei ihm vorsprach, war der Teufel los. Das Durcheinander der folgenden Jahre braucht uns nicht in allen Einzelheiten zu beschäftigen, doch ging es zu wie im Bauerntheater: Karl zog nach Dresden, und Emma riss mit ihm aus, heimlich lebten sie erst getrennt, dann zusammen, täuschten eine Ehe vor, gingen zurück in die Heimat, täuschten dort ein Ende der Beziehung vor, oder vielleicht täuschten sie es auch gar nicht vor … an eine wirkliche Heirat jedenfalls war nicht zu denken, denn der alte Pollmer weigerte sich weiter, Karl seine Zustimmung zu geben.

Obendrein musste Karl feststellen, dass jenes vermeintlich stille und zurückhaltende Mädchen, in welches er sich an jenem ersten Abend verguckt hatte, in vielerlei Hinsicht deutlich weniger still und zurückhaltend war als gedacht. Zwar hatte Karl sie erobert – doch andere Männer vergaß Emma deswegen nicht. Schon bevor sie Karl traf, hatte sie sich in Hohenstein fleißig umgetan. (Was im Ort nicht unbemerkt geblieben war. Doch bei den losen Sitten, die auf dem Land und unter den armen Leuten selbst heute noch herrschen, folgte daraus kein Skandal, sondern einfach: nichts. Gar nichts!) Beim Tanz hatte Emma sich immer gern vergnügt – unter anderem mit einem Bürstenbindergesellen, einem jungen Böttcher, zwei Bauernsöhnen, die ihr auf die Füße traten, einem Markscheiderlehrling, der im nahen Erzbergbau die Kunst des Stollenvermessens lernte, und einem Steiger aus ebenjenem Bergbau, der ständig darüber klagte, dass es mit dem Bergbau in dieser Gegend auch keine Zukunft mehr haben würde; es gab eine kurze, unglückliche Liaison mit dem Buchhalter einer Quasten- und Bortenfabrik aus Annaberg, der sich dann doch nur als der Laufbursche des Buchhalters der Quasten- und Bortenfabrik aus Annaberg entpuppte; sie tanzte mit einem armen Weber, dem die Frau gestorben war, einem Schauspieler von einer durchreisenden Theatertruppe, dem Vetter des Bäckers und einem Dutzend Arbeitern aus den Fabriken der Gegend. Einmal sogar war ein wirklicher Unteroffizier unter den Verehrern, der jedoch so hässlich und knirpsig, so öd und einschläfernd war, dass Emma sich an einem Abend vor Langeweile von ihm küssen ließ, was dieser leider völlig falsch deutete. Es kostete sie Monate der abgewimmelten Aufwartungen, Verleugnungen, Vorhaltungen ihres Großvaters, dass sie eine solche Partie nicht einfach ausschlagen könne, und schließlich drei Ohrfeigen, um ihn wieder loszuwerden. Sie war gottfroh, dass sie ihm wenigstens nicht erlaubt hatte, was sie anderen durchaus gewährte. Für ihn wäre es wohl einer Verlobung gleichgekommen.

Einmal dann, Karl und Emma waren längst miteinander durchgebrannt, fragte Karl sie, wie vielen Männern sie schon vor ihm beigewohnt habe. Vier, hatte Emma geantwortet, kleinlaut, aber der Wahrheit gemäß. Vier, hatte Karl gerufen und war entsetzt im Kreis gelaufen. Vier! Drei Tage lang sprach er nicht mit ihr, bis er seinen Zorn kleingebetet hatte.

Er brauchte weitere Monate, um einzusehen, dass Emma offenbar zu jenen seltenen, äußerst kuriosen Fällen unter den Frauen gehörte: In ihr nämlich loderte ein ganz außerordentlicher Liebes- und Geschlechtstrieb, den man sonst nur von jungen Männern kannte (und dort natürlich verzeihen musste, denn so waren sie nun einmal). Diesen Trieb aber hatte Karl anfangs nur auf sich bezogen. Zu sehr hatte ihm der Gedanke geschmeichelt, dass allein er dieses Feuer entfachen konnte, als dass ihm eingefallen wäre, das Naheliegende zu bemerken: dass dieses Feuer auch andere wärmte.

Karl verbot ihr, mit anderen Männern auch nur zu sprechen. Emma aber dachte nicht daran, weniger kess zu sein, bloß weil sie nun mit Karl unter einem Dach lebte. Ihr Lachen schenkte sie weiter jedem, der ihr gefiel – dieses Spektakel von einem Gelächter, hell und hoch, als ob das Christkind zur Bescherung läutete. Immer warf sie dabei ihren Kopf weit in den Nacken, als würde das größte Vergnügen der Erde durch ihren Körper beben, immer dauerte das Lachen länger als angemessen, und wenn sie den Kopf dann herunternahm und dem Gegenüber dankbar tief in die Augen schaute, wussten die armen Männer gar nicht, wie ihnen geschah.

Emma aber, da war Karl sich sicher, wusste es ganz genau.

Er war äußerst gekränkt von seiner Entdeckung. Und eigentlich – wie er sich später stets zu erinnern meinte – hatte er sich gerade angeschickt, stolz und erhobenen Hauptes diese Verbindung zu lösen, als den alten Pollmer an einem Maiabend im Jahre 1880 der Schlag traf. Karl erreichte die Nachricht am nächsten Morgen, und sofort eilte er zum Barbiersgeschäft. In der Stube im ersten Stock fand er Emma, die neben dem Halbtoten wachte. Gelähmt lag er im Bett, aus seinem Mund tropfte ein Rinnsal von Speichel auf die Laken. Der herbeigerufene Arzt war zu spät gekommen, um etwas ausrichten zu können. Der Tod fand den Alten noch am Nachmittag. Drei Monate darauf heirateten Karl und Emma.

Die Ehe, da war Karl sich sicher, würde Emma schon zähmen.

Unter den strengen Blicken Wilhelms I., der an der Wand des Ateliers dutzendfach neben seinem künftigen Standbild hing, dirigierte Selmar Werner die Mays nun vor das weiße Laken. Emma versuchte, auch Klara in ihre Figurengruppe zu locken, damit Apollon noch eine zweite Muse umtanzte, doch Klara blätterte weiter ernst in den Bänden. Werner korrigierte die Haltung der Mays ein wenig, hob hier einen Arm, senkte dort ein Kinn, aber grundsätzlich, sagte er, nehme sich das schon sehr gut aus.

Er fertigte drei Photographien an, dann ging man zurück und schaute nach neuen Motiven. Bald fand Klara eine Darstellung von Athene, die ihr sehr gefiel. Sie wollte sie den anderen zeigen und nahm den Bildband vom Tisch. Aber noch bevor sie Karl und Emma erreichte, rutschte hinten aus dem Band eine schmale Mappe. Sie fiel zu Boden, öffnete sich halb im Flug, und als sie vor Emmas Füßen auf die Dielen schlug, sprangen einige Postkarten und Blätter hinaus.

Emma hob eine der Karten auf.

Das Bild zeigte eine antike Vase, die mehrere Friese schwarzfiguriger Malerei schmückten. Wobei sich zweifelsohne viele gefunden hätten, die sich hier empört gegen den Ausdruck »schmücken« verwendet hätten. Die Darstellungen menschlicher Körper nämlich, die sich in den Friesen unbekleidet umeinanderschlangen, verstießen auf solch groteske Weise gegen jeden Anstand, dass Emma begann, wie ein Backfisch zu kichern.

Werner errötete, bis er die Farbe eines Hummers erreichte.

Hastig eilte er zu Emma, um die Karte in ihrer Hand zu beschlagnahmen, Karl jedoch kam ihm zuvor. Er warf einen Blick darauf und bemühte sich sogleich, den Anschein eines weltläufigen, gentlemanartigen Unbeeindrucktseins zu erwecken, doch der Gesichtsausdruck missriet ihm gründlich. Fassungslos betrachtete er das Bild. Die Friese zeigten den Geschlechtsakt auf so beschämend explizite Weise, wie Karl es selten hatte sehen müssen, in grotesken Übungen, die obendrein nicht nur zwischen Mann und Frau vollzogen wurden. Während Werner weitere Postkarten und Photographien, die aus dem Umschlag gerutscht waren, vom Boden klaubte, warf Klara einen Blick auf die Darstellung in Karls Hand, und auch ihr schoss das Blut ins Gesicht. Rasch wandte sie sich ab und bedeckte mit der Hand den Mund, der entsetzt offen stand.

Werner bekam nun doch das Bild zu fassen und bugsierte es wieder in die Mappe. Eine äußerst peinliche Stille bemächtigte sich des Raumes.

Karl räusperte sich als Erstes. »Ist das«, begann er, »sind das … ist das Griechisch?«

»Wohl aus dem sechsten Jahrhundert vor Christus«, sagte Werner beflissen. »Es handelt sich um einen Teil der Kunstgeschichte, über den in der Öffentlichkeit geschwiegen wird. Zu Recht! Als wissenschaftlich gebildeter Mensch jedoch darf man auch davor nicht seine Augen verschließen, so abstoßend die Betrachtung auch sein mag.«

»Was haben Sie denn da noch in Ihrem Umschlag?« Emma hatte die Überraschung durchaus schon weggesteckt.

»Gnädige Frau, es handelt sich hier um nichts, womit eine Dame konfrontiert werden sollte. Die Verantwortung kann ich keinesfalls übernehmen.«

»Diese Dame«, versicherte sie, »ist nicht leicht zu schockieren.«

»Ich muss Sie bitten, gnädigste Frau May, mich nicht in diese Verlegenheit zu bringen.«

»Na kommen Sie, Herr Werner. Wir werden Sie schon nicht bei der Sitte anzeigen.«

Mit einem fragenden Blick wandte Werner sich an Karl. Der rang mit sich, ob er das nun erlauben sollte.

Es hatte Karl die Derbheit Emmas ja oft schon sehr besorgt – jene, mit der sie alle Dinge behandelte, über die man eigentlich nicht sprach, jedenfalls nicht in den Kreisen, in welchen die Mays seit einigen Jahren verkehrten. Wir müssen im Folgenden erneut auf die Diskretion unserer eigenen Leserschaft zählen, wenn wir etwa schildern, dass Karl oft hatte anhören müssen, wie Emma vor ihren Freundinnen über die heimlichsten und persönlichsten Geschlechtsvorkommnisse in einer Weise redete, derer sich selbst eine gewöhnliche Dirne hätte schämen sollen. Auch etwa peinigte Karl oft die Erinnerung, wie Emma ihn einige Jahre zuvor auf seiner triumphalen Lesereise in Wien blamiert hatte: Nachdem man sie am Hof der k.u.k. Hoheit Maria Theresia, Erzherzogin von Österreich, empfangen hatte, waren sie am Tag darauf bei einer Gräfin geladen – und dort berichtete Emma der Runde ungeniert, was es von ihrem Hotelfenster aus jeden Abend an Treiben im gegenüberliegenden Bordell zu beobachten gab. Karl hätte es schon an diesem Abend vor Scham bald selbst zum Fenster hinausgetrieben, und jedes Mal, wenn er sich dieser Blamage erinnerte, fühlte er den Wunsch erneut. Schamlos berichte Emma von verflossenen Liebhabern, um Karl eifersüchtig zu machen. Mehrmals war er in ihr Cabinet gekommen und hatte sehen müssen, wie sie nackend vor dem Spiegel saß. In einem der wenigen Briefe, die er im Orient überhaupt von ihr erhalten hatte, schrieb sie, wie der Geist des toten Münchmeyers nachts über sie gekommen war und sie an den Geschlechtsteilen gekrabbelt habe. Das war doch nichts, hatte Karl entsetzt gedacht, was man irgendjemandem mitteilte, erst recht nicht dem eigenen Ehemann!

Karl war wegen all dieser Neigungen Emmas schon lange in Sorge gewesen, doch die Ereignisse seit ihrer Rückkehr hatten diese Sorgen noch einmal geschürt. Denn zusätzlich zu jener Pressekampagne, in der man ihm unterstellte – völlig zu Unrecht unterstellte, wie ja schon seine Reise bewies! –, dass er all die fernen Länder nie betreten habe, war nämlich eine zweite Kampagne über ihn hereingebrochen: Nun beschuldigte man ihn obendrein der Pornographie.

Der Skandal hatte begonnen, als Adalbert Fischer im vergangenen Herbst den ersten jener fünf Romane wieder auf den Markt gebracht hatte, die einst für Münchmeyer entstanden waren: »Die Liebe des Ulanen« gab es nun als dreibändige Ausgabe, ein schönes Geschäft für Fischer, ein ununterbrochener Quell der Peinlichkeit für Karl. Er hatte weiter versucht, die Veröffentlichung zu verbieten, was aber nicht gelingen konnte, da ihm ja die Unterlagen fehlten, die bewiesen, dass Fischer keine Rechte an den Büchern besaß. Auf dessen spätere Ankündigung, nun auch die verbliebenen Romane herauszubringen, war Karl nichts geblieben, als sich einen Anwalt zu nehmen. In den wichtigen Zeitungen hatte er inserieren lassen, dass er gerichtlich gegen Fischer vorgehen würde, und seitdem wartete er angespannt, ob vielleicht diese Drohung schon etwas bewirkte.

Aber warum, mag sich der geneigte Leser schon gefragt haben, warum waren Karl diese Werke bloß so überaus peinlich? Wegen der darin geschilderten Abenteuer zu Zeiten des Deutsch-Französischen Krieges, den viele dank des siegreichen Ausgangs doch noch in schönster Erinnerung haben? Durchaus nicht. Auch die eigentliche Geschichte um Liebe und Ruin, Schwindel und Vergeltung auf einem französischen Schloss müsste keinesfalls einen Skandal verursachen – hätte, ja: hätte der Autor dabei seine Leser nicht in einem fort mit einer beklagenswerten Wollust behelligt. Wer den Fehler begeht, diese drei Bände zur Hand zu nehmen, dem wogen bedenklich oft üppige Busen entgegen, und meist drohen sie etwas zu zersprengen: Kleider, Mieder, Blusen. Dauernd wird geküsst, und bei einem dieser Küsse ist gar die Zunge tätig. Beständig liegen auch Frauenzimmer im Nachtkleide auf ihren Betten. Eine von ihnen (zufälligerweise nennt der Autor sie Emma) trägt ein fast durchsichtiges Negligé, als sie von einem Unhold überrascht wird. Eine andere hat gar unbekleidet geschlafen, als ein noch größerer Unhold sie fesselt! Natürlich waren die Presse und das anständige Bürgertum da empört.

Karl jedoch – er war es auch. Jeden der Angriffe hatte er scharf pariert. Keinesfalls, schrieb er den Zeitungen, habe er selbst jemals einen solchen Schmutz verfasst, vielmehr seien seine ursprünglich sittenreinen Werke erst von den Redakteuren des Münchmeyerverlags so deftig aufgepolstert worden. Auch besorgte Leser musste er in persönlichen Briefen beruhigen, dass all diese Ferkeleien nicht von ihm stammten. Die ohnehin schon verzwickte Lage in Sachen »Ulanenliebe« geriet dadurch noch verzwickter: Er musste nun gleichzeitig beweisen, dass es sich bei ihm zwar um den Autor dieser Bücher handelte und er darum allein über ihre Veröffentlichung verfügen konnte – er sie aber gleichzeitig nicht geschrieben hatte. Kein leichtes Unterfangen. Gerade, wenn man für nichts davon Beweise besaß.

In das Grollen der Welt jedenfalls, das Karl seit Monaten begleitete – in dem die Gerüchte betreffs seiner nie unternommenen Abenteuerreisen durcheinanderrumpelten mit dem Ärger um die Verlagsbriefe, der sinkenden Auflage, dem Streit ums Geld, generellen ehelichen Kabbeleien und dem Tod des liebsten Freundes –, in dieses Grollen war nun also der öffentliche Vorwurf eingefallen, er sei ein Pornograph. Seine ohnehin empfindsamen Sinne hatte die Anklage noch einmal geschärft: für alle Obszönitäten, die Emma an ihn herantrug, für jede mögliche Blamage, die sie ihm bescheren konnte. Denn für eine gelungene Verteidigung war es ja unabdingbar, dass man selbst sie glaubte. Und um sich also selbst zu überzeugen, der sittenreinste, ja insgesamt tadelloseste Autor des ganzen Reiches zu sein – der obendrein ein Werk von hohem Ernst und großer Würde schuf! –, versuchte Karl also seit Monaten jede Andeutung von Unsittlichkeit in weitem Bogen zu umreiten; auch hier nun, im Atelier des Künstlers, in das er doch gekommen war, um ganz im Gegenteil Emma aus ihren Derbheiten hinauszuheben.

Andererseits hätte er aber schon gern gesehen, was sich in Werners Mappe noch verbarg.

»Können Sie versprechen, dass nichts hiervon jemals dieses Atelier verlassen wird?«, fragte Karl.

»Herr May, wir haben in dieser Angelegenheit doch einander an der Angel: Mir wäre es ja ebenso recht, wenn Sie die Existenz dieser Mappe mit Diskretion behandeln würden.«

»Nun«, erklärte Karl, »in der Öffentlichkeit sollte dergleichen selbstverständlich in keinem Fall gezeigt werden. Aber ein wissenschaftliches Interesse besteht hier durchaus, und als ein Mann, der die erstaunlichsten Länder und Menschen erforscht hat, sollte ich mir keinen Einblick in die menschliche Natur verbieten, so abstoßend er auch sein mag.« Emma wartete geduldig auf den Ausgang der Überlegungen, den man ja doch bereits ahnen konnte. »Die eigene Sittlichkeit«, fuhr Karl fort, »kann durch die Betrachtung des Niedersten ja durchaus gefestigt werden. Und da wir unter uns sind und alle Anwesenden gebildete Leute sind, können wir einen Blick wohl riskieren.«

Noch während er seine Erlaubnis gegeben hatte, war Karl näher getreten. Klara behielt Abstand, an den Ateliertisch gestützt atmete sie noch immer schwer.

»Das Anstößigste haben Sie nun ja auch gesehen.« Werner gab nach. »Aber auf Ihre Verantwortung.«

Er schlug die Mappe auf, und Karl und Emma traten dicht zu ihm. Klara schaute, als wolle sie doch lieber mit der ernsthaften Wahl eines Grabschmucks fortfahren, aber schließlich kam auch sie hinzu.

Die Mappe barg Photographien und Skizzen von Werken, welche die Mythen des Altertums darstellten oder sogar selbst aus der Zeit der Griechen und Römer stammten. Werner hatte recht, denn die überdeutliche Darstellung von Handlungen, die nicht einmal in der

Privatheit eines ehelichen Schlafzimmers auf diese Weise hätten geduldet werden dürfen, wichen bald weniger heiklen Bildern.

Eine Photographie etwa zeigte ein Gemälde, es mochte aus dem Rokoko stammen, darauf ein Mann und eine Frau, halb liegend und vollständig entblößt. Sie verbarg sein Letztes noch gerade mit dem Knie ihres rechten Beines, das zwischen seinen lag. Er fasste ihr an die linke Brust. Im Hintergrund küssten sich zwei Schwäne, im Vordergrund leckte ein liegender Hund seine Hinterpfote.

Werner schlug einen nüchternen, wissenschaftlichen Ton an: »Das sind Venus und Adonis. Eine Darstellung von Jean François de Troy. Sie sind bekannt mit der Geschichte?«

Emma verneinte.

»Adonis, der Gott der Schönheit, und Venus, die Göttin der Liebe. Ihre Liebe endet, als er auf der Jagd von einem Eber getötet wird – manche Quellen sagen sogar, Mars, der Kriegsgott, habe sich zum Eber verwandelt, um ihn zu töten. Die Künstler wählen zur Darstellung meist die Szene, in der sie versucht, ihn von der verhängnisvollen Jagd abzuhalten.«

Emma war entzückt. »Aber es ist doch völlig harmlos.«

Werner betrachtete das Bild. »Es ist nun leider nicht an uns, darüber zu richten«, sagte er und blätterte weiter. Einige Skizzen zeigten einen nackten Engel, der sich hinterrücks über eine halb liegende Frau beugte, die nur wenig mehr bekleidet war als er. Sie zog seinen Kopf zum Kuss herab, er umfing ihre Brust. Über ihre Hüften schlang sich noch ein Tuch, doch je nach Perspektive auf den Bildern verbarg kein Bein oder Arm mehr des Engels Unerhörtestes. »Es handelt sich um Skizzen einer Statue aus dem Louvre. Die schöne Königstochter Psyche mit Amor, dem Liebesgott und Sohn der Venus.«

»Wer hat die Skizze angefertigt?«, fragte Emma.

»Das war, nun, tatsächlich ich selbst. In jungen Jahren, versteht sich.« Emma drohte ihm schelmisch mit dem Finger. Werner lachte, aber nur halb verlegen.

»Aber es zeigt großes Talent«, sagte Karl, dem der weltmännische Gesichtsausdruck nun gut gelang.

»Der Kunst ist Gott sei Dank vieles erlaubt, was dem Menschen verboten ist.«

Und während Karl und Werner eine angeregte Unterhaltung über die Freiheit der Kunst begannen, nahm Emma noch einmal das Bild von Venus und Adonis zur Hand und betrachtete es lang. »Das Motiv möchte ich gern einmal probieren«, sagte sie schließlich zu Karl.

Der, mitten in einem Gedanken unterbrochen, warf einen Blick auf das Bild und schüttelte entschieden den Kopf.

»Nun sei kein Sauertopf. Unser Herr Werner hat sicherlich nichts dagegen.«

Wiederum leicht errötend, deutete Werner eine Verbeugung in Emmas Richtung an: »Natürlich kann ich Ihnen keinesfalls einen Wunsch abschlagen, aber wenn Ihr Herr Gemahl nicht mag …«

»Doch nicht auf unserem Grab«, sagte Karl.

»Natürlich nicht auf unserem Grab. Nur jetzt einmal, für eine Photographie.«

»Aber doch nicht … entblößt.«

»Selbstverständlich auch nicht entblößt. So wie gerade. Jetzt komm, das ist lustig.« Karl zögerte weiterhin. Emma lockte: »Ein solches Photo von uns schauen die Leute auch in 2.000 Jahren noch an.« Und damit ließ sich Karl wieder vor die Kamera ziehen.

Werner hatte einige Kisten bereitgestellt, als Sitzgelegenheit für seine Modelle, und Emma schob drei davon zu einem Lager zurecht, auf dem sie anschließend dahinfließen konnte. Sie bugsierte Karl neben sich. Dann sandte sie eine neckische Warnung an Werner, der bereits eine neue Photoplatte in die Kamera einlegte – »Dem Blick des Künstlers ist auch einiges erlaubt, was dem Menschen sonst verborgen bleibt« –, und schwang ihr rechtes Bein über Karls Beine, sodass ihr Unterrock flatterte.

»Was soll ich denn nun tun?«, fragte Karl.

»Sie müssen versuchen aufzustehen, während Ihre Gattin Sie zurückhält«, erklärte Werner, der sich von der Munterkeit seiner Modelle gern anstecken ließ. »Achtung!«, gab er das Kommando.

Karl stützte sich mit dem rechten Arm auf und versuchte sich zu erheben. Emma aber hängte sich an seinen linken Arm: »Adonis, brich nicht auf zur Jagd!«

»Aber Venus«, sagte Karl in übertriebener Sorge, »was sollen wir essen?«

»Es genügt uns doch die Liebe – und die Luft.«

»Bleiben Sie so!«, rief Werner. Dann ließ er es blitzen. Karl und Emma kicherten, während Werner sich bemühte, so rasch wie möglich die Photoplatte zu wechseln.

Karl drapierte sich ein wenig anders, wandte sich noch mehr zu Emma und versuchte einen weiteren Ausbruch. »Meine Feinde warten! Ich habe einen Eber zu erlegen!«

»Oh nein, der Eber wird dich erlegen. Lass ab!«

»Der Eber – der kann etwas erleben!«

Wieder blitzte es – und auf die Tischplatte donnerte einer der Bildbände.

Mit Tränen in den Augen stand Klara an der anderen Seite des Ateliers und verschränkte die Arme. »Ihr nehmt das alles überhaupt nicht ernst«, schluchzte sie.

Verwirrt kam Werner unter dem Tuch der Kamera hervor.

»Oh, Mausel«, Emma stand auf und eilte besorgt zu Klara, »natürlich tun wir das.«

»Mein Richard ist tot, wir wollen Karls Grab gestalten, unser Grab, das erfordert doch alles Würde – und ihr treibt Schabernack.«

Wütend fuhr sie sich mit der Hand über die Augen. Emma nahm sie in den Arm. »Och Mausel, wir meinen's doch nicht bös.«

Auch Karl schlich nun vorsichtig hinüber und stellte sich auf Klaras andere Seite. Werner beobachtete die Szene mit angemessenem Abstand.

Schließlich fasste Klara sich wieder.

»Hier, ich habe eine schöne Vorlage mit zwei Engeln gefunden.« Noch einmal schniefte sie.

»Mausel, die ist wirklich ganz reizend«, sagte Emma.

»Sehr schön, in der Tat«, sagte Karl.

»Meint ihr das auch ernst?«

»Aber zweifelsohne!« Klara war besänftigt.

Und natürlich hat sie recht, dachte Karl.

Wie sollte man denn je etwas von Ernst und Würde schaffen, wenn Emma einen ständig mit ihren Derbheiten davon abhielt?

20. April 1901

Radebeul,
Königreich Sachsen,
Deutsches Reich

Auch wenn Karl kaum noch trank, den Gästen musste man ja etwas bieten, und so nahm Emma am Mittag eine Lieferung von 30 Flaschen Moselwein entgegen. Der Bursche des Weinhändlers brachte sie in den Keller, und als er wieder emporgeschnauft kam, bezahlte Emma ihn an der Tür mit einem Hundertmarkschein, was ihn durchaus in Verlegenheit brachte, denn das Herausgeben kostete ihn fast sein gesamtes Wechselgeld. Emma gab ihm ein Trinkgeld von zehn Pfennigen, wofür er sich mit einem ähnlich lieblosen Tippen an seine Ballonmütze bedankte.

Nachdem Emma die Tür hinter ihm geschlossen hatte, steckte sie die Münzen wieder in die Börse mit dem Haushaltsgeld, nahm aber den Zwanzigmarkschein, den sie zurückbekommen hatte, an sich.

Sie horchte nach oben, ob sie riskieren würde, dort Karl zu begegnen, doch der schien brav in seinem Arbeitszimmer zu sitzen, um die Ruhe vor dem abendlichen Aufruhr durch die Gästeschar zu nutzen. Emma hörte keinen Mucks, also schlich sie die Treppe hinauf, schlüpfte in das Cabinet und öffnete den Ofen, der bei der Tür stand. Dort hinter der Klappe, wo von Oktober bis Anfang April regelmäßig die Kohlen glühten, steckte nun ein Umschlag, den einige Dutzend Geldscheine bereits manierlich auspolsterten. Sie tat den Zwanzigmarkschein hinzu und schloss alles wieder sorgfältig.

Es war ihr liebstes Versteck. Denn wann hatte Karl sich je darum gekümmert, wie warm es in ihrem Zimmer war?

Ohne dass Karl in seinem Arbeitszimmer einen Schritt hätte hören können, ging Emma leise wieder hinab.

Es hatte sich nach Richards Tod ein trauriger Friede über die Villa Shatterhand gelegt, und für einige Wochen hatte Emma weniger fleißig Geld abgezweigt als sonst. Aber nach dieser letzten Woche, die am Montag mit dem Atelierbesuch heiter begonnen hatte; in der Karl aber seit dem Dienstag doch wieder zurück in seine rätselhaft sakrale Haltung fand, die ihm seit dem Orient augenscheinlich am besten gefiel; in der Emma sich am Mittwoch nur noch mit gestiegener Streitsucht zu helfen wusste und mit Karl über die Gäste uneins war, die sie am Samstag erwarten würden; in der sie am Donnerstag darüber zankten, dass natürlich Fleisch serviert werden sollte, denn was würden sonst die Gäste denken – nach dieser Woche der langsam verderbenden Stimmung also schien Emma das Geldhorten wieder äußerst angezeigt zu sein.

Der Zwist am Mittwoch hatte dabei folgenden Grund gehabt: Emma hatte vorgeschlagen, doch den Assessor Bertram einmal einzuladen, so ein netter Mann sei er und nun nach seiner Scheidung so ganz allein. Karl war daraufhin in einen langen Vortrag verfallen, darüber, dass die Ehe eine Prüfung sei, die beide Eheleute gemeinsam zu bestehen hätten; was Gott geschlossen habe, dürfe der Mensch nicht so einfach trennen, und überhaupt denke er ja nicht daran, sich einen solchen Mann ins Haus zu holen, man höre ja die schrecklichsten Geschichten über ihn.

So war einer auf Emmas Gästeliste also wieder gestrichen worden. Drei Ehepaare hatten abgesagt, worüber Emma sich durchaus gewundert hatte, denn um eine Einladung in die Villa Shatterhand riss man sich gemeinhin. Es blieben also siebzehn Gäste: der Chemiefabrikant Kolbe und seine Frau; das Ehepaar Studienrat Dr. Panke; Vogelhain, der junge Leiter des Radebeuler Gesangsvereins; Selmar Werner und ein Künstlerfreund; der Ingenieur Traub mit seiner Gattin; Sanitätsrat Dr. Zwibel, der Karl schon seit Jahren behandelte, nebst Gattin und einer Nichte, die gerade aus Chemnitz auf Besuch war; Leutnant Kaulschek vom Königlich Sächsischen Karabiner-Regiment aus Dresden plus Gattin sowie Emmas liebe Freundin Louise Häußler nebst Gatte – eine dralle Mamsell, die Emma in ihrer Lautstärke noch übertraf, zweimal verwitwet war und aufgrund ihres übergroßen Begattungstriebes von Emma meist »Das Kaninchen« genannt wurde. (Auch ihre Einladung war Teil der Verstimmung am Mittwoch gewesen: Karl hatte sie wie stets nicht im Hause haben wollen, doch Emma hatte sich wie stets in dieser Sache durchgesetzt.) Klara war natürlich auch dabei.

Was Emma später an diesem Samstagabend jedoch – nachdem sie Karl in seinen am wenigsten verschlissenen Anzug gesteckt, die Mädchen zu größter Sorgfalt beim Decken des Tisches getrieben und später alle Gäste mit dem herzlichsten Gruß an der Tür empfangen hatte – dann in größte Peinlichkeit brachte, war, dass von diesen siebzehn Geladenen zwei einfach nicht erschienen: Der Chemiefabrikant Kolbe und seine Frau hatten nicht einmal abgesagt. Lange wartete man mit der Suppe, bis diese letzten Gäste eintreffen würden, doch irgendwann musste man einfach beginnen, obwohl die zwei leeren Stühle an der Tafel den ersten Gang stärker verdarben, als es der unmöglichste Gast mit seiner Anwesenheit je gekonnt hätte. Die Mädchen besaßen den Takt, anschließend mit den schmutzigen Suppentellern auch die unbenutzten Gedecke abzuräumen, Karl wechselte zwischen den Gängen den Platz und ließ die leeren Stühle verschwinden, als sei es das Natürlichste der Welt, man rückte zusammen, und schon nach dem zweiten Gang hätte niemand mehr die Lücke erkennen können, die unter ihnen geklafft hatte.

Als das Dessert schließlich verspeist war, zog die Gesellschaft für den Kaffee in das Wohnzimmer und den Salon um. In der Sitzecke des Salons reichte Karl Cigarren und Digestifs, verzichtete selbst aber auf beides und erklärte auf Nachfrage äußerst gern, warum.

»Aber nun sagen Sie, Herr May, es müssen Ihnen doch auch dieses Mal im Orient die haarsträubendsten Dinge widerfahren sein, oder nicht?«, fragte Leutnant Kaulschek, ein dröhnend jovialer Mann mit Ohren groß wie Feldflaschen. Dazu paffte er genussvoll, und die Rauchzeichen zogen durch die geöffnete Tür ins Wohnzimmer hinüber, wo sich ein weiteres Grüppchen auf den Sofas niedergelassen hatte.

Emma war zwischen den Gästen umhergegangen, um zu schauen, ob auch jedes Glas gefüllt war. Liebevoll hatte sie einige Worte mit Klara gewechselt und ihr die Wange gestreichelt, nun blieb sie bei den Rauchern stehen, gerade als Karl zu erklären begann: »Haarsträubend, in der Tat! Die Passabfertigung der Italiener in Erithrea etwa …«, die er daraufhin ausführlich zu schildern begann.

Karl hatte schon beim Essen umfänglich von seiner Reise berichtet: wie sehr der Anblick von Jerusalem doch überwältigte. Wie fleißig sein Diener Sejd gewesen war, der ihn ja so außerordentlich lieb gewonnen hatte. Wie herrlich er in Kairo immer wieder auf den Mukkatam gestiegen sei, um Gedichte zu schreiben – von denen er später am Abend, sicherlich den Wünschen der Gäste folgend, durchaus noch einige vortragen würde.

Emma hatte den Geschichten aus dem Orient, die sie bereits zur Genüge kannte, beim Essen nur halb gelauscht und währenddessen versucht, die Aufmerksamkeit des jungen Gesangsvereinsleiters zu gewinnen. Doch Vogelhain war unglücklicherweise direkt neben der Nichte des Ehepaars Zwibel platziert worden – einem jungen Ding von vielleicht 20 Jahren –, die, wie Emma dachte, längst nicht so hübsch war, wie sie selber dachte, und sich reichlich kokett benahm, dafür, dass sie in einem so guten Hause zu Gast war. Vogelhain aber widmete sich seiner Tischdame deutlich ausführlicher, als es die Konvention erforderte, und ließ dadurch ebenfalls, wie Emma fand, einigen Takt gegenüber der Gastgeberin missen.

Auch Karl, hatte Emma schnell gespürt, konnte die Gesellschaft nicht wie gewohnt fesseln. Sonst wand sich jedes Tischgespräch stets um seine Abenteuer, dieses aber verließ den Orient immer öfter, irgendwann sprach man über die Schwebebahn, die gerade in Elberfeld eröffnet worden war. »Wir sollten uns stets vergegenwärtigen, dass wir bereits in der Zukunft leben. Die Welt schreitet unaufhaltsam ihrer eigenen Perfektion entgegen«, hatte der Ingenieur Traub erklärt. Karl fühlte sich mehrmals genötigt, die Unterhaltung selbst wieder zurück zu seiner Reise zu bugsieren.

Nachdem er nun im Salon die Feinheiten der italienischen Passkontrollen erzählt hatte und wie man in Port Said – eine reizende Anekdote! – einmal seinen Nachnamen in den Papieren vergessen und ihn dort mit seinen beiden Vornamen als Karl Friedrich durchs Lande habe reisen lassen, fragte Leutnant Kaulschek: »Aber Herr May, gab es denn keine Feinde zu besiegen? Keine Schlachten zu schlagen? Keine Abenteuer zu bestehen?«

»Das größte Abenteuer«, erklärte Karl, »ist doch die Fremde selbst.«

»Aber wenn unser Kara Ben Nemsi eine Reise tut, dann muss doch Erschütterndes geschehen! Was wären denn Ihre Reisen ohne eine zünftige Schießerei!«

Karl lächelte gütig. »Die wirklich wichtigen Reisen, mein lieber Leutnant, das sind doch jene zu den Landschaften der Seele …«, begann er, und weil Emma diese Litanei nicht schon wieder hören mochte, beschloss sie, etwas in Sachen Vogelhain zu unternehmen.

Auch jetzt stand er wieder mit der Nichte der Zwibels beisammen. Neben der Ottomane ließ diese sich vom sonst so überaus schüchternen Vogelhain von den Orgelwerken Johann Sebastian Bachs vorschwärmen, wobei sie seine Lippen gar nicht aus den Augen lassen konnte, zwischendurch viel zu laut lachte und ihren Kopf deutlich zu kess zurückwarf. Vogelhain, offensichtlich völlig überwältigt von seiner eigenen Wirkung, schien längst vergessen zu haben, dass auch noch andere Gäste anwesend waren.

Emma trat hinzu. »Mein lieber Herr Vogelhain, wir haben uns ja noch gar nicht miteinander unterhalten.« Vogelhain, gerade mit großer Geste das Gebläse einer Orgel erklärend, wurde jäh aus seiner begeisterten Betrachtung Bachs und der Nichte gerissen. Er errötete. Kurz wusste niemand etwas zu sagen.

»Das Essen war wirklich ganz vorzüglich«, erbarmte sich die Nichte schließlich.

»Das ist nett, dass Sie das sagen, mein Liebes«, antwortete Emma in einer solchen Freundlichkeit, dass aus ihr, wie sie hoffte, die Herablassung deutlich zu hören war.

»Die Forelle, ja, ein Gedicht«, sekundierte Vogelhain.

»Kein Wunder, dass Sie Ihnen geschmeckt hat«, sagte die Nichte. »Es war doch sicherlich eine Bach-Forelle.«

Vogelhain stutzte kurz, dann lachte er, dann wusste er auch eine Antwort: »Ja, und bei der Zubereitung hatten die Köche sicher alle Händel voll zu tun.«

Kurz überlegte die Nichte. »So etwas kann nur zubereiten, Verdi richtige Zutaten kennt.«

Wieder lachte Vogelhain. Dann sagte er: »Warten Sie«, und stützte seinen Schnauzer umständlich von unten mit Daumen und Zeigefinger. »Welcher Komponist ist das?« Weder die Nichte noch Emma, an der zwar die letzten beiden Scherze unbemerkt vorbeigehuscht waren, die aber deutlich wahrnahm, dass Vogelhain mit seiner Aufmerksamkeit überhaupt nicht bei ihr war, errieten die Antwort.

»Bart-holdy«, sagte Vogelhain.

Emma warf den Kopf zurück und lachte innig und so laut, dass Leutnant Kaulschek und das Kaninchen neugierig herübersahen. Aber als sie den Kopf wieder senkte, um Vogelhain ins Gesicht zu schauen, hing er schon wieder mit den Augen an der Nichte, die in einer lächerlich bescheidenen Geste ihre Hand an die Brust gelegt hatte und mit schräg gelegtem Kopf kicherte.

Emma warf einen Blick durch den Raum. Die meisten Gäste waren weiterhin um Karl versammelt. Aber während der nun wieder ausführlich von seiner Ergriffenheit in der Heiligen Stadt Jerusalem berichtete, sah Emma, dass Ingenieur Traub interessiert seine Fingernägel betrachtete und Selmar Werner ausdauernd sein Weinglas in der Hand kreisen ließ. Vogelhain und die Nichte waren schon wieder ganz in ihren Bach vertieft.

Es reicht nun wohl, dachte Emma.

Sie klatschte in die Hände und rief: »Liebe Gäste, wir sind eine so lustige Runde. Wollen wir nicht gemeinsam etwas spielen?«

Die Gespräche verstummten, und sechzehn Augenpaare sahen sie zögernd an. Nur das Kaninchen schaute begeistert; und Karl, den Emma in seiner Erzählung unterbrochen hatte, blickte unwirsch.

»In meiner Jugend haben wir so etwas durchaus gemacht«, sagte Frau Studienrat Dr. Panke, die selbst schon an die 60 Jahre zählen mochte. Ihre Stirn warf dabei eine solch vorwurfsvolle waagerechte Falte, dass weniger robuste (oder vielleicht auch: besser erzogene) Naturen als Emma darin wohl einen Gedankenstrich gelesen hätten, hinter dem stumm der eigentliche Tadel stand: »– aber das gehört sich doch heute nicht mehr.«

»Im Herzen sind wir alle jung genug«, sagte Emma.

»Ist das nicht ein wenig – kleinbürgerlich?«, fragte Frau Studienrat Dr. Panke, die sehr viel auf ihre gute Abstammung hielt.

Emma, deren Stimme einen Ton besitzen konnte, der selbst einem harmlos formulierten Vorschlag jede Möglichkeit zum Widerspruch nahm, sagte: »Papperlapapp. Sie werden sehen, es wird ein Spaß.«

Und so fügte sich die Gesellschaft.

»Aber wenn es ein Spiel sein muss, dann doch bitte eines mit Anspruch«, bat Studienrat Dr. Panke.

»Man könnte das Ähnlichkeitsspiel spielen«, schlug Selmar Werner vor. Der Vorschlag wurde angenommen, und weil das Kaninchen das Spiel nicht kannte, erklärte Werner es rasch: Aus dem Lexikon wurden zufällig zwei Begriffe herausgepickt, die beide einen Gegenstand bezeichneten. Wer an der Reihe war, musste nun auf möglichst geistreiche Weise erklären, was diesen beiden Dingen gemein war – und was sie voneinander unterschied. »Sorgen Sie sich nicht, werte Frau Häußler, es mag abstrakt klingen, aber sobald man beginnt, erklärt es sich ganz von selbst.«

Emma erschien der Vorschlag fürchterlich fad, und außerdem würde ein solches Spiel Vogelhain und die Nichte auch nicht voneinander trennen, aber seinen Gästen, dachte sie, sollte man nicht widersprechen, jedenfalls nicht gleich.

Aus der Bibliothek wurde ein Lexikon herbeigeschafft, Dr. Panke gab den Spielleiter und fragte Karl, ob er ehrenvollerweise die Runde beginnen würde. Karl bejahte mit wenig Begeisterung, Dr. Panke schlug willkürlich zweimal das Lexikon auf und fuhr mit dem Finger blind hinein. Die Aufgabe lautete »Tonne« und »Kopf«.

Karl überlegte einen Moment. Dann sagte er: »Beide sind gefüllt besser als leer – aber nur bei einem ist Holz ein akzeptables Material.«

Das Gelächter war groß, und Karl deutete eine Verbeugung an.

Die Frau des Leutnants, die neben Karl stand, war als Nächstes an der Reihe. »Zwiebel« und »Fenster« fielen ihr zu. Sie brauchte einen Augenblick länger als er, aber dann hatte auch sie etwas: »Beide sind im Haus. Durch das eine schaut man hindurch, das andere aber«, und sie wandte sich zu Dr. Zwibel hinüber, »durchschaut seine Patienten.«

Die Runde belohnte sie mit »Oho!« und »Hört, hört!«, und so ging es weiter im Kreis. Nicht jeder bekam gleichermaßen Applaus. Doch brachte jeder etwas zustande, was Emma, die noch längst nicht an der Reihe war, durchaus staunen ließ. Denn wenn sie ein wenig mitriet, fand sie selten eine sinnvolle Verbindung der beiden Begriffe.

Sie hatte es Karl gegenüber wohl nur ganz zu Anfang ihrer Liaison einmal erwähnt, aber: Was die junge Emma damals für den schon gar nicht mehr so jungen Karl vereinnahmt hatte, waren tatsächlich sein Witz und seine Klugheit gewesen. Sein Haar hatten die Jahre damals schon gelichtet, sein Körper trug nur schmale Schultern, und wenn sich im Wirtshaus die Waldarbeiter schlugen, zog Karl es vor, sein Bier und sich selbst in einer Ecke in Sicherheit zu bringen. Unter ihren vielen Verehrern stach Karl wirklich nicht als der stattlichste hervor, da konnte auch sein recht ansehnliches Gesicht nichts ausrichten. Aber wie viel weniger fad als alle anderen war er! Den Bürgermeister, den Bahnhofsvorsteher und den Chef der Gendarmen konnte er nachmachen, als ob sie vor einem stünden. Über jeden im Dorf wusste er eine Geschichte, und wenn er keine wusste, erfand er eine. So klug konnte er mit dem Großvater über die Welt reden, und wenn es nichts Kluges mehr zu sagen gab, kannte er immer noch eine Anekdote über irgendeinen Kaiser.

Die anderen Burschen, die Emma den Hof machten, waren entweder zu brav oder zu grob, zu fad oder einfach Trampel, und die ganz wenigen, die keines davon waren, meinten es dann hinterher doch nicht ganz so ernst mit ihr, wie sie vorher getan hatten. Bei Karl dagegen saß ein kluger Kopf auf den Schultern und der Schalk im Nacken; er hatte ernste Absichten, eine aussichtsreiche Zukunft – und sogar eine finstere Vergangenheit, die er Emma nach wenigen Tagen schon gestehen musste, denn die Gerüchte über ihn hatten auch sie schon erreicht. Mit Karl nach Dresden durchzubrennen war ein Abenteuer, das Emma gern unternahm. Wie das Leben als Schriftstellerfrau aussehen würde, davon besaß sie zwar nur eine unscharfe Ahnung, aber sie erwartete glänzende Jahre. Und dazu noch eines: dass Karls Klugheit auch auf sie abfärben möge.

Es sorgte sie daher kaum, dass sie ihn oft nicht verstand. Nicht wovon er sprach, nicht was er schrieb, nicht seine plötzlichen Wutausbrüche, nicht, warum ein Bekannter an einem Tag der beste Freund und am nächsten Tag der ärgste Feind sein sollte. Denn, dachte sie, wäre sie erst durch das Zusammenleben klüger geworden, dann würde sie schon alles begreifen.

Anders, als Karl später behauptete, hatte Emma anfangs sogar versucht, einige von Karls Büchern zu lesen. In drei oder zwei oder auch eines war sie mit besten Vorsätzen eingestiegen. »Das Buch der Liebe – Wissenschaftliche Darstellung der Liebe nach ihrem Wesen, ihrer Bestimmung … etc. etc.« hatte sie schon vor der Heirat begonnen – dann aber enttäuscht weglegt, als sie bemerkte, dass der Verfasser ihr durchaus nichts vorenthalten hatte und seine Kenntnisse auf dem Gebiet der Liebe tatsächlich eher theoretischer Natur waren. Karl jedenfalls verstand sie so nicht besser. Auch nicht, als er später seine Indianergeschichten schrieb. Und von der Klugheit, die da abfärben sollte … – nun ja.

Im Salon ging das Spiel weiter durch die Runde.

Rechtzeitig bevor Emma an der Reihe zu sein drohte, trat sie beiläufig durch die Zwischentür aus dem Salon ins Wohnzimmer, ging weiter Richtung Küche und tat, als habe sie dort etwas zu erledigen.

Kurz wartete sie im leeren Speisezimmer, und als sie zurückkehrte, nahm sie die zweite Tür in den Salon – jene, die direkt auf den Flur führte – und reihte sich dort im losen Kreis der Spieler wieder unter denen ein, die bereits an der Reihe gewesen waren.

Emma beobachtete Vogelhain und die Nichte, deren Name ihr Gott sei Dank schon wieder entfallen war. Sie standen zwar noch nebeneinander, hatten aber ihre Unterhaltung eingestellt, und waren nun beide als Letzte an der Reihe. Vogelhain entdeckte Gemeinsamkeit und Unterschied eines Zylinders und einer Ente. Dann war die Nichte dran.

»Peitsche«, las Panke vor, blätterte zurück und fand: »Bier.«

Niemals, dachte Emma, fällt der dummen Kartoffel darauf etwas ein.

Die Nichte begann zu überlegen, und Emma dachte: Wie die schon guckt. Wenn sie könnte, würde sie sich drücken.

Eine Antwort aber ließ nicht lang auf sich warten: »Ein Brauereipferd kennt beides – aber nur eines von beidem gibt man dem Ehemann.«

Frau Studienrat Dr. Panke schaute indigniert, aber die anderen bogen sich vor Lachen. »Da sind Sie doch noch viel zu jung für, mein Fräulein!« – »Ja, aber welches denn?«, rief man durcheinander, und das fröhliche Kreischen des Kaninchens hätte man wohl noch auf der Straße gehört. Am stürmischsten von allen aber lachte Vogelhain.

Als die Runde sich wieder beruhigt hatte, schaute man sich um, ob jemand noch nicht dran gewesen war. Frau Studienrat Dr. Panke entdeckte Emma.

»Ich war sehr wohl schon an der Reihe«, widersprach Emma.

»Ach kommen Sie, Frau May, nicht so bescheiden«, sagte Leutnant Kaulschek.

Emma, die stets gern im Mittelpunkt stand, jedoch lieber, ohne dass es einer Prüfung glich, wand sich. Die Runde aber, die Gefallen am Spiel gefunden hatte, ließ sie nicht so leicht entkommen. Studienrat Dr. Panke fand »Duell« und »Handschuh« für sie.

»Ach, nein«, sagte Emma, »das wollen wir doch anderen überlassen.«

»Frau May, wollen Sie sich etwa drücken?« Scherzhaft drohte Dr. Panke mit dem Finger.

Bevor sie noch einmal genötigt werden konnte, unterbrach Karl. »Sie haben mich vorhin alle so reizend darum gebeten, einige Gedichte von meiner Orientreise vorzutragen«, sagte er und trat einen Schritt vor, »und es wäre doch jetzt ein wunderbarer Zeitpunkt.«

Emma wusste nicht so recht, woher ihr Trotz rührte, keinesfalls diese Aufgabe angehen zu wollen. Was sie allerdings mit Sicherheit wusste, war, dass es der Stimmung keinesfalls gut bekommen würde, nun allzu fromm zu werden. Zwar würde Karl sie vor einem Duell und einem Handschuh retten, zwischen denen sie noch keine geistreiche Gemeinsamkeit zu entdecken vermochte, aber um den Preis, dass seine ewige Innerlichkeit jede Ausgelassenheit zu ersticken drohte.

Denn vielleicht war Karl klüger als Emma. In einem jedoch war sie ihm um Längen voraus: sein Publikum zu lesen.

Wenn Karl etwa auf dem Höhepunkt seines Ruhms den Leuten von der Größe seiner Indianerarmee berichtete, von seinen Körperkräften, Schießkünsten oder Sprachtalenten, dann hatte Emma oft versucht, ihn zu bremsen – obwohl sie den Irrsinn der Behauptungen gar nicht bemerkte. Sie hatte ja etwa selbst einmal einen weit gereisten Diplomaten kennengelernt, der neben dem Deutschen auch das Französische, das Englische und Italienische beherrschte. Schäkernd hatte er versucht, ihr einige französische Worte beizubringen, aber mehr als drei Begriffe zu behalten, überstieg ihre Fähigkeiten vollkommen. Dieser Mann aber kannte Abertausende fremde Wörter und band sie so flüssig zusammen, dass sie aus seinem Mund kamen wie Gesang. Es war ein Wunder für sie. Warum sollte ein Mensch also nicht auch noch größere Wunder vollbringen können und dasselbe mit acht, zwölf, 70 oder 1000 Sprachen beherrschen?

Auch hatte sie selbst schon lebende Fische mit einem Knüppelschlag betäubt und im Zirkus einen starken August gesehen, der zwei Damen stemmen konnte – warum sollte ein Mann von unerhörter Körperkraft also nicht einfach einen anderen mit einem Schlag niederstrecken können? Sie war mit Eisenbahnen und Dampfschiffen gefahren, hatte Telegramme gesendet und andere Erfindungen gesehen, die für sie und viele andere kaum zu begreifen waren – warum sollte ein Gewehr da nicht 25 Mal hintereinander schießen können? Warum sollte man nicht die erstaunlichsten Dinge aus Fußspuren im Gras lesen können – wo doch Männer in die Sterne sahen und aus ihnen lesen konnten, wo auf der Erde sie sich befanden? Warum also sollte all das ein Irrsinn sein?

Es waren nie Karls Lügen, die sie alarmierten. Auch war es nicht so, dass sie das Lügen grundsätzlich verachtenswert fand. (In den ersten Jahren mit Karl etwa hatte sie gern Liebesbriefe an sich selbst gefälscht, um ihn eifersüchtig zu machen.) Doch wenn Karl vor Publikum den Old Shatterhand gab, dann bemerkte sie sofort, wenn Zuhörer begannen, sich verstohlene Blicke zuzuwerfen. Sie empfand den Abfall der Spannung im Raum, wenn mehrere Männer zugleich misstrauisch ihre Arme verschränkten. Sie fühlte die winzigen Änderungen der Körperhaltung, wenn ein Gesprächspartner sich ungläubig einen Zentimeter zurücklehnte. Tiere spürten herannahende Gewitter, Emma auch. Bloß konnte sie zur Warnung auch nicht mehr tun als bellen.

Denn von dem, was sie mit dem Herzen recht gut sah, blieb nicht selten etwas auf der Strecke, wenn das Gesehene an den Kopf gemeldet werden sollte. Nachdem sie einige Mal versucht hatte, Karl ihre Sorgen vorzutragen, verbot er ihr schlicht, sich ein Urteil über seine Arbeit anzumaßen. Sie schwieg also, unterbrach Karl nur manchmal, wenn seine Phantasie vor Publikum davongaloppierte, und griff ansonsten zum bewährten Mittel der Hausfrau: Aus Sorgen, die nicht ausgesprochen werden durften, buk sie umso heißere Vorwürfe andere Dinge betreffend. Geld etwa war stets ein gutes Thema.

Vielleicht hätte sie tatsächlich mehr lesen sollen. Aber wo es ihr schon manchmal schwerfiel, von einem Gefühl zu einem klaren Gedanken zu gelangen, war der umgekehrte Weg meist ähnlich unpassierbar. Beim Denken zu beginnen und von dort zu einem Gefühl zu finden, das war ein Pfad, den sie nur selten beschritt. War es da ein Wunder, dass Bücher sie langweilten? Buchstaben zu Wörtern zu formen, Wörter zu Sätzen und dann erst die Sätze zu Empfindung, das waren Umstände, die sie sich ungern machte.

Dafür war ja ihr Gespür für die Regungen der Menschen so fein, dass, wenn ihr jemand eine Geschichte erzählte, sie schon wusste, auf welcher Note sie endete, lange bevor es ausgesprochen war. Tatsächlich sah ihr Gegenüber beim Reden sogar schon die eigenen Empfindungen auf Emmas Gesicht, noch bevor er sie selbst wahrnahm. Natürlich dachten die Männer (und ganz besonders: Karl) zu Anfang stets, dass sie es bei Emma mit einer Frau zu tun hatten, die sie endlich einmal verstand. Nichts war falscher. Emma verstand ihre Gegenüber nicht, so wenig wie ein Spiegel verstand, was er zeigte. Aber gab es eine größere Falle für selbstverliebte Männer als eine Frau, die jede Regung so getreu abbildete, dass Männer sich in ihr selbst lieben konnten?

»Ich glaube, Sie werden mir verzeihen, wenn ich diese Runde überspringe«, lehnte Emma noch einmal ab.

Ein Ärger hatte in ihr zu qualmen begonnen, von dem sie auch nicht hätte sagen können, wo genau sein Brandherd lag: in der herablassenden Hilfsbereitschaft, mit der Karl ihr beisprang, weil er offenbar eine Blamage nahen sah (völlig zu Unrecht ja, und sollte es doch eine geben, wäre er nun selbst schuld daran; und ein Grund dafür, dachte Emma, würde ihr schon noch einfallen); seine offenbar erlahmende Kraft, die Leute einzufangen, die sie den ganzen Abend und die ganzen letzten Monate schon gesehen hatte; oder die Tatsache, dass man sie nun hinterhältig in eine Ecke manövrieren wollte?

»Aber werte Frau May, wir alle sind durch diese heitere Prüfung gegangen«, sagte Leutnant Kaulschek.

Emma schlug den unpassend verführerischen Ton an, der sie sonst aus vielen Unannehmlichkeiten rettete: »Wollen Sie dieses Duell denn nicht für mich schlagen, Herr Leutnant?«

Nicht nur Frau Dr. Studienrat Panke hob erstaunt die Augenbraue. Es war ein wenig stiller geworden im Salon.

»Ich habe aus meinen Gedichten ja bereits einen Band gemacht. Die ›Himmelsgedanken‹, die sich ganz außerordentlich großer Beliebtheit bei unseren Buchhändlern erfreuen«, sagte Karl.

»Vielleicht heben wir uns auch das für ein andermal auf«, sagte Emma.

Irritiert gingen die Blicke zwischen Emma, Karl und Leutnant Kaulschek hin und her.

»Vielleicht wollen wir einfach etwas anderes spielen«, erklärte Emma schließlich. »Sie kennen alle ›Der Kaiser kommt‹?«

Niemand wollte sich vordrängen, aber das Gemurmel und die Bewegung, die nun wieder in die Gäste fuhr, ließ sich durchaus als ein Ja werten. Es war wohl ein guter Ausweg, bevor es peinlich werden konnte; das vorherige Spiel (und Wein und Digestif) hatte längst alle munter gemacht, und überhaupt war »Der Kaiser kommt« ja ein beliebtes Spiel in allen Jahrzehnten gewesen.

Die Spieler standen oder saßen dabei ungezwungen im Kreis, und reihum wurde durchgezählt. Der erste sagte »eins«, der nächste »zwei« und so fort. Kam aber eine Zahl an die Reihe, die durch fünf teilbar war, so musste der Spieler statt dieser Zahl »Der Kaiser« sagen – und fortan wurde in entgegengesetzter Richtung weitergezählt. Ließ sich eine Zahl durch sieben teilen, sagte der Spieler »Er kommt!« – und das Zählen lief in derselben Richtung weiter. Machte einer einen Fehler, hatte er ein Pfand abzugeben, und das Spiel begann von vorn.

In der ersten Runde versagte Vogelhain schon bei der Sechs, weil er den Richtungswechsel vergaß. Als Pfand gab er ein Cigarettenetui. Die zweite Runde lief bis fünfzehn, aber Frau Sanitätsrat Zwibel nannte die Zahl und sagte nicht »Der Kaiser!«, also gab sie eine Brosche. Die nächste Runde kostete Emma einen Ohrring, und so lief es weiter, bis der Hut, in dem Leutnant Kaulschek die Pfänder sammelte, reichlich gefüllt war. Dann begann der eigentliche Spaß: Um das Pfand zurückzuerhalten, musste der Besitzer eine kleine Aufgabe erfüllen.

»Was soll der tun, dem dieses Pfand gehört?«, begann Kaulschek und hielt eine Uhr in die Höhe.

»Der Besitzer möge«, sagte Studienrat Dr. Panke und freute sich sehr über seinen Einfall, »den ›Blumengruß‹ aufsagen – und zwar rückwärts!«

Die Uhr gehörte Selmar Werner, der zwar durchaus keine Schwierigkeiten mit seinem Goethe hatte – aber sich rückwärts von »Wie hunderttausend Mal« zu »Der Strauß, den ich gepflücket« durch die Verse zu tasten, war ein so kniffliges Kunststück, dass man ihn anschließend mit lautem Applaus bedachte.

Die nächsten Pfänder wurden mit weniger originellen Aufgaben versehen – ein Purzelbaum, ein Kleidertausch, noch ein Gedicht –, dann hielt Leutnant Kaulschek einen Armreif in die Höhe. Emma erkannte ihn gleich.

»Der Besitzer muss ein Lied singen«, rief sie, denn das Schmuckstück gehörte der Nichte. Mit ihrer sicherlich grauenhaften Stimme, dachte Emma, würde sie sich vor Vogelhain tüchtig blamieren. Sie schickte ihr einen triumphierenden Blick hinüber.

Die Nichte trat in den Kreis. Gespannt warteten die Gäste auf ihren Einsatz. Aber anstatt sich mit einem bescheidenen »Hänschen klein« aus der Affäre zu ziehen, erwiderte die Nichte Emmas Blick mit Festigkeit und wandte sich dann noch einmal zu Vogelhain um: »Mögen Sie mich vielleicht am Klavier begleiten?«

Die Runde murmelte gespannt, als Vogelhain sich an Karls Flügel setzte. Kurz flüsterte die Nichte ihm etwas zu, dann hoben sie gemeinsam an, und die Nichte sang vom Lindenbaum, der vor dem Tor am Brunnen stand. Ihr Alt war nicht kräftig, aber geschult; und sang sie auch nicht wie eine Lina Mayr, dann doch so, dass ihr Publikum in angenehmer Überraschung lauschte und schließlich die ganze Gesellschaft von ihr hingerissen war. Emma bemerkte die Blicke der Männer, die sie nur allzu gut kannte, und verachtete sie alle miteinander dafür.

Nachdem der letzte Ton verklungen war, trug Vogelhain der Nichte an, dass sie sofort seinem Chor beitreten müsse, Proteste seien zwecklos. Sie wehrte das mit (wie Emma dachte: doch nur äußerst billig gespielter) Bescheidenheit ab, bekam dafür doch nur weitere aufmunternde »Bravo!«-Rufe und lächelte Emma dann huldvoll an. Es war kaum zu ertragen.

Das Pfändereinlösen ging danach weiter, Ingenieur Traub musste auf einem Bein stehen und wie ein Hahn krähen; Karl, dessen Pfand leicht erkannt wurde, weil er als Einziger einen Manschettenknopf gegeben hatte, sollte ein indianisches Kriegsgeheul vormachen. Die Stimmung wurde ausgelassen, und Emma versuchte, sich mittragen zu lassen, aber so recht wollte es nicht gelingen.

Als letztes Pfand lag der Ohrring im Hut.

»Was muss der tun, dem dieses Pfand gehört?«, fragte Leutnant Kaulschek.

Die Nichte, die entweder bei den Pfändern mitgezählt hatte oder ein genaues Auge für den Schmuck der anwesenden Damen besaß, sagte: »Uns eine Gemeinsamkeit und einen Unterschied nennen zwischen einem Duell und einem Handschuh.«

Selmar Werner und der Sanitätsrat Zwibel tauschten ein kaum hörbares »Hohoho!« aus. Dann sagte Kaulschek: »Dieser Ohrring gehört, wenn ich mich nicht irre, unser gnädigen Frau May.« Darauf rückte Zwibel verdutzt die Brille zurecht, und Werner spitzte die Lippen zu einem stummen Pfiff.

Während Kaulschek zu Emma trat, um ihr den Schmuck zu überreichen, spürte sie, wie die Anwesenden sich verspannten und fester an ihre Gläser klammerten. Werner betrachtete konzentriert die Welle seines Weins beim Schwenken des Glases. Die Damen lächelten angestrengt, und Emma wurde heiß in der Brust.

Sie nahm Kaulschek den Ohrring ab.

Dr. Panke zündete sich mit übertriebener Sorgfalt eine Cigarre an.

Emma suchte Klaras Blick, doch die zupfte nicht vorhandene

Fusseln von ihrem Kleid. Auch von Karl, der auf den Kronleuchter starrte, war keine Hilfe zu erwarten.

Ich bin ihm peinlich, dachte Emma. Er muss sich gerade beschweren, wo er sich doch selbst blamiert, wo er kann, dachte Emma, niemand will seine Litaneien mehr hören, und alt ist er geworden, und überhaupt wirkt sein ganzer Zauber nicht mehr, und nichts davon will er einsehen, von, von, von … allem, es ist zum Davonlaufen, und nie ist er lieb zu mir, nie gewesen, diese ganze Ehe ist ein Graus, und überhaupt hätte man ihn in Konstantinopel auf der Straße liegen lassen sollen, dachte Emma, und wieder fühlte sie diese Wut in sich glühen.

Dann riss sie sich zusammen.

Was bloß haben ein Duell und ein Handschuh gemeinsam?, überlegte sie und versuchte, sich beides vorzustellen. Doch alles, was Emma fand, war eine große Leere, die in ihr klaffte, ein Abgrund, der drohte, sie hinabzuziehen.

Dr. Panke schmatzte an seiner Cigarre.

Aus der Küche hörte man die Mädchen leise mit dem Geschirr klimpern.

Eine Ohnmacht, dachte Emma, eine Ohnmacht zur rechten Zeit ist immer ein Ausweg.

Auf der Uhr aber waren noch nicht so viele Sekunden heruntergetickt, dass man Emmas Schweigen nicht weiterhin für eine dramatische Pause hätte halten können, als plötzlich ein Einfall und ein Ruck durch sie ging.

»Bedaure, meine Herren und Damen«, sagte sie und lächelte süß die Nichte an, »ich habe diesen Ohrring zwar getragen. Er gehört jedoch«, und sehr betonte sie das Verb, »meiner lieben Klara, von der ich ihn geliehen habe.«

Klara, an der Emma immer bewundert hatte, wie gut sie jede Gefühlsregung verbergen konnte, wenn es nötig war, wirkte nicht im Mindesten überrascht, als Emma ihr den Ohrring überreichte, den sie noch nie gesehen haben konnte, weil Emma ihn erst zwei Tage zuvor gekauft hatte. Lächelnd zeigte Klara ihn der Runde, aus der dankbar die Erstarrung wich. Gerne ließ man diesen Ausweg gelten.

Den Unterschied und die Gemeinsamkeit zwischen einem Duell und einem Handschuh hatte Klara schnell gefunden, und auch dafür gab es Applaus. Emma klatschte erst in ihre Richtung, dann wandte sie sich zur Nichte um, die ihren Blick jedoch nicht erwiderte, sondern tat, als sei gar nichts geschehen. (Und ein weniger aufmerksamer Beobachter, wie zum Beispiel Vogelhain es war, hätte auch gar nicht sagen können, dass gerade überhaupt etwas geschehen wäre.)

Und als Karl vorschlug, er könne nun aber wirklich einige seiner Gedichte vortragen, konterte Emma mit dem Vorschlag, man könne doch nun auch eine Partie Blindekuh spielen. Und die Runde, dank Wein und Spiel längst ausgelassen, ließ sich auch darauf ein. Man wurde so albern, wie es der Anstand zuließ, und vielleicht sogar noch darüber hinaus, spät sagte Sanitätsrat Zwibel zu Werner, dass man bei einer Einladung zu den Mays tatsächlich immer etwas erleben könne, womit andernorts nicht zu rechnen sei, und eigentlich hätte es ein Abend ganz in Emmas Sinne sein können – hätte sie nicht einerseits bemerkt, dass Vogelhain und die Nichte, obwohl Emma sich weiterhin bemühte, die beiden im Getümmel des Blindekuhspiels voneinander zu trennen, immer wieder zueinanderfanden; und wäre ihr nicht andererseits entgangen, dass Karl sich zu seinem Gedichtvortrag schließlich doch in eine Ecke des Salons zurückzog, und zwar mit einem Publikum, das nur aus einer einzigen Person bestand. Nämlich Klara.

So saßen sie also zu zweit dort in den Fauteuils, während die Blindekuh-Spieler beim gegenseitigen Abschlagen juchzten: Karl, der Emma den Abend über mit strengem, missbilligendem Blick beobachtet hatte, und Klara, die zum wiederholten Mal ergriffen seinen Versen lauschte.

Was aber übrigens Klara über ein Duell und einen Handschuh ganz richtig bemerkt hatte, war Folgendes: Nur eines davon konnte einen wärmen. Aber wenn man nicht aufpasste, waren beide schnell verloren.

7. Oktober 1899

Britisch-Ceylon,
Kronkolonie des Britischen Empires

Karl hatte schon lange an Deck gestanden, als die »Bayern«, von Aden kommend, nach Mitternacht Colombo anlief. Das Ausschiffen im Hafen erfolgte in langen, bequemen Booten und wie üblich unter einem infernalischen Lärm, jedoch mit, wie Karl wohlwollend bemerkte, einer auch andernorts wünschenswerten Bedachtsamkeit. Das Hotel lag der Pass- und Zollstelle gleich gegenüber, und Karl war längst dorthin geschlendert, bevor gegen vier Uhr, wie in jeder Nacht, ein gewaltiger Regen niederging. Und als Karl, der zwischen Beirut und dem Roten Meer über sechs Monate nichts als Glut, Glut, Glut gesehen hatte, am nächsten Morgen den ersten kurzen Spaziergang durch die Stadt unternahm, legte sich die feuchte Luft wie eine heilende Salbe auf seine Haut; die Palmen winkten ihm aus den Gärten zu; und als er sich in einem Park auf eine Bank setzte, nahm ein prächtig grüner Pflaumenkopfsittich auf einem Brotfruchtbaum neben ihm Platz und sang – und Karl meinte, im Paradies angekommen zu sein.

Von Hoven und er hatten im Grand Oriental Hotel Quartier genommen, der teuersten unter den auch bisher wenig bescheidenen Herbergen seiner Reise, und gleich für 20 Tage gebucht. Sie beabsichtigten zwar, gleich am zweiten Morgen nach Norden aufzubrechen, doch konnten sie nicht wissen, wie lange die Expedition dauern würde, und vor allem wollten sie den Anschein erwecken, gar nicht aus Colombo fort gewesen zu sein. Die wenigen Besorgungen, die zu tun waren, erledigten sie am ersten Nachmittag, der weitgehend reibungslos verlief – sah man einmal davon ab, dass Karl erneut dem Apfelgesicht aus Massaua begegnete, der mit ihnen auf demselben Schiff gekommen war. Er betrachtete Karl mittlerweile mit kaum verstelltem Misstrauen, besonders, als sie sich noch ein zweites Mal an einem Marktstand begegneten – doch davon ließ Karl sich seine Stimmung nicht verderben.

Am nächsten Morgen verließen sie ihr Hotel noch vor Sonnenaufgang mit leichtem, unauffälligem Gepäck, während Sejd (der in einem günstigen Gasthaus untergebracht war) ihre Ausrüstung mit zum Bahnhof brachte. Von Colombo trug die Bahn sie in nicht einmal vier Stunden hinauf nach Kurunägala. Die Fahrt führte lange durch das Flachland der Küste, wo sich Dschungels mit Pflanzungen von Bananen, Kokos- und Arrecapalmen abwechselten. Kurz vor ihrem Ziel aber reckten sich erste Hügel neben dem Fenster auf, die nach Osten hin, in Richtung der Inselmitte, zu einem Gebirge wuchsen. Karl war entzückt von all dem Grün und der Exotik, und mochte er auch auf dem Schiff mit jeder Seemeile unruhiger ob ihres bevorstehenden Abenteuers geworden sein, schaute er nun in diese Landschaft, die Gott so friedlich und fruchtbar, so voller Überfluss in den Ozean gegossen hatte, dass er sich nicht vorstellen konnte, dass sich in diesem Garten Eden jemals etwas Bedrohliches ereignen würde.

Am Bahnhof angekommen, dauerte es keine Stunde, vier kräftige Esel zu besorgen und aufzusatteln, und bestens gelaunt, die Vorfreude im Herzen und Scherze auf den Lippen, ritten die drei nach Westen aus der Stadt hinaus. Hinter den Grenzen des Ortes durchquerten sie zunächst üppige Teeplantagen, deren monotoner Anblick ihr Interesse jedoch bald erschöpfte, und zwischen Karl und von Hoven entspann sich eine lebhafte Unterhaltung, die sie durch die Landschaft trug.

»… und auch darum habe ich als junger Mann Ihre Reiseberichte geliebt wie kaum je etwas«, erklärte von Hoven gerade. »Nur eines habe ich mich oft gefragt: Warum schildern Sie so häufig ausführliche Gespräche über die Religion?«

»Haben sie Ihnen etwa nicht gefallen?«

»Ich empfand sie als, nun, etwas weniger fesselnd als alles Übrige in den Erzählungen.«

»Diese Unterhaltungen habe ich ja nicht erdacht. Sie sind alle so oder doch ungefähr so geführt worden. Meinem lieben Hadschi Halef etwa liegen sie sehr am Herzen.«

»Aber Sie werden auch täglich darüber gesprochen haben, was es zu essen gibt, ohne dass es sich in Ihren Bänden findet.«

»Die Speisekarte in der Wüste ist recht kurz, das hat man schnell besprochen.«

»Auch Liebesabenteuer etwa finden gar keine Erwähnung.«

»Weil sie niemals stattgefunden haben! Ich bin sehr glücklich verheiratet und benötige dergleichen nicht. Außerdem wollte ich den Beweis führen, dass man ein viel gelesener Autor werden kann, ohne sich auf solche Schwülstigkeiten einzulassen. Aber was Ihre Frage nach der Religion angeht: Gott hat mir aus schweren Stunden herausgeholfen, da ist es nur billig, ihn zu würdigen.«

Die Bibel auswendig zu können, war ein Talent, das Karl nun tatsächlich einmal besaß. Zumindest konnte er so lange daraus am Stück zitieren, bis auch der letzte Zuhörer verlustig gegangen war, und Emma hatte er damit schon einige Male an den Rand des Wahnsinns deklamiert. Und wirklich war er doch der festen Überzeugung, dass dieses gewaltige Gefühl in seiner Brust, der Trost und die Rührung, die er im Angesicht Gottes spürte, sich auf jeden übertragen mussten, der nur einmal den Namen Jesus Christus aus seiner Feder las.

»Und genau wie jeder Pistolenknall«, fuhr Karl fort, »gehören diese Gespräche zur Technik der spannenden Erzählweise, die ich – und ich zitiere hier nur, und zwar meine ärgsten Kritiker! – angeblich beherrsche wie kein Zweiter. Es ist dies doch immer die Ruhe vor dem Sturm. Der Leser ahnt, dass ein Donnerschlag bevorsteht, und so verschlingt er die längsten Passagen, in denen scheinbar nichts geschieht. Dabei geschieht sehr wohl etwas, nämlich in den Herzen! Ich bin sogar der festen Überzeugung, dass mich die meisten Leser nicht trotz, sondern gerade wegen meiner erbaulichen Botschaft schätzen.«

»Nicht eher wegen Kampfesmut und Schmetterfaust?«

»Die wären nun nichts ohne ein festes moralisches Fundament.«

Von Hoven bedachte Karls Worte einen Moment, bevor er fortfuhr. »Mir schien es dennoch immer erstaunlich zu sein, dass gerade ein Mann wie Sie, den doch nichts erschüttert, sich so eng an die Religion schmiegt.«

»Gerade der Glauben macht doch unerschütterlich.«

»Aber würde nicht vielleicht mancher einwenden, dass nur diejenigen einen solchen Glauben brauchen, die der eigenen Festigkeit nicht trauen? Wer fühlt, dass er nur als ganz kleines Licht in die Welt blinkt, der leiht sich seine Größe bei Gott, dem Kaiser, dem Vaterland – oder einem reitenden Helden.«

Karl stutzte. »Sie scheinen ja nicht nur etwas gegen Gott zu haben, sondern auch gegen den Kaiser.« Skeptisch sah er von Hoven von der Seite an, während sich um sie herum die Landschaft plötzlich wandelte. Als habe die Insel bis genau hierher eine saubere Rasur erhalten, endeten die gleichförmigen Reihen der Teepflanzen an einer geraden Linie. Dahinter wuchs ein Urwald empor, so hoch und so dicht in den Kronen, dass kaum ein Sonnenstrahl bis auf seinen Boden fiel. Während hinter ihnen grell der Mittag weiterleuchtete, ritten die drei in das Schattenreich des Waldes.

Karl hatte, beeindruckt von dem grünen Vorhang, hinter den sie nun traten, nichts Weiteres gesagt. Also nahm von Hoven den Faden wieder auf: »Und wird in unseren Zeiten nicht der Glaube selbst aufs Äußerste erschüttert? Wenn wir dank der Wissenschaft eines Tages alle Rätsel des Daseins entschlüsselt haben, wird der Mensch gänzlich ohne einen Schöpfer auskommen.«

»Nein, nein«, widersprach Karl energisch. »Wir werden ihn weiter sehr nötig haben, denn auch die klügsten Professoren werden niemals die ganze Welt erklären können. Auch in der Zukunft werden wir sehen, dass das Wunder hoch über aller Wissenschaft steht – und selbst von keinem Darwin hinwegdisputiert werden kann.«

»Aber womöglich wird man eines Tages sogar beweisen können, dass es keinen Gott gibt.«

»Ganz im Gegenteil. Gott ist eine objektive Tatsache, und was man eines Tages wird beweisen können, ist genau dies!« Karl war ob der Reden seines Reisegefährten mittlerweile in anhaltendes Stirnrunzeln verfallen.

»Jedoch manch einer würde einwenden«, sagte von Hoven, »dass Gott bloß eine Erfindung des Menschen sei – so wie die Eisenbahn oder das Luftschiff.«

»Herr von Hoven, was sind denn das für gotteslästerliche Töne?«

»Es ist ja nur eine Überlegung. Aber eine interessante: Angenommen, der Mensch hat sich Gott geschaffen – als Erklärung für all jene Dinge, bei denen er selbst nicht mehr weiterweiß. Als großen Trostspender. Seine Existenz erscheint uns als unumstößliche Tatsache. Dabei gibt es ihn nur, weil wir an ihn glauben.«

»Mir scheint, als täten Sie das gar nicht.«

»Es ist ja auch ganz gleich, ob es ihn gibt. Als moralische Instanz kann er ja auch dienen, wenn er bloß eine Idee ist – eine große Übereinkunft unter den Menschen.«

»Aber glauben Sie nun an Gott oder nicht?«

»Lassen Sie es mich so sagen: Die Macht eines Kaisers beruht darauf, dass alle – oder zumindest eine ausreichend große Zahl von Menschen – übereingekommen sind, dass er der mächtigste Mann im Reich ist. Es hätte auch ein anderer sein können. Aber das schmälert seine Macht nicht. Und solange es ein vernünftiger Monarch ist, sehe ich keinen Grund, warum ausgerechnet ich an ihm zweifeln sollte.«

Dann verfielen sie in Schweigen. So ritten sie weiter nebeneinanderher, Karl kopfschüttelnd und zweimal ärgerlich mit der Zunge schnalzend. Er konnte nicht recht glauben, was er da hörte. Er war selbstverständlich davon ausgegangen, dass ein so prinzipienfester Mann wie von Hoven in diesen Dingen ebenso dachte wie er.

Von Hoven schien seinen Ärger zu bemerken und wechselte das Thema.

»Soll ich Ihnen noch etwas nennen, das ich an Ihnen immer äußerst bewundert habe?«

»Hm.«

»Es ist: Ihre Beobachtungsgabe – dass es Ihnen stets gelungen ist, jeden Spitzbuben gleich zu durchschauen! Der ›finstere Blick‹, die ›tückischen Züge‹, ein ›Spitzbubengesicht‹ oder ›Galgengesicht‹, und schon wissen Sie, woran Sie sind. Wie stellen Sie das nur an?«

»Ich tue es eben.«

»Ach, nun sagen Sie doch, Herr May!« Von Hoven bemühte sich um einen Ton, der einem aufmunternden Knuff in die Schulter glich, und Karl ließ sich versöhnen.

»Es ist die Erfahrung vieler Jahre und eine ausgezeichnete Kenntnis der menschlichen Seele. Aber auch Winnetou hat mich dabei viel gelehrt, er sprach oft vom ›Bösen Auge‹, das jemand habe.«

»Das heißt, Sie haben die Wendung vom ›verschlagenen Gesicht‹ nicht bloß benutzt, damit der Leser gleich weiß, wann er es mit einem Gauner zu tun bekommt?«

»Keineswegs! Aus manchen Gefahren hätte ich kaum mehr herausgefunden ohne meine vorzügliche Kenntnis der menschlichen Seele. Und das alles spiegelt sich im Gesicht. Bei Ihnen etwa wusste ich gleich, dass ich es mit einer guten Haut zu tun habe.« Das stimmte sogar, auch wenn es Karl nicht davon abgehalten hatte, sich weiter zu fragen, ob von Hoven ihm nicht doch etwas vorenthielt. Dieser war auch nach ihrem Umweg über Massaua in manchen Dingen verdächtig vage geblieben, gerade betreffs der Frage, wie es nach dem hoffentlichen Goldfund weiterginge, und anderes verschwieg er ganz.

Beharrliches Nachbohren aber verkniff Karl sich meist. Denn so, wie bei Karl sich hin und wieder ein leises Misstrauen gegen seinen Gefährten einschlich, war nicht ausgeschlossen, dass es umgekehrt ähnlich ging. Karl hatte sich weiter bemüht, keine Blöße zu zeigen, was seine ungeheuren Fähigkeiten anging, doch war er einigen Blamagen nur knapp entkommen. Zu seiner großen Schmach blieb als letzte Ausrede oft nur, dass Kara Ben Nemsi leider keine 28 Jahre mehr zählte und seine ruhige Schusshand, die Körperkräfte und die Sehschärfe sich leider der Arglist des Alterns beugen mussten. Wenn dagegen Karls Fähigkeiten als Übersetzer gefragt waren, half geschicktes Davonschleichen im rechten Moment. Dennoch hatte Karl bemerkt, dass von Hoven immer häufiger spitz etwas bemerkte, aus dem man schließen konnte, dass der Kara Ben Nemsi an seiner Seite nicht ganz jenem entsprach, den er aus seinen Büchern kannte, und es war wohl besser, dass die Reise bald ein Ende finden würde.

»Natürlich verrät auch die Physiognomie schon vieles«, setzte Karl seine Erklärung fort, »die Stellung des Mundes, die Furchen der Stirn, die Form des Schädels, selbst die Nase. Doch kann dies alles auch täuschen, kann sich der Mensch auch verstellen. Nur einem einzigen Sinnesorgan ist es unmöglich, sich an einem großen Sinnesbetrug zu beteiligen.«

»Nämlich?«

»Es sind die Augen! Ein flackernder Blick, ein unstetes Umhersuchen sind immer ein Zeichen der Warnung. Auch im Spiel der Brauen verrät sich manch böse Absicht, es sind oft nur wenige Teile einer Sekunde, in denen sie den Sprecher entlarven, aber sie tun es. Dem Menschen ist es unmöglich zu lügen, ohne dass dem geschulten Auge die winzigen Regungen entgehen.«

»Das heißt, jeder Lügner muss irgendwann enttarnt werden?«

»Absolut. Die Wissenschaft hat all das übrigens in den letzten Jahren bestätigt – dabei ist es doch etwas, was Erfahrung und ein fühlendes Herz schon seit Jahrhunderten wissen.«

»Weil es hier eben auch möglich ist. Das Gesicht eines Spitzbuben lässt sich vermessen – Gott allerdings nicht.«

Karl richtete sich im Sattel auf. Es war ihm doch fast so, als wolle man ihn provozieren.

»Herr von Hoven! Ich kann Ihnen sogar beweisen, dass es Phänomene gibt, die wirklich sind – obwohl die Wissenschaft sie noch lange nicht erklären kann.« Er war sicher, dass er ihn mit dem Folgenden würde überzeugen können. »Glauben Sie an Engel?«

»Nun … nein.«

»Es gibt sie aber, und ich kann es belegen.«

»Da bin ich gespannt.«

»Und zwar – mit einem Gedicht.«

Von Hoven sah ihn skeptisch an. »Das Sie, wie ich annehme, selbst geschrieben haben?«

»Eben nicht. Und nun passen Sie auf! Es war in Luxor, vor einigen Wochen, im Juni. Ich saß in meinem Hotel am Schreibtisch, verzweifelt, weil es mir nicht gelingen wollte, meine Empfindungen in die richtigen Worte zu kleiden. Also tat ich, was wir daheim in Radebeul öfter tun: Ich sprach mit den Geistern. Ich gestand meinen Lieben, dass ich ohne ihre Hilfe nicht dichten könne, und siehe da, wer erschien?«

Karl wartete, ob von Hoven raten mochte, aber dann gab er die Antwort doch selbst:

»Schiller! Schiller höchstpersönlich! Mein Friedrich kam und sagte: ›Setz Dich, und schreib!‹ Ich nahm also das erste beste Stückchen Papier und den Bleistift und schrieb. Er führte mir aber nicht etwa die Hand wie beim Schreiben eines Mediums, sondern ich schrieb wie ganz gewöhnlich. Er stand bei mir und diktierte mir jedes einzelne Wort mit deutlich vernehmbarer Stimme.«

Von Hoven blickte noch skeptischer drein.

»Soll ich es Ihnen vortragen?«

»Wo wäre der Beweis, wenn Sie es nicht täten?«

»Also gern.« Karl räusperte sich. »Leitung«, sagte er pastoral.

Dann schwieg er.

Von Hoven schaute verständnislos herüber.

»So lautet der Titel.« Karl kostete die Pause erneut aus und begann erst dann seinen Vortrag.

Es wird ein Engel dir gesandt
um dich durchs Leben zu begleiten.
Er nimmt dich liebend an der Hand
und bleibt bei dir zu allen Zeiten.
Er kennt den Weg, den du zu gehen hast,
und trägt mit dir der Erde Leid und Last.
Es wird ein Engel dir gesandt,
dem sollst du dich gern anvertrauen.
Auf ihn soll stets und unverwandt
das Auge deiner Seele schauen.
Er trägt zu deinem Schutz das Schwert des Herrn
und ist dir nie mit seiner Hülfe fern.
Es wird ein Engel dir gesandt,
dem sollst du niemals widerstreben,
Und hast du ihn vielleicht verkannt,
so zwing ihn nicht, dich aufzugeben,
Denn bautest du auf deine Kraft allein,
es würde nur zu deinem Unglück sein.«

Karl lauschte seinen Worten hinterher, wie sie sich im Zirpen des Dschungels verloren.

»Friedrich Schiller, sagen Sie?«

»Höchstpersönlich.«

»Hm«, machte von Hoven.

»Sie glauben mir nicht.«

»Ich frage mich nur, ob das Gedicht nicht zu seinen eher schwächeren Werken zählt.«

Karl hielt seinen Esel an.

»Eben wagen Sie es, Gott und den Kaiser in den Schmutz zu ziehen, und nun trifft es auch noch Schiller?«

»Ich möchte ihn ja nicht in den Schmutz ziehen. Ich bin nur mit meinen Bemühungen, Ihnen zu glauben, noch nicht ganz fertig.«

»Er stand vor mir – so wahr wie Sie nun vor mir stehen«, bekräftigte Karl.

Und tatsächlich war es ja genauso gewesen. Schillers Geist hatte Karl die Zeilen eingesagt und ihm bei der Niederschrift noch über die Schulter geschaut; und nach Karls langem Dank verabschiedete er sich mit guten Worten. Karl zog direkt danach den Zettel mit dem Gedicht auf besseres Papier und sandte ihn Emma, damit er nicht den Zufälligkeiten der Reise unterworfen war. Ausdrücklich bat er sie, dieses köstliche, unbezahlbare Geschenk aufzubewahren, als ob es ihn 10.000 Mark und mehr gekostet hätte.

»Eine erstaunliche Geschichte«, sagte von Hoven.

»Und doch ist sie wahr.«

Schweigend trotteten sie mit ihren Eseln über den Weg, der nun manchmal schon so schmal wurde, dass sie halb hintereinander reiten mussten. Sejd folgte ihnen in einigem Abstand.

»Aber genau das ist ja das Interessante«, sagte von Hoven. »Was nur einer glaubt, ist ein Hirngespinst. Etwas, woran alle glauben, die Wirklichkeit.«

»Ich muss doch sehr bitten. Wollen Sie mich beleidigen?«

»Keinesfalls. Warum?«

»Sie halten es für ein Hirngespinst und unterstellen mir also, ich litte unter genau diesen.«

»Nein, nein, das will ich gar nicht sagen. Es ist nur eine allgemeine Betrachtung. Ich will Ihnen ein weiteres Beispiel geben. Haben Sie vielleicht schon einmal darüber nachgedacht, was Gold wert ist?«

Karl überlegte kurz und antwortete: »Na – sehr, sehr viel.«

»Falsch. Im Grunde ist Gold vollkommen wertlos. Es ist zu weich, um damit etwas zu konstruieren; es leitet zwar die Elektrizität, aber das tun andere Metalle auch. Es glänzt hübsch, und man kann Zähne damit füllen – aber eine Zaunlatte oder ein Hufeisen besitzen einen größeren Nutzen als Gold. Trotzdem ist es das teuerste Material, das wir kennen. Weil wir nämlich alle gemeinsam daran glauben, dass es wertvoll ist.«

»Und weil es selten ist«, widersprach Karl.

»Rhodium zum Beispiel ist noch seltener, und trotzdem hat es kaum einen Wert. Keiner kann etwas damit anfangen. Man könnte vielleicht Schmuck damit herstellen. Bloß sieht es fast genauso aus wie Silber, und dessen Gewinnung ist leichter, also belässt man das Rhodium dort, wo es ist.«

»Hm«, machte nun wieder Karl.

»Gold ist nur deshalb wertvoll, weil wir darauf vertrauen können, dass uns ein anderer eines schönen Tages auch einen schönen Preis dafür zahlen wird.«

»Es kommt also auf das Vertrauen an?«

»Letztlich, ja.«

»Sehen Sie, genauso ist es mit den Schutzengeln – und auch mit Gott. Wenn Sie auf sie vertrauen, dann helfen sie Ihnen auch.«

»Das mag schon sein. Aber vielleicht helfen Sie sich in Wirklichkeit auch einfach selber, ohne es zu bemerken. Es beweist jedenfalls nicht, dass Gott als objektive Tatsache existiert – also auch für jene, die nicht an ihn glauben.«

Karl wollte etwas Entschiedenes erwidern. Aber er drehte von Hovens Argument im Kopf hin und her, betrachtete es von allen Seiten und war sich sicher, dass etwas daran falsch sein musste – und kam doch nicht darauf, was.

»Trösten Sie sich doch damit«, sagte von Hoven schließlich und deutete vage vor sie in den Dschungel, hinter dem irgendwo die Berge mit ihrem Ziel lagen, »dass auch wir streng genommen auf der Suche nach einem Luftschloss sind.«

Es tröstete ihn keineswegs. Und weil Karl es nicht gewohnt war, in Auseinandersetzungen über den Glauben den Kürzeren zu ziehen, wechselte nun er das Thema.

»Warum sind Sie eigentlich nicht verheiratet?«, fragte Karl.

»Ach, ich habe mich dem Leben als Junggeselle verschrieben.«

Er blickte zurück zu Sejd, der aber tat, als sehe er ihn nicht.

Von Hoven mochte das Thema nicht vertiefen. Kurz trotteten die Tiere nebeneinanderher, und nur das Zirpen und Singen des Dschungels war zu hören. »Darf ich Sie auch noch einmal etwas fragen?«, sagte von Hoven dann. »Warum haben Sie eigentlich keine Kinder?«

»Der Herrgott hat uns einfach keine geschenkt.«

»Das ist ja tragisch. Nicht nur für Sie. Ein Mann wie Sie, gesegnet mit der schönsten Frau – die Nation würde Ihre Kinder doch lieben wie Thronfolger.«

»Nun übertreiben Sie.« Karl ließ sich schmeicheln, aber das Ganze war nun eine Sache, die er tatsächlich äußerst bedauerte. Gern hätten sie Kinder gehabt, beide, und die Enttäuschung saß tief, doch es war wohl ein Unterleibsleiden Emmas, das ein Familienglück verhindert hatte.

»Ja, schön ist sie, meine Frau«, und schon war Karl wieder nach Auftrumpfen. »So schön, dass ich einmal sogar einige Primaner auf der Straße belauschen konnte: ›Hört ihr, seine Frau, sie ist nicht übel!‹ So haben sie gesprochen.«

»Und im Gesicht Ihrer Frau konnten Sie ebenfalls immer nur das Beste ablesen?«

»Das Allerbeste!«

Das aber war nun eine Behauptung, an deren schmerzliche Unwahrheit ihn die Anwesenheit von Hovens immer wieder einmal erinnert hatte.

Tatsächlich war es keinem Menschen je schwergefallen, Emmas Empfindungen zu lesen. Bloß war das, was man da las, nicht immer erhebend. Sie log etwa, wusste Karl, nicht halb so gut, wie sie selber dachte, und nur weil Karl stets gehofft hatte, dass Emma in diesen Dingen noch reifen würde, hatte er ihr die meisten ihrer Schwindeleien durchgehen lassen. Ihr nicht sehr großes Talent zur Verstellung brachte es mit sich, dass Emma ihr Innerstes selten davon abhalten konnte, in die Welt zu galoppieren, und überhaupt schien es ihr kaum möglich, ihr Benehmen in irgendeiner Art zu zähmen. Emma blieb stets Emma, was Karl in den vergangenen Wochen, unterwegs mit dieser vorzüglichen Begleitung, einige Male mit einem Bedauern durch den Kopf gegangen war.

Karl war mit Emma gemeinsam einen langen Weg gekommen, aus der tiefsten Armut des Erzgebirges in das Villenviertel in Radebeul, aus den armen Weberstuben bis an den Hof der k. u. k. Hoheit von Österreich. Sie bewegten sich nicht ständig in den höchsten der allerhöchsten Häuser – der überaus ehrenvolle Empfang in Wien anderthalb Jahre zuvor war ein wirklicher Höhepunkt gewesen –, doch besaßen das Leben und das Heim der Mays, ihre Unternehmungen und ihre Gäste eine überaus achtenswerte Bürgerlichkeit. Karl war es stets gelungen, sich in jedem nächsthöheren Kreis, den sie erreichten, zurechtzufinden. Seine Begabung, mit leichter Hand Wissen und Fertigkeiten vorzutäuschen, half ihm sehr – und um wie vieles leichter war es, die Manieren und den Umgangston der besseren Gesellschaft nachzuahmen, als ein ganzes wildes Leben in der Ferne zu erschwindeln. (Und wenn es einmal nicht gelang, verzieh man es sofort. Denn wem sollte man eine falsche Handhabung des Fischbestecks nachsehen, wenn nicht dem Mann, der die meisten seiner Mahlzeiten an einem Lagerfeuer in der Prärie eingenommen hatte?)

Auch Emma konnte mit ihrer unbekümmerten Schönheit schnell Sympathien sammeln – aber wie oft, dachte Karl, machte sie sich danach selbst unmöglich! Zum wiederholten Male erinnerte er sich jenes peinlichen Abends in Wien, an dem Emma berichtete, was von ihrem Hotelfenster an Treiben im Bordell gegenüber zu beobachten war. Die Erinnerung trieb Karl wie stets den Schweiß aus den Poren, was er jedoch, in der Schwüle des Dschungels, kaum mehr bemerkte. Auch wenn Emma nun fein geputzt war, dachte Karl, auch wenn sie teure Kleider durch die besten Häuser trug – im Herzen war sie doch immer im Dorf geblieben, bei der herzlichen Derbheit der Wirtshäuser, beim handfesten Ton des Pollmer'schen Barbiersalons, wo das einzig Geschliffene die Klingen waren.

So grübelte Karl dahin, und darüber war das Gespräch eingeschlafen. Karl, von Hoven und Sejd ritten stumm weiter den Weg entlang, nie gab es Zweifel, wo es hinging, die Gardinen aus wildem Wuchs zu beiden Seiten lenkte sie stets in eine Richtung. Dann aber, nach einer Stunde vielleicht, öffnete sich der Wald hinter einer Biegung um einige Schritte, die Stämme traten zurück, und der Pfad führte die drei auf eine Lichtung, kaum größer als eine Loge im Schauspielhaus. In ihrer Mitte teilte sich der Weg.

Von Hoven hatte Karl mit der Karte betraut, die er nun aus seiner Satteltasche zog. Er stieg ab, breitete sie auf dem Rücken seines Esels aus und fand darauf auch sogleich ihren Weg – aber keine Gabelung. Es war eine gewöhnliche Karte, wie man sie in den Buchhandlungen Colombos leicht erstehen konnte, und der Entdecker der Goldader hatte ihre Lage mit einigen schlichten Markierungen darauf eingezeichnet.

Karl hatte die Karte schon im Zug ausführlich studiert und sich das Gelände eingeprägt: Sie mussten eine Bergkette an deren Nordspitze umreiten, um dahinter in einen breiten Talkessel zu gelangen. Dieser war nach Süden hin verschlossen, und an diesem Talabschluss befand sich ihr Ziel. Die richtige Richtung zu finden, hatte keine Schwierigkeiten bereitet, als sie losgeritten waren, denn die Berge, hinter die sie gelangen mussten, ragten an ihrem höchsten Punkte mehr als 800 Meter empor und waren auf der Ebene, zwischen den Teeplantagen, gut zu sehen gewesen. Nun aber, unter dem undurchdringlichen Baldachin des Dschungels, verdeckten Blätter und Kronen jeden Blick, und auch die Sonne konnte man nicht nach den Himmelsrichtungen befragen. Sie hatte sich hinter den Dunst zurückgezogen, der den täglichen Regen am Nachmittag ankündigte. Ratlos schaute Karl mal in diesen, mal in jenen Abzweig hinein. Sein Gefühl sagte ihm, dass sie wohl nach rechts reiten müssten, aber einen Grund dafür wusste er auch nicht.

»Was meint Ihr Spürsinn?«, fragte von Hoven.

Karl wollte gerade auf den Weg nach rechts deuten, als gegenüber plötzlich – ein Mann erschien.

Sie waren seit Stunden niemandem mehr begegnet, und auch der Mann blieb verdutzt stehen. Er mochte etwas über 20 sein, seine Haut zeigte eine dunklere Farbe als die der meisten Inder, denen sie bislang begegnet waren, und sein Haar war so lang gewachsen, dass es bis über die Schultern reichte. Er trug nichts als ein großes Tuch, das er sich zu einer Art Rock um die Hüfte gebunden hatte, einen Bogen, der bald so lang war wie er selbst, und zwei Pfeile. Er brauchte einen Augenblick der vorsichtigen Betrachtung unserer Reisegruppe, bevor er sich entschließen konnte, näher zu treten.

Wir wollen an dieser Stelle kurz das Wort ergreifen. Da ja selbst Karls größte Kritiker den Reiz des ethnographischen Untergrunds seiner Geschichten loben, Karl jedoch fern seiner Bibliothek ist, aus der ihn echte Abenteurer und Entdecker mit dem nötigen Wissen dazu versorgen, dürfen wir diese erfreuliche Aufgabe einmal übernehmen.

Bei dem Mann, der ihnen so plötzlich gegenüberstand, handelte es sich um einen Rodiya. Es ist eine besondere Eigentümlichkeit Indiens, dass die Menschen dort nach Gruppen unterschieden werden und ein jeder Mensch in eine solche Gruppe – oder Kaste, wie sie dort heißen – geboren wird. Er ist ein Leben lang in ihr zu Hause, er kann sie nicht verlassen, und auch die Ehe wird nur zwischen Angehörigen derselben Kaste geschlossen, deren Kinder wiederum die Kaste der Eltern erben. Man kennt sehr hochstehende Kasten, wie die der Brahmanen, aus der traditionell etwa die Priester stammen, mittlere Kasten, die etwa Händler und Kaufleute umfassen, und ganz darunter die Parias, die Unberührbaren. Jede dieser Hauptkasten wird wieder in Dutzende Unterkasten geteilt, die zu erläutern jedoch unsere Zwecke deutlich übersteigen würde.

Die Rodiya nun bilden eine eigene Unterkaste, und zwar eine jener, die zu den niedersten zählen. Ihre Angehörigen leben auf Ceylon in isolierten Dörfern und Weilern, und man erzählt sich, dass sie von Verbrechern abstammen, die von der Gesellschaft verstoßen wurden. Von den vornehmen Singhalesen, wie sie etwa in Colombo leben, werden sie gemieden, Fremde verirren sich selten in ihren Teil der Insel, und um wie viel größer musste also die Überraschung des Mannes gewesen sein, plötzlich Karl und seine Begleitung zu erblicken. Er faltete seine Hände vor der Brust und verbeugte sich tief, und Karl, der diesen Gruß schon in Colombo gesehen hatte, tat es ihm nach.

Wo er schon einmal da war, dachte Karl, konnte man ihn auch nach dem Weg fragen.

»Mountain?« Karl zeichnete einen Bergrücken in die Luft und zeigte dann ratend auf die Wege.

»Mountain«, bestätigte der Mann, deutete auf den Weg, der geradeaus weiterführte, und tat dies mehrmals, um klarzumachen, dass es noch weit sei. Dann zeigte er an, dass man irgendwann nach rechts müsse.

Karl dankte mit einer Verbeugung.

Sicherheitshalber deutete er noch einmal auf den Weg nach rechts, den er für den richtigen gehalten hatte, fragte »Not?«, und schüttelte dazu den Kopf.

»No! No!«, rief der Mann, und dann, mit der weichen Zunge seiner Muttersprache, die das »R« weit vorn am Gaumen rollen ließ: »Leppert!«

»Leppert?«, fragte Karl.

Der Mann formte seine freie Hand zu einer Kralle, fletschte die Zähne und fauchte. »Leppert!«

»Ah, Leppert.« Karl, der keine Vorstellung hatte, worum es ging, nickte mit großer Geste und bedankte sich für die Warnung.

Er saß wieder auf, und sie ritten den Weg hinein, der sie, kaum breiter als ein Pferderücken, auf ihren Eseln hintereinander zwang. Der Rodiya wartete und sah zu, wie sie über Wurzeln und feuchten Boden langsam tiefer in den Dschungel trotteten; und Karl wandte sich noch dreimal um, und jedes Mal starrte der Mann ihnen hinterher, und beim vierten Male war er ganz plötzlich verschwunden.

Das war doch nun, dachte Karl, seltsam.

Die Tiere trugen sie weiter, doch je länger Karl über den Mann, seine Warnung und ihren Weg nachdachte, desto bedenklicher erschien ihm all das.

Sie waren keine Viertelmeile weit gelangt, als Karl die Hand hob. »Wir halten an«, sagte er. Dann trieb er seinen Esel zurück zu der Kreuzung, die nun verlassen war. Nachdenklich ließ er sein Tier im Kreis drehen.

Etwas gefiel mir nicht. War nicht der Weg, auf den man uns schicken wollte, verdächtig unbenutzt? Höchstens drei Fuß breit schlug er sich durch das Dickicht, während jener, vor dem man uns gewarnt hatte, breit wie eine Gasse durch den Wald führte.

»Was ist los?« Von Hoven war ihm gefolgt, und auch Sejd kam auf seinem Esel nun hinterher.

»Etwas gefällt mir nicht. Schauen Sie: Der Weg, auf den man uns schicken will, ist verdächtig unbenutzt.« Karl stieg ab und untersuchte den Boden. Er fand einen flachen Hufabdruck. Es war schwer zu sagen, wie alt er sein mochte, aber er führte zweifelsohne auf jenen Weg, der breiter war.

»Ich glaube, man will uns eine Falle stellen. Hier ist ein Hufabdruck. Jemand muss diesen Weg vor nicht allzu langer Zeit benutzt haben. Warum sollte dies aber ein Einheimischer tun, wenn dort eine Gefahr lauert? Ich glaube, man will, dass wir uns in die falsche Richtung wenden.«

»Aber warum sollte man das tun?«

Mit dem gebotenen Ernst richtete Karl sich wieder auf.

»Um uns im tiefen Dickicht in einen Hinterhalt zu locken«, sagte er. »Zwei Weiße und ihr Diener, vier Esel und volle Satteltaschen – das sieht doch nach einer leichten Beute aus. Ich glaube, der Mann kennt eine Abkürzung, um uns den Weg abzuschneiden. Er wird Verstärkung holen und uns auflauern.«

»Donnerwetter, Herr May, natürlich!«

»Ich denke, wir sollten ihnen ein Schnippchen schlagen und uns nach rechts wenden. Meinen Sie nicht?«

»Aber selbstverständlich. Genau für diese Dinge wollte ich Sie doch dabeihaben!« Von Hoven konnte seine Begeisterung, nun einmal Zeuge des echten shatterhandschen Spürsinnes geworden zu sein, kaum verbergen.

Sie saßen also wieder auf und wandten sich in die Richtung, die Karl von vornherein als die rechte vorgekommen war.

»Aber wie sind Sie darauf gekommen, dass etwas nicht stimmen könnte?«, fragte von Hoven.

»Zum einen erschien mir der Weg verdächtig. Zum anderen aber – haben Sie auf das Gesicht des Mannes geachtet, der uns weitergeschickt hat?«

»Um ehrlich zu sein, nein.«

»Es war ein Lehrbuchbeispiel für ein verschlagenes Gesicht. Es hatte keinerlei Ausdruck, während er mit uns gesprochen hat – seine Augen aber flackerten unaufhörlich hin und her!«

»Und das Tier, vor dem er uns gewarnt hat?«

»Der Name gleicht keinem anderen, den ich je gehört habe. Ich glaube nicht, dass er ein Tier meinte. Es muss sich um ein Fabelwesen handeln, eine Art böser Geist. Die primitiven Religionen sind häufig sehr phantasievoll.«

»Und da droht uns keine Gefahr?«

»Haben Sie nicht vorhin noch zu beweisen versucht, dass Geister nicht einmal dann etwas ausrichten können, wenn man an sie glaubt?«

Zwei Stunden später war Karl sicher, dass sie verfolgt wurden.

Im Zirpen der Wildnis, im Davonrascheln der Nattern, unter den Schreien der Hutaffen im grünen Firmament waren sie den Pfad durch den Urwald marschiert, der nur zu Beginn breit genug für zwei Reiter gewesen war. Längst hatte er sich zu einer handbreiten Spur zwischen den Bäumen verjüngt, welche die drei zum Absteigen zwang. Der Nachmittagsregen war auf die Baumkronen geprasselt und wieder verstummt, doch er hatte keine Abkühlung gebracht, sondern nur langsam heruntertropfend die Wanderer durchweicht und den Wald zu einer dampfenden Waschküche gemacht. Längst hatte sich die Reihenfolge ihrer kleinen Karawane umgekehrt. Nachdem sie die Kreuzung hinter sich gelassen hatten, war Karl der Expedition noch mit der Flinte in der Hand vorangeschritten, doch dann begann der Wald dichter zu wachsen, und von Hoven hatte sich eigenmächtig an ihre Spitze gesetzt. Längst war auch Sejd mit seinem und dem Lastenesel an Karl vorbeigezogen, und so trottete Karl seinen beiden Kameraden nur mehr hinterher, als japsende Nachhut.

Von Hoven marschierte so forsch voran, dass Karl ihn immer wieder aus den Augen verlor. Zweige, Gestrüpp und Lianen griffen über den Weg, sie wuchsen dichter, je weiter sie kamen; und obwohl von Hoven in vorderster Front die Büsche mit der Machete teilte, brauchte Sejd hinter ihm stets weitere Hiebe, um den Weg endgültig freizuschlagen.

Gleich in Höhe von Karls Augen trappelte ein Gecko kopfüber einen Ast hinab, doch die Wunder des Urwaldes waren Karl längst gleich. Seine Kleider tränkte der Schweiß, und das Gefühl des nassen Stoffes auf der Haut war vom Gefühl der feuchten Luft in seinem Gesicht kaum mehr zu unterscheiden. Karl schleppte sich den anderen hinterher, seit der letzten Pause war eine Viertelstunde vergangen, mindestens, mehr schon vielleicht – und bis vor wenigen Augenblicken hatte er sich allein darauf besinnen können: die letzte Pause, die nächste Pause und wie viele Schritte er zwischen beiden wohl noch tun musste. Weiter als bis zum nächsten Farn reichten seine Gedanken nicht mehr.

Dann aber hörte er hinter sich ein Knacken. Danach ein Rascheln, wie von etwas, das deutlich größer war als ein Gecko und durch den Wald schlich, ohne sein Opfer aufschrecken zu wollen.

Er blieb stehen. Sejd ging weiter, die Esel folgten ihm, und von Hoven war längst enteilt.

Karl schaute sich um. Der Pfad, über den sie gekommen waren, torkelte zur Seite, stolperte über Wurzeln, dann schlingerte er zurück und wich Bäumen aus; ein Betrunkener in der Nacht hätte dieselbe Spur gezogen. Die Stämme, die Schleier aus Blättern und die Wände aus Bambus, um die der Weg sich schlang, sie nahmen Karl die Sicht. Er konnte ihn kaum weiter zurückschauen, als ein Affe sprang.

Karl lauschte.

Von vorn erklangen die Schläge der Macheten, die sich langsam entfernten, hinter ihm nur das nie endende Wispern und Zwitschern des Waldes, der ewige Tinnitus des Dschungels.

Angestrengt hörte er hin, aber es gab nichts anderes mehr zu erlauschen.

Karl öffnete den Verschluss seines Wasserschlauchs und trank einen Schluck. Vorhin hatte er ihn dem Packesel aufgeschnallt, nachdem er diesem schon Gewehr und Munition zum Tragen gegeben hatte. Doch dann war der Esel schneller gewesen als er, und für jeden Schluck hatte er das Tier wieder einholen müssen, was die Notwendigkeit einer Pause sogleich erhöhte, und nach einer halben Stunde war er das Spiel leid gewesen und hatte den Schlauch wieder selbst getragen. Er war ohnehin bald leer.

Er wandte sich wieder um und zwang sich zum Weitergehen. Das Geräusch der schlagenden Macheten hatte der Wald verschluckt. Er musste aufholen.

Was musste, dachte Karl im Gehen, dieser elende von Hoven es auch immer allen zeigen. Konnte er seinen Übermut, dachte Karl, nicht einmal zügeln und nicht ganz so weit voranlaufen? In seiner Unerfahrenheit würde er die ganze Expedition gefährden, wenn er blindlings in Gefahren geriet, die zu vermeiden doch seine, Karls, höchsteigene Aufgabe war; eine Aufgabe, dachte Karl, von höchster Wichtigkeit, und wer wäre dafür geeigneter gewesen, dachte Karl, während er sich weiterschleppte, als er; wer hätte es besser vermocht, dachte er, drei Männer zu ihrem Ziel bringen; *von allen Abenteuern meines Leben war dieses hier doch das geringste,* dachte Karl; drei Menschen sicher durch den Dschungel zu führen, das war doch ein Leichtes, trotz Hitze, ein leichtes Unterfangen war das doch für ihn, denn Strapazen, pah, dachte er, während er über eine Wurzel stolperte, *Strapazen überstand ich doch* wie, wie, wie … keiner sonst, jedenfalls, wenn er gleich wieder eine Pause machen konnte – und wo in Gottes Namen waren nun eigentlich die beiden anderen?

Hinter ihm knackte ein Ast.

Karl blieb stehen und schaute sich um. Er war nicht sicher, ob das Geräusch vom Weg gekommen war oder aus dem Dickicht daneben. Karl lauschte wieder. Das Geräusch war nah gewesen.

Schließlich wandte er sich um und beschleunigte seinen Schritt, um die anderen einzuholen.

Folgte ihnen vielleicht, dachte Karl, ein Tier? Oder war es jener Waldgeist, vor denen der Mann an der Kreuzung gewarnt hatte, vor dessen Warnungen wiederum Karl gewarnt hatte, weil das Gesicht des Mannes ihn gewarnt hatte, seine Warnungen … so war es doch gewesen, oder? Karl irrte durch den Gedanken, so wie er längst durch den Dschungel stolperte.

»Sejd!«, rief er, »Herr von Hoven!«

Nichts war von ihnen zu hören, doch schon wieder glaubte Karl hinter sich ein Geräusch.

Er lief weiter, nicht sehr schnell, doch so schnell er noch konnte, und tastete dabei nach dem Messer, das er als einzige Waffe in seinem Gürtel trug. Es war noch da. Der Pfad nahm eine neuerliche Biegung nach links, zwang Karl über einen umgestürzten Baumstamm, auf dem Ameisen winzige Segel aus Blättern trugen – und nach einem Bogen nach rechts fand Karl sich plötzlich auf einer Lichtung wieder, groß wie eine Manege im Zirkus.

»Da sind Sie ja«, sagte von Hoven. Die Arme bequem hinter dem Körper verschränkt, die Machete in der Rechten und von Hitze, Matsch und Feuchtigkeit des Dschungels weitgehend unbehelligt, hatte er auf Karl gewartet, interessiert einige rotgelbe Früchte betrachtend, die ein Strauch am Rande der Lichtung in die Sonne hielt.

Sejd war an von Hoven vorbeigegangen. Der letzte Esel verschwand gerade dort, wo sich der Pfad hinter der Lichtung fortsetzte, aber Karl rief Sejd zu einer Pause. Mit den Eseln kehrte er zurück. Hektisch löste Karl sein Gewehr aus dem Gepäck, und der Lauf verfing sich in einem Lederriemen. Karl versuchte, ihn durch Zerren freizubekommen, zog den Riemen dadurch aber nur noch fester und musste schließlich doch von Hand den Knoten lösen.

»Ist etwas?«, fragte von Hoven, nur leise besorgt.

»Möglicherweise«, sagte Karl, nun die Flinte in Händen.

Er spähte zurück. Die Lichtung umschlossen Mauern aus Blattwerk. Jede Pflanze an ihrem Rand erhoffte Sonne und spreizte ihr Grün, soweit sie konnte.

Hinter ihnen rührte sich nichts.

Einer der Esel schnaubte.

Von Hoven stand immer noch vor dem früchtebehangenen Strauch und beobachtete Karl interessiert.

»Kommen Sie aus der Sonne«, sagte Karl zu ihm.

»Es stört mich nicht«, sagte von Hoven.

»Die Hitze wird Ihnen nicht bekommen. Ich muss Sie bitten, in den Schatten zu treten.«

»Herr May, Sie sollen sich um unsere Sicherheit sorgen und nicht meine Gouvernante spielen.«

»Zu unserer Sicherheit gehört es auch, dass alle stets bei Kräften bleiben. Als wir damals im Llano Estacado, wo Verbrecher die Wegweiser umstecken, damit Reisende sich verirren …«

Ein Ast knackte.

Die drei fuhren zusammen.

Der Ast war irgendwo in der Richtung zerbrochen, aus der sie gekommen waren.

Karl spannte den Hahn des Gewehres.

»Es wird schon nichts sein«, sagte von Hoven.

Die Affen hatten aufgehört zu schreien. Vier Atemzüge lang schwiegen auch die Männer auf der Lichtung.

»Sehen Sie, da ist nichts«, sagte von Hoven, doch seine Stimme klang nun zwei Töne höher als sonst.

Mit erbostem Fuchteln des Zeigefingers bedeutete Karl ihm, still zu sein.

Die Esel drängten sich zusammen und drehten nervös ihre Ohren.

Angestrengt spähten die drei in die Blätter.

Plötzlich scheuten die Esel. Sie zerrten an der Leine, die Sejd noch immer in Händen hielt. Mit leisem Gemurmel versuchte er, sie zu beruhigen.

Dann raschelte es rechts von ihnen.

Die drei fuhren herum.

»Hallo?«, rief Karl in Richtung des Geräuschs.

Einer der Esel trat aus.

Sejd stand dem Busch am nächsten, aus dem plötzlich ein Schatten schoss.

Ihm blieb nicht einmal die Zeit, zu schreien.

22. Juni 1901

Radebeul, Königreich Sachsen, Deutsches Reich

»Ein Überfall im Dschungel? Donnerwetter.«

»Aber darauf kommt es gar nicht an. Was ich eigentlich berichten wollte …«

»Es wird ein Tier gewesen sein, nicht wahr? Ein schreckliches, wildes Tier?«

»Nein, es waren doch sicher Wilde, die Sie verfolgt haben, nicht wahr? In Ceylon leben doch sicherlich Kannibalen – oder Schlimmeres.«

Karl versuchte, die Geschichte, die er bereits mehrmals zu beenden versucht hatte, an dieser Stelle endlich abzubrechen – doch man ließ ihn nicht.

»Trugen sie Knochen durch die Nase?«, fragte Leutnant Kaulschek, und die Frage versetzte die Runde in größte Aufruhr. Alle Anwesenden versuchten nun, sich vorzustellen, wie die Wilden es nur vermochten, Knochen durch ihre Nasen zu ziehen.

»Grauslich wehtun muss das doch«, flüsterte Frau Leutnant Kaulschek und hielt die Hand vor die entsetzt geöffneten Lippen. Hinter ihr stießen Gläser klirrend aneinander.

Es war der vorletzte Abend der Spielzeit. Das hohe Foyer des Albert-Theaters sperrte die Junihitze vor der Tür aufs Angenehmste aus, also hatte man beschlossen, in der Pause nicht nach draußen zu treten. Im Gedränge der Fräcke und Abendkleider hatten Klara,

Emma und Karl erst ein wenig verloren herumgestanden, bis sie zufällig Leutnant Kaulschek entdeckte. Er war mit seiner Gattin ins Theater gegangen und wurde außerdem begleitet von Oberst Coswig vom 1. Königlich Sächsischen Ulanen-Regiment – einem kleinen, fast quadratischen Mann, der mit seiner zackigen Art jedoch keinen Zweifel daran ließ, welcher der beiden Herren der Ranghöhere war – und dessen Gattin, die im Felde sicher einige Vorteile gehabt hätte, denn ähnlich wie die Frau des Leutnants verschmolz sie still und vollständig mit ihrer Umgebung. Sichtlich stolz hatte Kaulschek den beiden seinen berühmten Bekannten vorgestellt.

»Ich vermute, die Knochen in der Nase stammen von den gefallenen Feinden der Wilden. So wie der Skalp der Indianer?«, fragte Kaulschek nun.

»Ich kann nicht berichten, dass die Wilden in Ceylon überhaupt Knochen in der Nase tragen«, sagte Karl.

Auf der Bühne hatte es »Don Carlos« gegeben, was Emma sehr angestrengt, Klara ein wenig von ihrer erdenschweren Trauer abgelenkt und Karl – wie jeder Fetzen Schiller – über die Maßen ergriffen hatte. Klara sah ihm an, dass er nun gern mehr über das überwältigende Theatererlebnis gesprochen hätte. Auf dem Weg hinab aus ihrer Loge hatten sie einige Worte darüber wechseln können, aber nun, mit einem Glas in der Hand im Foyer, waren sie gefangen im Kreistanz der Theaterpause. Karl hatte zu Kaulscheks Begrüßung den Fehler begangen, eine kurze Bemerkung über Ceylon fallen zu lassen, und aus dieser Erzählung ließ man ihn nun nicht mehr hinaus.

»Dieses alberne Erlebnis im Dschungel ist doch gar nicht weiter von Belang«, wehrte Karl ab.

»Was ist denn von Belang, wenn man von Ceylon spricht?«, fragte Leutnant Kaulschek.

»Ob man den Engländer von dort noch einmal wird vertreiben können«, sagte Coswig und endete in einem Gelächter wie Artilleriefeuer, in das der Leutnant dienstbeflissen einstimmte.

Kaulschek ist ein solcher Heranschmeißer, dachte Klara. Wie stets bei solchen Anlässen hatte sie darauf geachtet, direkt neben Karl zu stehen zu kommen, dann jedoch hatte sich Kaulschek auf, wie Klara fand, äußerst rüde Art zwischen sie gedrängt. Nun tätschelte er Karl unablässig den Arm und bemühte sich, dabei sicherzustellen, dass der Oberst diese Nähe zum großen May auch wahrnahm. Wie unverschämt es war, dachte Klara, sich einem Mann wie Karl so aufzudrängen – bloß weil man sich selbst mit seinem Glanz schmücken wollte.

»Tatsächlich sind die Menschen dort«, erklärte Karl, als die Geschütze verhallt waren, »alles andere als Wilde. Es ist ein herrlicher Menschenschlag, der aber durch die sogenannte Civilisation seine Herzensschätze verlieren wird. Die Tempel allein …« Und dann begann er eine ausdauernde Beschreibung einiger Sakralbauten Colombos und geriet von dort zu den Herrlichkeiten der Kokospalmen und Rhododendren des Landes, die er in ebenso großer Ausführlichkeit schilderte, Palmblatt um Palmblatt, bis die Aufmerksamkeit der Runde deutlich herunterkühlte und die Einzige, die ihm noch gefesselt folgte, Klara war. Was für eine gewaltige Gabe Karl doch besaß, dachte sie, solche Dinge vor dem inneren Auge entstehen zu lassen!

Es war ja überhaupt in all der Zeit, seit das Ehepaar Plöhn das Ehepaar May an jenem Operettenabend kennengelernt hatte, Klaras Bewunderung für Karl von Jahr zu Jahr gewachsen. Zwar war sie längst schon hingerissen von Emma, als sie begann, sich auch für Karls Zeitschriftenberichte zu interessieren – doch dann erschienen ja bald die Bücher; sie las jedes einzelne davon, und als Karl schließlich zu seinem außerordentlichen Ansehen kam, erfreute sie sich sehr an diesem funkelnden Bekannten. Gern begann sie vor anderen Sätze mit »Unser lieber Freund, der Doktor Karl May, …« – um dann zu berichten, was Karl zu diesem oder jenem gemeint habe. Der helle Schein des Ruhms ließ ja nicht nur den Berühmten leuchten; er hob auch die Nahestehenden aus dem Dunkel, wenn er auf sie fiel. Als man schließlich anfing, Emma und Klara wegen ihres ständigen Zusammengluckens für Schwestern zu halten, widersprach Klara diesem Eindruck ausdrücklich nicht. Denn als die Schwägerin eines der größten Männer des Landes zu gelten – das war ja fast so gut, wie diese Schwägerin tatsächlich zu sein.

Umso mehr war Klara daher erbost über die Angriffe auf Karl, die ihn seit der Rückkehr aus dem Orient plagten. Sie hatte an beiden Mays stets das Talent bewundert, den Mittelpunkt jeder Gesellschaft zu bilden. Doch wie sehr Karl die Hetze der Presse traf, bemerkte sie schon daran, wie zurückhaltend, ja: bescheiden er nun oft von seinen Reisen sprach. Es tat ihr von Herzen leid. Auch war es schlimm zu sehen, wie die Kampagne nicht nur in den Zeitungen blieb, sondern ihnen, im Gegenteil, schon das wirkliche Leben verdarb. Denn als eigentliches Ärgernis dieses Abends zwickte Klara weniger, dass Kaulschek sich zwischen sie und Karl gedrängt hatte, oder dass die Militärs die Schönheit seiner Schilderungen offensichtlich nicht erfassten – sondern dass genügend Menschen den Verleumdungen der Presse zu glauben schienen, um nun Abstand von Karl zu halten. Die Ringe von Verehrern jedenfalls, die sich bei solchen Anlässen früher um Karl zu legen pflegten, wollten sich nicht mehr bilden wie gewohnt.

Man schwieg. Das Summen und Raunen des übervollen Foyers übertönte die Stille der Runde.

»Was haben Sie denn eigentlich auf Ceylon getan?«, fragte schließlich Oberst Coswig.

»Das ist, nun«, Karl räusperte sich, »geheim.«

Die Aufmerksamkeit der Zuhörer war sofort wieder erwacht.

»Aber Sie werden uns doch sicher davon in einem Buch berichten?«, fragte Kaulschek.

»Tatsächlich habe ich gerade letzte Woche einen Vertrag geschlossen« bestätigte Karl. »Ein bekannter Verleger wird im Herbst einen Band über China herausbringen und hat mich gebeten, meine Erlebnisse niederzuschreiben. Der Bericht wird vielen die Augen öffnen, die meinen, Karl May sei nur ein pistolenschwingender Haudrauf.«

»Es hat Sie bis nach China verschlagen?«

»Das werden Sie dann ja erfahren.«

»Dann erzählen Sie uns doch wenigstens noch ein wenig aus dem Dschungel.«

»Es gibt leider an dieser Stelle so gar nichts Berichtenswertes. Ich hätte gar nicht davon sprechen sollen.«

»Ich glaube Ihnen kein Wort.« Jovial zwinkerte Leutnant Kaulschek ihm zu.

»Nun, mit dem Alter reist man sicher auch etwas weniger abenteuerlich als früher«, sagte Oberst Coswig mit, wie Klara fand, milder Herablassung.

»Wenn Sie unterstellen«, korrigierte Karl, »dass der gute Karl May alt geworden sei, so kann ich Ihnen versichern: Das ist er nicht. Er reitet weiterhin seine alten Karawanenwege.«

Karls Antwort kam scharf. Oberst Coswig antwortete denn auch schmallippig: »Na, wenn Sie das so meinen.«

»Aber Sie werden uns doch verraten können, wie der Titel der Geschichte lauten wird«, besänftigte Kaulschek.

»Das kann ich durchaus – wenn Sie mir das Versprechen geben, ihn noch nicht weiterzugeben.«

»Das Ehrenwort!«, sagte Kaulschek. Coswig und die Damen nickten. Klara war gespannt, wie man den Titel aufnehmen würde, den sie selbst doch schon kannte. Nur Emma schien sich mehr dafür zu interessieren, was in der Gruppe hinter ihr gesprochen wurde.

»So halten Sie sich fest, meine Herren, meine Damen! Der Titel lautet«, und Karl machte eine äußerst dramatische Pause, »›Friede auf Erden‹!«

Karl lauschte der Feierlichkeit seiner eigenen Worte hinterher.

Dann schaute er in die ratlosen Gesichter. Leutnant Kaulscheks Augenbrauen schoben sich fragend zusammen, Oberst Coswig blickte nachdenklich durch den Raum.

»Man muss es wohl etwas auf sich wirken lassen«, gab Leutnant Kaulschek schließlich zu.

Vielleicht, dachte Klara, sind diese Herren auch einfach das falsche Publikum.

Sie hatte in den vergangenen Monaten wohl bemerkt, dass es sich bei jenem Karl, der mit ihnen aus dem Orient zurückgekehrt war, um einen anderen, tieferen Menschen handelte als dem Karl, der dorthin aufgebrochen war. Anders als früher sprach er doch weniger in Anekdoten von den fernen Ländern als mehr in Ideen; es hatte sich auf dieser Reise, dachte Klara, seiner jüngsten von so vielen, der Himmel über Karls Gedanken noch einmal geweitet. Dass Klara ihm hinauf zu seinen Einsichten noch nicht auf jeder Leiter folgen konnte, das schmälerte ihre Bewunderung nicht, im Gegenteil. Bei einem so großen Mann, dachte sie, konnte man doch nicht immer alles gleich begreifen, aber man musste doch bereit sein, sich dafür zu öffnen! Sie betrachtete die beiden Herren, die Karl offensichtlich nicht verstehen mochten, und wie gern wäre sie Karl beigesprungen. Doch der antwortete nun selbst.

»Es wird ein großes Werk werden von hoher politischer Bedeutung. Und ein Schlag gegen meine Kritiker, die …«

»Das hast du ja nun oft genug angekündigt«, unterbrach ihn Emma.

Und Klara dachte, trotz aller Zärtlichkeit, die sie für sie empfand, dass Emma ihrem Karl nun oft auch keine große Hilfe war.

»Welche Kritiker denn?«, fragte Leutnant Kaulschek.

Oberst Coswig schob nun die Brust heraus und wippte auf die Fußspitzen, sodass er in der Körperhöhe fast zu Karl aufschloss. »Das würde mich wohl auch interessieren, mein lieber Kaulschek. Ich habe da ja der Presse einige interessante Dinge entnehmen können«, sagte er und reckte die Nasenspitze in Karls Richtung.

»Alles, was Sie gelesen haben können, ist eine Schmierenkampagne einiger sogenannter Journalisten, die sich Auflage erhoffen, indem sie mich angreifen.«

»Worum geht es denn da?«, fragte Kaulschek.

»Man zweifelt den Wahrheitsgehalt seiner Abenteuer an und noch einiges mehr«, sagte Coswig.

»Und zwar aus niedersten Motiven!«, warf Klara dazwischen. Sie konnte Karl ansehen, wie ungehalten er war, dass ihm seine Gegner nun schon die Theaterabende verleideten.

»Und, wie ich mir nicht anders vorstellen kann, zu Unrecht«, sagte Kaulschek. »Nicht wahr, Herr Doktor May?«

»Vollständig!«

»Aber wenn ich Ihre Schilderungen von Ceylon so höre«, sagte Oberst Coswig überheblich, »scheint es ja zumindest auf Ihrer letzten Reise mit den Abenteuern nichts geworden zu sein.«

»Wie ich schon angedeutet habe, liest man Karl May vollständig falsch, wenn man stets nur nach Pulverdampf Ausschau hält. Möglicherweise handelt es sich bei meinen Abenteuern ja um solche, die außerhalb des Horizonts der sächsischen Armee liegen.«

»Vielleicht ist es ja nun an der Zeit, dass wir an unsere Plätze zurückkehren«, sagte Emma, langte durch die Runde und legte Karl mit sanftem Nachdruck die Hand auf den Arm.

»Hochverehrter Herr May!«, schnarrte Oberst Coswig. »Ich werde Ihre letzte Unhöflichkeit überhören, da ich weiß, dass ich nun selbst eine begehen werde. Aber in unserem schönen deutschen Land schätzt man ein ehrliches Wort mehr als anderswo, und in unserer tapferen Armee gehört Aufrichtigkeit zu den obersten Tugenden. Darum freiheraus: Haben sich die in Ihren Bänden so prächtig geschilderten Abenteuer überhaupt je so ereignet?«

»Meine Reisen, hochverehrter Herr Oberst, sind geographische Predigten an die deutsche Volksseele. In meinen Büchern durchmesse ich Landschaften, die auch innere Landschaften sind, und die Fragen, denen der Abenteurer begegnet, sind nichts Geringeres als die Menschheitsfrage, die gar nicht anders beantwortet werden kann als mit Wahrhaftigkeit!«

»Das bedeutet also …?«, fragte Oberst Coswig, der offenbar eine klarere Antwort erwartete.

»… dass wir bald aufbrechen sollten. Bis wir in der Loge sind, das dauert ja«, sagte Emma.

»Gnädige Frau, ich habe keine Zweifel, dass Sie in Ihrer Klugheit diese Dinge zur Genüge durchdrungen haben und die Antwort ohnehin kennen. Ein bescheidener Geist wie meiner aber muss doch auf einer einfacheren Auskunft bestehen.«

»Die Menschheitsfrage«, erklärte Karl, »das ist Gott, der fragt: ›Mensch, wo bist du?‹«

Man wartete, wohl ob noch etwas an Antwort käme, aber Karl fügte nichts weiter hinzu.

»Heißt das nun, dass Sie gegen die Komantschen gekämpft haben oder nicht?«, fragte der Oberst.

»Selbstverständlich hat er das.« Es war Klara, die sich nun einmischte, sehr verärgert über die ständigen Unterstellungen.

»Sehen Sie, das ist nun eine Antwort, die auch ich begreife«, erklärte Kaulschek. Erwartungsvoll blickte er zu Karl, der sich aber nicht weiter erklärte.

»Ich warte allerdings weiterhin auf eine solch klare Antwort von Ihnen.« Oberst Coswig fasste Karl streng in den Blick.

»Ich habe die Länder, die ich schildere, nicht besucht, um dort Abenteuer zu erleben, sondern um sie zu studieren«, sagte Karl.

Oberst Coswig schnaubte ungeduldig. »Es ist natürlich auch sehr kommod, dass Sie Ihre Reisen in so weit entfernte Länder geführt haben, dass man keinesfalls einen anderen Zeugen zu fassen kriegt als Sie selbst. Wenn Sie Ihre Taten natürlich in Dresden vollbracht hätten …« Er ließ offen, was dann wäre.

»Aber ist Winnetou nicht sogar einmal in Dresden gewesen?«, fragte Frau Oberst Coswig nun. Ihre Stimme glich einer alten Holztür, welche man lange nicht geöffnet hatte. Es war der erste vollständige Satz, den sie in dieser Pause gesprochen hatte, und die Köpfe gingen zu ihr herum.

»Winnetou hier in Dresden?«, fragte Kaulschek.

»Es wird ja immer toller!«, sagte Coswig mit einem Stirnrunzeln, das seiner Frau galt.

»Ist denn das wahr?«, fragte Kaulschek.

»Ich habe es doch in einem Ihrer Bücher gelesen«, sagte Frau Oberst Coswig.

Karl betrachtete sein Weinglas, aus dem er nur Wasser getrunken hatte.

Kaulschek war vollkommen baff. »Das müsste doch in der ganzen Stadt bekannt sein! Der Häuptling der Apachen! Hier!«

»Ich jedenfalls habe davon noch nie gehört«, sagte Herr Oberst Coswig.

Wie unverschämt doch diese Leute sind, dachte Klara. Sie fühlte mit Karl, den die Kleingeistigkeit dieser Fragen nun verzweifelt zur Decke schauen ließ.

»Haben Sie das also geschrieben?«, fragte Coswig.

»Der Vorwuf, ich hätte meine Reisen nicht unternommen, lässt sich sehr leicht entkräften. Allein auf meiner letzten Fahrt in den Orient, allein aus Erithrea, nachdem ich mich durch den Sudan gekämpft hatte, habe ich Dutzende Postkarten …«

»Herr May, war Winnetou nun in Dresden oder nicht?«

Karls Blick flackerte umher. »Es ist nun auch schon eine Weile her«, gab er zu bedenken.

»Und vermutlich sind alle Zeugen der Begebenheit längst tot«, sagte Coswig süffisant.

Leutnant Kaulschek wartete noch auf eine nähere Erklärung Karls, aber der Oberst hatte offenbar genug gehört: »Hochverehrter Herr May, es war uns ein großes Vergnügen, aber wir müssen nun zurück zu unseren Plätzen. Nicht dass sie einige Apachen vor uns besetzt haben!« Er begann, sich von den anderen in der Runde zu verabschieden.

So geht es einfach nicht, dachte Klara.

Einige Momente noch betrachtete sie den kleinen Mann, an dem stolz die Orden klirrten. Dann sagte sie: »Es gibt durchaus noch Zeugen dieser Begebenheit.«

Bevor die Runde aber nun erfährt, was es mit jenen Zeugen auf sich hat, wollen wir einmal mehr das Wort ergreifen. Es gilt nämlich, Klara betreffend, drei Dinge zu erwähnen, die im Folgenden von einigem Interesse sein mögen.

Zum Ersten nämlich ist es wissenswert, dass, anders als sich Klara über Jahre fleißig eingeredet hatte, die Geschäfte der Plöhn'schen Verbandstofffabrik zu Richards Lebzeiten mitnichten glänzend gelaufen waren. Sie gingen, im Gegenteil, meist mäßig und mit gelegentlichen Ausschlägen ins Schlechte. Erst nach Richards Tod (und dem vorherigen Verkauf der Fabrik zu einem höchst ungünstigen Preis) ließ sich diese Tatsache nicht mehr abstreiten, was auch die Geldsorgen erklärt, die auf der Witwe Plöhn lasteten. Die Zähigkeit allerdings, mit der sich Klara dieser Wahrheit zuvor jahrelang widersetzt, Richards Klagen überhört und sich weiter als Gattin eines höchst erfolgreichen Industriellen gefühlt hatte – diese Zähigkeit verdient, nun, wohl nicht unsere Bewunderung, jedoch unsere Beachtung.

»Natürlich«, sagte Kaulschek nun, »es muss ja Zeugen geben, ein solches Ereignis bleibt doch niemals unbemerkt!«

Zum Zweiten wollen wir festhalten, dass es in der ansonsten vorbildlichen Ehe der Plöhns manchmal doch zu Auseinandersetzungen gekommen war. Richard hatte Klara etwa, nachdem sie beide in die besseren Kreise Radebeuls aufgenommen waren, einige Male gebeten, doch nicht ganz so aufzuschneiden: Dass sie etwa eine höhere Mädchenschule besucht habe, entspreche nun einmal nicht den Tatsachen. Klara hatte darauf stets geantwortet, dass ein Mann seines Ranges aber keine Frau an seiner Seite haben dürfe, die tatsächlich nur die Volksschule kannte – und damit war es dann gut. Fünfmal hatte Richard auch angemerkt, dass Klaras Vater nur ein einfacher Hausmeister im Amalienstift gewesen sei und nicht, wie von Klara stets behauptet, Verwaltungsbeamter des Fürsten und Schlosskastellan und ihre eigene Herkunft also deutlich weniger vornehm … – doch dann ließ er auch das bleiben. Seine Frau hörte sowieso selten auf ihn.

»Die können Sie uns ja beim nächsten Mal vorstellen«, sagte Coswig nun.

Zum Dritten hatte sie Emmas gelegentlichen Andeutungen, dass man nicht alles, was Karl erzählte, vollständig glauben müsse, mit ähnlicher Zähigkeit überhört wie Richards Klagen über die Lage des Geschäfts. Lieber hatte sie sich von Karl wieder und wieder erzählen lassen und seine Bücher doch alle mehrmals gelesen, auch den zweiten Band von »Satan und Ischariot«, wo Karl den Besuch Winnetous in Dresden mit den herrlichsten Worten schilderte. Zum Dritten also kannte Klara all dieses so gut, dass sie den Apachenhäuptling so lebendig vor ihrem Auge sehen konnte, als wären Karls Erinnerungen ihre eigenen.

»Das wird nicht nötig sein, Herr Oberst. Ich nämlich«, sagte Klara nun, »war selbst dabei.«

Da blieb Coswig doch stehen. Er wandte sich noch einmal um. Emma musterte Klara seufzend von der Seite.

»Ich war noch ein junges Mädchen«, erklärte Klara, »und mein Vater war Mitglied eines Gesangsvereins in Johannstadt. Hin und wieder durfte ich ihn zu den Proben begleiten, wenn ich mich dort ganz still verhielt. Es war mir fast das Schönste, den Sängern zu lauschen, den Stimmen, die sich so harmonisch umeinanderschlangen. Nur eines gab es, was mich noch mehr fesselte: Unter den Sängern war auch ein weit gereister Doktor, der damals wohl auf die 40 zuging, aber immer noch frischer und kräftiger wirkte als alle Burschen, die halb so alt waren wie er. Oft saß man nach den Proben noch beisammen, und dann erzählte er von seinen Reisen, für die er manchmal für Monate verschwand: in den Orient, nach dem Westen oder gen Afrika. Sein Name war – Sie ahnen es: Karl May.«

Oberst Coswig und seine Frau waren wieder zurück in den Kreis getreten.

»Ein Mann war uns aus seinen Geschichten so bekannt, dass wir ihn fast selbst einen Freund hätten nennen können: Winnetou, der Häuptling der Apachen. Wie groß, glauben Sie, war unsere Überraschung, als eines Tages nach einer Probe eine große und ganz eigentümlich dunkelhäutige Gestalt in der Tür des Wirtshauses stand. Doktor May schien selbst nicht minder überrascht. Die beiden fielen einander in die Arme, und dann stellte Doktor May ihn vor: Es war kein Geringerer als Winnetou selbst. Wie zur Bestätigung nahm der Genannte nun seinen Zylinder ab, den er die ganze Zeit auf dem Kopf getragen hatte. Darunter kam sein prächtiges langes Haar zum Vorschein, das nun wie ein Schleier hinter ihm hinabfiel …«

So gebannt und still lauschte die Runde, dass sie das erste Klingeln zum Ende der Pause versäumten. Bald läutete es zum zweiten Mal und dann zum dritten, und noch immer hörte die Runde selbstvergessen Klara zu, die von dieser wundersamen Begegnung berichtete, während Emma manchmal leise schnaubte und einer noch ergriffener lauschte als alle anderen.

Es war Karl.

23. Juni 1901

Radebeul, Königreich Sachsen, Deutsches Reich

»Ich hatte meine fünf Gewehre umgehängt, den Bärentöter, mein Henrygewehr, einen Mauserkarabiner, eine Elefantenbüchse und einen Drilling, den Hirschfänger und einen Schleppsäbel umgebunden, drei Paar Revolver und einige Doppelpistolen in den Gürtel gesteckt, den Sauspieß, eine Hellebarde, meinen Tomahawk, ein Lasso und eine Walfischharpune in die Hand genommen und die kleine Gattlingkanone, ohne die ich nie in die Prärie ziehe, in dem Rucksack untergebracht und die Hosentaschen mit Stinkbomben und Dynamitpatronen gut gefüllt. So kroch ich mit der mir eigenen Schläue, an der mir kein Irokese gleichkommt, durch das hohe Gras der Prärie – als ich plötzlich fünf baumstarke, bis an die Zähne bewaffnete Indianer vor mir sah, welche mit ihren vergifteten Pfeilen auf mich zielten. Ich war so kaltblütig, dass ich erst einen Schluck Cognac nehmen musste, um mich zu erwärmen, dann beschloss ich, die Kerle nicht zu töten, sondern lebendig zu fangen.«

Karl schlug wütend mit dem Handrücken gegen die Zeitungsseite, dann warf er sie auf seinen Schreibtisch, wo sie neben einer kleinen Kiste landete. Es war eine solche Niedertracht, dachte er, während er erboste Runden durch sein Arbeitszimmer drehte, eine solche Gaunerei! Glaubten die feinen Herren Redakteure denn, dachte Karl, dass diese zusammengeschmierte Karl-May-Parodie lustig würde, nur weil man sie in der Faschingsausgabe brachte? Auch der ausgestopfte Löwe neben Karls Schreibtisch drohte mit seinem ewigen Fauchen den »Münchener Neusten Nachrichten«, die vor ihm gelandet waren.

Jeder Witz, dachte Karl, während er den Bärentöter an der Wand betrachtete, fehlte hier doch offensichtlich – und obendrein stimmte ja rein gar nichts daran. Vergiftete Pfeile in der Prärie! Ein Unfug. Jeder Primaner konnte wissen, dass Pfeilgift ausschließlich den südamerikanischen Indianern bekannt war, da hätte ein wenig Recherche wohl gutgetan; und niemals, niemals, dachte Karl, hatte sich Old Shatterhand Mut antrinken müssen, und dass diese Lügenredakteure das in ihrem Machwerk behaupteten, zeigte doch nur, dass sie ihn nicht im Mindesten verstanden hatten.

Und auch sonst – haarsträubende Fehler!

Karl nahm die Seite erneut vom Tisch.

»Es waren Gelbfußindianer, wie ich sofort an ihrem Dialekt erkannte, denn ich beherrsche alle Indianerdialekte wie meine Muttersprache, sogar noch besser. --- ›Tschindara bim bim!‹, sagte der eine, was auf Deutsch heißt: ›Bleichgesicht, du musst sterben!‹

›Ja, oder was beißt mich!‹, hohnlachte ich mit der mir eigenen Geistesgegenwart, sprang mit einem gewaltigen Salto mortale – ich war immer ein brillanter Springer! – über die Köpfe der verdutzten Indianer weg, drehte mich im Sprung und fiel ihnen so, ehe sie sich von ihrem Staunen erholen konnten, in den Rücken. Ohne meine Waffen fallen zu lassen, warf ich mit jeder Hand und mit jedem Bein einen zu Boden, während ich den mittleren mit den Zähnen am Kragen fasste und ...«

... Karl mochte nicht mehr weiterlesen. Gelbfußindianer! Erfundenes Kauderwelsch! Und niemals hatte er behauptet, einen Salto mortale zu springen, was für ein albernes Kunststück! Es war alles so unverschämt, dachte Karl, so haarsträubend hinterhältig, dass ... dass ... dass ... – jedenfalls hatte diese Zeitung doch sehr nachgelassen.

Der Artikel war Karl vor drei Monaten zugegangen. Zur Hand genommen allerdings hatte er ihn nur selten, anfangs vielleicht drei oder acht Mal pro Woche, und mittlerweile war er eigentlich schon beinahe fast ganz vergessen. Dann aber hatte Karl vorhin die Kiste hervorholen müssen, in der er jenen Zeitungsausschnitt und anderes aufbewahrte. Sie stand nun auf dem Schreibtisch: ein Kästlein aus dünnem Holz, nicht größer als ein Briefbogen und mit so viel Papier gefüllt, dass der Deckel nur mit Mühe schloss. Normalerweise versteckte Karl sie in der untersten Schublade seines Schreibtisches und sperrte darin alle Beleidigungen und Angriffe fort, die ihn erreichten. Hin und wieder konnte er sie so hervorholen, um sich selbst zu beweisen, wie wenig sie ihm bedeuteten.

In der Post war am Nachmittag ein neuer Ausschnitt gelegen: Ein Leser sandte ihm, was ein Pastor gegen ihn und seine Bücher in den »Historisch-Politischen Blättern« geschrieben hatte. Also war Karl nach dem Abendessen ins Arbeitszimmer gestiegen, hatte die Schachtel geöffnet, das neue Papier hineingelegt und dann, als er die Kiste eigentlich gerade wieder wegstellen wollte, doch begonnen, die alten Ausschnitte zu lesen. Zuunterst lagen die Artikel der »Frankfurter Zeitung«, deren heimtückische Kampagne er während seines Aufenthalts im Orient durchleiden musste. Dann folgten einige wütende Briefe von Lesern, die behaupteten, von ihm getäuscht worden zu sein. Dann kamen die Angriffe wegen seiner Kolportageromane, und eigentlich erbosten diese Karl von allem am meisten.

Karl blätterte durch die Zeitungsseiten. Wie meist blieb er bei zwei Ausschnitten der Reichspost aus Wien hängen: »Was den Roman Uhlanenliebe angeht, so ist er derart anstößig, dass er nicht als Volkslektüre empfohlen werden kann«, schrieb man da, und Karl begann wieder um seinen Schreibtisch zu stapfen. Nicht nur, dass sie ihm, dachte er – ausgerechnet: ihm, dem sittenreinsten aller Menschen –, Anstößigkeit unterstellten. Wochen später hatte die Redaktion für den nächsten Angriff auch noch seinen überaus katholischen Verleger Pustet ins Blatt gezerrt. Oder besser: seinen ehemaligen Verleger. Der »Deutsche Hausschatz« nämlich war Karl dank dieser Romane und also dank Emmas Nachlässigkeit als Auftraggeber auch verlustig gegangen.

»Wir waren von verschiedenen Seiten darauf aufmerksam gemacht worden, dass Karl May Hintertreppenromane der allerbedenklichsten Sorte geschrieben hat«, behauptete Pustet in diesem zweiten Ausschnitt und noch einiges dazu. Es war doch alles so niederträchtig und falsch, dachte Karl, so an den Haaren herbeigezogen und gemein, dass er seine Geschwindigkeit beim Umrunden des Schreibtischs noch einmal erhöhte und ihn schließlich umstampfte wie bei einem Kriegstanz; so lange, bis seine Kräfte ihn verließen und er sich leeren Blicks in seinen Stuhl sinken ließ und auf die Kiste starrte. In seinem Kopf tönte die Stimme der Reichspost weiter.

Karl legte den Deckel auf die Kiste, stellte sie in die Schublade und schloss dahinter ab. Dann begann er, mit den Mittelfingern rechts und links die Schläfen zu reiben.

Wie sollte denn ein Mann, versuchte Karl laut gegen die Stimme in seinem Kopf anzudenken, in der Welt bestehen, wenn seine Frau ihn laufend hintertrieb? Wie sollte er denn Großes vollbringen, wenn Emma ihn in einem fort blamierte?

Draußen hörte er sie, wie sie vom Flur ins Schlafzimmer trat. Bald war es Zeit, ins Bett zu gehen.

Das Reiben der Schläfen aber, merkte Karl rasch, half heute nichts.

»Neulich erschienen sogar schmutzige Kolportageromane in seinem Namen«, raunte ihm die Reichspost ins Ohr, »die noch schmutziger illustriert waren!«

Karl ließ die Hände sinken und fügte sich in das Getöse. Die Stimmen hatten ihn doch oft genug behelligt; er wusste, dass sich dieser Kampf kaum gewinnen ließ. Schon als junger Mann hatte Karl das, was anderen Menschen wohl nur als Echo eines Gedankens durch den Kopf huschte, tatsächlich hören können – einerlei, ob es Erinnerungen, ein schlechtes Gewissen, geheime Wünsche oder alte Vorwürfe waren. Manche der Stimmen hatten tatsächlich einst zu ihm gesprochen: Der Volksschullehrer, Richard oder der Großvater Pollmer hallten weiter in ihm, als wenn sie neben ihm stünden. Doch auch wer ihm nie begegnet war, konnte zu ihm reden. Hatte er von einem Kritiker nur in der Zeitung gelesen, liehen sich dessen Vorwürfe flugs eine Stimme aus der Vergangenheit: Da schnarrte ihm der Vater ins Ohr oder der Richter in Chemnitz, der Gefängnisaufseher oder, was ihn stets in äußerste Nervosität trieb, seine eigene Mutter. Pustets Ton kannte er persönlich, der unbekannte Redakteur der Reichspost dagegen klagte ihn mit der Stimme eines Wieners an, der auf der »Preussen« Karls Fähigkeiten mehrmals ins Lächerliche hatte ziehen wollen. Beide waren längst eingereiht in den Chor aus seinem Schreibtisch: jeder Ausschnitt eine Stimme. Sie verstummten auch dann nicht, wenn Karl die Schublade schloss.

Hinter der Tür, welche das Schlafzimmer mit seinem Bureau verband, hörte er Emmas Schritte. Die Klinke senkte sich, und die Tür schwang auf.

Nachdem sie am Vorabend aus dem Theater heimgekehrt waren, hatte Karls Bitte an Emma, sie möge ihn vor anderen nicht ständig unterbrechen, noch einen größeren Streit nach sich gezogen, und seitdem hatten sie kein Wort mehr miteinander gewechselt. Karl, der nie sicher sein konnte, ob einem solchen Schweigen ein Friedensschluss oder eine Rache folgte, tat, als nehme er Emma nicht wahr, die in der Tür stehen blieb. Konzentriert begann er, Papier von links auf seinem Schreibtisch nach rechts auf seinen Schreibtisch zu schichten.

Gut hätte Karl nun noch einmal den Streit über die Verlagsverträge vom Zaun brechen können. Doch Old Shatterhand tat nie den ersten Schlag. Er wartete, bis der Gegner sich zu einem Angriff provozieren ließ, den man selbst leicht parieren konnte – und erfahrene Eheleute hielten es ebenso.

Die Papiere links auf seinem Schreibtisch aber gingen ihm rasch aus. Um sie nicht zurückschichten zu müssen, griff er zur Feder und tat, als müsse er dringend etwas notieren.

»Hühnelchen.«

Emmas Stimme rief ihn mit einem süßen Schmelz, der ihn nun doch aufschauen ließ.

Sie stand an den Rahmen gelehnt in der Tür, lächelte mit zur Seite geneigtem Kopf und trug dazu ein Negligé, das dem Autor von »Die Liebe des Ulanen« wohl als Inspiration für einige seiner fragwürdigsten Szenen gedient haben mochte.

»Magst du nicht ins Bett kommen?«, fragte sie.

Einen Moment war Karls Blick an Emma hängen geblieben, dann wandte er sich wieder seinen Papieren zu. »Ich werde noch einige Schreibarbeit erledigen müssen.« Die Feder begann, über das Papier zu kratzen. Keinesfalls wollte er sich von der billigsten aller Versöhnungen locken lassen, auch wenn Emma kaum einen anderen Weg kannte, um Frieden zu schließen. (Oft schon hatte er sich gefragt, ob sie ihn mit solcherlei Avancen nicht vielleicht sogar vorsätzlich zu sich in den Schmutz ziehen wollte: eine Rache, die sich als Versöhnung näherte. Aber, versicherte er nun sich und der Stimme des Pastors in seinem Kopf: Was war es für ein Glück, dass er kein Mann war, der sich von den schäbigsten Tricks des Weibes einwickeln ließ!)

Emma schob sich um ein weniges in den Raum hinein, sodass sie nun mit dem Rücken am Türrahmen lehnte. Sie reckte ihre Brust heraus und schaute Karl von unten an, wie es sich als Mittel der Verführung über die Jahre doch sehr bewährt hatte. Sie zog ein Schnütchen und neckte Karl mit ängstlicher Stimme: »Aber da sind Indianer in meinem Schlafzimmer, Mr. Shatterhand.«

Karls Feder fror auf dem Papier fest. Ohne aufzuschauen sagte er: »Um die wird sich wohl ein anderer kümmern müssen.« Man musste doch, dachte er, besser auf der Hut sein – wie schnell erging es den höchsten Vorsätzen so wie damals in Werners Atelier!

Emma trat an den Schreibtisch heran, stützte die Hände auf die Tischplatte und beugte sich ein wenig vor, sodass Karls Blick dem Vorhang aus Seide, der sich vor ihrem Busen schloss, nicht mehr entkommen konnte. »Aber vor niemandem zittern Halunken wie vor Ihnen, Mr. Shatterhand.«

Sein Leben als Unbesiegbarer hatte Karl seit der Orientreise bei Weitem nicht mehr so viel Befriedigung bereitet wie in den Jahren zuvor. Dennoch spürte er nun, dass der Ruf nach einem starken Mann zumindest von Teilen seines Körpers sofort erhört wurde.

»Bitte nicht mehr diesen Namen«, sagte er und versuchte, etwas Sinnvolles zu Papier zu bringen, von dem ihm aber nicht einfallen mochte, was es hätte sein können.

Emma trat um den Schreibtisch herum, stellte sich hinter ihn und begann, seine Oberarme zu streicheln.

»Vor niemandem zittern Halunken so wie vor dir, Hühnelchen.«

Karl legte den Stift beiseite und wartete, dass Emma weitersprach.

»Warum?«, fragte er schließlich.

»Weil es kein Mann mit dir aufnehmen kann.«

Karl rückte seinen Stuhl vom Tisch ab, sodass Emma neben ihn treten konnte. Mit der linken Hand strich sie ihm über die Brust. »Weil kein Mann so stark ist wie du.«

Karl hätte gern seinen schönen, rechtmäßig gepflegten Zorn an Emma abgeleitet, aber er musste ihn sich wohl für ein anderes Mal aufbewahren.

»Und was noch?«, fragte er.

»Kein Mann ist klüger …«, sagte Emma und kniete sich vor ihm auf den Boden.

»… und stärker …«

Sie legte ihren Kopf auf seinen Schoß und umschlang seine Beine.

»… und gewaltiger als du.«

Karl strich ihr über den Kopf.

»Zu keinem Mann schaut die Welt so sehr auf wie zu dir«, sagte Emma und schaute zu ihm auf. »Und kein Mann auf der Welt ist so …«, und dann seufzte sie, als wäre bei einer Séance der Geist Marie Antoinettes in sie gefahren.

Karl stand auf und führte Emma ins Schlafzimmer. Dort legte sie sich auf das Bett und sah Karl dabei zu, wie er begann, sich auszukleiden. Er streifte die Hosenträger über die Schultern, sodass sie neben ihm umherschlackerten, während er die Hose öffnete. Dann knöpfte er das Hemd auf, und darunter kam ein Unterhemd zum Vorschein, das seinen nach der Orientreise wieder auf eine zufriedenstellende Größe gewachsenen Bauch umspannte.

Schamhaft wandte er sich ein wenig von Emma ab, um die Hose

auszuziehen, geriet dadurch aber beim Versuch des gleichzeitigen Abwendens und Abstreifens des linken Hosenbeins ins Schlingern und musste dreimal auf dem rechten Fuß seinem Gleichgewicht hinterherhopsen, bis er darüber aus der ersten Hälfte der Hose gelangt war. Das zweite Hosenbein war leichter.

Karl präsentierte sich Emma nun in Unterwäsche, Sockenhaltern und Socken, und so löschte er das Licht, um sich auch dieser sechs Kleidungsstücke zu entledigen.

Karl hörte, wie auch Emma sich im Dunkel vollends auskleidete. Er stieg in das Bett, und Emma entzündete, nachdem sie beide unter der Decke verborgen waren, wieder die Lampe auf ihrem Nachttisch, so wie sie es vor einigen Jahren als Kompromiss zu halten begonnen hatten. Vorsichtig begannen sie, sich zu küssen.

Wie bei vielen Eheleuten waren die Begegnungen der Mays in den ersten Jahren ungestümer gewesen. Nicht immer war man in einem Bett gelegen, einige Male hatte improvisiert werden müssen. Doch die Liebe war ein Fluss, der im Oberlauf stets wild über Felsen sprang, sich übermütig zu Tal stürzte und manche Abzweigung wagte – nur um nach einer Weile ein breites, ruhiges Bett zu finden, in dem er gleichmäßig dahinfließen konnte. Karl hatte Emma schließlich vom Stand der Wissenschaft überzeugen können, die nur eine einzige Stellung des Liebesspiels als natürlich ansah: die Frau auf dem Rücken, der Mann darüber, so war es doch seit Jahrtausenden am besten gegangen.

Nachdem genug geküsst worden war, bot Emma sich also dar wie ein geschwächtes Tier, das allerdings weiterhin unter einer Decke verborgen lag. Karl kroch zu ihr hinüber. Er hievte sich auf sie, schloss die Augen und begann, sich vorsichtig zu bewegen.

Nichts, was in diesem Augenblick im Schlafzimmer der Mays geschah, hätte auch von strengsten Sittenwächtern beanstandet werden können, handelte es sich doch um den gesunden, den ehelichen Verkehr – aber Karl gelang es dennoch nicht, sich auf das vor ihm Liegende zu konzentrieren.

Er lagerte das Gewicht ein wenig zur rechten Seite, doch es glückte so nicht besser. Also versuchte er es auf der linken. Dann probierte er, die Knie etwas anders anzuwinkeln, was ihm das Vorgehen jedoch auch nicht erleichterte; dann erkannte er, dass die Schwierigkeiten möglicherweise weniger Schwierigkeiten des Leibes als Schwierigkeiten der Seele sein mochten, und er versuchte, sich angenehme Gedanken in den Kopf zu holen. Doch sosehr er sich auch bemühte: Zwischen Emmas Atem und seinem hörte er stets die Stimme aus Wien, die ihm bedenklichste Anstößigkeiten vorwarf.

Er öffnete die Augen und sah Emma, die ihn, wie er fand, in völlig übersteigerter Wollust anschmachtete, also schloss er sie wieder. Es war doch, dachte er, der große Nachteil dieser Art des Verkehrs, dass man sich dabei gegenseitig ansah, was durchaus zu Verlegenheit auf beiden Seiten führen konnte. Ohne Zusammenhang erschien nun vor seinem inneren Auge Klaras Gesicht, das ihn lieb anlächelte. Für einige Augenblicke trug es ihn aufs Herrlichste davon, bis er plötzlich erfasste, was er da dachte, und entsetzt die Augen wieder aufriss. Außer Atem war er auch. Er hielt inne.

»Was hast du, Hühnelchen?« Emma legte ihm eine Hand an die Wange.

Karl krabbelte von ihr herab. »Es geht so nicht.«

Er fiel auf den Rücken und starrte zur Decke. Dann kniff er die Augen zusammen und versuchte, all die falschen Gedanken aus sich herauszuzwingen.

Emma schmiegte sich an ihn, ihre Hand auf seinem Bauch. So lagen sie eine Weile, bis schließlich Emmas Hand ein Stück hinabpirschte, um Ihn anzufassen, was Karl schon früher selten erfreut hatte. Es war doch, wie er nie vergessen konnte, dieselbe Hand, die sein Essen kochte und seinen Lesern schrieb.

»Vielleicht müssen wir einmal etwas anderes versuchen«, sagte Emma.

»Hm«, machte Karl, in einer Art, aus der ein jeder etwas anderes herauszuhören vermocht hätte. Tatsächlich gelang es ihm gerade für Augenblicke, die Stimmen verstummen zu lassen. Seine Glieder entspannten sich.

Emma fühlte sich davon offenbar ermutigt.

Sie setzte sich auf ihn.

Vollkommen perplex starrte Karl sie an.

»Was tust du?«

»Erinnerst du dich an Werners Atelier?«, gurrte Emma. »Die Bilder der griechischen Vasen?«

Karl wand sich.

Emma aber richtete sich auf, sodass sie nun wie im Herrensattel auf ihm saß. Die Decke war hinter ihr herabgerutscht, und Karl musste nicht nur auf ihre entblößten Brüste starren, sondern weiter unten auch auf Ihre … Emma begann, sich zu bewegen. Es war Karl alles nicht recht. Gleichzeitig aber, gleichzeitig wallte ihm beim Anblick Ihrer … nun, es fuhr ihm durchaus das Blut hinab in Seinen … doch genauso schoss ihm das Blut vor Scham ins Gesicht.

Wieder hörte er die Stimmen. »Nicht nur Perversion in seinen Büchern«, zeterte der Pastor. »Viel schlimmer, was er im Leben treibt!«, das war Pustet. »Als ob er selbst die Frau und seine Frau der Manne sei!«, klagte die Reichspost. »Kein Vorbild für die Jugend, niemals!« Es sang der ganze Chor.

Verzweifelt versuchte Karl, Emma zu bremsen, die nun auf ihm davonzutraben drohte. Nie zuvor hatte er sie so sehen müssen. Sie will mich erniedrigen, dachte Karl, es ist eine Strafe. »Anhalten«, sagte er. Doch Emma wollte nicht hören. Wenn seine Kritiker wüssten, dachte Karl entsetzt, wie es bei ihm zu Hause zuging! Er fasste Emma an den Hüften, was sie fälschlich als Anfeuerung zu deuten schien, denn aus dem Trab fiel sie in den Galopp, und Karl fragte sich, wo sie derlei Obszönitäten wohl erprobt haben mochte, und wieder rief er »Aufhören«, und wieder wollte sie nicht folgen, und dabei drohte sich doch auch in ihm eine geradezu perverse Freude zu regen, und wieder hörte er die Stimmen, nun auch von Hoven: »Sie haben doch Angst vor ihr!«; und Emmas Anblick nun vor ihm, und der Atem, und der Schweiß, und Er, und die Stimmen, und die Bewegungen, und Klara, es war doch alles so ekelhaft und grotesk, so falsch und entsetzlich, dass Karl schließlich alle verbliebene

Kraft und allen Willen zusammentrieb, sich aufbäumte und Emma hinunterwarf.

Verdattert blieb sie neben ihm liegen und sah ihn an wie gerade erwacht. »Was ist denn nur?«

Karl sprang aus dem Bett, und es war ihm ganz egal, dass Emma ihn das erste Mal seit vielen Jahren gänzlich unbekleidet sah, und dann in diesem Zustand. Er raffte seine Kleider zusammen, floh in sein Arbeitszimmer und brüllte im Hinauslaufen: »Das weißt du ganz genau!«

7. Oktober 1899

Britisch-Ceylon, Kronkolonie des Britischen Empires

Der Leopard (Felis Leopardus) ist unzweifelhaft die vollendetste aller Katzen auf dem Erdenrund. Wohl flößt uns die Majestät des Löwen eine Achtung ein, dass wir ihn zum König der Tiere krönen; wohl erscheint uns der Tiger als der grausamste unter der grausamen Gesellschaft; wohl besitzt der Ozelot ein bunteres Kleid als alle übrigen Katzen – hinsichtlich der Einhelligkeit des Leibesbaues jedoch, der Schönheit der Fellzeichnung, der Kraft und Gewandtheit stehen sie alle hinter dem Leoparden zurück.

Die Gesamtlänge des Leoparden beträgt ungefähr zweieinhalb Meter, wovon der Schwanz etwa ein Drittel wegnimmt. Der Kopf ist groß und rundlich, die Schnauze wenig vorspringend, der Leib kräftig und die Gestalt überhaupt gedrungen. Die Grundfärbung, ein blasses Rötlich-Gelb, erscheint dunkler, weil sie von schwarzen, eng stehenden Flecken, in der Größe zwischen Erbse und Walnuss schwankenden, durchsetzt ist. Weder die Geschlechter noch die Alten und die selbstständig gewordenen Jungen unterscheiden sich wesentlich voneinander, wohl aber gibt es dunklere und selbst schwarze Spielarten.

Die Paarungszeit des Leoparden fällt in die Monate, welche dem Frühling vorausgehen. Dann sammeln sich oft mehrere Männchen an einem Orte, schreien abscheulich nach Art verliebter Katzen, aber viel lauter und tiefer, und kämpfen ingrimmig untereinander. Wie man an Gefangenen erfuhr, wirft das Weibchen nach neunwöchentlicher Tragzeit drei bis fünf Junge, welche blind zur Welt kommen und am zehnten Tage ihre Augen öffnen. Es sind kleine, allerliebste Geschöpfe, ebenso was ihre schöne Zeichnung als ihr hübsches Betragen betrifft. Sie spielen lustig wie die Katzen untereinander und mit ihrer Mutter, welche sie zärtlich liebt und mutvoll verteidigt. Frei lebend verbringt die Mutter ihre Nachkommenschaft in Felsenhöhlen, in dichten Gebüschen oder Baumhöhlen; sobald die Kleinen aber einmal die Größe einer starken Hauskatze erreicht haben, begleiten sie die Alte bei ihren nächtlichen Raubzügen. Dank des guten Unterrichts kommen sie bald dahin, sich selbst ihre Nahrung zu holen. Eine Mutter wird so zu einer Geißel für die ganze Gegend. Sie raubt und mordet mit allergrößter Kühnheit, ist aber dennoch vorsichtiger als je, und so kommt es, dass man nur in seltenen Fällen ihrer oder der Jungen habhaft werden kann.

Denn ungeachtet seiner nicht eben bedeutenden Größe ist der Leopard ein wahrhaft furchtbarer Feind aller Tiere und selbst des Menschen. In allen Leibesübungen Meister und listiger als andere Raubtiere, versteht er es, selbst das flüchtigste Wild zu berücken. Sein Lauf ist nicht schnell, kann jedoch durch gewaltige Sprünge das ersetzen, was ihm vor hochbeinigen Tieren abgeht. Beim Klettern steht er nur wenig anderen Katzen nach. Man trifft ihn fast ebenso oft auf Bäumen wie im Busche versteckt. Erst bei seinen Bewegungen zeigt er sich in seiner vollen Schönheit. Jede einzelne so biegsam, so federnd, gewandt und behände, dass man an dem Tiere seine Freude haben muss, sosehr man auch den Räuber hassen mag.

Denn leider steht sein geistiges Wesen mit seiner Leibesschönheit, wenigstens nach unseren Anforderungen, nicht im Einklang. Der Leopard ist listig, verschlagen, tückisch; boshaft, raublustig, blutrünstig und rachsüchtig. Er mordet alle Geschöpfe, welche er bewältigen kann, gleich, ob sie groß sind oder klein, ob sie sich wehren oder ihm ohne Abwehr zur Beute fallen. Seine samtene Pfote wetteifert an Weiche mit der unserer Hauskatzen, aber sie birgt eine Klaue, welche mit jeder anderen sich messen kann; auch sein Gebiss ist verhältnismäßig viel gewaltiger als das seines königlichen Verwandten, des Löwen.

Der Leopard ist besonders im Afrika südlich der Sahara beheimatet, jedoch findet er sich auch in Asien; namentlich Indien und das südliche China fürchten den wilden Plagegeist. Jede dieser Weltgegenden bewohnen dabei eigene Unterarten, die sich in der Größe und Fellfärbung der Tiere unterscheiden. Auch die Insel Ceylon etwa kennt ihren eigenen Leoparden, der gegenüber seinen Vettern auf dem Festland ein wenig länger gewachsen ist – ein Merkmal jedoch, welches das ungeschulte Auge meist übersieht, gerade, wenn der Beobachter dem Tier zum ersten Mal bei einem Angriff aus dem Unterholz gegenübersteht und die Großkatze sich dabei tückisch in den eigenen Diener verbeißt, mit dem man selbst erst wenige Stunden zuvor zum ersten Mal das Revier eines solchen Jägers betreten hat.

Sejd jedenfalls war lautlos zu Boden gestürzt.

Dort aber, nach einem Augenblick des Schreckens, schrie er wie aufgespießt. Der Leopard hatte ihn im Sprung mit sich gerissen und saß nun auf ihm, die Reißzähne tief in Richtung seines Halses stoßend, die Krallen auf seiner Brust.

»Sejd!«, brüllte Karl.

»Herr May!«, brüllte von Hoven, und Karl riss das Gewehr an seine Schulter.

Seit dem Sprung des Tieres war kaum mehr Zeit vergangen, als diese beiden Schreie kosteten. Karl legte an. Doch die Flinte tanzte in seinen fahrigen Händen; Karl schoss, doch obschon er nicht weiter entfernt stand als fünfzehn Schritt, gelang der Kugel nicht mehr, als hinter dem Drama einige Blätter aufzuwirbeln, den gewaltigen Knall schluckte der dichte Wald ohne Widerhall. Rasch fand Karl eine weitere Kugel in seiner Tasche, lud und legte noch einmal an, während Sejds Schreien zu einem gewaltigen Crescendo der Panik anwuchs, mit dem Atem des Tieres im Gesicht und dessen mahlenden Zähnen kaum einen Fuß entfernt von seiner Kehle. Karl zwang seine Hände zur Ruhe, doch es gelang kaum, die Flinte schwankte, doch dann drückte er ab, und verblüfft schaute das Raubtier auf und vergaß Sejd für einen Augenblick. Die Spitze seines linken Ohres fehlte nun.

»Von Hoven! Schießen Sie!«, brüllte Karl, der wieder laden musste. Von Hoven aber hatte den Lauf seines Gewehr vornübergeklappt, weil auch er laden musste, und seine nervösen Hände fanden zwar die Munition in den Taschen, doch die fahrigen Finger brachten sie einfach nicht in den Lauf, drei Kugeln waren schon zu Boden gefallen, und während Karl dieses Unglück im hundertsten Teil eines Augenblickes erfasste, suchte er seine eigenen Taschen ab und bemerkte eine noch größere Katastrophe: Seine weitere Munition hatte er in die Satteltaschen des Lastesels gepackt. Die Tiere aber waren in den Wald geflohen.

»Munition!«, rief er, und von Hoven verstand sofort und warf ihm die Schachtel hinüber. Karl griff im Flug nach ihr, doch nicht genau genug, anstatt sie zu fangen, schlug sie ihm auf die Hand und verschwand im hohen Gras. Der Leopard hatte sich erneut verbissen. Sejd japste und schlug um sich, brachte dem Tier jedoch keinen starken Treffer bei.

Karl suchte hektisch die Schachtel.

»Herr May! Schlagen!«, brüllte nun von Hoven und prügelte die Luft, um anzudeuten, dass Karl das Tier mit der Schmetterhand außer Gefecht setzen sollte.

Karl tastete im Gras umher, die Flinte neben ihm, die Munition irgendwo da, um ihn herum, unauffindbar, er drehte sich herum, und das Messer in seinem Gürtel drückte ihm gegen das Bein, und er suchte, und noch fester drückte ihm das Messer gegen das Bein, *den Grizzly hatte ich mit meinem Messer erlegt,* dachte Karl, so war es doch gewesen, kurz bevor er Winnetou traf, und die Munition war immer noch verschwunden, und Sejd schrie wieder, und dann mischte sich sein Keuchen mit dem Schnaufen des Leoparden, und Karl sprang auf und riss das Messer aus der Scheide und stürzte sich in Richtung des Tieres, die Faust erhoben, die Klinge drohend weit über seinem Kopf, zwei Sprünge noch, einen, seine ganze Kraft legte er in diesen Stoß, dann ein Sirren, wieder schaute der Leopard verblüfft, er wollte aufspringen, Karl hatte ihn noch nicht erreicht; dann ein grauenvolles Jaulen, das Karl stolpern ließ; ein weiteres Sirren, Karl schlug vor Sejd auf den Boden, und der Leopard rappelte sich auf und wollte sich davonschleppen, zwei Schritte schaffte er, drei, bevor er zusammenbrach, und Sejd stöhnte erleichtert, und Karl fluchte, weil er sich im Sturz mit dem Messer ins Bein geschnitten hatte, und in der Flanke des sterbenden Tieres steckten zwei Pfeile, die unter seinen letzten Atemzügen leise bebten.

Aus dem Gebüsch trat der Rodiya.

Stolz trug er seinen Bogen in der Hand.

Zu seiner Hütte führte eine halbe Stunde Fußmarsch. Nachdem Karl die Esel wieder zusammengetrieben hatte, setzte er Sejd auf einen von ihnen und stützte ihn den ganzen Weg. Die Klauen des Tieres hatten tiefe Striemen in Sejds Brust gehauen, die Dschallabija hing in blutgetränkten Fetzen an ihm und seine Wunden waren nur notdürftig verbunden; dennoch hatte das Glück seine Hand über ihn gehalten. Sejds lederne Tasche, die Karl ihm in Jaffa geschenkt hatte, lag vollständig von Bissen und Krallen zerstört auf dem Rücken eines der Lasttiere. Sie war im Sturz auf ihn gefallen, und der Leopard hatte, als er mit seinen Fängen nach Sejds Hals schnappte, diese erwischt und immer wieder seine Zähne hineingetrieben. Es brauchte keinen Zoologen, um zu wissen, dass sie Sejd nun würden begraben können, hätte das Tier ähnlich an seiner Kehle gewütet.

»Glauben Sie nun an Schutzengel?«, hatte Karl von Hoven beim Aufbruch gefragt. Der aber war eine Antwort schuldig geblieben, und schweigend stapfte er den ganzen Weg hinter ihnen her.

Eine ungeladene Waffe, dachte Karl,

nur ein Greenhorn würde mit einer ungeladenen Waffe in die Wildnis gehen,

und von Hoven hatte genau das getan, obwohl er so gern mit seiner Begeisterung für alles Militärische geglänzt hatte, und so viel von Old Shatterhand gelernt haben wollte, und überhaupt so auftrat, als habe er Schutz und Begleitung eigentlich gar nicht nötig; Karl jedenfalls war entsetzt, wie dieser Überfall dank von Hovens Nachlässigkeit hätte ausgehen können, wenn der Mann mit dem, dem … ja, dem Blick, der, gut, tatsächlich nicht so heimtückisch gewesen sein mochte, wie man es anfangs hatte denken müssen … – wenn er sie jedenfalls nicht gerettet hätte. Still dankte er es ihm so oft, wie er auf von Hoven fluchte.

Die Hütten der Rodiya, die sie nach einer halben Stunde erreichten, waren einfachste Behausungen, bei denen dünne Wände aus Lehm ein Dach aus geflochtenen Palmblättern trugen. Ein Dutzend dieser Katen kauerte auf einer Lichtung; das war das Dorf. Ihre Ankunft hatten kreischende Kinder lange angekündigt, doch schüchtern hielt man nun Abstand zueinander, es gab außer Zeichen und wenigen englischen Worten keine Sprache, in der man sich verständigen konnte. Der Regen hatte noch nicht aufgehört, und zwischen den Hütten liefen ruppige Hunde und kleine Schweine durcheinander.

Ihr Retter brachte sie in sein Heim, in dem es nichts gab außer einigen Bastmatten zum Schlafen und ein Kochgeschirr; aus dem dumpfen Halbdunkel blickte kein Fenster nach draußen, und die Luft blieb, nachdem sie einmal zur Tür hereingekommen war, modrig im Inneren stehen. Von Hoven blieb draußen; drinnen ließ Sejd sich ächzend auf einer der Matten nieder. Er war bitter zugerichtet. 20 blutige Furchen kreuzten sich auf seiner Brust, einige von ihnen so tief, dass es Karl schauderte; jedoch ging keine tief genug, um Sejds Leben zu bedrohen. Karl versorgte seine Wunden mit Jod und sauberen Verbänden, während Sejd zum Brennen des Jods abwechselnd betete und fluchte. Die Freundschaft zu Richard erwies sich als segensreich, denn über das Verarzten äußerer Verletzungen hatte der Verbandstofffabrikant manch lehrreichen Vortrag gehalten.

Zuletzt verband Karl sein eigenes Bein noch einmal, im Wald hatte er nur die Blutung stillen können. Der Schnitt war lang wie sein Zeigefinger, nicht bedrohlich, doch schmerzte auch er. Danach sank Karl auf eine zweite Bastmatte und hoffte, dass der Schrecken damit vorüber sei.

Ihr Retter trug später Ziegenmilch in einem Holzbecher und Kokosnuss herein. Karl versuchte, aus dem Mann herauszubekommen, ob er ihnen am Nachmittag mit Absicht gefolgt war oder ob er ihren Weg dank einer Abkürzung zufällig wieder gekreuzt hatte, aber schon die Frage wurde nicht recht verstanden, und aus den Antworten wurde Karl nicht schlau. Kichernd linsten einige Male Kinder herein, aber sonst ließ man sie in Ruhe. Schließlich kam auch von Hoven zurück, stand ein wenig unbeholfen zwischen ihnen und legte sich dann stumm auf eine dritte Bastmatte.

»Wo waren Sie denn?«, fragte Karl.

»Im Dorf.«

»Und?«

»Interessant.«

Damit war für diesen Tag alles gesagt, was zu sagen war.

8. Oktober 1899

Britisch-Ceylon,
Kronkolonie des Britischen Empires

»… aber warum haben Sie dem Untier nicht die Flinte über den Schädel gezogen?«

»Warum haben Sie das nicht selbst getan?«

Karl schnaufte.

Sie stiegen wieder über Wurzeln und weichen Waldboden. Karl und von Hoven hatten ihre Esel hintereinandergebunden und gingen voran, die Tiere trugen gutmütig das Gepäck hinterher. Sejd hatten sie am Morgen im Dorf zurückgelassen, ein langer Marsch wäre ihm nicht zuzumuten gewesen, und nachdem sie zu zweit lange still nebeneinander hergestapft waren und Karl immer gereizter über seinen Reisegefährten gedacht hatte, der auch jetzt wieder durch den Dschungel schlenderte, als wäre man auf dem Opernball, hatte sich an einer harmlosen Bemerkung von Hovens über die Schönheit des Urwalds eine ungehaltene Auseinandersetzung über den vorangegangenen Tag entzündet.

»Weil ich mich mit dem Messer auf ihn gestürzt habe«, erklärte Karl.

»Und vielleicht wäre die Flinte die bessere Wahl gewesen.«

»Die beste Wahl wäre wohl gewesen, das Gewehr vorher zu laden.«

Von Hoven grummelte etwas vor sich hin, und Karl bat ihn, lauter zu sprechen.

»Mir fehlt nun in diesen Dingen die Erfahrung, die Sie haben«, wiederholte er.

Das leise »… oder haben müssten«, das von Hoven dem folgen ließ, bemühte Karl sich zu überhören.

Sie hatten den mit Glück überstandenen Kampf mehrmals gewendet und besprochen und die Frage, wie man sich in ihrem Retter so täuschen konnte, ausreichend kurz gestreift. Die ganz andere Frage allerdings, warum ein Mann, der doch, wie von Hoven von sich behauptete, in Oxford studiert hatte – warum also ein solcher Mann das Wort »Leopard« nicht erkannte, wenn es ihm in seiner englischen Aussprache begegnete, und zwar als Warnung, und zwar in einem mit wilden Tieren gefüllten Dschungel und obendrein mit einem Fauchen erklärt – diese Frage getraute Karl sich gar nicht zu stellen, weil er fest damit rechnete, dass von Hoven bloß mit der Frage antworten könne, warum in Gottes Namen er, Karl May, der Mann, der siebenhundert Sprachen sprach, die Warnung selbst nicht begriffen hatte.

Eine Weile stapften sie wieder schweigend hintereinanderher.

Um die Stimmung zu heben, begann von Hoven schließlich, Karl zu schmeicheln.

»Wenigstens habe ich, wie so oft, etwas von Ihnen gelernt.«

»So?«

»Oder vielmehr: mit Ihnen gelernt. Über das Jagdverhalten des Leoparden, die Gastfreundschaft dieser reizenden Eingeborenen – und darüber, dass man seine Waffe stets geladen haben sollte.«

»Das hätte ich Ihnen schon zuvor sagen können.«

»Es wird in der Fülle der nützlichen Lehren, die ich schon früher aus Ihren Büchern gezogen habe, untergegangen sein.«

»Aha.« Karl blieb wortkarg. Von Hovens Bemerkung über die Erfahrung, die Karl »haben müsste«, gärte in ihm.

»Ja, tatsächlich ist es so. Ich habe durch die Lektüre Ihrer Bücher so viel über die Welt gelernt. Über die List im Kampf, über das Anschleichen und Belauschen, über die Geographie der Erde oder den Charakter seiner Völker.«

»Soso.«

»Jaja. Über unsere eigenen Nachbarn zum Beispiel wissen wir doch selbst genug: über den scharfen Franzosen oder den hochmütigen Briten. Aber wer hätte vor Ihnen geahnt, dass die Seelen des Deutschen und die des Indianers so verwandt miteinander sind? Dass diese beiden Völker die Fähigkeit eint, so tief und wahr zu fühlen wie sonst kein anderes Volk auf Erden.«

»Da haben Sie natürlich recht«, gab Karl zu.

»Auch vom stolzen Araber habe ich bei Ihnen zum ersten Mal erfahren. Oder davon, dass man sich vor dem hinterhältigen Kurden und dem gemeinen Griechen in Acht nehmen muss. Oder was für ein gutmütiger Kamerad der Neger ist!«

»Auch das ist natürlich richtig«, sagte er.

Andererseits jedoch, dachte Karl, während von Hovens Schmeicheleien ihn doch zu erweichen begannen, andererseits … – er hatte sich nun zumindest den Araber eine Weile aus der Nähe angesehen, und manchmal war dieser gar nicht sehr stolz gewesen, sondern zu Späßen aufgelegt oder niedergeschlagen, freundlich oder gleichgültig oder auch sonst irgendwie … anders als erwartet … und vielleicht, hatte Karl hin und wieder schon gedacht, sollte er zu dieser Überraschung später in Ruhe noch einige Überlegungen fertigen, wenn auch, wie er nun dachte, nicht jetzt, da ihm der Dampf des Dschungels schon wieder in den Schädel stieg und es ohnehin stets am besten war, Einsichten, die auf einen Irrtum seinerseits hinauslaufen konnten, zu vertagen.

»Man sollte die Dinge wohl tatsächlich selbst in Augenschein nehmen, bevor man über sie zu Gericht sitzt«, sagte er bloß.

»Aber das haben Sie doch getan.«

»Selbstverständlich!«

Und damit war diese Unterhaltung dann auch beendet.

Am Ufer eines kleinen Tümpels konnten sie bald zwischen den sich lichtenden Baumkronen erkennen, dass sie den Bergrücken, den zu umrunden ihr erstes Ziel war, tatsächlich passiert hatten, und nicht mehr lang, dann stießen sie auf den Wasserlauf, den ihre Karte angekündigt hatte.

»Es werden jetzt wohl keine zwei Stunden mehr sein«, schätzte Karl nach einem Blick darauf, und von Hoven stimmte ihm zu.

Sie folgten dem Bach. Erst auf dem Rücken der Tiere, doch dann zwangen sie die Enge seines Laufes, glitschige Felsen und tief hängende Äste immer öfter hinab, sodass sie die Esel schließlich wieder am Zügel hinter sich führten, während sie durch das Wasser wateten. So arbeiteten sie sich voran, folgten den Windungen und Biegungen des Wassers, schnell ging es nicht, doch sie kamen dem Ziel näher, weit konnte es nicht mehr sein, und längst stand auch die Sonne im Zenit – als der Bach eine leichte Kurve beschrieb und ihnen dahinter plötzlich eine Wand aus Fels den Weg versperrte.

20 Schritte noch konnten sie gehen, dann standen sie am Fuß eines Wasserfalls. Der Bach, dem sie doch in Richtung seiner Quelle folgen mussten, stürzte sich aus der Höhe hinab, sammelte sich in einem kleinen Becken, kaum größer als ein Wohnzimmer, und floss dann dorthin, wo sie hergekommen waren. Die Wand maß keine große Höhe, sie ragte vielleicht so auf wie die Villa Shatterhand, die doch nur ein Obergeschoss und ein niedriges Dach besaß. Eine lange Leiter hätte genügt, um hinaufzukommen. Bloß wenn man keine bei sich trug, stand man vor dieser Wand so ratlos wie vor einer Hausfassade.

Karl nahm die Karte zur Hand, auf der zwar dieses Tal und einige grobe Höhenlinien eingezeichnet waren – doch eine Felswand fehlte darauf völlig.

»Wir werden wohl dort oben weitergehen müssen«, sagte Karl.

Von Hoven nickte und legte den Kopf in den Nacken.

Der Fels fiel senkrecht hinab und verschwand rechts und links des Wasserfalls im Dschungel, ohne dabei an Höhe oder Steilheit zu verlieren. Er bot nur wenige Risse, kaum einer groß genug, um mehr als zwei Fingerkuppen hineinzubringen. Hier sprang vielleicht einmal ein Absatz hervor, flach wie ein Bleistift, dort klaffte mal ein Loch, kaum größer als eine Weintraube; erst an ihrem oberen Ende franste die glatte Wand in Rissen, Schrunden und Vorsprüngen aus, und jedenfalls hätte ein geübter Affe womöglich einen Weg hinaufgefunden, Karl und von Hoven jedoch, ausgelaugt und verzagt vom langen Weg und vom Schrecken des Vortages, nicht.

Sie trennten sich und forschten – einer nach rechts, einer nach links – mit ihren Macheten am Fuß der Wand entlang, ob sich irgendwo eine Gelegenheit zum Aufstieg böte oder die Wand flacher würde, doch es dauerte lang, der Wuchs war dicht, es kostete viele Hiebe, und in einer halben Stunde hatten beide keine zweihundert Meter geschafft; eher schien es Karl, als würde die Wand an seiner Seite noch höher wachsen. Japsend traf man sich wieder in der Mitte.

»Bei Ihnen?«, fragte von Hoven.

»Nichts. Und bei Ihnen?«

»Ebenso.«

Sie ließen sich auf zwei Felsen plumpsen, die am Fuß des Wasserfalles ruhten, und blickten nachdenklich die Wand hinauf. Nicht weit entfernt schrien Hutaffen.

»Wenn wir ein Seil hätten«, überlegte von Hoven laut.

Karl starrte weiter auf das Gestein und murmelte: »Ein Seil haben wir schon.«

»Haben wir?«

Wortlos ging Karl zu seinem Esel und zog unter den Satteltaschen das Seil hervor, das Sejd noch in Jaffa gekauft hatte. Er trug es zu von Hoven, warf es auf den Boden und setzte sich wieder.

»Nur – was nützt es uns, wenn es hier unten liegt?«

»Hm«, brummte von Hoven.

Doch es kostete ihn nur zwei Augenblicke des Nachdenkens, bis er Karl verständnislos ansah. »Aber Herr May, Sie sind doch ein Meister des Lassowerfens. Sie fangen einfach einen Baumstumpf oder Felsen oder was auch immer dort oben ein. Es muss ja nur fest genug sein, um einen von uns zu tragen.«

Ich war doch von Sam Hawkens in der Kunst des Lassowerfens so gründlich unterwiesen worden, dass meine Schlinge ihr Ziel niemals verfehlte,

dachte Karl –

jedoch warnte ihn die Erinnerung an die Ereignisse des Vortages deutlich, seine Kräfte nicht zu überschätzen. Von allen Fertigkeiten, die Old Shatterhand beherrschte, hatte er sich just in dieser nicht geübt.

»Aber welches Ziel sollte die Schlinge schon finden?«, sagte Karl und winkte ab.

Von Hoven betrachtete lange den Fels und deutete schließlich auf eine Stelle etwas rechts des Wasserfalles, hoch über ihren Köpfen, wo die Zeit die scharfe Oberkante der Wand rundgefressen und ausgenagt hatte. Zwischen Schrammen und Brüchen ragte dort ein Felszinken auf, wohl so groß wie ein Bierglas, doch sicher sieben oder acht Meter vom Boden entfernt. »Da müsste es gehen.«

»Das Lassowerfen ist eine Kunst, die auf die Ebene ausgelegt ist. Große Höhen überwindet man damit nicht«, erklärte Karl.

»Es muss ja nicht im ersten Wurf gelingen. Stein flieht nicht.«

»Außerdem habe ich mir beim Kampf gestern die Schulter verletzt.« Das war nicht vollständig gelogen, tatsächlich plagten ihn dort Schmerzen, doch Old Shatterhand hätten sie kaum von einem einfachen Kunststück wie diesem abgehalten.

»Versuchen Sie es. Wenn Ihre Schulter Sie im Stich lässt, übernehme ich.«

»Beherrschen Sie das denn?«

»Bis dahin werde ich mir hoffentlich genug von Ihnen abgeschaut haben.«

Karl ergab sich. Das folgende unwürdige Schauspiel wollen wir nicht in allen Einzelheiten schildern, es genügt zu wissen, dass es Karl zwar nach vielen Versuchen gelang, eine brauchbare Schlinge aus seinem Lasso herzustellen, dass diese aber im Flug hinauf stets kollabierte, selten die richtige Höhe erreichte und er überhaupt ein so schlechtes Beispiel abgab, dass von Hoven, als er nach einer halben Stunde übernahm, sich noch ungeschickter anstellte und sie bald darauf aufgaben.

»Und was, wenn wir einen Affen fangen, ihm das Seil umbinden und ihn die Wand hinaufjagen?«, fragte von Hoven, als er sich wieder neben Karl setzte, nur halb im Scherz.

»Und dann knotet er es dort oben an einen Baum? Also bitte.«

Karl stand auf. Weil der Mittag längst vorüber war und er Hunger spürte, holte er aus seiner Satteltasche eine Konservendose.

»Was gibt es denn?«, fragte von Hoven, nachdem Karl die Dose mühevoll aufgestemmt hatte.

»Es sind Pflaumen.«

»Das ist natürlich gut«, sagte von Hoven, »sein eigenes Obst mitzubringen, wenn man in den Dschungel geht, wo die Köstlichkeiten einfach an den Bäumen wachsen.«

»Sie können sich gern etwas anderes nehmen, wenn sie Ihnen nicht schmecken«, antwortete Karl.

Er stocherte mit der Gabel nach den Pflaumen, erwischte eine, hob sie hinaus – und betrachtete dann nachdenklich die aufgespießte Frucht. Die Gabel, die seine Finger bei der Arbeit so praktisch verlängerte, brachte ihn auf eine Idee.

»Warum verwenden wir nicht einen langen Ast, um das Seil dort oben einfach einzuhängen?«

Von Hoven schlug sich mit großer Geste an die Stirn, um anzuzeigen, dass sie darauf nun auch früher hätten kommen können.

Nur: einen passenden Ast zu finden, war nicht leicht. Was herumlag, war entweder zu kurz oder zu krumm, zu morsch oder zu dünn, um das Gewicht des Seiles zu halten; andere Hölzer glichen schon eher Stämmen: zu dick und zu schwer, um von ihnen hinaufgehoben zu werden.

»Warum nehmen wir nicht einen, der ein wenig zu kurz ist, und Sie steigen auf den Rücken des Esels und gewinnen einen guten Meter?«, schlug von Hoven schließlich vor.

Karl traute der Zirkusnummer nicht recht, sah aber ein, dass es gehen mochte. Sie fanden einen Ast von fünf Schritt Länge, Karl knotete eine feste Schlaufe in das Seil und hängte diese an einer Gabel an der Astspitze ein. Dann brachten sie eines der Tiere hinüber und bugsierten es mit der Flanke so dicht an die Wand, wie es ging. Von Hoven erhielt die Aufgabe, das Tier zu beruhigen und zu halten, während Karl hinaufstieg. Er brauchte zwei Versuche, um sich erst in den Sattel zu setzen und dann von dort emporzustemmen, doch schließlich stand er und griff nach dem Ast, der neben ihm an der Wand lehnte. Vorsichtig, damit das Seil nicht herunterfiel, hob er ihn nach oben. Er war noch ein wenig zu kurz, um das Seil bequem einzuhängen, doch wenn Karl sich streckte, reichte es fast.

Er griff den Ast an seinem äußersten Ende, drückte ihn empor und gab ihm einen kleinen Schubs, um die letzten Zentimeter zu gewinnen. Tatsächlich rutschte das Seil über den Felszinken und blieb dort; der Ast jedoch, mit dem das Seil ja nicht verknotet war, fiel zu Boden oder jedenfalls in seine Richtung; darunter nämlich stand der Esel, dessen Hinterteil das Holz traf, weswegen das Tier zusammenfuhr, es musste an einen Stockhieb glauben und machte einen Satz nach vorn, und Karl auf seinem Rücken verlor das Gleichgewicht und stürzte nach hinten, schon im Fallen griff er nach der einzigen Rettung, die sich bot, dem Seil, das nun von oben herabbaumelte, und tatsächlich erwischte er es, und es sah nach einem guten Ende aus – doch dann brach oben der Felszinken ab und Karl stürzte zu Boden.

Er prallte schmerzhaft auf das eigene Hinterteil, der Felsen schlug neben ihm ein, und Staub und Steinchen rieselten auf Karl hinab.

»Verdammt!« Er rappelte sich auf. »Können Sie nicht einmal einen Esel festhalten?«

»Können Sie ein Seil nicht mal an einen Garderobenhaken hängen?«, schnauzte von Hoven zurück.

»Herr von Hoven!«, Karl baute sich vor ihm auf. »Es reicht mir nun langsam. Ihre Beiträge zu dieser Expedition beschränken sich bislang auf kluge Kommentare, aber abgesehen davon haben Sie zu ihrem Gelingen wenig beigetragen.«

»Wenn Sie nur halb so fähig wären, wie ich es erwartet hatte, wären meine Beiträge auch gar nicht notwendig. Dann hätten Sie uns nämlich längst unverletzt zum Ziel gebracht.«

Wütend standen sie voreinander.

»Und – wer hatte hier überhaupt die Idee mit dem Seil auf dem Felsen?«, fragte von Hoven.

»Und – wie gut ist sie gelungen?«, fragte Karl, und um seinen Vorwurf zu untermalen, hob er den unteren Teil des Astes auf, der beim Sturz zerbrochen war, und pfefferte ihn in Richtung Wand. Er traf zuerst den weichen Waldboden, in den sich seine Spitze bohrte, dann schlug das obere Ende gegen den Fels. Er rutschte noch ein wenig zur Seite, doch blieb er so stehen.

»Also Herr May, nun einmal sehr grundsätzlich: Ihre ganze Vorstellung auf dieser Reise hat meine Erwartungen bisher tatsächlich sehr …«

»Halt, halt, halt«, Karl unterbrach ihn, während er weiter den Stock betrachtete, wie er dort lehnte.

Es war ihm ein neuer Einfall gekommen.

»Wir müssen das Seil«, begann er hastig, auch um von Hoven gar nicht weiterreden zu lassen, »doch gar nicht dort oben befestigen. Wir können es doch auch an einem festen Punkt hinaufbugsieren.«

Von Hoven sah aus, als wäre er gern noch grundsätzlich geblieben, fragte dann aber doch, was Karl meine.

»Wir besorgen einen Baumstamm, befestigen daran das Seil und lehnen den Stamm gegen die Wand.«

»Aber wir bekommen doch keinen 20 Fuß langen Stamm aufgerichtet«, wandte von Hoven ein.

»Er muss ja gar nicht bis ganz hinauf reichen.« Karl musterte zum hundertsten Male den Fels, nun jedoch auf der Suche nach etwas anderem. »Wenn wir einige Schlaufen in das Seil binden, können wir bequem wie auf einer Strickleiter emporsteigen. Und wenn wir ihn etwa unter diese Spalte dort lehnen«, erklärte Karl und deutete auf einen Riss in der Wand, der sich von ihrer Oberkante sicherlich zwei Meter nach unten spreizte, »genügt es ja, diese zu erreichen – und von dort aus lässt es sich klettern.«

»Dennoch, grundsätzlich …«

»Für Grundsätzliches bleibt später Zeit, wir müssen doch vor Einbruch der Dunkelheit am Ziel sein.«

Mürrisch gab von Hoven nach.

Sie fanden keinen passenden Stamm, jedoch am Fuße eines gewaltigen Baumes am Ufer des Baches einen Ast. Er war dick wie ein Bein, lang wie zwei Männer, recht gerade gewachsen und so für ihre Zwecke tauglich. Sie mussten nur wenige Zweige abschlagen und ihn dann hinüberzerren, was beide schon sehr japsen ließ. Sie schoben ihn so, dass sein breiteres Ende ein wenig von der Wand entfernt zum Liegen kam. Aufgerichtet würde er wohl nicht ganz bis zum Riss hinaufreichen, doch sollte man diesen dann mit der Hand erreichen können. Mit ihren Macheten hackten sie anschließend eine Kerbe an die Spitze des Astes, um das Seil so dort hindurchzulegen, dass es nicht rutschte; und Karl knotete in zwei Fuß Abstand feste Schlaufen hinein, in die man später hineinsteigen konnte.

Schwitzend standen Karl und von Hoven sich gegenüber, als all das erledigt war. Beide warteten darauf, dass nun der andere den letzten Schritt unternahm.

Karl hatte schon eine ganze Weile bemerkt, dass von Hoven durchaus die Angewohnheit besaß, am liebsten mit den Händen auf dem Rücken durch die Welt zu schlendern und die Dinge lieber interessiert zu betrachten, anstatt tatkräftig anzufassen, und hier im Dschungel, wo es auf jeden Handgriff ankam, machte sie ihn ungehalten. Das konnte er, dachte Karl, nun wirklich einmal selbst anstellen.

»Die Verletzung meiner Schulter –«, sagte er bedauernd, »ich muss Sie wohl bitten, diese Aufgabe allein zu übernehmen.«

Von Hoven schnaufte, wie Karl meinte, abfällig, aber tatsächlich probierte er es. Er ging in die Knie, er machte lange Arme, er ließ sich von der Anstrengung die Gesichtszüge entstellen – aber das Holz brachte er kaum vom Boden.

»Herr May, bei aller Hochachtung vor Ihrer zwickenden Schulter, aber allein ist es nicht zu vollbringen.«

Karl seufzte. Er überprüfte – möglicherweise etwas sehr dramatisch – noch einmal die Beweglichkeit seiner Schulter, dann ließ er sich neben von Hoven in die Hocke und packte mit ihm den Ast. Auf drei brachten sie ihn in die Luft, doch es ging schwerer, als Karl vermutet hatte. Bevor sie ihn ganz emporstemmen konnten, mussten sie ihn einmal auf seinem Knie absetzen und dann noch einmal auf seiner schmerzenden Schulter, doch mit jedem Grad, den er weiter aufgerichtet war, ging es leichter, und dann stand der Ast, und

Karl gab ihm einen letzten Stoß, damit er dumpf krachend gegen die Wand fiel.

Dort blieb er stehen wie erhofft: der Fuß vielleicht zwei Schritt von der Wand entfernt, die Spitze, von der das Seil baumelte, in reichlich vier Metern Höhe. Bald darüber begann der Riss im Fels, der auf dem letzten Stück Halt für den Aufstieg geben sollte.

»Sehr gut«, sagte Karl.

»Sehr gut«, sagte von Hoven.

Wieder standen sie nun beide dort und warteten, dass der jeweils andere sich bereit machte, nun diese Wand zu erklimmen.

»Nach Ihnen«, sagte schließlich Karl.

»Ich bin kein geschickter Kletterer«, erklärte von Hoven, »und nun muss ich einmal darauf bestehen, dass Sie das übernehmen.«

»Herr von Hoven, das ist doch nun albern.«

»Das ist keineswegs albern, sondern nur angemessen.«

»Aber Sie sind der Jüngere und leiden – im Gegensatz zu mir – an keinerlei Verletzungen. Und ich habe derer schon zwei!«

»Mit Ihrer Schulter scheint ja nun wieder alles in Ordnung zu sein.«

Karl fasste sich dorthin, als sei ausgerechnet in diesem Augenblick ein Blitz neben seinem Hals eingeschlagen.

»Abgesehen davon habe ich mich Ihrer Dienste doch für genau diese gefahrvollen Aufgaben versichert. Und zumindest eine kleine Heldentat könnten Sie ja vollbringen, damit wir später auch etwas zu berichten haben.« Karl hörte den spitzen Ton in von Hovens Worten deutlich – und unter leisem Protest gab er nach.

Vorsorglich banden sie schon die Esel an, und dabei ging Karl auf, dass es später sämtliche Schritte erleichtern würde, wenn er das lose Ende des Seiles – von dem immer noch einige Meter nutzlos auf dem Boden lagen – gleich selbst mit hinaufnehmen würde, also knotete er es sich an den linken Fuß. Dann befestigte er auch seine Tasche so daran, dass er sie später nur würde hinaufziehen müssen, denn von Hoven traute er mittlerweile zu, selbst bei einem einfachen Knoten zu versagen, und er wollte nicht den Absturz ihrer Ausrüstung riskieren. Vielleicht aber wollte er auch nur seinen Aufbruch hinauszögern.

Schließlich musste er sich dem Fels zuwenden.

»Viel Glück«, wünschte von Hoven.

Karl trat unter den Ast, der sicher an der Wand lehnte. Das Seil, das von oben herabhing, bot einen vertrauenerweckenden Widerstand, als Karl versuchsweise daran zog, und die dort hineingeknoteten Schlaufen luden als wackelige Strickleiter zum Aufstieg ein. Nach einem entschlossenen Schnaufen setzte Karl also seinen Fuß in die unterste von ihnen und begann hinaufzuklettern. Es war nicht schwer. Bald konnte er den Ast greifen und sich noch weiter hinaufziehen, und schon hatte er den vorletzten der Tritte erreicht. Damit jedoch endete der einfache Teil.

Seine Brust befand sich nun oberhalb des Astes, und um weiter hinaufzukommen, musste er das Holz loslassen. Er schaute sich um, doch die Wand bot noch keinen Halt für seine Hände. Das haarfeine Ende des Risses schwebte noch immer weit über ihm, er streckte den Arm aus, doch es fehlte noch sicher ein ganzer Meter.

Vorsichtig legte er beide Hände an den Fels. Sein Gewicht würde dort nichts halten, doch um die Balance zu wahren, musste es genügen. Er zog behutsam den linken Fuß aus der Schlaufe, und sein anderer trug nun zitternd die gesamte Last.

Er begann das rechte Bein zu strecken, und langsam schob er sich nach oben.

Fast schon hatte sein linker Fuß die letzte Schlaufe erreicht – als Karl plötzlich die Balance verlor. Langsam drohte er nach rechts zu kippen, Panik kochte in ihm auf, heiß wie am Vortag im Angesicht des Raubtiers, er fühlte, wie er dagegenlenken musste, der Schmerz in seinem Oberschenkel war phantastisch, und er presste die Hand an die Wand und streckte das linke Bein weit zur Seite hinaus, um ein Gegengewicht zu bilden. Und vielleicht war es einfach nur der leichte Zug des Seils an seinem Knöchel, der ihn vor dem drohenden Kippen bewahrte, aber irgendwie gelang es ihm, den Sturz zu verhindern, und mit weit hinausgestrecktem Bein fand er die Balance.

»Ist alles in Ordnung?«, fragte von Hoven.

Statt zu antworten tastete Karl sich wieder zurück in die Senkrechte, er fühlte seine Hände nass von Schweiß, doch noch hielten sie ihn: die Reibung der Handflächen auf dem rauen Fels, und schließlich bugsierte er seinen Fuß in die nächste Schlaufe und schob sich ein Stück weiter hinauf.

Sacht, ganz sacht hob er die rechte Hand über den Kopf und bekam zwei Finger in den Riss hinein. Es war nicht genug, um sich daran hochzuziehen, doch gaben ihm die Kanten des Felsens nun ausreichend Halt, um leicht den nächsten Schritt zu unternehmen, und schon stand er mit dem rechten Fuß auf der Spitze des Astes. Erleichtert seufzte er.

Dann wusste Karl nicht mehr weiter.

Über seinem Kopf konnte er zwar schon zwei Fäuste in den Spalt hineinbringen, doch für seinen linken Fuß fand er nirgends einen Halt. Er hätte ihn bis in die Höhe seiner Hüften heben müssen, um zumindest einen Zeh in den Riss zu zwängen.

Sein rechter Fuß stand auf seinem wackeligen Platz, nicht größer als ein Handteller, und neben dem Ast ging es senkrecht hinab; der Waldboden war zwar weich, jedoch nicht weich genug für einen Sturz aus dieser Höhe. Karls Oberschenkel schmerzte, und er spürte, wie seine Wade unter der Anstrengung zu zittern begann. Ich werde sterben, dachte Karl und tastete hektisch mit der Hand in der Spalte umher, ich werde lächerlich in diesem Urwald abstürzen, und die Geier werden mich fressen – doch dann fand seine Hand eine Wurzel, die in den Spalt hinabragte, und Karl umklammerte sie dankbar.

»Bloß ein Klimmzug, und schon sind Sie oben«, rief von Hoven aufmunternd, der den Ernst der Lage offensichtlich verkannte.

Tatsächlich hätte ein gekonntes Hochziehen das Abenteuer rasch beendet. Karl aber war in seinem Bemühen, es von Hoven bei den Klimmzügen gleichzutun, in den letzten Wochen nicht sehr weit gelangt. Er spannte seine Muskeln – doch brachte er sein Gewicht nicht hinauf. Kurz gab er sich eine Pause. Dann versuchte er es wieder, diesmal verzweifelter, und wirklich spürte er nun, wie sein rechter Fuß sich um einen Zoll vom Ast hob – erschrocken aber über den Verlust seines letzten sicheren Halts sank er gleich wieder hinab.

»Nur Mut!«, rief von Hoven.

Karl hörte, wie die Affen ihn auslachten.

Es wird nicht anders gehen, dachte Karl.

Ich war doch mit Winnetou, der sich gemsengleich auch im Gebirge zu bewegen verstand, schon durch das unwegsamste Gelände gekommen. Der Apache kennt von Natur aus nicht das Schwindelgefühl, das vielen Europäern im Angesicht großer Höhe zu eigen ist, und auch mir lag diese Angst fern, tatsächlich …,

zwang Karl sich wieder zu Konzentration.

Auf drei, dachte er.

Eins.

Zwei.

Drei.

Er wartete noch einen kurzen Moment.

Es hilft ja nichts, dachte Karl – und er unternahm einen kleinen Hopser, um das Hinaufziehen zu erleichtern. Er schenkte ihm zwei Handbreit, und nun hing er mit angezogenen Armen zwischen Himmel und Hölle.

Der Ast unter ihm aber kippte, den kleinen Schwung als Wegstoßen missverstehend, um.

Dumpf schlug er nach einer dramatischen Stille auf den Boden.

Plötzlich war unter Karls Füßen nichts anderes mehr als Luft.

Hektisch schabten seine Sohlen die Wand entlang, kein Halt, nichts, nur Panik; Karl fühlte sich schon fallen, hörte schon den Aufschlag auf dem Waldboden, diesmal den seiner eigenen Knochen; Tod in auswegloser Einsamkeit; die Angst schoss ihm durch die Adern, hinauf in seine Arme, die er verzweifelt spannte, es war unmöglich, sich hinaufzuziehen, er zerrte an der Wurzel, seine Füße rutschten verzweifelt den Fels entlang, und es war ihm, als zöge nicht er sich hinauf, sondern als zöge er die gesamte Erde zu sich herab, rutschende Sohlen und Verzweiflung, so aussichtslos wie ein Losrennen auf einem zugefrorenen See, und seine Arme wurden länger, und die Füße schabten den Fels entlang, sinnlos, bis eine Fußspitze plötzlich den Riss spürte, münzendünn an seinem Ende, und dieser Widerstand machte Karl für seine Arme wenige Gramm leichter, genug, um das zu vollbringen, was nichts anderes war als der kläglichste Klimmzug der Welt; doch er holte Karl ein weiteres Stück hinauf, und plötzlich konnte er seinen ganzen Fuß in den Felsspalt zwängen, plötzlich stand er sicher in dem Riss, erleichtert, und was nun folgte, war einfach: den zweiten Fuß hinein, und dann fanden sich mehr Wurzeln und Felsvorsprünge für die Hände, und ein Kind, das einen Baumstumpf erklimmt, hatte nicht mehr Mühe, und noch einen kurzen Augenblick später fiel Karl oben ins Gras.

Von unten hörte er von Hoven jubeln und johlen.

»Herr May, Sie Teufelskerl!«

»Hurra!«, wollte Karl brüllen, doch ihm blieb die Luft weg. Er brauchte zwei Versuche, bis es über die Bäume schallte, doch dann schrie er gleich dreimal, im Triumph über die Schwerkraft, von Hoven, die Kritiker; über Scharffenstein, Emma und überhaupt alle, alle – und gleich brüllte er noch ein viertes Mal.

Er fühlte sich leicht wie selten.

Dann setzte er sich auf und sah sich um. Der Urwald hier oben unterschied sich durch nichts vom Urwald dort unten, der Bach stürzte neben ihm hinab, und es war, als habe Gott einfach eine Treppenstufe in dieses Tal geschlagen, um ihnen den Weg so beschwerlich wie möglich zu machen. Doch diese Prüfung hatten sie bestanden.

Karl zog die Taschen hinauf, band das Seil fest um einen Baum, und bald darauf stand von Hoven begeistert neben ihm. »Herr May, das war ein brillanter Einfall! Die Arme mögen altern, der Kopf jedoch tut es nicht!«

»Die Arme vollbringen trotzdem noch Erstaunliches!«

»Ich hatte keine Sekunde Zweifel daran!«

Lachend und scherzend luden sie jeder eine Tasche auf den Rücken, begruben alle Vorwürfe und folgten dem Bachlauf weiter zum

Talende. Es war beschwerlich, doch nicht mehr weit. Mit jedem Schritt richteten sie ihre Blicke auf das Wasser, und es dauerte keine halbe Stunde, bis Karl zum ersten Mal etwas darin glitzern sah. Vorsichtig schöpfte von Hoven es heraus. Auf Flusskieseln und Sand lagen in seiner hohlen Hand fünf dünne Splitter, klein wie Krumen von Brotrinde. Von Hoven hob sie mit einer Pinzette empor, betrachtete sie von allen Seiten und befleißigte sich, nun ganz der Geologe, eines nüchternen Tones. »Tatsächlich Gold«, sagte er und hob die Augenbraue. Die Splitter ließ er in ein Reagenzglas fallen, das er mit der Pinzette zusammen aus seiner Tasche gezogen hatte. Erst dann erlaubte er sich ein breites Grinsen. »Scheint, als hätte unser guter Ingenieur nicht gelogen. Kommen Sie, ich bin schon ganz gespannt auf die eigentliche Ader!«

Er ließ Karl wieder vorangehen und klaubte auf dem Weg noch einen Nugget auf, groß wie eine fette Stubenfliege, sodass ihm mehrmals ein »Donnerwetter!« entfuhr, weniger ob der Größe des Klumpens, sondern weil man beide Funde einfach so im Vorbeigehen hatte machen können. »Wir werden sicher die achtfache Menge dessen auf unserem Weg übersehen haben!«, rief er Karl zu.

Eine weitere Viertelstunde später stieg der Boden langsam an. Das Gelände wurde steiler, und der Bach gurgelte zwischen größer werdenden Felsen hindurch. Sie mussten den Talschluss erreicht haben, und das Gehen wurde beschwerlich. Wo der glatt geschliffene Stein nicht rutschig war vom Wasser, da war er es von den Moosen, und neben dem Bachbett versperrten Büsche und Farne den Weg.

Von Hoven war immer wieder stehen geblieben, um nach vorn und oben zu spähen, doch die Kronen versperrten eine gute Sicht, und der Berg vor ihnen war mehr eine Ahnung als Gewissheit.

»Wo ist denn nun dieser Stollen?«, fragte von Hoven schließlich bei einem Halt, und er bat Karl um die Karte, auf die sie dann gemeinsam starrten. Sie hatte sie nicht nur mit einer Warnung vor dem letzten Hindernis im Stich gelassen, auch hier zeigte sie nur höchst ungenau einige Höhenlinien, und zwischen diesen war rechts des Baches ein Kreuz eingezeichnet. Längenangaben jedoch, die den genauen Abstand zum Wasser benannt hätten, oder ein Hinweis, in welcher Höhe man dieses verlassen musste, fehlten.

»Hoffentlich sind die Baupläne dieses Mannes genauer als seine Karten«, murmelte von Hoven.

»Wir wollen es mit der Hektik und Heimlichkeit entschuldigen, unter der sie entstanden sein muss«, sagte Karl, aber so recht traute auch er dem Plan nicht. Sie konnten lange suchen, bis sie in diesem Wald einen Eingang fanden.

»Gehen wir noch etwas hinauf«, schlug von Hoven vor. »Oft gibt die Natur die besten Hinweise.«

Mittlerweile hatte der Nachmittagsregen eingesetzt, und sie stapften weiter den Bachlauf entlang. Bald wurde es so steil, dass sie Fels um Fels erklimmen mussten, um weiter zu gelangen, und immer wieder glitten sie aus, es war ein Wunder, dass keiner stürzte, und schwitzend arbeiteten sie sich hinauf. Von Hoven hatte längst wieder die Führung übernommen. Karl war kurz davor, um eine Pause zu bitten, als von Hoven schließlich mit einem munteren »Na, wer sagt es denn!« stehen blieb.

Über ihnen, vielleicht noch 30 Schritt entfernt, brach wieder eine Felswand aus dem Boden. Sie glich ihrem letzten Hindernis, ragte jedoch viel höher empor und war andererseits zerklüfteter: Tief schnitten sich Falten hinein, der Stein war von Felsstürzen entstellt, und das Grün des Dschungels hatte immer wieder Simse und Balkone gefunden, um sich in der Höhe niederzulassen.

»Wenn wir fündig werden, dann doch wohl dort!«, rief von Hoven, und Karl japste zur Antwort.

Sie schnauften empor.

20 Minuten später standen sie im Dämmerlicht einer Höhle, in die sich das Tageslicht nur durch einen schmalen Spalt hineinzwängen konnte. Auch sie waren durch ihn gekommen. Karls Öllampe brannte, und beide Männer wussten nichts zu sagen.

Fast hatten sie den Eingang übersehen. Kaum mehr als ein Durchschlupf war es gewesen, eine schmale Nische im Fels, die ein herabgestürzter Brocken halb versperrte. Karl jedoch hatte ihn bemerkt, als sie schon fast daran vorbeigegangen waren, und auf gut Glück hatten sie sich hineingewagt. Nun standen sie hier, im Schein der Lampe und dem scharfen Geruch irgendeines Tieres, und von Hoven begann zu lachen. Es war erst nur ein Kichern, das ihm entwischte, das unterdrückte Prusten eines Schuljungen, aber lang konnte er sich nicht halten, es musste heraus, und dann hatte er seine Contenance ganz vergessen.

»Das ist ja ein Irrsinn! Das ist ja nicht zu glauben!«, rief er, und Karl nickte stumm.

Die Höhle verjüngte sich nach hinten, keine zehn Meter, und ein Mann hätte nicht mehr zwischen ihre Wände gepasst. Doch auf der rechten Seite, auf Höhe der Augen, glänzte ein handbreiter Streifen, durchzuckte den Fels auf ganzer Länge und wuchs dabei beträchtlich in der Größe. Dort, wo sie in der Tiefe des Berges verschwand, maß die Goldader schon so viel wie ein Wagenrad.

Sie sammelten Gesteinsproben, bei denen von Hoven schätzte, dass sich allein aus einem mannskopfgroßen Brocken schon Gold für 45 Mark gewinnen ließ, schlugen Golderz aus der Wand und vermaßen die Ader, die auch außerhalb der Höhle noch einige Male zutage trat, bis über ihre Emsigkeit die Nacht hereinbrach.

Auf dem Weg hatten sie zwischen Bach und Höhle eine Vertiefung in der Felswand passiert. In Schulterhöhe gelegen, zog die Wand sich weit genug zurück, um zwei Männern Platz zum Schlafen zu bieten. Es war dort oben härter als auf dem Waldboden, doch gab es Schutz vor dem Regen und allem, was auf dem Boden kreuchte, und also schlugen sie dort ihr Lager auf.

Für ein Feuer war alles Holz zu feucht, und so saßen sie bald im Schein der Öllampe, schlugen nach den Moskitos, die mit der Dämmerung über sie hergefallen waren, und wieder und wieder erzählten sie sich gegenseitig Karls dramatischen Aufstieg, der mit jedem Mal gefährlicher erschien, ihre Überraschung beim Finden der Ader und den möglichen Wert der Entdeckung, der ebenfalls mit jeder Runde stieg. Aller Streit des Nachmittags war vergessen, spätestens, seitdem sie in der Höhle der Überschwang davongetragen hatte und sie auf die herzlichste denkbare Weise ihre Freude miteinander geteilt hatten: Sie hatten sich gegenseitig auf die Schulter geklopft.

Es dauerte lang, bis sie das erste Mal verstummten. Nachdem sie so eine Weile zufrieden dem endlosen Zirpen und Pfeifen des Dschungels gelauscht hatten, dem Rülpsen der Kröten und Sirren der Zikaden, fragte von Hoven schließlich: »Wohin wird Sie Ihre weitere Reise denn führen, wenn wir nach Colombo zurückkehren?«

»Es wird sich finden. Eine Weile werde ich wohl bleiben, dann vielleicht weiter nach Osten gehen. In China gibt es alte Weggefährten zu treffen.«

»Das klingt, als seien Sie nicht in Eile.«

»Die interessantesten Reisen entspringen doch oft dem Zufall. Man muss ihm die Zeit geben, sich einzufinden.«

»Nun – könnte ich Sie unter diesen Umständen zufällig für ein weiteres Abenteuer begeistern?«

»Haben Sie noch ein weiteres vor?«

»Eines, bei dem ich Hilfe noch nötiger hätte als jetzt.«

»Und da denken Sie an meine?«

»Es wäre die beste aller Lösungen!«

Karl nahm sich die Zeit, zwei Mücken zu zerschlagen, bevor er antwortete. »Warum denn nicht? Zwei Männer wie uns – welche Gefahren sollten uns schon schrecken?«

»Es wäre allerdings noch weitaus heikler als unsere jetzige Unternehmung.«

»Haben Sie etwa noch einen weiteren Geheimauftrag?«

»Es wäre eher das Gegenteil des bisherigen, und ich habe mich bisher gescheut, davon zu sprechen, weil ich noch mehr darauf vertrauen muss, dass Sie über das Vorhaben schweigen.«

»Auf mein Wort können Sie sich weiter verlassen.«

»Nun gut, Herr May, Sie haben Offenheit redlich verdient.« Er holte noch einmal Luft, bevor er seinen Plan verriet:

»Ich habe vor, den Kaiser zu bestehlen.«

12. November 1901

Radebeul, Königreich Sachsen, Deutsches Reich

Natürlich wusste Emma es mitnichten ganz genau.

Natürlich wusste sie nicht, was in Karl gefahren war, als er Monate zuvor unbekleidet aus ihrem Schlafzimmer stürzte. Klara hatte Emma geraten, sich mit Karl wegen des Streits am Abend zuvor, nach dem Theaterbesuch, noch einmal zu versöhnen. Doch der Versuch der Versöhnung mündete darin, dass Karl sie nach seiner Flucht aus dem Schlafzimmer eine ganze Woche mit Schweigen bestrafte und sie sich dafür mit einer Parade fettiger Braten rächte, die Karl wiederum nicht anrührte.

Emma wusste nicht, dass sie beide um dasselbe abnehmende Licht buhlten: das einstmals schönste Mädchen Hohensteins und der einstmals größte Held des Kaiserreichs – beide jahrelang beschienen vom Glühen der Verehrer, die um sie kreisten. Nun aber alterte das Mädchen, nun aber schrumpfte der Held, die Schwärmer also zogen sich zurück, und ohne deren Leuchten legte eine Dunkelheit sich über die Villa Shatterhand, in der Emma und Karl beständig aneinanderstießen.

Auch wusste Emma nicht, dass Irrsinn ansteckend sein konnte, wenn man ihm lange genug ausgeliefert war, vielleicht, sagen wir einmal, 22 Jahre unter demselben Dach.

Sie wusste nur, dass etwas ins Wanken geraten war.

Karls Verhalten, das Emma früher schon oft rätselhaft erschien, war seit seiner Reise für sie undurchschaubar geworden. Sie wusste nicht, was Karl wollte, sie begriff nicht mehr, wer er war. Sie verstand nicht seine Feindseligkeit, nicht ihre eigene und nicht, warum die Villa Shatterhand seit Monaten einem Bergwerksstollen glich, in dem das Wasser stieg und einem schon fast zum Hals stand.

Und natürlich wusste Emma auch nicht mehr, wo die Briefe des Münchmeyerverlags steckten, die sie, und davon war sie überzeugt gewesen, tatsächlich sicher verwahrt hatte, wenn auch aus anderen Gründen, als Karl es vielleicht erhofft hätte.

Kurz vor Karls Abreise in den Orient hatte die Post den ersten Brief Adalbert Fischers gebracht, und Emma hatte ihn geöffnet und gelesen, wie sie es mit allen Korrespondenzen tat. Sofort ahnte sie den Geldsegen, den eine erneute Auflage der Kolportageromane bedeuten würde, doch schwante ihr, dass Karl niemals einer neuen Veröffentlichung zustimmen würde – zu laut hatte er damals beim Verfassen darüber geklagt, dass es eine Schande sei, seinen Kopf an derartigen Unsinn zu verschwenden. Den Brief trug sie danach tagelang bei sich, unentschlossen, ob sie ihn Karl noch zustellen sollte oder nicht, und als Karl schließlich in Genua auf den Dampfer stieg, ohne dass sie die letzte Chance dazu ergriff, war die Entscheidung also gefallen.

Es überraschte Emma darum nicht wenig, als Karl sie dann aus Kairo bat, die alte Verlagskorrespondenz mit Münchmeyer herauszusuchen und aufzubewahren, in der damals die Bedingungen dieses Geschäfts festgehalten worden waren. Offenbar hatte Fischer Karl doch noch auf direktem Wege erreicht. Die alten Münchmeyer-Briefe versteckte Emma daraufhin tatsächlich – allerdings nicht für Karl, sondern vor Karl. Denn, so war ihre Überlegung: Wenn Karl den Druck dieser neuen Auflage nicht würde stoppen können, erschienen die Bücher, und dann bekam man Geld. Bloß hatte sie auch an dieser Stelle etwas nicht gewusst, nämlich, dass es Karl ohne diese Verlagsbriefe nahezu unmöglich wäre, in den Geldregen seine Hände zu halten. All der schöne Reichtum würde um sie herum im Boden versickern, wenn Karl nicht beweisen konnte, dass ihm davon noch etwas zustand. Als sie das jedoch begriffen hatte, fand sie die Briefe nicht mehr. Sie hatte Klara gefragt, ob sie ihr gegenüber vielleicht einmal etwas von Verlagskorrespondenz erwähnt habe, aber auch die konnte sich nicht erinnern; und so suchte Emma auch heute, ein Jahr nach ihrer Rückkehr, in den gewaltigen Poststapeln, die in Karls Abwesenheit emporgewachsen und immer noch nicht wieder vollständig abgetragen waren, nach den Verträgen und fand sie nicht.

Was sie stattdessen an diesem Vormittag fand, in den Papierstapeln des Arbeitszimmers auf dem Diwan neben dem Löwen, war die Korrespondenz mit einem Herrn Joseph Kürschner. Eine Kordel hielt ein Dutzend Briefe zusammen, die für Emma nicht weiter interessant gewesen wären, hätte der letzte, den sie als ersten fand, nicht mit einer Drohung geendet. Also las sie auch die anderen. Es verhielt sich wohl so, dass es sich bei Kürschner um denjenigen handelte, der Karl um einen Bericht über seine große Reise gebeten hatte. Karl hatte offenbar geliefert, aber etwas vollkommen anderes als das Bestellte, und Kürschner drohte nun, das vereinbarte Honorar, ganze 3.000 Mark, nicht auszuzahlen. Emma war empört.

Mit dem Brief in der Hand ging sie nach nebenan in die Bibliothek, wo Karl und Klara zwischen Kartons mit Karls alter Leserpost saßen. Auch hier überwucherten Stapel von ungeöffneten Briefen Tische, Stühle und den Fußboden; nun war eine neue Schicht Blätter daraufgefallen, die Karl und Klara aus den Kartons gezogen hatten.

Emma blieb kurz in der Tür stehen, um zu sehen, ob einer der beiden aufschauen würde, doch beide lasen.

»Karl«, sagte sie schließlich, »wir haben kein Geld zu verschenken.«

Karl atmete dreimal tief durch, bevor er antwortete, was Emma allein schon jedes Mal wahnsinnig machte.

»Was ist denn nun schon wieder?«

»Ich weiß es nicht. Was hast du diesem Kürschner für einen Text geschickt?«, fragte Emma und wedelte mit den Briefen.

»Einen, der deutlich besser war als alles, was er gefordert hat.«

»Und warum streicht er dir dann dein Honorar?«

»Das verstehst du nicht.«

»Das würde ich aber gern verstehen.«

Seufzend begann Karl eine Erklärung, die Emma aber nur halb befriedigte: Kürschner hatte ein Buch über China herausgeben wollen, ein Denkmal den Truppen, die im Jahr zuvor dort einen Aufstand niedergeschlagen hatten. Emma verstand es so, dass es um einige Boxer gegangen war und wohl auch um Hunnen, zu denen der Kaiser vorher gesprochen hatte. Die deutschen Soldaten und ihre Kriegstaten jedenfalls wollte Kürschner mit großem Hurra hochleben lassen. Karl aber hatte nicht daran gedacht, da mitzutun, und ihm eine Erzählung untergeschmuggelt, in der es um das Gegenteil ging: um Liebe und Frieden und Freundschaft unter den Völkern. »Sie wird den Leuten die Augen öffnen«, sagte Karl. »Über den Zustand der Welt, aber auch über mich und meine Absichten!«

»Ja, aber das schöne Geld!«, rief Emma.

»Es ist mein bislang bestes Werk«, sagte Karl, der sich offensichtlich sehr über seinen Streich freute, »dank der Erlebnisse auf meiner Reise, die ich darin minutiös dokumentiert habe, und sie …«

»Aber du warst doch gar nicht in China.«

»Darauf kommt es auch gar nicht an. Es ist der große Schlag, den ich …«

»Du schreibst dem Mann jetzt einen neuen Text!«

»Mietz, nun gongt es aber. Hunderte Seiten, einfach so? Wie soll das gehen?«

»Dann sperrst du dich halt wieder drei Tage ins Arbeitszimmer ein.« Das konnte doch nicht so schwer sein, dachte Emma, Karl schrieb schließlich dauernd etwas, und dann schrieb er dieses eben noch mal neu.

»Säbel rasseln und Hurra schreien – da habe ich nichts mit zu tun. Außerdem ist das Buch längst erschienen. Kürschner hat den Text gedruckt, nun soll er ihn auch zahlen.«

Für Karl war die Auseinandersetzung damit beendet, und er wandte sich wieder der Leserpost zu.

»Aber Hühnelchen …«

»Außerdem bin ich beschäftigt.«

Emma schaute über die Berge von Post, die sich im Zimmer verteilten. Klara nahm einen Brief und zeigte ihn Karl, der ihn kurz überflog und mit einem »Hervorragend!« lobte, um ihn dann auf einen Stapel zu legen. Dann lasen beide weiter, still und, wie Emma fand, in doch etwas zu großer Vertrautheit.

Karl und Emma hatten Klara im Frühjahr angeboten, dass sie sich als Karls Sekretärin um seine Leserpost kümmern könne. Eine Aufgabe, die früher Emma zugefallen war, aber die Flut von Briefen, die sich seit Karls Reise aufgestaut hatte, war für Emma allein nicht mehr zu bewältigen gewesen. Karl zahlte Klara dafür 3.000 Mark jährlich, die sie bei ihren Geldsorgen deutlich erleichterten. Fast jeden Tag kam Klara nun zu den Mays. Emma hatte das anfangs überaus gefreut, eine stille Stunde, wenn Karl im Arbeitszimmer verschwunden war, hatte sich immer finden lassen – doch seit einer Weile verbrachte Klara selbst immer mehr Zeit in Karls Arbeitszimmer und dafür immer weniger in Emmas Cabinet. Und auch wenn Emma sich sicher war, dass eine Frau an Karl so gar nichts mehr finden konnte und dass Karl sich für Frauen offensichtlich überhaupt nicht mehr interessierte, war ihr diese Freundschaft doch etwas zu eng geworden.

Denn: Wer kümmerte sich dann eigentlich noch um sie?

»Was macht ihr denn da?«, fragte Emma, nachdem sie den beiden eine Weile zugesehen hatte.

»Karl hat mich gebeten, ihm bei einer Verteidigungsschrift zu helfen«, sagte Klara mit, wie Emma fand, etwas zu großem Stolz. Für das Büchlein seien sie dabei, Briefe seiner Leser zusammenzustellen, die Karls Partei ergriffen.

»Wer mich der Lüge und des Schmutzes bezichtigt«, erklärte Karl, »der muss mit Antwort rechnen. Alle Briefe berichten über den guten und kräftigenden Einfluss, den ich auf meine Leser habe. Den Band nenne ich«, er machte eine großartige Pause, »›Karl May als Erzieher‹.«

Emma schaute ratlos über die Unordnung.

Karl hatte sich selbst in länglichen Artikeln gegen alle Vorwürfe gewehrt und Briefe an vermeintliche Verbündete geschrieben, in denen er jeweils viel Raum verwendete, um zu erläutern, wie wenig ihn diese Anwürfe kratzten. Auch wenn in Emma die Sorge wuchs, dass Karl diesen Kampf nicht gewinnen würde, war es ihr auch hier zu mühsam, das alles zu lesen. Seine verschlungenen Verteidigungen hatte sie ja schon oft genug gehört, und besonders gefruchtet hatten die Artikel auch nicht. Vor einigen Tagen erst war der Chefredakteur der Kölnischen Volkszeitung in Dortmund mit einem Vortrag über »Literarische Kuriosa« aufgetreten, in dem er Karl scharf angriff; die »Tremonia« hatte darüber berichtet, dann die Frankfurter Zeitung, schließlich sogar die Dresdner Nachrichten … – die Kiste in Karls Schreibtisch füllte sich, und die fahrige Reizbarkeit, mit der Karl schon den Sommer über immer lauter durch die Villa Shatterhand gepoltert war, wuchs.

»Und was soll das bringen?«, fragte Emma. Von Karl bekam sie als Antwort nur ein verächtliches Schnaufen.

»Wenn die Leute erst einmal die Wahrheit über Karl May verstehen …«, sagte Klara.

Emma stemmte die Hände in die Hüften.

Klara aber schaute von ihren Briefen nicht auf, und auch Karl überflog weiter Papiere. »Es wird ein großer Schlag!«, erklärte er.

»Der wievielte große Schlag ist das noch gleich?«, fragte Emma.

Karl hielt inne, und mit einem Gesicht, als würde er einen Splitter in seinem Fuß untersuchen, starrte er Emma an. Dann warf er die Papiere vor sich auf den Boden. »Und was soll ich deiner Meinung nach sonst tun?«

Aber darauf wusste Emma nun auch keine Antwort.

Am Nachmittag saß Emma im Wohnzimmer auf dem Sofa und hoffte, dass etwas geschah. Klara war wieder zu Haus, die beiden Frauen hatten sich mit Küssen und Flüstereien im Vestibül verabschiedet, doch Klara hatte nicht bleiben wollen. Karl saß seit einer Stunde in seinem Arbeitszimmer, die Mädchen hatten alle Aufgaben erledigt und waren gegangen, und auch für Emma gab es nichts zu tun. Draußen legte sich ein dünner Regen auf die Scheiben. Drinnen, allein und in der Stille, hörte Emma den Dielen beim Knacken zu, nervös.

Die Sorgen nämlich fanden einen stets, wenn es zu leise war.

In Karls langer Abwesenheit hatte sich Emma von Dr. Zwibel Tinkturen gegen die Stille verschreiben lassen, sie hatte sich das Haus mit Menschen gefüllt, sooft es ging, hatte ihre Kleiderschränke ausgeräumt und neu befüllt, sich Vogelhain zur Unterhaltung eingeladen, das Silber geputzt und Plöhns besucht – und doch hatte die Stille Zeit genug gehabt, sie zu befallen.

Emma hatte sich mit Selbstgesprächen zu wehren versucht, so wie Karl sie immer führte, wenn er allein war – doch es war nicht genug zu erzählen gewesen. Sie hatte Karl schreiben wollen – doch sie wusste nicht, was. Sie hätte nur von dieser namenlosen Angst berichten können, die das Haus füllte, von dessen Erschütterungen bei jedem Schritt. Ein Sommer und ein Herbst vergingen. Emma saß im Garten, sah den Vögeln beim Auffliegen zu und dachte an Karl. Sie saß auf dem Sofa und hörte die Uhr einem Ende entgegenticken, von dem sie noch nicht wusste, was es war.

Wenn sie ins Bett gegangen war, dann träumte sie, dass Karl ein Gefängnis baute, in dem er sie beide einsperrte. Sie wachte keuchend auf und lag allein im Haus und konnte Karl keine Vorwürfe machen, denn er war nun nicht da. Oft überlegte sie, sich von den Sorgen zu erleichtern, indem sie Klara die volle Wahrheit offenbarte. Spöttische Bemerkungen hatte Emma im Laufe der Jahre reichlich fallen lassen, dass es mit Karls Abenteuern nicht ganz so weit her sei, wie dieser behauptete. Emmas Scherze über ihn waren ungezählt. Doch die Wahrheit, wo Karl eigentlich jene Jahre verbracht hatte, in denen er doch angeblich über die Kontinente gereist war – Klara kannte sie nicht. Und je berühmter Karl wurde, desto weniger schien es sie zu interessieren. Und war nicht der Zeitpunkt längst vergangen, hatte Emma in der Stille des Hauses gedacht, eine Lüge von einer solchen Größe einzugestehen? Sie schwieg also.

Ein Geheimnis aber, das man miteinander teilte, war ein Band; eines, das man voreinander verbarg, ein Graben. Die Einsamkeit befiel die Villa Shatterhand. Die Stille kroch in Emma hinein. Und wenn sie dann des Nachts wach lag und sich wälzte, wie es früher nur Karl getan hatte, dann wusste sie nicht, was sie mehr fürchten sollte: dass er von seiner Reise nicht mehr wiederkam – oder dass er genau das tat.

Zurückgekehrt, das war er immerhin. Doch bevor Emma nun im Grau des Novembernachmittags überlegen konnte, mit welchem Vorwurf sie nun zu Karl hinaufgehen konnte, um gegen die Stille einen Streit anzufangen, hörte sie Schritte über sich. Karl kam hinunter ins Wohnzimmer.

Er setzte sich ihr gegenüber und sah sie ernst an. In der Hand hielt er ein Buch.

»Ich habe dir unrecht getan«, sagte er.

»Hühnelchen«, sagte Emma überrascht und mit einer Stimme, die weicher klang, als sie gewollt hatte.

»Im Kampf gegen meine Feinde«, erklärte Karl, »brauche ich jede Unterstützung. Aber mir ist aufgegangen, dass du mir gar nicht helfen kannst, wenn du mich und meine hohen Ziele nicht verstehst.«

Emma überlegte, ob Karl eigentlich schon einmal probiert hatte, sie zu verstehen, doch sie erinnerte sich nicht.

»Ich habe dich oft gebeten, eines meiner Bücher zu lesen. Du hast es nie getan. Deswegen habe ich beschlossen, dir diese Arbeit abzunehmen. Ich werde dir das Werk vorlesen, das mich und meine Arbeit natürlich auch ... – das uns so erklärt wie kein anderes zuvor.«

»Vorlesen? Wann denn?«

»Jetzt.«

»Jetzt?«

»Jetzt.«

»Aber ich habe gerade noch sehr viel zu tun. Die Mädchen haben für das Abendessen wieder alles falsch gemacht, und ich muss noch kontrollieren, ob ... ich weiß wirklich nicht, ob wir sie behalten können, neulich habe ich sie sogar erwischt, wie ...«

»Es gibt nichts, was wichtiger wäre als dies. Hör zu!« Karl schlug das Buch auf. Emma war unbequem auf die Sofakante gerutscht, aber sie sah ein, dass sie jetzt nicht so einfach entkommen konnte. Karl begann feierlich vorzulesen: »Et in terra pax!« Schnell fügte er hinzu: »Das heißt: Und Friede auf Erden!« Dann befleißigte er sich wieder seiner Vorlesestimme: »Eine Reiseerzählung von Karl May. Erstes Kapitel: Am Tore des Orients.«

Das Buch, das er in Händen hielt, war ebenjener China-Band, in den er seine Erzählung geschmuggelt hatte. Sie begann mit einer langen Beschreibung von Karls Diener Sejd Hassan, den er hier aber Sejjid Omar nannte. Emma fand das durchaus unterhaltsam, denn an Sejd hatte sie immer wieder gern zurückgedacht; und den jungen, braven Mann, fand sie, hatte Karl mit seinen Worten recht gut getroffen, zumindest äußerlich. An vieles andere, was Karl ihm zuschrieb, konnte Emma sich nicht erinnern.

Karl überschlug beim Lesen manche Passage, aber es begann schon zu dämmern, als Karl die Stelle erreichte, da er in Kairo einen äußerst verbitterten Missionar und dessen junge, hübsche Tochter kennenlernte, denen er jedoch nicht verriet, dass er der weltberühmte Karl May war. Emma war sogleich ein wenig eifersüchtig, weil sie sich fragte, warum Karl nie von dieser Missionarstochter erzählt hatte, und darüber begann sie sich zu fragen, was er wohl von seiner Reise noch verschwieg, und so hörte sie nicht mehr so recht zu, als in der Geschichte auch zwei Chinesen auftauchten.

Dann ging es um ein Gedicht. Das Gedicht schien von äußerster Wichtigkeit zu sein, das merkte sie an dem priesterlichen Ton, den Karl bei dessen Vortrag schon wieder anschlug. Es handelte von irgendeinem Evangelium, und jener Karl in Kairo hatte die Verse auf einen Zettel geschrieben, und dieser war davongeweht, und ihn fand die Missionarstochter … und das würde wohl alles noch wichtig werden.

»Ist es noch lang?«, fragte Emma.

»Wir fangen doch gerade erst an.«

»Aber vielleicht sollte ich das Abendbrot auftragen.«

Und weil Karl nichts dagegen hatte, ging sie in die Küche, holte eine kalte Platte und Brot und stellte beides auf den Tisch, den die

Mädchen bereits gedeckt hatten. Karl ging ihr hinterher und las weiter.

Karl las auch vor, als sie aßen. Mit vollem Mund, aber offensichtlich von seiner eigenen Geschichte gerührt, berichtete er, wie er inkognito weitergereist war und unterwegs immer wieder Menschen traf, die ihm nichts ahnend vorschwärmten, wie überaus viel Karl May und seine Werke ihnen bedeuteten. Die beiden Chinesen waren auch immer noch dabei, und Emma kam langsam der Verdacht, dass auch diese Erzählung hinten und vorne nicht stimmte.

»Es reicht dann jetzt auch«, sagte sie noch am Tisch. Es ging auf halb sieben.

»Mietz, das ist wichtig.«

»Dann können wir es auch morgen noch machen.« Sie stand auf und räumte den Tisch ab. Karl folgte ihr in die Küche und las weiter vor. Seine Stimme begann, heiser zu werden.

Emma ging ins Wohnzimmer, setzte sich hin, und Karl setzte sich dazu. Emma stand auf, drehte eine Runde durch den Salon und den Flur und setzte sich wieder hin. Karl folgte ihr und hörte nicht auf zu lesen. Der verbitterte Missionar war mittlerweile in Asien dem Wahnsinn verfallen und hatte dort einen Tempel niedergebrannt. Nichts davon hatte Emma vorher schon einmal gehört, nichts davon hatte Karl je in einem Brief geschrieben.

»Hühnelchen, jetzt hör aber einmal auf!«, rief Emma.

»Du musst das jetzt begreifen«, sagte Karl.

»Aber das stimmt doch schon wieder alles nicht.«

»Natürlich stimmt es. Es geht hier um eine tiefere Wahrheit.«

Emma verstand es einfach nicht. Statt tiefer Wahrheit spürte sie eine tiefe Wut in sich erwachen.

Sie sprang auf und lief die Treppe hinauf. Karl entblödete sich nicht, ihr vorlesend im Laufschritt zu folgen. Emma schlug den Weg zum Arbeitszimmer ein. Sie drehten eine Runde um den Schreibtisch, wo Emma in einem Korb mit Papier, das weggeworfen werden sollte, einige Rechnungen erspähte. Sie blieb stehen und nahm sie zur Hand. Karl, der seine Augen im Buch hatte, wäre fast in sie hineingerannt. Verdutzt hielt auch er an, doch seine Stimme ruhte nicht.

»Acht lederbeschlagene Lexika«, las Emma vor, um ihn zu übertönen, »90 Mark.« Sie nahm das nächste Papier. »Übernachtung im Menahaus-Hotel, Gizeh, zwei Ägyptische Pfund.«

Karl sah sie zornig an und hob seinerseits die Lautstärke: »… und wie dieser Gott geweihte Ort an andere, höhere Welten mahnt …«

Emma dachte nicht daran, nur wegen des Lärms nachzugeben. Noch drei Rechnungen, und es war ein Brüllduell.

»… so zog auch hier das Ringen einer zwischen dem Diesseits und Jenseits schwebenden Menschenseele …«

»Überfahrt nach Port Said, 250 Mark!«

»… unser Denken und Empfinden nach der Grenze hin, an welcher alles aufzuhören scheint, weil alles dort beginnt.«

Emma verlor das Duell, als sie die Rechnungen alle verlesen hatte. Sie feuerte sie zu Boden und lief wieder hinaus. Karl folgte ihr. Es ging hinab.

In der Küche machten sie eine Runde um den großen Arbeitstisch in der Mitte. Nach der zweiten Runde brüllte Emma »Stopp!« Zwei Schritte hinter ihr hielt Karl an. Emma griff sich eine Suppenkelle, die auf der Anrichte lag, und fuhr damit drohend zu Karl herum.

»Karl, jetzt hör bitte auf!«

Karl betrachtete die Kelle, mit der sie ihn auf zwei Armlängen Abstand hielt, und las weiter.

»Du hältst jetzt die Klappe!« Emmas Stimme schnappte über.

Karl las weiter.

»Du sollst dein Maul halten!«

Emma warf die Suppenkelle nach Karl. Der wich ihr aus. Sie warf drei Teller hinterher, von denen keiner Karl traf. Sie zersprangen auf dem Boden. Karl las weiter, und Emma stürzte weinend hinaus. Sie lief die Treppe wieder hoch, Karl ihr hinterher, oben rannte sie in ihr Cabinet und schlug hinter sich die Tür zu. Karl kam einen Schritt zu spät. Emma schloss von innen ab und warf sich schluchzend auf die Chaiselongue.

Während Karl draußen mit noch lauterer Stimme weitersprach, fragte Emma sich zum wiederholten Male, ob er in Konstantinopel vielleicht doch einfach verrückt geworden war.

Sie blieb lang auf der Chaiselongue liegen, während Karl draußen vorlas, wie die hübsche Tochter des verbitterten Missionars dem verbitterten Missionar jenes Gedicht vorlas, um das es wohl schon am Anfang gegangen war. Der Missionar wurde daraufhin von seinem Wahnsinn geheilt, aber noch nicht ganz, deshalb musste Karl, also der Karl May jener Geschichte, der im Übrigen vor seinen Reisebegleitern weiter verschwieg, dass er Karl May war, rasch noch zwei Strophen schreiben. »Tragt Euer Evangelium hinaus, indem Ihr's lebt und lehrt an jedem Orte / Und alle Welt sei Euer Gotteshaus, in welchem Ihr erklingt als Engelsworte …«, deklamierte der echte Karl vor der Tür.

Emma hörte seine Stimme und wusste genau, wie er dabei gucken würde, wie der Papst persönlich nämlich, und es machte sie rasend.

Sie sperrte sich in der Kleiderkammer neben dem Fenster ein, um Karls Stimme nicht hören zu müssen. Doch lange hielt sie es nicht aus. Man konnte sich nur auf den Boden setzen, es war nicht bequem, liegen unmöglich, Kleider hingen ihr im Gesicht, und außerdem verfolgte sie Karls Gemurmel bis hierher. Sie ging also wieder ins Cabinet. Die Tür knallte sie hinter sich zu.

Draußen unterbrach sich Karl. »Hörst du mir zu?«

»Ja, aber …«, Emma wollte nicht, doch sie musste vor Wut schluchzen. »Ich begreife es einfach nicht. Da reist du also herum und sagst ein Gedicht auf, und das kann Kranke heilen?«

»Es heilt nicht nur einen Kranken, es treibt ihm seinen Wahn aus, der Welt mit Gewalt seinen Glauben aufzuzwingen.«

»Ja aber was soll denn das?«

»Es ist wie alles eine tiefere Wahrheit. Ich werde die Menschheit auf einen besseren Pfad führen. Und wer diese Wahrheit nicht begreift, begreift Karl May nicht!«

Emma sagte nichts. Karl begann wieder zu lesen. Also setzte Emma sich auf die Chaiselongue und hielt sich die Ohren zu, doch Karls Stimme drang trotzdem zu ihr.

Sie sah zur Uhr. Es war spät, aber noch nicht zu spät, um zu Klara zu fliehen. Wer konnte schon wissen, wie lange dieser Irrsinn noch dauern würde.

Aus einem Schrank holte sie festes Schuhwerk. Wenn Karl ihr nicht auf Filzpantoffeln durch die Straßen folgen wollte, überlegte sie, würde allein das ihr einen Vorsprung geben. Bloß schnell aus dem Haus musste sie kommen. Sie zog die Schuhe an und schlich zur Tür.

Karl schien direkt dahinter zu stehen, seine Stimme, längst heiser geworden, krächzte deutlich durch das Holz. Mit der linken Hand fasste Emma den Schlüssel. Leise, ganz leise, drehte sie ihn, bis sie den Widerstand des Schlosses spürte, der sich nur mit einem lauten Klacken überwinden ließ. Sie zögerte. Karl las unverwandt weiter.

»Der Kranke steht vor einer Sinnesänderung, die ihn vom Irrtum – zur Wahrheit führen wird!«, las Karl, und die »Wahrheit« betonte er überaus laut, und Emma drehte rasch den Schlüssel um, und das Klacken ging unter.

Karl las weiter.

Während die Linke noch immer den Schlüssel hielt, legte Emma die Rechte vorsichtig auf die Klinke. Sie atmete tief durch.

»Vertrauen Sie dem Himmel! Man wirft uns …«

Urplötzlich riss Emma die Tür auf. Karl hatte sich, auf den Unterarm gestützt, von außen gegen die Tür gelehnt und war nun jäh seines Gleichgewichts beraubt. Er stolperte ihr entgegen, fast hätte er seinen taumelnden Körper doch noch mit einem langen Schritt nach vorne auffangen können, doch halb im Fallen schlug er mit dem linken Oberarm gegen die Klinke, der Hieb warf ihn nach rechts, und er stürzte an Emma vorbei auf den Boden. Mit zwei schnellen Schritten stieg sie über ihn, zum Flur und hinaus; mit einem Knall zog sie hinter sich die Tür zu. Sie war schon zwei weitere Schritte den Flur hinab, als sie bemerkte, dass sie noch immer den Schlüssel in der Hand hielt. Emma eilte zurück und schloss ab.

Von drinnen hörte sie Karl wimmern.

Sie wollte schon wieder zur Treppe laufen, aber dann blieb sie doch stehen.

»Hast du dir etwas getan?«, fragte sie durch die Tür.

Von drinnen nur ein Stöhnen.

»Hühnelchen?«

»Es ist nichts«, sagte Karl gepresst.

Emma blieb unschlüssig vor der Tür stehen. Eine Minute verstrich.

»Bist du noch da?«, fragte Karl.

Emma seufzte, bevor sie Ja sagte.

Karl schwieg zur Antwort. Dann hörte Emma ein Rumoren. Karl schien sich neben die Tür zu setzen. Er hustete. Schließlich hörte sie wieder seine Stimme: »Tragt euer Evangelium hinaus, um aller Welt des Himmels Gruß zu bieten …«

Emma lehnte sich mit dem Rücken an die Tür. Langsam rutschte sie hinab, bis sie auf der Türschwelle saß. Hinter ihr krächzte Karls Stimme wieder durch das Holz.

»Gebt Liebe nur, gebt Liebe nur allein;
Lasst ihren Puls durch alle Länder schlagen.
Dann wird ein Paradies die Erde sein,
Denn ihr habt ihr den Himmel zugetragen.«

Emma blieb dort sitzen und starrte leeren Blicks die Wand an.

Doch bevor dem eingesperrten Karl die Stimme endgültig versagte, stand sie auf und verließ das Haus.

8. Oktober 1899

Britisch-Ceylon, Kronkolonie des Britischen Empires

»Niemals!«

»Herr May, nun lassen Sie mich doch erst einmal erklären.«

Karl war aufgesprungen und hätte beinahe die Öllampe umgetreten, hatte sich dann aber doch nur den Kopf an dem Fels gestoßen, der sich über sie beugte. Er rieb sich den Kopf. »Dass Sie glauben, mich zu einer solchen Gaunerei überreden zu können.«

»Hören Sie mich bitte an und urteilen Sie dann.«

Karl setzte sich, weil er kaum eine andere Wahl hatte. Sein Urteil allerdings stand bereits fest.

Im Schein der Lampe schlug Karl aufgebracht nach Mücken, und von Hoven überlegte offensichtlich, wie er seine Erzählung beginnen sollte.

»Ich bin, wie Sie wissen, auf einem Gut im Württembergischen aufgewachsen«, erklärte er schließlich.

»Das allein rechtfertigt noch keinen Diebstahl.«

»Geduld, Herr May, bitte. Dort bin ich also aufgewachsen, und mein liebster Freund in Kindertagen war Franz, der Sohn des Stallburschen. Wir waren einander zugeneigt wie – wenn ich das einmal sagen darf – Winnetou und Old Shatterhand. Beide sind wir in demselben Monat geboren, und seitdem wir laufen konnten, haben wir miteinander die Wälder durchstreift. Unsere Eltern hatten einigen Kummer mit uns, einmal sind wir zwei Tage lang nicht heimgekehrt, weil wir angeln waren. Wir brieten die Tiere über dem

Feuer und kamen erst zurück, als wir keinen Fisch mehr sehen konnten.« Von Hoven lachte. »Ein prächtiger Kerl! Unsere Wege trennten sich erst, als ich die Universität besuchte, doch ist in all diesen Jahren kaum eine Woche verstrichen, in der wir uns nicht geschrieben haben. Ich ging nach England, Franz lockte das Abenteuer, also verpflichtete er sich zum Militär – jedoch nicht zum deutschen, denn er wollte die Welt sehen. Stattdessen ging er zur Königlich Niederländisch-Indischen Armee und ließ sich nach Ostindien verschiffen. Es verschlug ihn erst nach Java, später hatte er den Norden Sumatras zu befrieden. Dort zog er sich zwei Jahre später im Kampf eine Verletzung zu und musste den Dienst aufgeben. Längst jedoch hatte er auf Sumatra eine Heimat gefunden. Von seinem Sold kaufte er sich ein Stück Land, wie er es in Deutschland niemals hätte bezahlen können, und wurde Tabakpflanzer. Trotz seines steifen Beines vergrößerte er mit Geschick seinen Grund von Jahr zu Jahr. Bei einem Besuch in der Heimat lernte er seine Braut kennen, sie folgte ihm hinüber, mittlerweile haben sie zwei Söhne, die wohl die Dschungels längst durchstreifen, wie wir damals das schöne Württemberg.«

Karl klatschte weiter Mücken, die immer wieder lästig an seinen Ohren sirrten, unterbrach aber nicht.

»Vor drei Jahren jedoch wendete sich Franz' Glück. Ein Taifun traf die Insel, fraß die Ernte und zerwühlte sein ganzes Land. Eine solche Katastrophe kann man einmal überstehen. Die nächste Ernte aber fegte wieder ein Sturm hinweg. Franz kam in ernste Geldnot. Und leider war er damals noch zu stolz, mich um Hilfe zu bitten. Stattdessen geriet er an einen Geldverleiher, der sein Vermögen mit dem verbotenen Menschenhandel zwischen den Kolonien gemacht hatte. Scheinbar großzügig half er ihm aus. Doch es dauerte zu lang, die Tabakpflanzung wieder in Betrieb zu nehmen, auch im Jahr darauf fielen Teile der Ernte aus, und Franz konnte nicht zurückzahlen. Dazu die horrenden Zinsen. Das weitere Hin und Her möchte ich Ihnen ersparen, denn entscheidend ist nur das Ergebnis: Franz und seine Familie befinden sich nun völlig in der Hand jenes Mannes, der damit droht, sie kurzerhand nach Transvaal zu verkaufen, wenn man ihn nicht auszahlt – als Zwangsarbeiter oder für den Kriegseinsatz gegen die Briten. Die Bande hat bereits das Haus übernommen und die Familie in einen Schuppen gejagt. Ich muss ihm zur Hilfe kommen.«

»Aber Ihre eigene Familie muss doch vermögend sein. Konnten Sie ihm nicht aus Deutschland Geld zukommen lassen?«

»Ich hätte ihm über die erste Not hinweghelfen können. Doch die nun aufgelaufenen Forderungen übersteigen meine Mittel bei Weitem.«

»Und da dachten Sie, Sie könnten hier etwas abzweigen.«

»Es bereitet mir Gewissensbisse, aber: Ich war ungemein erleichtert, als ich von diesem Auftrag hier erfuhr. Nicht nur, dass es nun möglich ist, das Geld zu beschaffen. Ich kann es außerdem selbst überbringen – und Franz nach Jahren wiedersehen.«

»Aber wissen Sie mit Sicherheit, dass es ihm noch gut geht?«

»Briefe haben mich seit Monaten nur noch sporadisch erreicht. Sie scheinen fast wie Gefangene auf ihrem eigenen Grund zu leben. Ich weiß aber mit Sicherheit, dass sie noch dort sind.«

»Und woher?«

»Erinnern Sie sich an den korpulenten Herrn, den Sie in Massaua beim Feilschen um einige Tallero gebracht haben? Er wickelt für die Sklavenhändler den Schmuggel ab. Sie schiffen ihre menschliche Fracht von Massaua aus die Küste weiter hinunter, in die Kolonien im südlichen Afrika. Er hat dafür in der Stadt einen Mann von einer der Outlander-Gesellschaften getroffen, der Zwangsarbeiter für seine Plantagen in Transvaal kaufen wollte.«

»Und seinetwegen haben wir auch den Umweg in Kauf genommen?«

»Dank eines Hinweises wusste ich von dem Weg über Massaua. Dort hat es dann nicht lang gedauert, diesen Mann zu finden. Dass er zufällig auch wieder zurück nach Colombo wollte, war umso besser, denn so hatte ich unsere ganze gemeinsame Reise lang Zeit, ihn auszuforschen. Ich habe ihn glauben lassen, ich wolle mit ihm ins

Geschäft kommen – ohne dass er bemerken konnte, worauf es mir wirklich ankam. Bei einer Zecherei in der Nacht vor unserer Ankunft habe ich schließlich erfahren, wie es um Franz steht.« Von Hoven blickte betrübt in die Nacht. »Ich muss Sie herzlich um Entschuldigung bitten, dass ich Sie darüber im Unklaren gelassen habe. Es erschien mir zu heikel.«

»Zumindest das lässt sich entschuldigen«, sagte Karl, den die Geschichte dieser Freundschaft gerührt hatte, wie ihn jede Geschichte einer echten Freundschaft rührte. Zweimal hatte er zwischendurch an Richard denken müssen und war sicher gewesen, dass sie füreinander ähnliche Anstrengungen unternehmen würden wie diese beiden. Einen besseren Freund als Richard hatte er doch nie gehabt, dachte Karl – und wir wollen zum größeren Verständnis des Folgenden noch dazu bemerken, dass Karl überhaupt zeit seines Lebens keinen anderen echten Freund gekannt hatte als ihn. Bekannte oder Nachbarn: natürlich. Bewunderer und Leser: Sie gab es mit dem Ruhm zuhauf. Doch wirkliche Freunde, mit denen einer nicht nur lachte, sondern auch weinte? Bevor er Richard traf, gab es sie eigentlich nicht für Karl. Gegen die Einsamkeit, die auch den tapfersten Mann manchmal befiel, hatte er stets nur die Gestalten seiner Phantasie gehabt – und war es da also ein Wunder, dass die Geschichte zweier Jungens aus Württemberg nun sein Herz erweichte?

»Und reist dieser Mann denn nun gleich weiter nach Sumatra?«, fragte er.

»Nein. Er und seine Komplizen scheinen mittlerweile ebenfalls in Geldnöten zu stecken. Er hat erwähnt, dass er nun eine Weile in Colombo wird bleiben müssen, um auf einen Geldboten zu warten. Zumindest er wäre also einstweilen unschädlich gemacht und würde uns auf Sumatra nicht in die Quere geraten.«

Karl starrte in die Nacht und grübelte.

»Wie viel dieses Goldvorkommens«, fragte er schließlich, »müssten Sie für die Rettung denn entführen?«

»Wir werden morgen die Ader weiter vermessen und abends zurück nach Colombo reisen. Wenn wir die Funde reinen Goldes unterschlagen, die wir in zwei Stunden davon einsammeln, sollte es genügen. Der Rest der Proben geht ordnungsgemäß nach Deutschland – und all das ist ja nur ein lächerlicher Bruchteil des Vorkommens.«

»Aber Sie werden doch sicher bald in Deutschland erwartet. Wie können Sie da noch nach Sumatra reisen?«

»Einen schriftlichen Bericht werde ich schon hier abfassen. Mich selbst erwartet man erst im Januar zurück.«

Karl starrte in die Nacht, die von keinem Mond erhellt wurde.

Noch, überlegte er, gehörte das Gold ja nicht dem Reich, dafür waren Verträge nötig, noch gehörte es der britischen Krone, und man würde also, anders als von Hoven behauptete, gar nicht den Kaiser bestehlen. Und streng genommen, dachte er: Gehörte es denn überhaupt den Briten? Konnte man etwas besitzen, von dessen Existenz man gar nicht wusste? Obendrein hatte doch auch Großbritannien Ceylon erst von den Niederländern erhalten, die Teile der Insel wiederum von Portugal erobern mussten, das Ceylons Küsten doch selbst erst den Ceylonesen entrissen hatte; und war nicht sowieso der eigentliche Irrsinn, dachte Karl, dass etwas, das Gott den Menschen in seiner Schöpfung geschenkt hatte, nur von einigen wenigen beansprucht wurde? War es da tatsächlich ein Unrecht, mit jenem Reichtum, den die Natur so einfach schenkte, einen Schaden zu begleichen, den doch dieselbe Natur zu verantworten hatte?

Ganz etwas anderes erschien ihm sogar noch wichtiger. Genau hatte er das feiste Gesicht jenes Mannes vor Augen, dem sie nun schon so oft begegnet waren.

»Da Sie meine Reiseberichte alle gelesen haben«, sagte Karl, »wissen Sie, wie ich von der Sklaverei denke.«

»Ich bin Ihnen ›Im Lande des Mahdi‹ auf jedem Schritt gefolgt.«

»Gut. Ich werde Sie begleiten, jedoch nur unter einer Bedingung.«

»Welche wäre?«

»Wir werden nicht nur Ihren Freund auslösen. Wir werden diesen Gaunern mit ihrem verachtenswürdigen Geschäft das Handwerk legen.«

Von Hoven sprang begeistert auf, schaffte es aber noch rechtzeitig, den Kopf einzuziehen.

»Herr May, wir denken in dieser Angelegenheit völlig gleich, und Ihre Bedingung ist gar keine: Es wäre ein noch größerer Gewinn, wenn genau das gelänge!«

Auch Karl stand noch einmal auf, und herzlich schüttelten sie sich die Hände.

»So wollen wir es halten«, sagte Karl. »Wir lösen Ihren Freund aus, und wir bringen einige Gauner zur Strecke.«

»Und mit zwei Männern wie uns«, bestätigte von Hoven, »was kann da noch schiefgehen?«

10. Oktober 1899

Colombo,
Britisch-Ceylon,
Kronkolonie des Britischen Empires

»An die
hochgeehrte Redaktion des
›Prager Tageblattes‹
Prag – Austria

Hochgeehrter Herr Redakteur!

Ihnen durch das gütige Entgegenkommen, welches ich während meiner letzten Anwesenheit in Prag von Ihrer Seite fand, zur Dankbarkeit verpflichtet, richte ich an Sie die Bitte, beifolgende Ansichtskarten als einen kleinen Beweis, dass ich Ihrer gern gedenke, anzunehmen.
Meine diesmalige Reise hat mir ganz ungeahnte Erfolge gebracht, auch abgesehen von den Sujets für viele weitere Bände meiner Reiseerzählungen. Mein ursprünglicher Plan war, vom Roten Meere aus durch die arabische Wüste über den Euphrat zu den Haddedihn-Beduinen zu gehen; aber den Sudan, Abessinien und Erithrea hinter mir, fand ich, dass mir der westliche Eingang nach Arabien durch die Pest verschlossen wurde – weniger an den Häfen und durch die Scheu vor der unangenehmen türkischen Quarantäne, sondern dadurch, dass die Grenzaraber jedem, der

von der verseuchten Küste kommt, den Durchgang verwehren. Ich musste also den Zugang von einer anderen Seite nehmen und ging über Aden zunächst nach Ceylon, wo ich zum ersten Male die nötige Ruhe finde, die mir nachgesandte Korrespondenz zu erledigen. (Nicht genug rühmen kann ich das freundliche echt edelmännische Entgegenkommen, welches ich seitens der italienischen Offiziere in Massaua fand. Wenn man bedenkt, dass diese Herren meist altadligen, berühmten Familien angehören, so ist diese Aufmerksamkeit einem fremden Privatmanne gegenüber gar nicht genug anzuerkennen und wohl nur dem Umstande zuzuschreiben, dass ich einer Nation angehöre, welcher wenigstens der Offiziersstand Italiens eine aufrichtige Sympathie entgegenbringt. Diese Cavaliere wissen ganz genau, welche Macht der Dreibund bedeutet.) Ich habe am rechten Oberschenkel eine Wunde erhalten, die mir aber bei meiner Elefantennatur trotz meiner bald 60 Jahre, der Strapazen, der glühenden Hitze und des hiesigen tropischen Fieberregens keine Sorge macht. Als Ersatz wurde mir das Glück zuteil, eine Entdeckung zu machen, welche mit einem Schlage Millionen einbringen könnte, wenn ich wollte. Ich bin hinter Menschenjägern her, welche nach Zwangsarbeitern für die Outlander-Gesellschaften in Transvaal jagen. Der Eine von ihnen, leider ein Deutscher, ist noch hier bei mir in Colombo, vollständig mittellos und unschädlich gemacht – und bei dieser Gelegenheit stieß ich auf Erze, welche ... nun, das ist mein Geheimnis. Doch, kurz und gut: Es handelt sich um die Entdeckung eines orientalischen Klondyke.

Ich habe die Sache so vorsichtig betrieben, dass selbst mein Diener keine Ahnung von diesem großartigen Funde hat. Es ist eine Gegend, nie besucht von Menschen, doch nur vier Reitstunden von der Küste entfernt, die Verladung der Erze also nicht zeitraubend; billigster Kamelbetrieb. Volle zwölf Stunden lang kann man zwischen kahlen Bergen reiten und, wenn man Kenner genug ist, das goldhaltige Gestein überall zu Tage treten sehen. Wie da erst unterirdisch! Und nun kommt die Hauptsache: Eine mannskopfgroße Probe des Muttergesteins ergab für 40–45 Mark reines Gold, ohne die sicher wertvollen Nebenprodukte, und das bei einer mangelhaften Behandlung, bei welcher alles Nötige fehlte und jede Beobachtung vermieden werden musste! Ich habe Proben nach Deutschland geschickt, um sie dort fachmännisch prüfen zu lassen.

Denken Sie ja nicht, dass ich mich einer Illusion überantwortet habe. Die Goldfelder sind da, wirklich da; aber dieser Fund lässt mich sehr kalt; ich brauche ihn nicht, denn ich habe mehr als genug, um nicht darben zu müssen. Die geordnete, fleißige Arbeit segnet Gott; das habe ich ja selbst erfahren; aber das Graben und Kämpfen um den goldnen Klumpen tötet Leib und Seele und hat noch keinem Lande und keinem Volke geistigen und ethischen Nutzen gebracht. Ich kann dieses Geheimnis mit in das Grab nehmen, ohne dass es mich eine Spur von Überwindung kostet. Ja, wenn die Gegend in der Nähe einer deutschen Kolonie oder Ansiedlung läge, würde mich mein Patriotismus vielleicht veranlassen, nähere Angaben zu machen. Übrigens könnte jeder wohlhabende Privatmann die Sache mit nur acht bis 10.000 Mark in die richtigen Wege bringen. Ich tue das nicht, obgleich dieses Sümmchen zur Zeit nur einen kleinen Teil der Kosten meiner jetzigen Reise bedeutet und ich das also sehr wohl könnte; mein Beruf ist ein ganz anderer als der, für den Götzen Mammon zu arbeiten!

Von hier, also Ceylon, mache ich einen Abstecher nach Sumatra. Es handelt sich um das Glück von fünf braven Menschenkindern, guten Deutschen, von denen vier nicht ahnen, was ich für sie unternehme. Sie sehen, geehrter Herr Redakteur, Karl May ist trotz seiner hohen Jahre noch jünglingsfrisch und allbereit, wenn es ein ungewöhnliches Unternehmen zum Wohle Anderer gilt. Dann gehe ich über Indien und Persien nach Bagdad, welches ich also von der meinem früheren Plane grad entgegengesetzten Seite erreichen werde.

Ihre Zustimmung vorausgesetzt, werde ich Ihnen zuweilen von

weltentlegenen Orten ein Lebenszeichen senden. Solche Karten sind für den Sammler selten zu haben, und wenn Sie sich nicht selbst dafür interessieren, können Sie ja Ihr Söhnchen damit beglücken.

Mit hochachtungsvollem Gruße

bin ich Ihr Ihnen
stets ergebener
Karl May«

28. Oktober 1899

Colombo, Britisch-Ceylon, Kronkolonie des Britischen Empires

Das Schweigen hatte Karl 36 Stunden lang ausgehalten.

Nach einem langen Tag des Forschens und Vermessens im Dschungel hatten sie spät am Abend wieder das Dorf der Rodiya erreicht. Sejd war längst nicht genesen, aber doch so weit beisammen, dass man ihm nach einer weiteren Nacht in der stickigen Hütte einen morgendlichen Ritt zum Bahnhof zumuten konnte. So waren sie am nächsten Mittag wieder in Colombo angelangt und in ihre Hotels gegangen, um sich tüchtig zu erholen.

In der großen Befriedigung über das Vollbrachte, die Karl seit ihrem Goldfund trug, gelang ihm ein herrlicher Mittagsschlaf, und anschließend nahm er ein ebenso herrliches Bad. Doch schon am Nachmittag begann Karl, um den Schreibtisch seines Zimmers zu schleichen. Er breitete darauf die Gesteinsproben aus, glänzend vom Golderz, und begann, sie ganz harmlos zu sortieren. Nachdem sie, in der Größe hintereinandergereiht, vor ihm lagen, überlegte er, dass man von Hoven, der ja nun mit seinen Untersuchungen und Berichten einige Tage beschäftigt sein würde, doch behilflich sein könne: indem man vielleicht noch eine zweite Meinung zu diesen Erzen einholte. Selbstverständlich, ohne ihre Herkunft zu verraten. So könnte er doch – nur einmal so daherüberlegt – einige der Proben Emma senden und sie bitten, diese ganz verschwiegen weiterzuleiten. Es hätte den schönen Effekt, dass man nicht nur etwas über den Goldgehalt erführe – sondern er, Karl, überdies jemandem von ihrem famosen Fund berichten könnte, nämlich Emma. (Und wenn er sie je mit etwas würde beeindrucken können, dann doch wohl mit einem Goldfund.) Richard könnte er in dieser Angelegenheit wohl auch schreiben, und damit wüsste es auch Klara, aber diese beiden waren ja ausgesprochen vertrauenswürdig.

Es blieben ganz theoretische Überlegungen, denn das Versprechen zur Verschwiegenheit, das er von Hoven gegeben hatte, hielt ihn davon ab, in dieser Sache zur Tat zu schreiten.

Jedenfalls bis zum nächsten Morgen.

Die Großartigkeit dieses Abenteuers aber hatte ihm die ganze Nacht so sehr in der Seele gekribbelt, dass er nach dem Aufwachen Emma und Richard doch jeweils einen Brief schrieb und sie zusammen mit einigen Gesteinsproben noch vor dem Frühstück aufgab. Die Unruhe, die ihn schon seit der Rückkehr nach Colombo befallen hatte, war befriedet. Zumindest für einige Stunden.

Schon am Mittag aber fühlte er etwas Ungutes in sich keimen, das andere Menschen womöglich als schlechtes Gewissen erkannt hätten. Es verdarb Karl das Essen. Es wuchs bis zum Abend. Es glich den vertrauten Qualen, mit denen die Nacht ihn stets gepiesackt hatte, so sehr, dass Karl schließlich zur gewohnten Kur griff: In einem Anfall – fast wie jene nächtlichen Schreibattacken, in denen er die Abenteuer mit Winnetou und Hadschi Halef auf Papier geschüttet hatte – notierte er schließlich die Erlebnisse der vergangenen Tage auf acht Postkarten. Sofort steckte er sie in einen Umschlag, adressierte ihn an das »hochverehrte Prager Tageblatt« und fand sich schon Minuten später an der Reception, wo er diesen Umschlag unter schweren inneren Kämpfen mit der letzten Post aufgab, um seine Tat durch ein rasches Verschwinden der Beweismittel ungeschehen zu machen. Die nervöse Spannung löste sich, schenkte ihm eine ruhige Nacht – und kehrte am nächsten Tag umso schlimmer zurück.

Zur Linderung schrieb er eine weitere Postkartenkaskade ähnlichen Inhalts an die »Tremonia« in Dortmund, die ja schon seine, also ja eigentlich: Richards, Antwort auf die Presseangriffe veröffentlicht hatte. Dann sandte er Scharffenstein, der einen Dampfer später als sie in Colombo eingetroffen war, einen Brief und einige Gesteinsproben. Er schrieb in den folgenden Tagen Fehsenfeld und einem Dutzend Verehrer, so lange, bis er sich wieder im Griff hatte.

Es half ihm, dass er seine Überlegungen, die er schon in der Nacht im Dschungel angestellt hatte, weiter verfeinerte: Was Gott nämlich im Boden verbirgt, dachte er, gehört doch eigentlich niemandem ganz. Und auch wenn er das Gold ganz patriotisch dem Deutschen mehr gönnte als dem Briten, raubte man es doch dem Ceylonesen, so wie man das Gold von Klondyke dem Indianer geraubt hatte. Und wenn seine bescheidenen Postkarten, die er doch nur einigen Bekannten geschickt hatte, aus Höflichkeit und keinesfalls, um selbst durch die Erlebnisse zu glänzen – wenn diese Postkarten dazu führten, dass von Hovens ja eigentlich untadeliger Plan dahin gehend durchkreuzt würde, dass die armen Dschungelmänner, die sie doch so herzlich aufgenommen hatten, in den Besitz des Goldes kämen, so wäre das natürlich etwas anderes als ursprünglich gedacht – aber dennoch gerecht. Und es würde ja, Gott bewahre, sowieso nicht geschehen.

Seine inneren juristischen Winkelzüge hatten Karl im Laufe der kommenden Tage so sehr überzeugt, dass er sich schließlich selbst von jeder Schuld freisprechen konnte, und obendrein begegnete er von Hoven in den folgenden zwei Wochen kaum. Der saß in dem improvisierten Labor, das er in seinem Zimmer eingerichtet hatte, und arbeitete an seinem ausführlichen Geheimbericht für die Heimat.

Karl nutzte die freie Zeit für einige Ausflüge in die Umgebung und in den Süden der Insel. Die herrliche Natur, welche er hier fand, überwältigte ihn so sehr, dass er auch die allerletzten Zweifel vergaß und schließlich sogar beschloss, dieses Paradies Emma und den Plöhns zu zeigen. Er schrieb ihnen und lud sie zu einer Reise ein, sie sollten ihn einfach in einigen Wochen in Port Said treffen, er übernehme alle Kosten – und so waren die Tage vergangen.

Als Karl nun an diesem letzten Morgen auf Ceylon an der Reception seines Hotels stand, um die Rechnung zu begleichen, befand er sich also in einem weitgehend aufgeräumten Zustand. Die Kara-Ben-Nemsi-Kluft hatte er abgelegt, nachdem sie aus dem Dschungel zurückgekehrt waren, er trug nun wieder den bequemen weißen Leinenanzug und den Tropenhelm, in denen er bislang die meisten der Überfahrten bestritten hatte. Gegenüber im Hafen lag die »Vindobona« des Triester Lloyds schon vor Anker, der Dampfer sollte sie nach Sumatra bringen, und die Abfahrt kam bald. Sejd war nach nahezu drei Wochen der Genesung wieder vollständig bei Kräften und hatte mit einigen Kulis die Koffer schon hinübergeschafft. Nach dem Bezahlen hatte Karl nur noch ein Letztes zu erledigen.

»Hätten Sie wohl noch einige Briefmarken für diese Ansichtskarten?«, fragte er und breitete zwölf Stück auf dem Tresen aus. »Meine sind mir leider ausgegangen.«

Der kleine Mann hinter der Reception holte beflissen die Marken hervor und reichte sie Karl. Doch just, als Karl mit dem Frankieren beginnen wollte, tauchte von Hoven neben ihm auf und fragte, ob er bereit zum Aufbruch sei. Karl raffte die Karten zusammen und verbarg sie in der Anzugtasche. Er hoffte, dass jenes plötzlich auftauchende unangenehme Gefühl (das wohl das schlechte Gewissen war) dort ebenso verschwinden würde.

»Sollen wir sie nicht für Sie aufgeben?«, fragte der Receptionist verdutzt.

»Ach nein, das werde ich später selbst erledigen.« Und so verabschiedete man sich.

»Was haben Sie denn noch zu versenden?«, fragte von Hoven, während sie über die Straße auf das Gebäude der Zoll- und Passabfertigung hinschlenderten.

»Ach, nur einige Postkarten«, sagte Karl und verschwieg, dass sie an die Pfälzer Zeitung gehen sollten, denen er seit seinem Besuch des Bescharin-Lagers auch nichts mehr geschrieben hatte. Sie ähnelten im Inhalt all denen, die er an andere Zeitungen geschickt hatte, und sollten eine letzte, aber nun wirklich allerletzte Mitteilung betreffs ihres Abenteuers werden.

»Ja, es ist doch wohl die Hauptsache am Reisen«, sinnierte von Hoven, »die Daheimgebliebenen zu unterrichten, dass man es gerade interessanter hat als sie.«

Sie reihten sich in die Passschlange ein, die nicht lang war, aber lang genug, um im Warten noch einen letzten Blick auf die Stadt zu werfen – und eine unangenehme Entdeckung zu machen.

In der Straße, die an ihrem Hotel vorbei ins Herz von Colombo führte, war Scharffenstein aufgetaucht und näherte sich mit hurtigen Schritten. Was muss dieser Geier, dachte Karl, sich auch stets in den unpassendsten Momenten zeigen. Er versuchte, hinter von Hoven zu verschwinden, doch Scharffenstein hatte ihn schon gesehen.

Gut, Scharffenstein hatte in den vergangenen zwei Tagen versucht, Karl zu sprechen, doch hatte der sich im Hotel verleugnen lassen, aus Angst, von Hoven könne etwas von der Anwesenheit des aufdringlichen Reporters erfahren. Nun drängelte sich Karl rasch an zwei alten Singhalesen vorbei, die vor ihm in der Schlange standen. Sie protestierten nicht. Ausführlich wurde sein Pass kontrolliert und gestempelt, während Karl in der Spiegelung der Scheibe sah, dass Scharffenstein sich unaufhörlich näherte. Dann wurde sein Pass noch einmal gestempelt und kontrolliert, und erst zehn Schritte, bevor Scharffenstein ihn erreichte, gab man Karl seine Papiere zurück und bat ihn hindurch. Er verschwand in Richtung der Kais und tat, als habe er nichts bemerkt.

»Warum so eilig?«, fragte von Hoven, als er ihn am Hafenbecken eingeholt hatte.

Karl erschien es das Beste, auch bei dieser Frage vorzugeben, sie sei ihm entgangen. Höchst interessiert beobachtete er stattdessen, wie vor ihm die letzten Passagiere eine breite steinerne Treppe zum Wasser hinunterstiegen, wo schmale Holzboote sie aufnahmen, um sie hinüber zur »Vindobona« zu rudern. Eines legte gerade ab. Ein weiteres würde sich wohl mit den Fahrgästen vor ihnen füllen, bevor sie an der Reihe waren.

»Schon ein erhabener Anblick, nicht wahr?«, sagte von Hoven und deutete zum Dampfer hinüber, der wohl hundert Meter von ihnen entfernt ankerte.

»Durchaus, durchaus«, bestätigte Karl.

Vorsichtig schaute er sich um. Er schien in Sicherheit zu … – nein, doch nicht. Scharffenstein hatte es auch durch die Passkontrolle geschafft und folgte nun suchenden Blicks.

An der Treppe hatte das nächste Boot angelegt und füllte sich langsam. Karl zählte die Fahrgäste, die noch an der Reihe waren. Acht nahm ein solches Boot gemeinhin auf, acht standen vor ihnen. Bisher hatte Scharffenstein sie nicht entdeckt. Eine Dame mit einem winzigen Hund strapazierte Karls Geduld aufs Äußerste. Sie litt größte Angst beim Betreten des schwankenden Kahns, weigerte sich aber, den Hund aus der Hand zu geben, um sich festzuhalten. Fast musste man sie hineintragen.

»Herr May!«, hörte Karl es aus der Ferne.

Scharffenstein hatte ihn also gesehen.

Von Hoven und Karl waren nun bis zur untersten Stufe vorgerückt. Sie wären die Nächsten an der Reihe gewesen, doch der Kahn war voll. Die zwei Bootsjungen machten sich bereit zum Abstoßen.

»Herr May!«

Karl linste in Richtung des Zollgebäudes, von wo sich Scharffenstein schnell näherte. Er wäre dreimal bei ihnen, bevor das nächste Boot auch nur angelegt hätte.

»Kommen Sie, wir wollen noch mitfahren«, sagte Karl und schubste von Hoven in Richtung des voll besetzten Kahns.

»Also!«, sagte von Hoven baff, konnte mit einem langen Schritt sein Gleichgewicht aber noch fangen. Er brachte ihn geradewegs auf das kippelige Boot, das gleich darauf schon eine Armlänge vom Kai entfernt war.

Karl überlegte nicht lang, nahm einen Schritt Anlauf und sprang hinterher.

Von Hovens Anwesenheit auf der überfüllten Barke hatte man noch hingenommen, aber der Wumms, mit dem Karl nun an ihrem Heck einschlug, war zu viel. Die Dame mit dem Hund kreischte auf, als sich der Bug aus dem Wasser hob und dann zur Seite schlingerte; unter empörtem Geraune in drei Sprachen verlor Karl die Balance, stolperte über die letzte der Bänke, die sich jeweils zwei Passagiere teilten, und fiel kopfüber zwischen einen Teepflanzer und einen buddhistischen Mönch, die in der Mitte saßen.

»Full! No!«, rief der ältere der beiden Bootsjungen.

Karl hatte sich in seiner Jacke verfangen, die ihm im Sturz halb über den Kopf gerutscht war, und kam kaum hinauf. Widerwillig half man ihm.

»Eight!«, rief der jüngere der beiden Bootsjungen.

»Herr May!«, rief Scharffenstein vom Ufer.

Der Hund knurrte Karl an.

Bis der Tumult an Bord sich gelegt hatte, war ihr Schiffchen unter dem Schwung von Karls Sprung jedoch schon 20 Meter vom Kai weggetrieben. Es ergab nun keinen rechten Sinn mehr, zurückzurudern, und bei abfälligem Schwatzen in einer weiteren Sprache, die Karl nicht verstand, ruderten die Burschen sie zum Dampfer.

Unter Protest ließ man Karl auf der zweitletzten Bank Platz nehmen. Von Hoven saß am Heck, den Rücken zum Land, und überhörte die Rufe Scharffensteins, was Karl sehr erleichterte. Jedoch nur kurz.

Dann stellte er fest, dass ihm seine Postkarten beim Sturz aus der Tasche gefallen waren. Von Hoven hatte sie aufgeklaubt und begonnen, sie zu lesen.

»Dürfte ich wohl …«, fragte er und streckte die Hand danach aus.

»Nein«, sagte von Hoven barsch, der schon bei der zweiten angelangt war.

»Es ist wirklich sehr private Post.«

»Den Eindruck habe ich, mit Verlaub, nicht.«

Karl stand auf und griff nach den Karten, aber von Hoven schlug ihm die Hand weg, das Boot kippelte erneut, und dann verlangten die anderen Fahrgäste rüde, dass Karl sich gefälligst setzen solle.

Er fügte sich.

Sie hatten nicht einmal den halben Weg zum Dampfer gerudert, als von Hoven mit der Lektüre fertig war. Er sagte nichts. Das Einzige, was seine Contenance ihm erlaubte, war, Karl einen langen, vergifteten Blick zuzuwerfen und einmal mit den Postkarten zu drohen. Dann starrte er bis zu ihrer Ankunft am Dampfer zu den beiden Leuchttürmen am Hafenausgang hinüber, als könnte er dort einen zuverlässigeren Reisegefährten finden.

Sie stiegen als Letzte aus und stapften schweigend die Gangway hinauf. Karl wollte in Richtung des Stewards verschwinden, der den Passagieren ihre Kabinen zuwies, aber von Hoven zog ihn kurzerhand zum Heck des Schiffes, wo sie unter sich waren.

»Ist es das«, fragte er und fuchtelte mit den Karten vor Karl herum, »was Sie sich unter äußerster Geheimhaltung vorstellen?«

Karl hatte zehn Minuten Zeit gehabt, sich auf diesen Vorwurf einzustellen, aber ihm war keine überzeugende Antwort darauf eingefallen.

»Ich weiß nicht, wovon Sie sprechen«, sagte er matt.

Von Hoven legte beide Hände an den Kopf und starrte Karl mit aufgerissenen Augen an.

»Herr May, Sie blamieren uns im ganzen Land!«

Er begann, sich die Haare zu raufen, und als er schließlich die Hände wieder herunternahm, sah Karl zum ersten Mal etwas an ihm in Unordnung geraten, nämlich seinen Scheitel.

Wortlos und entsetzt begann er, im Kreis zu laufen.

Wenn Karl gehofft hatte, den elenden Druck in seiner Seele zurückgeschlagen zu haben – jetzt kehrte er umso schlimmer zurück.

»Es ist doch noch gar nichts geschehen«, sagte er. »Und was sind schon die paar Leser eines solchen Blattes? Niemand kann irgendwelche Schlüsse aus den Zeilen ziehen, ich habe doch zum Beispiel den genauen Ort jeweils vollkommen offengelassen.«

Von Hoven blieb stehen. »Was genau bedeutet hier ›jeweils‹?«

»Gar nichts.«

»Herr May, haben Sie etwa noch mehr solche Postkarten geschrieben?«

»Keinesfalls!«

»Sind Sie sicher?«

»Vollständig.«

»Und Sie haben auch niemandem von unserer Entdeckung erzählt?«

»Niemandem. Dies war die einzige Sendung.«

Von Hoven begann wieder im Kreis zu laufen.

Karl stand daneben: ein Schuljunge, der auf seine Strafe wartete.

Die Ankerkette rasselte schon beim Hinaufziehen, als von Hoven sich wieder vor Karl aufbaute.

»Ich will gar nicht genau wissen, was Sie hierbei geritten hat«, begann er, doch die »Vindobona« unterbrach ihn. Mit einem markerschütternden Tuten verkündete sie, dass es nun losgehe. Sie hörten die Maschinen in langsamer Fahrt losdampfen, die Schraube begann das Meer zu quirlen, und von Hoven musste seine Stimme heben. »Möglicherweise war es ein Fehler meinerseits, darauf zu vertrauen, dass jemand, der vom Schildern seiner tollen Abenteuer lebt, ein Geheimnis schon wird bewahren können. Aber ich frage Sie jetzt noch einmal: Wenn ich diese Karten nun vernichte – dann ist jedes Zeugnis unseres Ausflugs in den Dschungel getilgt, ja?«

»Vermutlich.«

»Herr May!«

»Ja, vollständig. Es hat niemand sonst davon erfahren.«

»Gut.« Er stellte sich an die Reling, riss jede Karte sorgfältig in vier Teile und warf sie über Bord. Dann ließ er Karl grußlos stehen.

Karl stellte sich an die Reling. Ihm war sehr schwach zumute. Wenigstens konnte er sich an den Holmen festhalten, während sie zum Hafenausgang dampften.

Leer starrte er hinaus und wurde erst aus seinen Gedanken gerissen, als er feststellte, dass es Scharffenstein irgendwie gelungen war, bis ans Ende der Mole zu gelangen. Vor dem Leuchtturm, der von dort den Weg wies, war er auf den gewaltigen Steinwall geklettert, der diesen in Stürmen schützte. Fast befand er sich auf Höhe des Decks der »Vindobona«, als sie vorbeifuhren. Er entdeckte Karl an seinem Platz, winkte aufgeregt und brüllte etwas herüber. Sie standen keine 30 Meter voneinander entfernt, doch der Wind und das Stampfen der Maschine zerschnitten seine Rufe. Das Einzige, was Karl verstand, bevor sie endgültig aus dem Hafen schlichen, war:

»... steinsproben ...!«

7. März 1902

Radebeul, Königreich Sachsen, Deutsches Reich

Es war längst dunkel, und überhaupt sollte man die Geister nicht warten lassen. Klara und Emma hatten das Speisezimmer für die Séance hergerichtet, und dort saßen sie nun und fragten sich, wo Karl bliebe. Nach dem Abendessen war er noch einmal in sein Arbeitszimmer gegangen und nicht zurückgekehrt, aber ohne ihn fehlte der ganzen Geisterbefragung der Zweck. Nachdem Emma zum dritten Mal geklagt hatte, dass doch wohl nichts wichtiger sein könne als ihr Vorhaben, ging sie hinauf, um ihn zu holen. Sie klopfte an seine Tür und erhielt dumpf Antwort, doch als sie eintrat, war das Arbeitszimmer leer. Emma lugte nach links in die Bibliothek, wo Karl über ein Lexikon gebeugt stand und ihr mit einem unwirschen Fuchteln bedeutete, dass er ja gleich käme.

»Wir müssen anfangen, Karl«, sagte Emma und blieb in der Tür zwischen Arbeitszimmer und Bibliothek stehen, als Mahnmal zur Eile. Karl aber las weiter. Da sie wusste, wie ihn das in den Wahnsinn trieb, begann Emma, ein Lied zu summen. Und weil Karl sich aber auch davon nicht regte, schlenderte sie in seinem Arbeitszimmer umher; bemüht, dabei möglichst viel Lärm zu erzeugen. Sie befand sich ohnehin in gereizter Stimmung.

Mit der Post war am Mittag eine Karte gekommen: Vogelhain und die grässliche Zwibelnichte hatten sich tatsächlich verlobt. Der Doktor pries in einigen handschriftlichen Zeilen sogar noch die Mays, die diese Ehe gestiftet hätten. Es war nicht zum Aushalten. Jedoch passte es zu den vergangenen Wochen.

Nachdem Karl Emma im November mit seinem Friedenstraktat verfolgt hatte, waren sie einige Tage in einen erschöpften Waffenstillstand gefallen. Klara und Emma hatten Karl am nächsten Morgen gemeinsam befreit, und Karl floh sofort wortlos in sein Arbeitszimmer, das er danach drei Tage lang nicht verließ. Die Waffenruhe brach in der Adventszeit, als Karls vorweihnachtliche Spende für zwei Kirchenfenster über 200 Mark herauskam. Emma hatte, wie sie fand, vollkommen angemessen gefragt, ob das denn notwendig gewesen sei, und sofort brüllte er sie an, dass es auf jeden Fall notwendiger sei als die zwei Seidenblusen, für die er ihr in der Woche zuvor 200 Mark gegeben hatte. Sie warf dann wieder zwei Teller nach ihm, und in ähnlicher Stimmung war der Winter verstrichen.

Klara hatte versucht zu schlichten, indem sie Emma zu verstehen gab, dass Karl sich tatsächlich unmöglich verhielt und sie alles Recht habe, sich zu wehren – und genau das, hatte sie versprochen, würde sie auch Karl erklären. Viel gebessert hatte sich dadurch nicht. Also war Klara eine Woche zuvor endlich auf die Idee verfallen, diejenigen um Schlichtung und Rat zu bitten, die doch in allem am besten Bescheid wussten: die Geister.

»Kommst du jetzt?«, fragte Emma.

Karl hob den Zeigefinger, um ihr zu bedeuten, dass sie schweigen solle. Emma raschelte noch eine Runde um den Schreibtisch. Dann ließ sie laut ein kleines Büchlein fallen, das auf einer Ecke des Tisches gelegen hatte.

In Emma rumorte längst ein Verdacht, was in Karl gefahren war, und dies würden ihr die Geister heute bestätigen. Und wenn sie das bewiesen hatte, dachte Emma, dann würde Karl einknicken, und wenn er eingeknickt war, dann würde er sie mit allem Unfug in Ruhe lassen, dann würde er wieder brav schreiben und das Geld heranschaffen, und sie könnte wieder ein schönes Leben in der Villa haben, mit rauschenden Festen in schönen Kleidern, und ob Karl dann dabei mittat oder nicht, war ihr mittlerweile einerlei. Nur stören sollte er nicht mehr.

Emma betrachtete das Büchlein, das nun zu ihren Füßen lag. Es war hellblau und passte nicht recht zu dem lederbeschlagenen, holzvertäfelten Ernst, der Karl sonst umgab. Tatsächlich kam es ihr … – hatte sie nicht Klara mehrmals damit in der Hand gesehen? Sie hob es auf. Klara hatte vor einigen Tagen erwähnt, dass sie angefangen habe, Tagebuch zu schreiben, was Emma damals, auf der Chaiselongue, wenig interessiert hatte, nun jedoch, wo sie es in der Hand wog, durchaus sehr. Sie schlug es auf.

Es war tatsächlich Klaras Schrift. Emma hatte den 6. Januar aufgeblättert, an dem sie, wie das Buch sie erinnerte, im Alberttheater gewesen waren. »Flachsmann als Erzieher« hatte es gegeben. Klara schrieb: »Es sollte Lehrspiel, nicht Lustspiel heißen.« Na ja, dachte Emma. Sie jedenfalls hatte sich gelangweilt. Sie schlug den 7. Februar auf, an dem, wie sie lesen konnte …

»Was machst du denn da?«

Sie hatte Klara nicht kommen hören. Mit zwei Schritten war diese bei Emma, klappte scharf das Buch zu und rupfte es ihr aus der Hand. »Das tut man aber nicht!« Streng sah sie Emma an, doch schnell wurden ihre Züge wieder weich. »Was hättest du da alles erfahren können«, neckte sie Emma und zog sie zärtlich am Ohr.

»Ich komme ja«, sagte Karl von nebenan, und endlich stellte er das Buch weg.

Emma hätte durchaus noch gern in Klaras Tagebuch gelesen, aber andererseits, dachte sie, während man hinabging, gab es doch nichts, was die beiden Freundinnen nicht teilten, und sie kannte doch jeden Gedanken in Klaras süßem und oft naivem Kopf – wozu also die Mühe?

Das Tagebuch nahm Klara mit.

Kurz darauf ruhte im Haus die Dunkelheit, nur im Esszimmer hob das Licht dreier Kerzen drei Gesichter aus der Nacht. Sie saßen am langen Esstisch, Karl und Emma hatten sich bei den Händen genommen, Karl hielt Klaras Linke, und Emma schloss den Kreis mit ihrer Hand auf Klaras Arm. Klara war heute das Medium; sie sollte schreiben, was ihr aus dem Jenseits diktiert wurde. Nicht lang, und ihre Hand begann zu zittern.

»Wer ist da?«, fragte Emma, und Klaras Stift schrieb flüssig, wenn auch in torkelnden Buchstaben, den Namen von Fehsenfeld senior auf das Papier. Es war ihr alter Freund. Emma war erleichtert.

In den vergangenen Monaten hatten sie einige Male versucht, Kontakt zu Richard zu finden, doch nie war er zu ihnen gekommen. Vielleicht, so erklärten es sich alle drei, war auch bei Richard der Schmerz noch zu groß für ein Wiedersehen. Man musste Geduld haben. Emmas Erleichterung jedoch rührte daher, dass Richard nicht ausgerechnet diesen Abend für seine Rückkehr gewählt hatte. Denn ehrlich gesprochen: Wirklich herzlich waren beide nie miteinander geworden. Immer hatte sie gemeint, missbilligende Blicke von ihm zu spüren. Nicht einmal das »Du« hatte er ihr in all den Jahren angeboten und wer weiß, was er im Jenseits alles über Emma erfahren haben mochte, das ihn nun noch strenger stimmte. Der nachgiebige Fehsenfeld senior war ihr da doch lieber, der hatte sie zu Lebzeiten schon immer so gierig beäugt.

Karl und Emma hatten vereinbart, sich abwechselnd an die Geister wenden zu dürfen, um von ihnen Schlichtung oder einen Rat betreffs ihrer Ehe zu erbitten. Darauf war ein längeres Gerangel über die Frage gefolgt, wer den Anfang machen durfte, und obwohl Emma längst nicht mehr einsah, warum sie auch nur einen Zoll nachgeben sollte, hatte Karl sich auf seine natürlichen Rechte berufen und durchgesetzt.

Mit großer Ruhe und großem Ernst wandte er sich nun an den toten Fehsenfeld.

»Wo sind die Briefe von Münchmeyer?«, fragte Karl.

Emma schnalzte verständnislos mit der Zunge. Das war nun wieder typisch, dachte sie, dass Karl mit dieser dummen Geschichte, an der sie nun kaum völlig allein die Schuld trug, die Geister gleich gegen sie aufhetzen wollte. Wenn es so ging, konnte man es gleich bleiben lassen. (Andererseits hatte sie selbst mit Klara, als Richard sogar noch lebte, bei einer Séance Klaras toter Tante dieselbe Frage gestellt. Aber obwohl die Geister sonst so vieles wussten, hatte die Tante sie auch nicht gesehen.)

Klaras Hand begann zu schreiben: »der hitze zu viel für immer verloren geht hin und vergeset die glut«

Emma und Karl lasen mit, während der Stift über das Papier fuhr, und versuchten, die Botschaft zu entschlüsseln.

»Vergeset?«, fragte Karl leise.

»Vielleicht ›vergesset‹«, flüsterte Emma, denn man durfte die Geister nicht mit lauten Stimmen verschrecken oder Klara aus ihrer Trance wecken. Was die Zeilen bedeuteten, wusste sie jedoch sofort: »Die sind eben verloren, und da soll man jetzt nicht mehr so viel Hitze machen, also Vorwürfe.«

Karl schien nachzudenken, und dann sah er sie böse an. »Hitze und Glut? Hast du die Verträge etwa verbrannt? Hast du die Verträge etwa absichtlich verbrannt, um mir zu schaden? Das ist doch …«

Klara grunzte in ihrer Trance, und Karl mäßigte sich.

»Darüber wird noch zu reden sein!«

»Das ist doch Unsinn!«

Emma hatte überlegt, ob sie ihre wichtigste Frage ein wenig aufheben sollte, um Karl vorher mit anderen Vorwürfen in die Enge zu treiben. Doch jetzt war sie schon nach wenigen Minuten so gekränkt, dass sie den direkten Weg nahm.

Über Karls seltsames Benehmen hatte sie lang schon gerätselt. Immer stärker hatte er sich nach seiner Reise zurückgezogen. Kaum sprach er noch mit ihr, und wenn er es tat, dann krudes Zeug. Und dann war er schließlich aus dem Schlafzimmer geflohen. Emma fand es unerhört. 26 Jahre lang hatte er ihr aus der Hand gefressen, 26 Jahre lang hatte kaum ein Augenaufschlag seine Wirkung verfehlt – und dann lief er hinaus? Kein Mann hätte das getan, zumindest kein normaler. Emma war nach langem Grübeln darauf gekommen, woran es lag.

»Hat Karl eine Affäre?«, fragte sie in die Luft.

Karl brauchte einen Moment, bis die Frage zu ihm durchgedrungen war. Dann lehnte er sich beleidigt zurück. »Mietz, das ist doch lächerlich.«

»So?«, sagte Emma. Natürlich hätte sie die Geister dazu auch in den Tagen zuvor in einer Séance allein mit Klara befragen können, aber es war doch gut, den Angeklagten im Auge zu haben, wenn die Zeugen aussagten.

Klaras Hand begann wieder zu zittern. »ein erzieher der menschen keine zeit«, schrieb sie.

»Siehst du? ›Karl May als Erzieher‹. Nicht nur, dass er ein Vorbild ist, nicht mal Zeit hätte er«, sagte Karl.

Emma allerdings war mit Karls Auslegung nicht einverstanden. Ein Erzieher, dachte sie, wer sagte denn, dass damit unbedingt Karl gemeint sein sollte? Und wenn dieser Erzieher keine Zeit hatte, um sich zum Beispiel um seine Frau zu kümmern, wie sie das ja nun selbst durchleben musste, warum sollte dann nicht jemand – also etwa: Karl – dieser Frau die Zeit vertreiben? Emma ging in Gedanken alle Bekannten durch, die im weitesten Sinne Erzieher waren, und schnell wusste sie die Lösung.

»Hast du etwas mit der Frau vom Studiendirektor Panke?«, flüsterte Emma.

»Mit der drögen Mamsell?«

»Die sieht doch gut aus.«

Karl lachte, aber, wie Emma fand, nicht überzeugend. »Und was ist das überhaupt für eine bösartige Unterstellung?« Karl wurde langsam lauter. »Wenn hier jemand im Verdacht stehen muss, heimlich Affären …«

»Schhhhhhhh!«, zischte Emma. »Man soll doch vor den Geistern nicht streiten, sonst verjagt man sie.« Sie hatte ja nun auch genug erfahren, und geschickt eingesetzt, dachte sie, würde ihr dieses Wissen in der Ehe doch künftig einen ordentlichen Vorteil verschaffen.

Karl wollte noch etwas einwenden, aber Emma scheuchte ihn zur Ruhe und deutete auf Klara, die immer noch in Trance ihren Kopf wiegte.

Eine gute Stunde später hatte sich Karls Kopf langsam der Tischplatte genähert. Dutzende Fragen hatten Emma und er gestellt, Dutzende Antworten bekommen, aber schon bei deren Auslegung hatten sie sich nicht ein einziges Mal einigen können.

Zusammengesunken saß er nun da, ein abgekämpfter Krieger, der den Sinn der Schlacht längst aus den Augen verloren hatte. Wieder war er an der Reihe. Müde fragte er: »Und was sollen wir jetzt tun?«

»aufgeben im Schlaf Zimmer weg zusammen kein Bett«, schrieb Klara. Dann verkrampfte ihre Hand, sie zuckte noch zwei Krakeleien auf das Blatt, und dann erwachte sie aus ihrem Zustand. Sie sah sich um wie am Morgen nach einem üppigen Trinkgelage. Emma und Karl jedoch schauten nur auf die Schrift.

»Aufgeben – im Schlafzimmer weg – zusammen kein Bett«, las Karl vor. »Das heißt doch wohl, dass es alles keinen Zweck mehr hat und wir in getrennte Schlafzimmer ziehen sollten.« Karl löste den Kreis, da Klara ja erwacht war, und nahm seine Hand aus Emmas. »Ich kann noch heute in die Dachkammer ziehen.«

»Du bleibst«, sagte Emma. »Vielleicht heißt es ja: Aufgeben im Schlafzimmer – zusammen weg – kein Bett. Dass wir also nicht mehr im Schlafzimmer, sondern woanders miteinander …«

»Auf gar keinen Fall«, sagte Karl.

Emma missfiel Karls Lesart gründlich. Wenn er aus dem Schlafzimmer auszöge, dachte sie, dann wäre jede Art von Aufsicht ja endgültig verloren.

»Mietz, ich glaube auch«, wandte Klara ein, nachdem sie Fehsenfelds Satz lange studiert hatte, »die Geister glauben, dass ihr getrennte Schlafzimmer beziehen müsst.«

Emma wehrte sich noch ein Weilchen, aber dann gab sie nach.

Denn Karl, dachte sie, würde schon zurückkehren. Lange hielt es ohne sie ja doch nie einer aus.

13. November 1899

Padang,
Sumatra,
Kolonie Niederländisch-Indien

Andererseits gelang ein Friedensschluss manchmal sogar besser, wenn man einander tagelang nicht entkommen konnte.

Von Ceylon waren Karl, von Hoven und Sejd zunächst nach Penang auf der Malakka-Halbinsel gedampft. Dort wechselten sie das Schiff, und das zweite trug sie um Sumatras Nordspitze herum nach Padang an der Ostseite der Insel.

Karl und von Hoven hatten sich in den ersten beiden Tagen bemüht, möglichst selten aufeinanderzutreffen, und Karl verbrachte viel Zeit in seiner Kabine, wo er still vor sich hin brütete. Es hatte sich wieder ein Ziehen und Zerren seiner Seele bemächtigt, wie es ihn doch seit ihrem Aufbruch in Jaffa eigentlich in Frieden gelassen hatte. Karl fragte nicht, woher es rührte – wir jedoch wollen es wohl darauf schieben, dass ihm gänzlich der Zuspruch fehlte: Weiter hatte es keine Post von Emma gegeben; weiter reisten sie inkognito, sodass Karl keinen Applaus von Lesern und Bewunderern fand; niemand durfte ihnen zu ihrem Goldfund gratulieren, selbstverständlich nicht, und die Erinnerung daran war Karl nun, da ihm von Hoven die Achtung entzogen hatte, ohnehin verdorben, während es ihn einige Anstrengung kostete, zu vergessen, warum dies eigentlich so war … – Karl schrieb wieder Gedichte, um diesen Aufruhr zu beschwichtigen, doch auch das half kaum.

Am dritten Tag immerhin klopfte von Hoven bei ihm und bat

um eine Unterredung, in der er zwar Karls Postkarten noch einmal ungeschickt nannte, gleichzeitig aber um Verzeihung bat, da seine Reaktion darauf möglicherweise zu harsch ausgefallen sein könnte. Da ja kein Schaden entstanden sei, wolle er einen Frieden anbieten.

Karl schlug ein, erleichtert, weil es ihn um die Verlegenheit brachte, sich weitere Begründungen ausdenken zu müssen, warum er selbst keinesfalls einen Fehler begangen hatte. (Denn was tat man sonst mit Fehlern, wenn man sie nicht abstritt? Höchstens konnte man noch von ihnen schweigen und sie irgendwann vergessen – mehr als diese beiden Verfahren hatte es doch selten gebraucht, um gut durch 19 Jahre Ehe zu kommen.)

So fanden sie also doch wieder zueinander. Vielleicht schafften sie keinen so herzlichen Umgang, wie er anfangs einmal gewesen war, aber in sachlicher Eintracht blickten sie nun nach vorne und auf ihr Ziel.

Gegen Karls immer wieder aufbrechende Nervosität aber half auch das nichts. Ebenso wenig kühlten die Seeluft und Spaziergänge an Deck seine Nerven. Auch die neuen, interessanten Eindrücke ihres kurzen Landgangs in Penang, wo Karl beim Wechseln der Schiffe erstmals in chinesisch anmutende Gesichter blickte, schafften wenig Linderung. Und so hatte er sich selbst, nachdem sie schließlich in der tropischen Herrlichkeit Padangs angelangt waren, äußerste Schonung verordnet. Zwei Tage war das nun her.

Während von Hoven die notwendigen Erkundigungen einholte und Sejd wieder Reittiere und Vorräte für ihr bevorstehendes Abenteuer besorgte, bemühte sich Karl um ausreichenden Schlaf und schrieb nur einige ganz unverfängliche Postkarten. Auch am frühen Nachmittag des dritten Tages hielt er es so, als es in seinem Zimmer im Adjeh-Hotel plötzlich an der Tür klopfte.

Karl fuhr so zusammen, dass seine Karte an den Chefredakteur der »Tremonia« in Dortmund von einem langen Strich entstellt wurde. Unwirsch erhob er sich und öffnete.

Vor der Tür stand ein flachsblonder Mann, dem die Äquatorsonne die Haut in die Farbe der Einheimischen gegerbt hatte. Er war wohl etwas jünger als Karl, und das Erste, was dem Betrachter an ihm ins Gesicht stach, war das, was ihm selbst aus dem Gesicht stach: ein Koloss von einer Nase, in der man wohl glatt zwei Walnüsse verstecken konnte. Er musterte Karl vom Scheitel bis zum Kinn, dann lächelte er breit.

»Sie sind es also wirklich.«

Karl hatte sein Inkognito schon in Ceylon wieder aufgegeben, hier in das Gästebuch seines Hotels seinen vollständigen Namen geschrieben – und Padang war klein genug, dass sich schnell herumsprach, wer dort abstieg.

Der Mann stellte sich vor als Friedrich Stöver, Kaufmann aus Hamburg, seit zehn Jahren auf der Insel, investiert in den Handel mit Gewürzen und Tabak. Er verriet nichts über die Größe seines Geschäftes, aber betrachtete man seinen fein gearbeiteten Stock, die goldene Kette der Uhr und das in Gold eingefasste Monokel, schien er damit einen ordentlichen Erfolg zu haben. Er bat Karl um einige Minuten seiner Zeit, und Karl, immer erfreut, in der Fremde einem Landsmann zu begegnen, ging mit ihm hinab, wo man sich in einer Art Loggia vor dem Hotel in bequemen Korbsesseln niederlassen konnte.

Sie bestellten nichts, denn es würde nicht lang dauern, versicherte Stöver.

»Was kann ich also für Sie tun?«, fragte Karl.

Stöver wog ab, wie er beginnen sollte.

»Ich habe einen Diener, Herr May, der schon seit vielen Jahren in meinem Haus ist. Ein vorbildliches, liebenswürdiges Faktotum. Er ist ein wenig älter als ich, aber immer noch bei besten Kräften … oder besser: bei besten Kräften gewesen. Nachdem er in neun Jahren nicht einen Tag lang unter einer Krankheit litt, hat ihn vorgestern ein entsetzliches Fieber befallen. Den Nachmittag hat er sich noch gehalten, dann habe ich ihn ins Bett befohlen, wo er seitdem liegt und Krämpfe leidet. Wir sorgen uns alle schrecklich.«

»Es tut mir leid, das zu hören.«

»Und, nun … – Herr May, wir kennen uns nicht persönlich, aber

Ihr Ruf ist dank Ihrer Bücher doch auch bis in diesen entlegensten Winkel der Welt gedrungen. Wir wissen nicht nur um Ihre Tapferkeit, sondern auch um Ihre Fähigkeiten auf dem Gebiet der Sternenkunde und Meteorologie, der Botanik, Chemie – und der Medizin. Ich bin nicht nur hergekommen, weil es mir eine Freude und Ehre ist, Sie kennenzulernen, sondern auch, um Sie um Hilfe zu bitten. Wäre es Ihnen vielleicht möglich, sich den Patienten einmal anzuschauen?«

»Aber gibt es denn hier keinen Arzt?«

»Es gibt derer sogar drei. Der eine ist ein Säufer, der zweite ein Halsabschneider, der dritte wollte mir wegen einer entzündeten Wunde im vergangenen Jahr den Fuß abnehmen – ich habe abgelehnt, und tatsächlich ließ er sich dank guter Pflege in zwei Wochen heilen. Wenn sich die Chance bietet, einen anderen Fachmann zurate zu ziehen als diese drei, will ich sie gern ergreifen.«

Karl fühlte sich angemessen geschmeichelt, doch musste er ablehnen: »Ich bin aber doch nur ein Laie. Ein sehr gebildeter Laie zwar, aber eben doch nur das.«

»Es ehrt Sie, dass Sie obendrein sogar noch bescheiden sind.«

»Sie überschätzen meine Kräfte.«

»Aber Sie haben doch beim Stamme der Kiowa selbst eine Tote wieder zum Leben erweckt.«

Karl hob die Hände, um die zu große Begeisterung abzuwehren. »Es war doch nichts weiter, als ganz allgemeines medizinisches Wissen anzuwenden. Aber einem Indianer, der abseits der Civilisation groß geworden ist, mag es wie ein Wunder erscheinen, das Tote wiedererweckt.«

»Und dann haben Sie doch sich selbst und sogar Hadschi Halef von der Pest geheilt.«

Das stimmte nun, dachte Karl,

das Aufschneiden der Pestbeulen und gründliche Reinigung der Haut, sie hatten ihren Dienst tatsächlich getan. Doch wäre eine Heilung ohne die zähe Natur, welche nicht nur mir, sondern auch Halef zu eigen war, gänzlich unmöglich gewesen.

»Es war wohl auch Glück mit dabei«, gab Karl zu, »aber, ja, das habe ich getan.«

»Sollten Sie nichts ausrichten können, würden wir natürlich einen der Ärzte bemühen. Aber wir wären Ihnen zutiefst dankbar, wenn Sie uns die Ehre erweisen würden.«

»Nun ja …« Karl zögerte sehr.

»Auch meine Familie ist ganz wild darauf, Sie kennenzulernen. Wir sind alle begeisterte Leser.«

Andererseits, dachte Karl, konnte es ja nicht schaden, einmal einen Blick auf den Patienten zu werfen. (Und gegen innere Gespanntheit, wollen wir ergänzen, half eine Kur mit Leserbegeisterung doch stets am besten.)

Da Sejd unterwegs war, noch einige Konserven aufzutreiben, und von Hoven weiter Erkundigungen nach seinem Freund einzog, gab es für Karl in dieser Stunde nichts zu tun. Er ging hinauf, seine Reiseapotheke zu holen, und schloss sich Stöver gleich an. Der Weg zu dessen Haus war so kurz, dass sie nicht einmal eine Rikscha nahmen. Sie gingen zu dem schmalen trüben Fluss, der neben Karls Hotel ins Meer stach, und folgten für fünf Minuten seinem Lauf in die Stadt hinein.

Unterwegs fiel Karl etwas ein. »Kennen Sie einen Tabaksbauern mit Namen Franz?«, fragte er Stöver. »Er stammt aus dem Württembergischen und besitzt hier in der Gegend einiges Land.«

»Einen Familiennamen kennen Sie nicht?«

»Bedaure.«

Stöver musterte die Köpfe der Palmen, während er scharf nachdachte.

»Es gibt nicht viele deutsche Tabaksbauern hier, und einer mit Namen Franz ist mir nicht bekannt. Es wäre aber möglich, dass er sich weiter an der Ostküste findet. Der Handel dort wird über Medan abgewickelt.«

Stövers Heim, das sie bald erreichten, war in der schnörkellosen Art der kolonialen Privathäuser errichtet worden, die Karl schon auf Ceylon begegnet war. Ein schindelgedecktes Dach behütete ein einziges Stockwerk, das sich dafür umso weiter in einem paradiesgroßen Garten streckte. Im Vorbeigehen bewunderte Karl die bunt duftende Pracht, die so in seinem eigenen Garten niemals wachsen würde.

Eines der Kinder musste auf der Lauer gelegen haben, denn kaum hatten sie den Garten betreten, wurde die Tür des Hauses aufgerissen, und die drei Söhne und zwei Töchter der Stövers konnten von ihrer Mutter nur mit Mühe zurückgehalten werden, um nicht gleich auf den Besuch einzustürmen. Der Empfang war überaus herzlich und wie stets labte Karl sich an der Aufmerksamkeit; stolz zeigte der älteste Sohn gleich die Winnetou-Bände, die sie eigens hatten herübersenden lassen; jeder wollte der Erste sein, der Karl eine Frage stellen durfte, und für einen Moment war wenigstens Karl von seiner Unruhe genesen – doch trotz der großen Begeisterung war nicht zu übersehen, dass die Eltern eine ehrliche Sorge plagte.

Bald mahnte die Mutter, dass der Besuch einen ernsten Grund habe, und Herr Stöver führte Karl hinten aus dem Haus wieder hinaus. Die Frau, sämtliche Kinder und ein weiterer Diener folgten ihnen in ein Nebengebäude, in dem das Personal wohnte. Das Zimmer des Kranken war eine Kammer mit einem einfach zusammengezimmerten Bett und einem ebensolchen Tischchen, nur ein kleines Fenster erhellte den Raum. Gerade so passten sie alle hinein.

Der Patient lag in seinem Bett und schwitzte um sein Leben. Er war ein Mann vom Volk der Lampung und musste wohl über 50 Jahre alt sein. Seine Hände hielt er über der Brust verkrampft und starrte mit einem Blick, der nichts mehr sah, an die Decke. Er reagierte nicht, als sie neben ihn traten. Sein Zustand war deutlich ernster, als Karl es erhofft hatte.

Es erschien ihm sinnvoll, zunächst einmal die Hand auf die Stirn des Mannes zu legen, um die Temperatur zu erfühlen. Sie war entsetzlich hoch.

Es muss schleunigst ein richtiger Arzt her, dachte Karl,

doch ich hatte solche Zustände schon häufig gesehen, und wusste genau, was zu tun war.

Sein Publikum schaute ihm erwartungsvoll zu.

Mit großer Geste stellte Karl sein Mahagonikästlein auf den wackeligen Nachttisch und öffnete es. Darin fanden sich unter anderem Chinin, Chloroform, Salmiakgeist, Arsen, Arnika und Opium. Bei den Beschwerden des Verdauungstraktes, die ihn seit Kairo immer wieder heimsuchten, hatte Karl sich mit dem Inhalt des Kästchens stets um eine Behandlung bemüht, und manchmal war sie geglückt – oft jedoch auch nicht. Er war im Laufe der Reise stark abgemagert, manchmal hatte er zwei Tage lang nichts zu sich nehmen können. Auch seine fatale Anspannung der Nerven ließ sich damit nicht kurieren, besonders, wenn man kein Arzt war. Zögernd hob er hier ein Fläschchen an und musterte da einen Tiegel. Wieder überlegte er, gleich nach einem wirklichen Arzt schicken zu lassen, aber die Blicke seiner Zuschauer zwangen ihn, selbst etwas zu unternehmen.

Karl schob die Hände des armen Dieners auseinander, knöpfte das vollkommen durchnässte Hemd auf und horchte die Brust ab, so wie er es von seinem eigenen Arzt kannte. Er hörte Geräusche, auch verschiedene, und sagte »Aha«.

Dann suchte er den Puls und brauchte gar nicht einmal übermäßig lange, ihn zu finden. Der Puls schien äußerst schnell zu gehen, aber das tat sein eigener auch. Noch einmal sagte Karl: »Aha.«

Einfach, um noch etwas zu unternehmen, tastete er nun den Hals bis hinter beide Ohren ab.

In Anbetracht des Fiebers und der Gegend, in der wir uns befanden, fiel es mir leicht, eine Diagnose zu stellen,

dachte Karl und war vollkommen ratlos, was den Mann befallen hatte. Nur, dass er an Fieber litt, war eindeutig.

»Was glauben Sie, worum es sich handelt?«, fragte Frau Stöver, deren Augenbrauen sich in größter Sorge einander zuneigten.

Von draußen meinte Karl Stimmen und Schritte zu hören. Dann betrat von Hoven das Zimmer, grüßte leise und nahm respektvoll seinen Hut ab. Die anderen schienen an seinem plötzlichen Auftreten keinen Anstoß zu nehmen, also wollte auch Karl sich nicht daran stören. Er betrachtete weiter nachdenklich den Patienten. Von

Hoven aber versuchte, mit leisen Rufen Karls Aufmerksamkeit zu erheischen: »Herr May! Herr May!«

»Hmhm«, machte Karl unbestimmt.

»Ich weiß, wo er ist. Aber uns bleiben nur noch wenige Stunden!«

»Bevor wir irgendetwas unternehmen können, brauchen wir erst einmal eine Diagnose«, sagte Karl.

Stövers nickten verständig.

Von Hoven war von einer ihm ganz untypischen Unruhe geladen, aber augenscheinlich erfasste auch er nun den Ernst der Situation.

»Was glauben Sie, was es ist?«, fragte er.

Die Familie war eng zusammengerückt, und Karls langes Schweigen klang wie eines, das einer sehr ernsten Nachricht vorausgeht.

Es wäre dringend geraten, einen Arzt zu rufen, dachte Karl, mochte er auch der größte Halsabschneider sein.

Die Kinder aber sahen ihn mit großen Augen an und warteten auf eine Tat Old Shatterhands.

Die Hoffnungen dieser guten Menschen ruhten auf mir, und ich durfte sie nicht enttäuschen,

dachte Karl. Schließlich zog er eines der Fläschchen aus seiner Apotheke und reichte es Stöver.

»Es handelt sich um eine Infektion mit dem Sumpffieber«, erklärte er. »Es ist ernst, doch regelmäßige Gaben von Chinin sollten das Schlimmste abwenden können.«

20. Mai 1902

Radebeul,
Königreich Sachsen,
Deutsches Reich

»… und vergessen Sie nicht«, sagte Scharffenstein, »dass ein tadelloser Mann wie Sie solche Angriffe keinesfalls zu fürchten braucht.«

Schon seit Tagen spross der Frühling um die Villa Shatterhand. Nun wehte er die warme Luft durch die Eingangstür ins Haus, an der sich Karl und Georg Scharffenstein bereits seit zehn Minuten voneinander verabschiedeten. Wie meist konnten sie sich kaum trennen, es hätte noch so vieles zu besprechen gegeben, aber Karls Arbeit rief, und Scharffensteins Arbeit tat es auch.

»Es ist doch nur das Holpern des Wagens, der auf ein großes Ziel zurollt«, sagte Scharffenstein. »Die Strecke mag rau sein, doch wenn unser Bund der Menschheitsverbrüderer erst einmal sein Ziel erreicht hat …«

»… dann ist jedes Schlagloch auf dem Weg dorthin vergessen«, da gab Karl ihm recht.

Wieder schüttelten sie einander herzlich die Hände, dann brach Scharffenstein endgültig auf. An seiner Droschke blieb er noch einmal stehen, wandte sich um und winkte; und Karl am Eingang der Villa wartete und schloss die Türe erst, als die Kutsche verschwunden war. Wie sehr man es bedauern musste, dachte Karl, dass man sich so selten sah, nur einmal die Woche vielleicht, und dabei war doch dieser prächtige Kerl eigens nach Dresden übergesiedelt. Es war doch, dachte Karl, eine Schande.

Langsam, weil seine Gesundheit es nicht anders zuließ, stieg Karl die Treppe hinauf. Die Wärme in der Brust aber, die der Besuch eines lieben Freundes stets hinterlässt, hielt noch im Arbeitszimmer. Karl setzte sich an seinen Schreibtisch und seufzte zufrieden, weil es nun an etwas ging, was ihm leicht von der Hand kam: Der dritte Teil von »Im Reich des Silbernen Löwen«, den er im Frühjahr begonnen hatte, musste bald an Fehsenfeld gehen. Er griff also zum Papier.

Gerade aber wollte er die Feder ansetzen, als er ein Buch bemerkte, das neben den bereits beschriebenen Blättern lag wie vergessen. Es war hellblau. Karl wusste, worum es sich handelte. Klara hatte ihr Tagebuch oft genug mit sich getragen und es auch einige Male achtlos in seinem Zimmer liegen gelassen. Nun aber war er zum ersten Mal damit allein.

Klara wollte erst später am Nachmittag kommen, Emma war aus, das schreckliche Häußler-Kaninchen treffen. Karl schob also das Tagebuch beiseite, um die Ruhe des späten Mittags zum Schreiben zu nutzen. Er prüfte den Tintenfluss mit einigen Strichen, setzte sich gerade und wollte sich den Bluträcher wieder vor Augen holen, mit dessen furchtbarer Drohung das letzte Kapitel geendet hatte. Seine Gedanken aber ließen ihn im Stich.

Statt sich in dem Tempel einzufinden, in dem es doch nun weitergehen musste, wanderten sie so lang zu dem Tagebuch hinüber und hielten ihn vom Beginnen ab, dass er die Feder schließlich hinlegte.

War es denn ein Unrecht, dachte er, dort hineinzuschauen?

Klara hatte ihn zuletzt oft gebeten, etwas zu begutachten, was sie geschrieben hatte. Sie hielt seit Richards Tod gern ihre Gedanken fest, und ihre Gelehrigkeit dabei hatte Karl immer gerührt. Sein Urteil schien ihr etwas zu bedeuten. Aber, ermahnte er sich, ein Tagebuch war nun etwas anderes. Es wäre falsch, dort hineinzuschauen. Man tat das einfach nicht. Er nahm den Stift wieder auf.

Zur Arbeit, das wusste er, konnte man sich zwingen. Das Gesicht des Bluträchers, die furchtbare Drohung … – das Tagebuch jedoch war noch nicht einmal mit einem Band oder einer Schnalle gesichert. Nur zwei Pappdeckel, die allein alle Geheimnisse schützten.

Karl versuchte, sich in die Stimmung zum Schreiben zu treiben. Der Tempel, der Tempel, wie sah es noch in diesem Tempel aus …? – Seinen Kopf zog es woandershin.

Schließlich ließ er die Feder wieder sinken.

Er griff zum Tagebuch und schlug es auf.

1902

18. Januar. Vortrag Rudolf Steiner, »F. Nietzsche, der einsame Kämpfer, und die Kultur der Gegenwart«. Anschließend rezitiert der Hofschauspieler Paul Wiecke Dichtungen von Nietzsche, und er rezitiert meisterhaft. Zuerst aus Zarathustra. Es bewegt mich der Inhalt so vorgetragen und die edlen Gedanken so hingestellt mächtig. Wie man mit Karl über solche Themen sprechen kann! Wie reich ist dieser Mann! – Schade, dass Emma sich so sehr langweilt.

26. Januar. Schauspielhaus, »Die Jungfrau von Orleans«, Friedrich Schiller. Die Vorstellung war herrlich. Man kann dieses Meisterwerk immer wieder sehen und immer tauchen neue Schönheiten auf. Sonderbar, wie diese Vorstellung auf mich gewirkt hat. Ich spreche ganze Szenen nach, ohne sie auswendig gelernt zu haben, und die gebundene Rede kommt mir auch in den Alltag hinein. Der Bann des großen Geistes bemächtigt sich der empfänglichen kleinen Kreatur, die sich am Guten und Großen berauscht. Die die Schönheiten einsaugt, wie den Duft der Blumen.

5. Februar. Schauspielhaus, »Gyges und sein Ring«, Christian Friedrich Hebbel. Wie weiß doch Hebbel zu packen und zu veredeln. Karl lebt immer auf. Alle Müdigkeit und Schwäche schwindet, wenn er in der Luft atmet, die vom Geiste großer, reiner Menschen durchweht ist. Schade, dass dieser Mann ein Frauchen hat, das gar keinen Gefallen am Hohen, Edlen finden kann. Es ist mir langweilig, sagt sie. Ich werde versuchen, mehr denn je sie dafür zu interessieren.

7. Februar. Emma war wieder schrecklich zu Karl. Ich glaube, sie will ihn wahnsinnig machen. Die Frau hat eine dämonische Gewalt. Oft fürchte ich mich in ihrer Nähe. Karl verbirgt sich wie ein verwundetes Tier. Emma ist heiter wie immer – und zankt wie immer.

20. Februar. Schauspielhaus, »Don Carlos«, Friedrich Schiller. Karl hat recht mit seiner Vorliebe für Schiller. Wie er böse werden kann, wenn einer an Schiller rührt. Wie groß Karl über solche Werke denkt. Emma hat gar keinen Verstand.

14. März. Premiere im Schauspielhaus, »Es lebe das Leben«, Hermann Sudermann. Ein feines Werk, welches uns zeigt, dass die Ehe ein furchtbares Band sein kann – wie bei den Mays –, in der die edelsten Menschen zugrunde gehen müssen. Mögen sie sich zur Moral auch durchringen. Ein bitteres, furchtbares Fragezeichen, dieses qualvolle Elend in Glanz und Schimmer. Warum bringe ich es nicht fertig, meine gute Emma zu begeistern? Sie macht Karl das Leben nahezu unmöglich. Sie freut sich, dass er in der Dachkammer liegt, und kümmert sich nicht, ob das Zimmer gemacht wird oder nicht.

17. März. Oft graut mir vor meiner Mietz. Zu mir ist sie so lieb und Karl möchte sie umbringen. Er braucht nur eine Bewegung zu machen, die ihr nicht passt, dann geht es los. So kann es nicht lange weitergehen, ich fürchte, Karl gibt sich eines Tages eine Kugel. Emma würde nicht trauern um ihn. Sie möchte ihn in den großen Garten schaffen, er soll dort ein Häuschen für sich bauen. Ich soll dann zu Emma in die Villa ziehen. Wenn ich doch nur ein Viertel der Liebe, die sie mir gibt, von ihr zu Karl leiten könnte.

19./20. März. Emma hat Karl grausam behandelt. Er ist fort. Auch in der Nacht nicht nach Hause gekommen. Wir haben ihn gesucht bis ein Uhr nachts. Ich bin in Todesangst um ihn. Emma ist eine Bestie, ich habe es ihr ins Gesicht gesagt. Wie kann man um einen Fisch eine solche Szene heraufbeschwören! Karl isst Sichling so gern, kauft einen in der Stadt, legt ihn in die Küche und sagt es ihr freundlich. Darauf sagt sie, der Sichling ist schon halb verfault, ein Mann könne keine Einkäufe machen u. s. w. Karl will den Sichling sehen, geht in die Küche und da liegt er unausgepackt, wie er ihn hingelegt hatte. Ich war immer froh, wenn er Emmas Gemeinheiten nicht merkte, hier aber musste er sie sehen. Er warf das Paket, wie es war, ins Klosett und ging, und das machte mir solche Angst. Hätte er sie doch geohrfeigt.

20. *März.* Karl ist da! Wie froh ich bin. Er fuhr bei mir vor. Ein Gesicht wollte er sehen, das sich freut, wenn er kommt. Ob ich mich freute. Am liebsten hätte ich – geweint. Aber um Verzeihung habe ich gebeten für unsere Emma. Er hat mir versprochen, ihr nicht ein böses Wort zu sagen. Er war in Meißen. Hat im Stern gewohnt und die Nacht hindurch am offenen Fenster gesessen und mit dem da oben Zwiesprache gehalten. Karl hat Wort gehalten. Emmas Verhalten hat keine ernsten Folgen gehabt. Ich habe sie mir aber noch einmal vorgenommen. Sie lachte und meinte sehr herzlos, der nimmt sich's Leben nicht und erkälten tut er sich auch nicht, und die Zwiesprache ist Unsinn. Wenn sie doch nur nicht so roh wäre. Sie hat das Fressenkochen für den Saukerl, wie sie sich immer ausdrückt, so satt. Ja, was hat sie aber nicht satt? Solch ein gemeines Weib.

10. *April.* Schauspielhaus, »Romeo und Julia«, Willam Shakespeare. Hat mir gar nicht gefallen. Es stürmt und drängt alles. Meiner Meinung nach hätte Shakespeare mit mehr Ruhe dasselbe erreicht. Die Sinnlichkeit der Liebenden stößt mich ab. Die edle Menschlichkeit wird tierischen Trieben untertan. Die Rauferei ist mir zu arg. Ein paar Leichen weniger hätten auch nicht geschadet.

16. *April.* Residenztheater, »Der große Galeotto«, José Echegaray. Ein Schriftsteller will ein Drama schreiben und erlebt ein solches. Die Handlung zeigt, wie gute, reine Menschen durch die Schuld anderer wirklich dazu gemacht werden, wessen man sie beschuldigt. Wohin kann Lüge und Verleumdung Menschen treiben. Es kann einem angst und bange werden, wenn man es so vor sich sieht. Wie durch Lüge, Lüge Wahrheit wird. – Die Qualen, der Kampf, der dazwischenliegt.

5. *Mai.* Schauspielhaus, »Nathan der Weise«, Gotthold Ephraim Lessing. Solche Meisterleistungen sollten wir Menschen aus-

wendig lernen. Diese Arbeit Lessings steht mir über der Bibel. Man sollte dem heranreifenden Menschen diese edlen Keime tief ins Herz pflanzen, dann, dann würde Frieden werden. Brüderlichkeit, Einigkeit, Reinheit in Wort und Gesinnung. Danach müssen wir streben. Wie der liebe, gute Karl dabei ist. Welche Kraft und wie viel Gutes steckt in diesem Mann.

Emma war wieder schändlich. Es ist mir unverständlich, wie man sich so mit unechten Brillanten aufzäumen kann, dabei Skandal mit seinem Manne macht und doch tot ist für alles, alles was edel ist und groß. Karl sagte ihr sehr ernst, wie tiefunglücklich und einsam sein ganzes Leben an ihrer Seite war. Mir krampfte es die Brust zusammen. Sie lachte und sagte: »Ich bin nicht dazu erzogen. Mein Großvater wollte nicht, dass ich lerne, ich kann, was ich brauche.« Ich sagte, du kannst am besten Skandal machen und Gewitter aufsteigen lassen, wenn ringsum die Sonne scheint. »Ist auch was Gutes«, meinte sie, »damit habe ich alle im Sack.« – Ich will und muss sie bessern. Wenigstens Frieden muss im Hause sein, Karl geht sonst ein. Sein Magen macht mir Sorge, und Emma will nicht für ihn kochen, was er mag. Wie kann eine Frau so weit gehen wie sie. Immer wieder sagt sie mir, sie will frei sein, sie will ihr Leben genießen, und wenn Karl stürbe, sei es ihr nur lieb. Immer noch dieselbe, wie damals, als Richard im Sarge lag. – ›Mausel, ich wünschte, ich stünde an deiner Stelle.‹ – Diese Worte vergess ich nie. Warum knechtet das Schicksal einen guten Menschen so furchtbar. Karl hat es nicht verdient. Mir ist es, als ob Emma sein böser Geist wäre. Ich habe es ihr gesagt. Darüber lacht die Frau. Wenn Karl eine Ahnung hätte, wie diese Frau von ihm spricht und wie gemein sinnlich sie sein kann. Für ihn kauft sie diese Brillanten und Federn nicht. Er sieht es ja gar nicht, sagt sie, und er sieht wirklich nicht, dass Emma sich wie ein Zirkuspferd aufzäumt. Die unechten Steine vergälle ich ihr aber, ich rede so lange darüber, bis sie's überbekommt, mag sie auch dann schmollen. Diese Mucken sind vom Kaninchen. Emma weiß doch aber, was die ist. Sie darf …«

»Karl! Was tust du denn da?«

Er fuhr zusammen und klappte das Buch zu. Die Mädchen mussten Klara eingelassen haben. Er hatte sie weder läuten hören noch, wie sie die Treppe hinaufgekommen war, zu sehr hatte er sich in ihr Tagebuch vertieft. Klara eilte zu ihm und nahm ihm das Buch ab, dann sank sie dramatisch errötend auf den Diwan. Sie legte den Handrücken an die Stirn und seufzte: »Du hättest es keinesfalls lesen dürfen!«

Karl war nicht ganz bis zum Ende gelangt, doch wusste er ja, was die fehlenden Wochen gebracht hatten: mehr von demselben. Manche Tage hatte Emma im Streit Dinge nach ihm geworfen, noch zweimal war er über Nacht geflohen, was Emma dazu veranlasst hatte, weiter ihrer lächerlichen Geschichte anzuhängen, er habe eine Affäre. Sogar Frau Studienrat Dr. Panke hatte sie dazu zu verhören versucht, was eine äußerst peinliche Begegnung zwischen ihm und Herrn Studienrat Dr. Panke nach sich gezogen hatte, und Karl konnte nur hoffen, dass Panke tatsächlich der verschwiegene Ehrenmann war, für den er ihn hielt. Eine Affäre, hatte Karl gedacht. Er! Ausgerechnet er, der er doch längst so angegriffen war, dass an keinerlei Zuneigung mehr zu denken gewesen wäre, geschweige denn an eine Affäre! Es war ja nicht nur Emma, die ihm zusetzte, es waren auch die Feinde von außen.

Schon vor Monaten hatte Fehsenfeld Karls Verteidigungsschrift »Karl May als Erzieher« in einer Auflage von 100.000 Stück auf den Markt gebracht. (Ohne im Übrigen zu ahnen, dass es sich bei ihrem Autor um Karl selbst handelte. Karl hatte von Anfang an behauptet, der Urheber des Pamphlets sei ein Freund und »dankbarer May-Leser«, dem es eine Herzensangelegenheit sei, Karl beizuspringen.) Der, wie Karl fand, überwältigende Erfolg dieser Schrift aber hatte seine Gegner zu noch schärferen Attacken provoziert. Nach diesen wiederum fühlte sich Karl zur Antwort verpflichtet. Es setzte ihm körperlich zu. Sein Magen peinigte ihn, genau wie die Kälte in seiner Dachkammer, in der er seit Monaten hauste. Immerhin hatte er wieder schreiben können. Aber dass Hadschi Halef und Kara Ben Nemsi

»Im Reich des silbernen Löwen« zuletzt typhuskrank mit dem Tod gerungen hatten, das war Zufall, nichts weiter. Das, dachte er, hatte keinesfalls etwas mit seinem eigenen Zustand zu tun!

»Mausel, es tut mir so leid!«

Karl war von seinem Schreibtisch aufgesprungen und hatte sich neben Klara auf den Diwan gesetzt. Er bedauerte es tatsächlich sehr, sie so verletzt zu haben, gerade jetzt, wo ihm das Tagebuch noch einmal ihre Seele gezeigt hatte. Mit abgewandtem Kopf war sie halb auf den Diwan gesunken, und Karl betrachtete ihr Gesicht, das verschlossen war vor Scham. Oft hatten ja die Leute Klara für Emmas jüngere Schwester gehalten, dabei war sie doch, wie Karl längst bemerkt hatte, die viel reifere, größere als Emma – auch wenn die beiden tatsächlich acht Jahre trennten. Lange hatte er es gewusst, doch nun war es ihm auch noch einmal auf dem Papier bewiesen worden. Hatte ihn Klaras neugieriger, wacher Geist nicht schon auf ihrer Orientreise stets entzückt? War es nicht sogar schon davor so gewesen? Oft hatte er sich im Stillen für Richard gefreut, dass ihm eine solche Frau beschieden war, die seinen Freund im Leben stets geleitet hatte.

»Du darfst deine Sachen auch nicht so herumliegen lassen«, schalt er sie sanft, »ich konnte doch nicht ahnen, was dieses Buch war, bevor ich nicht hineingeschaut hatte.«

»Hast du viel gelesen?«, fragte sie schniefend.

»Genügend.«

Eine Weile wusste keiner etwas zu sagen. Die Peinlichkeit der entdeckten Geheimnisse schüchterte sie beide ein, dabei war Karl doch vor allem gerührt. Es war erstaunlich, dachte er, wie sehr Klara alle seine Gedanken spiegelte.

»Wie gleich wir in diesen Dingen empfinden«, sagte er schließlich.

Klara hatte einige Tränen vergossen, doch nun fasste sie sich wieder. »Ich verstehe immer weniger, wie Menschen überhaupt anders empfinden können.«

Bedauernd nickte Karl. »Aber das Wichtigste ist doch, dass man nicht allein ist auf der Welt mit seinen Gedanken. Auch ...«, und er zögerte, »... was Emma angeht.«

»Du hättest es niemals lesen dürfen. Ich habe kein Recht, so über sie zu urteilen.«

»Aber es ist doch leider wahr.«

»Nein, sie ist …«

»… so, wie sie ist.«

Tatsächlich hatte Karl in seinem Bemühen, Emma zu einem besseren Menschen zu formen, den anfänglichen Schwung zuletzt doch sehr verloren. Oft zweifelte er, dass es überhaupt noch Hoffnung gab, sie für etwas anderes zu interessieren als Essen, die Mode, Verführung und Vergnügen. Wenn sogar Klara dabei nicht vorangekommen war, die doch einen so günstigen Einfluss hatte … – eine große Verzweiflung kroch in Karl hinauf. Wie viel leichter wäre alles, dachte er, wie viel weniger Macht besäßen seine Feinde über ihn, wenn er doch nur ein wenig mehr Unterstützung bekäme von seiner Frau! Wenn seine Frau, die Frau an seiner Seite, doch bloß ein wenig mehr Klara ähnelte!

Sie saßen miteinander auf dem Diwan, Klara hatte sich wieder aufgerichtet. Karl hätte nicht sagen können, ob sie näher zueinandergerückt waren, ob er sich schon so dicht neben sie gesetzt hatte oder ob die Welt um sie plötzlich zu schrumpfen begann.

Klara nahm seine Hände. »Dann müssen wir uns noch stärker bemühen, sie zu heben und zu bessern.«

Karl sah ihr in die Augen, die so wach und hell zurückschauten, und betrachtete die Lippen, die oft so Kluges sprachen.

»Wir müssen Emma noch leuchtendere Vorbilder sein«, sagte Karl.

»Es ist eine solche Tragödie, dass ausgerechnet ein so großer Mensch mit einer solchen Frau geschlagen ist.«

Es war nun leider wahr, dachte Karl: Kein Mann war je in einer schwereren Ehe gefangen gewesen als er, und kein Mann in der Geschichte hatte es – wo er sich doch selbst der Sittlichkeit, der Besserung der Menschheit, dem Frieden und der Liebe verschrieben hatte! – je weniger verdient als er. Wie sehr tröstete es doch, dachte Karl, in einer solchen Lage einen Menschen wie Klara um sich zu wissen, der den Keim des Guten und Wahren in sich trug. Es war doch eine Tatsache, dass ihrer beiden Seelen sich glichen, das fühlte Karl, das wusste er, das bewies doch schon das hohe Gefühl, das er in sich spürte, wenn er in dieses gute Gesicht sah.

Keiner Tatsache jedoch, das sagte sich Karl, entsprach es, dass er Klara nun lang und nachgiebig in die Augen blickte, während sie seinen Blick ebenso erwiderte; und es war auch ein Glück, dachte Karl, dass er nun nicht unbeholfen ihre Schulter ein wenig zu sich zog, dass man meinen konnte, es könnte noch eine freundschaftliche Umarmung daraus werden; und es war dann wohl auch gar nicht so, dass er sich ein wenig zu Klara neigte, während sie noch einmal bestätigte, dass sie beide ihre Anstrengungen Emma betreffs nun noch einmal würden verdoppeln müssen. Denn dass sie sich anschließend küssten, das war ohne Zweifel wieder eine Tatsache, aber weder hatte Karl diesen Kuss selbst je begonnen, noch war er verwerflich, ja, es handelte sich hier doch nur um den aufrechten Kuss zweier Herzen, die in tiefster, größter Freundschaft gleich schlugen; ein Bruderkuss war es, nur unter Bruder und Schwester; und dass Klara nun noch näher an Karl herangerückt war und dieser erste Kuss zwischen ihnen bald schon so lang dauerte wie ein Vaterunser, das bedeutete nichts, in der Unschuld und Reinheit dieser beiden Menschen konnte es doch nichts bedeuten; auch, dass ihre Köpfe im Kusse nun in Bewegung gerieten und die Lippen sich leicht öffneten und Karl seine Hand in Klaras Nacken legte, während sie sich näher an ihn schob, das hatte keinesfalls etwas mit der gemeinen Lüsternheit zu tun, zu der niedere Geister sich leicht verführen ließen; denn diese Seelen, die sich hier aneinanderdrängten, während ihre Zungen neugierig unbekanntes Land erforschten, diese reinen Seelen wären einer Niedertracht wie dem Ehebruch doch gar nicht fähig gewesen, und als sie schließlich hörten, wie unten die Tür ging und Emma heimkehrte, da schlüpfte Klara leise hinaus, und Karl sortierte ernst seinen Kragen, während in ihm die gute Gewissheit klang, dass doch gar nichts überhaupt geschehen war.

28. Oktober 1899

Padang, Sumatra, Kolonie Niederländisch-Indien

Sie verließen das Krankenzimmer in Hast. Karl mahnte Stöver eindringlich, dass er, wenn binnen zwölf Stunden keine Besserung eingetreten sei, doch nach einem Arzt schicken müsse, dann eilte Karl mit von Hoven zurück zum Hotel. Auf dem Weg erklärte dieser, was er erfahren hatte. Alle Befürchtungen waren bestätigt: Die Bande der Menschenjäger hielt Franz tatsächlich weiter in einem Schuppen auf seinem eigenen Hof gefangen. Er hatte seine Schulden zwischenzeitlich nicht begleichen können, darum sollten er und seine Familie nun tatsächlich nach Transvaal verschleppt werden. Der nächste Dampfer aber, mit dem die Bande ihre menschliche Fracht verschiffen konnte, lief schon in zwei Tagen um Mitternacht aus. Man musste sich also mit einer Befreiung auf das Äußerste sputen, denn wenn sie erst einmal den Hof verlassen hatten, wäre es umso schwieriger, überhaupt noch einmal die Spur der Familie zu finden.

»Der Kopf der Bande soll ein Deutscher aus Hamburg sein«, erklärte von Hoven, gerade, als sie das Hotel betraten.

Karl blieb verdutzt auf der Schwelle stehen.

Er kam doch gerade erst aus dem Haus eines Deutschen aus Hamburg … – aber dann verwarf er den Gedanken wieder, weil er ihm zu abstrus erschien.

In seinem Zimmer stieg Karl schnell aus seinem weißen Reiseanzug in die Kara-Ben-Nemsi-Kluft, dann traf er von Hoven bei den Maultieren, mit denen Sejd zwischenzeitlich zurückgekehrt war. Zu zweit ritten sie los. Sejd ließen sie zurück mit der Anweisung, jenes Schiff ausfindig zu machen, das in zwei Tagen Richtung Afrika ablegte, und es nach der Ankunft im Auge zu behalten.

Von Hoven blieb vage, wie ihr Weg aussehen würde. Bloß, dass es »nach Norden« ginge, sagte er, und in diese Richtung verließen sie die Stadt. Schon bald erreichten sie einen Schienenstrang, und von Hoven erklärte nach kurzem Halt, dass sie am besten diesem folgen sollten – es würden darauf doch die Tabakspflanzen durch die Küstenebene gerollt, und er würde sie sicher zu ihrem Ziel führen.

Die flinken Beinchen der Tiere trugen sie die Schienen entlang. Schnell ging es, wenn sie nebenher reiten konnten, doch oft zwangen dichte Dschungels sie auch auf die Gleise, wo das Schotterbett ihren Ritt bremste. Sie passierten Tabak- und Teeplantagen links und rechts des Weges, und einmal ritten sie durch einen Bahnhof, aus dem man ihnen verwundert nachsah. So hatte sie keine Stunde lang den Nachmittag durchtrabt, doch die Schatten, welche die Ponys warfen, waren schon dreimal so lang wie diese selbst – als von Hoven plötzlich anhielt. Rechts und links der Schienen nickten Tabaksblätter im Wind. Der Blick ging weit über die Pflanzen, und vor ihnen konnten sie das Dach eines Anwesens erspähen. Von Hoven verkündete, dass dies ihr Ziel sei.

»Sicher?«, fragte Karl, dem dieser Stopp recht abrupt erschien.

»Genau so ist es mir beschrieben worden.«

Karl konnte dieses Anwesen kaum von den anderen unterscheiden, an denen sie vorbeigekommen waren, doch gern saß er ab. Das Haus stand rechts der Schienen, auf einem gepflegten Rasen, den von drei Seiten die Tabakfelder umzingelten. Nur in seinem Rücken stieß von Osten der gewaltige Wald heran, dem man diese Felder abgetrotzt hatte. Weit vor Karl und von Hoven kreuzte eine schmale Straße die Gleise und endete auf einem kleinen Platz vor dem Haus, das hier, auf der Westseite, eine lange Veranda säumte. Die untergehende Sonne färbte sie mit warmem Gelb, doch Karl und von Hoven waren zu weit entfernt, um zu erkennen, ob dort auch jemand saß.

Auch den Schuppen, in dem die Familie gefangen gehalten werden musste, sahen sie nicht.

»Vielleicht liegt er auf der anderen Seite«, mutmaßte Karl.

»Dann wollen wir dort einmal nachschauen.« Von Hoven sah sich um, ob sie irgendwo die Maultiere anbinden konnten, doch Karl hielt ihn zurück: »Ich weiß etwas Besseres. Solange es hell ist, kommen wir kaum unbemerkt am Haus vorbei. Warten wir, bis es dunkel ist. Dann schleichen wir uns heran – und entweder entdecken wir das Versteck Ihrer Freunde gleich, oder wir können die Gauner belauschen und vielleicht einen Hinweis bekommen.«

Von Hoven hob den Zeigefinger und grinste breit. »Das ist ein echter May-Plan. So machen wir es!«

Sie gingen ein wenig zurück, bis die Plantage an einem Waldstück endete. Dort banden sie die Tiere an und warteten nicht einmal eine Stunde, bis die Nacht jede Bewegung vollständig verhüllte. Leise durchquerten sie dann die Plantage auf einem breiten Pfad, und erst, als sie dem Haus so nahe gekommen waren, dass eine zufällige Entdeckung gefürchtet werden musste, schlugen sie sich in den Wald, um sich dem Anwesen von hinten zu nähern. Deutlich mühsamer kamen sie hier voran. Doch schließlich lagen sie gut versteckt am Rande des Dschungels, unter einem riesenhaften Farn, und spähten auf die Rückseite des Hauses. Ein Schuppen oder Nebengebäude aber war auch von hier nicht zu sehen.

»Belauschen«, flüsterte Karl und deutete auf die geöffneten Fenster, aus denen sie unverständliches Murmeln von Stimmen hören konnten. Von Hoven nickte.

Die Entfernung zum Haus betrug sicher noch 30 Schritt, die über den gestutzten Rasen führten – und nirgends gab es eine Deckung. Sie hatten das Anschleichen auf ihrer gemeinsamen Reise nie geprobt, doch oft genug hatte von Hoven sich von Karl alle Kniffe erklären lassen, die dieser von Winnetou gelernt hatte, und so konnte man es riskieren.

Das Anschleichen nämlich ist eine große Kunst. Der Könner unternimmt es so, dass er sich mit lang gestrecktem Körper nur auf den Spitzen der Zehen und Finger über die Erde hinschiebt – denn benutzte man die Sohlen der Füße, die Handteller oder gar das Knie, wären wiederholte Geräusche ganz unvermeidlich. Auch ist entscheidend, die Stellen, auf welche man die Finger setzen will, vorher mit den Spitzen derselben sorgfältig zu untersuchen, ob da nichts Zerbrechliches vorhanden ist. Genau auf derselben Stelle kommen dann im Weiterschleichen die Fußspitzen zu ruhen.

Der weniger Geübte, dem die eisernen Muskeln für dieses fortlaufende Kunststück fehlen, vollbringt es immerhin, sich Armlänge für Armlänge nach vorne zu schieben und zwischen diesen Bewegungen seinen Körper auf dem Boden ruhen zu lassen. Die größere Bequemlichkeit dieses Verfahrens bezahlt der Schleicher jedoch mit einer weitaus größeren Langsamkeit des Vorankommens, da die Fläche, welche auf knackende Äste und raschelnde Blätter untersucht werden muss, doch ungleich größer ist. Karl verließ das Dickicht genau so und lärmte dabei kaum mehr, als es ein träges Eichhörnchen getan hätte. Nach einem halben Meter griff er in etwas Klebriges, halb Verfaultes, von dem er hoffte, dass es bloß eine Frucht war. Er wischte seine Hand am Rasen ab – und hielt inne. So sehr hatte er sich darauf besonnen, kaum einen Laut zu machen, dass er erst jetzt ein weitaus größeres Hindernis begriff: Die hell erleuchteten Fenster, allein ein halbes Dutzend auf dieser Seite des Hauses, zeichneten Rechtecke aus Licht auf den Rasen, in denen man auch den besten Schleicher sofort würde entdecken können. Zwischen ihnen boten sich Korridore der relativen Dunkelheit, doch waren sie nicht breiter als eine gewöhnliche Zimmertür und längst nicht so stockfinster, wie es ein unentdecktes Anschleichen erfordert hätte. Wenn aber Karl und von Hoven nicht das ganze Haus umrunden wollten, um irgendwo eine dunklere Stelle zu finden, mussten sie dort hindurch.

Von Hoven hatte Karl bereits überholt. Er schlich ungelenk auf allen vieren, benutzte auch die Knie und brachte es dennoch fertig, gleichzeitig schneller als Karl zu sein und dabei keinen Laut zu tun.

»Pst!«, zischte Karl. Von Hoven wandte sich um, und Karl deutete warnend ins Licht. Von Hoven nickte und schob sich weiter. Schon hatte er die hellen Flecken erreicht, schon kroch er zwischen zweien hindurch – als sie plötzlich Schritte und Stimmen hörten, die sich näherten. Zwei Männer bogen um die Ecke des Hauses. Sie unterhielten sich ungezwungen und gingen ohne Hast.

Von Hoven warf sich auf den Boden und blieb regungslos liegen.

Wenigstens Geistesgegenwart hat er, dachte Karl, doch nur für den kleinsten Teil einer Sekunde. Dann wurde ihm klar, dass sie dennoch sofort entdeckt werden mussten. Von Hovens linkes Bein lag mitten in einem der leuchtenden Rechtecke – doch war das schon fast gleichgültig. Sein weißer Tropenanzug warf das Licht der Gaslampen zurück wie ein Vollmond.

Die Männer sprachen laut genug, dass Karl dennoch ein geflüstertes »Das Bein!« wagte. Von Hoven rührte sich nicht. Gnadenlos schlenderten die Männer näher. Einer der beiden trug eine Axt, der andere ein Gewehr in seiner Hand. An drei Fenstern gingen sie vorbei, und jedes Mal konnte Karl ihre Gesichter besser sehen. Sie waren nicht mehr jung und sahen nicht sehr finster aus, doch das, wusste Karl nun, konnte täuschen.

Noch drei Schritte, dann mussten sie von Hoven bemerken.

»Ik mis de eendjes het meest«, sagte der eine von ihnen.

Tatsächlich Niederländer, dachte Karl gehetzt, sie mussten an der richtigen Adresse sein, was einerseits gut war, andererseits aber, da sie in zwei Augenblicken auffliegen würden, eine Katastrophe – man konnte kaum auf Milde hoffen. Sein gesamter Körper spannte sich an, bereit zu Kampf oder Flucht. Man würde sehen.

Die Männer gingen vorüber.

Sie waren so in ihre Unterhaltung vertieft, dass sie von Hoven, der doch nur zwei Meter neben ihnen lag, übersahen. Dann verschwanden sie im Dunkeln zwischen den Tabakspflanzen.

Versteckt in der Finsternis zehn Meter hinter von Hoven richtete Karl sich halb auf. Fast war er empört über die Nachlässigkeit. Sie müssen gerade aus dem erleuchteten Haus gekommen sein, dachte Karl, und ihre Augen haben sich noch nicht an das Dunkel gewöhnt.

Kopfschüttelnd schlich er weiter, ein wenig nachlässig nun, denn offenbar schien man hier nicht mit Eindringlingen zu rechnen.

Von Hoven hatte die Hauswand schon erreicht und wartete dort unter einem der Fenster auf Karl. Kurz holten beide Atem und lauschten. Von drinnen hörten sie Stimmen, zwei vielleicht oder drei, genau konnte man es schwer unterscheiden. Auch sie schienen Niederländisch zu sprechen, jedenfalls verstand Karl kein Wort.

Von Hoven zeigte auf seine Augen und dann zum Fenster: er wolle dort nun einmal hineinschauen. Karl nickte.

Von Hoven stand einfach auf, sodass sein Kopf vollständig in das Fenster ragte. Er starrte hinein. Karl riss ihn sofort wieder hinunter.

»Sind Sie wahnsinnig?« Er flüsterte nicht einmal, sondern formte stumme Laute mit den Lippen.

Von Hoven winkte seinen Vorwurf fort.

Karl hätte ihn gern mit einer kurzen Standpauke zu mehr Vorsicht gescholten, aber das war nun schwer, wenn man kein Geräusch machen wollte.

»Haben Sie Ihren Freund entdeckt?«, fragte Karl stattdessen lautlos.

»Wie bitte?«, fragte von Hoven in sorglosem Flüsterton zurück.

Karl bedeutete ihm nervös, leiser zu sein, wagte dann aber doch selbst das Flüstern.

»Ob Sie Ihren Freund entdeckt haben.«

Von Hoven schüttelte den Kopf, aber er konnte auch nicht recht sagen, was er denn nun gesehen hatte.

Aus seiner Hosentasche holte Karl seinen Taschenspiegel, den er vorsorglich eingesteckt hatte. Mit dem Rücken zur Wand schob er seinen Kopf bis gleich unter eine Ecke des Fensters und hob dann vorsichtig den Spiegel, um durch ihn hineinzuspähen. Er erblickte eine aufgeräumte Stube, in der ein Mann und zwei Halbwüchsige an einem Esstisch Platz genommen hatten. Der Tisch war gedeckt, Karl sah Stoffservietten und Porzellan, doch mindestens drei Plätze waren noch frei. Man schien auf das Essen zu warten. Einer der Jungen sagte etwas, und die beiden anderen lachten. Die Tür wurde geöffnet, und eine Frau trug eine Schüssel herein, aus der es dampfte, und …

– ein Gewehr stieß Karl an der Schulter.

»Wat ben je daar aan het doen?«

Sie hatten nicht bemerkt, dass die beiden Männer zurückgekommen waren.

Karl stand aus seiner unbequemen Hocke auf und nahm die Hände hoch, obwohl das Gewehr mehr auf den Boden zeigte als auf ihn.

»Wat is dit?«, fragte der Ältere.

Karl verstand die Frage nicht, ahnte aber, dass man wohl wissen wolle, was er da treibe. »Wir, ähm … haben uns verlaufen und haben Ihr Haus gesehen und auf Hilfe gehofft.«

»Ik begrijp je niet.« Ratlos schauten die beiden Männer Karl an.

»Sie verstehen mich nicht? No understand?«

»Wir überwältigen sie, bevor sie die anderen alarmieren können«, sagte von Hoven.

»Schhht«, sagte Karl.

»Sie verstehen uns doch nicht. Es ist unsere beste Chance. Sie rechts, ich links. Auf drei.«

Leise und schulterzuckend hatten die Männer miteinander geredet.

»Eins.«

»Das ist doch Irrsinn.«

»Wim spreekt Duits. Laten we hem vragen«, sagte der Ältere.

»Zwei.«

»Herr von Hoven.«

»Kom met me mee.« Der Mann wies mit seinem Kopf in Richtung der vorderen Veranda.

»Drei!« Von Hoven stürzte sich auf den Jüngeren, der näher an ihm stand. Karl hatte keine Wahl.

Mit erhobener Schmetterfaust sprang er auf die Männer zu und hoffte.

19. August 1902

Leipzig, Königreich Sachsen, Deutsches Reich

Seit dem Winter hatte Karl in seiner Dachkammer gehaust und so gut es ging vermieden, auf dem Weg von dort in sein Arbeitszimmer Emma zu begegnen. Oft jedoch gelang es nicht. Beständig kam es zu Kämpfen, und das Zetern und Türenschlagen, die dauernde Angst, im eigenen Haus in einen Hinterhalt zu geraten, hatten Karls Gesundheit weiter angegriffen. Dünn war er geworden. Im Sommer hatte ihm sein Magen, der ihm immer schon ein empfindliches Seismoskop seelischer Erschütterung gewesen war, den Dienst versagt. Fast aß er nur noch Milch und Obst. Doch auch das schützte ihn nicht vor Krämpfen, Fieber und Schwäche, die er sich doch umso weniger leisten konnte, mit all den Feinden, die ihn im und um das eigene Haus bedrohten.

Seine Gegner jenseits der Haustür hatte Karls Verteidigungsschrift nicht zum Schweigen bringen können. Die Auflagen hatten sich kaum erholt. Mehr Unverschämtheiten Emmas hatte Karl ertragen. Mehr der Münchmeyer-Romane waren erschienen. Einmal hatten ihm einige Jungens auf der Straße Steine nachgeworfen. Es war ihm alles sauer geworden. Sein Magen quälte ihn. Tagsüber ruhte er oft. Und wenn er dann in der Dachkammer lag, die der Sommer nun ohne Gnade heizte; wenn er dort im Kopf jeden einzelnen Kritiker widerlegte; wenn er sich schließlich hinunterschlich, um eine Milch zu erwärmen oder jenen dünnen Malzkaffee mit Brotstücken, der ihn an den Frieden seiner Kindheit erinnerte; wenn er dann dort unten aber Emma und ihre unmöglichen Freundinnen fand, die verstummten, kaum dass er in die Nähe kam, und kicherten, kaum dass er wieder ging – wenn er sich so durch die Tage schleppte, dann kam es ihm vor, als sei alles von Seuchen befallen, dann schien ihm die ganze Welt ein kranker Magen zu sein. Die Villa Shatterhand: eine dunkle Höhle, durch den die Säuren schwappten. Allerorten gärte es und warf Blasen; das ganze Haus, so war es ihm, zog sich in Krämpfen zusammen. Ein Arzt hätte wohl milde Kost, Schonung und Wärme verordnet, das Mitgefühl und die Unterstützung einer liebenden Frau. Doch das Einzige, was Karl in diesem Hause fand, war Emmas verdorbene Schärfe, welche die allumfassende Entzündung seines Lebens nur noch verschlimmerte. Des Nachts lag er wach, und die Dunkelheit flüsterte ihm zu, was er bei Tag mit Müh vergessen konnte: dass es so nicht mehr lang gehen konnte.

Trotz seines Zustandes hatte Karl Anwälte in Sachen Münchmeyer bemüht. Er hatte Zeugen gesucht, die ihm in dieser Angelegenheit beistanden, hatte auf neue Artikel gegen ihn mit Briefen geantwortet und sich in alldem den dritten Teil von »Im Reich des silbernen Löwen« abgerungen. Scharffensteins Zuspruch bei der Arbeit half – ohne Klaras Fürsorge jedoch hätte ihn nichts mehr zu diesen Taten getrieben. Selbst den Bau ihres gemeinsamen Grabes beaufsichtigte sie nun praktisch allein, diese gute, fleißige Frau.

Ihrem Kuss, der nie stattgefunden hatte, war kein weiterer gefolgt. Jedoch kostete es Karl einige Kraft, es dabei tatsächlich zu belassen – Kraft, die für eine Heilung doch dringend benötigt worden wäre. Der Versuchung zu widerstehen, nämlich erforderte Stärke. Und mehr noch: Das Vorhandensein dieser Versuchung gänzlich auszuradieren, das brauchte Willen und Disziplin – die ihm dann jedoch fehlten, wenn er aus demselben Reservoir die Geduld schöpfen wollte, die er sich mit Emma verordnet hatte. Diese seelische Ermüdung aber wiederum schlug auf den Magen durch und nahm ihm die Kraft für den Kampf gegen seine Feinde. Es war wohl nicht übertrieben zu sagen, dass er an dieser Lage, mit diesen beiden Frauen in einem Haus, zugrunde gehen würde.

Karl also hatte dringend Erholung benötigt – und daher das Naheliegende getan, um aus der Enge und dem Drama seines Heims zu entkommen: Er war zur Genesung verreist.

Emma und Klara hatte er mitgenommen.

Im Hotel Hauffe am Roßplatz schloss Emma die Tür ihres Zimmers hinter sich und ging den Flur hinab. Sie brauchte nicht zu schleichen, denn Karls Zimmer lag weit genug entfernt. Im vornehmen Licht der Wandlampen hielt sie an der Tür neben ihrer, klopfte, wartete einen Moment und betrat das Zimmer dann, noch bevor Klara von innen hatte »Herein« rufen können.

Ihre altbewährte Zimmereinteilung war auf dieser Reise aufgelöst worden. Immer schon (oder jedenfalls: seitdem sie es sich leisten konnten) hatten Emma und Karl unterwegs in unterschiedlichen Räumen geschlafen, weil Karl die Nacht so oft zur Arbeit nutzte. Waren sie mit Klara gereist, dann hatten sie drei Zimmer nebeneinander bewohnt, von welchen Emma stets das mittlere bezog. Nun aber, auf ihrer Reise, die sie durch einige interessante deutsche Großstädte und schließlich in die Alpen führen sollte, hatte Klara schon in Berlin geklagt, dass sie eines Lärms wegen nicht schlafen könne, also ließ Emma sich zu einem Tausch überreden; als sie weiter nach Hamburg reisten, blieb es dabei; und auch hier in Leipzig hatte Klara sich nach der Ankunft am Nachmittag das Zimmer zwischen Karl und Emma zuweisen lassen, sodass die Mädchen und Pagen ganz selbstverständlich davon ausgingen, dass es sich bei Klara um die Frau May handeln müsse –, denn wer sonst würde das Zimmer neben dem des Ehemanns bewohnen?

Vielleicht, hatte Emma gedacht, müsste man auf den nächsten Reiseetappen an der Zimmerordnung doch wieder etwas ändern.

In Klaras Zimmer setzte sie sich auf das Bett, öffnete die Arme und sagte: »Gib mir einen Kuss.« Schon seit dem Abendessen befand sie sich in zärtlicher Stimmung, aber Klara setzte ihre Lippen nur flüchtig auf Emmas Wange.

Wahrscheinlich muss man sie erst einmal wieder aufheitern, dachte Emma. Klara hatte sich doch schon seit Richards Tod oft in trübsinnigster Stimmung gefunden.

»Wie unmöglich der Kerl sich heute wieder angezogen hat!«, rief sie, denn mit Spott über Karls missratenen Geschmack hatte sich Kummer immer zuverlässig entfernen lassen. In Berlin etwa, einige Tage zuvor, hatte Emma zwei Mäntel gekauft, ausgesprochen modisch – vielleicht sogar ein wenig: gewagt! –, und den zweiten der beiden Klara geschenkt, denn beide fanden immer noch größtes Vergnügen daran, sich gleich zu kleiden. (Klara hatte zwar angemerkt, dass Emmas Ausgaben für Mäntel und Blusen doch ein wenig hoch sein mochten. Was denn mit den Sorgen ums Geld sei? Emma aber erklärte ihr darauf verständnislos, dass Geld doch genau dafür da sei, und damit war die Frage erledigt.) Als sie dann in ihren neuen Mänteln beschwingt durch Charlottenburg spazierten, ging Karl griesgrämig vor ihnen her und nahm sich nur manchmal die Zeit, um ihnen die heitere Stimmung mit langweiligsten Vorträgen zu verderben. Und wie er dabei schon wieder herumgelaufen war: Hose, Rock und Weste aus drei verschiedenen Stoffen! Verboten sah er aus, fast wie ein Zuhälter. »Du siehst grad aus wie unser Louis«, hatte Emma ihm denn auch zugerufen, und Klara und sie hatten darüber sehr losprusten müssen. Bloß Karl konnte offenbar nicht einmal mehr den harmlosesten Scherz ertragen. Zwei Tage lang hatte er danach nicht mehr mit ihr gesprochen.

Im Hotelzimmer lächelte Klara mild. »Du musst ihm wohl noch mehr Geschmack einbimsen.«

Sie suchte etwas zwischen den Büchern auf ihrem Schreibtisch, fand es nicht und ging zum Wandschrank. Doch als sie auf ihrem Weg dorthin an Emma vorbeikam, zog diese sie neben sich auf das Bett. Es quietschte vernehmlich.

»Ich dachte, wir sind noch ein wenig lieb zueinander.«

»Sind dafür die Wände nicht ein wenig zu dünn?«

»Hast du den Kerl heute Nacht schnarchen gehört?«

»Nein.«

»Dann sind sie es nicht.«

Klara stand trotzdem auf. »Heute nicht. Ich muss noch etwas mit Karl besprechen. Geh du ruhig schon schlafen.«

Emma fragte, was es um diese Zeit denn noch zu besprechen geben konnte, es ging schließlich auf halb zehn.

»Na … einiges«, sagte Klara. Karls Sekretärin müsse schließlich vieles im Blick haben. Sie suchte weiter im Zimmer umher, öffnete den Schrank, aber fand auch dort nicht, was sie suchte, und kniete sich schließlich neben Emma auf den Boden. Unter dem Bett war ein schmaler Koffer verstaut. Klara wollte ihn hervorziehen, doch die Matratze, auf der Emma saß, klemmte ihn ein.

»So ein feines Hotel, und dann hängen die Betten durch«, klagte Klara und bat Emma aufzustehen.

Von ihrem Gewicht befreit, gab das Bett den Koffer frei, und Klara holte zwei Bücher daraus hervor.

»Karl muss mir noch etwas zu ›Frieden auf Erden‹ erklären, damit ich die Post ganz in seinem Sinne beantworten kann«, sagte Klara.

»Aber das kann er doch auch morgen noch tun«, sagte Emma, fasste sie sanft am Ohr und setzte ihr einen Kuss an den Mundwinkel.

Klara ging nicht darauf ein. Stattdessen bugsierte sie den Koffer zurück an seinen Platz und Emma in Richtung Tür.

»Wart nicht auf mich«, sagte sie und drückte Emma einen kurzen Kuss auf die Stirn.

In dem einzigen Sessel, den sein Zimmer bot, saß Karl und lauschte, was sein Magen unternahm. Die Reise war ihm bislang recht gut bekommen, in den Restaurants hatte Karl immer einige leichte Speisen gefunden, die er vertrug – doch auch das gab jederzeit Anlass zu Streit. In Berlin und Hamburg hatte Emma lieber in die Bierhallen der Stadt gewollt, und einmal, ein einziges Mal, ließ Karl sich zum Mitkommen überreden. Doch schon vom Anblick der fettigen Speisen wurde ihm übel, und er verließ das Lokal mit Klara. Emma blieb und zankte Karl danach zu jeder Mahlzeit wieder, dass sie es nicht ertragen könne, ihm beim Essen von rohem Gemüse zuzusehen. Karl und Emma aßen schließlich meist getrennt, Klara leistete ihnen abwechselnd Gesellschaft, und an diesem Abend hatte Karl das Essen allein eingenommen.

Umso mehr freute er sich, als Klara vor seiner Tür stand. Sie kam herein und setzte sich auf das Bett, Karl nahm ihr gegenüber im Sessel Platz, und aufs Entzückendste fragte sie ihn wieder zu »Frieden auf Erden« aus. Gerade habe sie es zum dritten Mal gelesen, und dabei, erklärte sie, hätten sich wieder neue Gedanken für sie aufgeschlossen, wieder habe sie neue Tiefen des Textes entdeckt. So sprachen sie gut eine halbe Stunde, aber Karl sah, dass Klara noch etwas anderes auf dem Herzen hatte. Also fragte er schließlich, was es sei.

»Ich habe Shakespeare unrecht getan«, erklärte Klara, »ich war zu hart mit ihm.«

»Die größten Geister müssen stets die ungerechteste Kritik ertragen.«

»Ich habe ›Romeo & Julia‹ nun noch zweimal gelesen. Es ist – ein Meisterwerk.«

»Es stimmt, auch wenn es an unseren Schiller nicht heranreicht«, sagte Karl.

»Wie er diese Liebe schildert, die die Umstände verbieten«, schwärmte Klara. »Und wie die Liebenden auf ihre Herzen hören, trotz aller Ausweglosigkeit …«

Karl nickte stumm.

Was die Auswege aus seiner eigenen Lage anbetraf, so hatte Karl, kurz bevor sie zu dieser Reise aufgebrochen waren, Emma daheim beiseitegenommen. In ernsten, aber, wie er überzeugt war, geduldigen und liebevollen Worten hatte er Emma erklärt, dass er ihr auf dieser Reise eine letzte, eine allerletzte Chance geben wolle, sich zu bessern und zu heben und ein Mensch zu werden, mit dem an seiner Seite er sein Werk vollenden könne. Denn andernfalls, sagte Karl … – doch dieses »andernfalls« war weiter ungesagt geblieben.

Und eigentlich auch – ungedacht. Nur des Nachts, wenn die Dunkelheit Karl in seinem Bett quälte, dann hörte er, wie sie ihm einflüsterte, dass nur ein einziger Weg ihn aus seinem Elende führen könne: eine Scheidung. Stets klammerte Karl sich dann an sein Kissen und noch fester an die letzten beiden Gründe, die dagegen sprachen: dass er keinesfalls seinen Gegnern die Munition liefern durfte, die eine Scheidung bedeutete. Und dass er die Rache Emmas fürchtete, die doch Wahrheiten über ihn kannte, welche er sogar vor sich selbst verbarg. Alle anderen Rechtfertigungen – dass etwa der Mensch nicht trennen durfte, was Gott zusammengefügt hatte –, sie erschienen ihm längst zu klein. Keine von ihnen hätte noch getaugt, seinen heimlichen Wunsch zurückzuschlagen.

So also waren sie abgereist. An den Tagen hatte Karl versucht, seinen alten Schwur aufrechtzuerhalten und Emma eine nie versiegende Geduld zu schenken. Bloß waren auch hier seine Kräfte endlich. Die Selbstbeherrschung, welche die Geduld mit Emma kostete, jene Truppen also, die er brauchte, um die Wut auf sie immer wieder einzukesseln – sie fehlten dann an der anderen Flanke: dort, wo er jenes ganz und gar unpassende Gefühl für Klara zurückschlagen musste.

»Aber es nimmt doch ein so schlimmes Ende mit den beiden«, gab Karl zu bedenken.

»Nur weil ihre Furcht sie hindert, ihre Liebe gleich zu offenbaren«, sagte Klara.

Es war nun nicht so, dass Karls fleißige Phantasie sich in den vergangenen Monaten nie an der Vorstellung versucht hätte, wie das Leben mit Klara wohl wäre. In schwachen Momenten, wenn in der abendlichen Dämmerung zwischen Wachen und Schlaf die Selbstbeherrschung schon eingenickt war – da zuckte manchmal ein ganzes gemeinsames Leben an ihm vorbei: Theaterbesuche und Gottesdienste, Reisen und innere Einkehr; Abende, an denen die verständigste Zuhörerin des Landes seinen großen Gedanken lauschte; zwei Seelen, die gleich dachten; eine Frau, die half, dass die Welt ihn endlich so sah, wie er war; dazu die gesunde körperliche Liebe zweier Erwachsener, die keine Perversität verdorben hatte … es war eine herrliche Illusion. Die Unmöglichkeit des Ganzen aber ließ Karl zuverlässig aus dem Halbschlaf schrecken.

»Sie können es nicht tun, weil diese Liebe doch falsch ist«, sagte Karl, »jedenfalls in ihrer Welt.« Er war sich nicht mehr sicher, ob sie noch von Shakespeare sprachen.

»Aber ist dann nicht ihre Welt schuld?«, fragte Klara. »Kann denn etwas falsch sein an einer reinen, ehrlichen, keuschen Liebe?«

Karl hatte es daheim durchaus geholfen, Klara immer nur in seinem Arbeitszimmer oder der Bibliothek zu begegnen, in einer Atmosphäre, die allein für den Geist anregend war. Aber ihr Anblick, wie sie nun auf seinem Bett saß, ihn unschuldig von unten ansah und dazu nur ein leichtes, sommerliches Kleid trug, war erhebend, und nicht nur für die Seele.

»So keusch ist ihre Liebe doch nicht«, sagte Karl. »Und es erscheint doch auch, als würden sie sich schlicht ihrer jugendlichen Schwärmerei hingeben, und das ist doch immer ein Fehler, oder jedenfalls meist, oder oft jedenfalls … – oft nimmt es kein gutes Ende mit der Schwärmerei, das ist doch falsch … oft …«

Klara war aufgestanden und auf Karl zugetreten. »Und wenn schon: Um das Richtige zu erreichen, muss man doch auch einmal das Falsche tun«, flüsterte sie.

Auch Karl stand nun. Sie waren keinen halben Schritt mehr voneinander entfernt. »Nun, eigentlich …«, begann er, und dann lagen schon ihre Hände ineinander, und dann traten sie noch einen halben Schritt aufeinander zu, und dann klopfte es.

Verschreckt sahen sie zur Tür.

»Seid ihr noch wach?« Emmas Stimme drang durch das Holz. Eilig setzten Karl und Klara sich wieder und nahmen zwei Bücher auf den Schoß. Emma kam herein, ohne eine Antwort abzuwarten.

»Ich wollte nur schauen, ob ihr vielleicht noch etwas braucht.«

Karl hatte sich Klaras Shakespeare gegriffen und blätterte darin, als hätte er seit Stunden nichts anderes getan. Seine Hände jedoch schwitzten. »Was sollten wir denn brauchen?« Karl schaute auf. Er konnte sich nicht erinnern, wann Emma das letzte Mal eine solche Fürsorge gezeigt hatte.

»Ach, irgendetwas vielleicht.« Emma war zwischen den beiden stehen geblieben und sah von einem zum anderen.

Keiner wusste Weiteres zu sagen, also gähnte Emma herzhaft.

»Ich gehe jetzt ins Bett. Warst du nicht eben auch schon so müde, Mausel?«

»Das hat sich gelegt.«

»Aber es ist schon spät, und wir haben morgen viel vor.«

Karl klappte laut sein Buch zu. »Vielleicht ist es wirklich am besten, wenn wir nun auseinandergehen.«

Also stand man auf.

Emma hatte in ihrem Zimmer gesessen, Pralinen genascht und in einer illustrierten Modezeitschrift geblättert, die noch aus Berlin stammte. Mit der letzten Seite aber gingen die Pralinen zur Neige, Emma legte die Zeitschrift beiseite – und sofort war ihr langweilig. Mit leerem Blick pustete sie Luft ins Nichts, dann rieb sie die Fingernägel über die Armlehnen ihres Sessels und hörte dem Geräusch des Schabens zu.

Schließlich setzte sie sich vor den Toilettentisch und bürstete ihr Haar. Aber der Spiegel sagte ihr, dass es dort wenig zu bürsten gab, also legte sie die Bürste wieder hin.

Sie drehte jeden der vier Ringe, die sie trug, einmal ganz herum.

Den linken Flügel des dreiteiligen Spiegels schob sie vor und zurück und sah ihrem Spiegelbild zu, wie es wanderte.

Sie stupste einen ihrer Perlenohrringe, die auf dem Toilettentisch lagen, von rechts nach links über die Tischplatte.

Sie seufzte.

Reisen waren doch, dachte Emma, eigentlich eine fade Angelegenheit. Man aß in einigen neuen Restaurants und sah einige unbekannte Geschäfte, das war schön, aber sonst ging man ziellos umher, und wenn man niemanden besuchte, saß man abends im Hotel und hatte keine Gesellschaft. Karl fiel ja aus.

Gottfroh war sie gewesen, dass wenigstens Klara sie begleitete. Die gewitzte Klugheit, mit der Klara auf die Menschen schaute und die Schwächen eines jeden schneller erkannte, als Emma es vermochte; ihre gleichzeitige bezaubernde Naivität, was viele Dinge anbetraf, die man nicht in der höheren Mädchenschule lernte; die zarte Aufmerksamkeit, die Klara einem schenken konnte; ihr Talent zur Verstellung, das sie stets zu einer zuverlässigen Komplizin gemacht hatte; und obendrein: ihre wundervollen Lippen, die Emma auch nach Jahren immer noch am liebsten küsste und deretwegen sie nach und nach alle anderen ihrer ganz besonderen Freundinnen aufgegeben hatte – ja, Klaras Gesellschaft war der beste Weg gewesen, um der Langeweile zu entkommen, die Karl schon so lange umgab.

Andererseits …

Emma wickelte ein Haarband so eng um ihren Zeigefinger, dass die Kuppe dick anlief.

Eine ganze Weile war es Emma schon aufgestoßen, dass auch Klara seit Richards Tod ein deutlich zu großer Ernst umwehte. Dauernd, dachte sie, faselte auch Klara nun von »dem Edelsten«, dem man sich verschreiben müsse, selbst Karls entrückten Blick setzte sie manchmal auf; und wenn sie auf dieser Fahrt noch einmal hören musste, dachte Emma, dass einer der beiden von etwas »tief ergriffen« war, dann, dachte sie, würde sie Karl mit seinen gammligen Fischen ohrfeigen oder vielleicht sogar beide zugleich.

»Das Gute, das Größte, und Schiller berührt mich so«, äffte sie einen der beiden nach und wusste nicht recht, wen.

Emma warf das Haarband auf ihr Spiegelbild.

Womöglich hatte sie sich darin geirrt, wie sehr Klara auf Karl einwirken konnte. Mit Klara als Sekretärin hatte sie gehofft, sich eine Verbündete ins Haus zu holen, und tatsächlich hatte Klara ihr, wenn sie alleine waren, stets recht gegeben, dass der Kerl sich unmöglich verhalte und es so einfach nicht gehe. Auch ihre Beteuerungen, dass Karl kurz davor sei, nachzugeben, und Emma nicht mehr mit seinen Vorträgen zu piesacken; oder dass Emma ihm bloß noch einmal zeigen müsse, dass sie sich nicht jeden Unsinn von ihm bieten lassen würde – diese Beteuerungen Klaras waren nicht weniger geworden. Aber an Karls Benehmen hatte sich doch kaum etwas geändert. Bloß, ein wenig, an Klaras.

Nicht, dass sie ernsthafte Befürchtungen hegte, aber beleidigt war sie schon.

Emmas Nachforschungen im Hause Panke, die sie nach ihrer Geisterbeschwörung aufgenommen hatte, waren ohne Ergebnis geblieben. (Auch wenn sie gewiss war, dass die Heftigkeit, mit der man dort eine mögliche Affäre abstritt, sehr dafür sprach, dass Karl doch genau dort eine haben musste!) Karl leugnete weiterhin alles, aber sie glaubte ihm nicht recht. Natürlich hatte Emma ihren Verdacht irgendwann auch auf Klara ausgeweitet, sie war ja nicht dumm, und die beiden verbrachten schon auffällig viel Zeit miteinander. Ihr Gefühl, das sie sonst selten trog, hatte sie längst gewarnt, dass die Blicke zwischen beiden ein wenig zu lange währten, dass ihre Körper und Gesten im Gespräch zu sehr im Gleichtakt schwangen – aber sooft sie auch in Karls Arbeitszimmer oder in die Bibliothek platzte, um die beiden in flagranti zu erwischen: Jedes Mal saßen sie bloß dort und sprachen miteinander, oder jedenfalls sprach Karl. Dass Klara sich dieser höchsten Form der Langeweile freiwillig aussetzte, wollte ihr nicht in den Kopf, aber eine Affäre, dachte Emma, war das jedenfalls nicht.

Sie lehnte den Kopf zurück, schloss die Augen und legte das Haarband darüber. Die Fadheit dieser Abende machte sie ganz rammdösig.

Kurz überlegte sie, doch hinüber zu den beiden zu gehen. Aber dann fürchtete sie die Ödnis der Gedichtvorträge oder wo hinein auch immer sie dort geraten mochte, und ließ es bleiben.

Um zu Bett zu gehen, war es eigentlich noch zu früh. Sie erhob sich und schüttelte die Kissen aus, dann öffnete sie den Kleiderschrank und überlegte, was sie morgen anziehen mochte. Doch selbst das machte ihr keine Freude.

Sie starrte in den Kleiderschrank.

Wenn ihr langweilig war, dachte sie, dann ging es allerdings nicht an, dass die beiden anderen sich amüsierten. Jedenfalls ohne sie. Also schlug sie die Tür zu und ging nun doch hinüber.

Sie fand Karl und Klara auf dem Bett und im Sessel sitzend, lesend und mit merkwürdig unstetem Blick. Hier war kein Spaß zu haben, das sah sie gleich. Doch sie spürte: Es lag etwas in der Luft. Also versuchte sie Klara hinauszulotsen, was auch gelang.

Schweigend gingen sie den Flur hinunter, Klara mit ihrem oft leicht gebeugten Gang, als trüge sie einen Korb voll Sorgen auf dem Rücken. Emma folgte ihr in ihr Zimmer und musterte sie lang. Klara aber blickte ausdruckslos zurück.

Vielleicht braucht sie nur ein wenig Aufheiterung, dachte Emma.

Sie setzte Karls von Stärke beseelten Blick auf, der früher immer seine Erzählungen begleitet hatte, zeigte zum Horizont und schraubte ihre Stimme ein wenig tiefer: »250.000 Apachen! Sie haben mich zu ihrem Häuptling bestimmt! 400.000 von ihnen erheben sich auf mein Kommando jederzeit!«

Das Kaninchen lachte sich über diese Parodie bis heute halb tot, und Klara hatte es eine Weile auch getan. Aber jetzt zwang sie sich nur ein halbes Lächeln ab.

Emma ließ sich auf das Bett fallen, und unter ihr schlug scheppernd der Federrost auf den Koffer. »Ach Mausel, nun sei doch mal fröhlich!«

»Mir ist grad nicht danach.«

Emma sah sie prüfend an. »Und was, wenn wir einfach jetzt sofort durchbrennen?«, fragte sie.

»Ach, Mietz …«

Emmas heimliche Ersparnisse waren mittlerweile auf fast 40.000 Mark gewachsen, eine Tatsache, die Emma selbst in größtem Ärger immer wieder die Laune bessern konnte. Aber Klara konnte nicht einmal das aufheitern.

»Weißt du«, sagte Klara, »an solchen Tagen vermisse ich Richard so sehr. Wie herrlich er diese ganze Reise gefunden hätte.«

»Ja, der Richard …« Emma hatte wenig Lust, nun wieder über ihn zu sprechen, aber trotzdem stand sie auf und nahm Klara in den Arm.

»Es ist schon gut«, sagte Klara. »Ich glaube, ich möchte jetzt einfach noch ein wenig lesen und dann schlafen.«

Nebenan saß Karl noch ein Weilchen in seinem Sessel, blätterte in dem Shakespeare, den Klara bei ihm vergessen hatte, und ärgerte sich über Emma. Wie sie anderen immer ihre Launen aufzwang, dachte er – jetzt bestimmte sie also schon darüber, wann alle zu Bett zu gehen hatten. Müde war er längst nicht, und die Runde hatte er nur aufgelöst, um keine weitere Szene heraufzubeschwören. Und selbst Klara war, wie ihm schien, nur in beschwichtigender Folgsamkeit Emma gegenüber aus dem Zimmer gegangen.

Klara hatte Karl in den vergangenen Monaten oft bestärkt, dass Emma nur durch ihrer beider hartnäckigen Einfluss zu bessern wäre und dass sie, wenn Karl nicht dabei sei, schon vielversprechende Anfänge von Läuterung zeige. Selbst allerdings hatte Karl dies noch nicht ausmachen können. Stattdessen hatte sich längst eine umgekehrte Sorge bei ihm eingenistet: Wie lange eigentlich konnte Klara wohl dem Einfluss widerstehen, den Emma doch auf sie haben musste? Beispiele, wie Emma Klara aufs Bedenklichste bearbeitete, gab es zuhauf: In Berlin etwa hatte sie zwei unmögliche Dirnenmäntel gekauft, einen für sich und einen, um Klara hineinzuzwingen. Immerhin hatte er genau gesehen, dass Klara dieser Aufzug überhaupt nicht recht war, aber so waren sie dann durch Charlottenburg spaziert. Karl hatte zwar verschämt einige Meter vor ihnen gehen können, aber Emmas Ruf, dass er gerade wie ihr Louis aussehe, hörte er natürlich trotzdem. Oft schon hatte sie ihn beleidigt, aber selten hatte ihn etwas so getroffen wie dieses Wort. Ein Zuhälter! Er! Der doch dem Edlesten, Höchsten … – aber das hatte er ihr wohl langsam oft genug wiederholt. Als er sich schließlich umgewandt hatte, sah er zu seiner Erleichterung, dass Klara nicht weniger entsetzt war als er selbst.

Seine Gedanken wanderten zu Klara hinüber. Ob sie ihren Shakespeare heute Abend wohl noch brauchen würde? Karl sah auf die Uhr. Die Stunde war vorgerückt, doch nicht so weit, dass man schon im Bett liegen musste. Auch waren sie erst vor wenigen Minuten auseinandergegangen, dachte Karl und stand auf.

Andererseits, dachte er und wandte sich statt zur Tür doch zu seinem Schreibtisch: Es gehört sich doch nicht. Wie leicht konnte man um diese Zeit eine Dame in schlimmste Verlegenheit bringen, indem man sie im Nachtkleid überraschte, und Karl setzte sich wieder und versuchte, sich nicht vorzustellen, wie Klara im Nachtkleid aussah.

Die Minuten tickten dahin.

Allerdings, sagte sich Karl und wog das Buch in der Hand – sie waren in ihrem tiefen, ernsten Gespräch an einer ganz und gar ungünstigen Stelle unterbrochen worden. Es hätte noch einige Gedanken auszusprechen gegeben, ohne die er Klara keinesfalls in den Schlaf entlassen wollte, wie zum Beispiel, zum Beispiel … – jedenfalls, dachte Karl, wäre es doch nur billig, diese Unterhaltung nun auch zu einem Ende zu führen. Und warum sollte er nicht, auch wenn es nun bald auf zehn ging, mit Klara, die doch seine Sekretärin war, um diese Zeit noch Wichtiges besprechen? Selbst strengste Sittenwächter mussten doch einsehen, dachte Karl, dass an einem solchen Gespräch nichts verwerflich sein konnte, wenn es doch Bedeutendes gab – denn: wäre Klara keine Frau, dann ginge er doch genauso hinüber, zu seinem Sekretär, für ein Gespräch, und in diesem Falle würde doch niemand beanstanden, dass sie beide weder verwandt noch verheiratet seien; und aber die Tatsache eben, dass Karl nun einmal ein Mann und Klara nun einmal eine Frau war – das war doch nur ein Zufall, ganz und gar, und durfte doch keinesfalls gegen sie verwendet werden.

So stand er also auf. Auf dem Gang sah er sich vorsichtig zweimal um, bevor er leise, um Emma nicht unnötig aufzuschrecken, bei Klara klopfte.

Drinnen hörte er Schritte. Dann ein leises »Ja?« durch die Tür.

»Karl«, flüsterte Karl.

Rasch wurde ihm aufgesperrt und nach einem vorsichtigen Blick den Gang hinab ließ Klara ihn ein. Sie trug tatsächlich schon ein Nachtkleid, leichter und dünner, als Karl es sich jemals nicht vorgestellt hätte.

Hinter ihm schloss sie die Tür.

»Was ich noch sagen wollte …«, sagte Karl, doch weiter kam er nicht. Denn kaum war die Tür hinter ihm geschlossen, warf Klara sich ihm entgegen oder vielleicht warf auch er sich an sie, und Klara zog ihn an sich oder vielleicht zog auch Karl, und sie küssten sich, daran bestand kein Zweifel, sie küssten sich innig und froh, und jedenfalls sagten sie lange gar nichts mehr.

Der Kuss eskalierte schnell. Klara öffnete Karls obersten Hemdknopf, und weil er sie zur Antwort nur an die Wand drängte, öffnete sie einen zweiten, dritten und vierten und schließlich alle, und gemeinsam taumelten sie weiter in das Zimmer hinein, in Richtung des Bettes, das nur von einem einzigen Hindernis versperrt war, dem Schreibtisch nämlich, den sie aber haarscharf umschiffen konnten, aber um den Preis, dass sie gegen den Stuhl davor stießen; sie gerieten ins Stolpern, und Karl riss Klaras Nachtkleid auf, und zwei Knöpfe kullerten über den Boden, und den Stuhl stießen sie um, und der Stuhl knallte mit einem lauten Wumms auf den Fußboden, und sie ließen voneinander ab.

Beide lachten nervös. Klara legte den Zeigefinger an die Lippen: »Nicht, dass Emma uns noch hört!«

Nun, da sie sich voneinander gelöst hatten, überkam sie größte Befangenheit. Dieselbe gespannte Stille, die dem Lüften eines großen Geheimnisses folgt, legte sich zwischen sie. Karl sah Klaras zerzaustes Haar und die halb entblößte Büste, erfasste, was sie getan hatten oder noch dabei waren zu tun, und für einen Moment schwindelte ihm unter der Bedeutung dessen, für jetzt, für die letzten Monate, für Richard, für ihn, für Emma, für die Zukunft. Mit einer Bewegung des Kopfes wies er in Richtung seines Zimmers. Vielleicht war es weniger als Aufforderung an Klara gemeint, gemeinsam dorthin zu gehen, als mehr eine Aufforderung an ihn selbst, dies nun allein zu tun – aber Klara nickte.

Dann klopfte es.

Emmas halblaute Stimme drang durch die Tür: »Bist du noch wach?«

Verschreckt sahen Karl und Klara sich an.

»Ich habe es poltern hören.«

Die Klinke bewegte sich, aber Klara hatte abgeschlossen.

Emma hatte die betrübte Klara allein gelassen und war in ihr Zimmer gegangen, um sich bettfein zu machen. Aber während sie sich umzog, wusch und die Haare band, dachte sie darüber nach, dass Klara ihr wirklich ausgesprochen durcheinander erschienen war.

Vielleicht, überlegte Emma, war es ja so, dass auch Klara sich in Karls Gegenwart längst bis zum Einschlafen langweilte, es sich aber nicht zu sagen getraute, da sie doch nicht undankbar erscheinen wollte – wo Karl ihr nun das ganze Geld zahlte. Oder die beiden hatten sich gestritten. Oder vielleicht, dachte sie, war es auch so, dass die beiden wirklich miteinander … – aber das konnte sie sich, beim besten Willen nicht vorstellen. Und wahrscheinlich stimmte es wirklich, dass die Trauer über Richards Tod Klara auf dieser Reise mehr drückte als sonst, und auch wenn Emma das nicht nachvollziehen konnte: Leiden sollte Klara nun nicht, und es gab doch etwas, dachte Emma, was viel besser aufheiterte, als allein im Bett zu liegen und zu lesen. Also huschte sie, nachdem sie im Nachtkleid noch etwas Rouge aufgetragen hatte, wieder hinüber zu Klara.

Kaum stand sie vor der Tür, hörte sie von drinnen einen Bumms.

Sie lauschte, aber dem folgte nichts weiter.

Sie klopfte, aber es gab keine Antwort.

»Bist du noch wach?«, fragte sie.

Sie drückte die Klinke, aber es war abgeschlossen.

Nachdem Emma noch zweimal ihren Namen gerufen hatte, kam Klara schließlich zur Tür. Sie öffnete nur einen Spalt, und streckte ihren Kopf hinaus, zwei Haarsträhnen fielen ihr wirr ins Gesicht. »Ich hab schon geschlafen«, sagte sie.

»Aber da ist doch gerade etwas umgefallen?«

»Ich habe schon geschlafen und musste noch einmal aufstehen und bin im Dunkel gegen den Stuhl gelaufen.«

»Lass mich doch herein.«

»Wolltest du nicht auch schon längst im Bett sein?«

»Es ist wichtig«, sagte Emma, die wusste, dass man Klara manchmal zu ihrem Glück erst verführen musste.

»Hat es nicht Zeit bis morgen?«

»Keinesfalls.«

»Aber ich mag gerade nicht mehr.«

»Hast du etwa jemanden bei dir?«, fragte Emma schelmisch.

»Ach Mietz, wie kommst du denn immer auf so etwas?«

Klara warf einen Blick nach hinten in ihr Zimmer, und Emma nutzte die Gelegenheit, um die Tür aufzudrücken und einzutreten.

»Mietz, bitte, ich will jetzt wirklich schlafen …« Klara versuchte, Emma sogleich wieder hinauszuschieben, aber diese entging einem Gerangel mit einem schnellen Schritt zur Seite und stand mitten im Zimmer. Sie sah, dass Klaras Bett tatsächlich schon aufgeschlagen war. Auf dem Boden lagen zwei Knöpfe, und der Koffer, den Klara unter ihrem Bett aufbewahrt hatte, stand nun sperrig davor, aber sonst sah das Zimmer keinesfalls bemerkenswert aus.

»Was ist denn mit den Knöpfen passiert?«

»Die hab ich mir abgerissen, als ich über den Stuhl gestolpert bin.«

»Zwei auf einmal?«

»Ich war sehr ungeschickt.«

Emma trat näher und legte ihr eine Hand an die Wange. »Aber du bist doch sonst gar nicht so ungeschickt«, gurrte sie.

Klara lächelte verlegen. »Was willst du denn jetzt?«

Emma trat auf Kussdistanz heran und streichelte Klara am Hals. »Ich dachte, wir …«

»… plaudern noch ein bisschen?«, unterbrach Klara und schaute plötzlich noch verschreckter drein als zuvor. Sie trat einen halben Schritt zurück. »Aber dafür ist es doch viel zu spät.«

»Aber hast du denn gar keine Lust, noch mit mir …«

»… zu reden? Lass uns das doch morgen tun. Ich bin wirklich müde.« Klara sprach lauter, als es nötig gewesen wäre.

Emma legte neckisch den Finger an die Lippen. »Nicht, dass Karl uns noch hört!«

»Aber warum sollte er uns denn nicht hören dürfen?«, sagte Klara noch lauter, »wir haben schließlich keine Geheimnisse vor ihm.«

Das, dachte Emma, stimmte nun nicht, und sie wusste nicht recht, was sie mit Klaras Verhalten anfangen sollte. Wieder tat sie einen Schritt Klara hinterher und küsste sie, aber Klara wand sich aus ihrer Umarmung und schaute sie mit einem Blick an, der Emma wie nackte Panik erschien, und dann ging sie einen Schritt nach hinten und stolperte über den Koffer, der vor dem Bett im Weg stand, und niemand hätte sagen können, ob es Zufall war oder Absicht, Ungeschicklichkeit oder ein letzter Ausweg, aber jedenfalls fiel sie in einem hohen Bogen auf das Bett, und unter ihr quietschte der Federrost. Emma lachte leise. »So hört der Kerl uns doch wirklich!«

Emma wollte ihr folgen, doch Klara kämpfte sich, weiter bemerkenswert ungeschickt, vom Bett hinunter, und unter ihrem Wippen ächzte es weiter, und bevor Emma sich fragen konnte, was das nun sollte, hörte sie ein ersticktes Husten.

Verschämt stand Klara auf. Unter dem Bett ein Röcheln. So weit von Emma entfernt, wie es ging, stellte Klara sich an das Fenster und betrachtete den Fußboden.

Unter dem Bett kam ein Arm hervor, und dann robbte Karl hinaus. Rot wie ein Hahnenkamm rang er nach Atem.

28. Oktober 1899

Padang,
Sumatra,
Kolonie Niederländisch-Indien

Etwas erwachte.

In einem Universum der Finsternis: ein Funke.

Etwas ist, dachte dieser.

In dem großen Nichts – … da ist etwas.

Er brauchte eine Weile, bis der Funke darauf kam, dass dieses Etwas er selbst war.

Ich bin, dachte er.

Das genügte ihm zunächst.

Nicht lang jedoch, und er kam darauf, dass es auch interessant sei, zu erfahren, wer oder was er sei.

Vielleicht, dachte er, musste er es selbst entscheiden. Vielleicht aber war es auch längst beschlossen, und er hatte es nur vergessen.

Er forschte also an dem einzigen Ort, den er kannte: tief in sich drin.

Er erfuhr, dass es neben der Gegenwart auch eine Zukunft und eine Vergangenheit gab, und mit dieser Erkenntnis fand er Gedanken, die er schon einmal gedacht hatte – es mussten Erinnerungen sein. Sie erklärten ihm, wer er war, der Funken wuchs und bekam eine Form, er erinnerte sich daran, dass er ein Mensch sei und Karl heiße; Karl May, das war sein Name, er war ein großer Schriftsteller und Abenteurer, und wenn er nun mehr über seine Lage erfahren wolle, sagten die Gedanken ihm, dann müsse er die Augen öffnen.

Also schlug Karl sie auf.

Es war nicht hell, doch das Licht blendete ihn.

Fünfmal blinzelte er, dann erkannte Karl, dass er an einer Wand aus langen, groben Holzdielen lehnte, die aus der rechten Seite seines Schädels zu wachsen schien. Er konnte sie nicht weit entlangsehen, dann wurde sie unscharf und verschwand vor ihm in einem weißen Nebel.

Der rostige Kopf eines Nagels reckte direkt vor ihm seinen Rand schräg aus dem Holz; mürrisch über die Nachlässigkeit, mit der er eingeschlagen worden war. Mit einem ebensolchen Nagel, stellte Karl fest, mussten die Dielen auch hinten in seinem Schädel befestigt worden sein, denn dort hämmerte ein kaum zu ertragender Schmerz.

An der Wand hafteten magnetisch einige Kiesel und Erdklumpen, was Karl auf einen Gedanken brachte, er wusste nur noch nicht, auf welchen. Er versuchte, in den Nebel hineinzublicken.

Tatsächlich gelang es ihm, das Weiße scharf zu stellen, und er bemerkte, dass es sich mitnichten um einen Nebel, sondern ebenfalls um Holzdielen handelte. Sie waren sorgfältig weiß gestrichen, begannen irgendwo unter ihm und ragten weit über ihn hinaus. Nur die Augen bewegend, schaute er weiter nach links, und dort sah er ein Brett neben einem großen hellen Fleck, das er lange musterte. So lange, bis ihm auffiel, dass es sich um ein Fensterbrett handeln musste, und zwar von unten.

Nun verstand er, dass er das ganze Bild um 90 Grad drehen musste, um es zu begreifen: Er lag auf dem Boden. Aus seinem rechten Mundwinkel seilte sich Speichel auf die Holzdielen ab.

Karl stöhnte.

Hinter sich hörte er eine Stimme, die »Herr May« zischte.

Karl versuchte, sich umzudrehen, doch er war an den Füßen gefesselt. Die Hände hatte man ihm auf den Rücken gebunden.

»Herr May.«

Karl grunzte leise.

»Sind Sie zu sich gekommen?« Die Stimme gehörte von Hoven.

»Was … ist passiert?«, fragte Karl, der nun wenigstens den Kopf bewegen konnte und sah, dass er auf der Veranda des Hauses lag.

»Man hat uns überwältigt. Oder besser: Man hat Sie überwältigt. Der Kampf war kurz, Sie wurden niedergeschlagen.«

»Und Sie?«

»Ich konnte …«

In diesem Augenblick öffnete sich die Haustür, und eine Frau trat hinaus. Von Hoven verstummte sofort, und Karl schloss die Augen, um sich weiter ohnmächtig zu stellen.

Neben Karl ging die Frau in die Knie. Vorsichtig fasste sie ihm an den Hinterkopf, und es kostete Karl einiges, unter dem Schmerz nicht zusammenzuzucken. Sie stand auf und betrachtete ihre Finger, an denen nun Blut klebte.

»We kunnen hem daar zo niet laten liggen«, rief sie durch die Tür. Dann ging sie wieder hinein.

Als sich die Tür hinter ihr schloss, hörte Karl ein Rascheln, dann wieder von Hovens Stimme, der nun noch leiser flüsterte als zuvor. »Ich konnte mich losreißen und fliehen. Sie hat man hierhergebracht und gefesselt.«

»Und nun?«

»Das weiß ich nicht. Ich bin eben erst hierhergeschlichen, um mich unter der Veranda zu verstecken.«

»Binden Sie mich los! Dann sehen wir weiter.«

»Ich werde es versuchen.« Karl hörte, wie von Hoven begann, an den Fesseln zu zerren. Gleichzeitig lauschte er zur Tür, ob sich wieder jemand nähern und heraustreten würde, doch er hörte nur undeutliche Stimmen aus dem Inneren des Hauses. Über ihnen schwankten die Öllampen im Wind und tränkten sie in warmes, helles Licht. Die Fesseln saßen nicht fest. Trotzdem bekam von Hoven die Knoten nicht gelöst.

»Was ist denn?«, fragte Karl ungeduldig.

»Es ist nicht so leicht.«

»Haben Sie kein Messer?«

»Leider nein.«

»In meiner Tasche ist eins. Nehmen Sie das.«

»Ich fürchte, das wird nicht helfen.«

»Jetzt nehmen Sie es schon!«

»Wie Sie meinen.«

Wieder hörte Karl das Herumfuhrwerken hinter seinem Rücken. Die Seile löste es wieder nicht. Er verdrehte den Kopf, um über die Schulter zu schauen, und sah von Hoven, der konzentriert an den Fesseln zu arbeiten schien. Doch seine Hände blieben gebunden. Dann hörten sie Schritte, die sich der Tür näherten, und von Hoven verschwand. Karl stellte sich wieder ohnmächtig.

Es trat dieselbe Frau auf die Veranda, diesmal mit einer Blechschüssel voll Wasser und einem Leinentuch. Sie tupfte das Blut von Karls Hinterkopf. Es brachte ihm rasende Schmerzen, doch er ließ sich nichts anmerken. Schließlich legte sie den nassen Lappen zur Kühlung auf Karls Hinterkopf und ging wieder hinein. Die Schüssel ließ sie stehen.

»Von Hoven?«

»Ja.« Die Stimme drang nun von unten durch das Holz.

»Befreien Sie mich nun oder nicht?«

»Ich kann es weiter probieren, aber ich fürchte, das Ergebnis wird dasselbe bleiben.«

»Wie schwer kann es sein, zwei Knoten zu lösen?«

»Für manche: schwer.«

»Was haben Sie denn? Sind Sie verletzt?«

»Herr May, ich glaube, es ist nun leider die Stunde, in der wir einmal sehr grundsätzlich über unser Verhältnis zueinander nachdenken müssen.«

Karl war sich nicht sicher, ob die Stimme, die da durch die Dielen drang, besorgt klang oder spöttisch.

»Können wir das nicht nach meiner Befreiung tun?«

»Schwierig.«

»Herr von Hoven! Ihr Freund ist entführt, Ihr Reisegefährte gefesselt, Sie allein haben es in der Hand, das zu ändern. Es ist nicht die Zeit für Gespräche.«

»Ich gebe zu, der Zeitpunkt ist ungünstig.«

»Jetzt binden Sie mich erst mal los.«

»Tut mir leid. Ich kann das nicht tun.«

Plötzlich durchfuhr es Karl: Der lange Weg, die vielen Ungereimtheiten, von Hovens Verschwiegenheit, seine Widersprüche, das lange Verschwinden zwischendurch, die Umwege, der Freund, den keiner kannte … – von Hoven hat mich in eine Falle gelockt, dachte Karl. Es musste von Anfang an ein Hinterhalt gewesen sein, der ihn genau hierher führen sollte. Nicht der Freund Franz war das Entführungsopfer.

Sondern er.

Karl begann an seinen Fesseln zu zerren, um zu entkommen. »Was wollen Sie?«, keuchte er.

»Die Frage ist doch eher: Was wollen Sie?«

Doch bevor Karl zu einer Antwort kam, öffnete sich die Tür erneut. Die Frau trat heraus, diesmal in Begleitung des älteren der beiden Männer, die Karl niedergestreckt hatten.

Sie blickte zu Karl hinunter.

»Hij is wakker«, sagte sie zu dem Mann.

»Op het juiste moment«, sagte er.

Beide schauten zwei Reitern entgegen, die langsam aus der Dunkelheit schritten. Karl hörte die Hufe, und drehte sich nun mühsam herum. Der eine Reiter war einer der Jungen, die Karl zuvor im Haus erspäht hatte. Der zweite ein finster blickendes Säufergesicht in Uniform. Karl hörte hinter sich Schritte von drei anderen, die auf die Veranda traten. Die Reiter stiegen ab und kamen die Stufen zu ihnen hinauf.

Ernst wechselte der Uniformierte einige Worte mit den Männern auf der Veranda. Dann beugte er sich zu Karl hinunter. Er war Niederländer, wie die anderen. Als er den Mund aufmachte, konnte Karl die Laute durch die Grachten seiner Heimat kollern hören.

»Na, wer haben wir denn hier?«, fragte er.

19. August 1902

Leipzig, Königreich Sachsen, Deutsches Reich

Nachdem Emma in Leipzig hatte zuschauen müssen, wie Karl unter dem Bett in Klaras Zimmer hervorgekrochen kam, kam es zu einer Szene, die in ihrer Heftigkeit sogar bei den Mays noch ungesehen war. Selbst zwei herbeieilende, aus dem Schlaf gerissene Gäste des Hotels hatte man wieder beruhigen und fortschicken müssen, es war alles ausgesprochen peinlich. Emma stürmte schließlich davon und verabschiedete sich mit einem geschrienen: »Du kannst ihn ja haben, wenn du willst!« – dann hastete sie aus dem Hotel.

Aufs Geratewohl stapfte sie in eine der Straßen, die fort vom Roßplatz führten. Es war spät. Zu spät für eine Dame, um noch allein durch die Stadt zu gehen, doch früh genug, dass die Bierhallen und Kneipen noch geöffnet waren, die Emma so liebte. Nach einer Viertelstunde des wahllosen Umherhastens lagen die vornehmen Straßen längst hinter ihr, und für einen Moment hatte sie ihren Zorn abgehängt. Die Luft hier roch strenger, die Häuser standen schiefer, und kurz überlegte Emma umzukehren, doch dann hörte sie deftiges Gelächter aus einer Kneipentür und dachte, dass alles besser sei als das Hotel. Natürlich hatte eine Dame in einem solchen Etablissement nichts verloren, und erst recht nicht um diese Zeit. Aber wann hätte Emma sich je darum geschert, was einer Dame nicht stand?

Sie ging hinein und bestellte ein Bier. Es war kein feines Lokal – man trank an Stehtischen und ging durch Bierpfützen –, und auch die Gäste waren es nicht: Es wurde krakeelt. An einem Stehtisch bald ein zweites Glas hinunterstürzend, ließ Emma sich von den vielleicht vier Dutzend verbliebenen Männern anstarren, denen der lange Abend den Blick längst träge gemacht hatte, und hier holte der Zorn sie wieder ein.

Sie mit ihrer besten Freundin zu betrügen, dachte Emma, was erlaubte der Kerl sich eigentlich? Wenn es das war, was er unter seiner ewigen Hebung der Menschheit verstand, dann – ha!, dachte Emma: Das konnte er haben.

Sie schaute sich um, ob einer der Betrunkenen sich ihr näherte, was ja, wie sie dachte, ganz allein Karls Schuld gewesen wäre, doch man hielt Abstand von ihr. Die einzigen Frauen, die sich außer ihr noch im Bierdunst dieses Kellers aufhielten, waren höchstens halb so alt wie sie und womöglich bei der Arbeit. Es war wirklich kein feines Lokal.

Und außerdem, dachte sie dann, Klara! Was, was … ja, was bildete die sich denn eigentlich ein? Ihr den Mann abspenstig zu machen – ihr, Emma, die doch den Kerlen allesamt den Kopf verdrehte, bis die Genicke knackten? Klara, dachte Emma, war doch gar nicht so hübsch, jedenfalls nicht, wie sie dachte, und ein bisschen langweilig war sie obendrein, und manchmal ganz schön miesepetrig, und sowieso doch ihre Freundin und nicht diejenige Karls, da besaß sie doch die viel älteren Rechte; sie war es doch gewesen, dachte Emma, die Klara damals beim Konzert entdeckt und später in die Kniffe der Liebe eingeweiht hatte, da konnte Karl doch nicht einfach drangehen, dachte Emma, und es war schwer zu sagen, auf wen von beiden sie nun eifersüchtiger war.

Gern hätte sie sich nun an beiden gerächt, indem sie sich einiger dieser aufdringlichen Kerle erwehrte oder eben auch nicht erwehrte, welche die Kneipe bevölkerten. Doch die Männer, die sich im Bierdunst Frauen näherten, taten es nur bei jenen, die weiterhin halb so alt waren wie sie.

Sie werden Angst haben vor einer so feinen Dame wie mir, dachte Emma. Also stellte sie sich neben einen der Tische, die am lautesten lallten, und blickte gleichermaßen unschuldig wie verführerisch drein. So stand sie dort, doch es geschah nichts, was ihre Eifersucht gelöscht hätte.

Nach fünf Minuten ging sie an einen anderen Tisch und baute sich dort nach derselben Art auf.

Man muss doch etwas unternehmen, dachte Emma, während sie dazu ihr drittes Bier trank. Ja, sie hatte Karl oft genug loswerden wollen, dachte sie, aber doch nicht so! Und dass sie Klara vorhin zugerufen hatte, dass sie ihn ja haben könne – das war doch gar nicht so gemeint gewesen, und das musste Klara doch wissen, Klara war doch so klug, wenn auch, wie Emma jetzt überlegte, gar nicht so klug, wie sie selbst immer meinte, und bestimmt, dachte Emma, hatte sie es doch gar nicht auf Karl abgesehen, sondern doch nur auf sein Geld; Karl war doch ein fader Prediger, aber andererseits doch immer noch der fade Prediger, der ganz allein ihr gehörte, da hatte Klara, das liebe Mausel, die elende Klara, doch ihre Finger von zu lassen, so ging das doch alles nicht, dachte Emma, und langsam wurde ihr der Kopf kreiselig, und noch immer stand sie ganz allein an diesem Tisch, und diese verdammten Kerle alle, dachte sie, allesamt, auch alle hier, nicht bloß Karl, und diese jungen Dinger alle, Klara und wie sie alle hießen – es war zum Aus-der-Haut-Fahren.

An einem der Tische war ein Mann allein im Stehen eingeschlafen. Er hatte den Kopf auf die Arme gelegt und die Arme auf den Tisch, jeden Moment drohte er hinabzugleiten und umzufallen. Emma stellte sich neben ihn und knallte ihr Glas so laut auf den Tisch, dass er zusammenschrak und den Kopf hob. Er blickte sie an mit Augen, aus denen das Bier schon jeden Verstand gespült hatte, und es schleppte sich ein »Hallo, mein schönes Fräulein!« über seine Zunge, und dafür konnte sie ihm endlich die Ohrfeigen geben, die Karl und Klara verdient hatten.

Dann verließ sie das Lokal.

Am nächsten Tag sprach keiner mit dem anderen.

Am übernächsten Tag reiste Karl schließlich allein nach München vor, um ein wenig Abstand herzustellen, und außerdem wollte man ja weiterkommen auf der Reise. Klara und Emma folgten am Morgen darauf, auch sie nahmen die Eisenbahn.

Beide waren wieder ausreichend beieinander, um vorgeben zu können, dass überhaupt nichts vorgefallen wäre. Solange sie nur laut genug über etwas anderes sprachen, brauchte keiner dem Geschehenen ins Auge zu sehen, und also plapperten sie pausenlos über nichts. Nach einem Umstieg allerdings schlief Klara hinter Nürnberg ein, und kaum waren die Worte in ihrem Abteil versiegt, hörte Emma wieder das scharfe Dröhnen ihrer Sorgen, das sich in das Rattern der Räder mischte. Oft genug hatte sie Karl zum Teufel gewünscht, aber, und das war doch der Unterschied: ihn – und nicht sich selbst. Oft genug auch hatte sie mit Klara über das Durchbrennen gesprochen, aber doch: sie beide – und nicht Klara mit Karl. Und vielleicht, vielleicht räusperte sich tief in Emma sogar ein schlechtes Gewissen, das sie erinnerte, wie sie Karl manches Mal gar nicht gut behandelt hatte – doch wenn, dann werden wir es nie erfahren, denn im Lärmen der Bahn und der Sorgen war es ohnehin kaum zu hören.

Emma jedenfalls betrachtete das schöne, furchtbare, süße Gesicht der geliebten Freundin, die sie am liebsten aus dem Zug geworfen hätte, und dachte, dass sie es Karl schon zeigen werde und Klara erst recht. In allen Kämpfen gegen Karl hatte Klara sie stets gestützt und stets ermutigt, vor dem Kerl ja nicht zu kuschen. Wohin das führte, hatte sie ja in Leipzig gesehen. Seitdem jedoch hatte sich ein Gedanke angeschlichen, dem nachzugeben sie nun bereit war: Wenn sie in München wären, überlegte Emma, dann würde sie einmal, ein einziges Mal, das Gegenteil dessen tun, wozu Klara ihr immer geraten hatte. Denn was die konnte, dachte Emma, während Klara kurz im Schlaf grunzte, das konnte sie selbst ja schon lange; den Kerl würde sie sich schon wieder herlocken, und wenn der erst wieder da war, dachte Emma, dann würde er sich schon wieder erinnern, was es bei ihr alles Feines gab, und das mit Klara würde er sich dann schon dreimal überlegen, und selbst die, dachte Emma, wäre dann auch schon wieder ganz schnell bei ihr.

29. Oktober 1899

Padang, Sumatra, Kolonie Niederländisch-Indien

Bis zu den Maultieren, die in der Dunkelheit warteten, hatte Karl zu Fuß gehen müssen. Hier durfte er aufsitzen, und zu zweit ritten sie durch die Nacht zurück nach Padang. Vorn trottete Karl, weiterhin an den Händen gefesselt. Von Hovens reiterloses Tier bildete den Schluss ihrer kleinen Gruppe. Dazwischen, auf dem höchsten Pferd, ritt der Uniformierte und hielt Karl scharf im Auge. Er trug den Dienstanzug eines Polizisten, auch den breitkrempigen Hut, der nur an einer Seite nach oben geklappt war, und benahm sich sogar wie ein solcher (sah man einmal von der saufnasigen Nachlässigkeit ab, die auch die gewissenhaftesten Beamten in der Fremde irgendwann befällt) – Karl jedoch war sich weiterhin nicht sicher, wem er da in die Hände gefallen war: einem Gesetzeshüter oder -brecher oder vielleicht sogar beidem zugleich.

Sein Schädel pochte nur noch leise, und dennoch scheiterte er daran, sich einen Reim auf das Vorgefallene zu machen. Offenbar hatte von Hoven ihn verraten. Doch wozu? War er ein Komplize der Menschenjäger, die den berühmtesten aller Deutschen für ein Lösegeld entführen wollten? War von Hoven ein holländischer Spion? Oder war es bloß ein Unglück, dass er nun den Verbrechern in die Hände gefallen war, während von Hoven längst alles zu seiner Befreiung unternahm?

Während die Tiere sie weiter durch die Finsternis und das nächtliche Sirren der Tropen trugen, begann Karl, den Polizisten auszuhorchen. Ob er einen Franz kenne? Wem der Hof gehöre? Ob es hier Fälle von Menschenraub gegeben habe? Der Polizist brummelte stoisch seine Antworten, die Karl wiederum nicht glauben mochte, doch ergaben diese auch bei der dritten Nachfrage immer wieder dieselbe Geschichte: Karl habe sich auf dem Hof einer unbescholtenen Tabakspflanzerfamilie herumgetrieben, die ihn unter einem ihrer Fenster entdeckt habe. Das sei noch kein schwerwiegendes Verbrechen, aber doch schon einmal verdächtig. Und dann habe er ohne Vorwarnung einen der Söhne und ihren Onkel angegriffen. Was also habe er dort gewollt, wenn nicht: die Familie überfallen?

»Das kann ich leider nicht erklären«, sagte Karl.

»Dann wir Sie müssen leider einmal im Gefängnis sperren«, sagte der Polizist.

Es ging auf Mitternacht, als sie dort ankamen.

Das Gerichtsgebäude diente gleichzeitig als Polizeiwache und Gefängnis, und da es nur eine einzige Zelle gab, warf man Karl dort hinein. An drei Seiten sperrten Backsteinmauern die Gefangenen ein, die vierte Wand ersetzten daumendicke Gitterstäbe. An jeder der Mauern hing eine Pritsche, zwei von ihnen waren bereits belegt. Auf ihnen dösten zwei Einheimische, die Karl mit einem Schnaufen begrüßten und dann nicht weiter beachteten.

»Was haben die getan?«, fragte Karl.

»Gestohlen einen Eimer.«

»Wie lange sind sie schon hier?«

»Acht Monat.«

»Und wann wird ihnen der Prozess gemacht?«

»Wir schauen.«

Karl schlief schlecht auf seiner Pritsche.

Am nächsten Morgen bekam er immerhin den Wärter dazu, nach Sejd schicken zu lassen, sodass dieser am späten Vormittag auf der anderen Seite der Gitterstäbe stand.

»Was gemacht?«, fragte er entsetzt.

»Ein Missverständnis«, erklärte Karl, der nach dieser Nacht eingesehen hatte, dass er tatsächlich im Gefängnis saß, aber immer noch nicht einsah, warum. »Es wird sich alles aufklären. Du musst den Kaufmann Stöver holen. Er soll bezeugen, wer ich bin, und dass ich nur in bester Absicht handele.«

»Der Mann mit kranke Diener?«

»Genau der.«

»Er war heut Morgen in Hotel.«

»Gut, gut. Was wollte er denn?«

»Wollte sagen: Diener gestorben.«

»Der ist tot?«

»Gestern krank, heute tot.«

»Aber wann?«

»Gestorben in Nacht.«

Karl musste sich an den Gitterstäben festhalten.

»Sie haben keinen anderen Arzt mehr geholt?«

»Weiß nicht.«

Ein Gefühl, als würde er stürzen, zog Karl hinab. Seine Beine waren plötzlich zu schwach, um sein Gewicht zu halten.

»Sie sind eben auch ein ziemlicher Quacksalber«, sagte von Hoven.

»Sie …!« Karl war vollkommen perplex, als sein Reisebegleiter plötzlich vor ihm stand. Er hatte ihn nicht kommen hören, und nun sah er ihn auf der anderen Seite des Gitters neben Sejd, mit einem Gesichtsausdruck, der halb Spott, halb Ungeduld zeigte.

»Wo waren Sie denn die ganze Zeit?«, fragte Karl. »Und wie sind Sie jetzt hier hereingekommen? Und warum haben Sie mich nicht losgeschnitten?« Immerhin lenkte von Hovens Auftauchen ihn davon ab, wie wackelig sich seine Knie fühlten.

»Das ist just, was wir nun einmal besprechen sollten«, sagte von Hoven.

»Und wenn Sie mich davor hier noch herausholen könnten …«

»Auch das bleibt, wie Sie sehen werden, nicht so ganz leicht.«

»Was auch immer Sie in Wirklichkeit vorhatten – Sie müssen jetzt erklären, dass wir auf der Suche nach Ihrem Freund waren und es sich bei alldem um ein Missverständnis handelt.«

»Herr May, es ist alles nicht so, wie Sie bislang glauben …«

»Ich wusste es!« Karl trumpfte auf. »Ich wusste, dass Sie etwas anderes im Schilde führen. Und wenn ich hier heraus bin, dann werde ich …«

»Sidi. Nicht da sprechen.« Sejd deutete vage in von Hovens Richtung und dann auf seinen eigenen Kopf: »Hier sprechen.« Im Gegensatz zu von Hoven verriet sein Gesicht eine Geduld, als spräche er zu einem dreijährigen Knaben. Er schaute Karl tief in die Augen, um dessen Aufmerksamkeit bei sich zu halten.

»Was jetzt machen?«

»Von Hoven hier …«

»Nicht der. Was soll ich machen?«

»Ich weiß es doch auch nicht.« Karl haderte. Ohne von Hovens Hilfe wäre es am einfachsten, Stöver um eine günstige Aussage für ihn zu bitten, und die Sache wäre in einer Viertelstunde ausgestanden. Ihn aber jetzt zu behelligen, schien keine gute Idee.

Von Hoven hatte begonnen, leise vor sich hin zu pfeifen. Karl fuhr ihn an, dass er das unterlassen solle.

Von Hoven zuckte mit den Schultern.

»Sidi.« Sejd holte sich seine Aufmerksamkeit zurück. »Was soll ich machen?«

Schließlich kam Karl doch ein Einfall: »Geh in mein Hotel. Hol meinen Pass und eine meiner Autogrammpostkarten. Damit kann ich mich als Kara Ben Nemsi ausweisen.«

Sejd nickte und ging. Karl wandte sich wieder von Hoven zu. Es wäre wohl am besten, dachte er, ihn eine Weile zu verhören, bis Sejd wiederkam, damit er seine Befreiung nicht noch weiter sabotieren konnte.

»Was ist denn nun mit Ihrem Freund?«, fragte er also harmlos, während er begann, konzentriert im Kreis zu schreiten. »Haben Sie ihn gefunden?«

Seine Zellengenossen lagen auf ihren Pritschen und sahen ihm stirnrunzelnd zu.

»Um den müssen wir uns keine Sorgen mehr machen«, sagte von Hoven.

»Haben Sie ihn also befreit? Seine Häscher bezahlt?«

»Ist das wichtig?«

»Ja. Ich beginne mich nämlich zu fragen, ob es diesen Freund überhaupt jemals gab.«

»Das kann ich leicht beantworten: nein.«

»Aha!« Karl blieb triumphierend stehen. »Was also wollten Sie dann hier?«

»Die Frage ist doch: Was wollten Sie denn hier?«

»Ich bin Ihnen hierhergefolgt.«

»Und genau da irren Sie sich.«

»Nein.«

»Doch.«

»Unfug.«

»Sie mögen es ungern glauben, aber: Ich bin Ihnen gefolgt, nicht andersherum.«

»Herr von Hoven! Sie locken mich nach Ceylon, locken mich nach Sumatra, geben Ihre Absichten immer nur körnchenweise preis und lassen mich beim ersten Zeichen von Gefahr im Stich; ich werde Ihretwegen gefesselt, Sie befreien mich nicht, dann lande ich im Gefängnis, und auch das, wohlgemerkt, Ihretwegen – und Sie, ausgerechnet Sie, geben mir nun die Schuld an allem?«

»Ja.«

»Das ist doch ...« Aber Karl war zu aufgebracht, als dass ihm etwas Originelles eingefallen wäre, was das nun wieder war. Erneut begann er im Kreis zu stiefeln, hastiger nun.

»Herr May, es ist doch so: Ich tue ausschließlich, was Sie wollen. Und jetzt gerade, scheint mir, wollen Sie, dass diese ganze Scharade endlich ein Ende nimmt – auch wenn sich ein anderer Teil von Ihnen dagegen zu sperren scheint.«

»Ich sperre mich gegen überhaupt gar nichts.«

»Herr May, ich weiß, es wird nun unangenehm, aber Sie können sich nicht ewig dagegen wehren. Alles stirbt einmal, auch die schönste Illusion.«

Karl blieb vor den Gittern stehen und drohte von Hoven mit dem

Zeigefinger so dicht vor dem Gesicht herum, dass er fast dessen Nase traf. »Ich verspreche Ihnen: Wenn ich hier herausgekommen bin und meinen Reisebericht schreibe, dann werde ich Sie erledigen, wie ich jeden meiner Gegner erledige. Die ganze Welt wird erfahren, was für ein hinterhältiger, nichtsnutziger Gauner Wilhelm von Hoven ist.«

»Herr May, nun stellen Sie sich doch nicht so an. Wir wissen beide, dass Sie unsere gemeinsame Zeit peinlichst verschweigen werden.«

»Pah! Warum sollte ich das tun?«

Von Hoven seufzte. Er schaute Karl lange mit großem Mitleid an.

»Weil ich doch aus dem gleichen Material geschnitzt bin wie Schillers Geist und Winnetou: aus ihrer Phantasie.« Er trat durch das Gitter hindurch, ohne Widerstand, so wie Nebel durch einen Dschungel zog. »Herr May, ich existiere nur in Ihrem Kopf.«

24. August 1902

München,
Königreich Bayern,
Deutsches Reich

Karl war so vollständig überrumpelt, dass er nichts zu sagen wusste.

Seit drei Tagen nun befand er sich schon in der Stadt, hatte im Grandhotel Leinfelder Zimmer für alle drei bezogen, und am Freitag waren Klara und Emma spät aus Leipzig eingetroffen. Beide hatte die lange Reise sehr erschöpft, und so fanden sie, dass man den Samstag zur Erholung nutzen sollte. Es blieben also alle drei in ihren Zimmern. Karl gefiel das durchaus, denn es gab doch, wie er dachte, wichtige Schreibarbeit zu erledigen, und keinesfalls, dachte er, war es doch so, dass er sich nach seiner Flucht gen München nun in seinem Zimmer versteckte, mit einem schlechten Gewissen, welches so gewaltig war, dass alle dringende Arbeit der Welt kaum reichte, es zu verbergen – und er keinerlei Vorstellung besaß, wie er sich mit diesen beiden Frauen je wieder in demselben Raum aufhalten sollte.

Man verständigte sich dennoch, am Sonntag zu dritt eine Ausfahrt durch das Tal der Isar zu unternehmen, was Karl sehr beunruhigte. Abgesehen davon herrschte Stille, insbesondere zwischen Karl und Emma. Und so war Karl nicht wenig überrascht gewesen, als Emma schließlich am Sonntagmorgen an seine Zimmertür geklopft hatte, tatsächlich wartete, bis er »Herein« rief, um dann vor ihm auf die Knie zu fallen.

»Bitte, verzeih mir!«, bat sie nun zum dritten Mal.

Karl wusste auch weiter nichts zu antworten.

»Ich habe dich schlimm behandelt, ich weiß. Aber sag doch wenigstens etwas.«

Verdattert half er Emma nun auf.

»Ich würde ja gern«, sagte Karl schließlich. »Aber wie soll ich wissen, dass nicht in ein paar Tagen alles wieder so ist wie bisher?«

»Glaub's mir doch einfach.«

»Ich will es so gern glauben, aber wie? Nachdem du dich so lange geweigert hast, auch nur nach der leisesten edlen Regung in dir zu forschen?«

Emma bat ihn also zum vierten Mal, ihr zu verzeihen, aber noch zierte sich Karl, ihr die Entschuldigung und das Versprechen auf Besserung abzunehmen. Es lag doch nahe, fürchtete er, dass die hässliche Angelegenheit in Leipzig – die Emma im Übrigen mit keiner Silbe erwähnt hatte – ihr einfach als ein solcher Schrecken in den Leib gefahren war, dass sie nun nicht ihre Verfehlungen eingesehen hatte, sondern schlicht um ihr schönes Leben in der Villa Shatterhand bangte. Die Bitte um Verzeihung, dachte er, mochte weniger ihm gelten als seinem Geld.

»Du musst meine Entschuldigung annehmen.«

»Aber warum?«

»Weil sie … von Herzen kommt.«

Andererseits hatte Emma nun so lange auf ihrer Entschuldigung beharrt, dass Karl in seinen vielen Überlegungen, was davon bloß zu halten sei, schließlich bei jener anlangte, ob seine Geduld, seine Nachsicht mit Emma, sein strenges, aber liebevolles Vorbild nicht vielleicht doch zu wirken begonnen hatten. Traurig, dachte er, dass es erst einen solchen Knall wie in Leipzig dafür gebraucht hatte, aber so wäre dieser also doch für etwas gut gewesen. Und müsste dann nicht ein Mann, dachte Karl, der von einer solchen Güte war wie er selbst, es in seinem Herzen finden, seiner Frau noch ein weiteres Mal, ein letztes Mal vielleicht zu verzeihen?

»Und du versprichst, dich künftig zu bessern?«, fragte er.

»Natürlich!«

Und wahrscheinlich sprach auch zu Karl ganz leis ein schlechtes

Gewissen – doch wenn, dann konnte er es im Getöse all der Stimmen in seinem Inneren ohnehin kaum vernehmen.

»Kein Zank mehr?«

»Niemals wieder!«

Und immerhin, musste Karl einsehen, löste sich mit einem Nachgeben auch die Frage, wie man bloß diesen Ausflug und den Rest der Reise überstehen sollte, aufs Praktischste auf.

Karl also ließ seinen Widerstand fahren und räumte Emma eine letzte, eine allerletzte Chance ein. Für sich selbst bat er nicht um Entschuldigung.

Emma ging, um Klara von der Versöhnung zu berichten, und bald empfing Karl die beiden an der Kutsche, die vor dem Hotel Leinfelder bereitstand. Alle drei bemühten sich, ihre besten Launen aufzusetzen, und stiegen ein. Der Kutscher, der einen glänzenden Zylinder trug, ließ die Peitsche schnalzen, die beiden herrlichen Schimmel schnaubten, und so rollten sie aus der Stadt hinaus. Klara saß Karl und Emma gegenüber, die miteinander die vorwärtsgerichtete Bank des offenen Wagens teilten. Nachdem sie eine Weile schweigend die Isar entlanggefahren waren, nahm Emma schließlich Karls und Klaras Hand und ermunterte beide, sich ebenfalls an den Händen zu fassen.

»Ihr Lieben«, sagte sie, »genauso ist es doch am besten, nicht wahr?«

»So und nicht anders, Mietz«, sagte Klara.

»Da hast du so recht«, sagte Karl.

Und Klara drückte Karls Hand, und Emma drückte Klaras, und die Harmonie war wiederhergestellt, auch wenn Klara dazu nur ein äußerst schmales Lächeln zustande brachte.

So ging es also aus der Stadt hinaus nach Süden, durch das herrliche grüne Isartal und immer wieder am Fluss entlang.

Zu Mittag aßen sie im Forsthaus Wörnbrunn, anschließend fuhren sie weiter durch das Tal der Isar. Auf dem Rückweg am Nachmittag dann hielten sie am Schlosshotel Grünwald, um auf seiner Terrasse Kaffee und Kuchen einzunehmen.

Karl war nun tatsächlich gehobener Stimmung. Als sie saßen und den herrlichen Blick über die Wipfel hinab zum Fluss gebührend aufgesogen hatten, wandte er sich an Emma. »Wir wollen heute feiern. Und zwar, dass dieser Tag der erste Tag deiner Besserung und Hebung ist. Es ist nur ein Anfang, aber dieser ist gemacht!«

Emma schaute überrascht drein. »Was meinst du denn mit Anfang?«

»Dass die eigentliche Arbeit erst jetzt beginnt.«

»Und … ja – ist denn das … gibt es denn da viel zu tun?«

»Ein Mensch zu werden – und nicht nur irgendein Mensch, sondern: ein Edelmensch –, das dauert ein Leben lang. Es ist ein tägliches Ringen und Lernen bis zum Tod!«

»Aha.« Emma zögerte. »Und was genau soll ich da jetzt machen müssen?«

»Zunächst einmal wirst du alle meine Bücher lesen, auch die alten. In ihnen ist alles bereits angelegt, und wer sie nicht verstanden hat, hat Karl May nicht verstanden!«

Karl wartete, ob Klara ihm wie sonst beipflichtete, aber die schaute nur leeren Blicks über die Bäume.

»Und eine Ehe von 22 Jahren reicht dazu nicht?«, fragte Emma.

»Es geht hier ja keinesfalls, in gar keinem Falle, um mich. Es geht doch um die Menschheitsfrage, die ich in meinem Werk beantworte und die …«

Der Kellner trat heran und unterbrach. Sie bestellten Kaffee und Kuchen für die Damen und einen Kräutertee für Karl. Als er verschwunden war, stand Klara auf und bat, sie kurz zu entschuldigen.

»Ist dir nicht wohl, Mausel?«, fragte Karl.

»Es wird schon gehen.« Sie wirkte gefasst, aber etwas blass.

»Soll ich dich begleiten?«, fragte Emma.

Klara schüttelte nur stumm den Kopf. Sie verließ die Terrasse ohne ein weiteres Wort.

Emma und Karl sahen ihr hinterher. Stumm hingen beide ihren Gedanken nach, aber der Friede dieses Tages war noch zu brüchig, als dass einer von ihnen nun etwas über Klara hätte sagen wollen. Wieder riss sie der Kellner heraus, der hurtig die Bestellung brachte.

Karl bezahlte ihn mit einem Schein, den Rest durfte er behalten. Mit einer tiefen Verbeugung ging der Kellner ab. Emma schnalzte ärgerlich mit der Zunge.

»Es ist nur Geld«, sagte Karl.

Emma sah aus, als müsse sie sich sehr beherrschen, um nichts weiter dazu zu sagen. Stattdessen nahm sie eine Gabel ihres Pflaumenkuchens und betrachtete Karl, wie er vorsichtig seinen Kräutertee kühl blies. Schon zum Mittagessen hat er sich nur Grießbrei mit Kirschen bringen lassen.

»Du isst dann aber schon bald wieder etwas Anständiges, ja?«

»Sobald mein Zustand es zulässt, Mietz. Sobald er es zulässt.«

Sie schwiegen. Schließlich nahm Karl den Faden wieder auf, um Emma etwas über die Hebung und Besserung der Menschen zu erklären: »Man summiere bloß die Gaben, welche meine Werke bringen: Kindesliebe, Dankbarkeit, Gehorsam, Pflichttreue, Fleiß, Ehrlichkeit, Ausdauer, Mildtätigkeit, Menschenfreundlichkeit, Glauben, Achtung vor der Obrigkeit, Nächstenliebe, Warnung vor sozialen und religiösen Irrlehren ... danach muss der Mensch streben. So muss sich jeder Einzelne veredeln, um die Menschheit zu veredeln.«

Emma schien zu rechnen. »Dann ist es ja gar nicht so arg«, sagte sie schließlich. »Menschenfreundlichkeit und Nächstenliebe – habe ich. Glauben – auch, denn wir gehen ja in die Kirche. Fleiß, Pflichttreue, Ausdauer – genauso hab ich doch an deiner Seite gelebt. Die Obrigkeit achte ich – ich saß zum Beispiel nie im Gefängnis, und ...«

»Vorsicht, Mietz! So einfach ist es nicht. Es gilt, in allen Bereichen nach dem Besten zu streben.« Karl rang nach einer ausreichend taktvollen Art, das Folgende in Worte zu packen. »Und in manchen Dingen bist du ja ...«

»In welchen Dingen bin ich was?«

»Es gibt Bereiche, wo du ... nehmen wir etwa die Ehrlichkeit ...«

»Bei der du ja zu den Heiligsten gehörst.«

Karl spürte, dass Emma trotz aller Versöhnung jetzt schon wieder die Wunden seiner Seele triezte, die sie doch heilen sollte. »Vielleicht wollen wir das später besprechen«, sagte er. Ausgiebig sah er sich um. »Wo ist eigentlich Klara?« Ihr Kaffee war schon kalt geworden.

Sie warteten.

Dann ging Emma, um auf der Toilette nach Klara zu schauen, aber dort war sie nicht. Also warteten sie weiter. Emma begann, Klaras Kuchen zu essen. Weil Klara weiter nicht kam, schaute Karl sich schließlich in der Gaststube um und fragte an der Reception des Hotels, ob man sie gesehen habe, aber keiner konnte sich erinnern. Also setzte er sich wieder zu Emma und wartete mit ihr, nun schon besorgt.

Schließlich stand Karl auf, um sie unten in den Isarauen zu suchen. Vielleicht, dachte er, hatte sie dort einige Schritte zur Erholung getan.

Er trat auf die Straße, wo ein wenig abseits der Wirtschaft noch immer die Droschke wartete, mit der sie gekommen waren. Karl ging hinüber zum Kutscher und fragte auch ihn, ob er Klara gesehen habe. Tatsächlich war sie da gewesen, aber schon vor einer halben Stunde.

»Diesen Zettel hat sie dagelassen«, sagte der Kutscher und überreichte Karl ein Papier, das zweimal gefaltet war. Er schwor, dass er es nicht gelesen habe, während Karl den Brief hastig öffnete.

Er trug tatsächlich Klaras klare Handschrift.

»Es ist das Beste für uns alle, wenn Ihr ohne mich seid.
Ich werde mir das Leben nehmen.
Lebt wohl.
Klara«

30. Oktober 1899

Padang, Sumatra, Kolonie Niederländisch-Indien

»Nein, nein, nein. Nein. Neinnein. Nein.«

»Herr May, ich verstehe vollkommen, dass Sie sich gegen die Tatsachen wehren, aber es ist aussichtslos.«

»Eine Lüge, eine ganz infame Lüge.«

»Ich erkläre es Ihnen also noch einmal. Hören Sie mir zu!«

»Nein. Sie verschwinden jetzt gefälligst!«

Wenigstens hatte Sejd Karl aus dem Gefängnis befreit.

Als sein treuer Diener nach Stunden zurückgekehrt war, hatte er entgegen der Absprache Stöver mit zu Karls Zelle gebracht. Für den Kaufmann bedeutete es dank seines exzellenten Rufes keinerlei Schwierigkeit, für Karl zu bürgen, und man entließ ihn anstandslos. Die beiden Eimerdiebe blieben in der Zelle. Stöver brachte Karl, der sich blass und fahrig gerade noch auf den Beinen halten konnte, zum Hotel und versprach, einen Arzt zu ihm zu senden. Zu seinem Zimmer schleppte Karl sich allein und hoffte dort, dass das Unglück nun ausgestanden sei. Aber kaum, dass er in seinem Bett lag, schwach wie mit dem schlimmsten Fieber, und sich die Decke über den Kopf gezogen hatte, hörte er von Hovens Stimme. Als Karl die Decke zurückschlug, saß dieser in einem der beiden geflochtenen Sesseln beim Fenster, die Füße auf den Tisch gelegt und auch sonst ohne die Wohlerzogenheit, die ihn in den vergangenen Wochen doch so ausgezeichnet hatte. Spöttisch hatte er begonnen, Karl seine eigene Lage zu erklären, und je hartnäckiger Karl all dieses abstritt, desto hartnäckiger begann von Hoven von vorn.

»Also noch einmal, Herr May: Beginnen wir mit dem Grund Ihrer Reise. Sie wollten in den Orient, um Ihre Phantasie und die Wirklichkeit miteinander zu versöhnen. Sie haben gehofft, unterwegs festzustellen, dass Sie tatsächlich das Format eines Kara Ben Nemsi besitzen, um damit Ihren Büchern eine Wahrheit zu geben, die sie zuvor nicht hatten.«

»Unsinn.«

»Natürlich war das Unsinn, und das haben Sie schon in Kairo bemerkt, als Sie nicht einmal allein durch die Straßen gefunden haben. Ihnen ist klar geworden, dass Sie nichts anderes sind als ein lausiger Tourist. Was also brauchten Sie? Richtig: Ein Abenteuer, das Sie doch noch zum Kara Ben Nemsi schult – und einen Gefährten, der dabei hilft. Sie haben beides erdacht und sind weitergereist. Nur sind Ihnen Phantasie und Wirklichkeit unterwegs so lange übereinandergestolpert, bis man Sie hier ins Gefängnis geworfen hat. Und jetzt müssen Sie begreifen, dass weder ich noch unser Gold wirklich sind, und das bedeutet natürlich, dass Sie endgültig einsehen müssen, dass Sie kein Kara Ben Nemsi sind, waren oder jemals sein werden – und um dieses so lange wie möglich hinauszuzögern, liegen Sie nun unter der Bettdecke und halten sich die Ohren zu.«

Karl hatte in seinem Bett tatsächlich die Gehörgänge mit den Handballen versperrt, doch gegen von Hovens Stimme half es nichts. Sie war in seinem Kopf. Und trotz der Hände konnte Karl nun hören, dass es an der Tür klopfte.

Matt und blass, wie er war, zwang er sich aus dem Bett und ermahnte von Hoven auf dem Weg zur Tür, dass er sich gefälligst benehmen solle.

»Als ob das einen Unterschied machte.« Wenigstens hob er die Füße vom Tisch.

Draußen stand der Arzt, den Stöver geschickt hatte, und Karl war nicht sicher, ob er nun an den Säufer, den Halsabschneider oder an jenen geraten war, der vorschnell zur Amputationssäge griff. Der unpassende Überschwang, mit dem der Mann den Raum schon beim Betreten füllte, schien auf den Säufer zu deuten, aber Karl roch keinen Schnaps. Auch er war Niederländer, sprach jedoch bestes Deutsch, und während Karl sich in sein Bett legte und der Arzt seine Tasche öffnete, begann er eine muntere Plauderei.

»Sie sind jener Deutsche, der war bei Stöver mit seine Diener!«

»Nein.«

»Doch. Er hat mir gesagt Ihren Namen und gezeigt Ihren Photographie.«

»Sie müssen mich verwechseln.«

»Ihr Vorschlag mit Sumpffieber und Chinin: Gut gedacht. Leider falsch gewesen. Hatte er Tollwut gehabt.«

»Ich weiß nicht, wovon Sie sprechen.«

Der Arzt zügelte seine blendende Laune, die dem Gegenstand doch kaum angemessen war. Er sah Karl an, mit dem tröstenden Ernst, den so doch nur wirkliche Ärzte beherrschen. »Ich weiß: immer schlimm, wenn Patient stirbt. Aber war Tollwut. Niemand kann irgendwas tun dagegen. Wer immer an diesem Bett gestanden, hätte ihn nicht retten können. Sie nicht, ich nicht, nicht einmal Gott.«

»Das ist doch immerhin ein Trost.« Von Hoven war an Karls Bett getreten.

»Die Wunde in seine Wade, wo ihn gebissen hat ein Langur, Sie hätten natürlich entdecken können.«

»Natürlich!«, bestätigte von Hoven beflissen.

Seitdem er behauptete, nur ein Produkt von Karls Phantasie zu sein, hatte von Hoven sich einer Häme befleißigt, die Karl vollkommen unverschämt erschien. So, wie er es in den vergangenen Wochen manchmal mit seiner Bewunderung übertrieben hatte, übertrieb er es nun mit seiner Herablassung, und darüber, dachte Karl, würde noch zu reden sein.

»Aber jetzt Sie«, fuhr der Arzt fort. »Sie leiden also an einem Nervenfieber?«

Karl bestätigte und beschrieb ihm die Symptome, die ihn schon früher so oft ereilt hatten: Schlaflosigkeit, Unruhe, Fieber, große Erregbarkeit; Schmerzen und eine generelle Eingenommenheit des Kopfes.

»Können Sie sich genau erinnern an die letzten 24 Stunden?«

Karl bejahte und während er abgehorcht wurde, fasste er ihren Verlauf in einigen Sätzen zusammen, ließ dabei jedoch vieles aus.

»Was aber hat Sie überhaupt unter das Fenster dieser Familie geführt?«, fragte der Arzt, mit dem Ohr an Karls Rücken.

»Das tut doch nichts zur Sache.«

»Haben Sie schon einmal an Halluzinationen gelitten?«

»Nein«, sagte Karl bestimmt.

»Herr May«, ermahnte ihn von Hoven.

»Auch in den letzten Tagen nicht?«

»Keinesfalls.«

»Herr May!« Zum Beweis, dass er für jeden außer Karl unsichtbar war, stellte von Hoven sich hinter den Arzt und hielt ihm von dort die Augen zu. Dieser fuhr unverwandt mit seiner Untersuchung fort, notierte etwas in einer Kladde und begutachtete Karls Körper von allen Seiten.

»Das beweist gar nichts«, sagte Karl.

»Was beweist nichts?«, fragte der Arzt abwesend, während er Karls Puls fühlte und sich auf das Zählen konzentrierte.

»Nichts, nichts.«

Von Hoven lag plötzlich neben Karl im Bett, im Nachtkleid und mit einem Lappen auf der Stirn. »Herr Doktor«, flehte er, ebenso schwach und fiebrig wie Karl, »helfen Sie mir. Ich höre Stimmen.«

Der Arzt reagierte nicht.

»Sehen Sie?«, sagte von Hoven.

»Hinaus!«

»Ich bin fertig gleich«, sagte der Arzt.

Er tastete die Lymphknoten ab, schaute Karl in den Hals und verkündete dann, dass tatsächlich keine körperlichen Ursachen zu finden seien. Die Empfehlung lautete Baldrian und strenge Bettruhe, dann verabschiedete er sich – nicht ohne jedoch für seinen Besuch einen Preis zu verlangen, der Karl überzeugte, dass er an den Halsabschneider geraten sein musste.

Karl versuchte zu schlafen, in der Hoffnung, dass sich nach dem Aufwachen nur die vergangenen Stunden als Fiebertraum erweisen würden – und nicht auch die Wochen zuvor. Von Hoven aber ließ ihm keine Ruhe. Karl bat ihn zu gehen, doch er rührte sich nicht. Er schrie ihn an, dass er verschwinden möge, doch er stand nicht aus seinem Sessel auf. Karl wollte ihn am Kragen packen und hinauswerfen, doch von Hoven blieb, ebenso wie der Kopfschmerz. Schließlich gab Karl auf und verkroch sich wieder im Bett.

»Es tut mir ja auch leid, Sie so quälen zu müssen«, begann von Hoven erneut. »Ich bewundere Sie durchaus. Die meisten Menschen folgen doch nur den Pfaden, auf denen das Schicksal sie ausgesetzt hat: einmal im Dreck, immer im Dreck. Sie dagegen haben sich nicht nur einen Helden, sondern ein ganzes Leben herbeiphantasiert.«

»Und mir wird auch noch einfallen, was ich mit Ihnen mache.« Karl hatte sich erneut die Decke über den Kopf gezogen.

»Wären wir an Ihrem Schreibtisch: sicherlich. Ihre kleinen Phantasmen gedeihen in der eigenen Stube ganz hervorragend, und dort hätten Sie sie auch bis zu Ihrem Lebensende züchten können. Bloß: Wenn Sie sich aufmachen und Kara Ben Nemsi in einen Ringkampf mit der Wirklichkeit zwingen, muss einer von beiden verlieren – und Tatsachen sind leider zäher als auch die größten Wünsche.«

»Wieso meinen Sie, dass ich Ihnen ausgerechnet jetzt glaube, nachdem Sie mich wochenlang angelogen haben?«

»Weil eben die Tatsachen dafür sprechen.«

»Nennen Sie eine!« Karl schlug die Decke zurück und starrte von Hoven an.

»Ist Ihnen zum Beispiel nicht aufgefallen, dass ich niemals mit jemand anderem gesprochen habe als mit Ihnen? Nicht einmal mit Sejd?«

Karl dachte nach. »Was ist mit dem dicken Menschenhändler in Massaua?«

»Haben Sie eine Unterhaltung mit ihm wirklich gesehen?«

Wieder versuchte Karl sich zu erinnern, aber es gelang ihm nicht.

»Weil ich nämlich keine geführt habe«, erklärte von Hoven. »Sie haben ihn später zu einem Teil Ihrer Erzählung gemacht, weil Sie ihn nicht mochten.«

»Unsinn! Warum hätten Sie uns sonst nach Massaua geführt, wenn nicht seinetwegen?«

»Die Frage ist doch, warum Sie uns überhaupt nach Massaua geführt haben. Und meine Vermutung, wenn Sie sie hören wollen: nur, weil sich von dort überzeugend Postkarten verschicken lassen, die von einer Reise durch den Sudan berichten.«

»Als ob ich eigens irgendwohin reisen würde, nur um von dort Postkarten zu schreiben.«

Von Hoven begann zu lachen und konnte seine Heiterkeit kaum mehr einfangen.

Karl unterbrach ihn pampig. »Außerdem waren es doch auch Sie, der uns nach Sumatra gelotst hat.«

Von Hoven wischte sich kichernd eine Träne aus dem Augenwinkel. »Ich glaube, Sie wollten einfach so weit wie möglich weg von diesem vermaledeiten Orient, der nun ganz anders ist als in Ihren Büchern. Aber nach Hause wollten Sie auch noch nicht. Also sind wir hier.«

»Aber das Gold! Wir haben doch Gold gefunden!«

»Was weiß ich, mit welchen Lehmklumpen Sie da Ihre Taschen gefüllt haben.«

»Ich habe sie«, trumpfte Karl auf, »sogar nach Deutschland zur Analyse geschickt, und die Ergebnisse werden alle Ihre Behauptungen widerlegen.«

Von Hoven machte ein Gesicht wie Zahnschmerzen. »Ich fürchte, ich fürchte – nein. Im Gegenteil. Ich habe Sie ja ausdrücklich gewarnt, andere davon zu unterrichten.«

Karl schwieg.

»Es wird blamabel für Sie enden.«

»Aber!« Karl triumphierte noch einmal, als ihm ein Grund einfiel, warum der Goldfund doch ein echter gewesen sein musste. »Wo soll denn die Karte mit dem Weg zur Ader hergekommen sein, wenn nicht von Ihnen?«

»Fragen Sie doch Sejd. Der weiß es.«

»Sagen Sie es mir doch.«

»Mir glauben Sie ja nicht.«

Also läutete Karl die Glocke und ließ nach Sejd schicken. Es brauchte zehn Minuten, in denen Karl einmal kurz davondöste und von Hoven penetrant vor sich hin pfiff, bis dieser schließlich vor der Tür stand. Er hatte Karl Obst, Milch und die Post des Tages mitgebracht.

Karl zwang sich aus dem Bett und zum Schreibtisch, wo die Karte von Ceylon zwischen einigen Büchern steckte.

»Sejd, diese Karte – wo kommt sie her?«

Sejd stutzte kurz ob der Frage. »Haben Sie mich kaufen geschickt. Gekauft in Laden am Hafen.«

»Und dieses Kreuz hier, wer hat das gemacht?«

»Sie. Sie gefragt: ›Ist das Bach?‹«, und Sejd deutete auf den Wasserlauf, der auf der Karte eingezeichnet war. »Dann Kreuz gemacht und Karte versteckt.«

»Ich selbst?«

Sejd nickte. Karl ging hinüber zu seinem Bett und ließ sich hineinfallen. »Und dann sind wir durch den Dschungel gelaufen, bis wir zufällig eine Höhle gefunden haben?«, fragte er von Hoven.

»Wenn wir überhaupt dort waren. Vielleicht haben Sie das ja auch alles am Schreibtisch erdacht.«

»Natürlich waren wir dort.« Karl setzte sich entrüstet wieder auf.

»Wenn Sie einen Beweis wollen, fragen Sie Sejd doch, ob er Ihnen einmal die Narben des Leopardenangriffes zeigt«, sagte von Hoven.

»Nun wird es aber albern.«

»Fragen Sie ihn. Ich wäre selbst gespannt auf die Antwort.«

Karl bedachte das einen Augenblick. Die Erinnerung an das Abenteuer jedoch, das ihm so lebendig vor Augen stand, dass es keinesfalls nur eine Phantasie sein konnte, jedenfalls nicht, ohne dass er darüber endgültig zusammenbräche, hielt ihn von der Frage ab. Er schickte Sejd fort.

»Schade«, sagte von Hoven. »So hätten Sie wenigstens die Gewissheit gehabt, dass Sie sich ganz allein durch den Dschungel geschlagen haben.«

»Ich brauche das nicht, denn die Gewissheit habe ich bereits. Und ich werde Ihnen all das noch beweisen!«

Um von Hoven einige Momente lang nicht ertragen zu müssen, stand Karl wieder auf und öffnete die Post, die Sejd gebracht hatte. Es war ein Brief von Scharffenstein darunter, bloß zwei Zeilen lang:

»Ihre vorgeblichen Golderze haben sich als vollständig wertlos erwiesen. Ich bitte um Erklärung. Hochachtungsvoll …«

»Sehen Sie?«, sagte von Hoven.

»Das ist doch alles nichts weiter als eine hinterhältige Intrige«, brüllte Karl. »Alle stecken unter einer Decke mit Ihnen. Alle haben Sie bezahlt, damit sie mir Briefe schreiben und so tun, als könne man Sie nicht sehen, und damit sie Dinge behaupten und, und … krank bin ich doch auch nur Ihretwegen! Bestimmt haben Sie mich vergiftet, um mich zu schwächen« … und Karl sah sich um in seiner Raserei und sah die Speisen, die Sejd doch eben erst gebracht hatte, und überzeugt, dass von Hoven sie manipuliert haben musste, griff er sie, riss die Tür zum Abort auf und warf sie in die Schüssel, und triumphierend baute er sich vor von Hoven auf, weil er dessen Plan durchkreuzt hatte …

… und dann klopfte es an der Tür.

Verärgert über die Unterbrechung ging Karl, um sie zu öffnen.

Niemand stand davor.

Als er sich jedoch umwandte, um seinen Wutausbruch fortzusetzen, saß in dem zweiten Sessel neben dem von Hovens plötzlich ein schlanker Mann mit langem Haar, schönen Wangenknochen und einer hervorragenden Nase. Unter dem breiten Revers seines Rockes lugte ein Jabot aus Leinen hervor und auch sonst war er ganz nach der Mode gekleidet, die man doch seit hundert Jahren nicht mehr trug. Er sah so aus, wie Karl ihn von Gemälden und aus seiner Erinnerung an Kairo kannte.

Es war Friedrich Schiller.

24. *August* 1902

München, Königreich Bayern, Deutsches Reich

»Wohin ist sie gegangen? Schnell!«

Der Kutscher deutete auf einen schmalen Pfad. Ein Stück die Straße hinauf, hinter dem Schlösschen, das dem Hotel seinen Namen gab, führte er hinab in den Wald und zum Fluss.

Wenn man sich hier das Leben nehmen wollte, dachte Karl hektisch, dann wohl tatsächlich im Wasser, und Klara konnte kaum schwimmen. Er ließ den Kutscher stehen und rannte panisch den Weg hinab, dachte nach 30 Schritten, ob es nicht besser wäre, Emma noch zu holen, und nach 40, dass er lieber keine Zeit verlor, und also lief er weiter. Der Weg fiel steil ab, und Karl folgte ihm hechelnd und vorsichtig durch den Wald, so schnell sein geschwächter Körper ihn trug. Er überholte zwei Spaziergänger und fragte im Vorbeihasten, ob sie eine Frau gesehen hätten, doch sie verneinten, und Karl lief weiter, Klaras Zettel immer noch in der Hand, und rief ihren Namen.

Er erreichte eine Wiese und ahnte an ihrem Ende, hinter einem schmalen Streifen von Bäumen, den Fluss.

Wieder rief er Klaras Namen, als er über das Gras rannte. Und dann, zwischen den Bäumen hindurch, sah er sie: Klara watete in die Isar. Noch war sie nah am Ufer, aber mit apathischen Schritten und gerafftem Rock wankte sie zur Flussmitte, dorthin, wo das Wasser mächtig zog.

»Klara!« Karl lief schneller, hastete zu den Bäumen, über Wurzeln und Felsen, und wieder rief er ihren Namen, doch sie wandte sich nicht um. Schon war er auf dem Ufer angekommen, an dem der Fluss jahrhundertelang Steine abgelegt und rundgeschliffen hatte. Unter Karl rutschte es, seine Ledersohlen glitten auf den Steinen ab, jeden Schritt musste er balancieren, es ging kaum voran, und Klara schob sich stetig weiter in die Fluten.

»Mausel!« Wieder wandte sie sich nicht um.

Karl erreichte das Wasser. Er stakste hinein, so schnell es ging, doch schnell ging es nicht. Klara reichte der Fluss bald bis zu den Hüften, in Karls Schuhen schwappte es eiskalt, und dann glitt er aus, doch er konnte sich fangen, nur den Zettel ließ er fallen, und während die Isar das Papier davontrug, holte er langsam zu Klara auf, schon zog die Strömung mächtig an ihr, vier Schritte noch, drei, zwei, sie drohte das Gleichgewicht zu verlieren, und Karl rief »Mausel!«, einen Schritt noch, und er erreichte sie im letzten Augenblick. Karl riss sie herum, beide schwankten, doch sie fielen nicht, Klara lehnte an ihm, bleich, mit rot geweinten Augen, wollte sich losreißen, doch Karl fasste sie fester, sie schlug ihm auf die Brust, doch Karl hielt sie, und langsam gab Klara nach, schluchzte in seine Jacke, während die Isar um sie stoisch weiterwanderte, und Karl strich Klara über den Kopf, bis sie sich schließlich, gestützt von Karl, ans Ufer führen ließ.

Die beiden Spaziergänger hatten das Geschehen beobachtet, aber Karl schickte sie mit einem Winken fort, es sei ja nun alles in Ordnung. Klara und er plumpsten auf die Steine, japsend, mehr noch sprach- als atemlos.

Karl zog Klara zu sich. »Was machst du denn für Sachen?«

Als Antwort schniefte Klara leise.

»Es kommt doch jetzt alles in Ordnung«, sagte Karl.

»Glaubst du das wirklich?«

»Ganz sicher«, sagte Karl, obwohl ihn gerade alle Gewissheiten verlassen hatten. »Glaubst du das nicht?«

Mit zusammengepressten Lippen schüttelte Klara den Kopf,

sagte nichts mehr und sackte an Karls Seite zusammen. Eine Ohnmacht fällte sie. Karl legte sie auf die Steine und gab ihr sanfte Klapse auf die Wangen, bis sie wieder erwachte. Es dauerte nicht lang.

»Wir müssen nach einem Arzt schicken lassen«, sagte er.

»Es wird schon gehen.«

»Es ist zu gefährlich.«

»Es muss gehen.«

Also wrangen sie ihre Sachen aus und warteten, bis Klara sich genug beisammen fühlte, um zurückzukehren. Sie gingen langsam, mit Pausen an jedem umgestürzten Baumstamm und jedem Fels, und bis sie wieder am Schlosshotel angelangt waren, hatte die Augusthitze ihre Kleidung fast vollständig getrocknet.

Klara setzte sich in die Kutsche, wo sie vor Erschöpfung noch einmal zusammensank. Karl holte Emma, die längst in größter Sorge war, und erklärte auf dem Weg, was sich ereignet hatte. Aufgelöst stürzte Emma in die Droschke, auf die Bank neben Klara, und schloss sie in die Arme. Karl wies den Kutscher an, sie so schnell wie möglich ins Hotel zu bringen. Hastig klapperten sie über das Pflaster, Klara zwischen Karl und Emma, die sie ohne Pause in den Armen hielt, und während Emma nur immer wieder fragte, »Was machst du denn für Sachen? Was machst du denn für Sachen?«, blieb Klara benommen, antwortete einsilbig und fiel dazwischen immer wieder in Ohnmacht.

Karl war in größter Sorge.

Im Hotel wurde Klara von Karl und dem Kutscher gestützt, gemeinsam führten sie die beinahe Ertrunkene in ihr Zimmer. Karl und Emma brachten sie dort ins Bett, und Karl wollte nun umgehend einen Arzt holen lassen. Doch Klara wehrte ab, sie wolle keinen Arzt, sie brauche nur Ruhe und einige Tropfen zur Stärkung. Schwach bat sie Emma, ihr etwas aus der Apotheke zu holen.

»Aber ich werd dich doch nicht allein lassen«, sagte Emma entrüstet. »Hühnelchen, mach du das.«

»Ich kann sie doch auch nicht allein lassen, Mietz.«

»Aber vielleicht gibt es jetzt Dinge, die man allein unter Frauen besprechen muss, und da wärest du nur im Weg.«

»Was soll es denn zu besprechen geben, woran ich nicht teilhaben kann?«

»Lass nur, Mietz, es ist schon in Ordnung«, bat Klara. »Geh doch rasch zur Apotheke. Du weißt am besten, was ich brauche.«

Emma protestierte, doch Klara beharrte mit dünner Stimme. Emma verließ also das Zimmer und versprach, so schnell wie möglich wiederzukommen.

Als die Tür hinter ihr geschlossen war, setzte Karl sich zu Klara ans Bett. Sorge und Erleichterung rauften in seinem Herzen. Er nahm ihre Hand. »Was hätten wir denn bloß ohne dich machen sollen?«

»Verzeih mir. Es war so feig von mir.«

Karl gab ihr einen Kuss auf die Stirn. »Aber warum denn überhaupt der Gedanke?«

»Ich konnte nicht mehr mitansehen, wie diese Ehe dich zugrunde richtet.«

Karl war so gerührt wie entsetzt, welche Schlüsse Klara aus den vergangenen Monaten in der Villa Shatterhand gezogen hatte. Sanft sagte er: »Aber Mausel, das ist Unsinn. Gerade heute erst haben Emma und ich uns doch versöhnt. Es wird ja jetzt alles in Ordnung kommen.« Den guten Beginn dieses Tages hatte Karl zwischenzeitlich schon wieder vergessen, und für einen Moment war er erleichtert, dass zumindest an dieser Seite die Sorgen versiegt waren.

Klara sah ihm lang und forschend ins Gesicht, doch sie schwieg.

»Wie kommst du denn auf so eine Idee?«, fragte Karl schließlich.

Klara drehte sich von ihm weg. »Ich kann es dir nicht sagen.«

»Warum denn nicht?«

»Du würdest mich verachten.«

»Aber wofür könnte ich dich denn verachten?«

»Weil ich nicht gleich versucht habe, dir beizustehen.«

Aufmunternd strich Karl ihr über die Schulter.

»Was immer es ist, so schlimm kann es gar nicht sein. Nun sag es doch!«

Klara drehte sich wieder zu Karl und rang sichtlich mit sich. Schließlich fasste sie ihn beim Arm.

»Karl … Emma will dich umbringen.«

30. Oktober 1899

Padang, Sumatra,
Kolonie Niederländisch-Indien

»Ich dachte«, begann von Hoven, »wenn Sie mir nicht glauben mögen, hole ich noch einen Kronzeugen hinzu. Sie kennen sich ja bereits.«

Karl vergaß seinen Zorn.

»Schiller«, stammelte er, »mein Friedrich.« Er fiel vor ihm auf die Knie und küsste ihm die Hand. Dort blieb er sitzen.

»Wir wollen wohl einmal grundsätzlich beginnen«, sagte von Hoven und schüttete zwei Tassen Tee ein, von denen er eine dem Dichter hinüberschob. »Was glauben Sie, mein lieber Schiller, wer ist leichter zu täuschen: die eigene Seele oder die Öffentlichkeit?«

»Doch sicher die Öffentlichkeit«, sagte Schiller, der Karls Ehrerbietung geschmeichelt entgegengenommen hatte. »Man tritt ihr immer nur für kurze Momente gegenüber, und in diesen lässt sich jeder Mumpitz behaupten. Kaum reicht die Gelegenheit je, der Lüge überführt zu werden. Mit sich selbst aber ist man beständig allein – das Gewissen hat zu viel Zeit, nagende Fragen zu stellen.«

»Aber ist das Publikum nicht misstrauischer als das eigene Herz? Einen anderen muss man mühsam überzeugen – sich selbst aber glaubt man jeden Quark sofort, solange er nur angenehm ist.«

»Da haben Sie recht, mein lieber von Hoven. Sie müssen es allerdings so anstellen, dass Ihre Lüge auch dem Auditorium recht angenehm ist. Aufregender als die Wahrheit muss sie sein. Keinesfalls sollte sie dem widersprechen, wovon das Publikum längst schon überzeugt ist. Und wenn Sie es dann noch vollbringen, mit Ihrer

Lüge direkt das Herz zu wärmen … Nehmen Sie doch unseren Herrn May: Sein Old Shatterhand ist ein Mensch, wie es viele gern wären. Genauso gern nimmt man ihm also ab, dass es wenigstens diesen einen Mann gibt, der jedes Ideal erfüllt. Man liest von ihm – und wächst selbst an der Lektüre. Legt man das Buch beiseite, geht man noch ein Weilchen größer durchs Leben. Nicht so groß wie er, aber doch größer als zuvor.«

»Aber irgendwann schrumpft man auch wieder«, wandte von Hoven mit erhobener Tasse ein.

»Ja, und vielleicht sogar beginnt man dann zu fragen, ob denn das Behauptete auch wahr sein kann. Wohin aber mit diesem Misstrauen? Der Schwindler ist doch längst wieder hinter der Bühne verschwunden. Nur seine Lüge bleibt – und wenn er Glück hat, bleibt sie für immer. Sich selbst aber kann man nicht ewig belügen.«

»Viele schaffen es immerhin bis zu ihrem Tod.«

»Glücklich ist, wer vorher nie die Wahrheit über sich erfährt.«

Beide lachten, so wie es Herren zu tun pflegen, die in der Behaglichkeit der Stube die Schlechtigkeit der Welt besprechen – die Gott sei Dank niemals sie selbst betraf.

»Sehen Sie«, wandte von Hoven sich wieder an Karl, »Sie hätten nicht aufbrechen dürfen. Wären Sie daheim geblieben, wären Sie vielleicht noch als Old Shatterhand ins Grab gestiegen.«

»Nun seien Sie nicht so gemein zu unserem Freund.«

»Aber anders begreift er es doch nicht«, sagte von Hoven. »Herr May!«

Karl hatte das ganze Gespräch über auf dem Boden gehockt. Den Kopf auf den Händen, die Augen geschlossen, hatte er versucht, die herrlichsten Dinge zu erfinden, um von Hoven zu vergessen, doch wuchs in ihm eine Schwärze, die alles erstickte – alles, was nicht Schmerz, nicht Leid, nicht Abgrund hieß. Karl fühlte, wie das gesamte Universum in seinem Herzen zusammenstürzte.

Es war nicht weniger als das Ende der Welt.

»Herr May!«

Karl wiegte sich hin und her, doch er antwortete nicht.

»Herr May! Haben Sie das jetzt endlich begriffen?«

Von Karl kam keine Antwort.

»Herr May!« Von Hoven brüllte nun. »Diese ganze Scharade dient nur dazu, Ihren Kara-Ben-Nemsi-Irrsinn endlich zu beenden! Nun hören Sie endlich auf uns und fügen Sie sich!«

»Nein, nein, neinneinen, nein!« Mit einem schrillen Singsang versuchte Karl, von Hoven zu übertönen.

Von Hoven kniete sich neben ihn und presste Karls Schädel in seine Hände. »Wir sind alle, alle nur Stimmen in Ihrem Kopf. Erinnern Sie sich daran, wer Sie mit 23 zu allen Ihren Missetaten angestiftet hat? Wer Sie später wieder ins Gefängnis gebracht hat? Wer Sie …«

»Nun lassen Sie einmal gut sein, von Hoven.« Schillers sanfter Bariton beendete das Geschrei. »Ich glaube, unser Herr May begreift es nur ganz anders.«

Als Karl nun die Augen wieder öffnete, saß Schiller auf der Bettkante.

»Setz dich zu mir, lieber Karl.«

Lange starrte Karl ihn ohne jeden Ausdruck an. Dann ächzte er sich entmutigt auf die Beine und schleppte sich hinüber.

»Es ist Zeit, Abschied zu nehmen«, erklärte Schiller lieb.

Karl war nach seinem und von Hovens Ausbruch zu ermattet zum Widerspruch. »Es ist wirklich alles nicht wahr?«, fragte er leise.

Bedauernd schüttelte Schiller den Kopf.

»Auch von Hoven ist nicht echt?«

»So wenig, wie das Gold es war.«

»Aber du bist es?«

»Hätte ich dir sonst die herrlichen Zeilen einsagen können?«

Dankbar füllten Karls Augen sich mit Tränen.

Schiller gab von Hoven einen Wink, und dieser verließ das Zimmer.

Karl sank auf die Matratze. Schiller deckte ihn zu und wachte an seiner Seite, bis Karl eingeschlummert war.

Dann ging auch er.

Karl fiel in einen tiefen, heilsamen Fieberschlaf, der ihn die nächsten anderthalb Tage umfing. Während draußen die Palmen ihre Köpfe neigten und die feuchte Luft an den Menschen klebte; während das Leben im üppigen Urwald brodelte und man sich auf einer zufälligen Tabakfarm nur manchmal fragte, wer dieser seltsame alte Mann unter dem Fenster gewesen sein mochte; während Stöver daheim in seinem Old Surehand blätterte und dachte, dass leider auch die größten Helden alterten; während zwei Pakete mit wertlosen Steinen Deutschland erreichten und Karls Briefe andernorts in zwei Zeitungsredaktionen für größte Freude sorgten – währenddessen also schwitzte Karl diesen Albtraum aus. Oft trat Sejd in sein Zimmer, setzte sich an sein Bett und kühlte ihm die Stirn. Karl erwachte davon nicht.

Nur einmal noch schreckte Karl auf. In der nächsten Nacht, als Sejd nicht bei ihm war, stand eine andere Gestalt an seinem Bett.

Auch wir mussten uns nun trennen,

dachte Karl.

Ich sah den armen Mann auf seinem Bette liegen, fiebernd und untröstlich. Unsere Zeit endete nun, auch wenn es uns beiden die Herzen brach. Ein letztes Mal setzte ich mich neben ihm nieder. Er ruhte dort zusammengerollt wie ein Kind, und tröstend legte ich ihm die Hand an die Wange. Ein letztes Mal erzählten wir uns von Winnetou, ein letztes Mal sah ich das Leuchten in seinen Augen.

Dann stand ich auf und ging, obwohl er seine Hand nach mir ausstreckte. Doch seine Kraft reichte nicht einmal mehr, sich aufzurichten.

Ich legte meine Hand auf das Herz als letzten Gruß. Ein letztes Mal sahen wir uns an, dann schloss ich die Tür hinter mir. Von nun an musste er allein bestehen.

Er war nicht ich, das wusste er nun.

Aber wer war er eigentlich dann?

Dritter Teil

24. Dezember 1899

Arenzano, Königreich Italien

Weit im Osten Ägyptens, dort, wo das Land sich zwischen dem Mittelländischen Meer und dem Roten Meer zu einem schmalen Isthmus zusammenzieht, ist ein Bauwerk geschaffen, welches die Menschheit unbedingt zu Ehrfurcht verpflichtet. Jene Landenge muss sich der Leser als eine flache Bodensenkung denken, die den Golf von Suez nach Norden fortsetzt; eine sandige Wüste ohne Erhebung, nur unterbrochen durch die Bitterseen und ihre kleineren Geschwister: den Timsah- und den Ballahsee. Keine 80 Meilen Land hat die Schöpfung hier zwischen beide Meere gelegt, und zu allen Zeiten haben die Herrschenden darüber nachgedacht, jenem Weg, den die Natur durch Ebene und Seen vorzeichnet, mit einem Kanal zu folgen. Schon die Pharaonen prüften eine solche Verbindung, ebenso schlug Venedig sie im 16. Jahrhundert den Osmanen vor. Tatsächlich aber waren es die Franzosen, welche die Arbeit an diesem Kanal schließlich begannen. Bonaparte ließ schon 1798 angelegentlich seiner kurzzeitigen Eroberung Ägyptens Vermessungen zu einem solchen Bau ausführen, dennoch dauerte es danach bald 60 Jahre, ehe Ferdinand von Lesseps eine Konzession zum Bau des Suezkanals und zur Gründung einer Aktiengesellschaft für dessen Finanzierung erhielt.

Das Maß der zu bewältigenden Schwierigkeiten war ein ungeheures. Alles Material, alle Werkzeuge, Maschinen, Kohlen, Eisen, jedes Stück Holz mussten aus Europa geholt werden. Zu mancher

Zeit hatten von 1.800 Lastkamelen der Kompanie allein 1.600 den täglichen Transport des Trinkwassers für die 25.000 Arbeiter zu besorgen. Dazu ging die Finanzierung des Vorhabens durch europäische Aktionäre nicht voran wie erhofft. Einmal brach die Cholera aus und sämtliche Arbeiter desertierten. Überhaupt war die Sterblichkeit unter ihnen hoch. Obendrein versuchte Großbritannien mit aller Macht, den Bau zu sabotieren, da London argwöhnte, dass die Länder des Mittelmeeres aus dieser Abkürzung einen viel größeren Gewinn ziehen könnten als das Empire. Aufgrund der Lage auf dem Globus nämlich wäre der Zeitgewinn durch den Kanal für England ein geringerer als etwa für Frankreich; auch fürchtete man eine Konkurrenz im bislang herrlich ungestörten Handel zwischen Britisch-Indien und dem Mutterland. Also hintertrieb London die Arbeiten, wo es ging. (Meist ging es in Kairo und Konstantinopel, wo man dank des großen Gewichts Großbritanniens mit Eingaben vieles bremsen konnte.)

Der Kanal wurde dennoch im November 1869 mit einer Feier eröffnet, zu der 25.000 Gäste geladen waren. Mit seiner Länge von 160 Kilometern und seiner Rinne, die stets mindestens acht Meter Tiefe bietet, ist er eine technische Leistung, die ihresgleichen sucht.

Die Verwicklungen allerdings waren mit seiner Eröffnung längst nicht vorüber. Der verständige Leser wird begreifen, dass wir im Folgenden, um nicht mit Einzelheiten zu langweilen, einiges stark abkürzen müssen. Jedoch: Da in Europa nicht ausreichend Aktionäre zu finden gewesen waren, hatte Kairo zur Finanzierung des Kanals für Hunderte Millionen Franc fast die Hälfte der Aktie der »Compagnie universelle du canal maritime de Suez« selbst kaufen müssen. Die erhofften Gewinne durch die Passagegebühren für den Kanal aber blieben in den ersten Jahren aus. Ägypten geriet daher in arge Geldnot. Das Osmanische Reich selbst steckte in ähnlichen Schwierigkeiten, also konnte Konstantinopel nicht mit Kredit aushelfen. Kairo musste daher seine Aktien (die mittlerweile selbstverständlich im Wert gesunken waren) zu Geld machen, und es fand sich auch rasch ein Käufer: Großbritannien. In London nämlich hatte man mittlerweile eingesehen, dass jener Kanal vielleicht doch gar keine so verkehrte Eingebung gewesen war.

Im Folgenden wuchs der Einfluss Britanniens und Frankreichs in Kairo derartig, dass in Ägyptens Kabinett schließlich ein Minister aus Frankreich und einer aus Großbritannien saßen, von denen Letzterer die Finanzen verantwortete. Ägypten, das seit Jahrhunderten zum Osmanischen Reich zählte, war unter die Abhängigkeit der europäischen Mächte geraten. Gegen diese Kontrolle aus Europa jedoch erhob sich bald ein Aufstand der Ägypter. Großbritannien zögerte kurz – und entsandte dann Truppen. Keine 13 Jahre nach Eröffnung des Kanals, den England eigentlich nicht hatte haben wollen, wurde Ägypten vollständig von den Briten besetzt, und überhaupt erwies sich der Suezkanal dann doch als äußerst praktisch. Großbritannien verkürzte er die Wege in die östlichen Kolonien ungemein, genau wie Frankreich, Deutschland, den Niederlanden, Spanien und Italien. Allein auf einer Dampferfahrt von Bombay nach Triest ersparte er 37 Tage, nach Genua 32, nach Liverpool, Amsterdam oder Hamburg 24 Tage auf See.

So wollen wir also festhalten, was für ein Segen dieses gewaltige Vorhaben der Civilisation ist. Und nur, wer daran zweifelt, dass das Ausbringen der Civilisation überhaupt einen Segen bedeutet (so wie es vielleicht unser Karl auf seiner Reise einige Male schon getan hatte), könnte meinen, dass der Kanal einzig ein Symbol der großen Eroberung sei, mit der Europa die Welt ausnehme. All jene wollen wir aber noch einmal auf die Vorteile verweisen, welche dieser Kanal bringt: Unserem Karl etwa ermöglichte er es, bereits Anfang Dezember wieder in Ägypten einzutreffen! Und keine Fahrt konnte schnell genug gehen, um den Schrecken zu entkommen, welche Karl auf Sumatra ereilt hatten.

Die Tage auf See hatte er damit verbracht, dumpfen Kopfes über das Meer zu schauen, die gelegentlichen Besuche von Hovens zu ignorieren und auch dessen Stimme zu überhören, die ihn manchmal bis in den Schlaf verfolgte. Er fühlte sich vollständig entleert, nur mehr als die hohle Hülle eines Mannes; und so sehr war er damit beschäftigt, nicht in das gewaltige Loch zu stürzen, das Old Shatterhand nach seinem Abschied in ihm hinterlassen hatte, dass er kaum zu etwas anderem kam.

Vor seinem Aufbruch auf Sumatra war einige Zeit nötig gewesen, bis Karl von seinen schlimmsten Zuständen wieder genesen war. Sejd hatte ihn gepflegt, täglich den Arzt geholt und Stövers Besuche meist geschickt abgewimmelt, doch erst nach einer Woche befand sich Karl wieder in einer Verfassung, die es ihm erlaubte, Emma genauere Anweisungen für das Treffen in Port Said zu schicken, zu dem er sie und Plöhns ja von Ceylon aus eingeladen hatte.

So also war er mit Sejd am 11. Dezember in Port Said angelangt und am nächsten Tag voll sehnsüchtiger Vorfreude in den Hafen geschritten, wo der Lloyddampfer aus Genua eintraf.

An Bord aber fand er keinen der Erwarteten.

Beunruhigt harrte Karl einige Tage aus und versuchte mit Telegrammen an alle denkbaren Orte den Verbleib seiner Frau und der beiden Freunde zu ergründen. Am vierten Tag schließlich erreichte ihn ein Telegramm aus Arenzano, mit der bloßen Mitteilung, dass man sich dort befinde. Der Name dieses Ortes sagte ihm nichts. Was die Freunde dort festgehalten hatte, blieb unklar. Erst nach langem Suchen auf der Karte erinnerte er sich, dass sie vor seiner Abreise aus Italien einen Ausflug dorthin gemacht hatten; es war nicht weit gewesen, von Genua nur ein Stück der Küste entlang nach Westen. Karl nahm mit Sejd den nächsten Dampfer, auf dem Kabinen zu bekommen waren, und durch einen wütenden Sturm fuhren sie nach Marseille. Von dort wollte Karl einen Zug in Richtung Genua nehmen, telegraphierte vorher noch seine Ankunftszeit nach Arenzano, weswegen er den Zug aber verpasste und noch einmal einen halben Tag warten musste. So traf er erst am späten Nachmittag des 23. Dezembers unendlich erleichtert am Bahnhof von Arenzano ein, wo Emma ihn bereits erwartete. Mit Tränen der Wiedersehensfreude in den Augen stieg Karl aus dem Zug.

»Da bist du ja endlich«, begrüßte ihn Emma und klang ungehalten, sie hatte ja ein zweites Mal zum Bahnhof kommen müssen.

Hinter Karl hatte Sejd die Koffer aus dem Zug gewuchtet, und sofort stürzte Emma sich auf den exotischen Reisebegleiter. Sie umrundete ihn einmal zur Musterung, kniff ihn in die Wange und sagte langsam: »Guten Tag. Verstehen Sie mich? Einen guten Tag wünsche ich!« Noch bevor Sejd antworten konnte, fragte sie Karl: »Ist er überall so braun?« Dann wollte sie allerlei zu den Lebensgewohnheiten der fremden Menschen wissen und fragte Karl auf dem Weg ins Hotel nicht einmal, wie es ihm ging.

Karls Enttäuschung über dieses Wiedersehen jedoch verzog sich schnell, als er im Hotel freudigst von Klara und Richard begrüßt wurde und dann von Richard, der bleich wirkte und im Gesicht einen Stich ins Gelbliche zeigte, den Grund erfuhr, der die drei in Arenzano festgehalten hatte. Schon im Jahr zuvor war bei Richard die Bright'sche Krankheit festgestellt worden, die seine Niere langsam versagen ließ. War die Krankheit bis zum Frühjahr noch schonend mit ihm umgegangen, hatte sich sein Zustand in Karls Abwesenheit stark verschlechtert, und man ahnte, dass sie ihn schlussendlich das Leben kosten würde. Nach Karls Einladung hatte Richard tagelang gehadert, ob er noch die Kraft besaß, eine solche Reise anzutreten, und sich schließlich doch zum Aufbruch entschlossen. Unterwegs aber schwächten ihn die Symptome so sehr, dass an eine Weiterreise ins heiße Ägypten nicht mehr zu denken war. Auch Emma, die ihr Unterleibsleiden immer wieder einmal plagte, befand sich nicht bei bester Gesundheit, und so hatten die drei in Genua beschlossen, nicht nach Port Said überzusetzen, sondern in Arenzano auf die heilende Kraft der Seeluft zu hoffen. Karl war sehr besorgt, als er all dies erfuhr, jedoch heimlich auch entlastet. Sehr hatte er sich darauf gefreut, die Freunde in die Ferne zu führen – doch versehrt und angegriffen, wie er selbst sich fühlte, war es ihm nicht unlieb, die Reise stattdessen mit einer gemeinsamen Kur am Meer zu beginnen. Er richtete sich ein.

Der nächste Tag war der Heiligabend. Sie verbrachten den Vormittag im Salon des Hotels, wo Karl ausführlich von seiner Reise berichtete und auch hier manches ausließ. Nach dem Mittagessen zogen die Frauen sich zurück. Karl und Richard entschieden sich für Tee und Cognac auf der Terrasse, wo man es in der Sonne recht behaglich hatte, wenn man sich nach Art einer Luftkur sorgfältig in dicke Wolldecken wickelte.

Das Hotel war gleich an der Meerespromenade gelegen, und von ihrem Platz aus blickten die beiden über die Straße zum Strand hinüber, auf den gleichmütig die Wellen schlugen. Karl fragte Richard, ob er seines Zustandes wegen nicht auch eher ins Bett gehöre, doch Richard versicherte ihm, dass es doch nichts Besseres für ihn geben könne, als einfach nur auf das Meer zu schauen und die kräftigende Luft zu atmen. Er sah fahl aus, doch hatte die Krankheit dem kleinen, runden Mann noch nichts von seiner fröhlichen Stämmigkeit rauben können. Die aufrichtige Liebenswürdigkeit, mit der er den Menschen stets entgegentrat, sie saß offensichtlich nicht in den angegriffenen Nieren – und sicher auch nicht in den Haaren, die er schon vor Jahren fast vollständig verloren hatte –, sie saß in seinem leutseligen Herzen, das noch immer kräftig schlug.

Dennoch bemerkte Karl, dass Richard an diesem Tag verändert wirkte, gleichermaßen fahrig wie reserviert. Selbst Karl, dessen Nase für andere Menschen nicht ein Fünftel so empfindlich war wie die seiner Frau, ahnte, dass Richard ein Anliegen drückte, und fürchtete, was da kommen mochte.

»Deine Sendung mit Gesteinsproben aus Ceylon haben wir ja erhalten«, begann Richard umständlich.

Karl hatte vollständig vergessen, dass auch Richard mit Proben bedacht worden war. Er nickte nur.

»Hätten wir damit etwas Besonderes unternehmen sollen?«, fragte Richard und rückte am dünnen Gestell seiner Drahtbrille herum.

»Nein, nein. Sie waren für euch nur als Andenken.«

»Gut. Denn woher die Proben auch immer stammen, man hat versucht, dich übers Ohr zu hauen.«

»Habt ihr sie untersuchen lassen?«

»Sie schauten mir schon beim Auspacken so gar nicht nach Golderz aus. Also war ich damit im Labor in unserer Fabrik, es kostet keinen großen Aufwand, das Material zu bestimmen: Es handelt sich um höchst gewöhnliches Granulit, wie man es auch in Sachsen findet. Kein Gold, kein Erz.«

»Tja«, sagte Karl und weiter nichts. Er blickte über das Meer, um den Freund nicht ansehen zu müssen.

»Deine Verteidigungsschrift ist allerdings erschienen wie geplant.«

»Gut, gut.«

Karl wickelte sich noch einmal sorgfältiger die Decke um die Beine, was einige Zeit beanspruchte.

»Ist denn etwas dran an diesen Vorwürfen?«, fragte Richard schließlich.

»Gar nichts. Lächerlich! Ihr kennt mich und solltet es besser wissen.«

Eine Lachmöwe landete auf der Balustrade vor ihnen und rief laut. Sie stolzierte herum, kratzte sich lang mit dem Schnabel unter den Flügeln und betrachtete die beiden Männer, die dort saßen.

»Wie lange kennen wir uns nun?«, fragte Richard, als sie wieder aufgeflogen war.

»Bald zehn Jahre.«

»Und sind wir in dieser Zeit nicht gute Freunde geworden?«

»Die besten!«

Richard nickte. »Du weißt, man fordert unter Freunden nichts. Doch kann man unter Freunden bitten. Und ich will dich nun um Ehrlichkeit bitten. Ein offenes Wort wäre mir wertvoller als jede Einladung auch zu der teuersten Reise.«

»Als ob wir jemals nicht offen miteinander gewesen wären!«

»Waren wir das?«

Obwohl Karl sich eben erst sorgfältig gesetzt hatte, machte er sich daran, wieder aufzustehen. »Wollen wir nicht doch hineingehen? Wir könnten beide etwas Schlaf gebrauchen.«

Richard regte sich nicht. »Das könnten wir tun«, sagte er nur. »Aber ich würde darüber meine Bitte nicht vergessen und dich bei nächster Gelegenheit erneut fragen.«

Karl ließ seine Decke, wo sie war. Er verschränkte die Finger und betrachtete seine Knöchel, wie sie geordnet nebeneinanderlagen. »Gut«, sagte er nur.

»Ist denn etwas dran an diesen Vorwürfen?«, fragte Richard noch einmal.

Es war nun so, dass Karl anderen selten eine Frage stellte. Man fragte ihn doch meist selber aus, und er berichtete so gern und generös, dass er lange nicht mehr auf den Gedanken gekommen war, andere könnte in seiner Anwesenheit etwas anderes interessieren als Karl May. Fragen jedoch, die ihn selbst zum Gegenstand hatten, stellte er erst recht nicht – es sei denn, man konnte damit rechnen, dass die Antwort ein überschwängliches Lob war. Die letzten Wochen aber hatten ihn so gründlich gerupft, so sehr hatten sie seine Idee von sich selbst erschüttert, dass er nun das Attest eines anderen brauchte: dass nämlich Karl May vielleicht doch der war, für den er ihn so lange gehalten hatte, zumindest ein klein wenig.

»Was glaubst denn du?«, fragte er.

Richard schnaufte, während er zögernd eine passende Antwort zusammentrug. »Es war doch offensichtlich, dass in den Büchern nicht alles Wort für Wort stimmen konnte«, sagte er. »Einiges musste ja stark übertrieben sein, und genau darüber habe ich mich immer sehr amüsiert. Ich habe dich lieb gewonnen als einen Hadschi Halef Omar.«

Karl schwieg.

»Und ganz genau wollte ich es gar nicht wissen«, fuhr Richard fort, »obwohl Emma hier und da Andeutungen gemacht hat. Es war doch ein gemeinsames Geheimnis, dessen Reiz darin liegt, dass man selbst über seine Existenz noch schweigt – spricht man darüber, ist der Zauber dahin.»

Karl sagte weiterhin nichts.

»Was hatte es denn mit diesen Gesteinsproben auf sich?«, fragte Richard schließlich.

»Das ist doch nicht wichtig.«

»Es wäre ein Anfang.«

»Habe ich dir schon von den herrlichen Stammestänzen der Bescharin-Nomaden berichtet? Wir haben ihr Lager bei Assuan besucht, und ihr Gesang …«

»Karl«, bat ihn Richard.

Noch einmal versuchte er, das Unvermeidliche auszusitzen. Es war ein wortloses Ringen, zwischen Richard und ihm – und auch in Karl selbst. Die Wahrheit, welche er auf dieser Reise über sich erfahren hätte, drängte ihn, sich einem lieben Menschen zu offenbaren; doch hielt ihn die Angst zurück, ob jener Mensch noch sein Freund wäre, nachdem er ebendiese Wahrheit erfuhr.

Richard aber wartete mit gnadenloser Geduld.

Dann, nach einer Zeit, die länger schien als der Flug einer Schwalbe über das gesamte Mittelländische Meer, begann Karl zu sprechen.

»Die Gesteinsproben«, sagte er leise, »habe ich selbst gefunden. Ich habe mich in ein Abenteuer locken lassen, von einem, den ich in Kairo traf, der aber …«, und Karl suchte nach Worten, doch alle, die er fand, klangen zu seltsam, als dass man ihn verstanden hätte.

Er würde anders beginnen müssen.

Noch einmal zurrte er die Decke um seine Beine fester, auf dass sie ihm Halt gaben, bei allem, was nun folgte. Noch einmal wartete er, ob ihn nicht doch ein Wunder von allem erlöste. Doch nichts geschah, außer dass die Möwen kreisten und die Wellen brachen und Richard geduldig neben ihm saß. Schließlich fing Karl seine Geschichte an, noch einmal leiser als zuvor.

»Es ist heute auf den Tag 38 Jahre her, dass ich das erste Mal in meinem Leben verhaftet wurde.«

»Das erste Mal?«, fragte Richard.

»Das erste von vielen Malen.«

Richard betrachtete ihn erstaunt.

»Ich war 19 Jahre alt und gerade Lehrer geworden. Mein Wohnungsgenosse beschuldigte mich, ich hätte ihm eine Uhr gestohlen – die doch tatsächlich nur geliehen war. Am Nachmittag des Heiligen Abends nahm die Polizei mich fest, Weihnachten verbrachte ich in einer Zelle, und bald darauf verurteilte man mich zu sechs Wochen

Zuchthaus. Ich verlor meine Erlaubnis, Lehrer zu sein. All die Hoffnungen, die meine arme Familie in mich gesteckt hatte – dahin. Es war wie ein Schlag auf den Kopf, unter dessen Wucht man in sich selbst zusammenbricht.«

Karl hielt inne. Die Erschütterungen der letzten Wochen hatten die Tür zu einer Kammer in ihm aufgestoßen, die lang verschlossen gehalten war. Der Luftzug der langen Seereise hatte sie weiter aufgeschoben, Richards Insistieren vollends aufgerissen. Nun betrachten zu müssen, was hinter der Tür lag, kostete Karl viel.

Es dauerte, ehe er fortfuhr.

»Nach den sechs Wochen kam ich aus dem Gefängnis. Es war keine lange Zeit, doch in mir war etwas durcheinandergeraten: Ich war krank, es herrschte Nacht in mir. Die Dunkelheit erfüllte aber nur die Seele, nicht den Geist. Ich besaß die Fähigkeit zu jedem logischen Schluss, aber ich war nicht imstande, mich selbst zu betrachten, mich selbst zu verstehen, mich selbst zu lenken. Es war ein Zustand, wie ich ihn noch bei keinem Menschen gesehen und in keinem Buch gelesen hatte. Es bildete sich bei mir das Bewusstsein heraus, dass ich kein Ganzes mehr sei. Stattdessen gab es in mir verschiedene handelnde Personen, die sich bald gar nicht, bald aber auch sehr genau voneinander unterschieden.

Da war zunächst ich selbst – aber wer dieses Ich eigentlich war und wo es steckte, ich konnte es nicht sagen. Es besaß große Ähnlichkeit mit meinem Vater und hatte alle seine Fehler. Ein zweites Wesen in mir stand stets nur in der Ferne. Es glich einer Fee, einem Engel, einer beglückenden Gestalt aus dem Märchenbuch meiner Großmutter. Es mahnte, es warnte. Es lächelte, wenn ich gehorchte, und es trauerte, wenn ich ungehorsam war. Die dritte Gestalt war mir direkt widerlich. Fatal, hässlich, höhnisch, stets finster und drohend. Sie sprach oft ganze Tage und ganze Nächte lang in einem fort zu mir. Und sie wollte nie das Gute, sondern stets nur das, was bös und ungesetzlich war. Oft wechselte ihr Gesicht. Heute sah sie aus wie Rinaldo Rinaldini, morgen wie der Raubritter Kuno von der Eulenburg.«

Richard hatte still zugehört, mit einem Ausdruck des Erstaunens, in den sich oft einer der Sorge mischte.

»Ich machte diese Beobachtungen nicht mit einem Male«, fuhr Karl fort, »es vergingen viele, viele Monate, bis sie sich in mir so weit entwickelt hatten, dass ich sie fassen und festhalten konnte. Derweil lebte ich das gewöhnliche, alltägliche Leben ganz so wie jede gesunde Person. Ich arbeitete. Ich gab privat Unterricht in Musik. Ich dichtete. Aber in mir hatten sich meine Gedanken und Regungen zu sichtbaren und hörbaren Gestalten verdichtet, und es wurden immer mehr. Sie wollten mitsorgen, mitarbeiten, mitschaffen, mitdichten. Und jede dieser Gestalten sprach; ich musste sie hören. Ich sah sie bei geschlossenen Augen, und ich hörte sie, bei Tag und bei Nacht. Die dunklen waren mächtiger als die hellen; gegen ihre Zudringlichkeit gab es keinen Widerstand. Kein anderer Mensch sah und hörte es; niemand ahnte, was und wie furchtbar ich litt. Es war, als ob ich aus dem Gefängnis unsichtbare Verbrecherexistenzen heimgebracht hätte, die sich nun bei mir einnisteten, um mich ihnen gleichgesinnt zu machen. Sie sprachen auf mich ein: dass ich mich rächen sollte, rächen an dem Eigentümer jener Uhr, rächen an der Polizei, rächen an dem Richter, rächen am Staate, überhaupt an jedermann! Dadurch, dass ich das blieb, wozu sie mich gemacht hatten: nämlich ein Verbrecher.«

Karl hatte lange erzählt, suchend und zögernd, nun nahm er sich eine Pause.

»Das ist keine kluge Rache«, sagte Richard nach einer Weile, um ihn zum Weitersprechen zu bewegen.

»Natürlich nicht, aber sie teufelten unaufhörlich auf mich ein.«

»Mit Erfolg?«

»Ich würde es alles gern genau berichten, aber es ist so vieles aus meiner Erinnerung ausgestrichen.«

Karl hatte all dies lange in sich verborgen. Doch die Tür war nun einmal geöffnet, und stockend begann er, von den Streichen zu berichten – jedenfalls von jenen, derer er sich noch entsinnen konnte.

Es ist, im Sinne der Vollständigkeit, wohl nur recht, wenn wir an dieser Stelle noch ein zweites Gedächtnis bemühen, das zuverlässiger arbeitet als dasjenige Karls: jenes der Justiz nämlich. In den sächsischen Akten finden wir vieles, was Karl tiefer vergraben hat, als nun seine Erinnerung reichen will: dass er zum Beispiel keine zwei Jahre, nachdem man ihn aus dem Gefängnis lässt, sich in einem kleinen Ort nördlich von Hohenstein als Augenarzt Dr. med. Heilig ausgibt, sich von einem Schneider Kleidung herstellen lässt und dann verschwindet, ohne zu bezahlen. In Chemnitz probiert er ein paar Monate darauf denselben Trick, nennt sich Herr Seminarlehrer Ferdinand Lohse aus Plauen, bestellt Pelze und flieht. Erst als er das Manöver unter dem Namen Hermes Kupferstecher ein drittes Mal versucht, fasste man ihn in Leipzig, als er dort einen ergaunerten Pelz versetzen will. Es ist kurz nach seinem 23. Geburtstag. Wegen dieser und anderer Verbrechen verurteilt man ihn zu vier Jahren und einem Monat, die er im Arbeitshaus zu Zwickau absitzen soll.

»Ich bat um eine Einzelzelle und bekam sie auch«, sagte Karl, die Augen geschlossen. »Mir waren all die Bücher aus der Gefängnisbibliothek die beste Gesellschaft. In mir wuchs der Wunsch, Schriftsteller zu werden, und in der Abgeschiedenheit der Zelle verschwanden mit der Zeit auch die Gestalten, die mich zuvor so gepeinigt hatten. Man entließ mich nach dreieinhalb Jahren wegen guter Führung.«

»Und dann nahm es also ein gutes Ende?«

»Nein.« Karl, der im Laufe seiner Erzählung geschrumpft zu sein schien, sank noch tiefer in sich zusammen. »Ich kehrte nach Hause zurück. Wie freute ich mich auf ein Wiedersehen, besonders mit der Großmutter! Ich eilte als Erstes in ihre Wohnstube und fand sie – leer. Sie war gestorben, schon im Jahr zuvor. Man hatte es mir verschwiegen, um mich zu schonen, um mir die Gefangenschaft nicht noch zu erschweren. Das war ja recht gut gedacht, nun aber traf es mich umso wuchtiger. Sie war nicht krank gewesen. Sie war hingeschwunden, vor Gram – um mich!«

Richard nickte mitfühlend und wartete, dass Karl sich gesammelt hatte, um weitersprechen zu können.

»Es dauerte nicht lang, da tauchten Vorwürfe in mir auf, aber keine Vorwürfe, die nur Gedanken sind. Ich sah sie in mir kommen, und ich hörte, was sie sagten – jedes Wort, ja wirklich, jedes Wort! Wieder waren es Gestalten, wirkliche Wesen, und ihre Stimmen vernahm ich so deutlich, als ob sie vor mir stünden. Und sie blieben. Wieder begann die frühere Marter, der Kampf mit unbegreiflichen Mächten, die umso gefährlicher waren, als ich absolut nicht entdecken konnte, ob sie Teile von mir waren oder nicht. Sie verlangten wie früher, dass ich mich rächen solle, nun erst recht. Sie wurden von Tag zu Tag lauter. Ich stemmte mich gegen sie, doch das war selbst bei der größten Kraftaufwendung nicht länger als einige Tage auszuhalten. Ich vernahm unausgesetzt den inneren Befehl, an der menschlichen Gesellschaft Rache zu nehmen – und zwar dadurch, dass ich mich an ihren Gesetzen vergriff.«

Karl hatte zögernd gesprochen, in langen Pausen immer wieder nach den richtigen Worten geschürft. Nun ging es auf drei, und Emma und Klara traten auf die Terrasse, um die beiden wegen eines Spaziergangs aufzustöbern, zu dem man sich verabredet hatte.

»Ist dir nicht wohl?«, fragte Klara, als sie Karl neben Richard sitzen sah, noch blasser als bei seiner Ankunft.

Karl schüttelte nur beschwichtigend den Kopf, und Richard forschte in seinem Gesicht, ob er die Frauen wieder wegschicken sollte. Er wolle mit Karl noch etwas besprechen, sagte er ihnen dann, sie möchten doch allein aufbrechen.

Verwundert und unter neckischem Protest brachen Emma und Klara also zu einem Strandspaziergang auf, und als sie die Straße überquert hatten, fuhr Karl fort.

»Nicht lang jedenfalls, nachdem ich aus dem Gefängnis gekommen war, verdächtigte man mich eines Einbruchs, den ich doch nicht begangen hatte. Ich floh in die Wälder, um mich zu verstecken, und dort überwältigten mich die Stimmen endgültig. Zehn, 50, ja 100 von ihnen verhöhnten mich mit unaufhörlichem Gelächter. Es kam mir vor, als ob die inneren Gestalten aus mir herausgetreten seien und neben mir herliefen. Voran mein frommer Seminardirektor, dann der Zimmergenosse, der mir seine Uhr nicht geborgt haben wollte, hierauf Raubritter, Räuber, Mönche, Nonnen, Geister und Gespenster. Ich gab nach und floh vor den Anschuldigungen. Ich trieb mich herum und begann, die unsinnigsten Verbrechen zu begehen.

Einmal stahl ich einen Satz Billardkugeln, um sie zu verkaufen, ein andermal ein Pferd aus dem Stall einer Wirtschaft. Ich behauptete, Beamter zu sein und Falschgeld beschlagnahmen zu müssen. Einmal gab ich vor, ein Sohn des Prinzen von Waldenburg zu sein, ein andermal, der Sohn eines reichen Plantagenbesitzers von der Insel Martinique. Bald ein Jahr ging das so. Man ergriff mich, ich konnte fliehen. Man ergriff mich wieder und steckte mich erneut ins Zuchthaus. Wieder gab es vier Jahre. Und ich muss es wohl ein Glück nennen, dass es so kam. Denn erst dort erfolgte meine Heilung.

Man brachte mich ins Zuchthaus Waldheim. Die Anstalt beschäftigte einen katholischen Katecheten. Er war nur Lehrer, ohne akademischen Hintergrund, aber ein Ehrenmann in jeder Beziehung. Human wie selten einer und von einer so reichen erzieherischen, psychologischen Erfahrung, dass das, was er meinte, einen viel größeren Wert für mich besaß als ganze Stöße von Büchern. Ich hatte ihm von meinen inneren Anfechtungen nichts erzählt, wie ich in persönlichen Dingen überhaupt nie einen Menschen zu meinem Vertrauten gemacht habe.«

»Weiß Emma denn davon?«

»Kaum etwas. Sie weiß von den Strafen, aber wenig von meinen Zuständen.«

Eine Frage nach dem Warum erübrigte sich, Richard hatte oft genug erlebt, wie Emma Karl wegen seiner »Verrücktheiten« maßregelte, selbst wenn es um die harmlosesten Dinge ging.

Karl fuhr fort: »Zuweilen entschlüpfte mir aber doch ein Wort, welches nicht andeuten sollte, aber doch andeutete. Der Katechet wurde aufmerksam. Die Ratschläge, die er scheinbar beiläufig gab, leiteten mich und brachten mir Besserung. Er machte mich zum Organisten in der Anstaltskirche. Der gütige Glaube dieses Mannes, die Andacht, die Messen, die Ruhe; die Lektüre aus der Anstaltsbibliothek und die Musik – sie reinigten mich. Nur einige Monate, und die Gestalten verschwanden ganz.«

»Für immer?«

»Für lange, lange Zeit.«

Richard nickte und verstand.

»Ich kam aus dem Gefängnis, ich begann, als Schriftsteller zu arbeiten. Ich traf Emma. Es dauerte – doch mit größter Beharrlichkeit schuftete ich mich aus der Armut und dem Elend heraus. All das war mehr als fünfzehn Jahre her, als wir uns kennenlernten.«

Jenseits der Promenade hörte man die Wellen auf den Strand schlagen. Richard wartete, ob Karl weitersprechen und von allein zum eigentlichen Kern seiner Frage dringen würde. Der aber schwieg. Schließlich musste Richard sich selbst ein Herz fassen.

»Und hast du dann die Reisen unternommen?«

Karl lehnte sich zurück, seufzte tief und wagte nicht, Richard anzusehen. Dann fiel er wieder in sich zusammen. Ein Schulterzucken war alles, was er zustande brachte.

»Was ist mit Winnetou?«

Karl schüttelte stumm den Kopf.

»Hadschi Halef?«

Ein weiteres Kopfschütteln.

»Gab es denn überhaupt Reisen?«

Eine Träne löste sich aus Karls Auge. Er wollte sie aufhalten, doch als sie ihm die Wange hinabgerollt war, begriff er, dass eine einzige Träne längst nicht reichte. Er begann zu weinen, leise erst und ganz für sich.

Richard hatte neben ihm gesessen, halb Karl zugewandt, halb mit ihm in Richtung Meer blickend, in der kerzengraden Haltung, die von einem Mann von Format verlangt wurde. Die Hände hatte er zu Karls Erzählung erst in den Schoß gelegt, dann in die Rocktaschen gesteckt; nun zog er sie heraus, und hilflos schwebte seine Linke eine Weile über Karls zitternden Schultern, bis sie hinabsank und ihm einige Male aufmunternd auf den Rücken klopfte. Es konnte Karl nicht trösten. Das Zittern seiner Schultern wuchs zu einem Beben, Richard blickte auf seinen Freund, den der Kummer zusammenkrümmte, er hörte sein Schluchzen über der leeren Terrasse im Sonnenuntergang, und schließlich ließ er allen Anstand fahren und nahm Karl in den Arm.

So saßen sie da, ein Mann und ein Kind, und das Rauschen der Brandung wiegte sie. Kein Wort des Vorwurfs kam von Richard, und irgendwann brach die Dämmerung herein.

Richard reichte Karl sein Taschentuch, und dieser trocknete Wangen und Bart. Der Strom versiegte langsam.

»Was soll ich denn jetzt tun?«, fragte Karl, als er wieder beieinander war.

»Beichte alles«, sagte Richard.

Statt einer Antwort starrte Karl hinaus aufs Meer, das sich dunkler färbte.

»Du wirst noch eine Weile mit der Presse Versteck spielen können. Je länger du aber leugnest, desto tiefer wird man in deiner Vergangenheit graben. So viele Jahre Gefängnis lassen sich nicht davonzaubern. Es wird herauskommen. Man wird Akten finden und Zeugen.«

»Ich kann alles abstreiten.«

»Aber wie lang? Es wird der Tag kommen, an dem man dir nicht mehr glaubt.«

»Und meine Leser?«

»Manche werden sich zornig abwenden. Manche werden dich für einen Teufelskerl halten, dass du die Welt so gefoppt hast – am Ende aber vergeben fast alle dem reuigen Sünder. Du musst ihnen bloß die Gelegenheit verschaffen.«

Das Brechen von drei Wellen lang bedachte Karl das Gesagte. Er wusste nicht, ob er auf Richards Rat hören würde. Doch in einer Klarheit, die ihm sonst fremd war, sah er seine Lage.

»Und du?«, fragte Karl schließlich.

Richard brummelte ein gutmütiges Lachen.

»Fast bewundere ich dich jetzt noch mehr. Da hast du uns recht schön verschaukelt. Und dass du es alles einfach erdacht hast! Einen Kerl wie Hadschi Halef! Oder Lord Lindsay!«

Karl tat, als sei das alles nicht weiter bemerkenswert.

»Doch, doch!«, beharrte Richard. »Das ist doch erstaunlich. Ein solches Werk in so kurzer Zeit. Wo hast du das nur alles hergeholt?«

Karl winkte ab, doch hatte er wieder zu einer aufrechten Haltung gefunden. »Ach, pflegt man die Freundschaft zu ihr, macht die Phantasie viele Geschenke.«

»Aber eine solche Phantasie muss man doch erst einmal besitzen! Die der meisten Leute reicht doch nicht weiter als ihr Haaransatz.«

Karl seufzte. »Das ist nun eine andere Erinnerung, die ich mit fast niemandem geteilt habe. Du bist einer der wenigen, die davon erfahren: Ich war die ersten Jahre meines Lebens blind. Ich sah nichts. Es gab für mich weder Gestalten noch Formen, noch Farben. Ich hatte nur die Stimme der Großmutter, die mir aus dem Märchenbuch vorlas. Sie gab mir eine Ahnung von der Welt, die ich mir doch nur vorstellen konnte. Ich wurde erst mit fünf Jahren geheilt.«

»Das ist ja grauenvoll.«

»Es ist nicht der Rede wert.«

»Es ist, im Gegenteil, doch fast eine Tragödie, die Stoff für die Bühne ergäbe«, sagte Richard, »ein Knabe, den der wichtigste aller Sinne verlässt, schärft seine Phantasie, um an diesem Verlust nicht irre zu werden.«

»Es ist ja nun alles noch einmal gut ausgegangen.«

»Donnerwetter, Herr May, glauben Sie diese Räuberpistole eigentlich selbst?«

»An deiner Stelle würde ich eine große Lebensbeichte ablegen und mit genau dieser Geschichte beginnen«, sagte Richard. Karl verscheuchte die lästige Stimme.

Seit Stunden hatten sie allein auf der Terrasse gesessen, und in der Dämmerung kühlte es zu sehr ab, um noch an der Luft zu bleiben. Die Frauen waren schon längst an ihnen vorbei ins Hotel gegangen, und überhaupt wurde es Zeit. Richard erhob sich, und auch Karl stand auf.

Sie gingen auf ihre Zimmer, um sich umzuziehen, dann trafen Karl, Richard und die Frauen sich zum festlichen Abendessen im Speisesaal. Neugierig fragte Klara, was die beiden denn so lange zu besprechen gehabt hätten, doch Karl und Richard sagten nur, dass es ein ernstes Gespräch unter Männern gewesen sei und man es doch dabei belassen wolle. Klara zog ein langes Gesicht, und Emma sagte über der Suppe schnippisch, dass sie und Klara ja auch ihre kleinen Geheimnisse hätten, aber niemand ging darauf ein. Stattdessen berichtete Karl bald wieder von seiner Reise, und nach dem Essen machten sie Bescherung, und so wurde es doch ein echter Weihnachtsabend.

Später gingen sie hinüber in die Kirche, deren Glocken kurz vor Mitternacht zur Christmette läuteten.

Und hier, zwischen den getünchten Wänden des Kirchenschiffs, in der duftenden Wärme Tausender Kerzen, unter den Blicken des Heilands, der von den Kirchenfenstern gütig auf die Gläubigen hinabsah – hier kam Karl zur Ruhe. Das Gespräch mit Richard hatte ihn sehr erschüttert, doch spürte er, dass ein Gewitter von seiner Seele zog. Die Liturgie – fremd in der Sprache, doch so vertraut in jeder Handlung – hielt und tröstete ihn, und lang schaute er hinauf zu Jesus am Kreuz und dachte daran, wie dieser selbst in der Stunde seines Todes noch für seine Henker um Vergebung gebeten hatte. Wie groß doch die Herzen all derer werden mussten, die seine Botschaft ernsthaft erhörten! Karl gedachte seines lieben Katecheten im Zuchthaus zu Waldheim, während er auf Italienisch die Weihnachtsgeschichte hörte, die er doch praktisch auswendig kannte: wie das Kind geboren wurde, wie der Engel zu den Hirten trat und sprach »Fürchtet Euch nicht«; wie bei dem Engel plötzlich ein großes himmlisches Heer war, das Gott lobte und sprach »Ehre sei Gott in der Höhe und Friede auf Erden den Menschen seines Wohlgefallens« – so saß Karl also dort neben Richard, lauschte der fremden Sprache und wusste, dass doch in dieser Nacht 1900 Jahre zuvor nicht nur der Welt ein Geschenk gemacht worden war. Sondern heute auch ihm.

Bald würde es ein neues Jahrhundert geben.

Bald, dachte Karl, würde auch in ihm Frieden herrschen.

Der Gesang der Gemeinde umarmte ihn, die Gnade Gottes fühlte er durch sich strömen, und während Hunderte Stimmen singend den Herrn lobten, den mächtigen König der Ehren, war Karl, das erste Mal seit vielen, vielen Jahren, erlöst.

24. August 1902

München, Königreich Bayern, Deutsches Reich

Sechs Stunden, bevor sie sich vor Karls Augen in die Isar stürzte, saß Klara reisefertig in ihrem Zimmer und wartete auf das Unausweichliche. Sie hatte allein gefrühstückt, Emma und Karl waren nicht erschienen; nun aber ging es auf neun Uhr, und für diese Zeit galt die Verabredung zum Ausflug. Klara war bereit für eine Landpartie. Sie trug einen neuen Hut, ein neues Kleid und neue Schuhe, denn weil am Tag zuvor keiner mit keinem hatte Zeit verbringen wollen, war sie allein in die Stadt gegangen und hatte Geld ausgegeben gegen die Anspannung. Die vergangenen Wochen hatten auch Klara sehr zugesetzt, der ewige Streit in Radebeul, die Auseinandersetzung in Berlin, der Eklat in Leipzig. Doch nun, dachte sie, würde es wohl nicht mehr lange gehen.

Es klopfte, und ohne eine Antwort abzuwarten, kam Emma hurtigen Schrittes herein, auch sie mit Hut und Sonnenschirm. Sie küsste Klara zur Begrüßung auf den Mund, dann blieb sie beschwingt vor ihr stehen.

»Wo wart ihr denn beim Frühstück?«, fragte Klara.

»Wir mussten uns aussprechen.«

»Es wird das Beste gewesen sein«, sagte Klara in der Gewissheit, dass man sich dem Ende einen weiteren Schritt genähert hatte. »Und wie ist es ausgegangen?«

Ein mühsam zurückgehaltener Triumph brach aus Emma: »Wir haben uns versöhnt!«

Klara stellte ein Lächeln her und dachte: Es darf ja wohl nicht wahr sein.

»Das ist ja großartig, Mietz! Aber warum denn?«, fragte sie, und setzte, als sie bemerkte, dass die Frage verdächtig klingen mochte, ein »erst jetzt?« hintenan.

»Er hat mich erst jetzt um Verzeihung gebeten.«

»Wie wunderbar.« Klara stand auf und fasste sie an den Händen. »Aber da hast du einfach so Ja gesagt? Nach allem, was er dir angetan hat?«

»Er ist doch gar kein so schlechter Kerl. Aber das weißt du ja, natürlich.« Emma lächelte und strich ihr über die Wange in einer Geste, die, so fand Klara, herablassender war, als eine Frau in Emmas Lage sich erlauben sollte. Außerdem, aber das wusste Klara längst, waren Emmas Lügen stets etwas leichter zu durchschauen, als diese vermutete. Klara fühlte eine stille Wut in sich und wusste, dass ihr bald die Geduld reißen würde. Es war doch alles nicht mehr mitanzusehen.

Sie gab Emma einen Kuss, ermahnte sich zu einer guten Miene, und dann brachen sie mit Karl auf zum Ausflug ins Isartal.

Wir wollen bemerken, dass ein Ende von Klaras Geduld stets ein bedrohliches Zeichen war, gerade, weil Klara Plöhn doch ihre Geduld eigentlich so besonders auszeichnete. Dass es ihr etwa gelungen war, ihrem Mann über Jahre das industrielle Marmeladekochen aus- und die Vorzüge der Verbandstofffertigung einzureden; oder dass sie aus einer windschiefen Ehe die letzten Nägel zu ziehen vermochte, die diese noch hielten, und zwar so langsam, dass die Eheleute es gar nicht durchschauten – das verdankte Klara ihrer großen Geduld.

Und ihrem großen Ehrgeiz, natürlich.

Möglicherweise, ja, müssen wir nach einem weiteren Nachdenken zugeben, war der Ehrgeiz eine sogar noch stärker hervorstechende Eigenschaft der Klara Plöhn als ihre Geduld. Ein Beispiel! Womöglich wird sich der interessierte Leser schon gefragt haben, wem unserer Freunde seinerzeit auf der Akropolis die reizende Idee geschenkt wurde, dass die Mays und die Plöhns nach dem Tod in ein gemeinsames Grab ziehen sollten. Hinterher war es allen wie ein großer, gemeinsamer Plan erschienen – aber wir wollen doch einmal festhalten: Es war Klaras Einfall gewesen. Die Frau eines Verbandstofffabrikanten zu sein, erschien ihr nämlich gut und schön; und auch, von aller Welt für die Schwägerin eines der berühmtesten Männer des Landes gehalten zu werden, war nicht ohne Reiz. Aber um wie viel mehr wurde man geadelt, wenn man mit einem der größten Männer des Landes auch noch Seit an Seit in der Ewigkeit ruhte! (Oder wenn man, aber das wäre auf der Akropolis ein noch viel zu verwegener Gedanke gewesen, gleich mit diesem verheiratet war!)

Fünfdreiviertel Stunden jedenfalls, bevor Klara sich vor Karls Augen in die Isar stürzte, empfing dieser sie und Emma an der Kutsche, die vor dem Hotel Leinfelder bereitstand. Alle drei setzten ihre besten Launen auf und stiegen ein. Der Kutscher ließ die Peitsche schnalzen, die beiden Schimmel schnaubten, und in einer heiteren Stimmung, deren Falschheit Klara die Brust zusammenschnürte, rollten sie aus der Stadt hinaus. Klara saß Karl und Emma gegenüber, die miteinander die vorwärtsgerichtete Bank des offenen Wagens teilten. Nachdem sie eine Weile schweigend die Isar entlanggefahren waren, alle drei bemüht, so etwas wie ein versonnenes Lächeln im Gesicht zu tragen, nahm Emma schließlich Karls und Klaras Hand und ermunterte beide, sich ebenfalls an den Händen zu fassen.

»Ihr Lieben«, sagte sie, »genauso ist es doch am besten, nicht wahr?«

»So und nicht anders, Mietz«, sagte Klara.

»Da hast du so recht«, sagte Karl.

Und Klara drückte Karls Hand, und Emma drückte Klaras, und die Sonne über ihnen schenkte ihnen ihr wärmstes Licht; sie fuhren durch goldene Felder, und Kinder winkten in den Wagen hinein; der Sommerwind zupfte an ihren Hüten – und Klara kam nicht umhin zu sehen, dass die Hände, an denen Emma und Karl sich gegenseitig hielten, tot ineinanderlagen wie zwei faulige Sichlinge.

Es ist doch ein Irrsinn, dachte sie, eine solche Verblendung: dass die beiden glauben, sich noch einmal länger versöhnen zu können als für einen halben Tag. Es war doch schon nach ihrer Rückkehr aus dem Orient offensichtlich gewesen für Klara (und selbst für weniger befangene Beobachter), dass mit dieser Reise die Ehe der Mays ernsthaft ins Wanken geraten war. Emma begriff Karl nun gar nicht mehr. Karl verachtete Emma. Wo sie früher geredet hatten, schwiegen sie jetzt. Wo sie früher schwiegen, kabbelten sie sich. Wo sie sich früher kabbelten, stritten sie nun. Und dort, wo sie früher stritten, warf Emma nun gleich Teller und schrie, und manchmal schrie selbst Karl, und schon im ersten halben Jahr zurück in Radebeul war kaum ein Tag vergangen, an dem sich der eine nicht bitterlich bei Klara über den anderen beklagt hatte.

So hatte Klara einige Wochen nach Richards Beerdigung allein in ihrer Villa gesessen und hinaus in den Garten geblickt, wo der Frühling die Osterglocken öffnete. Kühl hatte sie ihre Lage überdacht. Sosehr sie Richard vermisste, so wirklich sie um ihn trauerte, so sehr musste sie doch einsehen: Es würde weitergehen müssen. Für ein Leben allein aber reichte das Erbe nicht, jedenfalls, wenn man es sich auch ein wenig schön machen wollte. Emmas Idee, gemeinsam fortzugehen, mochte romantisch klingen und wild, aber das Geld wäre ausgegeben, lange bevor sie alt waren. Eine Wiederverheiratung tat not. Karl und Emma trieb es auseinander. Karl, das ahnte Klara, war ihr durchaus zugetan. Auch in ihr war, bei aller Zuneigung zu Emma, ein Gefühl für Karl gewachsen. Die Liebe war ungehorsam.

Nun riss sie in eine neue Richtung aus.

Natürlich, hatte Klara in ihrer leeren Villa überlegt, stünde vor einer Heirat mit Karl eine Scheidung. Es wäre eine hohe Hürde, aber über die, dachte sie, würde man ihn vielleicht bugsiert bekommen. Also begann sie, Wasser in jeden Riss zu füllen, den die May'sche Ehe hatte. Dann wartete sie, bis der Frost kam.

Eine Stunde nun, bevor Klara sich vor Karls Augen in die Isar stürzte, nahmen die drei Platz auf der Terrasse des Schlosshotels Grünwald. Karl befand sich tatsächlich in bester Stimmung und verkündete, dass sie feiern wollten: nämlich den ersten Tag von Emmas

Besserung und Hebung. Emma fragte ihn überrascht, was es denn da noch zu tun gebe, und Klara überlegte, ob wenigstens Karl verstand, dass sie dort eine Scharade aufführten. Sie könnten sich versöhnen und nichts wäre anders; wenn sie sich heute nicht mehr stritten, dann morgen, es führte doch alles zu nichts mehr. Karl würde Emma nicht heben und bessern, egal, was er tat.

»Zunächst einmal musst du alle meine Bücher lesen«, sagte Karl, »auch die alten. In ihnen ist alles schon angelegt, und wer sie nicht verstanden hat, hat Karl May nicht verstanden!«

»Und eine Ehe von 22 Jahren reicht dazu nicht?«, fragte Emma.

Klara schaute leeren Blicks über die Bäume.

Es hatte sie in all den Monaten nicht wenig ihrer großen Geduld gekostet, das Ende der May'schen Ehe zu beschleunigen. Allein das Tagebuch, das sie eigens für diesen Zweck begonnen hatte, musste sie neunmal in Karls Arbeitszimmer liegen lassen, bis er es endlich öffnete – und fast hätte Emmas Neugier schon beim sechsten Mal ihren Plan durchkreuzt. Schon davor hatte sie Emma über Monate bestärkt, sich Karls Verrücktheiten nicht länger gefallen zu lassen; bald, versicherte sie ihr, würde er nachgeben. Genauso hatte sie Karl bestärkt, dass er Emma ihre Derbheit schon aberziehen könne, er müsse nur durchhalten; bald, sagte sie, würde Emma sich aufschwingen. Sie wusste, dass sie keines von beidem zu fürchten brauchte.

Dafür ließ sie vor beiden beständig Andeutungen über die Missetaten des jeweils anderen fallen. Anderes verschwieg sie, wenn es nützlich war. So glaubte sie etwa, recht sicher zu wissen, was mit jenen Briefen des Münchmeyerverlags geschehen sein musste, die Karl doch so verzweifelt vermisste: Emma dürfte sie wohl in ihrem liebsten Versteck verborgen haben. Aber wie schnell übersahen die Mädchen beim ersten Einheizen im Herbst einen einzelnen Umschlag, der im Ofen des Cabinets verborgen lag, und wie schnell war dieser dann zu Asche verkohlt! Doch solange Emma sich nicht erinnern konnte, was mit diesen Briefen geschehen war, und solange Karl davon ausging, dass Emma sie mit Absicht vernichtet haben musste – so lange würde sie ihre Vermutung für sich behalten. Die Risse hatten sich geweitet.

55 Minuten, bevor Klara sich in die Isar stürzte, trat auf der Terrasse des Schlosshotels der Kellner an ihren Tisch. Sie bestellten Kaffee und Kuchen für die Damen und einen Kräutertee für Karl. Als der Kellner gegangen war, stand Klara auf und bat, sie kurz zu entschuldigen.

Sie ging um das Haus herum, nach vorn zur Straße, wo die Kutsche stand. Die Pferde mümmelten stumm aus ihren Hafersäcken, während der Kutscher auf seiner Bank eingeschlafen war. Sie ging weiter, ratlos, wohin; bloß eine Pause brauchte sie von dieser furchtbaren Versöhnung. Sie passierte das Schlösschen, das dem Hotel seinen Namen gab, daneben führte ein Weg hinab zum Fluss. Klara folgte ihm und hoffte auf ein ruhiges Plätzchen, irgendwo dort unten.

In den Monaten des Zwietrachtsäens war es ihr sehr entgegengekommen, dass Karl, wie stets im Leben, alles schon gewusst haben wollte, wenn er etwas Neues erfuhr. So hatte Klara ihm beispielsweise angedeutet, dass Emma in seiner Abwesenheit mit dem Gesangsvereinsleiter Vogelhain … – aber das sei ihm, sagte Karl, doch immer schon klar gewesen. Und dass Emma ihn hinter seinem Rücken ein »altes Ekel« oder »furchtbaren Kerl« nannte …? – Schlimmeres, sagte er, habe er ihr längst zugetraut. Dass sie mit ihren Freundinnen (außer mit Klara natürlich!) nicht nur plauderte, wenn die Tür des Cabinets sich hinter ihnen schloss …? – Hier sah Klara Karl zum ersten Mal überrumpelt, und er brauchte eine Weile, bis er verkünden konnte: Von ihren Affären mit verschiedenen Herren habe er gewusst, aber auch dieses sei ein Verdacht, den er lange gehegt habe, ja. Schon längst, sagte er, habe er ihr Zimmer bei sich stets nur »die nackte Stube« genannt.

Klara war lang schon überzeugt, Karl besser zu kennen, als es Emma je getan hatte. Bloß eines – eines nur hatte sie unterschätzt: seine Fähigkeit, zu leiden.

Sie sah, wie Karls Kraft unter Emmas Zankereien schwand, sah ihn in die Dachkammer ziehen und immer wieder vor Streitereien aus der Villa fliehen. Doch standhaft blieb er. Alle Zusammenstöße, auch die schmerzhaftesten, deutete Karl zu moralischen Prüfungen um, die es zu bestehen galt. Klara wusste, dass er alle Wut auf Emma sorgfältig in sein Herz pferchte, ohne Chance auszubrechen, umzäunt von seiner elenden Geduld und der Angst vor dem Skandal, der eine Scheidung wäre. (Und obendrein, das wollen wir noch anmerken, von der Angst vor der Niederlage, den eine Scheidung bedeuten würde: mit einer Trennung wäre ja auch bewiesen, dass Karl, der doch irgendetwas am besten können musste, nicht einmal unschlagbar darin war, seine eigene Frau zu ertragen.) Also hatte er stolz gelitten. Seine Geduld, seine unendliche Geduld mit Emma strapazierte Klaras eigene schon sehr. Und dass es ihm nun nicht zu dumm war, dachte Klara auf ihrem Weg durch den Wald, dass es ihm nicht zu blöde war, Emma ein weiteres Mal zu verzeihen – es machte Klara so rasend, dass sie auf ihrem Weg zwischen den Bäumen mit Absicht jeden Käfer zertrat, der ihren Pfad kreuzte.

40 Minuten also, bevor Klara sich vor Karls Augen in die Isar stürzte, erreichte sie eine breite Wiese, an deren Ende, hinter einem schmalen Streifen von Bäumen, der Fluss lag. Dort an dem Kiesstrand setzte sie sich auf einen Baumstamm, den das Wasser abgelegt hatte. Die Isar stand hoch, es hatte viel geregnet, und mit behäbiger Unerbittlichkeit schob sich das Wasser an ihr vorbei. Klara starrte brütend in den Fluss.

Er brauchte einen finalen Stoß, dachte sie. Heimlich, das wusste sie, sehnte Karl sich danach, von Emma befreit zu sein. Und wenn Emmas tausend kleine Stiche, ihre Nörgeleien, die Wutausbrüche, das Gekeife, die Affären und Blamagen – wenn all dieses nicht reichte, damit Karl seinem Wunsch endlich nachgab, dann brauchte es eben einen großen, endgültigen Schubs, der ihn errettete. Andernfalls würde es mit ihm und Emma so weitergehen, bis einer der beiden starb.

Und mit den Gedanken beim Sterben und mit dem Blick auf die Isar, die geduldig ihr Wasser zur Stadt schob – da kam Klara ein Einfall. Ein kurzes Weilchen prüfte sie ihn von allen Seiten, dann lief sie eilig den Weg wieder hinauf. Keuchend von den letzten Metern schlich sie sich vorn ins Schlosshotel hinein und borgte sich vom Kellner Zettel und Stift. Sie schrieb einen kurzen Abschiedsbrief, weckte den Kutscher und ließ den Brief dort. Dann ging sie eilig wieder hinab. Am Ufer wartete sie.

Eine Minute dann, bevor Klara sich vor Karls Augen in die Isar stürzte, hörte sie, wie er über die Wiese ihren Namen rief. Rasch stand sie auf und begann, in den Fluss hineinzuwaten, langsam genug, dass Karl sie noch erreichen konnte.

Und wenn ein Selbstmordversuch nicht reichte, dachte sie, dann würde sie eben ein größeres Scheit nachlegen müssen.

Sie ging weiter, während Karl aus dem Wald stürzte, ein wenig oberhalb von ihr.

Sie ging weiter und blickte sich nur einmal noch um: Gerade stolperte Karl über die Kiesbank und sah ganz schrecklich besorgt aus.

Sie ging weiter, und schon reichte ihr das eiskalte Wasser weit über die Knie. Klara fühlte den mächtigen Sog des Wassers an ihren Waden, während sie Karl hinter sich näher platschen hörte.

Um die Schuhe, dachte sie noch, ist es natürlich schade.

»Mich umbringen?«, fragte Karl.

»Ich hätte dich schon viel früher warnen müssen.« Auf ihrem Hotelbett drehte Klara sich wieder dramatisch zur Wand und sorgte für weitere Tränen. Karl saß auf der Bettkante und streichelte ihr ernst den Kopf.

»Aber wie kommst du denn darauf?«

»›Ich bring den Kerl um‹, hat sie gedroht, immer wieder.«

»Aber das hat sie doch sicher nur dahergesagt.«

»Nein. Sie will frei sein, sagt sie. Sie will endlich ein schönes Leben haben, sagt sie, und zwar ohne dich. Schon als Richard gestorben ist, hat sie immer wieder gesagt, dass sie lieber an meiner Stelle wäre und alles umgekehrt: du tot und Richard noch am Leben.«

Es war Karl nicht so, als habe man ihm mit einer Keule auf den Kopf geschlagen. Eher hatte der Boden des Hotelzimmers vor Minuten zu schwanken begonnen, und nun taumelte die Welt bei Sturm auf hoher See. Obwohl er saß, suchte Karl nach Halt.

»Aber Mord? Wie würde sie das denn anstellen wollen?«

Klara schniefte noch einige Male. »Sie hat sich schon früher, als Richard noch lebte, ganz außerordentlich für Gifte interessiert und ihn immer wieder dazu ausgefragt. Ob man jemanden über lange Zeit langsam vergiften könne, ohne dass er es merke. Und deine Gesundheit …« Klara sprach nicht weiter.

Auf schwankendem Grund dachte Karl, dass dies allerdings eine Tat bedeuten würde, die Emma nicht mehr zuzutrauen war oder jedenfalls kaum. Denn nur, dachte Karl, so schwankend wie der Grund: nur weil jemand streitsüchtig war und Verlagsbriefe unterschlug und den Ehemann als einen Louis lächerlich machte und Affären hatte und sowieso keinen Tag ohne Ärger verstreichen ließ, bedeutete dies nicht, dachte Karl – dass ein solcher Hinterhalt nicht absolut möglich wäre, ja, ganz im Gegenteil, ging es ihm nun auf: sehr wahrscheinlich war er sogar; und plötzlich war Karl erleichtert, dass er schon lang kein Essen mehr von seiner Frau bekommen, oder nein, dachte er: schon lang kein Essen mehr von ihr angenommen hatte, denn, so erschien es ihm nun: Es hatte ihn genau dieser Verdacht doch schon lange geplagt.

»Jeder andere wäre fassungslos«, erklärte Karl. »Aber ich habe es doch immer schon geahnt.«

»Aber warum hast du nichts unternommen?«

Karl sah dem Hotelzimmer beim Schwanken zu.

»Weil ich gehofft habe, dass mein günstiger Einfluss Emma doch noch bekehren würde. Und er hat es ja getan.«

»Emmas Frieden ist nur eine Finte. Sie will dich in Sicherheit wiegen.«

»Das weiß ich doch.«

»Karl, du musst ihr entkommen. Du musst dich von ihr trennen. Ihr müsst euch scheiden lassen.«

Karl nickte ausdruckslos. Lange genug hatte er diese Möglichkeit schon bedacht. »Es geht nicht«, sagte er.

»Aber du wirst sonst an Emma zugrunde gehen.«

Karl starrte dumpf in eine Ecke des Raumes.

»Die Öffentlichkeit würde mir eine Scheidung nicht verzeihen. Meine Kritiker würden mich doch zerreißen: ›Was – Karl May, der Idealist des Erden- und des Lebensglückes, kann nicht einmal sein eigenes Heim befrieden?‹ Nein, diesen Triumph kann ich ihnen nicht geben.«

»Karl, denk doch einmal nicht an die anderen! Denk doch einmal an dich!« Längst hatte Klara sich aufgerichtet und dramatisch Karls Arm ergriffen.

»Du weißt, dass ich mich selbst stets an die letzte Stelle stelle. Was Gott geschlossen hat, darf der Mensch nicht trennen. Nur Gott kann es tun. Oder der Tod.«

»Karl! Wie willst du denn dein Werk vollenden, wenn du tot bist?«

Und auf dem schwankenden Boden gab es plötzlich etwas, woran Karl sich festhalten konnte. Es war jener Turm von Büchern, die er schon im Herzen trug – jedoch noch nicht auf das Papier gebracht hatte. Karl sah ihn so klar vor sich, dass er seine Hand hätte darauflegen mögen. Er wagte es, aufzustehen und im Zimmer auf und ab zu laufen, während Klara ihn von ihrem Bett aus beobachtete. Vielleicht hatte sie recht, dachte Karl. Sie hatte doch in so vielem recht gehabt. Ahnte sie in ihrer feinen Seele die Dinge nicht manchmal schneller, als er selbst es tat?

Und als die Tür sich schließlich öffnete und Emma mit dem sorgenvollsten, und wie Karl nun wusste, falschesten Gesicht zurückkehrte, stürmte er an Emma vorbei und fuhr sie an, dass er genau wisse, was los sei – sie solle sich vorsehen.

Dann stürzte er hinaus und donnerte die Tür hinter sich zu.

Emma sah ihm nach und zuckte mit den Schultern.

5. Juli 1900

Konstantinopel, Hauptstadt des Osmanischen Reichs

Es wurde März, bevor unsere Reisegruppe ihr Kurquartier an der Riviera verließ; tatsächlich erlaubte es Richards Zustand nach dem Winter, den Aufbruch nach Ägypten doch noch zu wagen. (Über die Schwere von Emmas Leiden gab es, insbesondere zwischen Karl und ihr, unterschiedliche Auffassungen.) Karls Plan, bis Ceylon zu kommen, hatten sie aufgegeben, doch über Rom fuhren sie nach Neapel – und von dort aus wollen wir nun mit ihnen durch den Orient eilen, so wie Emma und Plöhns ihrem Karl hinterhereilen mussten.

Anfang April trafen sie in Kairo ein, wo sie einige Tage benötigten, sich an das heiße Klima zu gewöhnen. Man sparte sich daher Ausflüge in die Umgebung und sammelte die Kräfte lieber für eine Fahrt nach Gizeh. Dort bereitete es Karl größte Freude, für seine Freunde nachts einen Tisch auf die Terrasse des Hotels stellen zu lassen, um mit ihnen im Anblick der Pyramiden im Mondschein zu schwelgen, als habe er sie persönlich für sie dorthin gestellt.

Fast einen Monat verbrachten sie in Ägypten, bevor sie mit dem Schiff nach Jaffa hinübersetzten, um über Ramle nach Jerusalem zu gelangen. Karls geplagter Seele hatten jene vergangenen Monate der Einkehr Linderung verschafft, jedoch keine Heilung: Die Lücke, welche Old Shatterhands Abschied in ihm gerissen hatte, war geblieben. Er hatte versucht, sie mit großen Gedanken zu füllen, doch oft vergeblich. Nun immerhin gab ihm seine Aufgabe als Reiseleiter eine neue

Festigkeit. Für seine Freunde war er, der doch all diese Orte schon kannte, tatsächlich der weltgewandte Abenteurer, den keine Hitze, keine Unbequemlichkeit und keine Forderung nach Bakschisch zu schrecken vermochte. Dazu wärmte seine Brust genau jene Stimmung, in die ein jeder fromme Mensch im Heiligen Land doch sofort verfallen muss. Er fühlte eine Rührung in sich, die er seit seinem ersten Aufenthalt in Kairo, seit den Nachmittagen auf den Klippen des Mukkatam selten gespürt hatte. Und als er sich einmal bei einem erneuten Besuch der Erlöserkirche in Jerusalem an die Orgel setzte, um seinen von den langen Spaziergängen ermatteten Freunden vorzuspielen, da verließ er die Bach'sche Fuge rasch, ohne es recht zu bemerken; er glitt hinüber in einen eigentümlichen Zustand der Abwesenheit, der ihn durch die Töne trug, beinahe verfiel er in einen Traum, und als ihn ein jähes Knallen einer Seitentür schließlich aus diesem riss, da sahen seine beunruhigten Begleiter, dass er geweint hatte, ohne es selbst zu bemerken. Er brauchte lange Momente, bis er wieder im Diesseits war, doch ihn ängstigte es nicht – spürte er doch wie damals im Gefängnis in Waldheim, dass bei seinen inneren Kämpfen das Gute die Oberhand gewann.

Weiter fuhren sie nach Hebron, Jericho, Nazareth; sie sahen den See Genezareth und gerieten auf dessen Wasser in einen so furchtbaren Sturm, dass ihr Boot nicht mehr am Ufer anlegen konnte; auf den Schultern der Bootsleute mussten sie ans Ufer getragen werden, und es war ein solches Abenteuer, dass sie es einander noch oft erzählten.

Von Haifa nahmen sie später ein Schiff nach Beirut, wo sie Anfang Juni eintrafen. Die Stadt beeindruckte sie, wie alle Städte im Orient sie beeindruckten. Karl nahm von dieser Station jedoch noch eine gänzlich andere Erinnerung mit: Bei einem Ausflug in die Höhen des Libanon sah er einen Mann am Weg, der seine Frau schlug, bis sie zu Boden sank und liegen blieb. Der Anblick beschäftigte ihn lang; er erkannte, dass er genau entgegengesetzt zu diesem Manne handeln wolle. Geduld, dachte er, war doch der edelste Ausdruck der Liebe, und mit dieser würde er Emma begegnen. Selbst, dass sie einige Tage später in den Ruinen von Baalbek, als Karl aus den jahrtausendealten Trümmern die Ewigkeit und die ganze Geschichte des Menschengeschlechts anhauchte – dass Emma also in diesen prächtigen Ruinen nur fragte, ob man nicht lieber Sachen anschauen wolle, die noch nicht kaputt seien, verzieh er ihr. Stattdessen schwelgte er mit Richard und Klara in den Vorstellungen vergangener Pracht, und Klara machte dazu viele Bilder mit ihrem photographischen Apparat, den sie stets bei sich führte.

Richard ging es alldieweil bald besser, bald schlechter. Letzteres aber war häufiger der Fall. Er vertrug wenig. Emma warf Karl mehrmals vor, dass er sie alle in Lebensgefahr brächte: die Hitze, die Hetze – er dürfe sich nicht wundern, wenn er am Ende nur noch mit zwei Begleitern nach Hause käme. Oder noch weniger! Richard selbst sah seinen Zustand zuversichtlicher, also reisten sie nach Damaskus, wo Emma immerhin den Reiz des 365 Zimmer großen Palasts des Assad Pascha sogleich erfasste; zurück in Beirut trafen sie zwei Deutsche, die auf dem Fahrrad nach Teheran wollten, was alle gleichermaßen beeindruckte wie amüsierte; und schließlich stiegen sie auf einen weiteren Dampfer, der sie an Zypern vorbei zu ihrer letzten Reisestation im Orient brachte. Über Griechenland sollte es anschließend wieder heimgehen, doch zuvor wartete die Hauptstadt des Osmanischen Reichs auf sie: Konstantinopel.

Sie besichtigten die Suleimanije-Moschee, und die Hagia Sophia überwältigte Karl mit ihrer Pracht; sie sahen tanzende Derwische am Hof des Sultans und besuchten ein Antiquitäten-Museum; sie fuhren in die Landschaft rund um die Stadt und ließen sich immer wieder von der Schönheit des Bosporus verzücken. Und in all diesen Tagen in Konstantinopel gab es nichts, vollständig gar nichts, was Karl in irgendeiner Weise verdächtig erschienen wäre. Daher war er auch bloß erstaunt, aber in keiner Weise beunruhigt, als er an ihrem elften Tage in der Stadt an der Reception des Hotels eine Einladung für sich fand: Die Botschaft des Deutschen Reichs ersuchte ihn höflich, doch am nächsten Vormittag für ein wichtiges Gespräch dort vorstellig zu werden, und zwar möglichst allein.

Natürlich kam Karl gern.

Es ging auf halb zwölf, als Karl am nächsten Tag vor dem Botschaftsgebäude auf eine völlig gewöhnliche Weise aus einem Wagen stieg. Genau auf dieselbe Art war er in seinem Leben schon Hunderte Male aus einem Wagen gestiegen, und daher gab es auch keinen Anlass, sich ausgerechnet heute zu sorgen, dass ihn jemand dabei beobachten könnte. Der prachtvolle Bau überragte die umliegenden Holzbehausungen am Taksim-Platz bei Weitem, und Karl fühlte sich durchaus ausgezeichnet, dass die sicherlich vortrefflichen Herren in diesem vortrefflichen Haus ihn dringend zu sprechen wünschten. Er brachte an der Pforte sein Anliegen vor, und ein Diener führte ihn über die gewaltige steinerne Treppe hinauf, hinein in den Haupteingang, und durch ein luftiges Treppenhaus in einen Salon, wo man ihn bat, unter einem Bild Bismarcks Platz zu nehmen. Er möge doch bei einem türkischen Mokka ein wenig warten. Neben seine wurde noch eine zweite Tasse gestellt. Kurz darauf öffnete sich eine Seitentür, und entschlossenen Schritts trat ein Mann herein, der Karl jovial eine Hand entgegenstreckte. Da er diesmal keine orientalische Kluft trug, sondern den förmlichen Anzug, der einem Diplomaten ziemte, brauchte Karl einen Moment, bis er ihn wiedererkannte: Es war Max von Oppenheim.

»Herr May! Was für eine Freude, Sie wiederzusehen!«

So geschmeichelt wie überrascht erwiderte Karl den Gruß. Seine anschließende Frage jedoch lag nah: »Was tun Sie denn hier? Braucht man Sie nicht in Kairo?«

»Konsultationen mit den Osmanen. Es ist geraten, manchmal in ihre Hauptstadt zu kommen, wenn man gute Beziehungen will. Und Sie?«

Während Karl unter einigen Auslassungen die Stationen seiner Reise zusammenfasste, leerten sie eine erste Mokkatasse. Von Oppenheim bat Karl anschließend mehrmals um Verzeihung, dass er nicht viel Zeit habe – man werde den Austausch interessanter Erlebnisse erst in den kommenden Tagen vertiefen können. »Ich muss heute rasch zum Kern meines Anliegens kommen. Über zwei Dinge möchte ich gern mit Ihnen sprechen. Zum einen könnten Sie mir und damit auch Berlin in einer delikaten Angelegenheit helfen. Zum anderen würde wir gern Näheres erfahren zu dieser Geschichte, die wir vor einigen Wochen in der Zeitung gelesen haben.«

»Welche meinen Sie damit?«

»Was es nämlich genau mit Ihrem sensationellen Goldfund auf sich hat.«

24. August 1902

München, Königreich Bayern, Deutsches Reich

Der Mensch ist bequem, auch gerade im Kopf. Ein Gedanke erscheint einem jeden umso richtiger, je weniger Mühe er beim Denken kostet, und Karl hatte keinerlei Anstrengung gebraucht, sich vorzustellen, wie Emma mit einer Ampulle Arsen durch die Villa Shatterhand schlich. Das geistige Gift, dachte er, das sie doch in alle Seelen um sie herum zu träufeln pflegte – warum sollte daraus nicht ein wirkliches werden können?

Nachdem er aus Klaras Zimmer gestürmt war, hastete Karl durch den warmen Münchner Abend und befragte sein Herz. Er lief umher ohne Plan, und seine Beine brachten ihn in den Englischen Garten. Im Sonnenuntergang folgte er mit zornigen Schritten einem breiten Bach, und als er erschöpft war, ließ er sich in der Dämmerung an einem Wehr auf die Wiese plumpsen. Vor ihm das Wasser strömte über das Schütz, welches vollständig geöffnet war, es strudelte und toste vor ihm – und nicht minder in seinem Innersten.

Lange hatte Karl alle Vorwürfe an Emma hinter seiner übergroßen Geduld gestaut. Doch nun von einem geplanten Mordanschlag zu erfahren! Es war dies die eine Untat von Emma, die den Damm zum Bersten brachte. Zu groß war der Druck, alle Beherrschung nun gebrochen, und so sprudelte es nun aus ihm heraus: der jahrelang zurückgehaltene Zorn, all die Kränkungen, Emmas Unmöglichkeiten, jedes Keifen, ihre Dummheit, die lüsternen Blicke, jeder

Betrug und ihre Gier. Er hörte ihr Lachen, dieses falsche, niederträchtige Geschepper. Er sah ihren ziellosen Blick, den sie bekam, wenn sie ihm nicht mehr folgen konnte. Er fühlte sie auf ihm sitzen, wie sie … –

Karl sprang auf und lief im Kreis.

Er fand einen armdicken Ast und prügelte damit nach einem Baumstamm, bis er zerbrach.

Er brüllte, dass die Vögel verstummten. Es war ihm gleich, wenn ihn jemand sah. Er konnte es alles nicht mehr ertragen.

Als es dunkel war, fiel er kraftlos auf den Rasen.

Karl starrte in die Sterne.

Die Nacht war klar.

Er lag dort für Stunden.

Und als der glänzende Rand des östlichen Himmels den neuen Tag begann, hatte er eine Entscheidung getroffen.

Es musste ein Ende haben.

Die Welt schälte sich aus dem Dunkel, Karl rappelte sich auf und klopfte das Gras von der Jacke. Alle Gründe, dachte er, die gegen eine Scheidung sprachen, waren doch widerlegt, wenn er tatsächlich mit einer Giftmischerin verheiratet gewesen war. Selbst die strengste Öffentlichkeit musste doch einsehen, dass eine Scheidung keinen Skandal bedeutete, wenn einer damit sein Leben rettete. Und nicht einmal seinetwegen rettete er sich doch, dachte Karl – nein, er tat es ja vielmehr als Dienst an den Dingen, die um so vieles größer waren als er selbst. Sein Werk, dachte er, war doch längst nicht beendet; er durfte seine Kraft nicht mehr an Emma verschwenden. Und selbst wenn, dachte Karl, nur für den Fall, dass die Öffentlichkeit ihn dafür künftig noch mehr durch den Schmutz zog – so würde er es tapfer auf sich nehmen, stolz und aufrecht würde er seinen steinigen Weg allein beschreiten; allein, dachte er, aber unbeschwert; denn mit Emma wäre das letzte Seil gekappt, welches ihn noch an seine dunkle Vergangenheit band, mit ihr wäre der letzte Ballast fortgeworfen, der ihn noch in diesen alten Sümpfen hielt; es wäre ein Opfer, dachte Karl, doch es musste erbracht werden, und schon sah er sich emporsteigen, schon fühlte er, wie sich die Brust ihm weitete, und während um ihn herum der Tag anbrach, spazierte Karl hinaus aus dem Englischen Garten und war gerührt von seiner eigenen Größe.

Es würde zur Scheidung kommen.

Er kehrte zurück ins Hotel, schlief zwei unruhige Stunden und frühstückte allein. Nachdem er sich ausreichend gesammelt hatte, klopfte er an Emmas Zimmertür. Als er eintrat, saß sie auf dem Bett, und Klara huschte aus einem Sessel auf, um die beiden allein zu lassen.

Karl stutzte kurz, da er nicht erwartet hatte, Klara hier zu finden, doch bat er sie, sich wieder zu setzen. Er habe etwas Wichtiges mitzuteilen, und sie alle, sagte er, pflegten ja keine Geheimnisse voreinander.

»Mietz, ich will es kurz machen«, sagte er sachlich, während er seine Hände hinter dem Rücken verschränkte. »Ich habe beschlossen, dass wir uns scheiden lassen.«

Emma sah ihn verdutzt an.

»Aber warum denn?«

»Es muss sein.«

»Aber ich hab dich doch gerade erst um Verzeihung gebeten.«

»Es ist dir nicht gelungen, den hohen Werten und Maßstäben zu genügen, zu denen wir uns emporschwingen wollen. Ich aber kann keinen Ballast mehr tragen. Es ist besser, wenn nun jeder seine eigenen Wege geht.«

Er warf Emma einen langen, strengen Blick zu, um zu kontrollieren, ob sie die Bedeutung seiner Worte tatsächlich begriff.

Emma schaute unbeeindruckt zurück.

»Auf gar keinen Fall«, sagte sie.

Karl bemühte sich weiter um Souveränität, doch wusste er plötzlich nicht mehr, wohin mit seinen Armen.

»Was soll das heißen: ›Auf gar keinen Fall‹?«

»Dass das gar nicht infrage kommt. Ich lass mich doch nicht scheiden«, sagte Emma.

»Aber du hast doch selbst immer gesagt, dass du mich aus dem Haus haben willst.«

»Du kannst auch weiter gern ausziehen, aber wir bleiben verheiratet. Und wie kommst du denn überhaupt auf eine Scheidung? Wir haben uns doch gerade erst versöhnt.«

»Klara hat mir alles verraten!«

Diese Worte allerdings, das sah Karl, machten Eindruck auf Emma. Unsicher blickte sie von ihm zu Klara. »Was hat sie denn verraten?«, fragte sie vorsichtig.

In der Nacht hatte Karl mit dem Wissen, dass Emma schon lange plante, ihn umzubringen, in seinem Gedächtnis nach Beweisen gegen seine Frau gesucht und Tausende gefunden. Jede Geistesarmut und alle Bosheit hatte er zu einem Berg aufgeschüttet, von dem aus er auf seine Frau hinabsehen konnte; und von dort oben hatte er zweifelsfrei ihre Absicht erkennen können, die sich doch jahrelang schon angekündigt hatte. Gestärkt von neuer Gewissheit baute Karl sich nun großartig im Zimmer auf und deutete mit dem gestreckten Arm auf Emma. Ihre Reaktion auf den Verrat ihres Geheimnisses, dachte Karl, bewies doch, dass es wahr sein musste.

»Ich weiß, dass du planst, mich umzubringen.«

Emma lachte auf, laut und überrascht – und möglicherweise ein wenig erleichtert.

»Was soll ich planen?«

»Ich weiß es ganz genau. Du willst mich vergiften und umbringen. So ist es doch, oder, Mausel?«

Klara betrachtete Karl liebevoll wie einen Kranken, der im Fieber spricht.

»Karl, ich habe nicht gesagt, dass sie dich umbringen will, sondern dass diese Ehe dich umbringen wird. Und es ist doch wirklich ganz so«, wandte sie sich an beide, bevor Karl eine Nachfrage stellen konnte. »Seht euch doch an: Ihr seid beide überreizt von all den Streitereien. Bei Karl greift es die Gesundheit so an, dass man um sein Leben fürchten muss. Beide werdet ihr zugrunde gehen, wenn man den ewigen Kampf nicht beendet.«

Karl fühlte wieder ein leises Schwanken des Untergrunds. »Aber hast du nicht gesagt, dass sie plant, mir Gift in das Essen zu mischen, damit ich sterbe?«

»Das musst du falsch verstanden haben, Karl. Das Gift war doch nur ein Gleichnis – für den schlechten Einfluss, den ihr aufeinander habt. Ihr seid wie Gift füreinander. Merkst du denn nicht, in was für einem fürchterlichen Zustand du dich schon befindest, wenn dich dein Gedächtnis schon so trügt? Und Mietz: Sieh doch einmal, wie weit es schon mit euch gekommen ist, wenn Karl dir aus dem Nichts eine solche Tat zutraut.«

»Verrücktes Zeug hat er sich doch immer schon ausgedacht.«

»Ich denke mir das doch nicht aus«, sagte Karl und forschte in seinem Gedächtnis, das ihn bestärkte, dass er doch seit Monaten schon den Verdacht hegte, Ziel eines Mordkomplottes zu sein.

»Na, offensichtlich schon.«

»Ich will jedenfalls die Scheidung.« Karl klang nun fast trotzig.

»Wir waren uns doch gestern einig, dass es am besten ist, so wie wir es jetzt halten«, sagte Emma.

»Aber da wusste ich noch nicht, was ich jetzt weiß.«

»Was weißt du denn?«

»Dass diese Ehe ein Fehler war«, sagte Karl und dachte, dass er es doch tatsächlich schon immer gewusst habe, jeden Tag, 22 Jahre lang.

»Ja, ein Fehler meinerseits«, rief Emma.

»Schön«, sagte Karl. »Dann können wir diesen Bund ja lösen.«

»Keinesfalls.«

»Ich bin dein Ehemann, du hast mir zu gehorchen.«

Emma lachte laut und sehr künstlich. »Aber wenn du es nicht mehr sein willst, dann muss ich ja nicht mehr auf dich hören.«

»Aber Mietz, es ist doch das Vernünftigste«, schaltete Klara sich ein. »Es hat doch alles keinen Zweck mehr.«

»Ja, dann macht es doch, wie ihr wollt«, rief Emma. »Warum fragt ihr mich dann überhaupt noch?«

Karl tat einen tiefen, schmerzhaften Seufzer.

Wenn er sich retten wollte, so wurde ihm nun klar, hatte er einen letzten, zähen Kampf mit Emma zu überstehen.

»Ich brauche deine Einwilligung zu einer Scheidung«, sagte er so sachlich, wie es eben ging. »Sonst lässt es kein Gericht gelten.«

Emma verschränkte die Arme und sah demonstrativ aus dem Fenster.

»Bekommst du nicht.«

»Doch.«

»Nein. Ich bleibe in der Villa, und zwar als deine Frau. Was du machst, ist mir egal.«

5. Juli 1900

Konstantinopel, Hauptstadt des Osmanischen Reichs

»Ich möchte Sie zunächst in folgender Angelegenheit um Rat und, mehr noch, Unterstützung ersuchen«, begann von Oppenheim, lehnte sich ein wenig zurück und legte die Fingerspitzen seiner beiden Hände aneinander wie ein Herr, der einen längeren Vortrag beginnt. »Sie sind ein Mann, der die Welt kennt. Auch wenn Sie die Ferne stärker erkundet haben als unser altes Europa, werden Sie wissen, dass es auf dem Kontinent einige Spannungen gibt. Alte Bündnisse zerbrechen, alte Feindschaften jedoch nicht. Man wird nicht umhinkönnen, diese Spannungen in den kommenden Jahren mit einem Krieg zu lösen.«

Karl nickte verständig und war doch überrumpelt. Er konnte sich nicht vorstellen, in welche Richtung von Oppenheim mit seinem Vortrag wollte, und mehr noch sorgte er sich, wie er wohl alle Fragen betreffs seines Goldfundes elegant abwiegeln könne. Dennoch glückte ihm ein aufgeschlossener Blick, während von Oppenheim weitersprach.

»Die Welt, das werden Sie auf Ihren Reisen oft genug gesehen haben, ist weitgehend aufgeteilt. Deutschland hat dabei jedoch nicht den Anteil erhalten, der seinem Selbstverständnis heute entspräche. Die Stärke eines Landes lässt sich auch an seinen Besitzungen außerhalb Europas ablesen, und Großbritannien und Frankreich sind den Deutschen in vielem zuvorgekommen. Langfristig wird dies ein

Nachteil sein, und … – aber verzeihen Sie. Sie schauen, als würden Sie fragen, was das eine mit dem anderen zu tun hat.«

Karl hob großzügig die Schultern, als läge die Antwort doch auf der Hand.

»Ich weiß nicht, ob Sie in den letzten Monaten hin und wieder eine Zeitung in die Hand bekommen haben. Es kann ja auf Reisen mitunter schwierig sein. Jedenfalls sind die Beziehungen zu Großbritannien in letzter Zeit erneut schlechter geworden. Eine mögliche Annäherung unserer Länder hat sich zerschlagen. Kolonialminister Chamberlain mag sich im November noch für ein Bündnis Großbritanniens mit dem Reich und den USA ausgesprochen haben, aber es ist im Dezember de facto gescheitert, und die vor einigen Tagen beschlossene erneute Verdoppelung unserer Schlachtflotte dürfte jede Einigung in dieser Frage endgültig verhindern. Viele hoffen zwar, dass Großbritannien deswegen auf Berlin zugehen wird – ich glaube jedoch nicht daran. Im Gegenteil. Die Flottenpolitik wird den Graben zwischen Deutschland und England weiter vertiefen.«

»Sicherlich, absolut«, sekundierte Karl. Selbstverständlich hatte er daheim die Zeitung gelesen und die Politik verfolgt, so gut es seine eigene Arbeit zuließ – aber wirklich war es in den vergangenen Monaten nicht immer leicht gewesen, auf das Weltgeschehen achtzugeben. Nun von Oppenheims größer werdenden Sprüngen durch die Politik zu folgen, erschien ihm daher wie das Betrachten einer Schachpartie, wenn man nur jeden dritten Zug sehen durfte, und von Oppenheim beschleunigte seine Ausführungen beträchtlich.

»Chamberlain – so hört man es im Amt unter der Hand – hat schon vor zwei Jahren damit gedroht, sich Frankreich zuzuwenden, wenn ein Abkommen mit dem Deutschen Reich scheitert. Gott behüte also, dass nach dem Ende der Faschoda-Krise England und Frankreich die Konflikte um ihre Gebiete in Afrika endgültig beilegen – oder, vielleicht noch ärger, der Brite sich mit dem Russen in Zentralasien einigt. Eine Annäherung hier scheint zwar derzeit unwahrscheinlich, unmöglich aber ist sie nicht, und sie kann Deutschland keinesfalls gefallen, insbesondere, da ja Paris dank der Französisch-Russischen Allianz bereits nicht mehr isoliert ist, was ebenfalls nicht in deutschem Interesse ist, und Berlin sich natürlich bemüht, London, Paris und St. Petersburg bei künftigen Pokerpartien gegeneinander auszuspielen …«, von Oppenheim holte einmal tief Luft, »?– aber das dürfte ein verständiger Mann wie Sie natürlich längst durchschaut haben.« Er hob die Mokkatasse, als wolle er Karl zuprosten.

»Wie dem auch sei: Möglicherweise wird eine geschickte Außenpolitik die deutschen Interessen auch so durchsetzen. Ich aber halte einen Krieg im kommenden Jahrzehnt für äußerst wahrscheinlich, und im Krieg muss man seinem Gegner stets um zwei Schritte voraus sein. Darum habe ich begonnen, eine bislang nur vage Idee zu entwickeln – doch ich bin mir sicher, dass sie uns eines Tages nützen wird. Ich will sie Ihnen nun erläutern – muss mich aber vorher Ihrer Verschwiegenheit versichern.«

Karl hatte sich während von Oppenheims Vortrag unruhig von einer Armlehne auf die andere gelagert, in Sorge, was da kommen möge. Dass aber nun von Oppenheim – immerhin ein hoher Mitarbeiter im Außenministerium – seine politischen Ideen mit ihm teilen wollte, erschien Karl als eine würdige Auszeichnung, über die er seine Sorge gern vergaß. Mit Anerkennung von fremder Seite nämlich war es für ihn in den vergangenen Monaten schwer geworden: Einerseits dürstete er wie stets danach, andererseits konnte er seit Sumatra die Ahnung kaum noch fortjagen, dass er die Bewunderung der Öffentlichkeit möglicherweise gar nicht recht verdiente. Und so hatte er zuweilen, mit einer Ungeduld, die seine Begleiter und ihn selbst überraschte, auf dieser Reise Leser abgekanzelt, die ihn erkannt und ihm dann zu lange von seinen Heldentaten vorgeschwärmt hatten. Einzig Richard hatte Karl einmal auf diese Sache angesprochen, er schien Karls Zwiespalt besser zu verstehen als dieser selbst. Doch nach dem Geständnis am Heiligen Abend bemühte sich Karl, seinem Freund nur die beste Seite von sich zu zeigen, und also erstickte er das Thema immer wieder, so rasch es ging. Nun allerdings von einem so vortrefflichen Mann wie von Oppenheim ins Vertrauen gezogen zu werden, kam Karl sehr recht.

»Ich bitte Sie. Aber selbstverständlich«, sagte er und setzte sich noch einmal gerader und aufmerksamer in seinen Sessel.

Von Oppenheim neigte sich also ein wenig zu ihm herüber und sprach leise und verschwörerisch: »Um in einem künftigen Krieg die Oberhand zu gewinnen, muss man ihn in die Kolonien hineintragen. Und zwar, indem man die einheimische Bevölkerung anstachelt.«

Er sah Karl erwartungsvoll an, und dieser nickte.

»Ich bin kein Fachmann für Asien oder das südliche Afrika«, fuhr von Oppenheim fort, »doch ich kenne die orientalische Welt. Wir müssen – und wir können! – den Mohammedaner dafür gewinnen, an der Seite des Deutschen Reiches in einen Heiligen Krieg zu ziehen. In einen Dschihad! Natürlich nicht gegen Ungläubige allgemein, sondern gegen die betreffenden Fremdherren, also vor allem Franzosen und Briten. Durch das Anzetteln von mohammedanischen Revolten im kolonialen Hinterland können unsere künftigen Gegner geschwächt werden, europäische Fronten würden entlastet. Man müsste möglichst viele kleine Putsche oder Attentate initiieren, ganz gleichgültig, ob sie gelingen oder nicht. Ihre Reise hat Sie doch in den vergangenen Monaten in den Sudan geführt, richtig?«

»Das ist«, und Karl zögerte einen Moment, »richtig. Ein prachtvolles Land.«

»Als in jüngster Zeit der Mahdi den Sudan zum Aufruhr brachte, ist ja selbst bei Völkerstämmen, die bis dahin als religiös ganz indifferent gegolten hatten, eine Steigerung des plötzlich entfachten Fanatismus erfolgt, die an Wahnsinn grenzte. Diese Kräfte müssen wir nutzen. Der Schlüssel zum Sieg in einem europäischen Krieg, Herr May – er liegt im Dschihad!«

Von Oppenheim schaute ihn an mit leidenschaftlicher Überzeugung und wartete auf Zustimmung. Karl wusste nicht recht. Kriegsführung war doch nicht eben seine Sache. Selbstverständlich hatte Karl seinen Bekanntenkreis daheim auch mit Militärs geschmückt, denn es war doch kaum einer angesehener im Reich als jener, der eine Uniform trug. Deren Begeisterung jedoch für Kanonendonner und Tschingderassabum … – Karl hatte sie nicht immer teilen mögen. Manchmal, wenn jene Bekannte von Karls Tapferkeit und Kampfkunst schwärmten, über die doch seine Bücher so farbig berichteten, musste Karl darauf hinweisen, dass doch auch Milde gegenüber dem Feind, Gnade, Gerechtigkeit und Vergebung ganz wesentlich in seinen Reiseerlebnissen standen, worauf man ihm meist beflissen recht gab, denn wer würde sich schon mit dem Mann mit der Schmetterfaust streiten wollen.

»Warum sprechen Sie nun ausgerechnet zu mir davon?«, fragte Karl vorsichtig, obwohl er die Antwort ahnte.

»Man sollte nicht zu lange warten, um mögliche Gefährten zu finden. Das Osmanische Reich wäre ein solcher, der Sultan könnte im Kampfe gegen jeden Staat, der mohammedanische Untertanen besitzt, ein wertvoller Bundesgenosse sein. Doch man wird auch darunter Verbündete brauchen, bis hinab zu den einzelnen Stämmen. Und hier könnten Ihre Kenntnisse, Ihre vielen Freundschaften in alle Winkel der Welt von größtem Nutzen sein.

Das Vorgehen in Ägypten und in Indien wäre am wichtigsten. Ägypten kenne ich selbst zur Genüge und weiß, dass ganz Ägypten den englischen Besatzern feindlich gesinnt ist. Wenn wir dann aber nach Indien schauen, sehen wir an dessen Grenze das Emirat Afghanistan. Die Paschtunen sind sehr erbost, dass Großbritannien ihr Land geteilt und die Hälfte Britisch-Indien zugeschlagen hat. Wenn man sie zu einem Aufstand bekäme, um das Gebiet wieder zu vereinen, würde man die Briten schön beschäftigen. Den Emir zu einem Einmarsch in Indien zu bewegen wäre eine Möglichkeit – die paschtunischen Stämme zu gewinnen, eine andere. Wie steht es denn mit Ihren Verbindungen in den Hindukusch?«

»Bedauere«, sagte Karl ganz ohne Bedauern, »mich hat es leider nie in diese Weltgegend verschlagen.« Tatsächlich hatte selbst Kara Ben Nemsi keine einzige Buchseite in Afghanistan oder Indien verbracht. Karl sprach also nicht nur die Wahrheit, es war obendrein auch nicht gelogen.

»Und wie verhält es sich mit Ihren Verbindungen zu Stämmen in Turkestan, wo der Russe sitzt? Ein Mann wie Sie muss doch dort allerbeste Freundschaften pflegen.«

Karl lehnte sich zurück, als müsse er einen Augenblick nachdenken.

»Auch hier ein Bedauern«, sagte er dann. »Das zentrale Asien habe ich nur selten bereist. Wenn es dagegen um Persien oder die Sahara ginge!«

»Tatsächlich geht es gerade um Letztere. Wie steht es denn etwa mit Ihren Verbindungen nach Algerien?«

»Ausgerechnet in Algerien sind meine Verbindungen nicht die besten.«

»Und Tunesien?

»Besser, doch längst nicht gut.«

»Stammt nicht Ihr Freund, der Scheich der Haddedihn, ursprünglich aus Dschunet in der Sahara? Wie hieß er noch gleich? Hadschi Halef …?«

»… Omar. Nein, nein. Wo haben Sie denn das her?«

»Ich muss leider gestehen, dass ich seit unserem letzten Treffen noch keine Zeit gefunden habe, endlich alle Ihre Bücher zu lesen – aber es findet sich doch schnell jemand, der sich bestens darin auskennt.«

Karl durfte erleichtert sein, denn so war es leichter, dem zu widersprechen, was von Oppenheim von einem Dritten völlig richtig erfahren hatte. »Dann müssen Sie sich zuverlässigere Quellen suchen!«, sagte er.

»Aber Sie sind doch, wenn ich recht informiert bin, häufig in der Sahara gewesen und dort mit den wildesten Beduinenstämmen geritten.«

»Sehr viel – jedoch ganz im Süden und Osten der Sahara, wo kaum je ein Franzose gesehen wurde. Es würde Ihren Plänen also wenig nützen.«

»Hm.« Von Oppenheim lehnte sich in seinem Sessel zurück und betrachtete Karl so lange, bis dieser nicht mehr recht wusste, wohin er schauen sollte.

»Dann zu meinem zweiten Anliegen«, fuhr von Oppenheim fort.

»Wollen Sie mir einmal Näheres zur Lage dieses erstaunlichen Goldvorkommens berichten? Die Prager Zeitung mit Ihrem Brief zu dieser Sache hat auch mich erreicht.«

Karl hatte gehofft, dass man so lange über das erste Anliegen würde sprechen müssen, dass die Zeit für dieses zweite nicht mehr reichte. Doch von Oppenheim zeigte kein Zeichen der Eile.

»Es ist dies nun alles … geheim«, sagte Karl.

»So geheim wie der geheime Regierungsauftrag, von dem Sie bei unserem letzten Treffen sprachen?«

»So ist es.«

»Er muss tatsächlich äußerst geheim sein, denn selbst im Auswärtigen Amt hat noch nie ein Mensch davon gehört.«

»Ich bin, nun, nicht befugt, davon zu sprechen.« Karl wechselte wieder alle Augenblicke die Armlehne, fand aber keine unverfängliche Sitzposition mehr.

»Aber in die Zeitung schreiben lassen können Sie es schon?«

»Das ist nun etwas anderes. Eine, wie angedeutet, ganz andere Angelegenheit. Völlig anders. Gänzlich nicht zu vergleichen.« Auch hatte Karl leicht zu schwitzen begonnen und war nun doch bei dem Gedanken angelangt, dass er diese Unterhaltung so schnell wie möglich verlassen sollte.

»Herr May«, begann von Oppenheim ernst. »Ich recke mich mit unserem Treffen weit aus der Deckung. Ich habe Sie kennengelernt als einen Mann von Format. Es gibt allerdings nicht wenige hier im Hause, die nach den Presseberichten der vergangenen Monate Zweifel hegen, dass Sie dieses Format tatsächlich besitzen und man überhaupt mit irgendetwas anderem als mit Spott an Sie herantreten sollte. Könnte es etwa sein, dass diese Herren recht haben?«

»Keinesfalls!«

»Gut. In der Tat war ich unseres angenehmen ersten Treffens wegen bislang geneigt, Sie dahin gehend zu verteidigen, dass – auch wenn in Ihren Büchern vieles übertrieben sein mag – Sie sich doch als ein profunder Kenner dieser Länder präsentieren. Es täte mir sehr leid, wenn ich im Amt berichten müsste, dass Sie dem Deutschen

Reich einen Dienst verweigerten – und zwar, weil Sie ein Phantast sind.«

»Ich … also das ist doch nun unerhört.« Karl sprang auf. »Ich teile nur Ihre Ziele nicht, Herr von Oppenheim. Karl May lässt sich vor keinen Karren spannen, erst recht nicht vor einen Kriegswagen!«

Auch von Oppenheim stand auf, jedoch gemächlich. Er verließ den Sessel mit der Ruhe eines Löwen, den der Hunger noch nicht wieder zur Jagd treibt. »Es wäre auch ganz und gar ärgerlich, wenn diese Information anschließend an die deutsche Presse durchgesteckt würde. Dort könnte man sich dann aussuchen, ob man Sie wegen mangelndem Patriotismus oder mangelnder Ehrlichkeit anklagt.«

»So etwas hat in der Presse nichts zu suchen.«

»Selbstverständlich nicht. Aber die Herren im Ministerium können ausgesprochen schwatzhaft sein.«

Karl schwitzte mittlerweile wie seit Sumatra nicht mehr. Er war vollkommen ratlos, wie er dieser Falle entkommen könnte. Das Beste, dachte er, was er in diesem Augenblick gewinnen konnte, war Zeit. Also reckte er sich stolz.

»Es grenzt an Erpressung, was Sie hier betreiben, aber ich werde Ihnen beweisen, dass es sich bei meinem Goldfund nicht um ein Hirngespinst handelt.«

»Ich wusste, ich habe mich nicht in Ihnen getäuscht.«

»Sie müssen mir jedoch zwei Tage Zeit geben.«

»Wie wäre es stattdessen mit morgen Abend?«

28. August 1902

Bozen, Gefürstete Grafschaft Tirol, Kaiserliche und königliche Monarchie Österreich-Ungarn

Auf dem Mendelpass, den Gipfel des Roen im Blick, sitzt das Grandhotel Penegal bequem auf seinem Bergsattel. Lang wie ein Ozeandampfer und schön wie ein Palast, schmiegt es sich in den Hang; die spitzen Hüte seiner Dächer stechen elegant in die Wolken, und so, wie in seinem Rücken der Berg hinaufsteigt, so setzt sich dessen Schwung vor dem Haupteingang in einer Kaskade von Terrassen nach unten fort. Bis hinab zur Straße reicht dieser vielstufige Park, und auf den ausladenden Treppen, die seine Ebenen verbinden, kann der Hotelgast lang lustwandeln – während er sich hier oben, in der teuren Luft, von jeder Krankheit freiatmet. Denn es ist ja nicht die Landschaft, welche den Reisenden eigentlich lockt. Auch ist es nicht die feine Unterkunft. Nein, wer hier hinaufkommt, sucht in der Abgeschiedenheit eine gesunde Frische für seine Lunge. Nichts hier oben verdirbt diesen herrlichen Sauerstoff, kein Fabrikschlot, kein Dorf. Fünf Stunden allein dauert die Kutschfahrt von Bozen herauf, über steile Serpentinen, die sich an die Ostflanke des Mendelkammes klammern. Schwer kommt man hinauf, und ebenso schwer hinunter, aber Klara war heilfroh, dass sie die Mühe auf sich genommen hatten. Denn in der Einsamkeit der Berge, dachte sie, im Spätsommer der Alpen, da würde man Emma eine Weile wegsperren können.

Zwei schmerzvolle Tage waren sie in München verblieben, ohne dass sich etwas an Emmas Sturheit geändert hatte. Und weil doch alles nichts half, folgten sie schließlich Karls ursprünglichem Reiseplan und nahmen einen Zug nach Bozen. Emma hatte allein in einem Abteil gesessen, Klara mit Karl ein anderes geteilt; und als sie in Bozen in die Kutschen umstiegen, waren der vielen Koffer wegen zwei Wagen nötig, sodass Emma wieder allein saß. Sie beschwerte sich sehr.

Klara hatte die Tage in München genutzt und auch die Zeit in Bahn und Kutsche, um sich selbst und Karl davon zu überzeugen, dass sie niemals etwas von einem geplanten Mordanschlag auf ihn behauptet hatte. Karl habe sie missverstanden, erklärte sie, aber musste man sich darüber wundern? War denn das seelische Gift, das Emma seit Jahren in ihn träufelte, nicht das Gleiche gewesen? Und das Ergebnis auch? (Und war nicht eine Lüge niemals geschehen, wenn man sie selbst anschließend widerlegte?) Karl saß dort abgemagert wie seit den schlimmsten Tagen im Orient nicht, und Klara erklärte ihm, er müsse doch nur in den Spiegel schauen, um zu erkennen, dass Emma nicht nur sein Herz, sondern auch seinen Leib krank gemacht habe.

Karl sah das ein, er hatte doch längst selbst so empfunden. Sein einmal gefasster Entschluss, sich von Emma scheiden zu lassen, war daher nur ein wenig ins Wanken geraten, aber nicht gekippt.

(Und wenn eine Lüge also niemals geschehen war, dann wurzelten doch auch ihre Folgen im Nichts, im Garnichts, in der Luft. Es trug niemand Schuld daran, selbst wenn man sich die Folgen dieser Lüge vorher genauestens ausgemalt hatte.)

Bloß Emma hatte noch immer nicht in die Scheidung eingewilligt.

Am ersten Abend auf der Mendel hatten sie ein Abendessen in peinlicher Stille hinter sich gebracht, dann eine Nacht und ein Frühstück, bei dem keiner Appetit zeigte. Am Vormittag lud Klara Emma zu einem Spaziergang ein. Statt jedoch weit zu wandern, stiegen sie nur die verschlungenen Treppen vor dem Hotel hinab und blieben in dessen Park. Auf einer Bank, welche Büsche vor möglichen Blicken aus den Zimmern verbargen, setzten sie sich.

»Hat Karl denn endlich wieder Vernunft angenommen?«, begann Emma.

»Es hat sich nichts geändert.« Klara schüttelte den Kopf.

»Was ist denn bloß in ihn gefahren? Wir waren doch 22 Jahre glücklich verheiratet.«

Klara schaute, ob sie wirklich niemand vom Hotel aus sehen konnte, bevor sie sanft Emmas Hand nahm. »Mietz, erinnere dich doch, wie oft du ihn selbst verflucht hast. Du hast ihn so oft ins Grab gewünscht.«

»Das macht doch jeder, wenn er verheiratet ist.«

»Aber doch nicht jeden Tag.«

»Doch! Weißt du, das Kaninchen: Dreimal verheiratet, und jeden von denen hat sie jeden Tag verflucht.«

»Ja, und zwei sind dann auch gestorben, und der dritte ist auch nicht mehr ganz jung.«

Emma nickte, als habe sie doch genau darauf hinausgewollt.

»Aber jetzt sag doch: Wo hat der Kerl das denn bloß her? Ich und vergiften! Ich könnt ihn gleich wieder umbringen für seine Dummheiten.«

»Ach Mietz, nun hör dir doch selbst einmal zu.«

»Du weißt doch, wie ich's mein.«

»Ja, aber es kann doch nicht so weitergehen mit euch: Karl allein in der Dachkammer und immer der Streit, und immer das Geschrei.«

»Der Kerl müsste sich doch einfach einmal bei mir entschuldigen. Der hat mich doch jahrelang mit seinem Unsinn abgeärgert, nicht umgekehrt.«

»Aber sieh mal, er war doch oft so nachsichtig mit dir …« Und zum ersten Mal, seitdem sie sich kannten, begann Klara, Emma auseinanderzusetzen, wo sie möglicherweise manchmal selbst falsch gegen Karl gehandelt haben mochte: Es waren ja nicht nur die Affären und das Geld, die Verlagsbriefe und jener Abend, an dem sie Karl eingesperrt hatte, es waren ja auch die geworfenen Teller und die nicht geschriebenen Zeilen in den Orient, der Spott hinter seinem Rücken und das nicht gekochte Essen, die vielen, vielen Male, an denen sie ihn aus dem Zimmer hinausgeärgert hatte – und Klara rechnete Emma vor, dass Karl doch nun, wenigstens dieses eine Mal, ein wenig Entgegenkommen verdient habe.

»Aber er darf mich doch nicht einer einfach so verlassen«, protestierte Emma.

Klara schwieg dazu. Sie wusste, dass Emma nicht viele Überzeugungen hatte, jedoch ihr Leben auf einer baute: dass ihr von den Kerlen keiner davonlief. Erst recht nicht Karl. Und es war ja wirklich meist so gewesen, dass stets sie den Männern die Gunst entzog, nicht andersherum. (Sah man etwa einmal vom Gesangsvereinsleiter Vogelhain ab, den Emma darum nachträglich auch zum dümmsten aller Schweine erklärt hatte und mit dem sie ja sowieso längst – längst! – fertig gewesen sei.)

»Aber was soll denn dann werden? Wollt Ihr euch etwa heiraten?«, fragte Emma schließlich.

»Darüber haben wir gar nicht gesprochen«, sagte Klara und musste dafür nicht einmal flunkern. Es war überhaupt nicht nötig gewesen, mit Karl diese Frage zu streifen. In wessen Arme er fallen würde, wenn Emma ihn endlich aus ihren gleiten ließ, war doch offensichtlich.

»Es wird sich doch alles finden«, sagte Klara.

»Und was soll überhaupt aus uns werden?«

Klara schaute auf die Freundin und auf den Gipfel des Roen, sie schaute auf die Passstraße vor ihnen und auf ihre Füße. Bei aller Klarheit, mit der sie sämtliche Schritte Karl betreffend vorausgesehen hatte, wusste sie weit weniger, was nun mit ihr und Emma geschehen solle. Sie war doch, was Emma betraf, in den letzten Wochen durch alle Gefühle geirrt: aus tiefer Zuneigung zu Angst, aus Verachtung zu Mitleid und manchmal auch durch alles zugleich. Einmal hatte sie gedacht, wie schwer es für Emma werden würde, je wieder einen so lammfrommen Mann zu finden wie Karl, einen, den sie jahrelang herumkommandieren konnte, ohne dass er sich in seiner Größe einmal wehrte. Ein andermal dachte sie, dass Emma es vielleicht gar nicht verdient habe, nun fort von Karl gerissen zu werden, dann, dass sie es nie verdient hatte, überhaupt mit ihm verheiratet gewesen zu sein, und dann, für einen Moment, dass sie vielleicht wirklich miteinander weggehen sollten, Emma und Klara, allein; doch war dieser Augenblick kürzer gewesen als ein Lidschlag.

Klara legte Emmas Hand zwischen ihre und blickte ihr fest in die Augen, und womöglich galt die Versicherung genauso sehr ihr selbst wie Emma, als sie sagte: »Es kann doch bleiben, wie es ist. Vielleicht haben wir beide bloß am Ende die Rollen getauscht.«

Emma wand sich heraus. »Lass uns doch miteinander weggehen. Nur wir beide.«

Und wie Emma da so saß und Klara an ihr die unbesorgte Heiterkeit vermisste, die doch einst so ihre Zuneigung geweckt hatte, fragte Klara sich in Sorge, wie sehr diese Ausgelassenheit ihr fehlen würde, sollte Emma tatsächlich auch von ihr getrennt werden.

Klara gab ihr einen Kuss auf die Stirn.

»Lass uns doch erst einmal das eine hinter uns bringen. Dann können wir weitersehen.«

»Aber die Villa. Wo soll ich denn leben, wenn nicht dort? Und wovon?«

»Du musst dich nicht sorgen. Du kannst die 40.000 Mark behalten, Karl ahnt nichts davon.«

»Aber hast du nicht immer gesagt, 40.000 seien zu wenig?«

»Dazu bekommst du von Karl ja eine Rente. Er wird großzügig sein. Jedenfalls, wenn du jetzt in eine Scheidung einwilligst und ihn dann in Frieden lässt.«

Emma sah aus, als würde sie die Möglichkeiten abwägen. Aber dann stand sie auf, mit trotzigem Blick, und streichelte Klara liebevoll über die Wange. »Wo kämen wir denn da hin, wenn mich einer einfach so verlassen würde!«

Sie wandte sich ab und ging die Treppen hinauf.

»Aber was willst du denn jetzt tun?«, rief Klara ihr nach.

»Das werden wir ja sehen!«

Und dann verschwand sie.

Klara blieb ratlos zurück.

So ratlos, dass am Abend dann, als die Dunkelheit die Berge verschluckt hatte, Klara sich in ihrem Zimmer an den Tisch setzen musste. Sie legte Stift und Papier zurecht, um die Angelegenheit doch einmal mit den Geistern zu besprechen – vielleicht hätten diese ja Emma einiges zu sagen.

5. Juli 1900

Konstantinopel, Hauptstadt des Osmanischen Reichs

Karl verließ die Botschaft ebenso ratlos wie aufgebracht. Auf dem Weg zum Tor schon dachte er darüber nach, ob es nicht am klügsten wäre, Konstantinopel einfach am nächsten Morgen zu verlassen. Man würde jetzt schon weiter nach Athen fahren, all dieses hier vergessen und dann, und dann … – das Beste hoffen.

Sejd hatte draußen vor dem Haus auf ihn gewartet; doch bevor er ihn erreichte, sah Karl einen Mann, der forsch auf den Eingang der Botschaft zuschritt und der ihn ebenso sehr erschreckte wie die Unterredung zuvor.

Auch Georg Scharffenstein blieb verdutzt stehen, als er Karl erkannte. Karl hatte das Zählen aufgegeben, wie oft er ihm über den Weg gelaufen war, ohne mit ihm zu rechnen – doch es war ihre erste Begegnung, über die auch Scharffenstein überrascht schien. Er sah kurz verwirrt vom Eingang zu dem Messingschild, welches das Gebäude als Deutsche Botschaft auswies, und dann zu Karl.

»Was tun Sie hier?«

»Einem Bekannten einen Besuch abstatten. Und Sie?«

»Einem Bekannten einen Besuch abstatten.«

Befangen standen sie voreinander.

»Meinen Brief nach Sumatra haben Sie erhalten, ja?«, fragte Scharffenstein schließlich.

»Habe ich.«

»Gut.«

»Nun denn.«

Es hätte einiges zu besprechen gegeben, doch schien keinem von beiden viel daran gelegen, es auch zu tun. Nach einigen weiteren peinlichen Augenblicken wünschte Scharffenstein einen guten Tag und ging auf das Gebäude zu, als habe er es eilig.

Karl trat zu Sejd. Zweimal noch sah er sich dabei nach Scharffenstein um, dann gingen sie los.

Im Hotel nämlich hatte man Karl zuvor empfohlen – als er noch davon ausgehen durfte, dass es ein erholsamer Nachmittag werden würde –, für den Rückweg den schönen Spaziergang zu unternehmen, der in Richtung des Bosporus führe, die Cadde-i Kebir genannte Straße hinab. In den Häusern, die sie säumten, fand sich manches Café, das Paris näher zu sein schien als dem Orient – das lebhafte Bild der Straße erinnerte daran, dass man sich auf dieser Seite des Bosporus noch in Europa fand. Karl jedoch hatte auf dem Weg keine Augen für die Stadt. Sejd ging wortlos neben ihm, und Karl hastete durch Grübeleien.

Es war ihm nämlich aufgefallen, dass Scharffenstein zum ersten Mal bei einer ihrer Begegnungen nichts von ihm gewollt hatte. Er hatte keine aufdringlichen Fragen gestellt, ihn nicht verfolgt, ihm nicht gedroht. Und dies, dachte Karl, wies doch deutlich darauf hin, dass Scharffenstein das von Karl Gewollte in der Zwischenzeit bekommen haben musste – nämlich seinen angedrohten Zeitungsbericht, diesen, dachte Karl, sicherlich zutiefst widerwärtigen, ungerechten und ekelhaften Schmierentext, der in keiner Zeile der Wahrheit entsprechen konnte, sondern überhaupt nur dazu diente, hanebüchenen Schmutz zu verbreiten.

In den Monaten zuvor war es Karl gelungen, die Sorge, was die Zeitungen in Deutschland schreiben mochten, von sich fernzuhalten. Seine Entgegnung in der »Tremonia« war ihm weiter als eine so gelungene Verteidigung erschienen, dass sie jeden Gegner zum Schweigen bringen musste, und Richard hatte ihm, solange er selbst noch daheim war, keine weiteren Ausschnitte geschickt. Auch Fehsenfeld hatte sich den Winter über nicht dahin gehend geäußert, obwohl sie doch in regem Kontakt standen – aber war es für ihn überhaupt möglich, alles mitzubekommen, was Zeitungen im ganzen Reich schrieben? Solche aus Berlin zumal, mehr als sechshundert Kilometer von Freiburg entfernt?

Dieser Scharffenstein war doch ein Mann, dachte Karl sich in Rage, der für die eigene Karriere bereit wäre, einen der vortrefflichsten und unschuldigsten Männer des Landes – oder zumindest keines schweren Vergehens schuldigen Männer – der gierigen Öffentlichkeit zum Fraß hinzuwerfen. Bestimmt hatte er alles verdreht, was zu verdrehen war, und vieles noch hinzuerfunden; alles nur, um sich dafür hochleben zu lassen, dass er Karl May an den Marterpfahl gebracht hatte. Und was wollte er überhaupt in der Botschaft? War er am Ende auf dem Weg zu … – aber das wäre nun ein wirklich zu großer Zufall gewesen. Andererseits: Es bestand durchaus die Möglichkeit, dass er und von Oppenheim sich in ihrer Zeit in Kairo kennengelernt hatten, dachte Karl, und über seine Wut auf Scharffenstein vergaß er fast, dass er die Botschaft mit ganz anderen Schwierigkeiten verlassen hatte.

Bevor Karl sich jedoch wieder diesem nun auch nicht geringen Problem zuwenden konnte, erreichten sie eine Kreuzung, hinter der die Straße bald einen Bogen nach links nahm. Unschlüssig, ob er ihr folgen oder sich nun nach rechts zu wenden habe, blieb er stehen.

»Können wir Ihnen helfen?«

Zwei Männer traten auf Karl zu, von denen Karl erneut keine Veranlassung hatte zu glauben, dass sie ihm gefolgt sein könnten. Gesichter und Kleidung verrieten sie als Europäer, und Karl fragte, ob sie zufällig das Pera-Hotel kennen würden.

»Dort entlang es geht«, sagte der Jüngere der beiden und wies nach rechts. Er mochte kaum Mitte 20 sein, hatte eine fein geschwungene Nase und sein Akzent verriet ihn als Briten.

Karl bedankte sich und ging. Doch der Mann holte ihn nach fünf Schritten wieder ein. »Verzeihung, dass ich Sie muss fragen. Sind Sie nicht Karl May, der Autor?«

Karl, der immer noch tief in seinen Ärger getaucht war, verneinte. Der andere aber ließ sich nicht beirren.

»Ich kenne doch Ihre Photographie. Ich bin Ihr größter Verehrer, Herr May!«

Halb widerspenstig gab Karl es zu. Er wurde mit der gewohnten Freude eifriger Leser belohnt, die ihn nun doch aus seinem Groll zog. Der junge Mann schwärmte ihm vor, dass es ihn ohne Karls Wüstenabenteuer niemals von England bis in das Osmanische Reich verschlagen hätte, seine Bücher: eine Inspiration!, und schließlich fragte er, ob Karl ihm wohl die Ehre erweisen würde, eine Widmung in einen seiner Bände zu setzen.

»Das könnte ich gern tun«, sagte Karl. »Haben Sie denn ein Buch bei sich?«

»Nicht hier, aber in meinem Bureau stehen sie. Es sind nur 50 Schritt, genau auf dem Weg.«

So gingen sie also ein Stück gemeinsam, und während der Jüngere der beiden Männer Karl begeistert nach seiner Reise ausfragte, folgte der Ältere, der von der Statur und den Gesichtszügen einem faltigen Ochsen glich, ihnen in kurzem Abstand.

Nach wenigen Metern öffnete sich die Straße zu einem Platz, auf dem hinter einer Art winzigem Park ein dreistöckiges Gebäude stand.

»Hier ist es schon. Wenn Sie mögen, Sie können auch mitkommen herein. So Sie sind aus der Sonne, und wenn Sie mir machen würden eine noch größere Ehre, können Sie auch trinken eine Tasse Tee mit mir.«

Karl schien es ein vernünftiger Vorschlag, um seinem Ärger über Scharffenstein und von Oppenheim für einen Moment zu entkommen, und außerdem wollte er diesen zuvorkommenden jungen Burschen nicht enttäuschen. Also sagte er zu. Sie gingen über den gepflegten Rasen hinüber, und hinter ihnen lud der ältere der Männer Sejd in einer knappen Geste ein, den beiden zu folgen.

»Was ist dies für ein Gebäude?«, fragte Karl an der Pforte.

»Es ist die Botschaft Großbritanniens«, sagte der junge Mann.

Karl stutzte kurz, doch da waren sie schon durch die Tür.

Der Brite führte Karl und Sejd in ein kleines Dienstzimmer im zweiten Stock und entschuldigte sich tausendfach, dass er sie nicht in einen eleganteren Salon führen könne. Er bot Karl einen Sessel an und ebenso Sejd, der sich misstrauisch in dem ansonsten kargen Raum umsah.

»Dann entschuldigen Sie mich doch bitte eine Moment, gleich bin ich zurück mit Buch und ein Tee«, sagte er.

Die beiden Männer verließen das Zimmer.

Hinter sich schlossen sie ab.

Man ließ Karl dort eine halbe Stunde lang sitzen, in der er zunächst zwölfmal an der Tür rüttelte, und dann ärgerlich zu klopfen begann.

»Sie uns eingesperrt«, sagte Sejd.

Karl begann zu ahnen, dass man ihn mitnichten für ein Autograph hierhergebeten hatte. Man hielt sie offensichtlich gefangen und nach allem, was von Oppenheim zuvor erzählt hatte, ließ eine Gefangenschaft in der britischen Botschaft wenig Gutes erhoffen.

»Wir sollten uns davonmachen«, sagte er. Noch einmal rüttelte er an der Tür. Dann öffnete er das Fenster, das zu einem großen Innenhof ging, und schaute hinab. Doch sie befanden sich in zu großer Höhe, um ohne Weiteres hinabzugelangen.

Karl begann, die Tür näher anzuschauen. Sie wirkte robust und öffnete sich nach innen, ein Eintreten wäre schwer zu bewerkstelligen gewesen. Gerade, als er begann, den Türknauf und das Schloss zu untersuchen, hörte er Schritte und dann vor sich einen Schlüssel klacken. Karl trat zurück.

Die Tür öffnete sich, und der junge Mann kam herein, ohne Tee, ohne Buch und ohne die Freundlichkeit von zuvor. Dafür jedoch in Begleitung eines anderen Mannes, der so tadellos gekleidet war, dass man an ihm einzig den Zylinder vermisste. Sie schlossen wieder ab. Der Tadellose setzte sich schweigend an den Tisch, und die Beflissenheit, mit welcher der Jüngere ihn zuerst einen Platz wählen ließ, zeigte, dass es sich bei ihm um einen Vorgesetzten handeln musste.

»Ich muss Sie um eine Entschuldigung bitten, dass wir Sie haben gelockt hierher unter falsche Vorwand«, sagte der Jüngere. »Wie Sie wohl in letzter halbe Stunde gedacht haben, wir wollen etwas anderes von Ihnen als ein Autograph.«

»Und ich will sehr gerne eine Erklärung, was Ihnen überhaupt einfällt, uns einfach einzuschließen.«

»Wenn sich ergibt eine Möglichkeit, Sie so elegant hierherzubekommen, man muss sie nutzen. Wo Sie doch schon fast vor dem Haus standen. Hat uns erspart einen kleinen Aufruhr. Aber nehmen Sie doch Platz.«

»Ich muss Sie bitten, die Tür zu öffnen. Wir würden jetzt gehen«, sagte Karl, der stehen geblieben war.

»Wir wollen nur führen eine Unterhaltung über Ihre interessante Reise. Hat es Ihnen gefallen auf Ceylon?«

»Eine schöne Insel, ja.«

»Das freut uns. Was aber hat es auf sich mit diese Goldfeld, das Sie gefunden haben auf unsere Hoheitsgebiet?«

29. August 1902

Bozen, Gefürstete Grafschaft Tirol,
Kaiserliche und königliche
Monarchie Österreich-Ungarn

Emma schlief kaum in dieser Nacht. Eine große Dunkelheit in ihrem Herzen und eine noch größere Wut auf Karl hielten sie wach. Dreimal schlich sie auf den Balkon ihres Zimmers, von wo aus sie Karl auf seinem eigenen Balkon sitzen sehen konnte. Er bemerkte sie nicht oder jedenfalls tat er so, als ob. Klara war nicht zu sehen. Aus dem Fenster ihres Zimmers jedoch, das zwischen Emmas und Karls lag, schien Kerzenlicht. Emma beruhigte sich mit dem Gedanken, dass Klara dort sicherlich saß und mit den Geistern sprach und dass diese Geister erst Klara und dann Karl zur Vernunft bringen würden.

Nicht einmal Klara verstand sie mehr, dachte Emma, als sie sich zum zweiten Mal wieder zu Bett gelegt hatte. Nicht einmal Klara begriff, dass es doch etwas vollständig anderes war, wenn sie es dem elenden Kerl endlich heimzahlte, ihn durch ein gemeinsames Ausbüxen tüchtig blamierte und er sehen konnte, wo er blieb, als wenn er nun meinte, dass er – ausgerechnet: er! – derjenige sei, der hier irgendjemanden zu verlassen habe … – das war doch wieder eine seiner elenden Verdrehungen, für die man ihn gleich dreimal wieder sitzen lassen musste!

Man verließ sie doch nicht einfach so, dachte Emma, gerade einer wie Karl. Denn einer wie Karl, dachte Emma, so einer wie der hatte doch so eine wie sie schon fast gar nicht verdient! Ein Leben lang hatte er nie etwas richtig gemacht, dachte Emma, immer hatte er im Weg herumgestanden; wenn sie ihre Ruhe wollte, hatte er sie mit seinem Unfug behelligt; wenn sie einmal hatte lieb sein wollen, sperrte er sich in seinem Arbeitszimmer ein; ganz sicher hatte er ein ganzes Dutzend Affären geführt, da konnte er leugnen, wie er wollte; die ganzen Lügen überhaupt, die Spinnereien, alles – er war doch einfach ein vollkommen unmöglicher Mensch; und sie, das wusste Emma jetzt, sie würde ihn behalten und es ihm einbimsen und heimzahlen, bis Karl das alles, alles, endlich, endlich einsah.

So hatte sie sich in einen kurzen Schlaf gewälzt, und angriffslustig war sie erwacht.

Aber schon vor dem Frühstück kam Klara in ihr Zimmer, trug tatsächlich Briefe aus dem Jenseits bei sich, und eine Viertelstunde später war Emmas Angriffslust vollständig erloschen.

»Meinst du wirklich, dass die Geister es so wollen?«

Klara und Emma saßen auf dem Bett, und vor ihnen lagen die Briefbögen ausgebreitet, welche die Geister in der Nacht durch Klaras Hand mit engen Buchstaben beschrieben hatten.

»Mietz, nun schau doch mal«, erklärte Klara zum zweiten Mal, »›die scheidung ja Emma sei brav‹ haben sie geschrieben. Das heißt doch, dass du dich in Karls Pläne fügen sollst.«

»Vielleicht haben sie es doch anders gemeint.« Emma überflog die Seiten noch einmal, auf denen Klara das Wichtigste bereits mit Unterstreichungen hervorgehoben hatte. Aber neben langen Ausführungen, wie eine Ehefrau sich zu verhalten hatte (und zwar nämlich anders als Emma meist), fand sie nichts, was sie ausdrücklich zum Bleiben aufforderte.

»Sie haben es ja sogar begründet«, sagte Klara. »Hier, am Anfang: ›keine Stufe der Sittlichkeit zusammen‹. Damit meinen sie, dass du dich nicht auf derselben sittlichen Stufe wie wir befindest.«

»Aber ist denn das so?«

Klara schaute sie mit großem Mitleid an. »Mietz, genau darum ist doch der Karl so verzweifelt. Weil du ihm nicht in seine höhere geistige Ebene folgen magst.«

»Er weiß doch selber nicht, wo er da hinwill.«

»Mietz, du kannst nicht so über Karl reden. Er ist so viel klüger als wir in diesen Dingen, so viel klüger als alle. Und die Geister wissen es ja, hier, gleich hinter den ›Stufen‹ steht es ja, dass wir ihm folgen müssen, wenn wir bei ihm bleiben wollen, auch im Tod: ›für Ewigkeit zusammen kein jenseits keine sphäre‹. Wenn du dich also nicht auf derselben sittlichen Stufe wie wir befindest, dann können wir im Jenseits nicht zusammen sein.«

Emma las es, doch war sie nicht überzeugt.

»Bist du denn auf derselben sittlichen Stufe wie er?«, fragte sie.

»Ich fühle, dass es fast so ist.«

Klara legte die Hand auf ihr Herz, sah Emma mit treuen Augen an, und diese dachte, dass doch wenigstens Klara die Komödie bleiben lassen sollte: Es konnte doch niemand, dachte sie, niemand ernsthaft Karl in seinen Unsinn folgen wollen. Erst recht nicht Klara, dachte Emma; erst recht nicht ihr süßes Mausel, dieses unschuldige Ding, dieses durchtriebene Stück, das sich bei ihr vielleicht mehr abgeschaut hatte, als Emma je zu fürchten gewagt hatte; das liebe Mausel, dieses ausgekochte Vieh, dieses naive Herzchen von einer gerissenen Schlange, das ihr den Mann ausspannte … – Emma wusste längst nicht mehr, wie sie eigentlich wirklich von Klara dachte.

»Du willst doch bloß sein Geld«, sagte sie.

Klara schaute traurig. »Mietz, es geht doch hier nicht ums Geld. Es geht hier doch um Herzensbildung. Es geht um die ewigen Dinge.«

»Aber für die haben wir doch unser schönes Grab gemeinsam.«

»Da liegen aber bloß unsere Körper drin. Wenn wir auch nach dem Tod zusammen sein wollen, dann musst du dich eben geistig und sittlich heben.«

Emma starrte auf die Blätter und fühlte, wie ihr das Herz und der Kopf und überhaupt alles schwer wurden.

»Sonst werden wir für immer getrennt sein«, erklärte Klara.

»Vielleicht kann ich es ja doch versuchen«, sagte Emma kleinlaut.

»Genau. Das sollst du ja auch. Und das steht hier: ›empor die prüfung zur sphäre die scheidung ja sei brav‹. Die ganze Scheidung ist eine spiritistische Prüfung, durch die du hindurchmusst, um dich zu heben.«

Emma fühlte sich zum Weinen. Der schöne Zorn auf Karl, der sie so gut durch die vergangenen Tage getragen hatte, war durch die Botschaft aus dem Jenseits vollständig gelöscht. Es war nichts zurückgeblieben als ein mutloser Haufen Asche.

An der Tür klopfte es. Karl kam herein, ebenfalls mit einem Papier in der Hand. Er grüßte nicht und schaute Emma kaum in die Augen.

»Ich habe hier eine Erklärung vorbereitet«, sagte er, »die du bitte unterschreiben möchtest. Darin willigst du in die Scheidung ein. Vor Gericht wird das genügen. Du musst selbst nicht mehr erscheinen.«

»Und wenn ich es nicht tue?«, fragte Emma kraftlos.

»Dann sind wir für dich gestorben, und nicht einmal im Jenseits werden wir uns wiedersehen«, sagte Klara.

»Aber wenn ich es tue«, fragte Emma, den Tränen so nah, »dann sind wir wieder lieb zueinander? Dann leben wir wieder zusammen in Radebeul wie bisher? Wir drei zusammen?«

»Genau so, Mietz«, sagte Klara.

»Ich könnte ja als Karls Köchin in der Villa bleiben, und dann leben wir genauso zusammen weiter wie bisher.« Emma schniefte.

»Das ist eine schöne Idee, Mietz«, sagte Klara sanft.

Und während die Feder noch in ihrer Hand zitterte, dachte Emma, dass ihr zwar der Mann abhandenkam, aber vielleicht, dachte sie, war es wirklich besser so; denn das Wichtigste, dachte sie, war doch Klara; und mit den ganzen Saukerlen, dachte sie, war es doch ohnehin immer ein Elend gewesen; und auf die beste Freundin, dachte sie, konnte man sich doch sowieso viel mehr verlassen als auf die elenden Flegel alle; eine Freundin, dachte sie, hatte sie jedenfalls noch nie verlassen, und das würde Klara erst recht nicht tun, und dieser Gedanke gab ihr Trost.

Also unterschrieb Emma.

Klara und Karl verabschiedeten sich nicht, als sie gingen, und so wartete Emma, dass sie vor ihrer Abreise noch einmal zu ihr kämen.

Karl hatte sie bloß angewiesen, bis zwölf Uhr mittags in ihrem

Zimmer zu bleiben, und da sie es als Teil ihrer Prüfung begriff, blieb Emma folgsam. Doch wurde es halb zwölf, und die beiden waren noch immer nicht gekommen, um Adieu zu sagen. Also schaute Emma hinaus.

Sie wagte kaum, auf den Balkon zu treten. Doch halb in der Tür lauernd und jederzeit bereit, sich wieder in den Schatten des Zimmers zu drücken, beobachtete sie, wie drei junge Pagen Karls und Klaras Koffer zu einer Kutsche trugen, die ganz links vor dem Nebeneingang wartete. Schließlich traten Karl und Klara aus dem Haupteingang knapp unter Emmas Balkon. Mit gesenkten Köpfen, in ihrer Erscheinung einem Trauerzug gleich, folgten sie dem Weg hinüber zum Wagen. Die Wirtin erwartete sie dort, um den großen Gast gebührend zu verabschieden. Emma sah, dass Hände geschüttelt wurden und Karl sich offenbar doch noch für einige Freundlichkeiten zusammenreißen konnte, und sie dachte, dass das ja nun die Höhe sei: Die Wirtin bekam einen herzlichen Abschied und sie, nach 22 Jahren Ehe – gar nichts! Sie trat noch einen Schritt auf den Balkon hinaus, gab ihre Deckung auf und erwartete zumindest einen Blick, eine Geste, ein letztes Winken Karls in ihre Richtung. Doch der Schlag wurde geöffnet, und Karl stieg ein, ohne noch einmal zurückzuschauen.

Der Feigling, dachte Emma. Immer groß tuten, wie er es seinen Gegnern zeigen will, und dann nicht einmal Auf Wiedersehen sagen können. Die Tür der Kutsche schlug zu, und Emma dachte: dieser Hasenfuß. Einmal, dachte sie, ein letztes Mal musste sie es ihm zeigen. Karls Anweisung ließ sie fahren, sittliche Prüfung hin oder her.

Während unten der Kutscher aufsaß, lief Emma aus ihrem Zimmer und das Treppenhaus hinab. Die Droschke hatte sich schon in Bewegung gesetzt, als Emma den Haupteingang erreichte. Sie nahm die Stufen, die weiter unten der geschwungenen Auffahrt des Hotels den Weg abschnitten, dort hätte sie den Wagen noch erreichen können – doch: Sie war zu langsam. Die Kutsche war an der Treppe vorbei, noch ehe Emma an deren Fuß anlangte. Emma blieb auf halber Höhe stehen und konnte nichts tun, als hinterherzuschauen: Als der

Wagen mit gleichmütigem Klappern an der untersten Stufe vorbeigeglitten war, da hatte Emma sogar noch Karls Blick sehen können, wie er den Hut auf seinem Schoß festhielt. Als die Kutsche um die Kurve schlich, die den Weg hinab zur Straße führte, hoffte sie noch einmal auf ein Winken, doch dann schnauften die Pferde lauter, jenseits des Tores empfing die Straße den Wagen, und schon konnte Emma Karls gesenkten Kopf durch die Rückscheibe nicht mehr recht sehen. Dann den Menschen, der ihr Mann war, nicht mehr von den Spiegelungen im Glas unterscheiden. Bald rollten die Räder an den letzten Häusern der Passhöhe vorbei; das Klappern der Hufe verschmolz mit den Rufen der Vögel und die Rufe der Vögel schließlich mit der Stille des Bergs. Hinter der Kurve war die Kutsche verschwunden, und irgendwann ließ auch Emma ihren Arm sinken, mit dem sie Karls Aufmerksamkeit zu erhaschen versucht hatte, selbst, als sie ihn längst nicht mehr erkannte.

5. Juli 1900

Konstantinopel, Hauptstadt des Osmanischen Reichs

Anfänglich noch stehend, doch mit wachsender Ermattung schließlich im Sitzen, hatte Karl versucht, sich auf alle denkbaren Weisen herauszureden. Es war kühl in jenem Zimmer der britischen Botschaft, kühler jedenfalls als auf der Straße, und doch hatte Karl das Hemd unter seinen Armen bald erneut durchgeschwitzt.

Zunächst erklärte er, nicht zu wissen, was für eine Goldader die beiden Beamten überhaupt meinten. Dann, nachdem man ihm den Ausschnitt aus der Prager Zeitung über den Tisch geschoben hatte, behauptete er, dass gar nicht Ceylon gemeint gewesen sei, sondern ein Gebiet im Sudan; er habe es nur anders bezeichnet, um niemanden auf die Spur zu locken. Die Briten hielten ihm daraufhin vor, dass er, wenn man seine Ein- und Ausreisedaten britischen Gebiets überprüfe, keinesfalls im Sudan gewesen sein könne, also verstieg Karl sich dazu, dass es, ja, schon, eine Goldader gegeben habe – dass er aber ihr Geheimnis mit ins Grab nehmen würde. Während Sejd sich längst schicksalsergeben einen Stuhl genommen und verkehrt herum daraufgesetzt hatte – zwischen den Beinen die Lehne, die Arme verschränkt obenauf, den Kopf dösend wiederum auf die Arme gebettet –, blieb Karl für eine weitere Viertelstunde scharfer Nachfragen bei dieser Behauptung. Dann fiel sein Widerstand. Karl sackte auf seinem Stuhl zusammen.

Neugierig lehnten die beiden Männer sich nach vorn.

»Es ist alles nur erfunden«, sagte Karl leise. »Ich habe dieses Abenteuer erdacht, um …«, er wischte ratlos durch die Luft, »– meine Leser zu beeindrucken, vermutlich. Es gibt kein Gold.«

Murmelnd übersetzte der jüngere dem älteren Beamten, kurz sprachen sie danach miteinander.

»Warum wir sollten Ihnen das glauben ausgerechnet?«, fragte der Jüngere.

Karl sah die beiden verdattert an. »Weil es – die Wahrheit ist.«

»Eine sehr alberne Ausrede, denken Sie nicht?«

»Sejd kann es bestätigen.«

Sejd schaute auf und nickte.

»Dass Ihr Diener für Sie lügt, versteht sich.«

»Aber es gibt hier in der Stadt sogar einen Zeugen: Ein Reporter, der mir seit Monaten gefolgt ist und …«

»Ein Zeugen, für alles ist schnell gefunden.«

Beide Männer legten die Fingerspitzen aneinander, so wie von Oppenheim es zuvor getan hatte, und schauten Karl geduldig an.

Schließlich gab er ein zweites Mal auf. Es war doch wie stets: Man glaubte die Wahrheit, die am besten gefiel, und als Karl nun begann, seinen Ritt von Kurunägala nach Osten durch den Dschungel, den Weg den Wasserfall hinauf und in die Felshöhle hinein zu schildern, lehnten die Männer sich zufrieden in ihre Sessel und lächelten in der Gewissheit, den Widerstand ihres Gegenübers endlich gebrochen zu haben. Von Hovens Anwesenheit verschwieg Karl in seiner Erzählung ebenso wie den eigentlichen Ausgang des gesamten Abenteuers, dafür malte er auf Nachfrage die Größe der entdeckten Goldader in den glänzendsten Farben aus, während er sich fragte, ob man ihn wohl nach diesem Geständnis gehen lassen oder wochenlang festhalten würde.

»Und können Sie uns markieren der genaue Fundort auf eine Landkarte?«

»Eine Karte liegt in meinem Hotel. Ich kann sie holen«, sagte Karl.

Leise berieten sich die beiden Männer.

»Sie bleiben hier. Schicken Ihre Diener.«

»Er könnte sie nicht finden, sie ist sehr gut versteckt. Sie müssen uns schon beide gehen lassen.«

Noch einmal flüsterten die beiden Männer miteinander, dann sagte der jüngere: »Gut. Sie gehen, wir schicken eine Mann mit Ihnen. Ihre Diener bleibt hier.«

Sejd protestierte, doch Karl versicherte ihm, dass er rasch zurück sein würde.

Sie stellten Karl den ochsenartigen Mann zur Seite, der sie schon von der Straße ins Gebäude begleitet hatte, und mit ihm verließ er die Botschaft. Zu Karls Hotel war es nicht weit, ein Fußweg von fünf Minuten. Doch schon nach zweien davon bemerkte Karl, dass sein Begleiter begann, sich misstrauisch umzusehen.

Nach einer weiteren erkannte auch Karl den Grund dafür: Es folgte ihnen ein Mann, den sein roter Fez und die blaue Uniform zweifelsfrei als Polizisten auswiesen. Ein zweiter begleitete sie auf gleicher Höhe auf der anderen Seite der Straße; ein dritter ging vor ihnen her. Immer wieder sah er sich um, damit der Abstand zu Karl und seinem Bewacher nicht zu groß und nicht zu klein werden würde.

Karls Hotel war bereits in Sicht, als der Polizist vor ihnen plötzlich stehen blieb und auf sie wartete. Der britische Ochse zog Karl auf die andere Seite der Straße, doch der Polizist folgte ihnen. Dort wurden sie von dem zweiten in Empfang genommen. Der dritte holte sie von hinten ein, und sie waren umzingelt.

Mit inszenierter Freundlichkeit stellte Karls Begleiter eine Frage auf Türkisch, die Antwort war kurz und bestimmt, und wenige Augenblicke später trat von hinten ein Mann in ziviler Kleidung an sie heran. Er war klein und dünn, und mit einer Stimme, die so tief war, dass sie in diese schmale Person gar nicht hineinzupassen schien, fragte er Karl: »Sie sind Herr May, ja?« Sein Akzent wies ihn als Türken aus.

Karl nickte.

»Mitkommen. Sie sind verhaftet.«

Immerhin schickten sie seinen britischen Wachhund davon.

1. September 1902

Dresden, Königreich Sachsen, Deutsches Reich

»Ich Endesunterzeichnete erkläre hiermit, dass ich wegen gegenseitiger, unüberwindlicher Abneigung ein weiteres Zusammenleben mit meinem bisherigen Ehemann, dem Schriftsteller Herrn Karl May in Radebeul, für vollständig unmöglich halte und ihm darum meine unwiderrufliche Zustimmung zur Scheidung unserer Ehe gegeben habe. In Beziehung auf alle etwa hiermit zusammenhängenden pekuniären Angelegenheiten werde ich mich einzig und allein auf sein Gerechtigkeitsgefühl verlassen und erkläre also, mich aller Ansprüche hierauf zu enthalten.

Gez.

Emma Lina May geb. Pollmer«

Der Rechtsanwalt Andreas Merkel saß in seiner Kanzlei in einem Ledersessel, den Kopf vom Rauch einer Cigarre umhüllt, und las laut Emmas Erklärung vor, die vier Tage zuvor in Bozen unterschrieben worden war. Auf der anderen Seite seines Schreibtisches, der groß war wie ein Ruderboot, hatten Karl und Klara Platz genommen.

»Ich fürchte, das wird nicht reichen«, sagte Merkel, nachdem er geendet hatte. Er legte das Blatt vor sich auf den Tisch.

»Aber warum denn nicht?«, fragte Karl. Fahrig nahm er Emmas Erklärung zur Hand, und deren oberer Rand zitterte, als Karl zum wiederholten Male seine eigene Schrift las. »Es ist doch eine Einwilligung in eine Scheidung, vor Zeugen unterschrieben. Warum sollte ein solches Dokument nicht genügen?«

»Eine Scheidung ist keine Bagatelle, Herr May. Sie ist ja überhaupt erst seit Kurzem erlaubt, und das Gesetz hat schwere Schlagbäume davorgesetzt. Die heilige Ehe ist etwas, das unbedingt geschützt gehört. Dass man sich zerstritten hat und nicht mehr verheiratet sein mag – das allein reicht nicht aus. Wenn jede Ehe geschieden würde, in der sich die Ehegatten nicht mehr sehen mögen, dann …«, und er lachte sehr herzlich.

Karl bemühte sich um ein Lächeln, doch es geriet nicht gut.

Es hatte sich Karls Zustand seit ihrer Abreise von der Mendel schon gebessert, doch war er einer Genesung noch fern. Blass war er und trug dunkle Ringe unter den Augen, und der ständige Aufruhr, in dem er sich Emmas wegen befunden hatte, war längst noch nicht befriedet. Eher fühlte er sich, seit die Scheidung festgestanden hatte, als sei ihm ein Messer aus einer tiefen Wunde gezogen worden. Noch war sie nicht verheilt, sie bereitete größte Schmerzen – doch konnte man sie nun verarzten. Klara hatte ihr Äußerstes getan, den Patienten zu versorgen.

»Gibt es denn nichts, was wir tun können?«, fragte Karl.

Merkel paffte eine dicke Wolke und lehnte sich vorsichtig zurück.

»Nun, es gibt schon etwas – doch es ist unschön, und ich rate davon ab, wenn es noch einen anderen Ausweg gibt.«

»Es gibt keinen anderen Ausweg mehr.«

Merkel schaute Karl nachdenklich an. »Gut«, sagte er schließlich. »Für eine Scheidung braucht es schwerwiegende Gründe, und es braucht einen eindeutig Schuldigen. Was Sie tun können, ist, Ihre Frau zu verklagen. Dann geht es vor Gericht, und dort müssen Sie darlegen, dass für die Zerrüttung der Ehe tatsächlich sie ganz allein verantwortlich ist.«

»Das ist sie ganz eindeutig«, sagte Karl.

»Bloß müssen Sie das auch beweisen können. Da jedoch wird es dann schnell unschön für alle Seiten. Und wie erwähnt: Es gibt auch jenseits einer Scheidung vernünftige Arrangements. Geben etwa die

Ehegatten das gemeinsame Wohnen auf, kann schon in vielen Fällen …«

»Nein, es muss eine Scheidung sein.«

Es war stets eine Schwäche von Karl gewesen, dass so, wie Emma in ihren Gelüsten manchmal das Maß entglitt, er seines in seinem Urteil verlieren konnte. Es hatte nie viel neutralen Boden in ihm gegeben, kaum ein Einerseits-andererseits. Er kannte hell und dunkel, Schurken und Helden, doch wenig dazwischen. Und so, wie er sich lange zu der Überzeugung hatte kommandieren können, dass Emma ja eigentlich ein Engel sei (alle Wut auf sie war ja hinter seiner endlosen Geduld eingesperrt) – so hatte er seit jener Nacht im Englischen Garten eine vollständige Umdeutung ihrer Ehe vorgenommen. Die heiteren Stunden, die Abende am Klavier im Wirtshaus, die gemeinsamen Tänze, die Kostümfeste, das Fangenspielen und Singen in der neu gekauften Villa Shatterhand – all diese Erinnerungen hatte er aus seinem Gedächtnis geschafft, sie waren nun an jenem Ort verborgen, an dem zuvor jeder böse Gedanke zu Emma eingepfercht gewesen war.

»Und die Gründe für eine Trennung liegen tatsächlich ganz bei ihr?«

»Ganz und ausschließlich.«

»Nun, etwas anderes hätte man bei einem vortrefflichen Herrn wie Ihnen ja auch nicht vermutet. Aber wenn man es nun belegen wollte: Ist genügend Handfestes vorgefallen, das man für eine Klage hernehmen könnte? Wenn sie Sie zum Beispiel bestohlen oder fortwährend Ehebruch betrieben hätte …«

»All das hat sie getan!«

»Verstehe. Und Sie sind sicher, dass Sie bereit sind, all diese sehr privaten Vorfälle aktenkundig zu machen?«

»Vollständig«, sagte Karl – doch dann zögerte er. »Was genau würde das bedeuten?«

»Man wird sehr viel schmutzige Wäsche waschen müssen, und all das muss natürlich in den Gerichtsakten festgehalten werden.«

»Und kann dort jemand hineinsehen?«

»Nicht, solange Sie leben. Es sei denn, man benötigt die Akten noch einmal für einen anderen Prozess, aber das ist ja nun sehr unwahrscheinlich.«

»Aha. Aber nach meinem Tod …?«

»Nach 30 Jahren darf dort jeder hineinschauen.«

Karl rieb eine Weile die Fingernägel aneinander.

»Eine andere Möglichkeit existiert wirklich nicht?«, fragte er schließlich.

»Ich würde Ihnen auch weiter gern ein anderes Arrangement als eine Scheidung ans Herz legen.«

»Aber genauso ist es doch gewesen, Herr Rechtsanwalt«, unterbrach nun Klara. »Alle Vorwürfe gegen Emma lassen sich beweisen. Und wenn es sein muss, dann werden wir … – dann wird der Herr May seine Frau eben verklagen müssen.«

5. Juli 1900

Konstantinopel, Hauptstadt des Osmanischen Reichs

Man führte Karl durch zwei Gassen, immer tiefer in das Durcheinander aus Häusern und Hinterhöfen, aus dem die Stadt wild gewachsen war. Männer saßen auf niedrigen Hockern vor Cafés und rauchten Wasserpfeife, einmal überquerte ein Huhn den Weg, und immer wieder schaute man Karl, der von den drei Polizisten eskortiert wurde, mit einer Mischung aus Neugierde und Mitleid an. Karl befand sich nun in einem Zustand weitgehender Lähmung, in dem er einzig ahnte, dass seine Lage auf eine noch nicht abzusehende Art aussichtsloser werden würde.

Zu seiner großen Überraschung führte man ihn dann jedoch nicht in eine Polizeistation, sondern geradewegs in ein Café, in dem die dort sitzenden Männer so taten, als bemerkten sie den Europäer und seine drei Polizisten gar nicht. Durch die Gaststube ging es in ein halb verstecktes Hinterzimmer, dessen Tür der Civilist in Karls Gruppe öffnete, ohne anzuklopfen. Dahinter fanden sich in einem Raum ohne Fenster weitere Hocker und Tischchen – und ein Mann mit einem sehr feinen Schnurrbart und einem französischen Akzent. Er bot Karl einen Platz an.

»Verzeihen Sie die etwas rüde Art, Sie hierherzuschaffen. Wir haben gedacht, wir sollten nicht lang warten, eine Mann so gefragt wie Sie, zu uns zu bitten.«

Verwirrt setzte Karl sich. »Ja, aber – wer sind denn nun Sie?«

»Sagen wir, ich arbeite für die französische Finanzverwaltung.

Diese Herren hier«, und er deutete auf die vier, die Karl hergebracht hatten, »gehören selbstverständlich zum Sultan. Wir teilen einige Interessen finanziell.«

»Sie wollen auch die Lage der Goldvorkommen erfahren?«

»Man hat Sie deswegen also schon an andere Stelle befragt.«

»Leider.«

»Wenn Sie davon auch so groß in die Zeitung berichten.« Der Franzose setzte sich Karl gegenüber, die anderen blieben stehen. »Also«, forderte er Karl auf, »beginnen Sie: Ceylon!«

»Natürlich könnte ich Ihnen alles Mögliche berichten, aber es handelt sich um britisches Gebiet, über das wir sprechen.«

Der Franzose nahm eine Abschrift von Karls Brief aus der Prager Zeitung vom Tisch und las: »›Es ist eine Gegend, nie besucht von Menschen, doch nur vier Reitstunden von der Küste entfernt, die Verladung der Erze also nicht zeitraubend; billigster Kamelbetrieb.‹ Wenn es stimmt, wie Sie es haben geschildert, man kann vielleicht etwas unternehmen. Lassen Sie es unsere Sorge sein.«

Karl fühlte sich so vollständig besiegt, dass er keinen Versuch mehr unternahm, anderweitig heil aus dieser Lage herauszukommen. »Ich habe eine Karte der genauen Fundstelle, sie befindet sich in meinem Hotel.«

»Das geht ja alles schneller als war zu erwarten, Sie sind eine kooperative Mann.«

Man schickte Karl in sein Hotel und stellte ihm zwei Polizisten zur Seite. Im Aufbruch allerdings schärfte der Franzose Karl noch einmal ein: »Zu keinen Menschen ein Wort, was wir haben gesprochen. Falls jemand fragt: Man hat Sie mitgenommen wegen Schwierigkeiten mit Ihre Pass.«

Sie verließen das Café, und wie bei ihrem Eintreten taten sämtliche Gäste so, als würde man sie gar nicht sehen.

Auf der Straße nahmen die beiden Polizisten Karl in ihre Mitte, und so wandten sie sich in Richtung seines Hotels. Doch sie waren gerade erst um eine Ecke gebogen, als hinter einem Torbogen, der auf einen der verzweigten Höfe führte, ein Europäer stand. Er trug einen Reiseführer in der Hand, blickte sich suchend um und schaute erleichtert, als er die Polizisten entdeckte.

»Excuse me«, sagte er, »Affedersiniz! Where is the Galata Tower? Galata Kulesi?«

Der Polizist links von Karl wollte ihn unwirsch wegschicken, der Polizist rechts von Karl aber antwortete freundlich und deutete in die Richtung, aus der sie gekommen waren. Der linke Polizist wies ihn dafür zurecht.

Just in diesem Moment wurde Karl hinterrücks an beiden Armen gepackt und in den Torbogen hineingezerrt. Er stolperte dorthin und sah sich plötzlich seinem ochsenartigen britischen Bewacher gegenüber, der ihn weiter in den Hof zog, während rechts und links von ihm zwei ebenso beeindruckende Männer emporwuchsen, die den Polizisten den Weg verstellten. Karl wehrte sich einen Augenblick und blieb stehen. Der Ochsenartige musste einen Schritt in Karls Richtung tun, um ihn zu erwischen, während seine Begleiter mit den Polizisten zu rangeln begannen. Der Ochsenartige packte Karl wieder am Ärmel, doch war nun auch einer der beiden Polizisten bei ihm, der ebenfalls an Karl zu zerren begann, und weil es aussichtslos war, Karl durch Zerren loszubekommen, stürzte sich der Polizist auf den Ochsenartigen, während sein Kamerad die beiden anderen Angreifer beschäftigte …

– und in diesem Tumult achtete einen Augenblick lang keiner auf Karl. Ohne nachzudenken rannte er los. Er stürzte zurück in die Gasse. Er wandte sich nach links. Drei Schritte, und er konnte an dem Lärm hinter sich hören, dass man seine Verfolgung aufnahm. Er rannte um eine Ecke. Hinter sich hörte er das Schrillen einer Trillerpfeife. Er sah sich um. Zehn Schritte entfernt rannte der Ochsenartige ihm nach, gleich darauf folgte einer der Polizisten. Karl kam an eine Kreuzung und lief nach rechts. Schon jetzt war er außer Atem. Die Schritte hinter ihm kamen näher.

Er drehte sich um und sah, dass der Polizist seinen Verfolger umriss. Karl lief weiter und verpasste so den Augenblick, in dem der am Boden liegende Brite noch nach dem Fuß des Polizisten angelte, der daraufhin auf das Pflaster schlug und einige Momente brauchte, bis er sich stöhnend wieder aufrappelte. Beide nahmen wieder die Verfolgung auf, doch hatte der Kampf Karl die entscheidenden Sekunden geschenkt, um seine Häscher an zwei rasch hintereinanderfolgenden Kreuzungen abzuhängen.

Er schlug weitere Haken. Ohne eine Ahnung, wo er sich befand, durchquerte er Innenhöfe, kam durch schmale Gassen, überquerte eine Straße. Längst japste er. Es war nur ein Lauf von dreihundert Metern gewesen, doch taten ihm die Beine weh. Wieder sah er sich um. Kein Verfolger hinter ihm. Er hörte auf zu rennen und hastete nur noch in schnellem Schritt die Gassen entlang, die einander auf undurchschaubare Weise schnitten, sich gabelten und bogen, sodass er bald vollkommen die Orientierung verloren hatte.

Karl versuchte, hinunter zum Bosporus zu gelangen, und folgte darum an jeder Kreuzung dem Weg, der stärker abfiel. Nach dreien dieser Kreuzungen jedoch ging ihm auf, dass er gar nicht wusste, was er dort unten am Wasser eigentlich sollte. Er hätte versuchen können, in großem Bogen zurück ins Hotel zu gelangen, doch würde es sicher bewacht.

Ratlos ging er langsamer. Wieder schaute er sich um.

Vollständig verloren, wie er war, erschien ihm nun die Gegend vor ihm keinen Deut sicherer zu sein als die Gegend hinter ihm: Es konnten seine Häscher, dachte er, doch um jede Ecke biegen, die er erreichte. Karl wusste nicht, wohin. Einzig wusste er, dass er keinem dieser Männer wieder in die Hände fallen wollte.

Er würde sich verstecken müssen, dachte er, verstecken und einen Plan schmieden, und während er dies dachte, war sein Schritt fast ein Schlendern geworden, und schließlich blieb er ganz stehen, als er in den Fassaden plötzlich einen Durchgang bemerkte, mit einem Kreuz darüber und einer Steintafel, welche auf eine Kirche hinwies.

Die Tür darunter war offen.

Er überlegte keine Sekunde und ging hinein.

Über einen winzigen Hof gelangte er in eine Basilika mit einem prächtigen Altar aus poliertem Marmor, über dem sich eine kleine

Kuppel wölbte. Es war niemand zu sehen. Karl setzte sich in der zweiten Reihe in eine Bank.

Dort brach er zusammen.

Verzweifelt und vollständig geschlagen, stürzte er durch die engen Gassen seiner Gedanken, ohne einen Ausweg zu finden: Man müsste, dachte er, schnellstmöglich die Stadt verlassen, um diesen Irrsinnigen zu entwischen; es waren doch alle verrückt geworden, Hauptsache, man kam irgendwie davon … – doch selbst das wäre wohl gar nicht leicht, man würde das Hotel umstellen und die Häfen kontrollieren, vielleicht müssten sie über dem Landweg fliehen, müssten sich verkleiden oder man würde sie versteckt in Kisten aus der Stadt schmuggeln; aber selbst wenn sie dann nach Deutschland entwischt wären, dachte Karl entsetzt, dann würden sich dort die Geier von der Presse an ihm weiden, längst hätten sie dann ja alles erfahren, und man würde ihn öffentlich martern, dem Spott des ganzen Landes wäre er preisgegeben, und alles, alles wäre verloren, und obendrein säße Sejd immer noch fest.

Zu allem Überfluss hörte Karl plötzlich neben sich in der Bank ein spöttisches Lachen, und als er hinsah, war von Hoven neben ihn gerückt. »Da hat Sie unser Abenteuer ja in eine erstaunlich dumme Lage bugsiert.«

Karl kniff die Augen zusammen und summte eine Kadenz in h-Moll, weil er hoffte, von Hoven so zum Verschwinden zu zwingen.

»Wer hätte auch gedacht, dass man Ihnen selbst jetzt aufs Wort glaubt!« Von Hoven hörte nicht auf ihn.

»Sie und Ihre Goldmine«, sagte Karl.

»Darf ich Sie daran erinnern, dass es Ihre …«

»Ja. Jaja.«

Leeren Blicks stierte Karl auf den Altar. Er schwieg lang.

»Und nun?«, fragte von Hoven schließlich.

Karl gab keine Antwort.

»Sie könnten die Wahrheit sagen«, schlug von Hoven vor.

»Ich habe es doch versucht und man glaubt mir nicht.«

»Sie müssten es schon mit der vollen Wahrheit probieren. Die

Lächerlichkeit Ihrer behaupteten Goldmine glänzt doch erst richtig, wenn man weiß, wie wenig alles andere an Ihnen stimmt.«

Mutlos schüttelte Karl den Kopf. »Ich kann es nicht tun. Es würde sich herumsprechen.«

»Und?«

»Dann bindet mich die Presse an den Marterpfahl!«

»Dort stehen Sie sowieso schon. Und wenn Sie die Wahrheit sagen, dürfen Sie immerhin noch darauf hoffen, dass Sie dort nicht sterben. Ihr Freund Richard hat das schon richtig erkannt.«

Karl rutschte auf die Knie, lagerte die Hände auf die Bank vor ihm und verbarg sein Gesicht darin. Wie wenig die Welt einem anhaben konnte, dachte er, wenn man nichts von ihr sah.

»Vielleicht sollte ich einfach gleich hier sterben.«

»Ach Herr May, immer gleich so theatralisch.«

»Es würde einen Trauerzug geben, so gewaltig, dass alle beschämt wären, die mich jemals angegriffen haben.«

»Um es einmal mit Ihrem Richard zu sagen: Das ist keine kluge Rache.«

Karl aber war so in seine Verzweiflung gesunken, dass er sich bereit fühlte, seinem Schöpfer entgegenzutreten. Wenigstens dieser, dachte Karl, würde ihn in seine Arme schließen. Er dachte an den Heiligabend, an den tiefen Frieden, den die Christmette ihm geschenkt hatte. Das Gespräch mit Richard hatte ihm einen Trost gespendet, den er noch nicht kannte, durchaus. Doch die Andacht, die stille Einkehr zum Gebet, Gottes gnädige Nähe waren ihm doch immer die größte Stärkung gewesen. Wieder betrachtete er Jesus an seinem Kreuz. In Jerusalem hatte der Heiland zu ihm gesprochen, doch nun hätte Karl seinen Rat nötiger gehabt denn je.

»Beichte alles!«, sagte er.

Karl fuhr zusammen.

Doch es war nur von Hoven, der mit verstellter Stimme gesprochen hatte.

»Jetzt lassen Sie mich doch einmal in Ruhe!«, fuhr Karl ihn an.

»Lassen Sie doch mal den armen Herrn Jesus in Ruhe«, sagte von

Hoven. »Er hat auch noch andere arme Sünderlein, um die er sich sorgen muss.«

»Ich verbitte mir, dass Sie so über unseren Herrn Jesu Christus sprechen. Er …«

Neben dem Altar öffnete sich eine Tür, und der Pastor kam heraus. Neugierig schaute er zu Karl, der noch gesprochen hatte, als er eintrat. Doch außer diesem war niemand zu sehen. Der Pastor nickte Karl zu, jedoch nicht sehr verwundert: denn Zwiesprache mit seinem Schöpfer zu halten – dafür war ein Gotteshaus doch gebaut. Durch den Mittelgang ging er zum Portal und hinaus.

»Ich kann jedenfalls nicht beichten«, sagte Karl, als er verschwunden war. »Sie haben doch erlebt, wozu die Schandpresse in Deutschland fähig ist. Wie man dort mit mir umgesprungen ist! Es ist überhaupt noch nie jemand so ungerecht behandelt worden wie ich.«

»Nun übertreiben Sie.«

»Nein. Man hasst mich, weil ich den Menschen Großes geschenkt habe!«

»Es kämen mir einige Menschen in den Sinn, mit denen man noch ungerechter umgesprungen ist als mit Ihnen.«

»Wer sollte das schon sein?«

»Nun, einmal überlegen …« Von Hoven tat, als müsse er angestrengt nachdenken. »Was meinen Sie: Ob unsere Eimerdiebe in Padang noch im Gefängnis sitzen? Und wie mag es wohl unserem Photographen aus dem Beduinenlager gehen? Ob er schon wieder laufen kann? Und was hat man wohl mit den Verhafteten in Massaua getan? Bestimmt wurden sie auf der Polizeistation doch noch reich entlohnt, in Milch gebadet und mit Honig eingerieben.«

»Gut, ja, jaja.« Karl hatte wieder seine Stirn auf die Hände gelagert, die auf der Bank vor ihm ruhten. Er war geschlagen, auch hier. Es war alles vollständig aussichtslos. Es war, dachte er, doch überhaupt nie ein Mensch in aussichtsloserer Lage gewesen als er.

Von Hoven hatte begonnen, in der Kirche umherzuschlendern.

»Old Shatterhand hätte gewusst, was nun zu tun ist.«

Karl schwieg. An seinen Händen vorbei betrachtete er die Kacheln des Kirchenbodens.

»Old Shatterhand hat ja nicht nur immer gewusst, was zu tun ist«, erklärte von Hoven begeistert, »er hat es dann ja auch stets tun können!«

Karl betastete erneut das gruselige Loch in seiner Seele, das der Held zurückgelassen hatte, als er in Sumatra von ihm gegangen war. So lang hatte er es doch mit seinen Taten füllen können, doch nun … –

»Merken Sie eigentlich, wie äußerst ärgerlich es ist, dass so wenig übrig bleibt, wenn man Old Shatterhand von Ihnen abzieht?«, fragte von Hoven. »Keine Taten, keine Größe, kein Mut; kein Faustkämpfer, kein Schütze, kein Spurenleser, Medizinmann, Sternendeuter oder Universalgenie. Es bleibt doch einfach nur: Karl May, Sträf- und Schreiberling, der ratlos in der Kirche hockt.«

Karl versuchte wieder, durch lautes Summen von Hoven zum Schweigen zu bringen. Doch wie wollte man etwas übertönen, das so laut im eigenen Kopf dröhnte?

»Lassen Sie mich in Frieden«, sagte er bloß ohne Kraft.

»Jaja, wollen wir das nicht alle: einfach nur Ruhe und Frieden?«

Karl sah auf und betrachtete von Hoven, der wiederum selbst den Heiland betrachtete, der hinter dem Altar am Kreuz hing. Er trug die Dornenkrone auf seinem Kopf, und es war Karl, als könne er sogar von seinem Platz aus ihre Stacheln ausmachen und die Tropfen von Blut, die ihm in das Gesicht liefen. Er dachte an das Wunder der Auferstehung, das sich doch ereignet hatte, just als die Nacht am schwärzesten schien, und dann begann in seinem Kopf ein kleiner Kiesel einen Berg hinunterzukullern.

Es war nur ein winziger Gedanke: Friede. Ein Wort, nicht mehr. Allein hätte jener Kiesel wenig ausgerichtet, doch stieß er auf seinem Weg rasch andere an, die sich mit ihm auf den Weg machten: ein Kiesel der Photograph und einer die barmherzigen Eseltreiber von Kairo; ein Kiesel die Eimerdiebe und einer die Hirten, mit denen sie bei Jaffa ein Lager geteilt hatten. Karl erinnerte sich, wie er in Kairo vom

Mukkatam über die Stadt geblickt hatte, als er das letzte Mal jenen großen, heiligen Frieden in sich fand; und von dort, vom hohen Berg, rollten seine Gedanken nun hinab; längst rissen die Steinchen ganze Brocken mit sich: die Jagd nach dem Gold, die doch zu gar nichts geführt hatte; Kara Ben Nemsi und seine tausend Heldentaten; ihr langes Zwiegespräch im Dschungel – längst war all das eine Lawine geworden, die wuchtig zu Tal stürzte; längst war Karl aufgestanden und hatte seine Zeigefinger mahnend und begeistert in von Hovens Richtung gehoben, denn all dieses, was nun in ihm toste, wollte ihm doch nur eines sagen:

»Es bleibt sehr wohl etwas übrig, wenn man alle Fähigkeiten Old Shatterhands von mir abzieht.«

»Und das wäre nämlich was?«, fragte von Hoven.

Vor Rührung über die große Idee, die in ihm zu wachsen begonnen hatte, hätte sich in Karls Gesicht fast schon wieder eine Träne gelöst. Gerade noch konnte er sie davonblinzeln.

Feierlich sagte er bloß: »Warten Sie es ab!«

22. Dezember 1902,

Dresden,
Königreich Sachsen,
Deutsches Reich

und

6. Juli 1900,

Konstantinopel,
Hauptstadt
des Osmanisches Reichs

Das königliche Landgericht zu Dresden war gebaut, den Menschen einzuschüchtern. Die Türen, doppelt so hoch wie ein Mann, forderten dessen ganze Kraft, sie zu öffnen. Das aufragende Portal, die gewaltige Treppenhalle dahinter – sie ließen jeden schrumpfen, der hineintrat. Justitia aus Bronze stand zwischen den Treppenaufgängen mit verbundenen Augen, doch umso genauer hörte sie, wer kam.

In Begleitung des Rechtsanwalts Merkel schritten Karl und Klara an diesem Montagvormittag frierend durch die Pforte. Karl – zwar nicht mehr in so schlechtem Zustand wie noch im Sommer, aber weiterhin geschwächt – kostete es einige Mühe, den beiden anderen die Tür aufzuhalten. Man ging hinauf. Die elfte Zivilkammer tagte heute erneut zur Scheidungsklage May.

Im ersten Stock ließ ein Gerichtsdiener die Männer in den Saal ein, und der Ernst des Verhandlungszimmers wärmte Karl sogleich. Der hölzerne Hall seiner Schritte zwischen den leeren Zuschauersitzen versicherte Karl, dass er keine Sorge zu haben brauche, es werde sich schon alles richten – schon allein, da er doch heute nicht zum Platz des Angeklagten schritt. Sondern zu dem des Klägers.

Karl und Merkel setzten sich auf die lederbespannten Stühle und standen sogleich wieder auf, als der Vorsitzende eintrat: Landgerichtsdirektor Dr. Feurich, ein Mann von einer solchen Majestät, dass man meinen konnte, nicht seine Robe verleihe ihm Würde, sondern als verhalte es sich genau umgekehrt. Er schritt hinter den Richtertisch zu Karls Rechten, die Landrichter Jentzsch und Hauffe flankierten ihn, und nebeneinander nahmen die drei Platz. Auch der Kläger durfte sich setzen.

Außer den fünf Herren waren nur noch ein Gerichtsschreiber und ein Saaldiener anwesend. Klara musste als Zeugin auf dem Flur warten, und Karl gegenüber, auf der Seite der Beklagten, saß niemand. Das Gericht betrachtete Emmas Anwesenheit auch an diesem dritten Verhandlungstag als nicht vonnöten, also war sie wie in den gesamten Monaten zuvor in Bozen verblieben, um dort den Ausgang des Prozesses abzuwarten. Einen Anwalt, der sie vertreten konnte, hatte sie nicht. Der Tisch der Beklagten blieb leer.

Karl hatte seine Aussage schon sechs Wochen zuvor beim Anhörungstermin begonnen, doch wegen der Fülle der Anschuldigungen gegen Emma war man nicht mehr zum Ende gelangt. Um an diesem Punkte weiterarbeiten zu können, wurde Karl nun wieder an den Zeugentisch gegenüber der Richterbank gebeten. Der immer noch blasse, wie dem Krankenlager Entstiegene setzte sich also dorthin und berichtete weiter: wie die Eheleute May sich seit seiner letzten großen Reise äußerst entfremdet und wie Emma ihn tausendfach geärgert und gequält hatte; wie sie ihm immer wieder einmal Geld unterschlug und für unsinnigste Seidenblusen, Hüte und anderen Putz ausgab; wie sie ihn in Berlin einen Zuhälter genannt hatte. Vieles davon fand sich schon in der Klageschrift, doch die Richter wollten es gern genau wissen. Etwa, wie es sich mit diesen Verlagsverträgen verhielt, deren Verlust Karl beklagte.

»Heimtückisch verbrannt hat sie sie«, sagte Karl, »nur um mir zu schaden.«

»Haben Sie denn gesehen, wie sie sie verbrannte?«

»Nein, aber mir wurde davon berichtet.«

»Und hat Ihre Frau das Verbrennen zugegeben?«

»Nein, sie stellt sich in dieser Sache ganz und gar dumm.«

Die Richter nickten stumm.

Dass die Mays obendrein seit einem halben Jahr getrennt lebten und seit anderthalb Jahren nicht mehr den Geschlechtsverkehr vollzogen hatten, musste nicht besprochen werden, es stand schon in der Klageschrift. Man ersparte Karl die Peinlichkeit, dies auch noch mündlich ausführen zu müssen. Karl geriet auch so desto mehr in Rage, je länger er sprach.

Der Anwalt Merkel hatte ihn gewarnt, deutlich gewarnt, den heikelsten Vorwurf auch nur zu erwähnen – doch seine Aussage beschloss Karl nun so: »Meine Ehe ist eine Todesfalle gewesen. Man kann froh sein, dass ich mit dem Leben davongekommen bin.«

Wie er denn das nun meine, fragte Feurich.

Karl hatte Merkels Warnung durchaus gehört, doch tief in seinem Innersten musste er ahnen, was er Emma mit dieser Scheidung und ihren Umständen antat. Sie zu rechtfertigen, bedurfte weiter einer so großen Teufelei Emmas, einer solchen Schuld, dass sie jene aufwog, die Karl nun auf sich lud. Sein Gedächtnis hatte daher in den letzten Monaten eine Erinnerung weiter ausgearbeitet, die Karl nun schwer für sich behalten konnte.

»Mein lieber verstorbener Freund, Herr Plöhn«, erklärte er, »hatte als Besitzer der ›Sächsischen Verbandstofffabrik‹ stets auch mit Giften zu tun. An einem Abend, nach unserer Rückkehr aus dem Orient, hielt er den Damen also ein sehr ausführliches Privatissimum über diese gefährlichen Stoffe und ihre Wirkungen. Er ahnte nicht, was so etwas bei meiner Frau bewirkt! Sie war ganz Feuer und Flamme. Sie holte die ärztlichen Bücher und die alten Hausapotheken ihres

Großvaters hervor und studierte an den Medikamenten herum, die diese Gifte glücklicherweise nur in homöopathischer Verdünnung enthielten. In ihrem Cabinet mehrten sich die Flaschen und Fläschchen so, dass sie ganz unmöglich alle nur Bauch- und Brusteinreibungen oder kosmetische Mittel enthalten konnten. Mir wurde Angst um mein Leben.«

»Sie glauben also, dass Ihre Frau Sie vergiften wollte?«

Während Karl sprach, rieb sich Merkel bei geschlossenen Augen die Stirn. Der Anwalt hatte den Sachverhalt mit Karl ausführlich besprochen und ihn eigentlich überzeugen können, Emmas Mordkomplott zu verschweigen. Aus der Klageschrift hatte man den Vorwurf ganz herausgelassen. Er glaube Karl ja durchaus, hatte Merkel versichert, aber böswillige Geister könnten diesen harten Vorwurf doch sehr gründlich untersuchen wollen; schwer war etwas nachzuweisen, es gab doch nur einige zweideutige Aussagen Emmas, und schnell geriet man von diesem Vorwurf auf Pfade, die zur Frage der Glaubwürdigkeit des Klägers führten, die zwar, wie Merkel ebenfalls versicherte, völlig untadelig war und überhaupt nicht in Zweifel stand – aber eine Untersuchung des Ganzen würde doch Verzögerungen bedeuten, und Karl habe es doch offensichtlich recht eilig. Also schwieg man besser davon.

»Das ist nicht etwa nur ein Verdacht, den ich hege«, erklärte Karl fest, »sondern ich bin dessen gewiss. Die Gesamtheit ihrer damaligen Fragen und Erkundigungen wies ganz entschieden darauf hin. Sie wollte frei sein, und ich war ihr im Wege. Ich sah mich gezwungen, beim Essen die größte Vorsicht anzuwenden. Am Ende lebte ich fast nur noch von Milch und Obst. Die Folgen blieben nicht aus; der Verfall trat ein und nahm so rapid überhand, dass es nur noch einen einzigen Gedanken für mich gab: entweder los von dieser Bestie, oder ich sterbe: entweder an Gift oder weil ich bei lebendigem Leibe verhungere!«

Der Vorsitzende betrachtete Karl nachdenklich. »Sie, als der Mann, der hundertfach gegen Indianer gekämpft hat, konnten sich Ihrer eigenen Frau nicht erwehren?«

»Es handelte sich ja nicht um einen offenen Kampf, sondern um größte Heimtücke.«

»Haben Sie nicht Ihre Gegner selbst stets mit List überwunden? Auch die heimtückischsten?«

»Hundert bewaffnete Gauner können es an Heimtücke nicht mit meiner Frau aufnehmen.«

»So?«

»Die Waffen dieser Frau sind schärfer als jeder Dolch!«

»Herr May, Sie haben doch tatsächlich hundertfach gegen Indianer gekämpft – das ist richtig, oder?«

»Ich weiß nicht, was das zur Sache beiträgt.«

»Vielleicht durchaus etwas. Man liest ja so einiges.«

»Es wird ja auch viel geschrieben.«

»Aber ist es denn wahr, dass Sie in der Fremde hundertfach die stärksten Feinde besiegt haben?«

Natürlich hatten die vergangenen Monate Karl mehr von dem Gewohnten gebracht: Angriffe und Spott in der Presse, Briefe von empörten Lesern, Niedertracht. Je mehr aber man ihn jagte, desto sicherer war Karl sich in einem entscheidenden Ding geworden.

»Dergleichen habe ich nie behauptet«, sagte er fest.

»Nicht?«

»Es sind bloß meine Gegner in der Presse, die mir diese Behauptung unterstellen, um mir zu schaden.«

Der Richter überlegte einen Augenblick, bevor er antwortete. »Aber ich erinnere mich an einen Abend im Albert-Theater vor vielleicht drei Jahren, wo ich zufällig selbst Zeuge wurde, wie Sie sehr eindrücklich von Ihren Kämpfen bei den Apachen berichteten. Sie sprachen, als sei das alles ausgesprochen wahr gewesen.«

»Ein Missverständnis, dem viele unterliegen. Aber nur Kinder oder Idioten hätten diese Abenteuer doch für bare Münze nehmen können.«

Der Vorsitzende schaute indigniert und sagte eine Weile nichts. Möglicherweise musste man ihn auch in eine dieser Gruppen zählen, möglicherweise grübelte er, ob man Karls Einlassungen als eine

Beleidigung des Gerichts werten sollte. Karls Glaubwürdigkeit schienen sie jedenfalls nicht verbessert zu haben.

»Gibt es denn Zeugen, die Ihre Aussagen bestätigen können?«, fragte der Vorsitzende schließlich.

Karls Anwalt nannte die Zeugin Klara Plöhn.

In jener Nacht in Konstantinopel war Karl in der Kirche geblieben.

Er wusste, dass Emma und Plöhns sich sehr um ihn sorgen würden, aber er wagte es nicht, zum Hotel zurückzukehren. Allein in der Bank, nur manchmal gestört von von Hoven, wendete er im Geiste seinen Plan, so lange, bis er ihm undurchkreuzbar erschien. Dann küsste der Morgen die Stadt, und das Licht, welches durch die Kirchenfenster fiel, hob Karl aus der Dunkelheit.

Nach der Frühmesse bat Karl den Priester um Erlaubnis für sein Vorhaben, und obwohl dieser nicht alles davon begriffen haben konnte, gab er Karl sein Einverständnis, oder jedenfalls verbot er es nicht.

Auf der Straße vor der Kirche fand Karl drei junge Burschen, die er für einige Münzen mit Nachrichten durch die Stadt schickte: Er schrieb den Briten, dass sie sich um drei Uhr am Nachmittag in der Kirche einfinden sollten, dort würden sie Genaueres zur Lage der Goldmine erfahren. Dasselbe ließ er von Oppenheim ausrichten, dem Franzosen, Scharffenstein und selbst der Botschaft des Königreichs der Niederlande. Die Türken würden seine Mitteilung wohl über den Franzosen erhalten, und so blieb Karl nur noch, eine Nachricht an Emma aufzusetzen: Sie möge dem Knaben, der ihr diesen Brief brachte, die Karte Ceylons aushändigen, die sich in seinen Unterlagen fand, und sich überdies nicht sorgen – er kehre am Abend zurück. Dann wartete er.

Karl konnte, wenn er geistig beschäftigt war, tagelang ohne Nahrung sein, und auch jetzt fehlte ihm nichts, als er die Aufgabe der kommenden Stunden immer wieder in seinem Herzen bewegte.

Zur Mittagsmesse füllten sich einige Bänke, doch meist hatte Karl das Gotteshaus für sich allein – ließ man einmal den Burschen außer Acht, der ihm bald die Karte von Ceylon brachte, und von Hoven, der weiter pfeifend durch das Kirchenschiff schritt, gelangweilt auf den Bänken saß oder sich nicht zu schade war, Karl von der Kanzel aus zu predigen, dass was auch immer er vorhabe, auf jeden Fall schiefgehen werde.

Noch bevor die Uhr aber drei schlug, stand schon der Erste der Eingeladenen in der Kirche. Scharffenstein entdeckte Karl in der ersten Bank.

»Und hier graben wir nun gemeinsam nach Gold?«, fragte er.

»Gedulden Sie sich«, sagte Karl mit nachsichtigem Lächeln. »Der Nachmittag wird auch für Sie einen höchst angenehmen Reichtum bereithalten.«

Scharffenstein blickte ihn an, halb amüsiert, halb mitleidig. »Hoffentlich ist es mindestens so wertvoll wie die Steine, die Sie mir bereits geschickt haben.«

Bevor Karl jedoch etwas entgegnen konnte, knarrte die Pforte, als der jüngere Beamte der britischen Botschaft dem älteren die Tür aufhielt. Es begleiteten sie zwei der Grobiane, die Karl am Vortag verfolgt hatten, beide trugen Schrammen im Gesicht. Sie blieben bei der Tür stehen und schauten sich misstrauisch um, die Beamten näherten sich Karl mit knappem Gruß. Ihnen folgte Sejd, den Karl erleichtert in die Schulter knuffte. Obwohl man ihn eine Nacht lang festgehalten hatte, wirkte er nicht verängstigt. Man habe ihn gut behandelt, erklärte er, aber er konnte immer noch nicht einsehen, warum man ihn nicht einfach gehen ließ.

»Es wird alles in Ordnung kommen«, sagte Karl. Die Briten bat er, sich zu setzen.

Mit dem ersten Schlag der Glocken trafen gleichzeitig der Franzose mit zwei türkischen Begleitern und zwei Herren der niederländischen Botschaft ein. Natürlich kannten die Diplomaten einander. Argwöhnisch beäugten sie sich, vergaßen darüber jedoch nicht die guten Sitten und baten die jeweils andere Partei so oft, als Erste durch die Tür zu gehen, dass die Glockenschläge verklungen waren, als sie es endlich hineingeschafft hatten.

Die beiden Briten waren wieder aufgestanden, als die Tür sich geöffnet hatte. »Was machen diese Leute hier?«, fragte der Jüngere.

»Sorgen Sie sich nicht, es hat alles seine schönste Ordnung«, sagte Karl. Er bat die Neueingetroffenen, zu denen nun auch von Oppenheim zählte, ebenfalls in die ersten beiden Kirchenbänke. Unter gröbstem Stirnrunzeln setzten sie sich. Keiner der Anwesenden suchte das offene Gespräch, doch in jeder Delegation wurde aufgebracht geflüstert.

Da nun alle anwesend waren, trat Karl an den Altar und räusperte sich dramatisch, bevor er begann.

»Meine Herren, Sie alle wollen dasselbe von mir, und ich habe in dieser Angelegenheit eine höchst günstige Mitteilung für Sie. Bevor ich jedoch auf ihren Kern komme, muss ich zunächst von mir sprechen.«

Die misstrauischen Blicke blieben, doch immerhin das Flüstern war erstorben.

»Sie alle glauben zu wissen, wer Karl May ist. Doch ist er es wirklich?«

Karl schaute die Anwesenden einen nach dem anderen an, als ob er eine Antwort von ihnen erwarte. Natürlich schwiegen sie.

»Nun – es ist Zeit, dass Sie die Wahrheit erfahren. Man hat Karl May einen Abenteurer und einen Jugendschriftsteller genannt. Nichts ist falscher als das. Ich bin ein weltreisender Volksseelenforscher. Viele der Gestalten in meinen Büchern, die edelsten wie die gewöhnlichsten, sind Individualisierungen – also gleichnishafte Lösungen irgendeines menschen- oder völkerpsychologischen Problems. Desgleichen verhält es sich mit meinen Abenteuern: Sie sind Parabeln auf Menschheits- und Seelenfragen. Und so ist auch der Goldfund, von dem ich berichtet habe –?«, und Karl hob den Zeigefinger, damit alle die Bedeutung des Folgenden begriffen, »ein symbolischer.«

In den Bänken begann man, skeptisch hin und her zu rutschen.

Von Hoven aber nickte ob dieser Erklärung mit anerkennend geschürzten Lippen: »Das ist eine sehr gelungene Ausrede, Herr May. Bravo!«

»Was aber habe ich dort gefunden?«, fuhr Karl fort. »Ich will es Ihnen erklären, doch dazu muss ich ausholen.« Er begann, vor dem Altar auf und ab zu laufen, so wie er es einst als Lehrer getan hatte.

»Ich bin ein weit gereister Mann. Ich habe die Welt im Geiste und im Sattel durchstreift wie kaum ein anderer. Meine Reise der vergangenen Monate – die mich, wie ich anmerken muss, zum wiederholten Male weit in den Osten geführt hat – hat mich gelehrt, nein, sie hat mich erinnert, dass diese Welt in einem Zustand liegt, der jedem fühlenden Menschen das Herz zerreißen muss.

Wir sind alle Vertreter von Nationen, die sich rühmen, mit ihren Kolonien die ›Civilisation‹ um die Erde zu tragen. Doch müssen wir einmal fragen, wie es um diese Civilisation steht. Fragen wir den Habenichts in Erithrea, den geprügelten Mann am Nil, den Eingesperrten in Niederländisch-Indien! Sie werden sich schütteln und erklären, dass die ganze sich ›civilisiert‹ nennende Menschheit trotz einer achttausendjährigen Weltgeschichte noch heutigen Tages nicht weiß, dass dieses ›Civilisieren‹ nichts anderes als ein ›Terrorisieren‹ ist! Solange die Erde steht, hat das Richtige dem Falschen als Vorwand gedient: das Heilige dem Unheiligen, die Menschenliebe der Eigensucht, und vor allem – die Civilisation der Rücksichtslosigkeit.«

Beim Taufbecken blieb Karl stehen. Unter seinen Zuhörern knarrten die Bänke.

»Jedes Volk aber hat nicht nur das Recht, sich auszuleben; jedes Volk hat die heilige Pflicht, andere Völker sich ausleben zu lassen. Aber der Teufel der Hab- und Selbstsucht, welcher sich in das biblische Paradies eingeschlichen hatte, um den Menschen aus dem Glücke desselben herauszulocken – er schleicht sich auch durch unsere Gegenwart. Dieser Teufel ist es, der Menschen, Korporationen und Völker immer vorwärtsdrängt, um neuen Raum zu gewinnen, dabei aber auf dem alten, wohlerworbenen keinen Frieden und keinen

Segen aufkommen lässt! Mit Waffen haben wir die Welt unterworfen: Der Brite nahm sich Indien, der Niederländer eroberte ein Inselreich, der Franzose holte sich Westafrika, der Deutsche nahm, was übrig blieb – und noch heute ringt Europa mit dem Osmanen um Gebiete, die jener selbst vor Jahrhunderten …«

»Es ist alles sehr interessant«, unterbrach ihn der Jüngere der beiden Briten, »aber können Sie diese Teil vielleicht etwas kurz halten, bitte?«

»Die Zeugin Plöhn!«

Die Stimme des Gerichtsdieners schnarrte durch den Gang, in dem ohnehin nur ein einziger Mensch saß. Klara hatte vor der Tür des Verhandlungszimmers darauf gewartet, dass man sie aufrief; ungeduldig und nervös. In dem ungeheizten Flur hatte sie ihren Wollmantel eng um sich gewickelt, und unter ihren Augen lagen die Schatten der vergangenen Monate. Der lange letzte Herbst der May'schen Ehe hatte auch ihr zugesetzt.

Seitdem sie von der Mendel zurückgekehrt waren, hatte sie Karl gestützt, wo es ging; hatte ihn ermutigt, in diesem Kampf nicht aufzugeben, als er doch schon fast wieder die Waffen strecken wollte. Sie tat, wie sie meinte, doch überhaupt viel dafür, dass alle drei aus dieser verfahrenen Affäre heil wieder hinausfanden – in die sie ja ganz unschuldig geraten waren. Karls harsche Briefe an Emma hatte sie sich diktieren lassen, sie niedergeschrieben und abgeschickt – und gleichzeitig eine ganze private Korrespondenz mit Emma gepflegt, in der sie ihr oft versicherte, dass doch alles bleiben würde wie geplant: Man würde in schönstem Frieden miteinander auskommen, bloß die Scheidung müsse noch erledigt werden.

Jedes Mal, wenn Karl seinen Anwalt traf, hatte Klara ihn dorthin begleitet, um die richtigen Worte für die Klage gegen Emma zu finden. Es war doch daran überhaupt nichts Verwerfliches, da herrschte Einigkeit zwischen ihr und Karl. Sie war doch schließlich seine Sekretärin, und dass sie Karl nach diesen Treffen in die Villa Shatterhand begleitete und oft auch über Nacht blieb, während die Ehefrau des Klägers in den Alpen festgesetzt war – das ging nun weder den Anwalt noch das Gericht etwas an, das war doch für das Scheidungsverfahren gänzlich unerheblich.

Auf dem Weg durch die leeren Zuschauerbänke versuchte sie, aus Karls Gesicht zu erkennen, wie es bisher gegangen sein mochte. Doch außer Anspannung las sie nichts daraus. Man wies sie an, am Zeugentisch Platz zu nehmen.

»In welchem Verhältnis stehen Sie zu der Angeklagten?«, begann der Vorsitzende Dr. Feurich die Befragung.

»Wir sind lange beste Freundinnen gewesen. Mein verstorbener Mann und Herr May waren beste Freunde, und ebenso ist es bei uns Frauen gewesen.«

»Sie sagen: ›gewesen‹.«

»Seit dem Tod meines Mannes hat unser Verhältnis doch sehr gelitten. Herr May hat mich als seine Sekretärin eingestellt, ich habe viel Zeit im Hause der Mays verbracht und dabei festgestellt, wie sehr Emma May ihren Mann quälte. Oft habe ich sie ermahnt, dass sie ihn besser behandeln müsse, aber sie hörte nicht auf mich.«

»Wie hat man sich dieses ›Quälen‹ vorzustellen?«

»Sie hat ihn auf eine ganz und gar gehässige Weise behandelt, hat ihn einen ›Ekel‹ genannt, ›verrücktes Luder‹ oder einen ›Saukerl‹, sie brach wegen unsinnigster Dinge den schlimmsten Streit vom Zaun, hat ihm immer wieder Geld gestohlen, ihn vor ihren Freundinnen verhöhnt … die Aufzählung könnte über Stunden gehen.«

»Wir befinden uns nicht in Eile.«

Klara nahm sich also Zeit. Und wenn sich bei ihrer Aussage manchmal leise eine Stimme in ihr hob, die halb jene Emmas war und halb die eines schlechten Gewissens, so konnte Klara sich stets versichern, dass alles, was sie sagte, kein Verrat sei, sondern für alle das Beste; für Emma sei doch gesorgt, und nichts von dem, was sie hier vorbrachte, hatte doch irgendwelche Folgen außer jenen, denen Emma längst zugestimmt hatte.

Das Gebäude, die ernsten Herren Richter, die ganze Liturgie der

Rechtsfindung, sie hatten Klara durchaus eingeschüchtert. Sie blieb also bei den Tatsachen oder doch stets in deren Nähe – denn wenn man bei der Wahrheit hier und da einmal etwas unterschlug oder neu arrangierte, damit die Erzählung einer angenehmen Richtung folgte, dachte sie, so war das, was übrig blieb, doch keinesfalls eine Lüge.

»Und teilen Sie die Vermutung«, fragte der Vorsitzende schließlich, »dass die Angeklagte Mordabsichten hegte?«

Holte einen jedoch eine Flunkerei ein, die, vor langer Zeit ausgebüxt, längst ein eigenes Leben führte, so wurde es kompliziert.

Durch den Zwischenruf des Briten war Karl aus dem Gang seiner Gedanken gestolpert. Unwirsch bat er um Geduld. Er benötigte einen Augenblick, zurückzufinden.

»Nehmen wir den Orient: Er ist ein schlafender Riese, den wir ausrauben in der Hoffnung, dass er es nicht bemerkt. Der Osten hat gegeben, solange und so viel er geben konnte. Wir haben uns an ihm bereichert fort und fort. Der Islam aber, er wird eines Tages erwachen, unbedingt erwachen, und es steht bei uns, ob dieses Erwachen ein freundliches, friedliches sein wird – oder nicht.

Wie aber handeln wir? Wir führen Waffen, wo wir hingelangen. Den Boden unseres Kontinents haben wir seit Anbeginn mit dem Blute unserer eigenen Brüder gedüngt. Wollen wir die Äcker der Welt künftig ebenso bestellen? Fast scheint es so. Wir rüsten unsere Flotten auf …«

»Es sind ja wohl nun ausschließlich die Deutschen, die ihre Flotte …«

»Weil man uns keine Wahl lässt«, unterbrach sofort von Oppenheim den Briten, der seinerseits Karl unterbrochen hatte.

»Meine Herren, bitte!« Karl bat um Ruhe. »Sie reden mir ja fast das Wort. Wie man nämlich den Krieg führt, das weiß jedermann«, und er schloss mit einer weiten Geste alle Anwesenden ein, »– wie man aber den Frieden führt, das weiß kein Mensch.« Er ließ den Anwesenden Zeit, diesen herrlichen Aphorismus, den ihm die vergangene Nacht geschenkt hatte, ausreichend zu würdigen.

»Jedoch!«, fuhr er fort. »Meine Reise hat mir gezeigt, dass wir es wissen können! Denn es gibt etwas, das den Menschen mehr verbindet als der Handel. Etwas, das ihn schneller erobert als jede Schlacht. Etwas, das ihm wertvoller ist als jedes Gold. Dieses Ding, es ist …«

Karl wartete mit erhobenem Zeigefinger, ob einer schon die Antwort wusste, auf die er doch die ganze Zeit hinauswollte. Niemand unterbrach ihn. Also sprach er weiter:

»… die Liebe! Wo der Mensch in liebevoller Absicht kommt, da streckt sich ihm eine helfende Hand entgegen – da wird ihm aufgeholfen, wenn er fällt; egal, ob er in Kairo strauchelt, bei Jaffa, in Ceylons Dschungel oder gar auf Sumatra. Wo ein Mensch dem anderen mit Liebe im Herzen gegenübertritt, da wird er Liebe ernten.

Die Goldader also, meine Herren, die Goldader, die ich entdeckt habe, ist jene Ader, die durch unsere Herzen führt: Es ist die Liebe zwischen den Menschen, die Liebe zwischen den Völkern. Es ist der Schatz der Humanität, den alle Völker, alle Menschenkinder hüten. So wie Petrus es befiehlt in seinem ersten Briefe: ›Fürchtet Gott; habt die Brüder lieb und ehret alle Menschen!‹ – so war der ›Heureka‹-Ruf aus Ceylon über meine Entdeckung gemeint. Indem Sie nach diesem Schatz drängen, sind Sie meinem Ruf gefolgt; und indem Sie sich heute hier eingefunden haben, hat sich ein von langer Hand entworfener Plan von mir erfüllt.

Denn ich will heute beginnen, diesen Schatz zu heben – und ich will es mit Ihnen gemeinsam tun. Ich spüre, dass ein neuer Weltgeist der Liebe und des Einklangs dabei ist, sein Haupt zu heben. Er wird unser neues Jahrhundert zu einem Zeitalter des Friedens machen, wie ihn die Welt bislang nicht kannte.«

Karls Stimme gewann eine Kraft, die sie lange nicht besessen hatte, und noch einmal schöpfte er Luft.

»Lassen Sie uns darum, hier und heute, die große Verbrüderung der Menschheit beginnen und einen anderen Weg einschlagen als den bisher gegangenen! Lassen Sie uns einen großen Bund schließen all derer, die sich verpflichten, nie anders als stets nur human zu handeln! Wir haben stehende Heere für den Krieg, die jährlich viele Milliarden kosten. Lassen Sie uns gemeinsam ein stehendes Heer für den Frieden aufstellen, das keinen einzigen Franken kostet, sondern Millionen einbringen wird! Lassen Sie uns gemeinsam die Ersten sein, die diesen Weg beschreiten! Lassen Sie uns ein Vorbild sein bei der großen Veredelung des Menschengeschlechts. Gemeinsam können wir in jenes Paradies finden, aus dem der Mensch einst hinausgelockt wurde. Also folgen Sie mir«, rief Karl und krönte seine Rede mit einem gewaltigen Appell: »Folgen Sie mir: empor ins Reich der Edelmenschen!«

Karl zeigte gen Himmel, während seine Worte majestätisch verhallten.

Man sah ihn verblüfft an.

Karl behielt seine Pose bei und lauschte seinen eigenen Worten hinterher. Er fühlte, dass sie auf diese Herren einen ganz außerordentlichen Eindruck gemacht hatten.

Andere wären erblasst oder errötet, Klara aber schaute, trotz eines leisen Schrecks, der ihr durch den Leib kroch, nur unbewegten Blickes auf den Richtertisch und musste sich sammeln.

»Ich war einmal dabei, als mein Mann einen langen Vortrag über verschiedene Gifte hielt«, erklärte sie vorsichtig, »und kann bestätigen, dass Emma an diesen Dingen ein für sie ganz außergewöhnliches Interesse zeigte.«

Es hatte sich ja, Gott sei Dank, in all den Jahren doch genug ereignet, dass man nichts aus der Luft greifen musste. Sie sah zu Karl hinüber, der ihr nur einen unsteten Blick schenkte.

»Aber hat die Beklagte Ihnen gegenüber einmal damit gedroht, dass sie ihren Gatten umbringen würde?«, fragte Feurich.

»Er war ihr lästig und sie wollte ihn los sein, ja. Kurz nach der

Beerdigung meines eigenen Mannes etwa sagte sie einmal: Ich wünschte, ich wäre an deiner Stelle, ich würde mich nicht abgrämen. Auch hat sie gesagt, sie wäre froh, wenn sie allein wäre, sie wolle das Leben genießen.«

»Und war das nicht vielleicht einfach so dahergesagt?«

»Würde man so etwas einfach so dahersagen?«

»Das frage ich Sie.«

»Ich jedenfalls würde es nicht tun.«

»Hm. Hat sie denn einmal tatsächlich etwas mit diesen oder anderen Giften unternommen?«

»Der Gesundheitszustand des Herrn May hat sich im vergangenen Jahr jedenfalls sehr verschlechtert.«

Ob man denn da einen Zusammenhang nachweisen könne, fragten die Richter, und noch vielerlei anderes in diese Richtung. Klara tänzelte um klare Antworten herum, ohne dass sie erkennen konnte, ob ihre Aussage nun überzeugte oder nicht. Dann entließ man sie. Sie setzte sich in die erste Reihe der Zuschauerbänke und tauschte mit Karl tapfere Blicke aus.

Die Richter besprachen sich in ruhigem Flüsterton, dann baten sie Merkel zu sich an den Tisch. Ebenso leise erklärten sie ihm den Stand der Dinge, dann riefen sie eine Pause aus. Während die Richter durch die Tür an der Rückseite des Saales verschwanden, traten Klara, Karl und Merkel bei dem Geländer zusammen, das vor der ersten der leeren Zuschauerreihen den Raum teilte. Merkel trug eine sorgenvolle Miene.

»Ein Mordversuch ist ein schwerwiegender Vorwurf«, erklärte er. »Wenn er tatsächlich verhandelt werden soll, muss das Gericht Ihre Frau dazu vernehmen.«

»Also es gibt gar keine Goldader?«, fragte der Franzose.

»Es gibt Sie schon, jedoch hier«, sagte Karl und legte eine Hand auf sein Herz.

»Aha.«

»Ich kann verstehen, wenn Sie nun viele Fragen haben, und bin gerne bereit, meine Gedanken noch näher darzulegen.«

»Gut, noch einmal, damit wir Sie begreifen richtig«, sagte der Jüngere der beiden Briten. »Sie haben also Gold gefunden in Ihre inneren seelische Landschaften, das nicht existiert, aber Liebe heißt, und das wir gewinnen sollen mit Ihnen, indem wir ein Heer aufstellen, das nichts kostet, aber den Boden düngt, und am Schluss gibt es Weltfrieden?«

Das sei etwas verkürzt, aber ungefähr richtig, sagte Karl.

Wispernd übersetzte der junge Brite dem älteren Briten. Auch die Türken flüsterten miteinander.

Für einen Augenblick legte sich eine ratlose Stille in das Kirchenschiff. Karl blickte gespannt in die Gesichter. Es knarrten die Bänke unter den Gesandten.

Schließlich drang ein unterdrücktes Prusten aus einem der Niederländer, als versuche er, sich unbemerkt die Nase zu schnäuzen; es wuchs zu einem Kichern, und nach Art einer anlaufenden Dampfmaschine setzte auch sein Begleiter ein. Beiden gelang es noch einen Moment, sich zu bremsen, jedoch nur, bis auch aus den Briten die Heiterkeit brach, und dann konnte sich keiner mehr halten.

Ein unflätiges Bierkellergelächter wogte durch das Kirchenschiff und brandete an den Altar, vor dem Karl hilflos stand. Er hatte mit Gegenrede gerechnet, auch mit scharfer, hatte auf jeden Einwand eine Antwort überlegt, hatte ein Streitgespräch im Laufe der Stunden Hunderte Male in seinem Kopf gewonnen und sich schon in der Dankbarkeit gesonnt, die man ihm am Ende für seine tiefen Einblicke entgegenbringen würde – und nun sah er entgeistert, wie die Herren sich ausgelassen in den Bänken bogen.

»Ich habe auch noch ein Gedicht vorbereitet, das Ihnen meine Absichten weiter erläutert«, rief er über das Gelächter, doch seine Stimme wollte kaum mehr durchdringen.

»Lassen Sie mal gut sein!« Die Briten waren die Ersten, die sich zügelten, um Diensteifer zu zeigen. »Woher nämlich können wir wissen, dass er«, fragte der Jüngere mit vorsätzlichem Misstrauen und deutete auf Karl, »nicht den Verrückten spielt und Sie«, und er deutete auf von Oppenheim, »mit diese Mann unter einer Decke stecken?«

»Emma?«, fragte Karl. »Keinesfalls!«

»Es ist nicht so leicht. Der Richter hat angedeutet, dass er die ganze Klage bis hierher für nicht vollständig überzeugend hält. Er will die Gegenseite hören.«

»Ein solches Füllhorn von Klagepunkten soll nicht überzeugend sein? Einschließlich eines Mordversuchs!«

»Aber dieser Vorwurf ist eben schwer zu belegen. Ich hatte Ihnen ja abgeraten, diesen überhaupt zu bringen.«

»Aber wenn er doch der Wahrheit entspricht!«

»Es genügt ja nicht, dass etwas wahr ist, man muss es auch beweisen können.«

Karl schnaufte. Ratlos stand man beieinander.

»Und wenn ich nun doch bezeuge, dass Emma gesagt hat, dass sie Karl vergiften wollte?«, fragte Klara, obwohl ihr bei diesem Gedanken nicht wohl wurde.

»Man würde die Frau May dazu trotzdem vernehmen wollen. Wir stehen eben vor jener Schwierigkeit, dass wir die Klagepunkte, auch die anderen, bisher nur durch Aussagen von Ihnen beiden belegen konnten. Es fehlen eindeutige Beweise. Auch deshalb scheint man die Gegenseite hören zu wollen.«

»Aber das würde die Dinge doch … unnötig verlängern«, sagte Karl.

»Um sie zu verkürzen, brauchte es etwas Handfestes. Ließen sich allein die Diebstähle zweifelsfrei belegen, käme das Verfahren sofort zu einem guten Ausgang.«

Karl ließ sich auf einen der Zuschauerstühle fallen. »Aber wie wollten wir das belegen? Das Geld hat sie doch vollständig verjuxt.« Es überkam ihn wieder jener verzweifelte, entrückte Blick, der Klara manchmal ängstigte.

»Vielleicht wäre es doch das Beste, die Scheidung aufzugeben«, sagte er. »Ich habe doch schon so viel ertragen, ich könnte auch das aushalten.«

Klara setzte sich zu ihm.

Es war doch alles nicht recht, dachte sie.

Sie betrachtete Karl, aber sah das Gesicht Emmas. Sie dachte an die Wärme ihres Cabinets, an die Erdbeben, die als Lachen durch ihre Glieder fuhren, und den Mond über der Akropolis. Sie dachte an Karls Bitte, Emma mit ihm zu einem besseren Menschen zu machen. Sie dachte an Richard, den guten Richard, an ihr zukünftiges Grab und den tiefen Wandel, den auch sie seit der Rückkehr aus dem Orient in ihrer Seele spürte. Draußen vor den Fenstern des Gerichts war es aufgeklart. Den ganzen Morgen hatten Wolken die Sonne verborgen, doch nun rissen sie auf, und zum ersten Mal seit Tagen fielen ihre Strahlen auf die Stadt. Ihnen fehlte die Kraft, Wärme zu spenden, doch erhellten sie, was zuvor im Zwielicht lag.

Man musste doch bei der Wahrheit bleiben, dachte Klara.

»Ich habe Ihnen die Landkarte herbeischaffen lassen, nach der Sie alle verlangen«, sagte Karl und nahm sie vom Altar, wo sie gelegen hatte. »Sie werden feststellen, dass am bezeichneten Ort nichts zu finden ist.«

Die Karte nun brachte für einen Augenblick Ernsthaftigkeit in die Runde zurück. Die Herren standen auf, sie zu betrachten. Einige kramten nach Papier und Stift in ihren Taschen, um die Lage des markierten Gebirgszugs östlich von Kurunägala zu skizzieren, doch der Engländer kam ihnen zuvor.

»Darf ich Sie erinnern, dass es sich handelt um britisches Gebiet«, sagte er und nahm Karl die Karte aus der Hand. Dann besprach er sich mit seinem Begleiter. Der Ältere wiegte den Kopf, fand darin aber offensichtlich keinen weiteren Grund zu bleiben. »Die ganze Vorstellung passt jedenfalls zu dem, was sein Diener in der vergangenen Nacht über ihn erzählt hat«, sagte der Jüngere zu von Oppenheim. Mit einer angedeuteten Verbeugung in die Runde verabschiedeten sie sich.

Schon auf dem Weg zur Tür begannen sie wieder das Feixen.

Von Oppenheim schlug Karl anerkennend auf die Schulter. »Da haben Sie uns ja einen ganz schönen Streich gespielt. Ein orientalisches Klondyke – köstlich!«

Karl war erleichtert: »In Ihnen wusste ich doch einen Mann, der meinen Gedanken folgen kann. Es freut mich außerordentlich, Sie für diese Sache zu gewinnen.«

Von Oppenheim behielt die vollendete Noblesse, mit der ein Diplomat auch die schlechteste Nachricht überbringen konnte: »Ihre kleine Aufführung hier hat für einige Abwechslung gesorgt, es kann im Auswärtigen Dienst oft recht zäh zugehen. Einen Dank dafür! Für alles andere kann ich jedoch nicht mehr tun, als Ihnen Glück wünschen.«

Damit verabschiedete er sich. Der Franzose, die Polizisten und die Niederländer, die unentschlossen unter einer Marienstatue gestanden hatten, schlossen sich ihnen an.

»Aber meine Herren …!«

Karl rief ihnen ein letztes Mal hinterher, doch die Pforte schloss sich mit unerbittlichem Rumms.

Hinter der Richterbank öffnete sich die Tür, und die Richter kehrten zurück aus ihrer Pause, so ernst wie zuvor.

Im Gerichtssaal drückte Klara aufmunternd Karls Hand und hoffte, dass er nicht die Sorge in ihrem Blick sah, wie er das Kommende aufnehmen würde.

Bevor Karl und Merkel zurück an ihre Plätze gingen, flüsterte sie dem Anwalt einige Worte zu. Der schaute erstaunt, doch als man saß und die Verhandlung wieder aufgenommen war, bat er darum, die Frau Plöhn noch einmal als Zeuge aufrufen zu dürfen. Der Vorsitzende Richter hob einmal jede Augenbraue, jedoch nur kurz, dann pendelten sie sich wieder ein wie Justitias Waage. Er gab dem Antrag statt.

Klara nahm wieder Platz im Zeugenstand.

»Ich möchte meine Aussage ergänzen«, erklärte sie.

Karl und Merkel hatten sich beide auf dem Tisch weit vorgelehnt, gespannt, was nun kommen möge.

Klara schenkte Karl einen unsicheren Blick, und für einen Moment zuckte in ihrer Erinnerung ein Bild Genuas auf, Karls Abschied drei Jahre zuvor: sie sah das Heck der »Preussen«, Karl an dessen Reling, von unten betrachtet; Emma und Richard neben ihr im Hafen am Kai, wie sie alle zu Karl hinaufgeschaut hatten, als der Dampfer ihn auf den Ozean hinaustrug; und als die Maschinen schnauften und die Wellen das Schiff empfingen, war Klara mit ihren scharfen Augen die Letzte gewesen, die ihn dort am Heck noch ausmachen konnte, grüßend und erhaben, auch als er sich eigentlich längst zu weit vom Land entfernt hatte.

»Da wollen Sie die Menschheit also ins Paradies zurückführen«, sagte von Hoven, »Donnerwetter.«

Matt stützte Karl sich an einer der Bänke ab. Er starrte lange die Pforte an, doch die Tür öffnete sich nicht wieder, solange er auch darauf schaute.

»Scheint nur, dass Ihre große Sache etwas Geduld fordern wird.« Von Hoven hatte ein Papierschiffchen gefaltet und ließ es im Taufbecken schwimmen.

»Es ist nur ein holpernder Beginn«, sagte Karl und ließ sich langsam in eine der Bänke sinken. »Womöglich verfügen diese Beamten nicht über die erforderliche Herzensbildung, um mir zu folgen.«

Von Hoven pustete das Schiffchen über die See. »Meinen größten Respekt jedenfalls: Das war eine formidable Ausrede.«

»Es ist mir alles vollkommen ernst.«

»Ach, Herr May. ›Parabeln auf Menschheitsfragen‹, ›gleichnishafte Lösung menschen- oder völkerpsychologischen Problems‹, ›ein von langer Hand entworfener Plan‹ – das haben Sie doch alles erst vergangene Nacht erdacht.«

»Unsinn. Es ging mir doch in meinem Werk nie um etwas anderes, als Liebe zwischen den Menschen zu säen. Auch, wenn einige Herren dafür noch nicht bereit zu sein scheinen.«

Von Hoven hatte Karl interessiert betrachtet, nun wandte er sich wieder dem Taufbecken zu.

»Na, es wird jedenfalls auch eine wunderbare Ausrede sein, falls man Ihnen daheim weiter zusetzt.«

Klara betrachtete noch einen Augenblick Karls Gesicht, in das die vergangenen Monate tiefe Spuren gegraben hatten. Nicht nur Emma, auch die Anwürfe der Presse hatten Kraft gekostet.

Doch wie bewunderte ihn Klara! Je härter die Angriffe, desto größer, so schien ihr, war Karls Verteidigung geworden. Seine Gegner hatten ihn in immer neue Höhen gehetzt – und wie schlimm war es, dass ausgerechnet seine eigene Frau ihm dorthin nicht mehr folgen mochte.

Als Karl in Konstantinopel endlich wiedergefunden war, hatte selbst Klara nicht augenblicklich alles begriffen. Doch wenn sie später die Risse in der May'schen Ehe zurückverfolgte, gelangte sie immer wieder zu jener Nacht, in der Karl fortgeblieben war, um mit seiner Botschaft der Liebe und des Friedens zurückzukehren. Und wenn Emma nicht begreifen wollte, dachte Klara, dass ihre Derbheit und seine geistigen Höhen keine Ehe mehr miteinander führen konnten, dann, dachte Klara, war es nur recht, nein – so war es doch sogar ihre Pflicht, jenen neuen Karl endlich von den Fesseln zu befreien, die ihn noch am Boden hielten.

»Nochmals: Es handelt sich hier um keine Ausrede!«

»Herr May, das Einzige, worum es Ihnen immer ging, war, ein viel bewunderter Held zu sein. Und jetzt, da sogar Sie selbst erfahren mussten, dass Sie es nicht sind – da wollen Sie stattdessen gleich die ganze Welt retten, damit man Ihnen applaudiert?«

Und wenn es eine Stimme in Klara gab, die mahnte, dass man nun ein Versprechen brach und die engste Freundin zur Schlachtbank führte, so wurde sie doch rasch von jener anderen übertönt, die dröhnte, dass große Taten auch große Entbehrungen verlangten.

»Ich tue das doch nicht aus Eigennutz«, sagte Karl.

Und was andere über sie denken mochten, war ihr doch völlig gleich, dachte Klara.

»Es dient doch alles«, sagte Karl,

einem höheren Zweck, dachte Klara.

»Und was meine Gegner über mich denken, ist mir doch völlig gleich«, sagte Karl.

Und keinesfalls tat sie all das doch für sich selbst, dachte Klara.

»Herr May, kann es sein, dass Sie hier Ihren alten Größenwahn besiegen, indem Sie ihn durch einen noch größeren Irrsinn ersetzen?«, fragte von Hoven

»Ich ersetze nichts. Es geht mir einzig um den Frieden auf der Welt.«

»Was Sie wollen, ist Frieden für Ihre arme, geplagte Seele. Nichts weiter.«

Und eines Tages aber, dachte Klara, würde es die Welt ihr danken, dass sie ihre Aufgabe auf dem Weg zur Veredelung des Menschengeschlechts ohne zu klagen angenommen hatte, man würde sich ihrer erinnern, wie sie dem großen Karl May das Leben rettete, wie sie selbstlos seiner hohen Sache diente, indem sie ihn aus dieser Ehe befreite, und zweifellos, dachte Klara, würde man dann erkennen, dass das größte Opfer dabei sie selbst brachte.

»Es ist doch alles nur …« Karl fuhr sich nervös über die Stirn. Begegnungen mit von Hoven strengten ihn seit Sumatra immer sehr an; er war wie ein Kopfschmerz, eine Migräne, die einen unkontrolliert überfiel und schwächte.

»Ich will doch der Welt etwas schenken.«

»Was Sie wollen, ist, sich weiter an der Welt rächen. Diesmal, indem Sie der beste aller Menschen werden und alle beschämen.«

»Unsinn!«

»Keinesfalls.«

»Doch.«

Karl und von Hoven standen sich gegenüber wie Duellanten, bis von Hoven schließlich nachgab. »Ach, es geht mich ja auch nichts mehr an.« Er nahm das Papierschiffchen aus dem Taufbecken und steckte es ein. »Da Ihr wildes Abenteuer nun vorbei ist, brauchen Sie mich ja nicht mehr. Es ist auch für mich Zeit, sich zu verabschieden.«

»Sie gehen?«

»Wir haben gemeinsam alles erlebt, was nötig war, um den Kara Ben Nemsi in Ihnen auf die Probe zu stellen. Wie das ausging, wissen wir beide, und wie es nun weitergeht, haben Sie ja beschlossen – also ist meine Aufgabe erledigt.«

»Aber …«

»Wir wollen es nicht schwerer machen, als es sein muss. Adieu, Herr May!«

Von Hoven verbeugte sich einmal und wedelte dabei mit der erhobenen Hand, als nähme er die Huldigungen des Publikums entgegen. Dann nahm er eine kleine Seitentür und ging die Treppe in den Keller hinab. Es dauerte lang, bis von Hovens Schritte in Karls Kopf verhallt waren. Nun stand er dort, zurückgelassen und allein.

Oder jedenfalls fast.

»Ich kann bezeugen«, hob Klara an, »dass die Frau May ihrem Mann im Laufe der Jahre immer größere Geldbeträge entwendet hat. Diese hat sie meinem verstorbenen Mann zur Aufbewahrung gegeben, unter dem Vorwand, damit für schlechte Zeiten zu sparen, weil der Herr May doch so verschwenderisch sei. Nach dem Tod meines Mannes habe ich von diesem Vermögen erfahren, und sie hat mir auch weiter Geldbeträge gebracht, damit ich sie auf der Bank vor ihrem Ehemann verstecken sollte.«

»Und gibt es Unterlagen, die das nachweisen?«, fragte der Richter.

»Das Sparkassenbuch liegt in meinem Schreibtisch. Die Frau May hat es mir zur Aufbewahrung gegeben, damit ihr Mann es nicht finden konnte.«

»Um wie viel Geld handelt es sich insgesamt?«

Und es war doch kein Verrat, dachte Klara, wenn man einfach nur die Wahrheit sprach.

»40.000 Mark«, sagte sie leise.

Der Gerichtsschreiber hielt inne und blickte auf.

Die beisitzenden Richter blinzelten mehrmals heftig, als könnten sie so sicherstellen, sich nicht verhört zu haben.

Karl war erblasst. »40.000«, murmelte er, lehnte sich zurück und musste sich an der Tischkante festhalten. »40.000 Mark.«

Der Vorsitzende betrachtete Karls Bestürzung und fragte schließlich, ob er zum ersten Mal von diesem Geld höre.

Karl nickte und starrte mit weit aufgerissenen Augen Klara an.

»Von kleineren Diebstählen habe ich immer gewusst. Aber diese Summe – nein.«

»Sie haben davon bisher geschwiegen, Frau Plöhn?«

»Ja«, sagte Klara noch leiser und starrte auf den Fußboden vor ihr.

»Warum?«

Es war dies die Frage, die sie am meisten gefürchtet hatte.

»Ich glaube«, begann sie vorsichtig, »dass ich es nicht über das Herz gebracht habe, Herrn May zu sagen, dass mein Mann – sein bester Freund – ihn in dieser Sache hintergangen hat, und ich war doch selbst darin verwickelt – aber vor allem …«, Klaras Stimme brach, »… stand ich doch selbst ganz unter dem Banne dieser teuflischen Frau.« Sie begann, dramatisch zu schluchzen, als sei nun ein Fluch gebrochen, sie zückte ein Taschentuch, und es gelang ihr, einen großen Weinkrampf aus alledem zu zaubern, und aus Rücksicht auf den Zustand dieser rechtschaffenen Frau, die doch offensichtlich genug gelitten hatte, sah das Gericht danach von weiteren Fragen ab.

Die Wahrheit war ja nun ans Licht gebracht.

Nur einer der Geladenen war in der Kirche noch übrig geblieben.

Scharffenstein hatte ein wenig abseits gesessen, sinnierend durch den Raum geblickt, Karl betrachtet und gewartet, bis dieser sein Selbstgespräch beendet hatte. Nun trat er zu ihm, und zum ersten Mal, seitdem sie sich kannten, sah er nicht aus, als wolle er Karl überführen. Seinen Notizblock hatte er weggesteckt.

»Ja, Unterhaltungen, die man mit sich selbst führt, sind doch oft die erhellendsten«, sagte er nachsichtig.

Karl hatte Scharffenstein eingeladen, damit seine Frohe Botschaft gleich in die Zeitung kam, und nun hatte er ihn fast vergessen. »Was wollen Sie denn noch?«, fragte er bloß wehrlos. Von Hoven war zwar verschwunden, doch das Gefühl großer Schwäche war geblieben.

»Herr May, ich muss Sie um Verzeihung bitten. Möglicherweise habe ich Ihnen unrecht getan. Vielleicht gibt es Wahrheiten, die tiefer gehen als die Frage, ob Sie wirklich Löwen mit einem einzigen

Schuss ins Auge erlegen können. Mich jedenfalls hat Ihre Rede sehr beeindruckt.«

Karl setzte sich ächzend in eine Kirchenbank. Das knappe Entkommen aus großer Gefahr, der wenige Schlaf, die fehlende Nahrung, die Zurückweisung, das Gelächter – nun, da die Spannung gewichen war, forderten die Anstrengungen der vergangenen 24 Stunden ihren Teil. »Ausgerechnet Sie?«, fragte er.

»Ja. Sie sprachen über das Richtige, das dem Falschen als Vorwand dient – etwa die Eigensucht, welche die Menschenliebe als Vorwand nutzt. Da habe ich mich ertappt gefühlt.«

»So?«

»Ja, allerdings hat sich meine Eigensucht nicht in Menschenliebe, sondern in Wahrheitsliebe verkleidet.«

»Aha.«

Scharffenstein bemühte sich um ein entschuldigendes Lächeln. Fast schüchtern stand er nun vor Karl. »Genau daher muss ich Sie um Verzeihung bitten. Ich habe Sie Tausende Meilen gejagt, und nur aus den niedersten Motiven: für mein eigenes Fortkommen. Hatte ich einmal ein schlechtes Gewissen, weil ich Ihnen so sehr nachstellte, dann habe ich es niedergekämpft und gedacht: Ich tue es nicht für mich, ich tue es für die Wahrheit. Die große Enthüllung über Karl May – nicht ich brauche sie, die Öffentlichkeit braucht sie.« Er zuckte reuevoll mit den Schultern. »Der Mensch glaubt doch immer gern, was ihn vor sich selbst gut dastehen lässt.«

(Das Landgericht im Übrigen sprach zwei Monate später die Scheidung aus. So bekamen Karl und Klara es auch amtlich bestätigt, dass die Schuld an der Zerrüttung der Ehe einzig bei Emma lag.)

Karl hätte von Hoven gern einen triumphierenden Blick zugeworfen, aber der blieb tatsächlich verschwunden.

»Die Wahrheit aber ist«, sagte Scharffenstein, »dass ich meine niedersten Motive hinter den höchsten Idealen verborgen habe. Als ich Ihnen vorhin zuhörte, ist es mir aufgegangen. Wahrer Idealismus ist der, den Sie wecken möchten: Wenn der Mensch sich aus echter Liebe zu allen Menschen Zielen verschreibt, die größer sind als er. Und die Ideale, die Sie in Ihren Geschichten vertreten, sind richtig und wahr. Ganz egal, ob Sie nun Bären mit dem Messer erlegt haben oder nicht.«

Karl war gerührt, jedoch nicht ausschließlich: »Nachdem Sie mich so lange gejagt haben – wieso sollte ich Ihnen das nun glauben?«

»Einstweilen kann ich Ihnen nur mein Ehrenwort geben – und meine Versicherung, dass Sie in mir einen Mitstreiter für das Hohe und Gute gefunden haben. Herr May, möchten Sie meine Bitte um Entschuldigung annehmen?«

Karl zögerte. Dass ihm auf seiner Reise beständig dieser schreibende Plagegeist im Nacken gesessen hatte, hatte ihm die Freude unterwegs schon oft sehr verdorben. Auch die Überheblichkeit, mit der Scharffenstein ihm stets gegenübergetreten war, hatte Karl ihm nicht verziehen. Andererseits – hatten nicht die vergangenen Monate gezeigt, wie leicht man sich ein falsches Bild von Menschen machte, ja, vielleicht gar von ganzen Völkern und der Welt? Es war nicht unmöglich, dachte er, dass er sich in Scharffenstein getäuscht hatte, und niemand, dachte Karl, war doch so sehr wie er jederzeit bereit, einen Fehler zuzugeben. Wahrscheinlich zeigte ja die Tatsache, dass ausgerechnet dieser Mann seine edlen Ideen begriff, wie kraftvoll, zwingend und stark sie waren, und wie also, dachte Karl, ließe sich sein Werk der Liebe und Versöhnung besser beginnen als damit, dass er nun selbst sein Herz öffnete und vergab?

Energisch stand Karl auf. »Ich nehme Ihre Bitte an«, sagte er, und herzlich schüttelten sie einander die Hand; und obwohl Karl durch das rasche Aufspringen schwindelte, sah er, wie überaus Scharffenstein diese Geste freute.

Gemeinsam verließen sie als Letzte die Kirche, die Sonne stand schon tief. Noch immer fühlte er sich schwach auf den Beinen, doch angeregt sprachen sie darüber, dass doch ein neues Jahrhundert angebrochen war – eines, das ganz im Zeichen der Liebe, des Friedens und der Verständigung von Völkern und Religionen stehen würde.

»Möglicherweise kann man bislang auch nur in Deutschland Ihren Ideen folgen«, gab Scharffenstein zu bedenken. »Es fühlt doch kein Volk so tief wie das unsere.«

»Da haben Sie recht, da haben Sie recht«, sagte Karl und beglückwünschte sich zu seinem neuen, so verständigen Gefährten. Dann jedoch musste er stehen bleiben und sich an einer Wand abstützen. »Sie vergessen dabei allerdings: den Indianer. Der Deutsche und der Indianer haben nämlich das, was wohl kein anderer hat, nämlich Gemüt, und das wird sie vereinen.« Karl versuchte, den weiteren Weg durch die Gasse auszumachen. Doch seine Augen fanden keinen Halt mehr.

»Die Indianer und Germanen jedenfalls … gemeinsam … Germanen und Indianer …«

»Ist Ihnen nicht wohl?«

»… zum Edelmenschen …«

Die große Schwäche, die Karl seit der Kirche belagert hatte, gewann und schnitt ihm den Weg zurück ins Hotel ab.

»… gemeinsam voran«, sagte Karl und tat einen Schritt, doch dann versagten ihm die Knie.

Und Karls letzter Gedanke, bevor eine Ohnmacht ihn überwältigte, gehörte Jesus und seinen Jüngern, und noch im Fallen dachte er, dass man doch nur dann Großes vollbringen konnte, wenn man Menschen um sich scharte, die einen ohne alle Widerworte unterstützten, und dann schlug er auf das Pflaster.

Epilog

Später

*Königreich Sachsen,
Deutsches Reich –
und anderswo*

Es war Sejd, der Karl nach langer Suche in der Gasse fand und den Geschwächten zurück in das Hotel brachte. Längst war man in größter Sorge gewesen, und gemeinsam steckten Richard, Emma und Klara den Fiebernden ins Bett. Er gab ihnen eine Zusammenfassung der Ereignisse, der man nicht in jedem Gedankensprung sofort folgen konnte, die jedoch alle sehr bestürzte. »Man muss ja fürchten, er hat den Verstand verloren«, flüsterte Emma später Klara zu.

Die Schiffspassage für den nächsten Morgen war längst gebucht. Karl bestand darauf, dass er sich in einem Zustand befinde, der einen Transport zulasse, und Emma stimmte zu, denn die Überfahrt war ja nun schon bezahlt. Man brach also tatsächlich auf, und Karl erholte sich auf See. Athen erreichten sie planmäßig, verbrachten dort, nachdem Karl genug genesen war, einige herrliche Tage – und eine erhebende Nacht auf der Akropolis, die Karl endgültig heilte.

Von der weiteren Heimfahrt gibt es wenig zu berichten, außer einer Begebenheit vielleicht: In jener Nacht, da ein Dampfer sie von Patras nach Korfu brachte, erwachte Karl früh. Er fand keinen Schlaf mehr in seiner Koje und beschloss, zum Sonnenaufgang hinauszugehen. Im Dunkeln, um Emma nicht zu wecken, kleidete er sich an, und als er blind durch seine Koffer tastete, auf der Suche nach einem Hosenträger, da fiel ihm plötzlich ein silbernes Medaillon in die Hand, das er doch eigentlich längst vergessen hatte. Lang hielt er es, dann steckte er es ein, fand den Hosenträger und verließ die Kabine heimlich. Draußen dämmerte der Tag. Karl stellte sich an das Heck des Dampfers und schaute hinaus, zog das Medaillon hervor und hielt es, die Ellenbogen auf die Reling gestützt, lang in der Hand. Und als der Tag so hell war, dass man das Weiß einiger weit entfernter Schaumkronen erkennen konnte, und als die Möwen, die das Schiff begleiteten, schrien, da ließ Karl, so achtlos, dass er es selbst kaum bemerkte, das Medaillon aus den Fingern gleiten, und mit einem lautlosen Plumpsen verschwand es im Meer.

Anfang August sahen sie Radebeul wieder, alle vier voll Freude über die Heimkehr, und ein halbes Jahr später starb Richard.

In der Stunde seines Todes saß nur Klara bei ihm. Doch in den Wochen des unausweichlichen Sterbens hatte Karl viele Nachmittage bei ihm verbracht. Oft bat er Richard um Verzeihung, dass er ihn noch zu dieser Reise gedrängt habe; die Sorge, dass erst die Anstrengungen des Orients Richards Zustand so verschlimmert hatten, plagte Karl sehr. Richard aber antwortete stets das Gleiche: »Gestorben wäre ich in jedem Fall. Aber so habe ich noch Dinge erlebt, die kaum einem Menschen je geschenkt werden.« Jedes Mal bedankte er sich, dass Karl ihm die Welt gezeigt habe, und jedes Mal verabschiedeten sie sich mit einer herzlichen Umarmung.

Einmal, und da hatte das Sterben Richard schon fest gepackt, bat er Karl noch, dass dieser künftig gut auf seine Klara aufpassen solle, und das seltsame Lächeln, mit dem er dies tat, muss uns rätseln lassen, ob Richard nicht schon damals vieles ahnte, was selbst Karl noch kaum zu denken wagte.

Zwei Jahre später jedenfalls, am 31. März 1903, trat aus der Lutherkirche zu Radebeul ein frisch vermähltes Ehepaar.

Karl hatte Klara gleich nach der Scheidung einen Antrag gemacht. Die Wunden, die Emma ihm beigebracht hatte, begannen zu heilen, und als Karl an diesem Dienstag mit Klara durch die Pforte schritt, empfing sie milde Frühlingsluft. An den Bäumen spross vorsichtig das erste Grün, und die Vögel sangen von der Rückkehr des Lebens. Nur

Klaras Mutter folgte ihnen auf den Stufen, Karl hatte bei dieser Vermählung vollständig auf Öffentlichkeit verzichten wollen; und kaum, dass sie die Kirche verließen, öffneten sich über ihnen die Wolken und segneten sie mit einem Sonnenstrahl. Es war ein herrliches Bild, und gern würden wir Karl an dieser Stelle der Geschichte verlassen: das neue Glück, der Sonnenschein, der erste Kuss der neuen Frau May; dazu die großen Pläne, denen nun nichts mehr im Wege stand – auf einem solchen Durakkord sollte ein Abenteuer doch enden.

Jedoch – wir können zwar nicht in die Zukunft blicken, allerdings der Zeit beim Verstreichen zuschauen. Und daher sollten wir noch einmal Platz nehmen und sehen, was die kommenden Jahre unseren Helden bringen.

Auch wenn nicht alles schön sein wird.

Da ist zunächst einmal Karl. Auch nach dem Scheidungsprozess verbringt er einen ordentlichen Teil seiner Zeit in Gerichtssälen. Der Streit um seine Kolportageromane etwa endet in einem Vergleich, den Karl später anficht, womit ein weiteres Verfahren folgt, aus dem ein Prozess wegen Meineides erwächst; Karl prozessierte sowohl gegen Adalbert Fischer als auch gegen die Witwe des Verlegers Münchmeyer; die jahrelangen Streitereien werden rasch so unübersichtlich wie ein Schlachtgetümmel mit Indianern und Kavallerie, und es bleiben nicht die einzigen.

Emma in der Scheidungssache zu hören, hatte man auch in den letzten Verhandlungstagen nicht für nötig gehalten. Die Beweislage hätte ja nach Auftauchen des Sparbuches nicht klarer sein können. Als jedoch das Kaninchen, Emmas laute und doch herzensgute Freundin, von alldem erfährt, erstattet sie Anzeige wegen betrügerischer Handlungen zur Ermöglichung der Ehescheidung. Bloß weigert Emma sich, in dieser Sache auszusagen, weil sie um die von Karl zu zahlende Rente fürchtet, und also verläuft die Klage im Sande. Einige Jahre später wiederholt das Kaninchen ihre Anzeige. Diesmal ist Emma bereit, als Zeugin aufzutreten, weil Karl ihr inzwischen die Rente gestrichen hat – aber nun scheitert der Prozess mangels Beweisen.

Interessant jedoch: Weshalb streicht Karl Emma die Rente? Weil Emma sich in einer der vielen Pressekampagnen von einem Journalisten einspannen lässt, deshalb. Tausend Peinlichkeiten erzählt sie ihm über die Jahre mit Karl, und bald findet es sich in der Zeitung. Karl klagt gegen Emma und gegen die Verleumdungen und gegen den Journalisten und gegen die wilden Behauptungen; er klagt wegen Beleidigung und wird zurückverklagt; mehr als zwei Dutzend Verfahren sind es, die ihn Jahre beschäftigen und ihm mehr Kraft rauben, als Emma selbst es je gekonnt hätte. Obendrein gelangen dabei seine sämtlichen Vorstrafen ans Licht.

Die Öffentlichkeit ist da längst ungnädig, die zahlreichen Karl-May-Clubs aufgelöst und Karls alte Behauptung, die Abenteuer seiner Bücher seien wahr, verglüht. Umso mehr befeuert er nun jene, dass die Aufschneidereien Teil eines lang angelegten Planes gewesen seien; notwendige Übertreibungen, um das Publikum für sein eigentliches Werk zu gewinnen: seine Botschaft der Liebe nämlich, die er jetzt verbreite. Und im Übrigen habe doch jeder intelligente Mensch sofort durchschauen können, dass all die tollen Ereignisse mit Winnetou und Hadschi Halef sich keinesfalls so zugetragen haben dürften wie geschildert, also bitte!

Einmal legt er sogar eine Lebensbeichte ab, ganz wie Richard es empfohlen hatte – doch beichtet er vor allem, was nun sowieso bekannt ist, und ein wenig spät kommt sie auch. Auf dem Weg ins Reich der Edelmenschen mögen die Leser ihm so nicht mehr folgen. Karl schreibt noch einige Bücher, mehr Gleichnisse als Abenteuer. Er ist sich ja stets gewiss gewesen, dass man seine Reiseabenteuer nicht trotz, sondern wegen der darin schon angelegten frommen Botschaften schätzt. Er irrt. Ohne Faustschlag und Pulverdampf mag man Karl May nicht mehr lesen. Die Verkaufszahlen können sich nicht mehr mit jenen der schönen Winnetou-Jahre messen, und vielleicht versteht auch keiner mehr so recht, worauf Karl nun eigentlich hinauswill.

Einen letzten, großen Applaus aber spendet man ihm. 1912 lädt ihn Bertha von Suttner zu einem Vortrag nach Wien ein. Sie hat ja nun schon einen Friedensnobelpreis, und wie könnte Karl dieser Frau einen solchen Wunsch ausschlagen, also fährt er hin. »Empor ins Reich der Edelmenschen« überschreibt er seinen Vortrag, und wenn wir uns gemeinsam mit den Zeitungsschreibern unter die dreitausend Besucher im Sophiensaal setzen, so erblicken wir dort auf der Bühne einen »alten müden Herrn mit den strengen Gesichtszügen eines von bösen Jungen heimgesuchten Lehrers«. Das Publikum kann »den Zickzackgängen seiner Gedanken nur schwer folgen«, klagt ein Schreiber, und ein dritter hält fest, dass seine »philosophisch-ethischen Betrachtungen nichts zeigen als ein gutes Herz, was ja gewiss auch etwas ist«. Man verabschiedet Karl mit donnernden Ovationen.

Acht Tage darauf stirbt er friedlich in Radebeul.

Seine letzten Worte lauten: »Sieg, großer Sieg! Alles rosenrot!«

Vor die gemeinsame Grabstätte sind da schon längst die Säulen gestellt, seit dem Jahr der Heirat wacht eine Miniatur des Nike-Tempels über den Friedhof Radebeul. Ganze fünf Meter reckt sie sich in die Höhe, und sie trägt ein Halbrelief aus drei herrlichen Engeln, die eine irdische Seele empfangen. (Keiner von ihnen jedoch besitzt ein bekanntes Gesicht; Selmar Werner hat als Vorlage dann doch keines der Bilder von Emma, Karl und Klara verwendet.) Richard ist schon bald nach dem Bauende dorthin umgebettet worden, und neben ihm findet nun also auch Karl in der Ewigkeit Platz. Die Freunde sind wieder vereint.

Klara derweil ist Karl bis zu seinem Tod die größte Stütze, die ein Mann sich wünschen kann. Wenn wir uns gemeinsam noch einmal zurück und in die Villa Shatterhand schleichen, sehen wir in jener Zeit ein Heim, das jedem guten Mann die Seele wärmen muss. Emmas Keifen ist verhallt, der einzig laute Ruf, der je ertönt, ist das zärtliche »Herzle!«, mit dem Klara Karl zum Essen ruft – es ist der Kosename, den sie einander geben. Endlich hat Karl eine Frau an seiner Seite, die ihn auf seinem Weg hinauf nicht mehr beschwert, im Gegenteil, sie hilft ihm auf. Jahr um Jahr, Prozess auf Prozess bestärkt Klara ihn, seinen Gegnern keinen Zoll nachzugeben.

Sie selbst muss zwar einsehen, dass vieles, was sie über Old Shatterhand zu wissen meinte, nicht vollständig der Wahrheit entspricht – aber Verständnis hat sie auch dafür, jedenfalls, solange es die Öffentlichkeit nicht erfährt. Oft gehen beide miteinander spazieren, schweigend, obwohl man so vieles aufklären könnte. Doch Klara fragt wenig, und Karl tritt aus seiner selbst errichteten Welt auch zu ihr immer seltener heraus.

Dass die Abenteuer gröbste Übertreibungen waren, ja, das muss Karl vor seinen Verehrern schließlich zugeben. Dass er jedoch bis 1899 Europa nie verlassen hat, kann ihm lang keiner beweisen, und also berichtet auch Klara gern frei Erfundenes über ihn und seine Reisen. Tatsächlich besteigen beide noch einmal gemeinsam einen Dampfer, der sie nach Amerika bringt, man besucht New York, die Niagarafälle und macht einen Tagesausflug in ein Indianerreservat. Aber dass Karl sie unterwegs wochenlang allein lässt, um zu den Apachen zu reisen, wie Klara später gern erzählt … nun ja.

Oft sitzen die beiden in der Villa Shatterhand traut beieinander, Karl schreibt, Klara beantwortet die Leserpost, und nach der Arbeit geht man ins Theater, häufig Schiller. Die lauten Abendgesellschaften mit ganz unmöglichen Freunden sind vorbei, Klara gibt selbst die Geisterbeschwörungen auf, und wenn es um die Umstände geht, unter denen auf der Mendel die Briefe aus dem Totenreich empfangen wurden, versagt ihr Gedächtnis bald aufs Angenehmste.

Etwas länger als von den Geistern benötigt Klara, sich von Emma zu lösen. Anfangs reißen die alte Zuneigung und die Notwendigkeiten der Scheidung sie noch hin und her; selbst während des Prozesses unterhalten Emma und sie noch einen Briefverkehr, und manchmal besuchen sie sich heimlich. Schließlich aber kommt Klara mit sich selbst überein, dass sie tatsächlich jahrelang unter dem Einfluss dieser teuflischen Frau gestanden habe, und das rechtfertigt doch gleich vieles. (Auch Karl genügt es im Übrigen, zu wissen, dass Klara jahrelang unter derselben, diabolischen Macht gestanden hat wie er selbst, um die Frage nach einer Affäre zwischen den beiden ausdauernd zu vergessen. Was auch immer dort gewesen sein mag, kann in keinem Fall Klaras Schuld sein.)

Als Karl schließlich bei Richard im Nike-Tempel ruht, zählt Klara erst 47 Jahre. Für den Rest ihres Lebens sieht sie es als ihren vornehmsten Auftrag, die Erinnerung an Karl May wachzuhalten. Sie gründet mit Fehsenfeld zusammen einen Verlag, der einzig Karls Werke herausbringt, regelmäßig schreibt sie ihre Erinnerungen an sein Leben nieder, und wenn ihr Gedächtnis sie auch dabei herrlich trügt, so dient es doch allein dem Andenken an diesen großen, unübertroffenen Mann.

Sie zeigt überhaupt eine große, nun – vielleicht wollen wir es einmal so nennen: geistige Gelenkigkeit.

Schauen wir noch weit mehr Zeit beim Verrinnen zu, so stoßen wir 21 Jahre nach Karls Tod auf eine Epoche, die er in seiner Zuversicht für das neue Jahrhundert wohl nicht zu fürchten gewagt hätte. Andersherum aber weiß Klara in dem neuen Führer einen großen Freund Karl Mays. Die Behauptungen, dass unter den Zuhörern bei Karls letztem Vortrag in Wien auch der junge Kunstmaler Adolf Hitler gesessen habe, mögen stimmen oder nicht – jedenfalls ist er ein begeisterter Leser und empfängt, kaum an der Macht, die Witwe May persönlich. Klara kostet es nur wenige Umdeutungen in den Erinnerungen an ihren Karl, um in der neuen Idee des »Herrenmenschen« eine Fortschreibung von Karls »Edelmenschen« zu sehen. Sie tritt in die NSDAP ein und schlägt 1938 bei Karls Verlag vor, dass man doch »Und Friede auf Erden« dahin gehend überarbeiten könne, dass man den Herrn Hitler mit hineinschreibe. Man müsse »den Führer als idealen Friedensverkörperer berühren, seine Wege, die zum Frieden führen müssen in Karl Mays Sinne«.

Wenigstens hört keiner mehr auf sie.

Bald auch kommt das Gerücht auf, dass Richard Plöhn Halbjude gewesen sein soll. Es dauert nicht lang, bis Klara ihren früheren Mann daher aus dem gemeinsamen Grab wieder entfernen lässt. Als sie 1944 stirbt, ist Klara jedenfalls die Einzige, die an Karls Seite im Nike-Tempel liegt, und das ist doch einiges mehr, als man einst in einer stillen Nacht auf der Akropolis je hätte hoffen dürfen.

Nun ja.

Aber was ist denn bloß mit Emma geschehen?

Auch das ist, befürchten wir, kein schönes Ende.

Nachdem auf der Mendel die Kutsche mit Karl und Klara um die Ecke gebogen war, stand sie noch lange da und schaute ihr nach, allein. Schließlich schleppt sie sich zurück in das Hotel, und dort bleibt sie, über Monate, apathisch. Es ist die dunkelste Zeit in ihrem Leben. Jetzt, da Karl gegangen ist, glaubt sie ihn doch verstanden zu haben, mit schlimmsten Selbstvorwürfen quält sie sich, und die entsetzliche Stille, vor der die tägliche Wut auf Karl sie doch so oft hatte retten können – sie verschlingt Emma ganz. Bis die Scheidung ausgesprochen wird, glaubt sie immer noch an eine Prüfung, sie hofft weiter auf ein Leben zu dritt. So lang, bis sie erfährt, dass sie künftig einen Wohnsitz mindestens hundert Kilometer entfernt von Karl zu beziehen habe, so verlangen es die Scheidungsbedingungen. Emma geht nach Weimar. Ihr zusammengespartes Geld kehrt natürlich nicht zu ihr zurück. Karl zahlt ihr eine Rente von dreitausend Mark im Jahr, und Emmas Vorhaben, sich zur Finanzierung ihres Lebens einen reichen Herrn anzulachen, hätte das Mädchen, das sie einst war, wohl leicht bewerkstelligen können; die geschiedene Frau jedoch, die sie nun ist, leidend und vereinsamt, nicht. Immerhin lacht sie sich einen 34 Jahre jüngeren Nachbarn an. Der heiratet zwar später auch eine andere, kümmert sich aber jahrelang um Emma.

Immer wieder erfasst Karls Prozessstrudel sie. Oft wird Emma als Zeugin gebraucht, einmal durchsucht gar die Polizei ihre Wohnung, und das Durcheinander von Anschuldigungen und Allianzen, von Schmeicheleien und Drohungen seitens Klara verwirrt ihre schüttere Seele weiter. Emma und Klara versöhnen sich nie mehr ganz, doch wenigstens zahlt Klara ihr nach Karls Tod die Rente weiter. Gelegentlich schreiben sie sich wieder Briefe.

Emmas langsames Dahinschwinden jedoch hält auch das nicht auf.

Sie ist 58, als man sie schließlich in eine Nervenheilanstalt einweist. Es mögen die Jahre der wechselnden Wahrheiten gewesen sein; vielleicht haben Karls wilde Sprünge auf dem Boden der Tatsachen auch Emma ins Schwanken gebracht; vielleicht trug sie es immer schon in sich – doch auch Emmas Wirklichkeit, sie hat zu flimmern begonnen.

Einmal darf sie die Klinik noch verlassen. Doch weil ihr Zustand sich kaum bessert, steckt man sie schließlich als unheilbar Geisteskranke in die Sächsische Pflegeanstalt zu Arnsdorf. Dort stirbt sie 1917, dort wird sie auch beigesetzt. Es ist ein einsames Begräbnis.

Der schöne Nike-Tempel in Radebeul liegt mehr als 20 Kilometer entfernt.

Aber gibt es denn gar nichts Versöhnliches zu berichten?

Doch, durchaus.

Über Fedor Mamroth etwa, jenen Feuilletonchef der Frankfurter Zeitung, der als Erster Zweifel an Karls angeblichen Abenteuern drucken ließ. Nach seinen Artikeln, die erschienen, als Karl im Orient weilte, schreibt er nie wieder etwas gegen Karl, und unter allen May-Gegnern, die ihm folgen sollten, hat er Karl bei Weitem am redlichsten behandelt. Er stirbt sechs Jahre nach Karls Reise an einem Krebsleiden, was nun keinesfalls das Versöhnliche ist, auf das wir hinauswollen. Sondern: Auf dem Sterbebett liest er eifrig Karls Reiseerzählungen, denn gegen die Bücher, das hatte er immer betont, sei ja gar nichts einzuwenden. Oft äußert er, wie ihm die angenehme und leichte Lektüre über die schweren Stunden hinweghilft. Von diesem Vorgang erfährt Karl zwar nichts, allerdings lag es ihm ja stets am Herzen, die christliche Idee von Nächstenliebe und Versöhnung in seinen Geschichten darzustellen – und hier ist eine solche Versöhnung doch fast gelungen.

Nicht ganz versöhnlich, doch auch interessant ist der weitere Verbleib Max von Oppenheims. Nachdem er und Karl sich in Kairo voneinander verabschiedet hatten, war er aufgebrochen, die Landvermessungen für die Bagdadbahn vorzunehmen, und vielleicht hätte

Karl doch besser ihn begleitet, als auf Goldsuche zu gehen. Von Oppenheim nämlich stieß auf seiner Reise auf die verschütteten Überreste einer jahrtausendealten Siedlung, welche man Tell Halaf nannte. Deren Ausgrabung, Jahre später, beschert ihm einigen Ruhm.

Und als 1914 schließlich der große Krieg kommt, den ganz Europa herbeigefürchtet hat, beauftragt ihn der Kaiser tatsächlich, mit einem Dschihad die Feinde des Deutschen Reichs in ihren Kolonien zu beschäftigen. Begeistert baut von Oppenheim Dutzende Propagandabüros auf und schickt Gesandte in alle Himmelsrichtungen. Bloß will seine Idee nicht gelingen wie erhofft. Die arabischen Stämme erheben sich zwar – jedoch unter britischer Führung. Und obendrein gegen die Osmanen, die mit den Deutschen verbündet sind. Der Krieg geht verloren, und ein deutscher Außenminister spottet hernach: »Wie Voltaire als der Vater der Französischen Revolution angesehen wird, so konnte man Karl May als den Vater unserer Orientpolitik dieser Zeit betrachten.«

Karl wäre diese Sicht wohl nicht sehr recht gewesen.

Und von Oppenheim wohl auch nicht.

Nun müssen wir einmal schauen, wen haben wir denn noch …?

Georg Scharffenstein!

Der scharfsinnige, schonungslose Reporter, der Karl lange verfolgte wie ein schlechtes Gewissen, ist nach dessen Vortrag in Konstantinopel tatsächlich tief beeindruckt und geläutert. Als sein Auftrag im Orient endet, kehrt er nach Deutschland zurück, folgt Karl nach Dresden und entwickelt sich zu einem glühenden Anhänger seiner Friedensidee. Er wird Karl ein Freund, wie dieser ihn seit Richards Tod vermisst, oft sitzen sie beieinander, in großen Gesprächen voll gewaltiger Pläne – und an Karls Sterbebett schließlich hält Scharffenstein gemeinsam mit Klara seine Hand.

(Und nur selten, ganz, ganz selten in all den gemeinsamen Jahren, da stutzt Karl für einen Augenblick und denkt, dass es doch erstaunlich ist: dass Scharffenstein so gar nicht altert und niemals mit einem anderen spricht als mit ihm.)

Es bleibt ein letzter Reisegefährte: Sejd Hassan.

Von allen Beteiligten an unserem Abenteuer ist er uns vielleicht am meisten ans Herz gewachsen – und von allen Beteiligten bedeutete die Reise mit Karl für ihn wohl die glücklichste Wendung.

Als er nach einem herzlichen, tränenreichen Abschied schließlich nach Kairo zurückkehrt, spricht er sehr ordentliches Deutsch und ein ebensolches Englisch sowieso. Von dem Lohn auf Karls Reise hat er genug gespart, um damit ein kleines Bureau zu gründen, das Touristen zu den Wundern Ägyptens bringt. Er treibt keine Esel mehr, er verleiht sie nun, und die Führer und Übersetzer gleich dazu. Oft kann man ihn zufrieden vor seinem Laden sitzen sehen, und wer sich ein Weilchen zu ihm setzt, bekommt die Geschichte erzählt, wie er einmal anderthalb Jahre lang mit einem Deutschen durch die Welt reiste, der ständig mit sich selber sprach. Herzlich lacht er dann und denkt, ein bisschen wehmütig, an Karl.

Der geneigte Leser, der Sejd nun vor seinem Laden sieht, mag sich jedoch noch eine Frage stellen: Ob er denn nun 20 böse Narben auf der Brust trägt, die von einem Leoparden stammen? Könnte er also beweisen, dass wenigstens dieses eine von Karls Abenteuern Wirklichkeit gewesen ist?

Nun, natürlich könnten wir ihn bitten, einmal seine Brust zu entblößen, um wenigstens in dieser Angelegenheit Gewissheit zu haben. Andererseits jedoch …

Jeder unserer Leser wird sich dazu schon vor vielen, vielen Seiten eine Meinung gebildet haben. Und wenn wir auf Karls Reise eines gelernt haben, dann doch dieses: wie wenig es lohnt, sich eine herrlich geratene Überzeugung später durch Tatsachen verderben zu lassen.

Dank

Dieses Buch wäre nicht möglich gewesen ohne die jahrzehntelange Forschung rund um Karl May. Insbesondere die Jahrbücher der Karl-May-Gesellschaft waren eine Fundgrube bei der Recherche, genau wie die hervorragende Karl-May-Chronik von Dieter Sudhoff und Hans-Dieter Steinmetz, Hermann Wohlgschafts Karl-May-Biographie, die vielen Textsammlungen des Karl-May-Verlags – sowie natürlich die Arbeit von Hans Wollschläger und Ekkehard Bartsch, die Karls Orientreise als Erste umfassend dokumentiert haben.

Fast alle Briefe, Zeitungsausschnitte und auch Klaras Tagebuch sind nach diesen Quellen wiedergegeben, manche davon gekürzt, zusammengefasst oder zum besseren Verständnis bearbeitet; nur zwei habe ich zusätzlich mit einigen Worten Karl Mays aus anderen Zusammenhängen aufgehübscht.

Ganz nach Karls Vorbild habe ich mich außerdem bei Autoren seiner Zeit bedient, etwa für die Schilderungen von Land und Leuten. Quellen hier waren unter anderem Baedekers Reiseführer, Meyers Konversationslexikon, die Berichte Max von Oppenheims, Brehms Tierleben, die Tagebücher diverser Weltreisender und natürlich Karl Mays eigene Schriften.

Mein größter, kolossaler, sagenhafter Dank aber gilt: den kritischen Lesern Gunnar Berkemeier, Nils Kreimeier, Andreas Lesti, Katharina Schwarze, Merlind Theile und Fiona Weber-Steinhaus für das kritische Lesen des Manuskripts; Mohamed Amjahid, Hassan Oneizan und Mariam Shatberashvili für ihr hervorragendes Arabisch beziehungsweise Georgisch; Horst von Buttlar, Timo Pache und dem sehr guten Wirtschaftsmagazin Capital, wo man es irgendwie in Ordnung fand, dass ich wegen dieses Buchs erst nur noch selten und schließlich gar nicht mehr zur Arbeit gekommen bin; meinem Agenten Thomas Hölzl für ausdauerndes und liebevolles Herummäkeln an den ersten Kapiteln; meinem Lektor Martin Breitfeld für noch ausdauernderes und noch liebevolleres und dazu wiederholtes Herummäkeln am gesamten Text, während er obendrein noch jeden Kaffee bezahlt hat; Manuel Butt für seinen scharfen Blick für Struktur und Matthias Lohre für seinen scharfen Blick für Charaktere – ohne diese beiden wäre das Buch anders, um Längen schlechter und vielleicht gar nicht erst angefangen worden; meiner Schwester für ihr flüssiges Niederländisch; meinem Vater, der uns früher immer Karl May vorgelesen hat, und meiner Mutter, die mir damals beigebracht hat, dass ein schöner Satz ein schönes Verb braucht; meinem Sohn für den Karottenbrei, den er mir vorhin auf den Pulli gehustet hat – und Anna für einfach alles.

Berlin, im Mai 2018

Unsere Reisenden von links nach rechts: Richard, Klara, Emma (vorn) und Karl im April 1900. Ganz rechts, stehend: Sejd Hassan (© Karl-May-Museum Radebeul).